www.bbulmedia.com

개떼
마녀

초판 1쇄 찍음 2013년 5월 6일
초판 1쇄 펴냄 2013년 5월 10일

지은이 | 윤 난
펴낸이 | 정 필
펴낸곳 | 도서출판 **뿔미디어**

편집장 | 이재권
기획·편집 | 정시연
편집디자인 | 이진선
관리·영업 | 김기환, 임순옥

출판등록 | 2002년 9월 11일 (제1081-1-132호)
주소 | 부천시 원미구 상3동 533-3 아트프라자 503호 (우)420-861
전화 | 032)651-6513 / 팩스 | 032)651-6094
E-mail | dahyangs@naver.com
카페 | http://cafe.daum.net/dahyangs

값 9,800원
ISBN 978-89-6775-310-8 03810

cafe
魔女

윤난 장편 소설

카페
마녀

D A H Y A N G   R O M A N C E   S T O R Y

목차

후덥지근한 바람이 창을 통해 불어왔다. 습기를 잔뜩 머금은 후끈한 바람에 시원해지기는커녕 숨이 막혀 왔다. 온몸을 끈적끈적하게 만드는 습도와 더위에 눅눅해진 치마는 계속 다리에 들러붙어 떨어질 줄을 몰랐다. 신경질적으로 부채를 휘두르던 기연은 수업이 끝나는 벨이 울리자마자 교실 밖으로 내달리고 말았다. 쉬는 시간이면 언제나 북새통이 되는 매점을 피해 기연은 곧바로 편의점이 가까운 담장으로 향했다.

그러자 벌써 두어 명의 남학생들이 벽돌과 철제 구조물로 만들어진 담을 넘어가는 게 보였다. 기연도 망설임 없이 담장 너머로 슬리퍼를 집어 던지고 담을 넘었다. 마치 발레리나라도 된 듯 양팔을 벌린 채 바닥에 내려온 기연은 양말에 묻은 흙을 탁탁 털었다. 그러고는 바닥에 따로따로 떨어져 있는 슬리퍼를 꿰어 신고 길 건너의 편의점으로 향했다.

에어컨이 과하게 돌아가는 편의점은 몸이 부르르 떨릴 정도로 시원했다. 익숙하게 냉동고 앞으로 걸어간 기연이 문을 열고 손을 집어넣어 휘휘 저어 대기 시작했다. 찾고 있던 얼음과 팥이 섞인 아이스크림을 발견하자 기연은 냉동고에 기대서서 서리가 내린 듯 하얗게 얼어 있는 아이스크림의 껍질을 벗겨 한 입 가득 베어 물었다.

뜨끈뜨끈하게 달아올랐던 머릿속이 찡하게 울리자 기연은 관자놀이를 문지르며 신음을 뱉었다. 아이스크림을 겨우 한 입 삼켰을 때 못마땅한 듯한 아르바이트생의 목소리가 들려왔다.

"학생, 돈부터 내고 먹어!"

마치 제가 돈도 내지 않고 도망이라도 갈 것처럼 힐난하는 말투에 화난 기연이 계산대 위에 돈을 탁 소리 나게 내려놓고 문을 열고 나와 버렸다.

"재수 없어."

투덜거리며 인도에 발을 내밀자마자 찌는 듯한 더위에 기연은 후회를 하고 말았다. 지열이 후끈하게 올라오는 도로를 우울하게 바라보던 기연이 멍하니 하늘을 올려다보았다. 번쩍이는 빛에 어지럽다고 생각하는 그 순간 어디선가 귀를 찌를 듯한 매미의 울음소리가 울려왔다. 이글이글 올라오는 지열에 길 건너편의 학교가 마치 불타오르는 것처럼 보였다.

결국, 기연은 학교와 정반대 방향으로 발길을 옮겼다. 걷다 보니 금세 아이스크림의 막대 부분에 끈적거리는 액체가 흐르기 시작했다. 손목의 방향을 바꿔 아이스크림의 아랫부분을 아삭 깨문 기연은 잠시 멈췄던 걸음을 느릿느릿 옮기기 시작했다.

오늘은 정말이지 계속 교실에 앉아 있고 싶지 않았다. 다시 교실로 들어가 그대로 앉아 있다가는 기연은 그 점도 높은 공기에 질식해 버릴 것만 같았다. 그게 아니면 미쳐 버리던지.

어지러울 정도로 열기가 올라오는 길을 터벅터벅 걸으며 먹던 아이스크림은 어느새 나뭇조각만 남고 말았다. 다 먹은 아이스크림의 막대기를 물끄러미 바라보던 기연은 갑자기 울컥하는 기분이 들었다. 그것은 분노와 원망, 그리고 그리움이 뒤범벅된 복잡한 감정이었다. 그 감정을 털어 내듯 기연은 팔을 길게 뻗어 차들이 지나가는 도로에 막대기를 던져 버렸다.

작은 막대기가 포물선을 그리며 도로 한가운데에 떨어져 지나가는 차들의 바퀴에 데굴데굴 구르기 시작했다. 기연은 꼭 자신이 저 막대기같이 느껴졌다. 이리 치이고 저리 치이고 아무짝에도 쓸모없고 아무도 원하지 않는 존재. 그렇게 또 생각은 엄마에게로 달려갔다.

오늘은 엄마의 기일이었다.

그리고 엄마가 죽던 날도 이렇게 숨이 막힐 정도로 더운 날씨였다. 뉴스에서 뭐라고 했더라? 30년 만의 더위라고 했나? 분위기 있게 비가 오는 날도 아니고 눈이 오는 날도 아닌 눈물마저 끈적거리는 이런 날에 멀리 떠나 버린 엄마라는 여자가 짜증스러웠다. 그래서 더더욱 눈물은 나오지 않았다.

기연을 버린 날은 그렇게 비가 미친 듯이 오는 날을 골랐으면서 정작 자신이 떠나는 날에는 울지도 못하게 구름 한 점 보이지 않는 날을 선택하다니, 정말이지 엄마는 웃기는 여자였다. 게다가 그렇게 죽어 버린 날 이후로 매해 엄마의 기일에는 비가 오지 않는 해가 쨍쨍한 날만 계속되었다. 그래서 기연은 엄마가 죽던 날도, 그리고 매해 기일에도 울지 않았다.

기연은 인도와 차도의 경계선에 선 채 바닥에 떨어진 막대기가 빠른 속도로 지나가는 차들에 의해 계속해서 밟히는 걸 멍하니 바라보았다. 어쩌면 이렇게 화창한 날에 떠나 버린 엄마가 문제였던 게 아니라 울지 못하는 자신이 문제인지도 몰랐다. 버림받았던 그날, 비가 미친 듯이 오던 그날에 이미 자신의 어딘가가 망가져 버렸을지도 모를 일이었다.

그렇게 한참을 삐딱한 자세로 서서 지나가던 차를 바라보던 기연의 뒤로 허스키한 목소리가 들려왔다.

"어이, 고삐리. 쓰레기 무단 투기는 벌금이 최하 10만 원이야."

신경질적으로 몸을 돌린 기연의 눈에 끈이 마구 뒤엉킨 검정 워커가 먼저 보였다. 까딱거리고 있는 워커의 위로 검정 바탕에 잔 꽃무늬가 프린트된 긴 플레어스커트가 있었다. 그리고 그 위에는 검정 민소매 티를 입고 긴 머리를 나무젓가락 두 개로 비스듬하게 꽂아 틀어 올린 여자가 고개를 삐딱하게 기울인 채 팔짱을 끼고 기연을 바라보고 있었다.

20대 초중반으로 보이는 여자는 하얗고 갸름한 얼굴과 동그란 이마를 가졌는데 유난히 입술이 붉었다. 언젠가 같은 반 여자아이가 가져온 비싸다는 무슨 인형과 닮아 보이는 얼굴이었다. 무심하고 차갑고 어딘가 세상하고 동떨어져 있는 듯한 얼굴. 게다가 여자는 물에 젖은 솜처럼 더위에 처져 있는 자신과는 달리 시원한 바람이라도 쐬러 나온 듯 한가로워 보였다.

"그럼 신고해요."

퉁명스레 대답하고 돌아서는 기연의 발길을 여자의 목소리가 붙잡았다.

"고삐리, 계속 그렇게 땡볕에 걷다가는 일사병으로 쓰러진다. 땡땡이치고 나온 거 맞지?"

어딜 가나 교복 입은 학생들에게 훈계하는 어른들은 많았다. 아무것도 모르면서 모든 것을 아는 것처럼 구는 어른들. 불쑥 화가 치민 기연이 몸을 돌려 여자를 노려보았다.

"누가 땡땡이래요?"

기연의 눈초리에도 여자는 태연스럽게 걸터앉아 있던 난간에서 내려오더니 기연의 앞에 섰다.

"딱 봐도 땡땡이인데 뭘."

막상 제 앞에 선 여자의 키는 기연보다 반 뼘은 더 작아 보였다. 앞을 가로막는 여자에 더 짜증이 난 기연이 대꾸 없이 자신의 어깨로 여자의 어깨를 툭 치며 한 발짝 걸음을 옮겼다. 그러나 여자가 다시 기연을 부르며 발길을 붙잡았다. 팔짱을 끼고 뭔가 고심하는 것처럼 얼굴을 찌푸리며 기연을 빤히 바라보던 여자가 한숨을 내쉬었다.

"어차피 갈 데도 없이 그냥 걷고 있는 거라면 여기서 놀다 가."

여자가 팔을 뻗어 가리키고 있는 손끝에 붉은 벽돌로 장식된 카페가 있었다. 고개를 들어 바라본 간판에는 '카페 마녀'라는 이름이 덩그러니 쓰여 있다.

"무슨 상관이에요?"

기연은 자꾸만 자신에게 말을 걸며 귀찮게 하는 여자가 짜증스러웠다. 요즘에는 카페에서도 삐끼를 쓰나. 혀를 차며 표독스럽게 중얼거리는 기연의 대답에도 여자는 하얗고 긴 팔을 들어 느긋하게 자신의 뒷목을 주무르고 있을 뿐이었다.

"아아. 손님도 없는데 에어컨은 계속 돌아가니까 아깝잖아. 괜히 고집 피우지 말고 놀다 가. 돈 내라고 안 할 테니까."

여자의 말이 꼭 친한 친구에게 놀다 가라고 말하는 투여서 기연은 황당한 기분이 들었다. 뭐라고 한마디 더 쏘아붙이려는데 여자를 부르는 듯한 목소리가 들려왔다.

"사장님, 오븐 다 돌아갔는데 뭐 해?"

기연이 고개를 돌린 그곳에 까만 해골이 그려진 티셔츠를 입은 남자가 카페 유리문을 연 채로 서 있었다. 키가 크고 마른 편인 남자는 왁스를 머리에 들이부은 듯 머리카락이 전부 하늘로 뻗어 있었다.

"길 잃은 어린 양 수거 중."

사장이라 불린 여자의 말에 흥미라도 느낀 것인지 남자가 두 사람에게 걸어왔다. 긴 다리로 성큼 걷는 남자의 걸음걸이가 꼭 런웨이를 걷는 모델처럼 보여서 기연은 한순간 넋을 잃고 그를 바라보았다. 금세 가까이 다가온 남자가 나무 난간에 기대어 상체를 내밀고 기연의 얼굴을 유심히 보았다.

"와우! 굉장히 예쁜 어린 양인걸!"

휘파람을 휘익 불며 감탄을 하던 남자가 까맣게 아이라인을 칠한 눈을 곱게 접어 미소를 짓더니 데크 난간 너머로 손을 내밀었다.

"헤이, 안녕! 반가워. 난 장이라고 해."

기연이 느리게 눈을 깜박거리며 장의 손을 물끄러미 바라만 보았다. 어깨를 으쓱한 장이 아무렇지도 않다는 듯 긴 다리로 난간을 넘어와 기연의 손을 덥석 잡고 반갑다는 듯 마구 흔들어 댔다. 그러나 그 모습을 보던 여자는 심드렁한 표정으로 코웃음까지 쳐 가며 남자를 비웃었다.

"장은 무슨. 그냥 정호라고 불러."

"사장님!"

꽤 억울하다는 듯 목소리를 높이는 남자를 뒤로하고 여자는 데리고 들어오라는 한마디만 툭 던지고 순식간에 가게 안으로 사라져 버렸다. 정호라는 남자가 사장을 바라보며 투덜대는 사이에 기연이 불편한 기분에 그 자리를 벗어나려고 뒷걸음질을 쳤다. 그러나 미처 두 번째 발자국을 떼기도 전에 정호가 기연의 팔을 붙잡았다.

"들어가자. 지금 마들렌 나올 거야. 막 구운 마들렌 먹어 본 적 없지? 바삭바삭하고 촉촉한 게 진짜 맛있다."

남자는 꼭 태양 빛을 가득 머금은 것처럼 환하게 웃었다. 무슨 남자가 이렇게 생긋생긋 잘도 웃는 걸까? 기연은 이렇게 환하게 웃는 사람을 본 적이 없었다. 엄마는 항상 피곤에 찌들어 있었고 기껏 만난 아빠는 늘 인상을 쓰거나 무표정했다. 학교에서 보는 남자애들의 웃음은 멍청했고 여자애들의 카랑카랑한 웃음은 시끄러웠다.

화장한 남자는 처음 보았지만 눈가에 그린 아이라인이 꽤 잘 어울릴 만큼 그는 미남이었다. 그 잘생긴 남자의 환하게 웃는 얼굴에 기연은 자신도 모르게 얼굴이 확 붉어졌다. 생각해 보니 누군가의 얼굴을 이리 자세히 본 적 또한 처음이었다.

"돈 없어요."

붉어진 얼굴에 쑥스러워진 기연의 불퉁거리는 말에도 남자는 미소를 잃지 않았다.

"아아. 괜찮아. 어차피 손님도 없는걸. 오늘 못 팔면 사장님이 버릴 수는 없다고 할 거고 그럼 또 저걸 다 먹으라고 날 고문할 거야. 나 살려 주는 셈 치고 들어가서 같이 먹자."

남자는 다정하고도 친근하게 굴었다. 기연은 누군가가 자신에게 이유 없이 다정하고 친근했던 기억이 별로 없었다. 언제나 바빴고 언제나 피곤했던 엄마에게도 기연은 귀찮은 존재일 뿐이었다. 그러다 기연을 버렸고 그 덕분에 만났던 아빠란 사람도 결코 꿈꾸던 다정한 아빠는 아니었다. 필요한 모든 것을 돈으로 해결해 주긴 했지만 갑작스러운 기연의 존재가 부담스러운 듯했다.

친구란 존재도 그러했다. 엄마와 살 때는 미혼모의 딸이라서, 아빠와 살 때는 깡패 새끼의 딸이라서 아무도 그녀의 곁에 다가오지 않았다. 물론 기연도 그것을 원했던 적은 없었다. 언제나 혼자였으니까 새삼스러울 것도 없었다.

그런데 지금 자신의 팔을 잡아당기는 남자의 손이 묘하게도 다정해서 싫다고 뿌리칠 수가 없었다. 아니, 뿌리치고 싶지 않았다. 어차피 덥고 갈 데도 없으니까, 라고 핑계를 대며 기연은 미적미적 정호를 따라갔다. 유리문을 열고 들어가자마자 시원한 공기가 확 덮쳐 왔다. 그리고 두 사람의 말대로 카페 안은 손님 하나 없이 텅 비어 있었다.

기연은 정호가 이끄는 대로 계산대와 연결된 아일랜드 식탁에 앉았다. 잠깐 사이인데도 에어컨의 서늘한 공기가 끈끈하게 달라붙는 교복의 불쾌함을 덜어 주고 있었다. 정호는 기연이 의자에 앉는 걸 흐뭇한 표정으로 보더니 잠깐만 하며 아일랜드 식탁 뒤의 주방으로 사라졌다. 기연은 천천히 가게 안을 둘러보았다.

테이블이나 의자는 하나도 같은 게 없었지만 그게 또 나름 어울려 보이는 독특한 매력이 있었다. 고개를 들어 바라본 천장에는 천사 모양의 모빌이 천천히 에어컨의 바람에 흔들리고 있었다. 잔잔한 피아노 소리가 들리는 가운데 어디선가 포근하고 달콤한 냄새가 가득 풍겨 왔다. 그것은 어쩐지 까마득히 잊어버린 기억을 건드리는 느낌이어서 기연은 울컥하는 기분이 들었다.

"자! 시원한 아이스티야."

어느새 다가온 정호가 기연의 앞에 잔 하나를 내려놓았다. 물방울이 송골송골 맺힌 커다란 유리잔에는 갈색의 아이스티와 동글동글한 얼음이 가득했다. 기연은 유리잔을 제 앞으로 끌어당기며 확인하듯 다시 말을 했다.

"분명히 돈 없다고 말했어요."

새침한 그 말에 정호가 웃음을 터뜨렸다.

"나도 분명히 말했잖아. 괜찮다고."

정호의 말에 고개를 끄덕인 기연이 그제야 아이스티에 꽂힌 빨대로 입을 가져갔다. 차가운 아이스티 한 모금이 답답한 속을 한 번에 틔워 주는 기분에 기연이 작게 탄성을 질렀을 때 여자가 나타나 기연의 앞에 네모난 접시를 내려놓았다. 접시 가득 담긴 작은 조개 모양의 마들렌이 달콤하고 고소한 냄새를 훅 풍겼다.

"먹어."

여자는 그 말만 툭 내던지듯 하고 턱을 괸 채 몽롱한 눈빛으로 창밖만 바라보고 있었다. 어차피 기연도 그게 편했기에 별 대답 없이 마들렌 하나를 입속에 집어넣었다. 겉은 바삭하고 안은 촉촉한 마들렌의 연한 레몬 향과 고소함이 입안을 가득 채워 주었다. 기연은 자신도 모르게 맛있다고 감탄을 하고 말았다. 그러나 여전히 여자는 관심 없다는 듯 창밖만 바라보고 있었다. 그 대신 정호가 마시던 얼음물을 내려놓고 신나게 맞장구를 쳤다.

"그렇지? 그런데 불행히도 이 맛을 이 동네 사람들은 아직도 모르고 있다는 거지. 더불어 내 커피 맛도 모르고……. 우리 이러다가 망하는 건 아니겠지? 응? 사장님?"

갑자기 눈꼬리를 내려뜨리며 정호가 하는 말에 여자가 심드렁하니 대답했다.

"너 하나 월급 줄 능력은 되니까 걱정하지 마."

"어떻게 걱정이 안 되겠어? 벌써 일주일이나 파리를 날리는데?"

"며칠만 지나면 더위도 끝이야. 그럼 손님이 넘쳐 날 테니까 그때 가서 울지나 마."

여자의 말에 정호가 반색을 했다.

"정말? 정말이지?"

몇 번이나 확인하며 물어보는 정호가 귀찮은지 여자는 짜증스럽게 얼굴을 찌푸렸다.

"망하길 바라는 거야? 자꾸 그렇게 재수 없는 말 하면 네가 걱정하는 일 생기기 전에 잘라 줄까?"

서늘한 표정의 여자가 냉랭하게 뱉는 말에 정호가 입에 지퍼를 채우는 시늉을 하더니 손을 싹싹 비볐다. 그 모습에 가볍게 코웃음을 친 여자가 다시 밖을 쳐다보았다. 그게 신호라도 된 듯 정호는 기연에게 어깨를 으쓱하면서 미소를 짓더니 얼음물이 담긴 유리잔을 짤랑거리며 잡지를 뒤적였다. 기연도 마주 어깨를 으쓱하고 달콤한 마들렌을 먹고 또 먹었다.

마침내 접시에 남은 마지막 한 조각의 마들렌까지 입에 집어넣은 기연이 기분 좋은 포만감에 자신도 모르게 뿌듯한 미소를 지었다. 조금 전까지 자신을 가득 채운 우울한 기분은 어디론가 사라지고 없었다. 남은 아이스티를 마시며 기연은 음악에 맞춰 발을 까딱거렸다.

지유는 자신이 그다지 동정심이 넘치는 타입은 아니라고 생각했다. 그저 지루하고 따분한 오후에 교복 차림의 여고생이 그녀의 흥미를 끌었고 자신도 모르게 말을 걸었을 뿐이었다. 그리고 언제나처럼 그 결과는 여고생이 카페에 공짜 손님으로 앉아 있는 것이 되었다.

"그래서 이유가 뭐야?"

카페에 들어와서 내내 기연에게 말 한마디 없던 지유는 기연이 아이스티와 마들렌을 다 먹자 기다렸다는 듯 말을 걸었다. 무슨 의미인지 알 수 없는 기연이 멍한 표정으로 지유를 바라보다 정호에게 시선을 돌렸다. 뒤적이던 잡지로 얼굴을 가린 채 눈만 내놓은 정호가 기연과 시선이 마주치자 난 모르겠다는 듯 눈동자를 데구루루 굴렸다.

"무슨 이유?"

"이 땡볕에 교복 입은 고딩이 학교를 뛰쳐나와 길거리를 헤매는 이유?"

왠지 심드렁하게 들리는 그 말에 기연이 날카롭게 반응했다.

"뭐야! 공짜라더니 그거 캐물으려고 데려온 거였어? 차라리 돈을 낼게. 얼마야?"

높은 아일랜드 의자에서 탁 소리 나게 뛰어내린 기연을 지유가 불러 세웠다.

"알았어, 안 물어볼게. 어쨌든 너 하고 싶은 대로 해도 되니까 가지 마라."

알 수 없는 말을 하는 지유를 기연이 홱 하고 돌아보았다.

"무슨 소리야?"

어깨를 으쓱한 지유가 나른하게 기지개를 켰다.

"울고 싶으면 울어도 된다고."

생각지도 못한 지유의 말에 기연은 당황해 버리고 말았다.

"내, 내가 언제 울고 싶다고 했어!"

자신도 모르게 얼굴이 붉어지며 신경질적으로 소리를 지르는 기연을 무심하게 바라보던 지유가 잠이라도 자려는 것처럼 아일랜드 식탁에 팔을 괴고 엎드렸다.

"어차피 비 올 거니까 울고 싶은 만큼 울다 가도 돼."

그녀의 말에 기연이 카페 유리창을 가리키며 소리를 쳤다.

"아줌마, 미쳤구나? 이렇게 해가 쨍쨍한데 무슨 비가 온다고 그래!"

카페 밖을 가리키던 기연의 손가락이 내려오기도 전에 하늘에서 우르릉 쾅 하는 소리와 함께 비가 내리기 시작했다. 그것도 여전히 해가 쨍쨍하게 내리쬐는 도로 위로 퍼붓듯이 비가 쏟아졌다.

"와! 진짜 비 오네?"

잡지에서 눈만 내밀고 눈치를 보던 정호가 어느새 기연의 옆으로 걸어와 어깨를 나란히 하고 밖을 바라보았다. 기연은 아직도 밖을 가리키던 손을 내리지 못하고 멍하니 햇볕이 내리쬐는 길에 쏟아지는 빗물을 바라보고 있었다. 기연의 손을 자신의 손으로 감싸고 천천히 내리게 한 정호가 초점 흐린 눈으로 자신을 올려다보는 기연을 마주 바라보았다.

"우리 사장님 말대로 울고 싶은 만큼 울었다 가도 돼. 보다시피 손님도 없으니까 말이야."

그 말을 해 놓고 쑥스럽다는 듯 정호가 볼을 긁적이며 곱게 미소를 지었다. 잠시 고개를 숙인 채 훌쩍이던 기연이 정호의 티셔츠 자락을 꼭 움켜쥐며 가슴에 이마를 기대 왔다.

"으흐흑!"

어린아이처럼 훌쩍이더니 목 놓아 울어 대는 기연의 등을 정호가 다정한 손길로 토닥여 주었다. 비는 금방 그쳤지만 기연의 울음은 그 뒤로도 한참은 계속되었다. 그리고 그날 이후로 기연은 카페 마녀의 단골이 되었다.

"받아 주세요!"

예상하지 못했던 말과 함께 내민 작은 상자를 내려다보며 정호는 미간을 찡그렸다. 팔을 앞으로 쭉 뻗어 상자를 내민 기연은 정호의 시선을 피하듯 아래를 내려다보고 있었다. 고개를 숙이고 있는 맹랑한 녀석의 길고 검은 머리카락이 카페의 조명 아래에서 윤기 있게 찰랑거렸다.

"흐응. 그거 고백인가?"

곤란한 표정의 정호와는 달리 사장인 지유는 흥미진진한 표정으로 두 사람을 바라보고 있었다. 물론 지유의 말에 고개를 홱 돌린 기연이 그녀를 노려본 것은 당연한 일이었다. 난방이 잘 되는 카페 내부를 순식간에 얼려 버리려는 듯 서늘하게 저를 바라보는 기연의 기세에 지유가 항복을 하고 물러섰다.

"아아. 알았어. 방해꾼은 사라져 줄게."

키득거리며 앉아 있던 자리에서 일어난 지유가 테이블 아래에 있던 고양이 사료를 챙겨서 카페 밖으로 걸어 나갔다.

"나 길냥이들 밥 준다. 끝나면 불러."

커다란 사료 봉지를 껴안은 지유가 손을 휘휘 저으며 나가자 정호가 입을 열었다.

"이게 뭐야?"

그제야 슬며시 고개를 들어 정호를 바라본 기연이 대답했다.

"초콜릿이요. 나 오빠 좋아해요."

아, 오늘이 밸런타인데이였지. 그제야 머리를 스치는 깨달음에 정호는 낮게 한숨을 쉬었다. 그러나 정호의 한숨에 기연의 얼굴은 순식간에 어둡게 변해 버렸다.

"내가 싫어요?"

어린아이처럼 저를 올려다보는 기연의 눈동자에 정호는 가슴속 어딘가가 뜨끔하게 아파졌다. 예쁜 아이였다. 하얀 얼굴에 나이보다 성숙해 보이는 이목구비는 눈길을 확 끌 만큼 화려함마저 담고 있었다. 게다가 사춘기를 지나는 그 나이 대의 불안함보다 더한 위태로움이 눈을 떼지 못하게 만드는 아이였다.

처음 지유가 카페로 데리고 왔던 아이는 며칠 뒤에 쭈뼛거리면서 카페에 들르기 시작하더니 가을과 겨울을 지나는 동안 카페의 단골이 되었다. 기연은 아닌 척 자존심을 세우면서도 카페에, 그리고 지유와 정호에게 정을 붙이기 시작했다. 늘 그 마음이 훤히 보이는데도 퉁퉁거리는 기연이 귀엽고 예뻤다. 그래서 다정하게 대해 주었으나 그것이 이런 식의 결말을 낼 것이라고는 상상도 하지 못했었다.

거절해야 맞는 일이었다. 아직 어린애였다. 사춘기의 불안정한 마음을 알면서도 그 일방적인 애정을 탐욕스럽게 날름 삼켜 버릴 만큼 정호는 뻔뻔하지는 않았다. 그러나 그가 거절하면 금방이라도 디디고 있던 발아래로 허물어질 듯 애절하게 바라보는 기연의 눈빛이 정호를 주저하게 했다.

"싫어서 그러는 거 아니야."

싫지 않다는 말에 기연은 잠시간 안도를 했지만 그것은 허락이 아니었다. 초조한 듯 입술을 깨물며 기연이 다시 물었다.

"그럼요?"

신중해야 했다. 강한 척하지만 예민하고 쉽게 상처받는 아이였다. 그가 뱉은 말 한마디에 아이는 상처받고 다시는 이곳에 오지 않을지도 몰랐다. 어쩌면 지유가 매일 먹이를 주는 길고양이들보다 더 까다롭고 더 세심하게 돌봐야 하는 것이 이 아이일지도 몰랐다.

"나도 기연이 네가 좋아. 하지만 너 아직 학생이잖아. 난 성인이고."

"그게 무슨 상관이에요?"

"상관있지. 어른은 조금 더 생각할 게 많아."

정호를 바라보는 기연의 눈빛에 날이 섰다.

"쓸데없는 소리 하지 말고 싫으면 그냥 싫다고 해요."

기연의 마음의 문이 탁 하고 닫히는 소리가 환청처럼 정호의 귓가에 울렸다. 반년이 넘는 시간을 함께 지내면서 기연의 상처를 굳이 알고 싶지 않아도 알게 된 정호였다. 겨우 발견한 제 애정의 대상에게 거부당할 것을 깨달은 기연이 버림받은 아이처럼 그를 노려보았다.

그러자 마음을 닫고 가족을 벗어나 혼자만의 세계로 도망쳤던 제 모습이 정호의 기억을 비집고 떠올랐다. 처음 혼자만의 힘으로 자기 자신을 책임져야 했을 때의 막막함이 손에 잡힐 듯 가깝게 느껴졌다.

그날도 바리스타를 구하는 카페 한 군데에서 퇴짜를 맞고 허탈한 마음에 계단에 주저앉은 정호를 누군가가 툭 건드렸다. 양 갈래로 머리를 땋은 여자가 의심스러운 표정으로 자신을 바라보더니 '너 바리스타 맞아?' 라고 물어왔다. 고개를 끄덕이는 그를 다짜고짜 아담한 카페로 끌고 간 그녀가 대뜸 커피를 만들어 보라며 정호를 닦달했다.

뭐에 홀린 것처럼 라떼아트를 몇 개씩 만들고 커피를 종류별로 뽑은 뒤에 여자는 그를 채용했다. 그것이 지금 카페의 사장인 지유였다. 지유가 아니었다면 자신은 어디쯤 가 있었을까? 그 기억이 정호에게 뒤로 물러서는 기연의 손을 잡게 했다. 지유가 정호의 손을 잡아 준 것처럼 정호도 기연의 손을 잡아 주고 싶어졌다.

"네가 기대하는 연애와는 다를 거야."

정호의 말에 기연의 하얀 뺨에 홍조가 피어올랐다.

"그래도 괜찮다면 네 옆에 있어 줄게."

언제 뾰족하게 굴었느냐는 듯 순식간에 표정이 바뀐 기연이 수줍게 고개를 끄덕였다. 그런 기연의 머리를 정호가 다정하게 쓰다듬었다. 그래. 이것도 나쁘지 않을 것 같았다. 이 아이가 어른이 될 때까지 옆에서 소중히 지켜 주는 것 정도는 해 줄 수 있을 터였다.

그래서 기연이 상처를 잊고 제 발로 자신의 길을 걷게 된다면 그것만으로도 만족스러울 것만 같았다. 정호는 저를 올려다보는 기연에게 담담히 미소를 지어 주었다. 아직은 기연에 대한 작은 관심과 애정이 점점 시간을 지나며 몸집을 불려서 사랑이 될 것을 까맣게 모르던 때의 일이었다.

인우는 자신도 모르게 입가를 비집고 나오는 웃음을 주먹으로 가려 막았다. 친구 정훈이 잡은 미팅에 평소 마음에 둔 미진이 나온다고 연락이 와서 다녀오는 길이었다. 무뚝뚝하게 굴었지만 가슴이 기분 좋게 두근거리는 걸 막을 수는 없었다. 미진과 주스를 마시고 영화를 보고 집으로 돌아오는 길에 인우는 자신도 모르게 걸음이 가벼워지고 있었다.

계단을 신나게 뛰어 올라간 인우는 자신의 집 현관문이 조금 열려 있는 것을 발견하고 발을 멈췄다. 문득 머릿속을 스쳐 지나가는 생각이 그의 가슴을 덜컥하게 했다. 정훈의 전화를 받고 정신없이 뛰어나오면서 안방을 향해 외출한다고 말만 남기고 집을 나왔다. 당연하게 어머니가 문단속을 할 거라고 생각했다. 그러나 문틈으로 느껴지는 끝없는 정적이 인우를 불안하게 만들었다. 등을 타고 오르는 불안감을 떨쳐 버리려 인우가 여동생의 이름을 큰 소리로 부르며 문을 열었다.

"인영아!"

평소 같으면 다다다 발소리를 내며 달려올 동생은 대답이 없었다. 인우는 신발을 벗어 던지며 어머니를 불렀다.

"어머니!"

안방 문만 바라보며 달려가던 인우가 거실 한가운데에서 미끄러져서 넘어져 버렸다. 축축했다. 이 불쾌한 냄새는 뭘까? 일어나야 하는데 일어나지지 않았다. 갑자기 바닥이 늪이라도 된 듯 인우를 끌어당겼다. 그리고 점점 눈앞에 암흑이 내려앉았다.

"헉!"

소파에 기댄 채 잠이 들었던 인우가 땀에 흠뻑 젖은 채로 눈을 떴다. 눈앞의 티브이에서는 아무 일도 없는 듯 광고가 시끄럽게 울려 대고 있었다. 끈적하게 젖은 이마에 손을 댄 채로 인우는 거친 숨을 몰아쉬었다. 한동안 꾸지 않았던 꿈을 다시 꾼 것이 아무래도 최근에 다시 시작된 불면증 때문인 듯했다. 악몽을 털어 내듯 얼굴을 쓸어내린 인우가 어둠 속에서 빛나는 시계를 바라보았다. 소리 없이 움직이는 두 개의 바늘이 4시 반을 가리키고 있었다.

끈적거리는 얼굴을 찬물로 씻어 낸 인우는 거울을 바라보았다. 15살의 김인우가 아니라 35살의 김인우가 보였다. 20년이 지났지만 기억은 여전히 희미해지지 않았다. 희미해진다 생각하면 그런 그를 질책하는 것처럼 어느새 악몽이 스며들곤 했다. 다시 잠을 청해 악몽과 대면하는 대신 인우는 러닝머신으로 몸을 혹사하는 쪽을 선택했다.

혼자 살게 되면서 언젠가 생긴 강박증은 사소한 것까지 그를 예민하게 만들었다. 그 예민해진 성격이 집안일을 도와주는 도우미조차 둘 수 없게 했다. 게다가 그는 잡념을 없애기 위해 쉬지 않고 무언가를 하는 것이 더 좋았다.

시간이 많아지면 생각이 많아지고 생각이 많아지면 자꾸만 기억이 그를 괴롭혔다. 집 안의 모든 물건들의 각을 잡고 줄을 세워 정리를 했다. 그러고도 남는 시간들을 그는 전부 운동에 투자했다. 오늘도 악몽을 땀으로 지워 버린 뒤에야 그는 러닝머신에서 내려올 수 있었다.

샤워 후 새 수건을 걸어 두고 물기 하나 없이 욕실을 정리한 그는 마지막으로 욕실 문을 열어 환기시키는 것도 잊지 않았다. 아무것도 걸치지 않은 몸으로 드레스 룸의 서랍을 연 인우는 각 잡혀 정리된 속옷을 꺼내어 입은 뒤에 옷장을 열어 가지런히 줄을 지어 걸린 와이셔츠 중에서 연한 하늘색의 와이셔츠를 꺼냈다.

그다음 돌돌 말려 칸칸마다 정리된 넥타이 중에서 사선으로 파란과 은색의 줄무늬가 있는 넥타이를 꺼내어 매기 시작했다. 양말을 신고 바지를 입은 다음 짧은 머리를 헤어 젤을 이용해서 손질해 준 뒤에야 출근 준비가 끝이 났다.

방 안에서 나온 인우는 주방으로 가서 냉장고를 열었다. 로고가 보이도록 잘 정리된 음료수들과 작은 크기의 생수병이 줄지어 있는 칸에서 생수병을 하나 꺼낸 다음 문을 닫았다. 막 출근하려던 그는 현관 앞에 서서 윤이 반짝반짝 나도록 정리된 집 안의 모든 것이 제자리에 있는 것을 확인한 뒤에야 구두를 다시 신을 수 있었다.

그리고 문을 닫은 다음 신중하게 보조키 두 개를 열쇠로 잠갔다. 원래 내장되어 있던 디지털 자물쇠가 있었지만 인우는 그것으로 만족하지 못하고 두 개의 보조키를 더 달았다.

이 아파트는 엘리베이터의 운행도 전용키가 있어야 가능하고 비상계단 또한 입주자 카드가 있어야 사용할 수 있는지라 굳이 보조키가 필요 없었지만 인우는 보조키를 하나도 아니고 두 개를 더 달았다. 이제는 집 안에 지켜야 할 것들이 남아 있지 않았지만 인우에게 이것은 일종의 지켜야 할 의식 같은 것이었다.

다른 때보다 이른 시간에 출근한 인우는 항상 비어 있던 주차장에 트럭이 3대나 주차된 것을 발견했다. 인우는 눈살을 찌푸리며 먼지 가득한 트럭과 멀리 떨어져서 자신의 아우디를 주차했다.

주차장을 나와서 병원 건물 앞으로 와서야 약국 옆의 옷 가게가 공사 중인 것을 발견했다. 굵은 철재 빔이 가로와 세로로 연결되어 있고 그 철재 빔 위로 두꺼운 천막이 덮여 있는 가게는 내부 장식들을 철거하는 중인지 엄청난 소음과 먼지가 가득했다. 안 그래도 아침부터 8월의 높은 습도에 차에서 내리자마자 불쾌지수가 올라가는 중이었는데 먼지와 소음이 인우의 기분을 바닥으로 곤두박질치게 만들었다.

미간에 주름을 잡으며 철거되는 간판을 보던 인우가 한 발 뒤로 물러설 때였다. 뭔가 밟히는 느낌에 뒤를 돌아본 인우는 철거된 물건들을 쌓아 둔 곳에 걸터앉아 있는 여자를 보게 되었다. 양 갈래로 머리를 땋고 햇빛 한 점 보지 못한 것처럼 하얀 팔을 다 드러낸 검은색의 민소매 티를 입은 여자는 작은 꽃무늬가 가득한 검정 바탕의 긴 치마에 촘촘히 끈으로 묶은 워커를 신고 있었다.

갸름한 얼굴에 창백한 혈색의 여자는 별스럽게 까만 눈동자를 가졌는데 창백한 혈색과는 어울리지 않게 붉디붉은 입술은 유난스레 아랫입술만 도톰했다. 여자의 얼굴에서 느껴지는 뭔지 모를 이질적인 느낌에 인우가 여자를 빤히 내려다보았다. 바라보는 여자의 그림 같은 눈썹이 꿈틀했다. 그러더니 고개를 외로 꼬고 삐딱하게 그를 올려다보며 말했다.

"저기, 지금 제 발 밟고 계신 거 알고 계세요? 아프니까 좀 치워 주실래요?"

도톰한 아랫입술을 삐죽거리면서 나온 목소리는 무척이나 어려 보이는 얼굴과는 달리 느릿하면서도 허스키했다. 그 어울리지 않는 조합에 인우는 조금 늦게 반응을 했다.

"아…… 죄송합니다."

인우가 물러나자 여자는 시선을 옮겨 철거되는 간판을 바라보았다. 그러더니 손에 들고 있던 작은 노트에 뭔가를 끄적거리기 시작했다. 먼지가 덕지덕지 붙은 물건들 위에 앉은 여자를 바라보고 있으니 인우는 언제나 단정하게 매고 있던 넥타이가 갑갑해지는 기분이 들었다.

여자는 이제 옆에 서 있는 인우에게 눈길도 주지 않고 노트만 바라보고 있었고 인우는 그런 여자에게 눈을 떼고 다시 공사 중인 가게를 바라보았다. 오늘부터 공사가 시작이니 앞으로 며칠이나 저 소음을 참아 줘야 할지 몰라 인우는 머리가 아팠다. 간판이 내려지는 걸 바라보며 인우는 건물 입구로 발길을 옮겼다.

2층의 병원으로 들어간 인우는 먼저 출근한 간호사들에게 눈인사를 하고 자신의 진료실로 들어갔다. 3층에 있는 병동의 아침 라운딩은 주로 인우가 돌기 때문에 서둘러야 했다. 병동에 올라간 그는 스테이션의 컴퓨터로 차트를 확인하고 수간호사와 다른 간호사 두 명과 함께 병동 라운딩을 시작했다. 여름이라 주로 장염과 폐렴 환자가 많았다.

그렇게 길고 지루하고 특별할 것 없는 인우의 하루가 또 시작했다.

지유는 먼지 속에 앉은 채로 인테리어에 필요한 몇 가지 점을 꼼꼼히 정리하고 있었다. 금방 밟혔던 발가락을 워커 속에서 꼼지락거리며 간단한 스케치를 그려 넣는데 양손에 테이크아웃 커피 잔과 커다란 봉투를 가득 든 정호와 기연이 다가왔다.

"사장님, 이 근처에 커피 가게라고는 저쪽 큰길 건너에 하나뿐이야. 그래서 한 잔 사 와 봤으니까 마셔 봐."

"정호야, 난 커피 안 마시는 거 잘 알잖아."

"사장님! 대체 언제쯤이면 장이라고 부를 거야?"

"네가 포기해."

"쳇! 어쨌거나 이거 맛이라도 봐. 적을 알고 나를 알면 백전백승이라잖아. 그렇다면 당연히 마셔 봐야지."

"언제부터 우리가 다른 카페들까지 신경 썼다고 새삼 유난이야?"

"사장님이 워낙 마이 웨이니까 나라도 신경을 써야지. 시대의 흐름에 좀 맞춰 줘. 너무 혼자 앞서는 것도 안 좋다고."

투덜대는 정호의 말에 지유는 커피 잔에 입을 대고 한 모금을 마셔 보았다.

"윽! 이게 대체 뭐야?"

혀를 내밀며 얼굴을 찌푸리는 지유를 보면서 정호와 기연은 깔깔거렸다.

"언니, 걸레 맛이 나지?"

"고삐리, 걸레가 뭐냐? 너희들 나 골탕 먹이려고 일부러 먹인 거지?"

혀를 푸푸거리는 지유의 모습에 기연이 배를 잡고 웃어 댔다. 지유가 희한하다는 듯 커피 잔 안을 들여다보았다.

"이런 게 시대의 흐름이면 그 흐름 안 따라가는 게 낫겠다. 대체 이 동네 사람들은 혀가 마비된 거야? 어떻게 이런 걸 먹고 산 거야?"

"그래도 꽤 오래된 거 같던데? 우리야말로 이번에는 좀 오래 버티면 어때?"

정호의 말에 기연이 고개를 끄덕거렸다.

"맞아! 언니 때문에 우리 장이 매번 이렇게 가게 따라 이사하는 거 너무 힘들잖아. 이번에는 우리 집이랑 가까워져서 괜찮은 거지 또 가게 옮기면 언니 진짜 미워한다."

지유는 한심하다는 표정으로 이 그로테스크한 커플을 바라보았다. 정호는 귀에 구멍을 뚫을 수 있는 한 다 뚫은 듯 빈자리 없이 귀걸이를 하고 있었고 머리는 삐죽삐죽하게 벼락이라도 맞은 듯 세워져 있었다. 190에 가까운 키에 모델처럼 마른 몸매를 가진 정호는 너덜너덜한 티셔츠와 가죽조끼를 입고 무릎까지 오는 징이 박힌 가죽 부츠에 눈에는 진한 검정 아이라인까지 칠하고 있었다.

뭐 그렇다고 해서 기연이라고 다를 바는 없었다. 이 글래머 몸매의 고딩은 진한 스모키 화장에 빨갛게 칠한 입술, 뱅 스타일의 까만 긴 머리, 까만 네일 아트에 가슴이 훤히 보일 정도로 파인 티셔츠와 핫팬츠, 그리고 허벅지까지 닿는 긴 가죽 부츠를 신고 있었다.

"날 탓하기 전에 너희 차림새를 반성해 봐. 장사에 하나도 보탬 안 되는 이 고스족 커플아."

"반사!"

기연이 붉은 입술 사이에서 분홍빛 혀를 내밀며 날름 대꾸했다. 정호가 겸연쩍게 이마를 긁적거리면서 건물 위층과 주변을 바라보았다. 지유가 임대한 건물은 2층과 3층에는 소아과가, 4층과 5층은 정형외과가 있었다. 주변에 병원 건물이 많았는데 맞은편에는 산부인과와 피부과도 있었다.

"그런데 위쪽이 소아과잖아? 어째 불길한데? 카페 이름이라도 바꿔야 하는 거 아니야?"

"네 옷차림을 바꾸면 고민해 볼게."

"아, 예, 예."

지유의 말에 정호는 항복을 외치며 입을 다물었다.

"기연이 너는 학교 안 가?"

"오늘은 땡땡이! 장이 노는데 오랜만에 데이트해야지."

"고삐리, 너 그러다가 학교 잘린다."

"흥! 걱정하지 마. 어차피 방학에 하는 보충 수업인데."

"대학은 안 가냐?"

"괜찮아. 내 꿈은 장의 현모양처니까."

"말은 바로 해야지. 현모양처는 무슨. 악처나 아니면 다행이겠지."

"언니!"

지유가 기연과 투닥거리는 사이에 정호가 일꾼들에게 음료와 빵을 돌리기 시작했다. 허름한 작업복을 걸친 아저씨들은 정호의 차림에 오만상을 썼지만 싹싹한 정호의 태도에 금방 껄껄 웃으며 음료수를 마시기 시작했다. 정호는 허리를 깊이 숙이며 잘 부탁한다고 인사를 하고 밖으로 빠져나왔다.

"간식 다 돌렸어. 사장님, 나 그럼 이제 데이트 간다."

"그래. 미성년자 일찍 들여보내라. 늦게까지 놀다가 원조 교제로 잡혀간다."

지유의 말에 기연이 흥 하며 양손의 가운뎃손가락을 들어 올렸다.

"별걱정을 다 하셔!"

"반사!"

지유가 기연의 손가락 공격을 튕겨 내듯 손을 들어 올려 막는 시늉을 했다. 둘을 바라보던 정호가 키득거리며 인사를 했다.

"내일은 같이 공사 봐 줄게. 그럼 내일 봐. 사장님."

지유는 떠나는 커플을 손을 흔들어 배웅했다.

커피를 못 마시는 자신을 대신해 줄 바리스타 정호를 만난 것이 4년 전. 가게를 시작한 것도 만 4년. 그리고 이번이 벌써 3번째 이사이다. 제발 이번에는 옮기지 않고 오래 가게를 할 수 있으면 좋으련만.

여러 분야의 병원과 사무실들이 있는 복합 건물이라 선택한 건데 바로 위쪽의 소아과 건물이 괜히 지유의 마음에 걸렸다. 하지만 이미 결정된 일이었다. 고민해 봐야 답도 없는 법. 지유는 양팔을 위로 뻗으며 기지개를 켜면서 이얍 하고 기합을 주었다. 고개를 들어 바라본 하늘이 유난히 파랗다. 어쩐지 좋은 예감에 지유가 희미하게 미소를 지었다.

힘들고 더디던 인테리어 공사가 드디어 끝이 났다. 지유는 아일랜드 식탁에 두 팔을 기대고 가게 안을 찬찬히 둘러보았다. 전체적으로 원목으로 꾸며진 카페는 한쪽 벽에 책꽂이가 천장까지 닿게 짜여 있었다.

전등은 주로 매립형으로 천장에 숨어 있었으나 새장처럼 생긴 장식과 둥근 링이 여러 개 겹친 모양의 전등갓이 곳곳에 달려 있었다. 그리고 그 장식들에는 새 모양이나 인형 모양의 모빌이 매달려 공기의 흐름에 따라 이리저리 흔들리고 있었다.

절반 정도 오픈 된 주방은 긴 아일랜드를 중심으로 케이크 냉장고가 한쪽 끝에 자리했고 그 뒤의 벽 쪽으로 정호가 주로 작업하는 음료 작업대와 지유가 음식과 빵을 만드는 작업대가 있었다. 그리고 케이크 냉장고의 반대쪽 끝에 앞으로 튀어나온 계산대가 있었다.

작업대 뒤와 계산대의 뒤는 부분 가벽으로 되어 있어서 작업대 뒤로 정호와 지유가 사용할 작은 탈의실이 숨어 있었고 그 옆에는 커다란 냉동고와 냉장고도 자리하고 있었다. 그리고 계산대의 가벽 뒤쪽에는 오븐과 발효기가 나란히 있고 그 옆에는 또 요리를 할 수 있는 조리대와 화구, 그리고 싱크대가 있었다.

지유는 마지막 점검을 하듯 주방을 돌면서 오븐과 반죽기들을 천천히 쓰다듬으며 걸어 다니기 시작했다. 거의 해마다 이사를 했지만 기계들은 관리를 열심히 한 덕에 고장 나는 일은 없었다. 가끔 더 좋은 기능의 기계들에 욕심이 나지 않는 건 아니었지만 기본적으로 지유는 자신이 가진 물건을 아끼는 사람이었다. 물론 잦은 카페 이전으로 자금 사정이 여유롭지 못하게 된 점도 이유 중의 하나였지만 말이다.

"사장님, 냉장고랑 냉동고의 재료 다 정리해 놨어. 더치커피도 미리 냉장고에 채워 놨으니까 아침에 그냥 돌리기만 하면 돼. 내일부터 오전 알바도 올 거고 그럼 이제 다 된 거지?"

지유가 고개를 끄덕여 대답을 해 주자 정호가 앞치마를 벗어서 계산대에 올려놓았다. 그러더니 아직도 유리창에 페인트 마카로 그림을 그리고 있는 기연에게 다가갔다.

"아직 멀었어?"

"거의 다 그렸어. 잠깐만."

그림에 소질이 있는 기연이 휑한 유리창에 금방 꽃도 피우고 향긋한 커피가 담긴 예쁜 잔도 그리고 지유가 평소 만들어 주는 특이한 아이싱이 올라간 컵케이크도 그려 냈다.

"언니, 나 알바비 안 줘?"

지유는 유리창의 그림을 감상하기 좋은 위치의 의자에 앉으며 특유의 느릿한 어조로 대답했다.

"고삐리, 알바비는커녕 네가 지금까지 먹어 치운 것들을 계산하면 종신 노예 계약을 맺어도 모자라."

"치! 맨날 공짜로 먹은 건 아니다 뭐."

기연은 입을 삐죽거리면서도 손을 재빠르게 놀려서 그림을 그려 냈다.

"네가 돈 낸 기억은 내 뇌를 아무리 뒤져 봐도 저장되어 있지 않은데?"

"내가 가끔 청소도 도와주고 서빙도 도와주고 그러잖아. 그렇게 자꾸 나 구박하면 낼 개업식부터 죽 쑤라고 저주한다."

"흥! 잘하는 짓이다. 그럴 거 아예 처음부터 정호 밥줄 끊어지라고 고사라도 지내지 그래?"

지유의 말에 거기까지 생각 못한 기연이 자신의 입을 두 손으로 막았다.

"장, 실수야! 실수! 정지유, 좀 넘어가면 안 돼? 진짜 못됐어! 장, 여기 말고 다른 카페로 옮기면 안 돼?"

정호가 기연의 머리를 쓰다듬으며 달래기 시작했다.

"또 말도 안 되는 떼쓰고 그런다. 사장님하고 벌써 4년이야. 그런데 내가 가긴 어디 가."

"말은 바로 해야지. 가고 싶어도 너희 그 꼴을 봐줄 사람이 나밖에 더 있겠냐? 왜? 망하기 전에 잘라 줄까?"

심드렁한 지유의 말에 기연이 고개를 홱 돌려 노려보았다.

"독설 마녀!"

"날라리 고삐리!"

지유는 피식 웃으며 기연의 말을 받아쳤다. 매번 이기지도 못하면서 달려드는 기연이 귀여워서 지유는 가끔 일부러 기연을 건드리기도 했다. 심술이 난 기연이 입을 꾹 다물고 그림을 그리기 시작했다. 한참 그림을 그리는 기연의 뒤통수를 바라보던 지유가 한마디를 툭 던졌다.

"고삐리, 내일 저녁에 마들렌 구울 테니까 땡땡이치지 말고 수업 다 하고 와라."

지유의 말에 기연이 조금은 풀어진 목소리로 대답했다.

"흥. 내가 앤 줄 아나? 그런 걸로 꼬드기게."

정호가 그런 기연이 귀엽다는 듯 머리를 다시 쓰다듬었다.

"보충 수업 다 하고 오면 마들렌하고 먹게 웨딩 홍차 해 줄게."

마들렌과 예쁜 찻잔에 마시는 웨딩 임페리얼 홍차는 기연이 제일 좋아하는 간식이었다. 정호의 말에 기분이 풀어진 기연이 퉁명스럽게 대답했다.

"뭐 그럼 그러던지."

"예쁘다. 우리 기연이."

"피, 나도 알아."

정호의 말에 기연이 붉어진 얼굴로 툴툴대며 그림을 마저 그려 냈다.

"그런데 사장님. 오늘도 그거 할 거야?"

"당연한 거 물어보지 마라. 정호야."

지유는 고개를 젖히고 천장에 매달린 모빌들을 멍하니 바라보았다. 지유의 말에 기연이 다시 투덜거렸다.

"자꾸 그런 짓을 하니까 쫓겨나는 거야."

"이기연. 그런 걸 하니까 내가 정호 같은 애 데리고 그나마 안 망하는 거야."

"퍽이나."

기연은 페인트 마카 뚜껑을 닫고 테이블에 탁 소리 나게 내려놓았다.

"장! 나 다 그렸어. 이제 가자."

"와! 우리 기연이 정말 대단하다."

정호가 새삼스럽게 그림이 그려진 창을 바라보며 감탄을 했다.

"사장님, 우리 기연이 그림 정말 잘 그리지?"

"팔불출 장정호. 뭐는 안 그렇겠냐? 내일 출근이나 일찍 해라."

그 말이 뭐가 좋은지 정호는 유쾌하게 웃기 시작했다.

"하하. 오케이! 가자, 기연아!"

"갈게. 언니."

"이기연! 정호 내일 일찍 출근해야 하니까 괜히 밤거리 헤매지 말고 집에 일찍 가라!"

"치! 메롱이다!"

정호에게 안겨서 문을 나서던 기연이 혀를 길게 내밀고는 도망을 쳤다. 지유는 정호 커플이 나간 뒤에 문을 잠그고 주방의 작은 불을 하나만 놔두고 내부의 불을 전부 꺼 버렸다. 그리고 개수대로 가서 손을 꼼꼼히 씻기 시작했다.

새 수건을 꺼내 손을 닦은 지유는 수납장에서 오목하면서 커다란 접시를 꺼냈다. 가장자리가 꽃무늬처럼 물결치는 접시는 손으로 그린 파란 기하학적인 무늬들이 가장자리부터 안쪽으로 갈수록 희미하게 그려져 있었다.

작은 동그라미와 세모, 그리고 물결무늬가 그려진 가운데 부분에 지유는 향유의 한 종류인 베르가모트유를 몇 방울 떨어뜨리고 끓여서 식혀 둔 물을 부었다. 지유는 손을 물에 넣고 둥글게 원을 그리며 향유가 물과 섞이게 저어 주었다. 그리고 작은 목소리로 중얼거리기 시작했다.

"Benedictio solis et venti."

물과 향유가 적당히 섞이자 지유는 그릇을 들고 주방 안과 가게 안을 돌아다니면서 그 물을 손에 묻혀서 조금씩 뿌리기 시작했다. 물론 물을 뿌릴 때마다 축복의 말을 중얼거리는 걸 빼놓지 않았다. 화장실까지 가게 안의 모든 곳을 돌아다닌 그녀는 마지막 남은 물로 조심스레 자신의 손과 얼굴을 씻었다.

그다음 그릇을 닦아 다시 장식장 안으로 돌려보내는 것으로 자신만의 의식을 마무리 지었다. 주방의 불을 끄고 휴대폰 불빛으로 문 앞까지 간 지유는 가게 안을 둘러보면서 작게 속삭였다.

"앞으로 잘 부탁해."

잔잔한 목소리가 가게 안에 울렸고 지유는 바깥으로 나가 문을 잠근 뒤에 집으로 향했다. 가로등 불빛이 희미하게 비추는 가게 안에 지유가 뿌린 축복의 단어들이 천천히 내려앉고 있었다.

출근하던 인우는 몇 주째 공사를 하던 카페가 드디어 문을 연 것을 보게 되었다. 세미나 때문에 1주일간 미국을 다녀왔는데 그사이에 공사가 마무리된 듯싶었다. 어쨌거나 앞으로는 소음에 시달릴 일이 없을 거 같다는 생각에 지나치려는데 간판이 그의 시선을 끌었다.

Cafe & rest 마녀

인우는 한쪽 눈썹을 들어 올리며 특이한 이름의 카페를 다시 찬찬히 살펴봤다. 원래 간이 매대를 놓고 떨이 옷을 팔던 공간은 짙은 원목으로 된 울타리가 쳐지고 갖가지 허브 화분으로 장식되어 있었다. 야외 테이블이 설치된 원목 데크의 한쪽에는 카페 간판 아래에 설치된 진한 카키색의 차양이 그늘을 드리우고 있었다.

활짝 열린 문 옆의 작은 칠판에는 색색의 분필로 적힌 오늘의 음료와 음식이 적혀 있었다. 카페의 안쪽에서는 뭔지 모를 음식들이 만들어 내는 따뜻하고 달콤한 향기가 풍겼고 은은한 피아노 소리가 조용히 새어 나왔다.

인우는 시끄러운 유행가가 아니라 다행이라는 생각을 하며 병원으로 향했다. 그러나 도착한 병원은 평소와 다르게 웃음소리가 가득했다. 접수대에 몰려 있는 간호사들은 괴상한 차림새의 남자를 보며 깔깔대고 있었다.

"그래서 우리 사장님이 그 남자 귀를 탁 하고 잡아서……."

희극적으로 양팔을 들어 올리며 떠들던 남자가 조용해지는 간호사들을 보고 자신의 등 뒤에 서 있는 인우를 향해 돌아섰다. 저를 향해 돌아선 남자의 모습에 인우는 눈살을 찌푸리고 말았다. 해골이 그려진 검은색 티셔츠에 귀에는 커다란 사슬 모양의 귀걸이가 주렁주렁 달려 있고 눈에 시커먼 칠을 한 남자는 인우가 보기에 시각 장애를 일으킬 정도로 괴상하기 짝이 없었다.

"뭡니까?"

딱딱한 인우의 음성에 당황한 간호사들과는 달리 정호는 날카로운 눈을 곱게 접어 가며 씩 웃음을 지었다. 그러더니 차림새와는 다른 정중한 어조로 명함을 건네며 인사를 했다.

"안녕하세요? 아래에 생긴 카페의 바리스타 '장'이라고 합니다. 개업 기념으로 커피 좀 가져왔습니다."

"그렇습니까? 그런데 죄송하지만 곧 진료 시간이라 그만 가 보셔야 할 것 같습니다."

정호는 인우의 축객령에도 전혀 기죽지 않고 말을 받았다.

"제가 누님들하고 수다 떨다가 시간을 잊었네요. 죄송합니다."

인우를 향해 허리를 꾸벅 숙인 정호가 간호사들을 바라보며 다정스레 인사를 했다.

"누나들, 우리 사장님 요리는 최고니까 카페 꼭 놀러 오세요!"

간호사들이 인우의 눈치를 보며 정호에게 인사를 했다.

"잘 가요. 장!"

인우는 기혼인 간호사들까지 정호에게 열렬한 인사를 보내는 게 한심스러워 고개를 돌리고 자신의 진료실로 향했다. 일주일 만에 돌아온 진료실은 묵은 공기의 텁텁한 냄새가 가득했다. 인우는 창문을 열고 환기를 시켰다. 건물 자체에 에어컨이 돌아가고 있었지만 인우는 개의치 않았다.

분명 에어컨은 이 더운 날씨에 쾌적한 느낌을 주기는 했지만 가끔은 그 인공적인 냄새가 머리를 지끈지끈 아프게 했다. 그때 활짝 열린 창으로 아까 카페 앞에서 맡았던 달콤한 향이 스며들었다. 아침 식사로 시리얼을 먹고 나왔지만 자꾸만 후각을 자극하는 향기에 참을 수 없는 공복감이 느껴졌다.

"선생님, 이거 좀 드셔 보세요. 아까 그분이 주고 간 건데 맛이 좋아요."

살짝 노크를 하고 들어온 제일 어린 김 간호사가 책상에 커피를 올려놓았다. 물기가 가득 맺힌 컵이 내용물이 차가운 걸 알려 주고 있었다.

"고마워요."

짧게 인사한 인우가 컵을 들어 꼼꼼히 바라보다 씌워진 뚜껑을 벗기고 커피를 마셨다. 한 입 맛을 본 인우가 흥미롭게 커피의 향을 다시 맡았다. 그저 단순한 냉커피인 줄 알았더니 쓴맛 없는 은은한 커피 향이 가득 풍겼다. 괴상한 모습의 남자가 만든 커피라고 하기엔 다소 의외였다. 부드러우면서 풍부하게 입안을 감도는 커피의 맛과 향에 인우는 감탄했다.

커피 잔을 들고 창가로 다가간 인우는 무심히 밖을 내려다보았다. 바로 아래에 보이는 카페의 널찍한 데크 가장자리에 꽤 큰 화분의 잎들이 바람에 흔들리고 있었다. 그 위로 물줄기가 시원스레 뿌려지고 있었다. 길게 뿌려지는 물줄기를 따라가니 머리를 동그랗게 말아 올린 여자가 긴 치맛자락을 걷어 옆구리에 묶고 하얀 맨발을 드러낸 채 호스를 들고 서 있었다. 여자의 팔이 움직일 때마다 물줄기가 카페에서 흘러나오는 음악 소리에 맞춰 춤을 추듯 흔들렸다.

그 흔들리는 물줄기 사이로 언뜻 무지개가 보인 것만 같았다. 화분에 뿌려지는 물들이 흘러내려 나무 바닥을 전부 적셨다. 그 위를 여자가 걸어 다닐 때마다 하얀 발 아래로 찰박찰박하는 소리가 들리는 듯했다. 인우가 몸을 기울여 그녀를 내려다보려는 순간 여자를 부르는 소리가 들렸다.

"사장님!"

누군가 부르는 소리에 등을 보이며 서 있던 여자가 돌아섰다. 아래층의 카페가 공사할 때 먼지 더미의 물건 위에 앉아 있던 까만 눈동자의 여자였다. 금방 접수대에서 본 장이라는 남자가 여자에게 다가가 뭔가를 말하자 고개를 끄덕인 여자가 호스를 정리하기 시작했다. 젖은 발을 난간에 걸어 둔 수건에 닦은 여자가 자신의 하얀 발과 대비되는 까만 워커를 신었다.

고개를 비스듬히 들어 올리며 흐릿한 미소를 짓는 여자의 얼굴 위로 햇살이 하얗게 부서졌다. 여자의 손목의 무언가에 반사된 빛에 인우는 잠시 눈을 감았다. 그리고 인우가 눈을 떴을 때에는 이미 여자는 그 자리에 있지 않았다.

여자가 사라진 그 자리가 왠지 허전해 보여서 인우는 커피를 다 마시고도 한참을 희미하게 들리는 음악 소리를 들으며 창가에 기대어 서 있었다. 나무 바닥을 촉촉이 적신 물이 아침 햇살을 반사해 눈이 시리도록 반짝이는 아침이었다.

새벽부터 지유가 서둘러 움직였지만 아무래도 개업식 날이라 손이 모자랐다. 미리 뽑아 둔 아르바이트생 둘이서 청소와 설거지를 맡고 있었지만 베이킹과 요리는 혼자 담당했기 때문에 오늘같이 공짜 음식을 돌리는 날에는 정신없이 바빴다.

지유는 발효기 안에서 2차 발효 중인 반죽들을 바라보았다. 이제 오븐에서 30분 정도만 구워 주면 보들보들하고 결이 살아 있는 네모난 식빵인 팽드미와 곡물 식빵들이 완성이었다. 식빵 틀을 열어 발효 정도를 살펴본 지유가 미리 예열해 둔 오븐으로 옮겨 두고 의자에 털썩 주저앉았다.

"사장님 힘들어?"

에스프레소에 스팀기를 이용해 거품 낸 우유를 붓고 초코 시럽을 뿌린 뒤에 능숙하게 하트를 만들어 내던 정호가 지유를 돌아봤다. 지유는 정호가 만들어 내는 라떼아트를 홀린 듯 바라보았다. 괴상한 차림을 하고 다니긴 하지만 정호가 꽤 실력 좋은 바리스타임은 틀림없었다.

"해마다 이것도 쉽지 않네."

지유는 주먹 쥔 손으로 자신의 어깨를 툭툭 두드렸다. 정호가 주문한 손님들의 호출 벨을 누르고 쿠키와 커피를 올려놓은 쟁반을 건넸다.

"그러니까 이번엔 오래 버텨 보자고."

몸을 돌려 지유를 바라본 정호가 검게 칠한 눈가를 휘며 미소를 지었다. 그러더니 지유에게 힘내라는 듯 주먹을 불끈 쥐어 보였다.

"힘내! 사장님이 내 밥줄인데 이렇게 지치면 안 되지. 오늘 주 메뉴가 파스타지?"

"응. 밑 준비는 다 해 놨으니까 주문 들어오는 대로 바로 파스타만 삶으면 돼."

"우리 기연이 크림 파스타 좋아하는 거 알지? 한 접시 만들 재료는 남겨 줘야 해."

지유는 자신의 어깨를 주무르다 정호를 흘겨봤다.

"장정호! 자꾸 이러면 네 월급에서 깎는다."

짐짓 눈을 부라리는 지유를 보며 정호는 양손을 살짝 들어 항복을 표시했다. 매번 저렇게 타박을 하지만 가끔 정호가 기연의 몫을 잊어 도 지유는 절대 잊지 않았다.

"예, 예. 저는 커피나 열심히 만들어야죠."

굽실거리는 정호에게 픽 웃은 지유는 고양이처럼 나른하게 기지개 를 켜며 앞으로 쭉 뻗은 팔을 이리저리 돌려 가며 스트레칭을 했다. 잔잔한 뉴에이지 음악이 흐르는 실내에는 이른 오전인데도 손님들이 자리를 가득 채우고 있었다.

잠시 짬을 낸 지유는 쟁반과 가위를 들고 밖으로 나가 데크에 놓인 화분들에서 여린 허브 잎을 잘라 내기 시작했다. 아침에 물을 주어서 그런지 잎들이 더 생생해 보였다. 두어 달에 한 번씩 교체해 오는 화 분들은 지인이 하는 허브하우스에서 가져온 것들이었다. 파스타의 장 식으로 쓰일 바질을 자르기 위해 앉아 있던 지유는 문득 고개를 들어 하늘을 바라보았다.

연한 파스텔 톤의 수채 물감을 흐리게 바른 듯한 하늘에 한지를 찢 어 붙인 것처럼 하얀 구름이 점점이 흘러가고 있었다. 그 꼭대기에 걸 린 태양이 내리쬐는 빛에 지유는 눈을 가늘게 뜨고 하늘을 올려다보았 다. 그리고 눈을 감고 바람의 내음을 맡기 시작했다.

한참을 그렇게 앉아 있던 지유가 고개를 절레절레 흔들며 허브를 잘라 내기 시작했다. 주방에 들어가 허브를 물에 씻고 샐러드 스피너로 물기를 뺀 다음 냉장고에 넣어서 갈무리해 둔 뒤 손을 닦으며 지유가 정호에게 말을 건넸다.

"이따 기연이 우산 필요하겠다."

정호가 머리를 갸웃거렸다.

"이렇게 날씨가 좋은데?"

"비 올 거야."

단호한 지유의 말에 정호가 투덜댔다.

"쳇! 요즘 날씨 왜 이러는 거야? 바빠서 데리러 못 갈 건데."

"기연이한테 전화해서 삼촌들한테 마중 나오게 하면 되지."

"사장님은 기연이가 그거 싫어하는 거 알면서 그래?"

"오늘 개업 날인 거 알지? 그럼 비 맞고 오라고 하던지. 밤새 올 거 같은데."

"에이!"

정호가 짜증을 내면서 공들여 세운 머리를 벅벅 긁어 댔다. 그러더니 체념하듯 문자를 찍기 시작했다. 정호를 바라보며 지유는 속으로 혀를 찼다. 지유도 기연을 아꼈지만 언제까지 정호가 모든 걸 감싸고 대신해 줄 수는 없었다. 상처는 덮어 둔다고 사라지지 않는다. 드러내고 치료를 해야 빨리 낫는 법이다. 세상에는 싫어도 해야 하는 일들이 있고 이해할 수 없지만 받아들여야 하는 일들도 많았다. 물론 아직 기연에게는 그 모든 일이 쉽지는 않겠지만 말이다.

미리 맞춰 둔 알람 소리가 울리자 지유는 따뜻하고 부드러운 향기를 풍기는 빵들을 오븐에서 꺼내기 시작했다. 식힘판 위에 올라간 빵들이 후끈한 열기를 내뿜어 금방 지유의 콧잔등에 땀이 송골송골 맺히기 시작했으나 그녀의 손놀림은 늦춰지지 않았다. 이제 곧 브런치 타임이니 서둘러야 했다.

수학 시간인데도 뒷자리에 앉아서 무료하게 네일 아트에 열중하던 기연은 휴대폰 문자를 보고 창밖을 바라봤다. 하늘은 간간이 떠가는 구름 외에는 먹구름 한 점 없이 푸르기만 했다. 그러나 지유를 오래 알고 있는 기연은 정호의 문자를 무시할 수 없었다. 손목이 시큰거리면 비가 온다는 정지유표 기상 예보는 한 번도 틀린 적이 없으니까.

"에이 씨."

짜증스럽게 한마디를 뱉은 그녀는 옆자리에 자고 있는 동현을 발로 차서 깨웠다.

"아 왜!"

"너 우산 있냐?"

동현이 창밖을 쳐다보더니 손가락을 머리 옆에 두고 빙빙 돌렸다.

"비도 안 오는데 무슨 소리야?"

"곰탱! 그냥 자라, 자."

동현의 등을 곱게 토닥거린 기연이 휴대폰을 열고 노려보다가 다시 화면을 닫았다.

그리고 7교시가 끝나고 하늘이 갑자기 새카매지면서 천둥소리와 함께 비가 쏟아지기 시작했다. 팔에 기대어 엎드려 있던 기연이 머리를 살짝 들어 올리더니 다시 책상에 쓰러졌다.

"쳇! 가게 때려치우고 기상청에 취직이나 할 것이지."

비 온다는 아이들의 웅성거림에 여전히 자다 일어난 동현이 멍한 눈빛으로 밖을 보다가 기연을 내려다보았다.

"와! 이기연 또 비 오는 거 맞춘 거야? 너 진짜 귀신이라도 붙었냐?"

기연이 까만 매니큐어를 바른 손으로 동현의 퉁퉁한 볼을 잡아당겼다.

"죽고 싶냐? 곰탱? 잠이나 자라고 했지?"

동현이 얼얼한 제 뺨을 문질렀다. 다른 여자애들 같으면 주먹을 쥐고 무섭게 윽박지르기라도 했을 테지만 기연이는 좀 으스스하게 꾸미고 다니는데다가 날씨까지 기가 막히게 맞춰서 은근히 무서웠다.

처음에는 뭐 이딴 계집애가 있나 했지만 지금은 그럭저럭 친해져서 잘 지내는 중이었다. 늘 배를 곯고 다니는 자신에게 먹을 것을 챙겨 주는 것이 제일 좋았지만 말이다.

덩치에 어울리지 않게 동현이 구시렁거리며 다시 잠을 청하자 기연은 창밖을 바라보며 한숨을 쉬었다. 비가 오는 날은 정말 싫었다. 잊고 싶은 기억이 다시 자신을 덮쳐 오자 기연은 아이라인이 망가지는 것도 신경 쓰지 않고 얼굴을 문질러 댔다.

오후가 되자 맑았던 하늘이 흐려지더니 공기가 바뀌었다. 눅눅한 바람이 불어오면서 어둡게 가라앉은 하늘에서 비를 쏟아져 내리기 시작했다. 앞이 보이지 않게 쏟아지는 비는 마감 시간이 다 되어 가는데도 그칠 줄을 모르고 있었다. 손님들도 대부분 돌아가고 카페가 한가해지자 창가의 테이블에 기대어 내리는 폭우를 바라보던 지유가 정호를 불렀다.

"정호야!"

"왜?"

"수건 챙겨 놓고 가서 내 여벌 옷 좀 꺼내 놔."

"그러니까 왜…… 기연이 비 맞고 와?"

"뻔할 뻔 자인데 뭘 물어봐. 길 건너에서 걸어오고 계신다."

창밖을 바라보던 정호가 신경질적으로 닦고 있던 컵을 내려놨다.

"이기연 이 녀석!"

"놔둬. 저렇게 비를 맞으면 마음속의 화도 씻겨 내려갈지도 모르지."

"사장님은 무슨 말도 안 되는 소리를! 에잇, 이 녀석 감기 걸리려고……."

투덜거린 정호가 탈의실로 사라진 잠시 후에 비에 흠뻑 젖은 기연이 긴 머리를 얼굴에 붙이고서 바닥에 물을 줄줄 흘리며 나타났다. 분명 정성스럽게 그렸을 아이라인은 눈 주변으로 검정 얼룩을 만들고 있었다. 당장 공포영화에 출연해도 이상하지 않을 모습에 지유는 혀를 찼다.

정말 고집쟁이도 이런 고집쟁이가 없다. 하여간 제 부모에게 지기 싫어하는 점은 정호나 기연이나 한 치도 다르지 않다. 그래서 둘이 서로 좋아하는 건가? 팔짱을 낀 지유가 느릿느릿 걸어가 기연에게 말을 건넸다.

"고삐리. 오늘은 바닥 청소도 하고 가라."

"재수 없는 마녀. 비 온다고 아침 일찍 좀 말해 주면 안 돼?"

표독스러운 대답에 지유가 고개를 절레절레 흔들었다.

"난 점쟁이가 아니야. 어때? 비 좀 맞으니까 정신은 좀 들어?"

"내가 언제 제정신이 아니었어?"

"글쎄? 365일 중 360일쯤?"

지유의 말에 도끼눈을 뜨던 기연이 뭔가 생각난 듯 눈을 반짝이더니 와락 지유를 껴안았다.

"뭐 하는 짓이냐, 고삐리."

축축한 몸으로 엉겨 붙는 기연을 지유가 질색을 하며 머리부터 밀어내기 시작했다.

"장, 안 보내 준 복수야. 비 오면 좀 보내 주면 안 돼? 심술쟁이! 나 비 맞을 거 알면서 안 보내 준 거지?"

"너는 뇌가 없냐? 오늘 개업 날이잖아!"

평소와 다르게 약간 언성을 높여서 버럭대는 지유의 말에 기연이 이제야 생각났다는 듯 지유를 안았던 손을 풀었다. 지유는 이미 젖어 버린 자신의 옷을 내려다보다가 살벌한 눈빛으로 기연을 노려보았다. 까맣게 번뜩이는 눈동자가 뿜어내는 독기에 기연이 움찔하고 놀라며 뒤로 한 걸음 물러섰다.

"너……."

"미안해! 오늘 개업 날인 거 깜빡했어."

기연의 사과에도 지유는 눈동자에 가득한 독기를 풀지 않았다.

"너 내가 함부로 껴안지 말라고 했어? 안 했어?"

그제야 기연이 생각났다는 듯 두 손을 싹싹 비벼 댔다. 유독 신체 접촉을 싫어하는 지유가 자신을 껴안는 기연에게 화를 낸 게 여러 번인데도 기연은 곧잘 잊어버리곤 했다.

두 손을 모으고 뒤로 주춤주춤 도망가는 기연을 바라보던 지유가 주먹을 꽉 쥐고 눈을 감은 다음 숨을 몰아쉬었다. 잠시 뒤에 조금 진정이 된 듯 눈을 뜬 지유가 하얗게 질리도록 꽉 쥐고 있던 주먹에서 검지를 하나 펼쳐 낸 뒤에 기연을 향해 들어 올렸다.

"고삐리, 오늘 바닥 청소에 재료 정리까지 하고 가라."

이를 앙다물고 무섭게 을러대는 말에 기연이 뭐라고 대꾸하기도 전에 주방으로 들어가던 지유는 정호가 들고 나오던 여벌 옷을 낚아채서 탈의실로 들어갔다.

"사장님 왜 그렇게 젖었어?"

의아하게 바라보던 정호가 기연을 발견하고 수건을 가지고 달려갔다.

"기연아, 엄청 젖었잖아."

"쟝! 정지유 금방 엄청 무서웠어!"

기연이 부르르 떨면서 무서움을 잊으려는 듯 고개를 흔들어 댔다.

"사장님 젖은 거 네가 그런 거야?"

정호가 못 말리겠다는 듯 손으로 이마를 짚었다. 그러고는 수건을 들어 마스카라와 아이라인이 번져서 엉망이 된 기연의 얼굴을 정성스럽게 닦아 주고 머리를 털어 주었다.

"나도 화났단 말이야. 내가 비 오는 날 얼마나 싫어하는지 알면서 쟝도 안 보내 주고. 심술 좀 부리느라 좀 껴안았다고 저렇게 화낼 건 뭐야?"

"또 잊어버렸지? 이기연. 원래 사장님이 자기 몸에 닿고 그런 거 유별나게 싫어하잖아. 특히나 너 기분 나쁠 때 응석 부린다고 껴안으면 사장님이 질색하는 거 알잖아. 저번에도 사장님 며칠이나 화내서 혼나고는 그새 까먹었지?"

"칫!"

"이기연! 제발 사장님한테 적당히 대들어. 넌 이미 많이 봐주는 편이라고."

항상 편을 들어주던 정호까지 제법 엄하게 야단을 치자 기연이 어깨를 축 늘어뜨렸다.

"정지유, 화 많이 났을까?"

"그냥 잘못했다고 그래. 그나저나 네가 사장님 옷 다 적셔 놔서 옷은 내 거 입어야겠다."

고개를 끄덕인 기연이 정호를 따라서 남자 탈의실로 들어가 옷을 갈아입는 동안 지유는 여자 탈의실에서 식은땀을 흘리며 눈을 감고 있었다. 지유가 한참을 나오지 않자 걱정이 된 정호가 문을 두드리기 시작했다.

"사장님! 괜찮아?"

안에서 아무런 대답이 없자 정호가 다시 문을 두드리려고 손을 들어 올렸다. 그때 문이 벌컥 열리며 지유가 밖으로 나왔다. 신경질적으로 문을 쾅 하고 닫은 지유가 정호는 쳐다보지도 않고 주방을 나왔다.

"나 집에 간다. 기연이랑 알아서 마감해. 어차피 마감 시간도 다 되었고 비도 저렇게 오니까 손님 더 안 올 거야."

"사장님! 그렇게 가면 어떻게 해!"

정호의 외침에도 지유는 뒤도 돌아보지 않고 카페를 빠져나갔다.

아침 진료를 시작하기 위해 책상 위 물건들을 본인이 정해 둔 자리대로 꼼꼼히 놓던 인우가 진료실로 들어온 아이를 보며 미소를 지었다.

"승호 안녕? 오늘은 어디가 아파서 왔지?"

아이를 바라보며 하는 질문에 아이 엄마가 대답을 했다.

"기침을 많이 해요. 선생님. 어제부터 시작했는데 밤새 내내 잠도 못 자고 토하듯이 기침을 해서요."

인우는 보호자인 아이 엄마에게 묵묵히 고개를 끄덕인 뒤에 청진을 시작했다.

"그럼 승호 선생님이 검사 좀 해 볼까?"

목과 귀를 검사하고 흡입기로 콧물을 빨아들여 줬다. 아이가 싫다고 조금 버둥거렸으나 콧물이 심했기 때문에 인우는 아이를 꽉 잡고 흡입기를 쥔 손에 힘을 주었다. 청진 소리는 나쁘지 않았으나 밤새 내내 기침을 했다는 말에 인우는 기관지 확장 패치를 처방했다.

"승호야, 이렇게 네모난 반창고를 여기 붙여야 해. 그거 밤에 붙이고 자면 기침 안 할 거야."

가슴을 두드리며 하는 말에 아이가 고개를 끄덕였다. 그리고 진해거담제와 항히스타민제 등을 같이 처방했다. 컴퓨터에 약제 이름을 적고 나서 인우는 아이를 바라보며 다정하게 말했다.

"3일 동안 약 잘 먹고 한 번 더 오는 거야."

아이는 머리를 끄덕이며 네라고 대답했고 인우는 그 손에 비타민 하나를 쥐여 줬다. 아이들이 좋아하는 기차 모양 캐릭터가 그려진 비타민을 보더니 아이는 제 손에 들고 있던 것을 인우에게 내밀었다.

"이거!"

조그마한 마들렌이 두 개 들어 있는 작은 비닐봉지를 내미는 아이 손을 보며 인우는 미소를 지었다.

"이거 선생님 먹으라고?"

"응."

"선생님은 괜찮으니까 승호 먹어."

그의 말에 아이가 입을 삐죽거리며 다시 마들렌을 내밀었다. 인우가 별수 없이 고맙다고 하면서 마들렌을 받아 들었다. 그런데 아이가 자리에 그대로 앉아 기대를 담은 눈빛으로 인우를 빤히 바라보았다.

"선생님이 먹는 걸 보고 싶나 봐요."

아이 엄마의 말에 인우는 잠시 난감해졌다. 단것은커녕 군것질거리 하나 먹지 않는 그에게 달달한 향이 물씬 풍기는 마들렌은 달갑지 않은 음식이었다. 그러나 인우가 먹지 않으면 금방이라도 울음을 터뜨릴 것처럼 볼을 부풀린 아이의 얼굴을 보자 고집을 피울 수가 없었다.

결국 봉투를 열어 마들렌에 직접 손을 대지 않고 비닐을 밀어 입안으로 집어넣었다. 촉촉한 질감의 마들렌이 은은한 레몬 향을 머금고 입안에 부드럽게 스며들었다. 달달한 과자류는 손도 안 대던 인우는 저도 모르게 남은 하나마저 입안으로 집어넣고 말았다. 아이 엄마가 아이보다 신이 나서 떠들기 시작했다.

"아래층 가게 사장이 애가 우니까 주던데 얘가 선생님 준다고 안 먹더라고요."

"맛있다. 승호야, 고마워."

인우는 아이 손에 비타민 하나를 더 쥐여 줬다. 조그맣고 연약한 손이 그의 손에 작은 온기를 남겼다. 가슴을 파고드는 통증 같은 그 온기를 손안에 담고 인우가 보들보들한 아이의 머리를 쓰다듬으며 작별 인사를 했다.

"승호 잘 가고 약 떨어지면 다시 와. 김 선생, 다음 환자."

아이에게 다정하던 그의 목소리는 다시 무뚝뚝하고 냉담해져 버렸다. 이런 인우의 진료 스타일 때문에 처음에는 간호사나 보호자들에게 불친절하다는 오해를 사기도 했다. 하지만 시간이 지나면서 실력 없이 친절한 것보다 오히려 무뚝뚝해도 실력 있는 의사가 더 좋다는 평을 얻게 되었다.

오늘도 다른 날처럼 환자 진료를 하면서 인우의 하루가 지나갔다. 중학교 이후로 혼자 살면서 인우의 생활은 거의 짜여 있는 틀에서 벗어난 적이 없었다. 그 일이 있은 뒤부터 정해진 선에서 벗어나는 것을 스스로 못 견디게 되었다. 사춘기가 절정에 달했던 중학교 3학년 때는 인우가 순서대로 정리해 둔 사물함에 든 교과서를 일부러 엉망으로 흐트러뜨리는 일진과 싸움을 할 정도였다.

별다를 것도 없는 일상이었지만 그의 하루는 늘 정해진 일정을 따라 움직였다. 언제나 본인이 정해 놓은 계획과 틀 밖으로 나가 본 적도 없었고 그런 반복적이고 판에 박힌 생활에 싫증을 내 본 적도 없었다.

특히나 개업을 한 뒤로는 언제나 같은 시간에 일어나 한 시간 정도 러닝머신을 달리고 샤워 후에 시리얼로 식사를 하고 출근하는 게 인우의 일상이었다. 대부분의 점심과 저녁 식사는 병원 식당에서 해결을 했고 가끔 야간 진료를 했다. 쉬는 날에는 주로 집에서 책을 읽거나 영화를 보는 것으로 시간을 보내고는 했다.

사생활이라고 부를 것도 없을 정도로 인우의 삶은 건조했고 인우도 그런 삶에 별 불만이 없이 지내 왔다. 그렇게 그는 늘 매일 병원과 집만을 오가는 쳇바퀴 같은 생활을 했다. 당연히 병원 야간 근무도 제일 많이 하고 휴일도 반납하고 일할 때가 많았다.

그런데 야간 진료까지 마치고 건물을 나서는 그에게 언젠가 들어 본 적이 있는 느릿느릿한 목소리가 들렸다.

"……이봐, 이건 너에게 유리한 조건이라고."

왜일까? 평소라면 주변은 전혀 신경 쓰지 않고 제 스케줄대로 움직였어야 맞는 일이었다. 그러나 저답지 않은 갑작스런 호기심에 인우는 목소리가 나는 곳으로 소리 없이 다가갔다. 나무젓가락 두 개로 머리카락을 틀어 올린 여자가 데크 한구석에 쪼그리고 앉아서 조금 떨어진 곳의 고양이를 바라보고 있었다.

"너에게는 생존 조건의 두 가지 중 하나지만 나는 안 해도 손해 볼 일이 아니라고."

그 말에 대답이라도 하듯 길게 끄는 야옹 하는 소리가 들려왔다.

"좋아. 그럼 매일 밤에 여기에 물을 갖다 놓을게. 건물 주인이 싫어할지도 모르니 꼭 눈에 안 뜨이게 조심하고 아, 한 가지 더! 제발 이 근처에 볼일은 보지 말아 줘."

날카로운 고양이의 울음이 들려왔다. 여자가 작게 킥킥거리며 웃었다.

"솔직히 냄새가 좋지 않은 건 너도 인정하잖아. 괜히 여기에 영역 표시하고 그러면 나도 장사하는 데 지장 있다고."

작게 야옹 하는 소리가 다시 들렸다.

"좋아, 친구. 계약 성립. 잘 가."

여자의 말에 고양이가 몸을 돌려 휙 하고 사라졌다. 느릿하게 일어나 몸을 돌리던 여자가 인우를 보더니 흠칫하고 움직임을 멈췄다. 그러나 금세 놀란 표정을 갈무리하고 아무렇지도 않은 듯 그를 지나쳐 카페 입구로 향했다.

"고양이하고 대화도 하나?"

무뚝뚝하게 툭 던지는 인우의 말에 그를 지나쳐 카페 안으로 들어가려던 지유가 발걸음을 멈췄다.

"뭐라고요?"

"어쨌거나 고양이는 안 돼."

"대체 무슨 소리예요?"

"위층이 병원인 거 모르나? 여기에 길고양이를 끌어들이는 건 안 돼."

지유는 자신의 말을 끊고 들어오는 인우에게 차갑게 쏘아붙였다.

"그게 댁하고 무슨 상관이에요?"

허스키한 목소리에 인우는 한쪽 눈썹을 들어 올리며 이 묘한 조합의 여자를 바라봤다. 대충 틀어 올린 것처럼 헝클어진 머리카락을 긴 나무젓가락을 꽂아 고정시킨 여자는 딱 달라붙은 티셔츠 아래로 육감적인 몸매를 드러내고 있었다. 아이러니하게도 몸매와 헤어스타일의 관능적인 분위기와는 달리 동그란 이마와 커다란 눈동자의 앳된 얼굴은 여자의 나이를 종잡을 수 없게 만들었다.

인우는 다시 한 번 여자의 얼굴에서 뭔가 이질감을 느꼈다.

꼭 정교한 도자기 인형 같은 하얀 얼굴.

완벽한 이목구비 때문에 오히려 어딘지 모르게 부자연스러운 기분이 들었다. 비틀린 불쾌감이 그의 가슴 밑바닥에서 스멀스멀 올라왔다. 모든 빛을 반사해 내는 듯한 무기질의 커다랗고 까만 유리알 같은 눈동자. 마치 살아 있지 않은 존재가 자신을 바라보는 것처럼 아무 감정도 실리지 않은 채 절 바라보고 있는 눈동자가 그에게 묘한 거부감을 일으켰다.

거기에 역시나 얼굴과 어울리지 않는 귀를 울리는 낮고 허스키한 목소리. 그 목소리가 왠지 자극적이라 인우는 저도 모르게 턱에 힘이 들어갔다. 여자의 목소리가 꾹꾹 눌러 놓은 인우의 마음속 어딘가를 '툭' 하고 건드리는 느낌이 들었다. 거슬렸다. 자신을 바라보는 저 까만 눈동자도 낮게 울리는 목소리도 자꾸만 답지 않게 심술이 나려고 했다.

"위층 소아과 원장이 바로 나야."

그의 말에 지유는 미간을 모으고 인우를 올려다봤다. 쌍꺼풀이 없는 날카로운 눈매의 남자는 무표정한 얼굴로 그녀를 내려다보고 있었다. 그 무표정한 얼굴이 너무나 말끔하고 단정해서 지유는 어쩐지 불편한 기분이 들었다.

"저기요. 고양이는 깨끗한 물을 먹기 힘들어요. 먹이를 주면 여기저기 고양이들이 몰려오겠지만 겨우 물이잖아요. 좀 이해해 주세요."

인우가 고개를 삐딱하게 기울이며 인상을 썼다.

"내가 왜 그래야 하지?"

지유는 속으로 이를 갈며 자신의 앞에서 벽처럼 버티고 서 있는 남자를 올려다보았다. 이 장승같은 남자에게 제 하소연이 먹히지 않자 지유는 다른 방법을 찾으면서 말을 돌렸다.

"저기요? 그런데 절 언제 봤다고 반말을 하세요?"

그녀의 말에 남자가 고개를 슬쩍 기울였다.

"내 병원에 피해를 줄 사람에게 말까지 높이고 싶지 않은데?"

눈을 가늘게 뜨고 저를 내려다보는 남자의 얼굴이 어쩐지 낯설지 않아 보였다. 어디서 봤더라? 곰곰이 생각하던 그녀에게 문득 자신이 신고 있는 워커가 눈에 들어왔다.

"아! 저번에 내 발 밟았었죠?"

"글쎄? 난 그런 기억 없는데?"

느긋하게 팔짱을 끼는 인우를 보며 지유는 입을 앙다물었다. 뭔가 연관성을 찾아서 기대어 보려는 시도마저 무시되자 걱정이 되기 시작했다. 얼굴도 보지 못하고 대리인을 통해 계약한 건물주에게 말이 전해지는 건 반갑지 않았다. 이번에도 길고양이들을 끌어들였다고 건물주한테 트집이 잡혔다가는 인테리어 비도 못 건지고 쫓겨날지도 모른다. 정호에게 큰소리를 쳤지만 또다시 옮겨 다닐 여유가 있지는 않았다.

그녀 자신이야 혼자라도 어떻게 되겠지만 문제는 정호였다. 지유에게 정호는 단순히 직원이 아니었다. 이제는 가족 같은 그 녀석을, 제게 의지하고 있는 그 녀석을 지유는 책임져야 했다. 결국 지유는 손을 들어 항복의 표시를 했다. 물론 이 순간만 잘 넘기면 되겠지, 라는 생각이 없다고는 할 수 없었다. 어쨌거나 선택의 여지는 없었기 때문에 지유는 순순히 남자의 요구를 들어주는 척했다.

"좋아요. 어쩔 수 없죠. 고양이한테 물 안 줄게요. 그럼 됐죠?"

"내가 그 말을 어떻게 믿지?"

의심스럽게 지유를 내려다보며 인우가 내뱉는 말에 지유는 울컥 짜증이 올라왔다.

"지금 내가 거짓말이라도 한다는 거예요?"

"대충 둘러대고 넘어가려는 걸 내가 모를 거 같나? 당신이 이곳에 고양이를 끌어들이는 걸 건물주가 알면 참 좋아하겠지?"

날카로운 눈매만큼이나 까칠한 남자는 쉽지 넘어가지 않았다. 게다가 지유의 약점을 아는 것처럼 묻는 말에 그녀는 신경질적으로 흘러내린 앞 머리카락을 뒤로 넘겼다. 그리고 인우에게 다가서며 선서하듯 한 손을 올렸다.

"알았다고요. 항복! 오케이? 진짜로 여기서 고양이한테 물 안 줄게요. 그 대신 그쪽도 건물주한테는 비밀로 해 줘요."

인우에게 바짝 다가서서 마치 따지기라도 하듯 약속하는 여자의 몸에서 달콤한 향기가 풍겼다. 이 여자는 꼭 과자나 빵으로 만들어진 것처럼 따뜻하고 달콤한 향기가 진동을 했다. 그것은 따뜻한 버터 향 같기도 하고 달콤한 시럽의 향 같기도 했다. 인우는 여자의 향기에 뱃속이 꽉 조여드는 기분이 들었다. 꼭 처음 환자를 앞에 두었을 때처럼 불편한 긴장감이었다.

인우는 여자를 물끄러미 내려다보았다. 아무리 생각해도 이 정체 모를 기분을 쉽게 정의 내릴 수 없었다. 그는 피로가 묵직하게 내려앉은 것처럼 느껴지는 뒷목을 손으로 슬쩍 문지르며 그 이상한 감정을 그저 여자의 행동에 대한 불쾌감과 공복감이라고 치부했다.

특히나 저녁도 야간 진료 환자가 몰려서 대충 때운 터였으니 배가 고플 만도 했다. 그렇게 단정하자 갑자기 허기가 목을 치밀고 올라와 답답해졌다.

"당신이 여기 사장인가?"

낮에 마들렌을 전해 주던 아이의 엄마 말을 생각해 낸 인우가 물어보았다. 갑작스런 질문에 지유가 미간을 찌푸렸다.

"그런데요?"

"식사는 뭐가 되지?"

지유는 황당한 얼굴로 다시 남자를 훑어보았다. 키는 크지만 조금은 마른 체형에 날 선 턱 선을 가진 남자는 아까의 무표정함에 얼핏 피곤함을 내비쳤다. 날카로운 눈매로 지유를 내려다보며 무심히 뱉은 말에 지유는 잘못 들었나 하고 고개를 갸웃거렸다.

"뭐라고요?"

"저녁을 대충 때워서 배가 고파."

"그게 나랑 무슨 상관이에요?"

지유의 말에 인우가 눈을 가늘게 떴다.

"설마 내가 그냥 입을 다물어 주길 바라는 건 아니겠지?"

"설마 지금 그거 협박은 아니겠죠?"

지유가 그의 말을 따라 묻는데도 남자는 싸늘한 눈길로 그녀를 바라보고 있을 뿐이었다. 결국 지유는 기가 막힌다는 듯 고개를 흔들며 가게 안으로 들어왔다. 오늘 일진은 안 좋게 마무리될 모양이었다. 뒤를 따라 들어오는 남자를 슬쩍 바라본 지유가 아일랜드 식탁 바로 앞의 테이블을 툭 건드렸다.

"앉아요."

퉁명스럽게 인우에게 한마디 던지고 지유는 주방으로 들어갔다. 정호와 놀던 기연이 고개를 내밀고 지유에게 질문을 했다.

"어? 저 아저씨 누구야?"

"이기연 투!"

"헐. 저 아저씨가 왜 나야?"

"공짜 손님."

"쳇! 틈만 나면 아무 데나 갖다 붙이지."

투덜대던 기연이 지유가 주방으로 들어가 보이지 않게 되자 정호에게 소곤소곤 속삭였다.

"그런데 평소에 정지유가 데려오는 공짜 손님하고는 너무 거리가 멀지 않아?"

지유는 가끔, 아니 자주 카페로 끌고 오는 사람들이 많았다. 아슬아슬 어딘가의 경계선에 걸쳐서 흔들리는 사람들, 툭 하고 건드리면 나락으로 떨어져서 회복되지 않을 사람들. 마치 그냥 놔두면 금세 부서질 것처럼 보이는 사람들의 사연을 아는 것처럼 지유는 카페로 데려와 제가 만든 음식들을 이유도 없이 내밀고는 했다.

그러나 남자는 그런 사람들과 달라 보였다. 표정 없는 얼굴에서 싸늘한 냉기를 풍기는 저 사람은 절대 정지유가 주워 올 타입이 아니었다. 호기심이 동한 기연이 아예 몸을 돌리고 인우를 관찰하는 동안 정호는 저 얼굴을 어디서 본 건지 고민을 했다. 적어도 한 번은 본 얼굴인데 카페를 하면서 만나는 얼굴이 너무 많아져 가물가물 기억이 쉽게 나지 않았다.

아일랜드 의자에 앉아서 발을 동동거리던 기연이 결국 궁금증을 이기지 못하고 슬금슬금 인우에게 다가갔다. 그러고는 허락도 없이 맞은편에 앉아서 턱을 괴고 인우를 빤히 바라봤다.

"안녕! 아저씨?"

인우는 등받이에 허리를 꼿꼿이 세우고 제 앞에 앉아 있는, 온통 하얗고 까만 괴상한 소녀를 바라보았다. 흑백 사진도 아닌데 이 아이는 까만 머리, 까만 손톱, 까만 눈, 까만 입술에 하얀 얼굴을 가지고 있었다. 외계 생명체를 바라보듯 희한하게 저를 보는 시선에도 소녀는 거리낌 없이 그에게 질문을 했다.

"아저씨, 돈 없어요?"

"내가 돈이 없다고 누가 그래?"

그 말에 기연이 주먹으로 탁자를 탕 치며 큰 소리를 쳤다.

"그런 거 아니면 왜 공짜 밥을 먹어요? 아저씨 때문에 나까지 구박받잖아요."

기분 나쁘다는 듯 팔짱을 끼고 아래위로 자신을 훑어보는 기연의 눈길에 인우도 눈을 가늘게 뜨고 기연을 바라봤다.

"내가 너랑 같은 취급을 받는다는 건가?"

말도 안 된다는 소리를 한다는 듯 자신을 무시하는 남자의 말투에 기연이 발끈하고 말았다.

"지금 기분 나쁠 사람은 나거든요?"

"기연아, 너 손님한테 무슨 소릴 하는 거야?"

정호가 기연의 팔을 슬쩍 끌어당기며 인우의 눈치를 보며 슬쩍 고개를 숙여 사과를 했다. 툴툴대는 기연을 끌어당기며 인우의 정체를 고민하던 정호가 손가락을 딱 하고 튕겼다.

"아하! 맞다. 위층에 소아과 선생님이시죠? 성함이 김, 김⋯⋯. 김인우 맞죠? 안녕하세요?"

갑자기 생각났다는 듯 반갑게 인사를 하는 정호를 보며 기연이 다시 인우를 돌아봤다.

"뭐야? 이 아저씨가 의사야? 근데 왜 공짜 밥을 먹어?"

고개를 갸웃거리며 큰 소리로 기연이 떠드는 사이 지유가 주방에서 식사를 가지고 나왔다. 그리고 테이블에 쟁반을 내려놓으며 기연에게 싸늘하게 경고를 했다.

"입 다물어, 고삐리. 자, 여기 볶음밥이요."

인우가 그릇에 담긴 음식을 바라보며 미간을 구겼다.

"기름진 거 싫어하는데."

지유가 손가락을 인우의 코앞까지 들이밀며 한마디, 한마디 힘주어 말했다.

"안. 기. 름. 지. 거. 든. 요."

의심스러운 눈초리로 밥을 노려보던 인우가 갑자기 자리에서 일어섰다.

"뭐예요? 안 먹어요?"

팔짱을 끼고 노려보는 지유에게 인우가 무뚝뚝하게 말을 했다.

"손을 안 씻었어."

인우의 말에 기연이 키득대며 화장실을 알려 주었다. 꼼꼼하게 손을 닦고 나온 인우는 테이블 위에 얌전히 세팅된 음식을 바라보았다. 옆선이 사선으로 올라온 낮은 접시는 검은색으로 그 안에 담긴 음식의 색을 더 돋보이게 했다. 색이 예쁜 장아찌와 김치, 그리고 단정하게 담긴 장조림이 반찬으로 놓여 있었고 그를 기다리듯 냅킨에 싸여 있는 숟가락과 젓가락이 얌전히 놓여 있었다.

인우는 잠시 평범하게 보이는 볶음밥을 미심쩍은 듯 바라보았다. 그러나 결국 숟가락을 가져가 고소한 냄새를 풍기는 밥을 입안으로 밀어 넣었다. 걱정했던 것과는 달리 고슬고슬한 밥은 계란이 부드럽게 코팅되어 있었고 기름지지도 비린 냄새도 풍기지 않았다. 게다가 잘게 다져진 야채들이 고소하고 풍부한 단맛을 느껴지게 했다.

지유가 해 준 볶음밥은 인우에게 꽤 신선한 기분을 주었다. 그에게 식사의 의미는 아침에 먹는 시리얼이나 병원에서 먹는 대량으로 만든 식사, 아니면 가끔 모임에서 가던 고급 식당의 외식이 된 지 오래였다. 그래서 자신만을 위해 만들어진 가정식 같은 이 소박한 식사가 전해 주는 온기는 특별하게 느껴졌다. 그것은 단순히 '맛있다' 라는 것보다 기억 속 어딘가에 흐릿하게 남아 있는 포근함이고 따뜻함이었다.

"이 언니가 성격은 나빠도 요리는 잘하거든요. 맛있죠?"

옆에서 뭐라고 하든지 소녀는 그다지 신경 쓰지 않는 듯했다. 기어코 대답을 들어야겠다는 의지가 서린 얼굴에 인우는 입을 열지 않을 수가 없었다.

"따뜻해."

인우의 무뚝뚝한 대답에 기연이 눈을 동그랗게 떴다.

"에? 그럼 볶음밥이 따뜻하지 차가워요? 정지유 실력 다 죽었나봐? 이런 가혹한 평은 처음이지? 따뜻하다가 뭐야."

지유가 손에 들고 있던 쟁반으로 기연의 머리를 툭 쳤다.

"또 까분다. 고삐리."

기연을 조용히 시킨 지유가 인우를 바라봤다.

"그럼 이거 드시고 고양이 건은 입 다물어 주세요."

인우가 뭐라 대답하기도 전에 기연과 정호가 동시에 말을 쏟아 냈다.

"언니! 또 그랬어?"

"사장님! 안 그러기로 했잖아!"

두 사람의 높은 외침에 눈을 슬쩍 찌푸린 지유가 오히려 목소리를 슬쩍 높였다.

"안 그런다고 지금 하잖아."

기연과 정호가 그 말을 따지기도 전에 인우의 담담한 목소리가 지유의 귀에 닿았다.

"그쪽 사장이 위층이 병원인 걸 잊었나 본데 앞으로는 잊지 않게 도와주는 게 좋겠어."

쓸데없는 충고까지 듣고 나니 지유는 발끈하고 말았다.

"이거 봐요. 고양이가 쥐를 잡아 주면 잡아 줬지 무슨 피해를 줬다고 그래요? 걔 혼자 물만 먹고 간다는데 왜……."

"사장님!"

울컥한 지유를 가로막으며 정호가 인우에게 억지웃음을 지어 보였다.

"제가 약속할게요. 앞으로는 그런 일 없을 테니까 그냥 없던 일로 해 주세요. 우리 사장님이 동물들을 유난히 좋아해서 그래요."

하하하라며 어색한 웃음을 짓는 정호를 바라보며 인우가 고개를 끄덕였다. 화가 난 듯 거친 발소리를 내며 지유가 주방으로 들어가자 정호가 뒤따라 들어갔고 곧 두 사람이 티격태격하는 소리가 들려왔다. 그런 두 사람하고는 다르게 기연은 예쁘게 양손으로 턱을 받치고 인우가 밥을 먹는 것을 물끄러미 바라보았다.

"아저씨 대단한데요? 맘에 들었어! 정지유한테 협박하는 사람은 처음 봐요."

앞에 놓인 야채 피클을 하나 손으로 집어 들고 아삭아삭 씹어 넘긴 기연이 신기하다는 듯 고개를 갸웃거렸다.

"사장 이름이 정지유인가?"

"성격하고 안 어울리게 이름은 예쁘죠?"

키득대던 기연이 다시 피클 접시로 손을 뻗치자 인우가 포크로 접시를 자신 쪽으로 끌어당겼다.

"학생, 손은 씻었나?"

기연이 손을 쫙 펴고 검은 매니큐어가 칠해진 자신의 손을 유심히 바라봤다.

"아까 화장실 다녀와서 씻었던가?"

진지하게 중얼거리는 말에 인우의 표정이 구겨지자 기연이 키득거리며 웃어 댔다. 주방에서 툴툴대며 나타난 지유가 테이블로 다가와서 키득대는 기연에게 잔소리를 했다.

"그만 까불고 집에 가, 고삐리."

"심통 마녀!"

기연이 혀를 날름 내밀었다.

"네 보스가 전화했어. 얼른 가라."

"또 언니한테 전화했어? 체! 내가 전화하지 말라고 그랬는데!"

"그러니까 집에 가. 너 과외 자꾸 빠지면 이제 여기 못 오게 한다."

"나 대학 안 간다고!"

버럭 지르는 소리에 지유가 한숨을 내쉬었다.

"그럼 뭐 먹고 살래? 정호한테 헌혈 받아서 살래?"

"여기서 일하면 되잖아!"

"또 같은 말 하게 한다. 나 정호 하나도 먹여 살리기 힘들거든. 너 좋아하는 그림도 대학 나와야 하기 쉬운 거야. 그러니까 과외 빼먹지 말고 해."

"언니가 내 담탱이야? 잔소리 좀 그만해!"

기연이 벌떡 일어나더니 의자에 놓아둔 자신의 가방을 확 잡아 들고 밖으로 뛰어나갔다.

"정호야, 기연이 집에 데려다 줘라."

지유의 말이 떨어지기도 전에 앞치마를 벗어 던지고 있던 정호가 사과를 하며 달려 나갔다.

"미안해, 사장님. 간다! 내일 봐."

혀를 차면서 몸을 돌리던 지유는 인우가 거기 있다는 사실을 새삼 깨달았다는 듯 흠칫 놀라 주춤거렸다.

"뭘 봐요?"

"당신 말이야."

인우가 들고 있던 컵의 물을 천천히 삼킨 뒤에 천천히 말을 이었다.

"일부러 그러는 건지 몰라도 본인이 꽤나 거슬리는 타입인 거 아냐?"

인우의 말에 지유가 코웃음을 쳤다.

"그러니까 그쪽도 맘 편하게 저한테 신경 꺼 주시면 좋잖아요?"

"그런 말을 하기엔 이미 늦은 거 아닌가? 애초에 고양이를 끌어들인 건 당신이야."

"뭘 들은 거예요? 안 한다고 했잖아요."

"당신도 믿지 못할 그 말을 내가 믿을 거라고 생각하나?"

자신을 거짓말쟁이로 만드는 인우의 말에 지유는 팔짱을 끼고 그를 노려보았다. 의자에서 일어나 가방을 손에 든 인우가 지갑을 꺼낸 뒤에 테이블에 무언가를 올려놓았다.

"뭐예요?"

"잘 먹었어. 그리고 앞으로도 부탁할게. 그건 선불이야."

"뭘 부탁해요? 잠깐만요. 이건 이번만이에요. 선불이든 뭐든 이 시간에는 안 돼요."

지유의 말에 인우는 고개를 끄덕했다.

"좋아. 그럼 저녁 시간에 오지."

"거슬린다면서요? 그러니 서로 마주치지 않는 게 낫지 않아요?"

"그쪽 보러 오는 거 아니고 손님으로 저녁 먹으러 오는 거야. 그럼 내일 오지."

인우의 말에 지유가 턱을 치켜세웠다.

"전 그쪽 손님으로도 반갑지 않거든요."

지유의 말에도 그는 대답 없이 카페를 나가 버렸다. 고양이한테 물도 못 주고 약점만 잡혔다고 툴툴대며 접시를 치우던 지유는 인우가 올려놓은 돈을 들고 멍한 표정을 지었다. 십만 원짜리인 줄 알았던 하얀색 수표는 동그라미가 6개나 그려져 있었다.

그제야 앞으로도 부탁한다는 말이 하루 이틀이 아님을 깨달은 지유는 사라져 가는 인우의 뒤통수에 주먹을 쥐어 보였다. 식사는 핑계일 뿐 목적은 감시일 게 뻔했다.

지유가 뒤에서 주먹질을 하는지도 모르고 주차장을 향해 가던 인우는 낯선 포만감에 잠시 걸음을 멈추었다. 사실 그에게 식사란 것은 열량을 공급한다는 의미였을 뿐 다른 의미 따위는 하나도 존재하지 않았다. 그러나 조금 전의 그 참을 수 없었던 허기라든지 음식을 먹고 난 뒤의 나른한 포만감과 싸늘한 그의 마음을 감싸 주는 듯한 온기는 묘한 안정감을 느끼게 했다. 그것은 여자의 눈동자에서 느껴지던 이질적인 느낌과는 대조적인 기분이었다.

하지만 그는 고개를 저으며 이상한 기분을 털어 냈다. 그저 조금은 특이한 여자에게서 느껴지는 묘한 기분일 뿐이었다. 어쨌거나 따스한 식사는 만족스러웠고 그 덕분인지 나른하게 몰려오는 피곤함에 인우는 어서 집에 가서 쉬고 싶을 뿐이었다. 푹신한 제 잠자리를 생각하며 차로 다가가는 그의 발걸음이 점점 빨라지기 시작했다.

아침부터 입원실이 있는 3층의 병동이 시끄러웠다. 여름인데도 불구하고 장염과 폐렴 환자가 많아서 두 주 전부터 입원실이 부족했다. 특히나 소아장염은 전염성이 있어서 1인실을 쓰거나 같은 장염 환자와 함께 방을 써야 했다. 그러나 야간 진료에 급하게 입원시켜야 하는 환자들 때문에 그렇게 병동을 배정하기가 어려울 때가 있었다.

그런데 분명 그 점을 인지하고 밤늦게 입원한 환자가 아침부터 병실을 바꿔 달라며 간호사를 닦달하고 있었다. 마침 병동에 올라온 인우를 본 보호자가 옳다구나 하며 붙들고 놔주지를 않았다.

"아이고, 선생님, 우리 애가 아직 돌도 안 되었는데 폐렴에 장염까지 걸리게 되면 안 되잖아요."

분명 괜찮으니 입원만 시켜 달라고 입원을 안 하면 금방이라도 큰

일이 날 것처럼 유난을 떨었던 아이의 할머니였다. 게다가 이렇게 해서 두세 번 1인실을 2인실 비용으로 썼던 환자라는 걸 인우는 기억해냈다.

"민 선생님. 다른 2인실 환자하고 병실 이동 안 됩니까?"

"그게, 장염 환자는 1인실에만 하나 있고 나머지는 2인실에 맞춰서 있어요."

"그럼 언제 병실이 나옵니까?"

팔에 매달리는 보호자 때문에 불편한 기색을 띤 인우의 말에 수간호사가 수첩을 뒤졌다. 인우가 옆에서 수첩을 슬쩍 바라보았다. 1인실인 302호에는 폐렴 환자, 303호가 장염 환자였다.

"1인실 비려면 며칠이면 돼요?"

"아마 이틀 정도면 될 거 같아요. 302호 환자 어제부터 열이 없거든요."

"아유! 1인실은 비싸서 안 돼요."

펄쩍 뛰는 보호자를 보던 인우가 미간을 찌푸렸다.

"1인실 드리면 되는 거 아닙니까?"

"아니, 우리가 1인실 쓴다는 것도 아니고 격리를 해 달라는 건데 병원에서 알아서 해 주셔야죠."

눈치를 보며 말끝을 흐리는 보호자를 바라보던 인우가 피식 웃었다. 이 보호자는 또 1인실을 싸게 쓰고 싶었던 게 맞았다. 인우는 내내 민망해하며 고개를 숙인 장염 환자의 보호자를 불렀다.

"새롬이 보호자 분, 방 바꾸어도 괜찮겠습니까?"

놀란 보호자가 눈을 크게 뜨고 인우를 바라보았다.

"네? 바꿔 주실 수만 있으면 바꿔도 좋아요."

열렬히 고개를 끄덕이는 모양새가 어지간히 괴롭힘을 당한 모양이었다.

"지 선생님, 302호 폐렴 환자에게 이리로 방 옮겨 달라고 부탁해 보시고요. 싫다고 하시면 남은 이틀 중 하루는 병원비 감해 드린다고 하세요."

302호 환자도 폐렴 환자니 같이 있어도 더 이상 큰 소리 날 일은 없을 것이다. 인우가 새롬의 보호자를 바라보았다.

"병원 사정 때문에 일부러 1인실로 가시는 거니까 2인실 비용만 받겠습니다."

그 말을 끝으로 인우가 병실을 횡하니 빠져나왔다. 간혹 저런 식으로 우겨서 1인실을 2인실 비용으로 쓰려는 보호자들이 있었다. 시끄러운 걸 싫어해서 몇 번 그렇게 해 주었더니 도리어 그것을 이용하는 사람들이 나와서 간호사들이 고생을 하고 있었다. 아니나 다를까, 수간호사가 따라 나오며 투덜거렸다.

"저분 저번에도 그러시더니 또 그러시네요."

"이제 안 그러겠지요."

무뚝뚝하게 대답한 인우는 전자 차트에 오더를 정리하기 시작했다. 야간 진료나 아이들을 대하는 것이 힘든 적은 한 번도 없었다. 도리어 아이를 핑계로 막무가내인 보호자들을 상대하는 것이 몇 배나 더 힘들었다.

아침부터 그런 보호자를 상대하고 나니 그는 벌써부터 진이 빠지는 기분이었다. 이런 날은 하루 종일 진료를 받으러 오는 아이들도 애를 먹이곤 했기 때문이었다. 고단한 하루가 눈에 훤히 보이는 듯해서 인우는 낮게 한숨을 쉬었다.

런치 타임을 끝낸 지유가 심각한 표정으로 정호를 불렀다.

"아무래도 직원 하나 더 뽑아야겠어. 여기가 병원이랑 사무실들도 많아서 아무래도 나 혼자만은 무리야. 정아 씨 쓰는 걸로 어떻게 버텨 보려고 했는데 안 되겠다."

"하긴, 정아 씨는 아무래도 내 일을 많이 도와주는 편이고 설거지 정도 하는 거라 사장님이 힘들긴 하겠다."

정호가 턱을 쓰다듬으며 고개를 끄덕였다. 개업식 날 왔던 휴학생 정아를 저녁 타임 전까지 아르바이트로 써 왔지만 아무래도 한계가 느껴지긴 정호도 마찬가지였기 때문이었다.

"그럼 어떻게 뽑으려고?"

"시급이 적으니까 학원 쪽에 연락해 보려고. 해윤이가 하는 제과제빵 학원 있잖아. 거기에 연락해서 막 자격증 딴 사람으로 한번 써 보려고."

"괜찮겠네. 그럼 빨리 연락해. 사장님 요즘 다크 서클이 장난 아냐."

정호가 양손으로 눈 밑을 긁어내리며 하는 말에 지유가 피식 웃음을 지었다.

"나도 안다. 이놈."

그러고는 해윤에게 전화를 걸기 위해 휴대폰을 들었다. 프랑스 유학 내내 그녀와 경쟁자로 지냈던 해윤은 제과제빵 자격증 학원과 일반인을 위한 단기 강좌 스쿨을 겸한 센터를 운영하고 있었다. 신호가 세 번쯤 울릴 무렵 지유가 해윤을 부르기도 전에 특유의 도도한 목소리가 들려왔다.

─어머, 징 사장! 웬일로 전화를 다 주셨어요?

은근히 비꼬는 그 말투를 지유는 모른 척 무시를 했다.

"너 바빠?"

─바쁘지만 잠깐 정도는 시간을 내줄 순 있어. 왜 무슨 일 있어?

특별히 너에게만 시간을 내준다는 식으로 거만하게 말하는 해윤의 버릇은 여전했다.

"학원에 자격증 딴 수강생 한 명만 알바로 보내 줘."

―뭐야? 정지유. 오랜만에 전화하더니 안부도 생략한 용건이 겨우 그거야?

"뭘 바라는 거야?"

―보고 싶다거나 사랑한다거나?

"너 왜 이래?"

―부탁하는 사람이 너무 뻣뻣해서 그런다.

"나 바쁘다. 언제 보내 줄 수 있어? 이대로라면 곧 과로사 할 거 같으니까 되도록이면 빨리 아, 내일이면 좋겠는데?"

―옮긴 데가 장사 잘 되나 보네?

"베이킹 주문이 좀 많아. 그래서 누구 적당한 사람 있어?"

전화기 너머로 킥킥대는 소리가 들려왔다.

―응. 있지. 정지유랑 딱 맞는 걸작 하나 있어.

해윤의 알 수 없는 말에 지유가 미간을 찌푸렸다.

"어째 불안하다?"

―힘들면 오늘이라도 보내 줄까?

"아냐. 어차피 오늘은 됐고 내일 일찍 보내 줘."

―그래. 나도 이번 슈가 크레프트 경연 끝나면 한번 가 볼게.

"그래. 부탁한다."

지유가 전화를 끊자 정호가 컵을 닦으며 다가왔다.

"보내 준대요?"

"이상한 소리를 덧붙이긴 했는데 어쨌든 보내 준다고 하니까. 정아씨, 내일 직원 한 명 더 온다니까 오늘만 고생해 줘요."

지유의 말에 검은색 긴 앞치마를 하고 설거지를 하던 정아가 뒤돌아보며 미소를 지었다. 어려운 집안 형편 때문에 복학과 휴학을 반복하며 아르바이트를 하는 정아는 저녁이 되면 마중을 오는 남자 친구와 나란히 보습학원 강사로도 일을 한다고 했다. 올해 열심히 돈을 모아 내년에는 복학해서 졸업을 하는 게 목표인 부지런한 사람이었다.

지유는 설거지를 하는 정아를 바라보다 버터를 가지러 냉장고로 향했다. 오전에 벌써 마들렌 반죽이 동이 나기 시작했기 때문에 오후에 쓸 반죽을 미리 만들어야 했다. 보통 100프로 유지방 버터는 업소에서 잘 쓰지 않았지만 지유는 비싸서 안 팔리더라도 좋은 재료를 써야한다고 고집을 부렸다. 다행히 그것은 웰빙 열풍에 유기농 재료를 선호하는 분위기를 타고 좋은 반응을 얻었다.

버터를 커다란 냄비에 넣고 불을 켠 지유는 눌어붙지 않도록 조심스레 저어 줬다. 그러자 고소한 버터의 향이 공기 중에 가득 퍼지기 시작했다.

"저는 사장님이 버터 끓일 때 냄새가 참 좋아요."

정아가 설거지를 다 끝냈는지 고무장갑을 벗으며 다가왔다.

"그래요? 나는 이 소리가 좋아요. 꼭 행복해지는 소리 같아."

버터가 끓으면서 내는 바글바글 소리를 가리키며 하는 말에 정아가 고운 소리로 웃었다.

"맞아요. 걱정도 근심도 없이 행복해지는 소리. 사장님이 만든 걸 먹다 보면 인생 뭐 있나 배부르면 행복하지 이런 기분이 들거든요."

"그거 칭찬이죠?"

"그럼요. 이거 제가 저을게요. 사장님께서는 다른 거 하세요."

"고마워요. 부탁할게."

몇 번 옆에서 보더니 버터를 태우지 않고 수분만을 날려 고운 갈색을 만들어 내기에 지유는 안심하고 정아에게 냄비를 넘겼다. 레몬즙을 짜 두고 밀가루와 베이킹파우더, 그리고 아몬드 가루를 섞어서 채를 친 다음 정아가 끓인 버터와 섞고 밑반죽을 만들었다. 그다음에 반죽에 설탕을 조금씩 넣어 녹이고 달걀을 넣어 매끈하게 반죽을 만들어서 냉장고에 넣었다. 지유가 손을 탁탁 치며 뿌듯한 얼굴로 조리대 쪽으로 나오니 왁자지껄한 소리가 들려왔다.

"누님, 저희 왔습니다. 안녕하셨습니까?"

새까만 정장을 단체복처럼 맞춰 입은 거구의 남자들이 단체로 지유를 향해 우렁차게 인사했다. 지유가 매끈한 눈썹을 살짝 구긴 채로 팔짱을 끼고 선두에 선 남자를 노려봤다.

"아저씨들, 내가 왜 당신들 누나예요?"

허리를 깊숙이 숙인 다른 사람들과는 달리 선두에 서서 고개만 까딱한 남자가 아일랜드 식탁에 팔을 기대며 지유를 바라봤다.

"나도 딱히 나보다 어린 여자에게 누님이라 부르고 싶지는 않지만 큰형님 명령이니 누님께서 넓은 마음으로 이해해 주셔야죠. 안 그렇습니까? 누님?"

일부러 누님이라는 단어에 힘을 주어 말을 하는 남자를 지유가 서늘하게 올려다봤다. 그 눈빛에 느물느물 웃음을 짓던 남자가 인상을 찌푸리며 머리를 이리저리 꺾어 댔다.

"아, 우리 누님 눈깔로 사람도 죽이겠네? 안 그러냐? 정호야?"

남자의 말에 정호가 어색하니 웃어 보였다. 등 뒤에 서 있는 거구들과는 다르게 비쩍 마른 남자는 기연의 아버지 밑에 있는 철진이었다. 어제는 기연의 아버지가 전화로 기연을 찾으며 은근히 그녀의 속을 뒤집더니 오늘은 여기로 철진을 보내 속을 뒤집는다. 지유는 기가 막혀 쓴웃음이 나왔다.

나름 경고라도 하겠다는 건가? 위협적인 모습으로 무리 지은 덩치들을 보며 지유가 못마땅한 표정을 지었다. 지유는 유난히 철진이 싫었다. 이 남자는 느물느물한 웃음이 거짓이라는 것은 한눈에 알 수 있었으니까 말이다. 피도 눈물도 인정도 없는 사람인 것은 철진이나 철진의 형님이라는 기연의 아버지나 똑같았다.

　"오늘은 또 웬일이에요?"

　"늦었지만 개업 인사는 해야죠? 강필아, 뭐 하냐? 어서 갖고 와라."

　철진의 말에 맨 뒤에 서 있던 거구의 남자가 낑낑대며 자신의 키만 한 화분을 끌고 왔다.

　"누님 덕분에 해마다 화분 값 좀 듭니다. 거 웬만하면 이사 좀 그만 다니시죠?"

　"그걸 바란다면 카페 출입 좀 자제해 주시면 좋겠습니다만."

　난데없는 검은 덩치들의 출현으로 겁을 먹은 손님들을 바라보며 지유가 싸늘하게 대답했지만 철진은 웃음을 터뜨릴 뿐이었다.

　"누님, 매상 올려 드리러 왔는데 이리 박대하시면 섭섭하죠. 야, 뭐 하냐? 누님 매상 올려 드리게 먹고 싶은 거 골라 봐라."

　시커먼 덩치들이 한꺼번에 베이킹 진열대와 케이크 냉장고를 습격하듯 달려들자 다른 손님들이 기겁을 하고 뒤로 물러섰다. 눈 깜짝할 사이에 거구의 남자들이 진열장의 빵과 케이크들을 메뚜기 떼처럼 싹쓸이해 버렸다. 이 눈치도 매너도 없는 까맣고 뚱뚱한 메뚜기 떼들이 하는 짓에 지유는 머리가 아파 왔다. 지끈지끈한 관자놀이를 누르며 지유가 이를 빠득하고 깨물었다.

　"이봐요. 이철진 씨! 지금 나보고 장사를 하란 거야? 말란 거야?"

　"와! 우리 누님 어금니 꽉 깨무시니 더 무서우시네?"

　옷을 탈탈 털며 앉아 있던 의자에서 일어난 철진이 품에서 두툼한

봉투를 꺼내 아일랜드 식탁에 올려 두었다.

"물건 다 파셨으니 일찍 문 닫으시면 되겠네. 그럼 우리 형님 걱정 안 하시게 예쁜 조카도 집에 일찍 올 테고."

정호에게 슬쩍 눈길을 주며 경고하듯 하는 말에 지유가 허리를 숙여 아일랜드 너머의 철진에게 얼굴을 내밀었다.

"그 예쁜 조카의 아버지께 좀 전해 드리시죠? 애가 집에 가고 싶게 만들어 줘야 일찍, 일찍 집에 갈 거 아니냐고?"

자신의 턱밑에서 눈 하나 깜짝하지 않고 싸늘하게 대꾸하는 지유를 잠시 내려다보던 철진이 배를 잡고 웃어 댔다.

"하여간 우리 누님 배포 하나는 끝내줍니다. 그러니까 우리 형님이 인정했겠지만 말입니다."

껄껄 웃어 대던 철진이 얼굴색을 싹 바꾸며 진열대의 덩치들을 바라보며 소리를 쳤다.

"얘들아, 뭐 하냐! 그만 누님한테 인사해라. 니들 같은 덩치들이 가게를 차지하고 있으니 손님들이 불편하다고 하잖아!"

철진의 말에 덩치에 안 맞게 잽싸게 대열을 정비한 거구의 남자들이 입을 모아 인사를 했다.

"누님, 안녕히 계십시오!"

귀가 먹먹하도록 우렁찬 인사에 지유가 못마땅하게 철진을 바라봤다.

"저놈들 목청 큰 거까지 내가 어쩝니까? 여기가 우리 구역은 아니지만 뭐 어려운 일은 있으면 도와 드릴 테니 꼭 연락 주십시오, 누님."

느물거리는 웃음을 지으며 철진이 정호의 어깨를 툭툭 치고 카페를 빠져나갔다. 철진이 나가자마자 정호가 긴장이 풀린 듯 한숨을 내쉬며 의자에 털썩 주저앉았다.

"정말 사장님은 강심장이에요."

"넌 간이라도 쪼그라들었냐?"

정호가 머쓱해하며 뒷머리를 문질러 댔다.

"조금요? 그런데 정말 사장님은 안 무서워요? 괜찮아요?"

"피도 눈물도 인정도 없지만 의리는 있으니까."

"그게 무슨 소리예요?"

멀뚱히 쳐다보는 정호를 바라보며 지유가 어깨를 으쓱했다.

"그냥 헛소리. 정아 씨랑 나랑 진열대 다시 채우려면 바쁘니까 홀은 네가 좀 봐라."

언짢은 표정으로 진열대를 둘러보던 지유가 고개를 저으며 주방으로 들어갔다. 이제 막 쉬려던 참이었는데 앉을 새도 없이 다시 움직여야 했다. 지유는 서둘러 냉장고에서 숙성 중인 마들렌 반죽을 꺼내 틀에 붓고 냉동해 둔 쿠키 반죽을 꺼내 쓱쓱 칼로 잘라 오븐에 넣었다. 그리고 반죽기 두 대를 동시에 돌려 포카치아와 곡물 빵 반죽을 시작했다.

바삐 움직인 덕분에 두 시간쯤 뒤에는 베이킹 진열대를 채워 넣고 정아를 보조 삼아 저녁 타임 준비까지 마무리할 수 있었다. 안도가 된 지유는 쓰러지듯 의자에 앉았다. 아침부터 계속 서 있다 보니 다리가 뻣뻣하게 느껴질 정도였다. 한숨을 쉬며 굳은 다리를 두드리는데 정호가 지유를 불렀다.

"그런데 사장님? 이건 뭐야?"

정호가 금전 등록기 안에서 수표를 꺼내 흔들었다. 거스름돈들 맨 아래에 숨겨 둔 건데 그거 또 어떻게 본 건지. 백만 원짜리의 수표를 바라보며 지유는 피곤한 듯 양손에 얼굴을 파묻었다.

"그런 게 있어. 곱게 넣어 둬라."

지친 지유의 목소리에 수표를 다시 제자리에 집어넣은 정호가 주문을 하러 온 손님에게 인사를 했다. 남자가 두고 간 수표를 생각하며 지유는 잠시 고민에 빠졌다. 아무래도 긁어 부스럼을 만들지 않으려면 고양이에게 물을 주는 건 다른 방법을 찾아봐야 했다.

그 남자 김인우라고 했던가? 정호가 알려 준 남자의 이름을 떠올리며 지유는 가늘게 눈매를 좁혔다. 완고하게 굴던 남자를 생각하니 입안이 까슬해지는 기분이 들었다. 백만 원짜리 수표를 식사비로 주고 가다니. 매일매일 감시하러 오겠다는 말이나 다름없었다. 고양이에게 물을 주지 않겠다는 지유의 말은 영 믿지 못하는 모양이었다. 하긴 다른 방법을 찾아봐야겠다고 생각했으니 딱히 거짓말도 아니지만 진담도 아니었다.

그러다가 불쑥 거슬린다고 말한 인우의 말이 생각나 기분이 나빠지고 말았다. 물론 지유도 이런저런 일들로 인해 자신을 싫어하거나 적대적인 사람이 없는 것이 아니어서 그의 말이 새삼스럽지도 않았다. 그런데도 거슬린다는 단어가 마음을 상하게 했다.

그래서인지 고양이가 들락거리는지 감시한다는 사실 때문이 아니라 그 말을 던져 놓은 인우가 매일 카페에 온다고 하는 것이 지유를 불편하게 했다. 그의 말 때문에 자기 자신을 한 번 더 곱씹게 될 것 같았다.

불쾌하고 불편한 남자였다. 지유는 마음속 어딘가 철진과 비슷한 방향 쪽에 인우를 던져 놓았다. 철진과 같지는 않지만 철진과 똑같이 좋아할 수 없는 남자였다. 일단은 어쩔 수 없이 봐야 하겠지만 둘 다 안 보게 되면 좋은 것마저 같았다. 지금으로서는 두 사람 다 보지 않아도 되는 날이 빨리 오기만을 바랄 뿐이었다.

6시 반이 넘어서야 인우는 겨우 진료실을 벗어날 수 있었다. 박 선배는 이미 퇴근을 했고 다른 페이 닥터들도 전부 퇴근을 했다. 오늘도 인우가 야간 진료 담당이라 저녁 식사를 해야 했지만 오후 진료가 늦어져 그에게 주어진 시간은 채 한 시간도 남지 않았다. 인우는 평소 그답지 않게 서두르기 시작했다.

바로 아래에 있는 카페로 식사하러 가는 길이었지만 인우는 가운을 벗고 슈트 상의를 다시 걸쳤다. 평소에는 늘 병원 식당에서 식사를 했기 때문에 가운을 벗은 그의 모습을 보고 접수대에 모여 있던 간호사들의 시선이 몰렸다.

"김 원장님 약속 있으세요?"

그저 고개를 끄덕 한 번 하는 것으로 인우는 대답을 대신했다.

"진료 시간에 맞춰 올 테니 식사들 하세요."

무뚝뚝하게 인사를 하고 계단을 내려가는데 거울에 비친 자신의 얼

76

굴이 보였다. 오늘로 야간 진료를 연달아 3일째 하는 중이라 꽤 피곤
할 만도 한데 어제 한 번도 깨지 않고 푹 잠을 자서 피로가 훨씬 덜했
다. 그래서인지 거울에 비친 제 얼굴의 혈색도 다른 때보다는 좋아 보
였다.

그렇게 깊은 잠을 자 본 게 언제였나? 악몽은커녕 꿈의 작은 조각
조차 침범하지 않은 잠이라니 그저 신기할 뿐이었다. 덕분에 언제나
자신을 예민하게 만들던, 머릿속 어딘가에 늘 머물고 있던 묵직한 무
게가 사라진 것만 같았다. 그렇게 머릿속이 가벼워지자 더불어 컨디션
도 같이 좋아졌다.

서둘러 카페의 유리문을 밀고 들어서자 바삭하고도 고소한 냄새와
달달하면서도 짭조름한 향기가 가득 풍겨 왔다. 저녁 시간이라 근처의
여자 회사원들이 절반쯤 채운 카페 안은 여자들의 수다로 조금 부산스
러운 느낌이 들었다. 그 사이로 지유가 눈살을 찌푸리며 자신을 바라
보는 게 보였다.

처음 만났을 때처럼 양 갈래로 땋은 머리가 지유의 갸름한 얼굴형
을 더 돋보이게 했다. 그래서인지 조명 아래에 서 있는 그녀의 얼굴이
더 인형처럼 느껴졌다. 유난히 검은 눈동자가 크고 말간 눈을 바라보
자니 다시 목이 갑갑해져 와서 인우는 고개를 돌렸다.

자신과 눈이 마주치자 고개를 돌려 버리는 인우의 태도에 지유가
실소를 지었다. 누군 그쪽이 좋은 줄 아나? 작게 투덜거린 지유가 오
늘의 저녁 메뉴인 가츠돈을 준비해서 정호에게 서빙을 하게 했다.

친절하게 인사를 한 정호가 쟁반을 내려놓자 잠시 감상하듯 가츠돈
을 바라보던 남자가 곧 식사를 시작했다. 표정 없는 남자의 싸늘한 얼
굴은 냉기가 풀풀 흘렀지만 그는 객관적으로 세련된 차림새에 깔끔함
이 배어 나오는 미남이었다.

그래서인지 저녁 시간에 오는 여자들의 눈길이 자꾸만 그에게 쏠렸다. 그러나 인우는 그 흘깃거리는 시선에 아랑곳없이 여유 있는 태도로 식사를 계속했다. 카페 안의 시선들을 왔다 갔다 하며 관찰하던 기연이 그 모습에 감탄을 했다.

"우와! 저 아저씨 얼굴이 정말 두꺼운가 봐. 여기 있는 여자들은 다 자기만 쳐다보는데 관심은커녕 신경도 안 쓰네?"

어제 그렇게 화를 내고 갔으면서 오늘도 기어이 카페에 출석도장을 찍는 기연이었다.

"쓸데없는 소리 말고 밥이나 얼른 먹어."

지유의 말에 어깨를 으쓱한 기연이 가츠돈 위에 돈가스를 하나 집어 베어 물었다. 돈가스를 덮은 빵 가루가 바삭거리는 소리가 금방 기연의 입안을 가득 채웠다.

"그런데 진짜 저 선생님 매일 온다면 덕분에 매상이 오를 거 같은데?"

홀을 휘휘 둘러본 정호가 의미심장한 미소를 지었다.

"에헤? 진짜 매일 온대? 그럼 정말 그 고양이 때문에 매일 공짜 밥을 먹겠단 거야?"

저 자신도 한 번도 밥값을 낸 적 없는 주제에 인우가 돈을 안 내나 싶어서 도끼눈을 뜨는 기연을 보며 지유가 혀를 찼다.

"돈 냈어. 그러는 너나 밥값 좀 내 보는 게 어때?"

"으으……으음. 장! 나 이 울외장아찌 더 줘."

지유의 말에 기연이 이상한 신음을 내며 말을 돌렸다. 기연이 무슨 짓을 하던 다 예쁘게만 보이는 정호가 머리를 쓱쓱 쓰다듬어 주더니 접시를 받아 일어섰다.

흥 하고 코웃음을 치며 그 모습을 바라보던 지유는 곧 생각에 빠졌다. 식탁을 손가락으로 두들기며 고민하던 지유가 결국 일어서서 인우에게 다가갔다. 자신의 맞은편에 지유가 앉자 식사를 하던 인우가 한쪽 눈썹을 들어 올리며 무슨 일이냐는 듯 바라봤다.

"대체 무슨 생각이에요?"

인우가 고개를 갸웃했다.

"뭐가 말이야?"

"거슬린다면서 매일 오겠다는 건 무슨 심술이에요? 감시당하는 거 같아 기분 별로예요."

"난 맘에 들어."

대뜸 뱉은 인우의 말에 지유가 미간을 구겼다.

"뭐요?"

"그쪽이 만든 음식 말이야. 그리고 고양이 건은 본인 입으로 안 그런다고 했으니 불편해할 거 없지 않나? 신경 쓰지 말고 선불로 준 돈이나 떨어지면 얘기해, 다시 줄 테니까."

말을 끝내자마자 돈가스가 올려진 숟가락을 들며 인우가 지유를 물끄러미 바라봤다.

"뭐 더 할 말 있나?"

기가 막힌 지유가 한숨을 쉬며 일어섰다.

"아니요. 아주 좋네요. 단골도 생기고 선불도 받고."

삐딱한 그 말에도 인우는 무덤덤했다. 지유가 거슬리는 건 사실이었으니까. 여자가 얼굴을 찌푸릴 때에도 화를 낼 때에도 까만 눈동자만은 아무 일도 없다는 것처럼 무심하고도 고요했다. 그 이질적이고 고요한 눈동자가 자꾸 거슬렸다.

모든 것을 초월해 버린 것처럼, 주변에 태풍이 몰아쳐도 파문 하나 일지 않을 것처럼, 그렇게 깊고 어둡게 침잠해 있는 눈동자가 맘에 들지 않았다.

일어서는 지유에게서 고개를 돌린 그는 식사를 계속했다. 가쓰오부시 가루가 올라간 돈가스는 대파와 계란을 풀어 놓은 소스가 스며들어 바삭하고도 촉촉한 느낌이었다. 게다가 가쓰오부시 향이 가득한 소스는 달큰하면서도 짭짤해서 다른 반찬 없이 밥을 먹어도 될 만큼 입에 맞았다.

점점 그릇을 비워 갈 때마다 인우는 고된 하루를 보상 받는 기분이 들었다. 한 번도 오늘 하루 너 참 고생했다는 위로를 받아 본 적이 없었다. 힘들고 지친 하루를 겨우 한 그릇의 식사로 위로 받다니 우습긴 했지만 사실이었다. 더불어 항상 비워져 있었고 허전했던 자신의 어딘가가 채워지는 기분이 들었다.

언제였던가? 어머니의 옆에서 계란을 풀며 까르르 웃던 어린 동생의 모습이 스쳐 가자 인우는 느릿하게 눈을 감았다 떴다. 그리고 물잔을 들어 목구멍을 타고 올라오는 그 기억을 물과 함께 삼켜 버렸다.

지유의 음식은 따스했다. 그리고 그 음식은 언젠가 부서져 버린 기억의 파편을 조각조각 맞춰 주었다. 그것은 행복하면서도 먹먹할 정도로 가슴을 아프게 했다. 그 아릿한 통증에 인우는 왼손을 들어 제 아픈 가슴을 꾹 눌러 주었다.

흉하고 보기 싫어 덮어 버렸던 상처를 걷어 내고 곪을 대로 곪은 것을 다시 들여다보는 기분이었다. 어쩌면 그저 아프기만 한 것이 아니라 다행일지도 몰랐다. 아니면 많이 행복했었기에 더 많이 아픈 건지도 모를 일이었다. 가츠돈을 부지런히 꼭꼭 씹으면서 기억의 조각들도 함께 되새기는 인우의 저녁 시간이 천천히 지나갔다.

지유는 굳은 표정으로 제 앞에 서 있는 여자를 바라보고 있었다.

170은 되는 껑충하니 큰 키에 바람에 날리듯 손질된 커트 머리를 가진 세련된 얼굴의 여자는 초점 없이 멍하니 흐린 눈으로 카페를 둘러보고 있었다. 해윤이 보내 준 사람이 정말 이 여자가 맞는 건지 지유는 확인 삼아 다시 물어보았다.

"그러니까 송 원장이 보낸 사람이라고요?"

"······네? 아, 네."

대답하는 말투마저 흐리멍덩한 여자의 차림새를 슬쩍 바라본 지유는 더 난감해졌다. 멍하고 흐린 눈빛과는 달리 여자가 들고 있는 가방과 입고 있는 옷은 한눈에 봐도 고가인 명품이었다. 특히나 저 윤기 흐르는 블라우스는 분명 실크였다.

지유는 골치가 아파 왔다. 아무리 봐도 해윤이 어느 부잣집의 심심한 아가씨를 보내 준 게 틀림없었다. 해윤의 도도한 얼굴을 떠올리며 지유는 속으로 욕설을 퍼부었다.

이른 아침부터 문을 열고 들어서는 인영을 보고 손님인가 했지만 해윤이 보낸 이 명품을 걸친 아르바이트생이었다. 지금의 상황이 난감했지만 지유는 우선 테이블 중 한 곳에 여자를 앉게 했다.

"카페 사장 정지유라고 해요."

"류민서라고 해요."

민서의 힘없고 작은 목소리를 들으니 덩달아 지유까지 기운이 없어질 지경이었다.

"죄송하지만 아르바이트 자리라 시급이 얼마 되지 않아요."

민서가 포기하고 돌아가길 바라는 마음에 지유는 시급 얘기부터 꺼냈다. 그러나 여자의 몽롱한 눈빛은 의외로 흔들림이 없었다.

"시급은 상관없어요. 그런데······."

잠시 말을 끊었던 여자가 테이블에 걸치고 있던 지유의 팔을 덥석 움켜잡았다.

"송 원장님이 여기 가면 재미있을 거라고, 절대 지루하지 않을 거라고 하던데 맞나요?"

팔을 타고 감전이라도 된 듯 전해 오는 타인의 감정.

그것은 언제부터였을까?

기억할 수 없는 어린 시절부터 그랬다. 스스로 손을 내밀어 지유에게 접촉하는 존재들의 감정이 자신의 것처럼 생생하게 느껴지던, 결코 유쾌하지 않은 경험들.

어느 순간부터 상대방이 자신의 기분을 지유가 아는 걸 달가워하지 않는다는 사실을 깨닫게 되면서 지유는 타인과의 접촉을 피했다. 지유 본인도 상대방의 감정을 바닥까지 훤히 볼 수 있는 게 반갑지는 않다. 어린 지유에게 인간 본성의 추악한 밑바닥까지 볼 수 있다는 건 형벌과도 같았다.

고통의 시간을 오랫동안 보낸 뒤에야 지유는 그 능력을 억눌러 손이 닿는 것 정도는 참을 수 있게 되었다. 그러나 지금 원치 않아도 접촉만으로 강렬하게 느껴지는 여자의 끝없는 허무와 공허, 그리고 무감각의 하루하루가 지유를 움찔하게 만들었다.

자신의 팔을 움켜쥔 손에서 고개를 들어 얼굴을 마주 보자 민서가 몽롱했던 눈빛을 지우고 이상한 열기를 담은 눈동자로 열렬하게 말했다.

"맞아요?"

슬쩍 팔을 뒤로 빼내 여자의 손을 떼어 낸 지유는 작게 한숨을 쉬었다. 해윤은 지유의 능력에 대해 자세히 알지는 못했지만 아마도 지유가 민서를 거절하지 못할 걸 알고 보냈을 것이었다.

사악하고 약은 녀석. 아마도 민서라는 여자는 해윤 스스로에게도 무시하지도 그렇다고 꿀꺽 삼키지도 못하는 존재였을 것이다. 자신의 지난날을 생각나게 했을 테니. 그렇다고 해도 민서를 자신의 목 안으로 억지로 우겨 넣은 걸 생각하니 지유는 좋은 말이 나오지 않았다.

하지만 절실해 보이는 민서를 돌려보낼 잔인함도 지유는 가지고 있지 않았다. 어쩌면 그것이 지유의 제일 큰 약점일지도 몰랐다. 풀었던 머릿수건을 다시 길게 땋아서 늘어뜨린 머리 위로 쓰면서 지유가 일어섰다. 민서의 실크 블라우스가 못마땅했지만 지금 당장은 별수 없었다. 그런 걸 신경 썼다면 애초에 여길 오지 않았겠지.

"피곤해서 지루함 같은 건 생각나지 않을 정도로 바쁘게는 해 줄 수 있어요."

무슨 말인지 모르겠다는 듯 다시 몽롱해진 눈을 깜빡거리는 민서를 지유가 재촉했다.

"뭐 해요? 오늘 쓸 머핀하고 빵 만들려면 노닥거릴 시간 없어요."

지유의 재촉에 민서가 잠에서 깨어난 것처럼 발딱 일어섰다. 앞치마와 머릿수건을 민서에게 건넨 뒤에 머핀을 아예 맡겨 놓고 지유는 발효 빵들을 만들기 시작했다. 예상대로 민서는 실크 블라우스 따위는 신경도 쓰지 않았다. 오히려 실크라는 걸 알고 있는지 의심스러울 정도였다.

어쨌거나 제법 눈을 반짝거리며 열심히 계량을 하고 버터와 설탕을 휘핑시키는 걸 보니 일을 할 때만큼은 멍한 눈빛을 걱정하지는 않아도 될 것 같았다. 팔짱을 끼고 프로스팅을 만드는 민서를 바라보던 지유가 밀가루 반죽을 발효기 안에 밀어 넣었다.

종일 민서를 관찰한 정호는 극과 극을 체험하는 기분이었다. 민서라는 여자는 지유만큼은 아니었지만 손도 빠르고 베이킹 솜씨도 좋았다. 문제는 잠깐씩 일을 멈추고 있을 때의 모습이었다. 나사가 한 열

개쭘 빠진 것처럼 입까지 헤벌린 채 멍하고 축 늘어진 민서의 모습은 바라보고 있는 정호의 얼까지도 빠지게 만들 정도였다. 슬금슬금 지유의 옆에 바짝 다가온 정호가 지유에게 작게 속삭였다.

"진짜 사장님 친구가 보낸 거야?"

"왜?"

지유의 말에 정호가 어깨를 들썩였다.

"그게……. 좀 특이하지 않아?"

금방이라도 손가락을 들어 머리 옆에 돌릴 듯한 그 말에 지유가 어깨를 들썩거리며 웃음을 터뜨렸다.

"저쪽에서 보기엔 너도 만만치 않아."

지유의 말처럼 민서도 문신과 피어싱이 가득한 정호가 껄끄러운 모양이었다. 억지로 친분을 이어 주는 일 따윈 하고 싶지 않은 지유였기에 놔두면 알아서 친해지겠지 하고 소개만 해 주고 두고 보는 중이었다. 어쨌거나 손이 빠른 민서 덕에 지유는 한결 일이 수월해졌다. 그 것만으로도 지유에게 민서의 역할은 충분했다. 정작 민서에게 지유 자신은 무얼 해 주어야 할지 아직 몰랐지만 말이다.

그런데 아일랜드 식탁 끝 쪽의 의자에 몽롱하게 앉아 있던 민서가 갑자기 벌떡 일어나더니 앞치마와 머릿수건을 풀었다. 그러고는 옆자리에 둔 자신의 가방을 들었다.

"5시 반까지니까 이제 퇴근 시간이죠?"

지유 대신 정호가 떨떠름한 얼굴로 대답했다.

"그렇긴 하죠."

"그럼 가 보겠습니다. 안녕히 계세요."

민서는 어제 철진의 부하들처럼 허리를 반으로 접어 지유와 정호, 그리고 정아에게 공손하게 인사를 했다. 그러고는 지유의 대답을 듣기도 전에 마르고 긴 다리로 성큼성큼 걸어 카페를 빠져나가 버렸다. 바람 소리가 귓가에 들릴 것처럼 서둘러 나가 버린 민서를 가리키며 정호가 기가 막힌 표정으로 지유를 바라봤다.

"뭐야? 지금까지 시계만 보고 있던 거야?"

몽롱한 민서의 시선 끝에 있었던 건 카페 벽에 걸려 있는 시계였던 모양이었다. 정아가 그 말에 픕 하고 웃음을 터뜨렸다.

"저녁 먹고 가라고 할까 했더니……."

민서가 나간 문이 격하게 흔들리자 지유가 심드렁하니 중얼거렸다.

"정아 씨는 어때요? 저 여자 너무 이상하지 않아요? 차림새도 그렇고 여기서 일할 만한 사람은 아니잖아요."

정호의 질문에 정아가 어깨를 으쓱했다.

"저야 뭐."

"정호 네가 그런 말 하면 남들이 웃는다."

민서가 맘에 안 드는지 자꾸만 단점을 꼽는 정호에게 지유가 한마디를 했다.

"사장님, 솔직히 말해서 나랑은 다르지. 딱 봐도 부잣집 아가씨던데 우리 시급에 계속 일하겠어?"

"걱정 마. 모든 사람이 다 돈 때문에 일을 하는 건 아니니까. 정아 씨, 불편해요?"

지유의 질문에 정아가 특유의 사람 좋은 미소를 지었다.

"아뇨. 빵도 잘 만드시는 거 같고 민서 씨 친절해서 저는 좋아요."

"정아 씨야 뭐 본인이 사람 좋으니 다 좋게 보는 거죠. 멍하니 앉아 있는 걸 보다 보면 나까지 몽롱해지는 기분이던데."

정호가 절레절레 고개를 흔들자 지유가 타박을 했다.

"그럼 몽롱하지 않게 자꾸 건드려 봐."

"쳇! 내가 왜?"

"삶이 무료하고 지루해서 살기 싫은 사람도 있으니까."

"헛. 사장님은 가끔 섬뜩한 말을 하고 그래. 무섭잖아."

숨을 들이켜며 정호가 놀라자 지유가 도끼눈을 떴다.

"무섭긴 뭐가 무서워? 그냥 그 정도로 심심한 애니까 잘해 줘. 아! 기연이랑 붙여 주면 딱이겠다."

지유가 손뼉을 치며 하는 말에 이번에는 정호가 정색을 했다.

"우리 기연이를 왜 거기다 붙여!"

정호가 버럭거리는 소리를 들었는지 카페에 들어서던 기연이 터벅터벅 걸어오더니 가방을 아일랜드 위에 던지며 지유를 쏘아봤다.

"날 어디다 갖다 붙였기에 장이 저래?"

"재미없고 심심한 데 붙였다. 그런데 넌 왜 벌써 와?"

"과외 가야 한다고 일찍 나왔어."

태평스런 얼굴로 기연이 대답하자 반대로 지유의 얼굴은 매서워졌다.

"너 오늘 과외 없잖아? 고삐리, 네 담임한테 전화해 줄까?"

지유의 말에 기연의 얼굴이 불퉁해졌다.

"어제랑은 과외 잘 받았잖아. 오늘 너무 더워서 교실에 있기 싫었단 말이야."

기연이 볼멘소리를 하자 정호가 잽싸게 편을 들었다.

"그래, 더운데 교실에서 해 봐야 능률도 안 오르고 공부야 여기서 해도 되지. 안 그래요? 정아 씨?"

엄한 정아까지 끌어들이는 걸 보고 지유가 혀를 찼다.

"애 버릇 잘 들인다. 너! 오늘 딴짓하지 말고 공부만 하다 가."

지유의 말에 기연이 삐죽거리더니 가방에서 인터넷 강의 문제집을 꺼냈다.

"치! 내가 더럽고 치사해서 한다 해."

"그렇게 치사하면 대학도 꼭 가라."

대답 대신 주먹을 불끈 쥐어 보인 기연이 문제집을 들여다보자 지유가 삐뚜름하게 미소를 지었다.

"정아 씨는 이제 그만 퇴근해요. 그리고 주먹밥 몇 개 오븐 옆에 싸 놨으니까 가져가요. 보온병에 담아 둔 국도 잊지 말고."

"안 그러셔도 돼요. 사장님."

정아는 매번 저녁을 챙겨 주는 지유에게 미안해 어쩔 줄 몰라 안절부절못했다.

"자꾸 그렇게 거절하면 매일 오는 기연이는 더 민망할 텐데."

지유의 말에 기연이 볼을 빵빵하게 부풀리며 심술 난 표정을 했고 정아는 그 모습에 또 웃음을 터트렸다. 정말 이 사람들하고 있으면 힘든 자신의 처지 따위는 어느새 잊고 말았다. 우스운 말이지만 이 기묘한 조합의 사람들은 정아에게 힘든 하루하루를 견디게 해 주는 비타민 같았다.

"그럼 감사하게 먹을게요. 사장님."

"그거면 되니까 앞으로도 부담 갖지 마요."

정아가 인사를 하고 퇴근을 하자 기연이 연필을 문제집에 딱딱 두들겨 대며 주방을 기웃거렸다. 아까부터 풍겨 오는 고소한 들기름 냄새에 배가 살살 고파져 왔다.

"밖에 보니까 오늘 저녁 메뉴 메밀국수 아니야? 주먹밥도 있어?"

"사이드야. 면만 먹기엔 저녁이라 너무 가벼워서."

"그런데 원래 메밀은 점심 아니었어?"

고개를 갸웃거리며 기연이 의아해하자 정호도 고개를 끄덕이며 맞장구를 쳤다.

"그러게 오늘은 런치랑 좀 바뀐 느낌이 드네?"

두 사람이 자신을 빤히 바라보자 내심 허를 찔린 지유가 아무렇지도 않은 듯 무심하게 대답을 했다.

"지루해서 바꿔 봤다."

두 사람 다 고개를 기우뚱하며 그건 또 무슨 소리야? 라는 표정으로 바라봤지만 곧 저녁 주문을 하는 손님들이 줄을 서서 지유는 두 사람의 의아한 시선을 피할 수 있었다.

그것은 사실 심술이었다. 매번 지유의 음식을 단지 따뜻하다고 평하는 김인우에 대한 심술. 이 차가운 것을 먹고 또 따뜻하다고는 할 수 없겠지, 라는 작은 심술. 평소에도 세상에 삐딱한 지유였지만 인우에게는 더 삐딱해졌다.

좀 유치하지만 뭐 어때? 지유는 어깨를 으쓱하고 저녁 메뉴를 만들기 시작했다. 미리 삶아 둔 면을 볼에 넣고 소스통에서 살얼음이 언 메밀 육수를 부어 주고 그 위에 파프리카와 잘게 자른 양상추, 토마토와 복숭아를 올려 주었다.

마지막으로 무순을 장식으로 올려 준 다음 주먹밥과 김치와 장아찌 등이 담긴 반찬 접시, 그리고 고추냉이가 담긴 작은 통을 쟁반에 담았다.

저녁 타임 손님들은 아무래도 점심보다 적어서 한 시간도 채 지나지 않아 몰려들던 주문을 전부 소화해 낼 수 있었다. 아무래도 이미 재료를 다 준비를 해 놓고 세팅만 하면 되는 것이었고 모자라는 면만 중간중간 삶으면 되었기 때문에 다른 때보다는 속도를 좀 더 낼 수 있었다.

마지막 주문을 정호에게 건네주고 홀을 둘러본 지유가 정호와 기연과 먹을 저녁 식사를 챙기러 주방으로 다시 들어가려던 때였다. 막 문을 열고 인우가 들어오는 게 보였다. 착각인 걸까? 소란스럽던 카페 안에 일순 정적이 스쳐 지나갔다. 그러나 그것은 상상이었던 것처럼 금세 카페 안은 그전보다 소란스러워졌다.

계산대의 포스 앞에 서 있던 정호가 작게 휘파람을 불었다. 어쩐지 오늘 저녁 여자 손님이 조금 늘었다 싶더니 인우 때문에 그런 것이 맞는 모양이었다. 인우를 힐끔거리며 과장된 웃음을 터뜨리는 몇몇 여자들을 바라보며 정호가 피식거렸다. 하기야 훈훈하다는 훈남은 아니지만 차가운 도시 남자, 차도남은 되고도 한참은 남을 인물이었다.

어제와 같은 자리에 앉는 인우를 보면서 정호가 지유에게 주문을 넣었다.

"사장님, 식사 하나요!"

"오냐."

왠지 불만스러운 어조에 정호가 고개를 빼고 주방을 들여다봤다. 메밀국수를 담고 소스를 붓고 있는 손길이 유난히 거칠어 보였다. 지유와 함께하면서 인우 같은 사람이야 많이 봐 왔지만 이번에는 유난히 마음에 들어 하지 않는 것 같았다. 고양이를 싫어하는 사람들이 그전에도 많았지만 어쩐지 지유의 태도는 다른 때와 달리 심하게 적대적이었다.

마치 샐러드처럼 보이는 색색깔의 야채와 과일이 수북이 장식된 메밀국수 쟁반을 지유가 들고 나오자 정호가 대신 받아 들려고 했다. 그러나 지유가 정호의 손길을 피해 쟁반을 살짝 들어 올렸다.

"내가 가져갈게. 넌 주방에 너랑 기연이 꺼 챙겨 놨으니까 얼른 가져다 먹어."

제법 호전적인 걸음걸이로 인우에게 다가간 지유가 탁 소리가 나게 쟁반을 내려놓았다. 싸하게 가라앉은 지유의 시선과 냉랭한 인우의 시선이 잠시 부딪혔다. 그러나 이내 인우는 시선을 자신의 앞에 있는 쟁반으로 옮겨 버렸다. 마치 지유와 시선이 맞닿는 게 불쾌하다는 듯 고개를 돌려 버리는 모습에 지유는 또 울컥해 버렸다.

인우는 제 앞에 놓인 커다란 볼에 담긴 야채와 과일들을 바라봤다. 물론 그 옆에 세모난 모양의 주먹밥이 두 개 보였지만 이게 저녁 식사인지 의심스러웠다.

"이거 샐러드든가?"

지유는 헛 하고 숨을 들이켰다. 매일매일 메뉴가 변하는 대신 단일 메뉴를 내놓는지라 인우의 주변엔 전부 메밀국수를 먹는 여자들뿐이었다. 대체 이 남자는 자신이 보고 싶은 거 외에는 아무것도 안 보이는 걸까? 집중력이 좋은 건지 무심함의 극치인지 그녀도 알 수 없는 노릇이었다.

"오늘의 특선 메뉴예요. 경주마처럼 눈가리개를 한 것도 아닌데 주변도 둘러보는 게 어때요?"

주위를 슬쩍 돌아본 인우가 알았다는 것처럼 고개를 끄덕이더니 젓가락을 집었다. 메밀국수가 보이지 않을 정도로 수북이 올려진 양상추와 과일들. 그중에서 껍질이 잘 벗겨진 복숭아를 보는 인우의 이마가 꿈틀했다.

잘 깎인 분홍빛 복숭아.

그런 걸 먹어 본 게 언제인지 기억조차 희미했다. 물론 과일이야 술자리에서 자주 먹었지만 그럴 때 나오는 것들은 고작해야 파인애플이나 바나나, 수박 같은 거였다. 그런데 복숭아라니……. 심장이 싸하게 아파 왔다.

어머니는 복숭아 알레르기가 있었다. 그런데 우습게도 껍질은 만지지 못하면서 복숭아를 너무나도 좋아했다. 그런 어머니를 닮아서 동생 인영이도 복숭아를 참 좋아했다. 그래서 매해 여름이 되면 아버지와 인우가 투덜거리며 두 여자를 위해 복숭아를 씻어서 냉장고에 넣어 두고 저녁 식사 때마다 깎아 주고는 했었다.

희미한 주방 불빛 아래에서 함께 저녁 식사를 하고 과일을 먹으며 소소하게 웃던 그 시간들이 꿈이었던가? 아버지와 나란히 앉아 투덜거리며 복숭아를 깎던 기억들이 새삼 인우의 머릿속을 비집고 튀어나왔다. 힘들고 고통스럽고 괴롭던 시간들 때문에 잊고 있었던 기억들이었다.

너무나 오래되어서 빛이 바랜 사진 같은 기억들. 복숭아를 볼이 터지도록 입에 넣으며 배시시 웃던 동생과 그 동생과 같은 미소를 짓던 어머니의 얼굴이 스치고 지나가자 인우는 일순 눈앞이 아득해졌다. 그러나 그 시간들은 이미 예전에 전부 사라졌고 그는 이렇게 혼자였다.

가족과 함께였던 건 희미할 정도로 너무나 오래전이라 마치 처음부터 그 혼자 있었던 것처럼 느껴질 정도였다. 매일 밤과 매일 아침, 아니 숨 쉬고 있는 매 순간마다 깨닫는 그 사실이 덩어리처럼 목구멍에 걸려서 인우는 들었던 젓가락을 내려놓았다.

"안 먹어요?"

팔짱을 끼고 못마땅하게 자신을 내려다보는 지유를 그제야 깨닫고 인우가 고개를 저었다.

"아니, 먹을 거야. 그런데 그쪽이야말로 다 먹을 때까지 감시할 건가?"

"그거 제가 하고 싶은 말인데요? 그쪽이야말로 감시 좀 그만해 주면 좋겠네요."

되쏘는 말투가 제법 매섭다. 평소 느린 어조와 낮은 목소리를 가진 그녀는 보통은 심드렁한 어조인데도 지금은 꽤나 무섭게 톡 쏘는 느낌이었다. 자신에게 적개심을 보이는 지유의 태도에 인우는 또 불쾌해졌다. 자신이 지유를 거슬려 하는 것처럼 지유가 자신을 싫어할 수도 있다는 당연한 사실이 불쑥 맘에 들지 않아 인우는 얼굴을 찌푸렸다.

"감시할 일을 안 하면 되는 거 아닌가?"

"안 하고 있거든요."

지유가 허리를 굽히며 인우에게 낮게 으르렁댔다.

또다.

저 눈동자. 볼 때마다 거슬리는 저 눈동자. 까만 유리알 같기도 하고 갓난아이의 눈동자 같기도 한 말간 눈동자. 성인 여자에게 어울리지 않는 투명한 저 눈동자가 여전히 인우는 거슬렸다. 그리고 저 인형 같은 얼굴. 순간순간 표정이 사라지는 얼굴은 도자기 인형처럼 무척이나 이질적인 기분을 느끼게 했다.

무언가 비현실적인.

완벽한 비율의 얼굴은 세상에 존재하지 않는 무언가를 바라보는 생소함을 느끼게 해서 더욱 불편해지고 말았다. 그때 인우가 못마땅하게 바라보던 지유의 얼굴 앞에 머리카락 한 가닥이 흘러내려 흔들렸다. 긴 속눈썹 사이로 흘러내린 머리카락이 지유가 눈을 깜빡일 때마다 인우의 시선을 잡아끌었다. 그리고 그 순간 저도 모르게 테이블 위에 올려 둔 인우의 손이 움직였다.

"뭐예요?"

인우의 손이 다가오자 지유가 움찔하며 숙였던 몸을 세웠다. 그녀의 반응에 자신의 행동을 그제야 깨달은 인우가 멈칫하더니 내밀었던 손을 움켜쥐었다. 그리고 아무렇지도 않은 듯 쥐고 있던 주먹에서 집게손가락 하나를 폈다.

"내가 먹는 걸 감상할 게 아니라면 이만 가 주지."

인우의 손가락 끝에는 젓가락을 물고 말똥말똥한 눈으로 바라보는 기연과 흥미진진한 표정으로 바라보는 정호가 있었다. 물론 지유와 눈이 마주치자마자 찔끔하면서 눈을 돌렸지만 말이다.

"아, 물론 가야지요. 따뜻하진 않겠지만 맛있게 드세요."

'따뜻한'에 강한 억양을 주는 삐딱한 그 말에 인우의 눈썹이 꿈틀했지만 지유는 이미 몸을 돌려서 걸어가 버린 뒤였다.

빤히 바라보는 기연과 정호의 시선을 무시하며 지유는 제 앞에 놓인 그릇에 집중했다. 젓가락으로 숨어 있는 면을 국물에 휘휘 섞을 때였다. 지유의 옆으로 몸을 스윽 기울인 정호가 작게 속삭였다.

"사장님."

"왜?"

"혹시 그날이야?"

대답 대신 면발을 휘젓던 젓가락이 이마를 강타했다. 쯧쯧쯧. 기연이 고개를 절레절레 흔들며 혀를 찼다. 맞아도 싸다, 장정호. 동정심 하나 없는 기연의 눈총을 받으며 정호가 이마를 박박 문질렀다.

"아니면 말지. 기분 별로인 거 같아서 물어본 거란 말이야."

정호를 싸한 눈으로 바라본 지유가 젓가락을 쟁반에 내려놓았다.

"쓸데없는 소리 그만하고 젓가락이나 새 걸로 가져와."

여전히 이마를 문지르던 정호가 새 젓가락을 가지러 주방으로 향했다. 역시 뭔가 이상해. 중얼중얼하며 주방으로 들어간 정호가 젓가락을 가져오자 기연이 입에 지퍼를 채우는 시늉을 했다. 슬금슬금 눈치를 보며 다가온 정호가 슬쩍 지유에게 젓가락을 주고 기연에게 머리를 내밀었다. 쓰윽쓰윽. 기연이 정호의 머리를 두어 번 쓰다듬자 정호가 만족스런 표정으로 주먹밥을 크게 한 입 베어 물었다.

후루룩. 면발을 젓가락으로 적당히 잡아 올려 입안에 한 입 물고 우물거리면서 인우가 아일랜드 식탁에 모여 앉은 세 사람을 바라보았다. 딱 봐도 철없어 보이는 고등학생 하나와 그로테스크한 남자 하나와 자꾸만 그에게 이상한 기분이 들게 하는 여자.

쉴 새 없이 투닥거리고 웃고 떠드는 세 사람의 소리가 가까이 있는 인우의 테이블에도 선명하게 들렸다. 기묘한 조합이긴 하지만 세 사람은 행복해 보였다. 가족이 아니었건만 가족처럼 행복하게 웃고 있는 그 모습이 마치 오래전에 지워 버린 자신의 가족을 연상시켰다. 묵묵히 또 묵묵히 인우는 시리도록 아픈 가슴에 차가운 메밀국수를 꾸역꾸역 집어넣었다.

본격적으로 입소문을 타기 시작한 카페에는 베이킹 예약 주문이 쏟아지기 시작했다. 민서가 온 걸 알기라도 한 것처럼 주변 어린이집과 사무실 등에서 빵과 케이크 주문이 들어왔고 오전 시간은 그야말로 눈코 뜰 새 없이 바빠지기 시작했다.

저녁 식사 시간이 되어서야 겨우 의자에 앉을 수 있었던 지유는 피곤한 듯 어깨를 두드리며 끙 하고 신음을 뱉었다. 그리고 제 앞에 놓인 덮밥 식으로 만든 찹스테이크의 고기를 고르곤졸라 크림소스에 찍어서 입에 넣었다. 색감을 위해 뿌린 핑크색의 후추의 향이 알싸하니 혀를 자극해 왔다.

그때 벌써 제 접시에 담긴 구운 파인애플을 다 먹어 치운 기연의 포크가 슬금슬금 지유의 접시를 노리며 다가왔다. 지유가 눈을 가늘게 뜨고 노려보고 있건 말건 기연은 파인애플 두 조각을 포크로 찍어서 자신의 입으로 쏙 집어넣었다. 그러고는 냠냠 맛있다는 듯 소리까지

내면서 먹더니 뻔뻔하게 변명을 했다.

"나 고딩이잖아. 고딩."

"그게 어쨌다는 거냐? 고삐리?"

"질풍노도. 폭풍식욕. 사춘기의 절정인 고딩이라고."

"그걸 지금 변명이라고 하는 거냐?"

"아니, 아니죠."

기연이 집게손가락을 들어 좌우로 흔들어 댔다.

"특권이지, 특권."

"그래서 매번 내 접시의 사이드를 훔쳐 가는 거다?"

"언니는 다이어트도 하고 좋잖아."

"정호는 놔두고 왜 매번 내 접시야?"

지유가 불만스럽게 눈꼬리를 치켜세웠다.

"우리 장은 일하려면 잘 먹어야지. 그치이, 장."

혀 짧은 소리를 해 가며 정호를 우쭈쭈 하며 챙겨 주는 기연과 흐뭇하게 기연에게 머리를 내주고 웃는 정호를 보며 지유가 한심해하며 고개를 돌렸다. 그리고 그렇게 돌린 시선의 끝에 인우가 걸렸다.

이 주일. 인우가 카페에 오기 시작한 지 이 주일이 지났다. 매번 틱틱거렸던 지유도 이제는 저 남자가 익숙해지려고 했다. 매번 서빙을 하는 정호의 인사에 고개를 까딱하는 것 외에는 그다지 말도 반응도 없는 남자였다. 가끔 기연이 다가가서 아는 척을 했지만 처음 보는 미지의 생명체를 대하듯 할 뿐 그 이상은 아니었다.

정호가 내미는 참스테이크 한 조각을 받아먹은 기연이 지유의 시선을 따라 인우를 바라봤다. 인우는 넓은 등과 어깨를 꼿꼿하게 세운 채 느릿하게 샐러드를 먹고 있었다. 그 조용하고 여유 있는 태도는 이곳을 꼭 고급 레스토랑처럼 느껴지게 했다.

"매일 혼자면 안 심심한가?"

기연이 저런 말을 할 만도 했다. 이 주일째 매일 카페에 혼자 와서 식사를 하는 남자는 지독히도 무미건조하게 사는 것처럼 보였다. 가끔 소아과에 아침 커피를 배달하는 정호가 수다로 얻어 오는 얘기를 들어 보면 하루의 대부분을 병원에서 지내는 듯했다. 딱히 술을 즐기지도 않고 취미도 없이 일에 빠져 사는 독신 남자의 삶이란 듣기만 해도 지루한 것이었다.

"외롭겠다."

기연이 다시 자기 접시로 고개를 돌리며 중얼거렸다. 가끔 스스로는 자각하지 못하면서 기연은 정곡을 찌르는 말을 하곤 했다. 물론 자신도 모르게 뱉은 말이라 그 이유나 전후 맥락 따위 없었다. 제가 금방 뱉은 말은 잊어버리고 기연은 정호와 다시 닭털을 날려 가며 밥을 먹기 시작했다.

외롭겠다. 지유는 기연의 말을 천천히 곱씹었다. 그랬다. 그저 바라보는 것만으로도 남자에게서는 짙고 깊은 외로움 향기가 풍겼다. 넓은 어깨에서, 그리고 베일 듯한 턱 선에서 진한 외로움이 쓸쓸히 배어 나왔다.

그렇지만 남자는 지유가 봐 왔던 다른 외로운 사람들과는 전혀 달랐다. 보통의 외로운 사람처럼 무기력하지도 우울해하지도 않았다. 마치 외로움도 그에 동반한 고독도 자신이 선택한 것처럼 담담하고 평온해 보였다. 특이한 일이었다.

다가가기 쉬운 유형의 사람은 아니었지만 그래도 좋은 직업에 우월한 겉모습만으로도 충분히 외롭지 않아도 될 사람이었다. 체념과는 다른 모습이었지만 외로움의 한가운데에 당당한 자세로 서 있는 듯한 남자의 모습이 자꾸 지유의 시선을 잡아끌었다.

지유는 알고 있었다. 어느새 인우를 향한 자신의 적개심이 하루하루 무뎌지고 있다는 것을. 원래 외로운 사람들에게 약한 지유였다. 그래서 남자의 저 반듯하고 단정한 뒷모습을 바라볼수록 그를 향해 세웠던 날카로웠던 칼날은 또 그만큼 무뎌지고 작아졌다.

그러나 평범한 사람들과는 다른 존재인 자신을 지적하는 듯한 거슬린다는 단어가 아직 지유의 가슴 한쪽에 가시처럼 박혀서 계속 그녀를 찔러 대고 있었다. 왜 그렇게 저 남자의 말이 신경 쓰이는 건지 알 수 없는 일이었다. 지유는 쓴웃음을 지으며 인우의 어깨에 닿았던 시선을 천천히 떼어 냈다.

자신에게 머물던 시선이 떠나는 것을 느끼자 인우는 지유를 천천히 바라보았다. 매일 무심한 태도로 식사를 하고 있었지만 그는 여자가 자신을 주시하고 있다는 것을 알고 있었다. 알고는 있었지만 자신을 불편해하는 태도에 모른 척 반응을 하지 않은 것뿐이었다.

오늘도 그녀는 동그란 이마에 잘 어울리게 긴 머리카락을 둥글게 말아서 묶고 있었다. 본인은 모르고 있었지만 그녀의 왼쪽 뺨에 희미하게 하얀 밀가루가 묻어 있었다. 가끔은 이마나 콧등, 그리고 턱이 하얗게 변해 있기도 했다. 그게 왠지 그녀의 빈틈 같아서 귀엽게 느껴졌다. 그래서인지 인우는 지유의 얼굴에 묻어 있는 밀가루를 털어 주고 싶다는 생각을 한 번씩 하고는 했다.

매번 투덜투덜 심드렁한 태도로 일관하고 있었지만 인우가 보기에 지유는 상냥한 사람이었다. 매일 찾아오는 기연을 구박하는 것처럼 보여도 그 구박에는 애정이 숨어 있었다. 직원들을 대하는 태도를 보아도 그녀는 다정하고도 상냥한 사람이었다.

카페 마녀에서는 다른 곳과 다르게 직원들의 식사를 손님들과 거의 비슷한 시간에 그것도 바로 보이는 곳에서 하곤 했다. 그리고 직원들이 식사할 수 있게 지유 본인이 직접 서빙을 할 때도 많았다. 그래서 정작 그녀 자신은 다 식어 버린 식사를 하곤 했다.

볼 때마다 무엇으로든지 자꾸 시선을 끄는 여자였다. 여자란 존재에 대해 이렇게 오랫동안 자주 생각해 본 적이 있었던가?

그에게 여자가 없었던 것은 아니었다. 남들이 보는 것처럼 인우 자신도 자신의 외모가 눈길을 끈다는 것쯤은 알고 있었다. 그래서 다가온 여자들도 많았다. 딱히 그런 여자들을 거부한 적은 없었다. 다가온 그대로 쉽게 만나고 쉽게 헤어졌다. 언제나 만났던 여자들의 무게는 인우에게 종잇장처럼 가벼웠다. 인우에게 바랐던 게 무엇이든 여자들은 쉽게 실망하고 그래서 또 쉽게 떠나갔다.

그렇게 여러 번의 만남과 헤어짐을 반복했다. 그러나 깊지 않은 관계는 인우에게 아무런 상처도 남기지 않았다. 인우는 늘 그런 만남에 만족했다. 아무런 의미도 깊이도 가지지 않는, 관계라고 부를 것조차 없는 만남만이 그를 편안하게 했었다.

그런데 왜 저 여자에게는 자꾸 눈길이 가고 자꾸 생각을 하게 되는 걸까?

인우는 자신의 접시를 바라보았다. 매일 여자가 주는 음식으로 인우는 고통 위에 추억을 덧입힐 수 있었다. 자신의 어딘가에 그 기억들이 숨어 있었는지 아무리 생각해도 신기할 뿐이었다. 그래서 하루가 지나면 하루가 지난 만큼 인우는 치유를 받는 느낌이었다.

게다가 그를 괴롭히던 불면증까지 희미해져 밤마다 제법 숙면을 취할 수 있었다. 매일 대충 때우던 식사를 잘 할 수 있어서 그런지 아침에 일어날 때도 몸이 가벼웠다. 늘 변화 없던 인우의 일상에 지유는 잔잔한 파동처럼 번져 왔다. 지유가 만들어 주는 저녁을 먹고 다른 사람들과 투닥거리는 걸 보며 식사를 하는 것은 인우에게 소소한 즐거움이 되고 있었다.

와장창! 쾅!

인우가 접시를 거의 비웠을 때였다. 뒤쪽에서 나는 큰 소리에 그가 뒤를 돌아보았을 때는 이미 바닥에 깨진 접시와 우는 아이가 있었다.

"으앙앙!"

서너 살 되어 보이는 아이가 넘어지면서 깨진 유리를 짚었는지 손에 피가 배어 나오고 있었다. 그러나 그것보다 더 큰일은 얼굴을 부딪쳐 바닥에 아이의 유치가 떨어져 있다는 것이었다. 인우는 얼른 바닥에 떨어진 아이의 유치를 자신의 손수건을 펼쳐 담아 두었다.

요란한 소리에 사람들이 웅성웅성 몰려들었다. 당황한 아이의 엄마가 우는 아이를 안고 자신도 울기 시작했다. 아이를 어르며 어떻게 어떻게만 외치는 아이 엄마 대신 인우가 정호를 불러 제 지갑에서 돈을 꺼내 주었다.

"약국 가서 식염수 큰 거 하나랑 거즈 좀 사다 줘요."

바로 위층에 있는 자신의 병원으로 데리고 가도 되었지만 지금은 이 자리에서 아이와 아이 엄마를 진정시키는 게 나았다. 정호를 보내 놓고 인우는 아이 엄마를 낮은 목소리로 꾸짖었다.

"엄마가 당황하면 아이가 더 불안해해요. 울지 마세요."

아이 엄마가 인우를 알아보고 눈물을 훔치며 고개를 끄덕였다. 그리고 옆에 다가온 지유가 건네준 냅킨으로 아이의 입가와 피가 나오는 손을 닦아 주었다. 부딪힌 충격인지 아이의 입술은 벌써 부어오르고 있었다. 앙앙대던 아이가 울음을 멈추지 않자 인우가 주머니를 뒤져 토마스 기차가 그려진 비타민 두어 개를 꺼냈다. 비닐 소리를 부스럭거리며 인우가 아이의 눈앞에 비타민을 흔들어 댔다.

"자, 그만 울자. 뚝 하면 선생님이 비타민 줄게."

아이의 엄마가 아이를 달래고 인우가 아이의 양손에 비타민을 쥐여 주자 겨우 울음이 잦아들었다. 인우가 아이를 달래는 동안 바로 옆 약국에서 식염수와 거즈를 사 온 정호가 헐떡거리며 뛰어 들어왔다. 식염수를 먼저 받아 든 인우는 아이의 손을 식염수를 부어 헹궈 내고는 남은 식염수에 아이의 유치를 집어넣었다.

그리고 거즈를 꺼내 하나는 아이 입에 물려 피가 더 나오지 않게 했다. 다행히도 잇몸은 크게 상한 것처럼 보이지 않았다. 거즈를 한 장 더 꺼내 손의 베인 상처도 지혈한 그가 아이 엄마에게 유치를 담은 식염수 통을 건넸다.

"이거 가지고 치과에 가시면 돼요. 손은 심하지 않으니 치과부터 가세요."

이제 좀 진정이 되었는지 훌쩍거리며 품에 기댄 아이를 토닥인 엄마가 물었다.

"큰 병원으로 가야 할까요?"

"길 건너 병원으로 가셔도 돼요. 가서 소아과 김 원장이 보냈다고 하세요."

인우의 대답에 고개를 숙여 인사를 한 아이 엄마가 가방을 챙겨 서둘러 나가자 주변에 어수선하게 서 있던 사람들이 하나둘 자신의 자리로 돌아갔다. 정호가 깨진 그릇을 치우기 시작하자 인우는 피가 묻은 손을 씻고 나왔다.

그가 자신의 자리로 돌아와 식사를 다시 시작하려고 하자 지유가 천천히 다가오는 게 보였다. 무슨 일이냐는 듯 올려다보는 인우의 눈빛에 지유가 어깨를 달싹였다.

"고마워요."

"뭘 말이지?"

"금방 도와준 거요."

"의사라서 한 일이니까 인사하지 않아도 돼. 다음부터는 싫다고 해도 꼭 아이용 의자 사용하게 해."

지유는 인우의 말에 선선히 고개를 끄덕였다. 아까 분명 정호가 아이용 의자를 가져다주었지만 아이 엄마가 애가 답답해한다며 싫다고 거절했었다. 이런 일이 없었기에 그냥 넘어갔었지만 조심해서 나쁠 일은 아니었다.

"그럴 거예요. 그래도 제 카페에서 일어난 일이니 감사해요."

새삼 제게 감사 인사를 하는 여자의 느릿하고 허스키한 목소리가 전과 다르게 느껴진다고 하면 이상한 걸까? 귓가를 스치는 여자의 목소리와 말간 눈동자가 심장 어딘가를 잡아끄는 기분이 들었다.

"그렇게 고맙다면 한 그릇 더 부탁할게."

"기회를 놓치지 않는군요?"

지유가 인우가 내미는 그릇을 내려다보며 미간을 구겼다.

"그게 내 장점이지."

인우의 얼굴에 얼핏 미소가 스쳐 갔다. 그러나 그 미소는 지유가 눈을 깜빡이는 순간 재빠르게 사라졌다. 제가 잘못 본 건지 헷갈리는 지유가 뚱한 표정으로 고개를 기울였다.

"안 줄 건가?"

인우가 담담한 표정으로 다시 접시를 지유 쪽으로 내밀었다. 삐딱하게 그를 내려다보던 지유가 고개를 저으며 접시를 받아 들었다.

"조금만 기다려요."

개수대에 들고 왔던 접시를 내려놓고 손을 씻은 다음 지유는 냉장고에서 재료를 꺼내 다시 조리를 시작했다. 달군 철 팬에 재료들을 올리고 치이익 하는 소리를 들으며 재빠르게 손을 놀렸다.

그러나 머릿속은 진짜 본 건지 제가 착각했는지 알 수 없는 남자의 미소로 가득했다. 미소라고 부르기도 모자란 미미한 것이었으나 그것만으로도 남자의 얼굴은 달라 보였다. 냉랭한 얼굴에 차가움이 사라지고 따스한 훈기가 그의 눈 끝에 가득했다.

"웃을지 모르는 사람처럼 굴더니……."

지유가 중얼거리는 소리를 들었던지 어느새 다가온 정호가 물었다.

"사장님, 뭐라고 했어?"

"아니야. 그런데 왜 들어왔어?"

"나 다 먹었어. 도와줄게."

새로 세팅한 접시에 지유가 찹스테이크를 올리고 소스를 뿌리자 정호가 쟁반에 접시를 담아 홀로 나갔다. 정호를 따라 주방을 나온 지유는 이미 다 식어 버린 식사를 다시 시작했다. 그리고 이전과 다름없이 고요한 태도로 식사를 하는 인우를 물끄러미 바라보았다.

저 무뚝뚝한 남자가 부드럽게 아이를 달래던 모습은 상상해 본 적도 없었다. 하지만 의외로 잘 어울리는 모습이었다. 어쩌면 철진과 같은 곳에 던져 둔 남자의 자리를 조금 다른 곳으로 바꿔 줘야 할지도 모른다는 생각을 하며 지유는 피식 웃음을 지었다.

이틀이 더 지난 저녁이었다. 밤이 되었는데도 습기를 가득 머금은 공기는 후끈한 열기까지 내뿜고 있었다. 퇴근을 하며 인우는 불이 꺼진 카페 마녀 앞을 한참 서 있었다.

디링. 카페 문 옆에 달린, 작은 새가 물고 있는 모양의 장식종이 바람에 흔들리며 내는 소리가 희미하게 들려왔다. 보통은 퇴근하면서 뒷정리를 하는 지유를 볼 수 있었는데 오늘은 인우의 퇴근이 늦어서 이미 문을 닫은 모양이었다.

그저 지유의 모습을 스치듯 보고 퇴근을 했었는데 오늘은 보지 못한다고 생각하니 이유 모를 허전함이 느껴져 인우는 잠시 그 앞을 서성였다. 어쩌면 매일 저녁 퇴근하며 보던 지유의 모습이 하루를 마감하는 인사 같은 것이었는지도 몰랐다. 인우는 데크의 나무 난간을 잠시 쓰다듬으며 오늘은 지유의 얼굴 어디에 밀가루가 묻었는지를 생각했다.

턱과 도톰한 아랫입술에 묻어 있던 밀가루가 생각나자 그는 희미하게 미소를 지었다. 정호와 기연은 알면서도 모르는 척하는 건지 매번 지유의 얼굴에 묻은 밀가루는 그가 저녁을 먹고 카페를 떠날 때까지도 자리 잡고 있는 곳을 떠나지 않았다. 하얀 밀가루 묻은 입술이 당면이 섞인 불고기 덮밥을 가득 물고 오물거리던 걸 떠올리자 희미했던 미소가 더 진해졌다.

지나가는 차들의 불빛에 카페의 내부가 밝아졌다가 어두워지기를 반복했다. 여자가 없는 카페는 생기가 사라진 듯 무채색으로 침울하게 가라앉아 있었다. 어쩐지 그 모습이 적막하게 느껴져 난간을 두어 번 두들기던 인우는 몸을 돌려 주차장으로 발을 옮겼다.

주차장에서 차를 타고 시동을 건 뒤에 인우는 창을 열었다. 후덥지근한 밤바람이 창을 넘어 불어왔다. 창문에 팔을 기대고 별 하나 보이지 않는 하늘을 바라보던 인우는 액셀을 밟아 주차장을 빠져나왔다.

아침에 평소 다니던 길이 공사 중이어서 곤란했던 그는 병원 뒤쪽의 골목길로 방향을 잡았다. 길을 따라 두 개의 건물을 지나고 신축 빌딩의 공사장 앞을 지날 때였다. 어두운 한구석을 전조등이 비추며 지나가는 순간 익숙한 인영이 스쳐 갔다.

무심히 핸들을 돌리던 그는 그것이 누구인지 깨닫자마자 차를 골목 한쪽에 세웠다. 야심한 밤에 빛 한 점 없는 공사장 안으로 들어가는 저 여자는 지유가 분명했다. 겁이 없는 건지 생각이 없는 건지 알 수 없었지만 이상하게도 그걸 놔두고 그냥 갈 수가 없었다.

가게로 고양이를 부를 수 없게 되자 지유가 생각해 낸 장소는 결국 이곳이었다. 휴대폰의 불빛에 의지해서 공사 중인 건물의 한쪽에 들어 간 그녀는 가져온 플라스틱 그릇을 바닥에 놓고 생수를 부었다. 그러고는 서너 발자국 뒤로 물러나 고양이를 기다렸다.

바삭. 가벼운 몸놀림으로 고양이가 다가왔다. 어둠 속에서 녀석의 안광이 반짝였다.

"알아, 내가 늦은 거. 오늘 좀 바빴거든."

냐옹. 고양이가 고개를 갸웃거리며 대답하더니 허겁지겁 물을 먹기 시작했다. 할짝거리며 물을 먹는 모습을 지유는 무릎을 껴안고 앉아 바라보았다. 어둠에 익숙해지자 녀석의 모습이 좀 더 자세히 보였다. 물을 마시는 녀석의 목덜미가 나른하게 움직였다.

"목이 많이 탔구나."

무릎에 턱을 기대고 지유는 조용히 중얼거렸다. 냐아옹. 흡족하다는 듯 고양이의 울음소리가 울려왔다.

"오늘이 마지막인 거 알지? 다음 블록에 있는 수의사 선생님이 저 녁마다 물그릇을 놔두고 퇴근하신다고 했으니까 잊지 말고 거기로 가 야 해. 알았지?"

냐아옹. 애교를 부리듯 부드러운 목소리로 대답하는 고양이의 소리 에 지유가 작게 웃음을 터뜨렸다. 고양이는 금세 물을 다 마시고 남은 물기로 얼굴을 쓰다듬으며 단장을 시작했다.

"어디 애인이라도 만나러 가는 거야?"

지유의 물음을 모르는 척 우아하게 기지개를 켜던 고양이가 갑자기 귀를 쫑긋 세우더니 다다다 소리를 내며 순식간에 어둠 속으로 사라졌다. 그 모습에 놀란 지유도 벌떡 일어서고 말았다.

"겨우 찾은 장소가 여긴가?"

자신의 얼굴을 비추는 불빛에 눈을 가늘게 뜬 지유가 목소리가 들리는 곳을 바라보았다.

"그 불이나 좀 치우세요."

지유의 얼굴을 비추던 불빛이 아래로 내려가 그녀의 발밑을 비추었다.

"겁이 없는 건가? 생각이 없는 건가?"

"어쨌든 여긴 카페가 아니잖아요. 그쪽이 무슨 상관이에요?"

저벅저벅 소리와 함께 인우가 지유의 바로 앞으로 다가왔다.

"이 밤에 이런 곳이 얼마나 위험한지 모르고 하는 소린 아니겠지?"

다가온 인우의 턱 선이 무섭게 굳어 있었다.

"그쪽이 걱정하지 않아도 돼요."

지유의 그 말에 인우의 눈이 가늘어졌다.

"어차피 저 고양이를 평생 책임지지 않을 거면 이런 친절은 독일 뿐이야."

"그렇지 않아요! 이 물이 저 녀석한테 얼마나 소중한 건데요!"

"그렇게 길들이고 싶은 거라면 차라리 데려다 키워!"

"이거 봐요! 의사 선생님. 밥보다 좋은 게 자유일 수도 있다는 거 모르시나 봐요. 저 녀석에겐 그래요. 당신 눈에는 그저 병균덩어리겠지만 누구보다 자유롭고 강한 녀석이에요. 그거 알아요? 정말로 나약한 건 우리 같은 사람들이에요!"

"그래서 한밤중에 이 공사장에 계속 오겠다는 건가? 매일 젊은 여자가 공사장을 드나든다는 걸 어느 미친놈이라도 알게 되면 무슨 험한 꼴을 당하려고 그래!"

낮게 을러대는 목소리에 희미한 분노가 느껴지자 지유의 얼굴이 싸늘하게 가라앉았다.

"오늘이 마지막이었다고요! 당신 때문에 작별 인사도 제대로 못했어요. 이제 됐어요?"

버럭 소리를 지른 지유가 인우를 지나쳐 걸어가기 시작했다. 마지막 인사를 망쳐 버린 남자가 못마땅해 터벅터벅 걷는 지유의 발소리가 꽤나 거칠었다. 지유를 뒤따라온 인우는 그녀가 공사장을 벗어나기 전 가까스로 앞을 가로막았다. 지유가 그런 인우를 싸늘하게 올려다보았다.

"또 뭐예요?"

화가 잔뜩 난 그녀와는 달리 남자는 기세가 한풀 꺾인 모양새였다.

"걱정했어."

"그쪽이 날 왜 걱정해요?"

"내 책임도 있으니까."

"뭐라고요?"

"병원에 피해가 되니까 물을 주지 못하게 한 건 잘못했다고 생각 안 해. 그렇다고 해서 당신이 이렇게 늦은 밤에 위험한 곳을 다니는 걸 원한 건 아냐."

지유가 미간을 찌푸리며 바라보자 인우가 피곤한 듯 손을 들어 자신의 얼굴을 쓸어내렸다.

"어쨌거나 인사를 방해한 건 미안해."

예상외로 인우의 사과를 듣게 되자 지유는 화가 났던 걸 잊어버리고 대신 멍해져 버렸다.

"아…… 사실 나도 위험해서 이제 그만 오려고 했어요. 어쨌든 걱정해 줘서 고마워요."

고개를 끄덕하고 인사를 받은 인우가 그대로 서 있자 어깨를 으쓱 올리며 지유가 그의 뒤쪽을 가리켰다.

"그럼 이제 가도 되나요?"

"어디로 가지?"

"카페 주차장에 차 있어요."

"그럼 여기까지 걸어왔나?"

지유가 고개를 끄덕이자 인우가 끙 하고 신음을 뱉었다. 정말 대책이 없는 여자였다. 가로등 불빛이 있어도 어두운 골목길에 늦은 밤이었다. 다시 지유가 혼자 그 길을 걸어 카페로 돌아갈 생각을 하니 인우는 제 속이 다 답답해졌다.

"가지. 그 앞까지 태워다 줄게."

"괜찮아요. 금방 걸어가요."

고집스런 지유의 말에 인우의 얼굴이 구겨졌다. 아무리 생각해도 여자는 고집불통이었다. 더 이상 말씨름을 하느니 지유를 보내 주는 게 낫겠다 싶어 인우는 몸을 틀어 길을 비켜 주었다.

"그럼 안녕히 가세요."

슬쩍 고갯짓을 해 인사를 한 지유가 카페 쪽으로 향하자 서둘러 차로 걸어간 인우가 시동을 걸었다. 그리고 차를 돌려 미등을 켜고 지유의 뒤를 따라갔다. 희미한 가로등 불빛이 지유의 긴 팔을 하얗게 비추었다.

뒤를 따르는 자동차 엔진의 낮은 울림에 그녀가 돌아보자 인우는 실내등을 켜 자신을 확인시켜 주었다. 잠시 그런 그를 물끄러미 바라보며 뭔가를 생각하는 듯하던 여자가 다시 발을 옮기자 인우도 천천히 뒤를 따랐다.

걸을 때마다 높게 올려 묶은 포니테일의 머리가 좌우로 흔들렸다. 그리고 열린 창문으로 여자의 투박한 워커가 내는 걸음 소리가 터덕터덕 들려왔다. 그에게는 후텁지근한 밤바람을 맞으며 천천히 지유의 뒤를 따르는 지금이 오늘 하루 중에 제일 평온하게 느껴졌다.

느릿하게 걷는 지유의 걸음 때문에 한참을 이어질 것만 같던 길은 어느새 끝이 나 있었다. 환한 병원 주차장에 지유가 들어가며 인우의 차를 향해 슬쩍 손을 들어 인사를 하고 차들 사이로 사라졌다. 주차장 출구 쪽에 차를 세운 인우는 지유의 RV 차량이 빠져나와 사라져 가는 것을 바라보았다. 붉은 불빛이 사라지자 저도 모를 쓸쓸함이 느껴져 인우는 잠시 눈을 감았다. 어쩐지 독한 술이 고파지는 밤이었다.

갑작스럽게 지유가 한 말에 인우는 자신의 귀를 의심했다.

"뭐?"

"어차피 우리도 먹는 저녁인데 굳이 손님 대접 받고 싶은 거 아니면 그냥 같이 먹죠?"

인우의 시선을 피하며 시큰둥하게 다시 말하는 여자의 목덜미가 붉게 물들어 있었다. 그걸 바라보고 있노라니 왜 가슴이 간질간질 웃음이 나는 건지 그도 알 수 없는 노릇이었다.

"나 손님 맞지 않나?"

괜스레 심술궂게 냉랭한 목소리로 툭 건드려 보자 지유가 얼굴을 파삭 구기고 투덜거렸다.

"매일 혼자 4인용 테이블 차지하는 거 미안하지도 않아요?"

그 말에 인우가 재깍 고개를 끄덕였다.

"말했지만 난 돈을 지불한 손님이니까 미안하진 않아. 하지만 굳이 여기서 먹어야 하는 건 아니니 그렇게 하지."

어쩐지 뭔가 말린 기분에 지유가 인상을 쓰자 뒤에서 바라보던 기연이 키득거렸다. 어떤 사람이든 어떤 상황이든 지유는 한 발 위에 서서 무심하게 내려다보는 태도를 취하고는 했다. 그런데 이상하게도 저 아저씨에게만은 그게 잘 안 통하는 거 같아 그저 재미있을 뿐이었다.

기연은 제 왼쪽에 앉는 인우를 바라보며 씨익 웃어 보였다. 어딘지 속셈이 담긴 듯한 웃음에 인우가 눈을 가늘게 뜨고 바라보자 기연이 다시 키득거렸다.

"환영해요, 아저씨. 정식으로 소개할게요. 전 이기연이고 고2예요."

기연의 인사에 이어 정호가 예의 아이라인이 진한 눈꼬리를 접으며 인사를 했다.

"전 아시죠? 장정호예요."

탁 소리를 내며 인우 앞에 쟁반을 내려놓은 지유가 뚱한 목소리로 중얼거렸다.

"흠. 정지유예요."

이미 다 알고 있던 이름이기에 무덤덤하게 고개를 끄덕인 인우가 식사를 하려고 숟가락을 집어 들었다. 샤프란으로 노랗게 물이 든 밥에 드문드문 브로콜리와 콜리플라워, 그리고 베이컨이 보이는 리조또가 식욕을 돋우었다. 그러나 한 숟가락 뜨고 입으로 가져가려는 순간 세 사람이 빤히 자기를 바라보는 게 보였다. 한 사람씩 번갈아 보던 인우가 결국 숟가락을 내려놓았다.

"왜?"

"헐. 기브 앤 테이크. 인사를 받았으면 인사를 해야죠. 아저씨는 인사 안 해요?"

주먹을 꽉 쥐고 어금니마저 꽉 깨문 듯 웅얼거리는 기연의 얼굴이 기괴해 인우가 찌푸린 얼굴로 대답했다.

"김인우야. 이제 식사해도 되나?"

"아뇨!"

기연이 단호하게 다시 숟가락을 잡은 인우의 손목을 덥석 움켜쥐었다.

"같이 먹어야죠! 기다려요."

아직 손대지 않은 기연 자신의 쟁반을 눈짓하며 하는 말에 인우가 결국 숟가락을 내려놓았다. 주방으로 들어가는 지유와 정호의 뒷모습을 보고 있자니 정호가 웃음을 참는 듯 어깨를 들썩였다. 미리 준비가 되어 있었던지 곧바로 정호와 지유가 각자의 식사가 담긴 쟁반을 들고 나타났다. 두 사람이 자리에 앉자 기연이 숟가락을 들고 모두를 번갈아 바라보며 환하게 웃었다.

"잘 먹겠습니다!"

기연의 인사를 시작으로 네 사람 모두 식사를 시작했다. 몇 번이나 세 사람의 식사를 봐 왔지만 막상 그 안으로 들어오니 어색한 기분에 인우는 헛기침을 하고 숟가락을 들어 올렸다. 부드러운 샤프란 향 가득한 리조또를 입에 넣고 씹는데 오른쪽에서 슬금슬금 다가오는 포크가 보였다. 지유의 방울토마토를 마리네이드한 샐러드 접시를 노린 포크가 뻔뻔하게도 목표물을 두 개나 낚아챘다.

"이기연!"

지유의 질책에 기연이 배시시 웃으며 인우에게 말했다.

"제가 폭풍 식욕, 질풍노도의 고딩이거든요."

"식사 예절 따위는 모르는 고딩이라는 뜻이에요. 또 굶주린 하이에나라는 뜻도 되니까 본인 접시는 본인이 알아서 지키세요."

지유의 충고에 기연을 바라보니 배고픈 고딩이 이를 드러내며 히죽 웃어 보였다. 그러더니 곧바로 인우의 샐러드 접시를 노린 포크가 다가왔다. 그러나 재빠르게 인우가 반대편으로 접시를 옮긴 덕분에 기연의 포크는 샐러드 접시가 놓였던 빈 쟁반을 찍었다.

"충고가 더 빨랐으면 좋았을 텐데?"

인우의 싸늘한 타박에 지유가 어깨를 으쓱하며 토마토를 쿡 찍어 올렸다.

"직접 경험하는 게 제일 빠르니까요."

빨간 토마토가 역시나 빨간 입술 사이로 사라졌다. 지유를 따라 인우도 마리네이드한 토마토를 입에 넣었다. 차가운 토마토의 과즙이 터지면서 허브와 올리브 오일의 향이 입안 가득 퍼졌다.

오물거리는 지유의 입술이 바로 코앞에 보이자 인우는 갑자기 단정하게 맨 넥타이가 불편하게 느껴졌다. 생각했던 것보다 지유의 앞에서 식사를 하는 게 쉬운 일이 아니라고 생각하는 순간 노란 리조또가 담긴 숟가락이 다시 빨간 입술 사이로 사라졌다.

결국 인우는 목을 조이는 넥타이를 느슨하게 잡아당겼다. 넥타이를 잡아당기느라 한쪽으로 기울인 시선에 기연이 다시 보였다. 힐끔 지유를 바라보고 다시 인우를 바라보는 기연이 사악하게 웃었다. 정말 뭘 알고 그러는 건지 아니면 모르면서 아는 척을 하는 건지 알 수 없었지만 어느 쪽이던지 이 여자애의 속에 능구렁이가 열 마리쯤 들어앉아 있다는 사실은 확실했다.

"자꾸 선생님 놀리지 말고 이거 먹어."

정호가 이미 다 먹어 버린 기연의 접시를 자신의 쟁반으로 옮기고 제 접시를 기연에게 옮겨 놓았다. 그러고는 기연에게 손짓을 해 가까이 오게 한 뒤에 귀엣말로 소곤소곤 속삭였다.

"아직 주방에 많이 남았어. 또 먹고 싶으면 갖다 줄게."

"장정호! 다 들리거든."

지유가 서늘한 목소리로 정호에게 포크를 겨누자 정호가 아하하하
하면서 어색하게 웃어 댔다.

"어차피 남으면 버릴 거잖아!"

상체를 지유에게 기울이며 기연이 대들자 지유가 코웃음을 쳤다.

"그럼 남으면 너한테 버려 줄게."

"헐. 그게 뭐야! 내가 음식물 쓰레기통이야?"

버럭거리는 기연에게 지유가 그럼 너 먹이느라 장사 접란 거냐고
대꾸를 하고 기연이 다시 치사 마녀라고 메롱거렸다. 지유가 싸하게
노려보자 정호가 기연의 입을 틀어막았다.

몇 번이나 보던 장면이었지만 그들 속에 앉아서 개그 삼총사 같은
모습을 보고 있으려니 간질간질 저도 모르게 웃음이 튀어나오려고 했
다. 묵묵히 밥을 먹으며 참아 보려던 인우는 기연이 검게 매니큐어를
바른 두 손으로 눈과 입을 양옆으로 찢으며 지유에게 혀를 내밀자 그
희한한 얼굴에 결국 피식 웃음이 터져 나와 버렸다.

저도 모르게 비집고 나온 웃음 끄트머리에 세 사람의 시선이 인우
에게 쏠렸다.

"웃었다!"

기연이 눈을 동그랗게 뜨며 희귀한 걸 본 것처럼 박수를 짝 하고
쳤다.

"그러게?"

정호가 신기하다는 듯 벙글거렸다.

"네 얼굴이 기막힌 것뿐이야."

그사이에 벌써 무덤덤한 표정으로 돌아간 인우가 기연을 가리키며
말을 했다.

"그렇게 학생이나 어른이나 매번 똑같이 유치하게 구는 것도 남들

이 보면 우스운 일이야."

이어지는 인우의 말에 지유는 어깨를 으쓱했다.

"알고 있어요."

지유가 툭, 인우에게 그 말을 던지고 담담히 다시 식사를 했다. 핀 잔에도 굴하지 않는 기연이 턱을 괴고 인우를 바라보며 빙글빙글 웃었 다.

"그래도 아저씨가 웃었잖아요. 남들이 어떻게 보든지 뭐 어때. 그 치, 장?"

모로 가든 바로 가든 모든 결론의 끝을 닭살로 끝내는 기연에게 지 유가 혀를 찼다.

"익숙해지면 저 닭살도 참을 만해져요."

"부러운 거지?"

놀리는 듯한 말투로 다시 기연이 지유를 물고 늘어졌다.

"입 다물고 밥 먹어, 고삐리."

"쳇. 입을 다물고 밥을 어떻게 먹어?"

"계속 말꼬리 잡고 기어오를래?"

"흥! 여기 말꼬리가 어디 있담!"

오랜만이었다. 이렇게 왁자지껄한 식사 자리는. 아니, 이렇게 격이 없는 사람들 사이에 어울려 있는 것도 언제였는지 기억나지 않을 만큼 아득했다. 모임이나 회식 자리에 참석하는 것과는 달랐다.

가끔 하는 병원의 회식 자리는 철저히 상하 관계였다. 불편해하는 직원들 때문에 그와 박 선배와 페이 닥터인 다른 두 사람은 늘 미리 자리를 피해 주고는 했었다.

그래서 이런 자리는 너무나 어색했다. 불편하고 잘 맞지 않는 옷을 입은 듯 자꾸 뒷목이 간지러웠다. 그러나 어색하지만 따스한 이 자리가 인우의 마음 한쪽을 훈기로 가득 채우고 있었다.

오래전에 잊어버린 친근하고 격이 없는 따스한 공간.

악몽 같던 그날 이후로 어느 누군가와도 이런 자리를 가져 본 적이 없었다. 그저 형벌 같은 하루하루를 참아 내고 버텨 낼 뿐이었다. 자신에게 남은 인생은 그런 거라고 생각했다. 하지만 이제 자신이 변하고 있다는 걸 알고 있었다. 그리고 그게 누구 때문인지도 알고 있었다. 그러나 아직 인우는 그게 무엇인지는 정확히 알지 못했다. 어색함과 혼란스러움이 뒤범벅된 기분으로 인우는 지유를 바라보고 또 바라보았다.

인우는 제 진찰실의 침대에 누운 아이의 붉고 작은 발을 만지작거렸다. 날이 더워서인지 속싸개 안의 아이의 발은 맨발이었다. 태어난 지 열흘 정도밖에 안 된 생명인 작은 아이는 그사이 몸무게도 늘고 키도 정상치보다 커서 아이의 엄마를 기쁘게 했다.

팔 안에서 바그작거리는 아이는 힘을 조금만 세게 주어도 부러질 것처럼 너무도 연약하고 너무도 작았다. 그러나 이 힘없고 작은 생명을 안고 있노라면 언제나 인우는 마음이 편안해지고는 했다. 그것은 이 세상 모든 어둠도 소음도 더러움도 다 비켜 갈 듯한 평화로움이었다.

그래서 이 작은 아이들이 인우에게 주는 위안은 너무나 소중하고도 컸다. 동생인 인영이 때문에 소아과를 선택했지만 절반쯤은 신생아실에서 만난 아이들 때문이기도 했다. 그를 괴롭히던 악몽의 그림자도 그 작은 아이들을 안고 있다 보면 사라지고는 했다.

조용히 아이를 어르며 전반적인 상태를 체크한 인우가 조심스레 아이를 안고 주사실로 걸음을 옮겼다. 아직 무슨 일이 일어날지 모르는 아이는 신기한 듯 까만 눈동자를 이리저리 굴리며 입을 오물거렸다.

인우는 아이의 왼팔을 단단히 잡고 어깨 바로 아래쪽 팔뚝에 주사액을 넓게 발랐다. 그리고 도장식으로 바늘이 촘촘히 박힌 주삿바늘을 주사액 위로 꾹 눌렀다. 잠시 무슨 일이 일어났는지 눈동자만 굴리던 아이가 자지러지게 울기 시작했다.

버둥거리는 아이의 팔을 아이 엄마에게 건네고는 움직이지 못하게 꽉 잡게 했다. 주사액이 다 마를 때까지는 움직이면 안 되었기 때문에 인우는 아이 엄마에게 단단히 당부를 했다. 주사실을 나오기 전 인우는 아이의 보들보들한 머리를 쓰다듬어 주었다. 아직 숨구멍이 막히지 않은 말랑한 머리에서 두근두근하는 박동이 느껴졌다.

그가 아직 어린 아기였던 동생의 머리를 쓰다듬을 때면 어머니가 언제나 같은 당부를 하곤 했었다.

'인우야, 아직 아기들은 머리가 열려 있어서 조심해서 만져야 해.'

그러면 그는 아주 신중하게 여동생의 머리를 쓰다듬어 주고는 했었다. 그럴 때면 인영이가 오빠를 알아보듯 반짝이는 까만 눈으로 그를 바라보았다. 그게 너무나 예뻐서 인우는 어린 동생의 여린 뺨에 입을 맞추곤 했었다. 하루하루가 그저 행복하기만 하던 시절이었다.

한참 악을 쓰고 울어서 눈물이 그렁그렁한 아이와 똑같이 눈시울을 붉히는 아이 엄마에게 인사를 하고 자신의 진료실로 들어온 인우는 의자에 깊숙이 몸을 파묻었다. 어쩐지 머리가 아파 왔다. 잠시 머리를 기대고 앉아 있자 자꾸만 죄책감이 밀려왔다. 추억은 따스하면서도 고통스러웠다. 무거운 한숨을 토해 낸 인우는 뒤를 따라온 김 간호사를 바라보았다.

"오전 환자 끝났죠? 오후 진료 시간까지 좀 쉴 테니까 부탁 좀 해요."

고개를 끄덕이고 김 간호사가 살며시 문을 닫고 나가자 인우는 진료실 뒤편의 문을 열고 뒤쪽에 마련된 간이침대에 몸을 뉘었다. 오늘따라 유난히 하루가 길게 느껴졌다. 피곤한 듯 양손으로 얼굴을 쓸어내리던 인우는 곧 눈을 감고 잠을 청했다.

오늘은 야간 진료가 없어 일찍 병원을 나서는 인우에게 박 선배가 달라붙었다.

"야! 딱 한 잔만 하자니까."

"싫습니다."

매정하게 단칼에 자르는 인우의 말에 박 선배의 얼굴이 불만으로 퉁퉁 부어올랐다.

"너 이 자식 너무하는 거 아니냐? 내가 너랑 술 먹는 거 아니면 무슨 낙이 있냐?"

"사모님께서 기다리시잖아요. 집에 일찍 들어가세요."

"애들도 학원이다 뭐다 늦게 오는데 내가 집에 가서 뭐 하래? 마누라랑 쎄쎄쎄라도 할까?"

"저번에 사모님께서 한 말 기억 안 나십니까?"

냉랭한 인우의 음성에 박 선배가 인상을 구겼다. 확실히 그때는 자신의 아내가 심했다. 뻔히 인우의 처지를 알면서 혼자 몸이랑 같냐고 우리 원장님 술자리에 억지로 데리고 가지 말라고 쏘아 댔으니 말이다.

결국 인우의 마지막 말에 포기를 한 박 선배가 어깨가 축 처진 채로 고개를 끄덕였다. 그 모습에 또 마음 한구석이 불편해져서 인우는 한마디를 덧붙이고 말았다.

"다음 주에 시간 따로 잡아서 한잔하죠."

그 말에 박 선배가 고개를 번쩍 들고 추욱 내려앉았던 안경을 올려 쓰며 반색을 했다.

"그래? 그럴까?"

"대신 집에 미리 말해 놓으세요."

"응응. 당연히 그래야지."

아이처럼 좋아하는 박 선배의 모습에 인우는 저도 모르게 픽 웃음을 지었다.

"어라? 오랜만이다. 너 웃는 거?"

고개를 갸웃거린 박 선배가 자신보다 족히 20센티는 큰 인우의 어깨에 힘겹게 팔을 둘렀다.

"너 뭐 좋은 일 있냐?"

자신의 어깨를 끌어 내리는 박 선배의 어깨동무에 눈썹을 찡그린 인우가 슬쩍 팔을 치웠다.

"그런 거 없습니다."

"이 자식! 뭔데? 응? 뭔데?"

장난스럽게 묻는 박 선배의 질문에 인우는 침묵으로 일관했다. 나쁜 사람은 아니었지만 무딘 성격 탓에 그다지 사람들이 반기지 않는 박 선배는 오히려 그런 성격 덕에 인우와는 오랜 시간을 일정한 거리를 유지하며 함께 할 수 있었다.

건물을 빠져나오도록 유난스레 매달리는 박 선배를 먼저 보내고 나서야 인우는 겨우 카페로 들어설 수 있었다. 다른 때에는 잔잔한 피아노곡이 흘러나오던 카페에는 고성을 지르는 노파 한 명이 지팡이를 휘두르고 있었다.

"이것들이 입만 살아서 뭐가 어쩌고 어째?"

지팡이로 아일랜드 식탁을 탕탕 두드리는데도 지유는 팔짱을 끼고 해볼 테면 해보라는 식으로 바라보고 있을 뿐이었다. 그건 기연과 정호도 마찬가지였는데 특히나 기연은 높은 아일랜드 의자에 다리를 꼬고 턱을 괸 채로 무슨 영화라도 보듯 흥미진진해하는 표정이었다. 위협적으로 휘두르는 지팡이에 인우가 나서려 할 때 지유의 덤덤한 목소리가 들렸다.

"잘 찾아왔으면서 뭘 그래?"

"이년이 어디서 반말 짓거리를 해! 이것아, 이렇게 멀리 오면 나보고 오다 죽으라는 말이야!"

"흥! 걸어서 온 것도 아니면서 웬 유세야?"

"이년아, 너도 늙어 봐라. 차 오래 타는 것은 안 힘든 줄 아냐!"

"목소리로 봐서는 앞으로 30년도 거뜬할 거 같은데 무슨 말이야?"

지유의 말에 기연이 천연덕스럽게 추임새를 넣었다.

"그래, 할머니. 내가 보기엔 지금 당장 마라톤도 뛰실 수 있을 거 같아."

고개를 끄덕거리는 기연에게 노파가 눈을 가늘게 뜨고 다가섰다.

"이것들이 늙은이라고 놀려? 가만. 너는 왜 공부 안 하고 맨날 여기 있는 거야! 이것아, 공부해야 대학 가고 대학 가야 밥벌이를 해서 사람 구실을 하지! 그리고 그 시커먼 칠은 언제까지 하고 다닐 거냐?"

노파의 호통에 깔깔대고 웃은 기연이 의자에서 폴짝 뛰어 내려와서 노파의 팔짱을 꼈다.

"방학이잖아. 나 보충 수업 다 하고 왔어. 할머니, 정지유가 할머니 온다고 연락 받고 호두 파운드 두 개나 구워 놨어. 냄새 맡아 봐. 할머니 좋아하는 국산 호두도 엄청 넣었다. 진짜 맛있겠지?"

기연이 노파를 끌어당겨 아일랜드 테이블로 다가서더니 쇼핑백에 담긴 길쭉한 파운드 두 개를 꺼내 보이며 애교스럽게 웃었다.

"맛있기는 뭐가 맛있다는 거야! 그냥 먹을 만한 거지."

기연의 애교에 노파는 기분이 풀린 듯 고함 소리가 잦아들었다. 그리고 못 이기는 척 파운드케이크가 담긴 쇼핑백을 향해 손을 뻗는데 지유의 냉랭한 목소리가 들렸다.

"돈 주고 가야지. 설마 그냥 가져가겠다는 건 아니지?"

노파가 다시 벌건 얼굴로 역정을 냈다.

"이년이 어디서 날 도둑년 취급을 해? 그래. 돈 주마. 얼마나 주랴?"

"많이 줘. 할멈 때문에 오늘 저녁 장사도 망쳤잖아."

아니나 다를까 인우의 등 뒤로 몇몇 손님이 들어서다 고함 소리에 다시 나가는 일이 반복되고 있었다. 그나마 있는 손님들도 슬금슬금 일찍 자리를 비우고 있었다. 노파가 홀을 휘휘 둘러보더니 지팡이로 인우를 가리켰다.

"저놈은 안 나가는데 무슨 말이야?"

노파의 말에 지유가 그제야 인우를 보고 무심히 고개를 저었다.

"저쪽은 손님 아니고 빚쟁이야. 그러니까 돈 더 많이 주고 가."

지유의 말에 노파가 또다시 지팡이를 휘둘렀다.

"네년이 그리 돈 아까운지 모르고 재료를 펑펑 써 대니까 적자가 나는 거야!"

노파의 말에 지유가 한쪽 입꼬리를 올려 피식 웃었다.

"할멈이 그래서 여길 오는 거잖아? 음식 가지고 장난질 안 치는 유일한 년이라며? 어차피 죽을 때 다 갖고 가지도 못할 거 많이 주고 가. 날이 더워져서 애들 땀띠가 장난 아니래."

"흥. 돈은 내가 내고 생색은 네년이 내지?"

"그래서 내가 할멈 행패를 다 받아 주는 거잖아?"

한 치도 지지 않는 대꾸에 노파가 중얼거리며 주머니에서 돈을 꺼내 지유의 앞에 탕 하고 내려놓았다.

"에어컨 트나 안 트나 내가 불시에 가 본다고 해. 그렇다고 애들 감기 걸리게 펑펑 틀면 원장 놈 다리몽둥이를 부러뜨린다고 전해!"

그 말에 지유가 맹세하듯 한 손을 들어 올렸다.

"여부가 있겠습니까?"

기연이 파운드가 들어 있는 쇼핑백을 다시 건네주자 그걸 들고 등을 돌리던 노파가 다시 지팡이로 바닥을 탕탕 치며 고함을 쳤다.

"네 이년 한 번만 더 이렇게 돈지랄하면서 이사 다니면 머리통을 부숴 놓을 테니 알아서 해!"

그 말에 킥킥대던 기연이 팔랑팔랑 뛰어서 노파의 팔짱을 끼고 부축을 했다. 그렇게 나가려던 노파가 인우의 옆에서 걸음을 멈추고 그를 올려다보았다.

"얼마냐?"

"뭐가 말입니까?"

노파가 지팡이로 바닥을 탕탕 두들겨 댔다.

"저년 빚이 얼마냐고!"

"그런 거 아닙니다."

무뚝뚝한 인우의 말에 노파가 눈을 가늘게 뜨고 그를 올려다보더니 중얼거렸다.

"또 어디서 사람 하나 주워 왔지. 오지랖도 넓은 년."

담담히 노파의 말을 듣고 있는 인우의 얼굴을 다시 바라본 노파가 입을 열었다.

"저년이 해 주는 게 뭔지는 모르지만 기왕이면 돈 많이 내고 가. 다른 데서는 돈 주고도 못 사는 거니까."

알 수 없는 말을 뱉고 뒤돌아서서 나가는 노파의 얼굴에 미미한 미소가 어리는 것을 인우는 확인할 수 있었다. 노파가 나가자 정호가 카페에 남은 손님들에게 큰 소리로 사과를 했다.

"죄송해요. 여러분. 단골이신데 애정 표현이 좀 과격하세요. 사과하는 의미로 음료 공짜로 리필해 드릴게요."

와! 하는 손님들의 소리를 뒤로하고 인우가 아일랜드 식탁 의자에 앉자 지유가 혀를 차며 정호를 타박했다.

"어쭈? 장정호? 네 월급에서 내는 거냐?"

"그럴 리가?"

히죽 웃는 정호를 보며 지유가 투덜거렸다.

"내가 재료를 너무 써서 적자가 나는 게 아니라 너 때문에 적자가 난다."

그러고는 인우에게 고개를 까딱하고 앉아 있던 의자에서 일어섰다.

"기다려요. 기연이 오면 같이 먹게."

주방으로 사라지는 지유를 바라보며 인우는 정호를 불렀다.

"저 할머니는 뭡니까?"

정호는 손님들에게 커피며 음료수를 리필해 주는 사이에 인우에게 대답을 해 주었다.

"단골이에요."

정호의 말에 테이블을 손으로 툭툭 두드리던 인우가 질문을 하나 더 던졌다.

"단골치고는 상당히 과격하군요?"

아메리카노를 한 잔 더 리필해 준 정호가 인우의 앞에 섰다.

"할머니 나름대로의 애정 표현이에요. 우리 사장님이랑 저 할머니가 영아원을 같이 후원하거든요. 저 호두 파운드 하나에 백만 원씩,

오실 때마다 이백만 원씩 주고 가세요. 그럼 사장님이 그 돈을 영아원에 주는 거죠. 본인이 직접 후원해도 되는데 꼭 한 달에 두 번씩 저렇게 오시고는 해요. 그냥 그 핑계라도 여기 오셔서 사장님이랑 싸우는 게 즐거우신 거 같아요."

정호의 말에 인우는 노파가 나간 문을 바라보았다. 카페 앞에 검은색의 고급 세단이 멈춰 섰고 기연이 조심스레 노파를 부축해 차에 태웠다. 그리고 그 자리에 서서 한참을 떠나는 차를 향해 손을 흔들며 배웅을 했다. 차가 사라지는 것을 보고 뒤돌아선 기연이 카페의 문을 열고 다시 팔랑거리며 뛰어서 인우의 옆자리에 앉았다.

"안녕? 아저씨?"

기분이 좋은지 헤살거리며 웃는 기연이 정호를 불렀다.

"장! 할머니 저번보다 얼굴이 좋지?"

"응. 훨씬 좋아 보이신다."

"할머니 이제 안 아프면 좋겠다. 혼자인데 아프면 더 서글프잖아."

쓸쓸한 기운이 도는 말에 정호가 다정한 눈빛으로 기연을 바라보았다.

"이기연은 아파도 괜찮아. 혼자가 아니니까."

기연의 머리를 쓱쓱 쓰다듬으며 하는 말에 기연이 헤헤 하고 웃었다. 그 순간 아일랜드 위에 바삭바삭한 돈가스가 담긴 쟁반을 내려놓으며 지유가 타박을 했다.

"닭살도 때를 봐서 해라! 옆 사람 돌로 만들지 말고."

인우를 쓱 쳐다본 지유가 다시 주방으로 사라졌다. 멋쩍은 미소를 지은 정호가 지유를 따라 주방으로 들어갔다. 앞에 놓은 쟁반에서 고소하고 따뜻한 냄새가 훅 하고 올라오자 인우는 손을 씻으려 자리에서 일어섰다. 턱을 괴고 인우를 바라보던 기연이 그의 뒤에 대고 한마디를 뱉었다.

"혼자 외로운 건 정말 싫어요. 그렇죠?"

뭔가를 아는 것처럼 묻는 말에 잠시 발을 멈췄던 인우는 대답 없이 그대로 화장실로 들어가 손을 닦았다. 그리고 아무것도 듣지 못한 사람처럼 다시 자리로 돌아와 묵묵히 돈가스를 썰기 시작했다. 막상 기연은 아까 인우에게 한 말을 잊은 듯 지유와 티격태격하고 있었다.

"정지유! 내 꺼 그린빈은 왜 이렇게 조금이야!"

포크를 쥔 손으로 테이블을 탕탕 두드리며 기연이 떼를 썼다.

"시끄러! 재료 모자라니까 조금만 먹어!"

단호한 지유의 말에 기연이 눈꼬리를 내려뜨리고 입을 삐죽거리며 불쌍한 표정으로 인우를 바라봤다. 그린빈을 향한 눈빛 공격에도 인우는 꿋꿋하게 쟁반을 기연에게서 떨어뜨리며 식사를 계속했다. 어제 그랬던 것처럼 오늘도 기연이 때문에 시끌벅적한 카페의 저녁 시간이 또 그렇게 지나가고 있었다.

여름이라 이른 새벽인데도 벌써 날이 환하게 밝아 오고 있었다. 주차장에 차를 세우고 카페를 향해 걷는 지유의 손에서 고양이 모양의 열쇠고리가 경쾌하게 흔들거렸다. 카페 문을 활짝 열어 밤새 갇혀 있던 공기를 환기시킨 지유는 탈의실로 걸음을 옮겼다.

길게 풀어 내렸던 머리를 묶고 앞치마와 머릿수건을 하고 나오자 민서가 들어오는 게 보였다. 오늘도 변함없이 몽롱한 표정의 민서는 여전히 하늘하늘한 촉감의 실크 블라우스에 하얀 정장 바지를 고수하고 있었다.

"안녕하세요, 사장님!"

고개를 꾸벅 숙이며 인사하는 민서를 보며 지유는 눈매를 좁혔다. 아무래도 지유가 한마디 하지 않는 한 민서는 계속 저런 옷을 입고 출근할 모양이었다.

"민서 씨, 다른 옷 없어요?"

민서의 고개가 한쪽으로 갸우뚱 기울어졌다. 그대로 눈길이 내려가 제 차림을 바라보더니 그제야 제가 무얼 입고 있는지 깨달았다는 듯 짧게 탄성을 지른다.

"아, 이거 입고 일하면 불편하겠네요."

유레카! 대단한 발견을 하셨군요. 지유는 한숨을 쉬며 고개를 절레절레 흔들었다.

"그걸 이제야 깨달았다는 거예요?"

"그게……."

말을 흐리던 민서가 부스스한 머리를 쓸어 올리며 멋쩍어 했다.

"이런 데 관심이 없어서 그냥 퍼스널 쇼퍼가 가져다주는 대로 입거든요. 어쩐지 김 여사님이 화내더라니……."

혼자 뭐라 뭐라 중얼거리고 끄덕끄덕하며 이제야 모든 게 납득이 된다는 듯한 민서를 지유는 어이없이 바라보았다.

"안 불편했어요?"

"매일 입는 옷이라 몰랐어요."

당연한 듯 대답하는 모습에 지유는 얼굴을 찌푸렸다. 지금까지 카페와 지유를 거쳐 간 사람들이 예민하고 날카로워 문제가 되었다면 민서는 너무 무기력하고 무감각해서 문제였다. 게다가 답답할 정도로 무디고 반응 없는 민서의 태도는 지유가 뭘 어떻게 해 줄 수 없게 만들었다.

민서를 괴롭히는 것이 무엇이든지 본인의 의지가 없다면 해결할 수는 없는 일이었다. 상처를 아물게 하고 좌절에서 빠져나오는 것은 전부 본인의 의지가 없다면 이뤄질 수 없는 일들이었다.

"그럼 내가 알아서 작업복 주문해 줘도 돼요?"

지유의 말에 곤란한 표정이 된 민서가 우물쭈물하더니 겨우 대답을 했다.

"그게 전 민소매 옷을 안 입어 봐서 사장님 같은 건 좀……."

그걸 뭐 그렇게 고민을 하나? 자신이 입고 있는 민소매 티를 내려다본 지유가 피식 웃으며 고개를 끄덕였다.

"반팔로 주문해 둘게요. 가서 가방 놓고 나와요. 오늘 유치원 쿠키 주문 있어요."

민서를 들여보내고 간단히 작업복 주문을 넣고 나자 식재료들이 배달 오기 시작했다. 주문한 목록을 맞춰 보고 민서와 함께 식재료와 베이킹 재료들을 정리하는데 문이 열리는 소리가 들렸다.

아일랜드 식탁 아래에 앉아 품목을 확인하던 지유가 고개를 내밀어 바라본 그곳에 넋이라도 나간 듯 멍하니 서 있는 인우가 있었다. 매번 저녁에만 오던 그가 이른 아침에 갑자기 카페에 나타나자 지유는 의아해졌다. 언제나 그렇듯 단정한 차림새의 남자는 무척이나 피곤하고 건조한 모습이었다. 최근에 카페를 드나들면서 조금은 나아진 모습이었는데 왠지 처음으로 돌아간 듯한 모습이 지유의 눈에 박혀 왔다.

처음부터 알고 있었다. 고개를 돌리던 남자의 옆모습에서 흘러내리던 외로움과 고독이 늪처럼 깊고 어둡다는 것을 말이다. 저 남자의 몸에 닿지 않았어도 냉랭함으로 가린 저 남자의 내면에 가득 찬 외로움과 쓸쓸함이 쉬운 문제가 아니라는 걸 지유는 알고 있었다.

그러나 남자는 절대 제 슬픔을 꺼내어 놓고 기대어 올 사람은 아니었다. 반대로 지유의 비위를 건드리고 물어 댈지언정 말이다. 이미 그랬던 것처럼 앞으로도 그럴 사람이었다.

분명 그런 사람인데 어째서일까?

이른 아침인데도 남자의 물기 없는 피곤한 얼굴이 지유의 신경을 긁어 댔다. 분명 어제 저녁 식사를 하고 갔을 때는 포만감에 제법 나른하고 만족스런 얼굴을 하고 있었는데 지금은 잠 한숨 못 잔 듯 얼굴이 까칠하기만 했다. 무거운 얼굴빛으로 가까이 다가온 인우의 얼굴에 덜컥 가슴이 내려앉는 기분마저 들었다.

대체 왜? 납득할 수 없는 제 자신을 질책하는 사이 인우가 가까이 다가왔다.

"아침부터 무슨 일이에요?"

일부러 냉랭한 목소리로 묻는 지유를 바라보며 인우가 한 손으로 얼굴을 쓸어내렸다. 버석버석 소리가 날 것처럼 바싹 마른 남자의 얼굴은 너무나도 피곤해 보였다. 저 커다란 남자가 금방이라도 쓰러질 것 같다고 말하면 과장일까? 왜 이리 저 남자가 안쓰럽게 느껴지는지 제 자신이 이해가 되지 않을 정도였다.

"아침 되나?"

걱정스런 그녀의 마음을 비웃듯 밥을 찾는 인우의 말에 지유의 매끈한 눈썹이 일그러졌다.

"내가 무슨 24시간 밥집 아줌마인 줄 알아요?"

"아……."

지유의 날 선 대답에 무리한 부탁이라는 걸 이제야 알았다는 듯 남자가 짧게 탄식을 뱉더니 고개를 끄덕이고 뒤돌아섰다. 그러나 그렇게 돌아서는 남자의 어깨가, 분명 단단하고 넓은 저 어깨가, 오늘따라 왜 더욱 외롭고 지쳐 보이는지 지유도 알 수가 없었다. 그래서 지유는 저도 모르게 인우를 부르고 말았다.

"거기 앉아서 기다려요. 대충 차려 줄 테니까."

퉁명스러운 말로 인우를 잡아 놓고 그가 돌아서기도 전에 지유는 주방으로 들어갔다. 익숙한 솜씨로 버터와 밀가루를 함께 넣어서 루를 만들고 갈색으로 볶은 양파를 섞었다. 거기에 미리 만들어 둔 닭 육수를 부어서 다진 브로콜리 넣고 수프를 끓였다.

철 팬에 바삭하게 베이컨과 프라이를 만들고 자신과 정호의 아침으로 남겨 둔 팽드미를 잘라서 토스트기에 넣었다. 그리고 진하게 내린 커피 한 잔. 정호에게 배운 대로 봉긋하게 올라오는 커피 빵을 만들며 커피를 내렸다.

오픈 전이라 각종 식재료가 가득 쌓인 아일랜드 식탁에 앉지 못하고 인우는 구석진 테이블 한곳에 앉아 있었다. 같이 저녁을 먹기 전에도 주방을 바라보며 식사를 하던 인우였는데 오늘은 웬일인지 주방 쪽을 등지고 있었다. 천천히 인우에게 다가간 지유가 쟁반을 내려놓자 두통이라도 있는 듯 이마를 짚고 있던 그가 고개를 들었다.

"더운 날씨지만 그래도 아침이니까 따뜻한 것도 나쁘지 않을 거예요."

수프를 가리키며 하는 말에 인우가 고개를 끄덕이더니 스푼을 집어 들었다.

남자가 수프를 한 입 먹는 걸 보고 지유가 주방으로 발걸음을 떼다 문득 고개를 돌렸다. 어쩐지 평소와 다른 느낌의 인우가 마음에 걸렸다. 카페 휴일을 뺀 거의 매일 남자를 만났지만 저렇게 부서져 버릴 것 같은 모습은 처음이었다. 무의식적으로 그의 어깨로 손을 뻗던 지유는 주먹을 말아 쥐고 고개를 돌렸다.

쓸데없는 호기심이었다. 뭐가 되었든 그건 지나친 관심일 뿐이었다. 이 남자의 뭐가 자신을 끌어당기는지는 몰라도 그 밑바닥까지 샅샅이 훑어보고 싶지는 않았다. 지유는 다시 등을 돌려 주방으로 들어갔다.

김이 올라오는 수프에 후추를 뿌리고 천천히 휘젓던 인우가 스푼 가득 수프를 떠서 삼켰다. 식도를 타고 위까지 내려가는 뜨끈한 수프가 적나라하게 느껴졌다. 마치 쩍쩍 갈라져 버린 마른 물길을 따라 생명수가 지나가듯 지유가 만들어 준 수프가 인우의 온몸 가득 물기를 적셔 주었다. 수프를 몇 모금 넘긴 뒤에야 그는 바삭하게 구워진 토스트에 버터를 발라서 베어 물었다.

카페로 들어온 것은 충동적이었다. 아침을 거른 것은 사실이었지만 배가 고프지는 않았다. 그러나 주방에서 고개를 내민 여자의 동그랗고 작은 머리통을 내려다보자 갑자기 참을 수 없는 허기가 몰려왔다. 유난히 까만 여자의 눈동자가 그를 쏘아보자 문득 미친놈처럼 웃음이 터질 것 같았다.

그를 괴롭히던 악몽도 형벌처럼 받아들이고 버텨 왔던 시간들도 다 흐릿해졌다. 여자가 주는 따스하고 포근한 음식을 먹고 저들 사이에서 웃고 떠들다 보면 모든 괴로움들을 잊을 수 있을까? 이대로 모든 걸 지워 버릴 수만 있다면 그도 모든 것을 새로 시작할 수 있을 것만 같았다.

자신도 무리한 부탁이라는 걸 알고 있었다. 아직 오픈도 하지 않은 시간에 식사를 부탁했으니 말이다. 그래도 여자의 힐난하는 말투에 마음 한곳이 휑해지는 것을 막을 수는 없었다. 그렇게 고개를 끄덕이며 돌아섰으나 여자는 자신을 다시 불러 앉혔다.

바로 여자의 그런 점이 자신을 자꾸 끌어당겼다. 사람들에게 퉁명스럽게 구는 이 여자가 사실은 꽤 다정하다는 걸 그는 알고 있었다. 어쩌면 그도 이 작은 여자에게 어리광을 부리고 저 퉁명스러운 상냥함에 기대고 싶은 건지도 몰랐다. 그래서 자신도 모르게 여길 들어왔던 걸까? 인우는 깔깔한 입안에 따스한 수프를 또 한 모금 집어넣었다.

언제나 악몽은 깊은 밤에 찾아왔다. 어제도 늦은 밤 케이블 티브이의 영화를 바라보다 리모컨을 쥔 채로 소파에 기대어 언뜻 잠이 들었다. 그러다 뭔가에 놀라 눈을 떴다. 목을 조여드는 공포가 그를 덮쳤다. 평온한 일상에 젖어들어 하루하루를 지내다 보면 어느새 스며든 죄책감이 그를 다시 20년 전으로 끌어들였다. 그리고 그것은 정확히 이전에 그가 꿈꾸다 깨어났던 악몽의 다음 순간으로 데려다 놓고는 했었다.

바닥에 넘어졌던 15살의 인우는 천천히 일어서서 안방으로 다가갔다. 알고 있었다. 저 문 뒤에 뭐가 있는지 그는 알고 있었다. 열고 싶지 않았다. 그러나 그는 이미 방문 손잡이를 잡고 돌리고 있었다.

안 돼! 열지 마! 보지 마!

35살의 김인우가 15살의 김인우에게 소리쳤다.

한 발 앞으로 내디딘 그가 다시 미끄덩하고 넘어졌다. 그제야 제 손과 바닥을 적신 게 무엇인지 눈에 들어왔다. 눈앞이 온통 붉은색으로 가득 찼다. 인우는 제 앞에 한 덩어리로 뭉쳐 쓰러진 게 무엇인지 깨닫자마자 미친 듯 비명을 질러 댔다. 그것은 영원히 깨지 않을 악몽 같았다.

헉하고 눈을 뜬 그 앞에 여전히 티브이가 시끄럽게 떠들어 대고 있었다. 끈적끈적하게 온몸을 적신 식은땀이 그가 또다시 악몽을 꾸었다는 것을 알려 주었다. 언제나 악몽은 중간에 끝이 나지 않았다. 끊어진 장면을 이어 붙여 그가 끝까지 가도록 몰아붙이고는 했다. 그렇게 악몽은 20년 동안 마지막 장면을 반복하고 반복했다. 마치 그가 미쳐 버리기를 바라는 듯이.

죄책감은 언제나 그를 괴롭혔다. 단단해지지 못한 마음의 틈새로 그것은 은밀히 스며들었고 밤은 다시 괴로움으로 가득 찼다. 그리고 인우는 잠이 들 수 없었다. 마른세수를 하며 그는 두 손안에 얼굴을 파묻었다.

나는 행복해질 수 없는 걸까? 나는 행복해지면 안 되는 걸까?

자괴감이 그를 괴롭혔다. 스스로 내린 벌이었지만 이제 그만 벗어

나고 싶어졌다. 그러나 족쇄처럼 그의 발목을 붙들고 있는 어머니의 목소리가 아직도 귓가에 또렷했다. 그 목소리가 내뱉었던 문장 하나하나 글자 하나하나가 다시 가슴에 깊이 박혀 들었다.

'너 때문이야. 네가 살인자야. 차라리 네가 죽었어야 해.'

인우는 굳어 버린 듯 소파에 앉은 자세 그대로 20년 전의 굴레로 다시 빠져들었다. 그렇게 날이 밝아 왔다. 밖이 환하게 밝아 오자 인우는 평소와 같이 습관적으로 운동을 하고 샤워를 했다.

옷을 갈아입고 부엌으로 가 저도 모르게 시리얼을 그릇 가득 담고 우유를 부었다. 무의식적으로 숟가락을 들었지만 그걸 입안으로 넣을 수는 없었다. 둥둥 떠다니는 시리얼 조각들을 바라보니 구토가 올라올 것 같았다. 결국 인우는 그릇에 가득 담긴 시리얼을 음식물 쓰레기통에 부어 버리고 집을 나섰다.

이런 날에는 종일 뭔가를 먹을 수가 없었다. 그런데 왜 지유를 보고 배가 고파졌는지, 또 왜 그녀에게 아침을 달라고 말도 안 되는 억지를 부렸는지 알 수 없었다. 그녀는 왜 또 그 억지를 들어줬을까?

인우는 밤새 잠을 자지 못한 머리가 제대로 기능을 하지 못하는 기분이 들었다. 더 깊은 생각을 하다가는 무겁고 눅눅하고 질척이는 뇌가 마치 고장 난 기계처럼 끽끽 소리를 낼 것만 같았다. 그는 복잡한 생각들을 한쪽으로 밀어 버리고 온기 가득한 음식들에 집중하기 시작했다. 여자의 음식은 언제나처럼 포근했다. 지금은 이것이면 충분했다. 그러니 더 깊이 파고들지 말자고 인우는 생각했다.

버석버석 모래바람이라도 일으킬 만큼 건조한 표정으로 남자는 수프를 한 입 삼켜 냈다. 그걸 바라보는 지유마저 어딘지 먹먹한 느낌에 마음이 아려 왔다. 하지만 누구나 자기 몫의 괴로움은 스스로 이겨 내야만 했다. 게다가 그는 다 자란 성인 남자였다. 자꾸 그가 신경이 쓰이고 마음이 욱신대는 건 지유의 과잉 반응이었다. 지유가 본인의 괴로움을 스스로 견뎌 내야 했던 것처럼 그도 그럴 수 있을 거였다.

언제나처럼 자신의 자리는 이곳이었다. 가깝지도 멀지도 않은 거리. 누군가의 인생에 깊숙이 관여하는 것을 바란 적은 없었다. 언제나처럼 그것이 옳다고 그녀는 믿었다. 그래서 지유는 등을 돌려 머핀을 만드는 민서를 바라보았다.

민서의 프로스팅 솜씨는 훌륭했다. 사실 지유는 장식보다는 재료의 질과 맛을 더 중요시하는 사람이었기에 과한 장식은 불필요하다고 생각했었다. 그러나 컵케이크는 장식이 예쁠수록 판매에 도움이 되곤 했다.

그래서 어쩔 수 없이 프로스팅을 하는 그녀와는 달리 민서는 장식을 좋아했다. 게다가 이제는 여러 가지 새로운 디자인을 만들어 와서 지유를 놀랍게 했다. 어쩌면 이것이 민서에게 도움이 될지도 모른다는 생각에 지유가 희미한 미소를 지을 때 인우가 그녀를 불렀다.

지유가 등을 기대고 서 있던 아일랜드 식탁에 인우가 쟁반을 내려놓고 있었다. 여전히 피곤하고 지쳐 보였지만 아까처럼 바싹 마른 느낌은 사라지고 없었다. 대신 식사를 마치고 나면 언제나 느껴지던 남자 특유의 나른한 포만감이 가득해 보였다.

"고마워. 맛있게 잘 먹었어."

처음 듣는 인우의 칭찬과 인사에 지유가 눈을 동그랗게 떴다. 남자는 말이 많은 사람이 아니었다. 아니, 말이 없는 사람이었다. 필요한 말 외에는 지유에게 그다지 입을 열지 않았었다. 그나마 입을 열었을 때도 지유를 긁어 댈 뿐이었다.

그렇게 처음부터 노골적으로 지유에게 불쾌감을 드러내던 사람이었다. 아직도 그가 내뱉은 거슬린다는 말이 지유의 가슴 한쪽에 박혀서 그 자리에서 빠져나오지 못하고 있었다. 물론 지금은 두 사람의 관계가 그때와는 미묘하게 달라졌지만 겨우 며칠 전부터 서로 적대시하는 관계를 벗어났을 뿐이었다. 제 감정이야 어떻든 지유는 그렇다고 생각했다.

그러니 어울리지 않는 다감한 목소리로 제게 감사 인사를 하는 인우가 이상할 뿐이었다.

"김인우 씨한테 인사도 듣고 오늘 장사가 잘 되려나 봐요."

지유가 팔짱을 끼고 고개를 기울인 채 인우를 바라보았다.

살짝 비꼬며 투덜거리는 여자의 작은 입술이 시선을 잡아끌었다. 갑자기 손이 근질근질해졌다. 동그란 여자의 머리를 정호가 기연에게 하듯 쓱쓱 문질러 줘야 이 간지러움이 사라질 것 같았다. 이 이상한 기분을 뭐라고 설명해야 할지 인우는 알 수 없었다. 어쩐지 자꾸만 기연의 머리를 쓰다듬는 정호의 기분이 이해가 될 듯했다.

이런 기분은 처음이었다. 한 손에는 악몽이 주는 죄책감과 다른 한 손에는 여자가 주는 간지러움을 들고 서 있는 인우는 자신이 꼭 천칭저울이 된 것만 같았다. 추가 어디로 기울어질지 인우 자신도 알 수가 없었다. 두 주먹을 꼭 쥐고 돌아서던 인우는 고개를 돌려 지유에게 한마디 던지고 카페를 빠져나왔다.

"저녁에 다시 올게."

자신을 비꼬는 말에도 다른 때와 달리 묘한 표정을 짓던 남자가 남기고 간 한마디가 천천히 그녀의 마음에 가라앉았다.

다시 온다. 별거 아닌 그 말이 지유를 흔들었다. 매일 오던 사람인데 그 말이 뭐 그리 특별하다고 이렇게 뒷목에 열이 오르는 건지 알수 없었다. 호되게 앓고 난 사람처럼 해쓱한 남자의 얼굴이 다시 떠올랐다. 오늘 저녁은 특별식이라도 준비해야 하나. 작게 한숨을 내쉬며 지유가 혼자만의 생각에 빠져 있을 때 민서의 감탄사가 들렸다.

"아! 그렇구나!"

박수를 딱 하고 치면서 마치 큰 깨달음을 얻은 사람처럼 경건한 표정을 지은 민서를 지유가 바라봤다.

"저런 거죠?"

"네?"

"아까 그 남자요."

"그 사람이 왜요?"

"저런 거잖아요! 송 원장님이 말한 게 저런 거 맞죠?"

이상스런 열기 가득한 눈빛으로 열렬히 얘기하던 민서는 곧 혼자 중얼거리기 시작했다.

"송 원장님이 거짓말을 한 게 아니었어."

고개를 끄덕끄덕하면서 중얼거리던 민서가 갑자기 지유를 향해 꾸벅 허리를 접어 인사를 했다.

"앞으로 저도 잘 키워 주세요!"

고개를 들며 반짝 눈을 빛내는 민서를 본 지유는 뒤늦게 해윤의 존재가 생각났다.

"뭘 키워 줘요?"

지유가 얼굴을 찡그리자 민서가 두 손을 비틀며 작게 중얼거렸다.

"그게 송 원장님이 사장님은 자석 같은 사람이라고, 본인이 원하지 않아도 저 같은 사람이 모여든다고 했어요. 뭐라고 했더라? 아, 타의에 의한 수집가 같은 거라고 했어요. 원장님이나 저 같은 사람이 자꾸 꼬여서 본인은 귀찮아하지만 어쨌거나 눈에 뜨이면 주워서 물도 주고 잘 가꿔 주니까 너도 도와줄 거라고 했어요."

역시 해윤이 쓸데없는 소리를 떠든 게 분명했다.

"그런 웃긴 말을 믿어요?"

시큰둥한 지유의 말에도 민서는 열성적으로 머리를 끄덕였다. 그 모습을 보고 있자니 가슴에 돌이 얹힌 듯 답답해져 왔다. 자신은 해결사가 아니었다. 요술처럼 인생을 행복하게 만드는 방법 따위는 알지 못했다. 지유 자신조차도 그렇지 못한데 다른 사람을 그렇게 해 줄 방법을 알 리가 없었다.

"민서 씨가 본 게 뭔지 해윤이 말한 게 뭔지 난 모르겠어요. 단지 민서 씨가 스스로 거기서 빠져나오지 않는 한 아무것도 변하지 않을 거예요."

지유의 말이 이해가 되지 않는 듯 민서는 혼란스러운 표정으로 마주 잡은 손을 다시 비틀기 시작했다. 지유는 가만히 천장을 노려보았다. 언제나 그렇듯 말을 한다고 알 수 있는 문제는 아니었다. 억지로 누군가를 걷게 할 생각도 힘도 지유는 없었다.

"그냥 지금은 민서 씨가 하고 싶은 일을 하면 되는 거예요. 그러다 보면 민서 씨 스스로 길이 보이지 않겠어요?"

고개를 갸웃하며 고민하던 민서가 작게 고개를 끄덕이고 프로스팅을 하던 짤주머니를 다시 들어 올렸다. 제가 잘하고 있는 건지 조금은 후회를 하는 지유와는 달리 민서는 아까보다 더 열성적으로 머핀에 장식을 올리기 시작했다.

버섯처럼 부푼 머핀 위에 토끼 얼굴이, 엎드린 고슴도치가, 귀여운 곰의 얼굴이 차례대로 만들어졌다. 하나하나 장식이 만들어질 때마다 민서의 얼굴에 작게나마 희열이 방울방울 맺혔다. 어쩌면 저런 것이 민서의 시작일지도 모르겠다고 지유는 생각했다.

병동에 올라가 아침 회진을 돌고 차트 정리까지 마무리한 인우는 진료실에 들어가 한참 창밖을 바라보며 고민에 빠져 있었다. 생각은 엉킨 실타래처럼 풀어질 줄을 몰랐다. 인우는 진료실 책상 서랍을 열어 한쪽에 넣어 놓은 명함을 꺼냈다.

김내과 원장 김성진

그러고는 명함에 박힌 글자 하나하나를 느릿하게 손끝으로 문질렀다. 한때는 자신의 우상 같은 사람이었지만 이제는 알 수 없는 먼 타인이 되어 버린 사람. 바로 아버지였다.

다정한 남편이었고 좋은 아버지였다. 그리고 어머니처럼, 아니 어쩌면 어머니보다 인영이를 많이 사랑했던 분이었다.

인영은 사랑할 수밖에 없는 아이였다. 세상에 가장 좋은 것들만 가져다 만든 듯 예쁘고 착하고 애교 많고 똑똑한 아이였다. 가끔 자신에게 매달려 떼를 써도 밉지 않은 동생이었다. 그래서 집안의 모든 웃음은 인영이에게서 시작되고 끝이 났다.

아마도 그것은 아버지에게 완벽한 인생이었으리라. 사랑하는 아내와 듬직한 아들과 애교 많은 딸과 성공한 직업까지. 아버지는 또한 그런 가족의 완벽하고도 단단한 울타리였다. 가족을 행복하게 감싸 주는 아버지의 믿음직스럽고 넓은 등을 바라보며 인우 자신도 그렇게 될 거라고, 그렇게 되고 싶다고 당연하게 생각했었다.

그러나 지금은 희미하게 바래져 버린 기억일 뿐이었다. 인우도 그렇지만 아버지의 완벽한 인생도 그날을 이후로 변해 버렸다. 그리고 그것을 망쳐 버린 것은 인우 자신이었다. 행복이란 사소한 것으로도 변하고 깨져 버릴 수 있는 연약한 것이었다. 자그마한 실수만으로도 인생은 전혀 예상치 못한 곳으로 달려가고는 한다. 삶이란 얼마나 아이러니하고도 우스운 것인지 모른다.

얼마나 많은 후회를 했었던가? 다시 그 시간으로 돌아가 모든 것을 되돌릴 수만 있다면 목숨이라도 내어놓을 수 있을 것만 같았다. 그러나 죄인 아닌 죄인이 되어 버린 그는 인영의 장례식에도 어머니의 장례식에도 마음껏 울 수 없었다.

어쩌면 해피엔딩이란 없는 것일지도 모르겠다. '그리고 모두 행복하게 잘 살았습니다' 라는 것은 동화에서나 볼 수 있는 것이다. 현실은 동화와 달랐다. 꿈은 난도질당하고 행복은 부서지기 쉬운 허상 같았고 삶이란 어느 순간 교통사고로 불구가 되어 버리는 것이었다.

허탈한 웃음을 터뜨리던 인우는 갑자기 두려워졌다. 그럼에도 불구하고 해피엔딩을 꿈꾸고 싶어하는 자신을 깨달았기 때문이었다. 꿈을 꾸고 행복을 만들며 자신의 삶을 살아 내고 싶어졌다.

알고 있었다. 이 보이지 않는 감옥에 갇혀 형벌 같은 삶을 살고 있는 것은 스스로의 선택이라는 것을 말이다. 하지만 한 번도 여기에서 벗어나고 싶은 적도 벗어나야 할 이유도 찾지 못했었다.

아버지의 명함을 만지작거리며 문득 인우는 궁금해졌다. 지금 아버지는 행복할까?

어머니가 그렇게 죽고 5년 뒤에 아버지는 재혼을 했었다. 아버지는 악몽을 벗어나야 할 이유를 찾았던 것일까? 그래서 행복해졌을까? 명함을 손에 쥔 인우의 손에 힘이 들어갔다. 그때 노크 소리가 들리더니 김 간호사가 얼굴을 내밀었다.

"원장님, 진료 시작해도 될까요?"

인우는 고개를 끄덕이며 명함을 다시 서랍 깊숙이 밀어 넣었다. 서랍을 닫으려고 하던 인우는 다시 명함을 꺼내 물끄러미 바라보았다. 그리고 이내 결심을 한 듯 지갑을 꺼내 명함을 끼워 넣었다.

아버지. 그를 만나야 했다. 자신이 찾지 못한 답을 아버지는 알고 있을지도 몰랐다.

브런치 타임이 끝나자 지유는 데크로 나와 해윤에게 전화를 걸었다.

"대체 무슨 소릴 떠들고 다니는 거야?"

냉랭한 지유의 목소리에도 전화기 반대편에서는 즐겁다는 듯 웃음소리만 들려왔다.

—민서 말이구나? 보기엔 부잣집 백치 아가씨 같아도 꽤 불쌍한 애야. 잘 키워 봐.

"뭘 키우란 거야? 대체 뭐라고 했길래 걔가 이상한 소릴 하는 거야?"

투덜대는 지유의 말에 해윤이 웃음을 멈추고 진지하게 말을 했다.

—이제 와서 하는 말인데. 정지유, 너 파리에서 처음 봤을 때 진짜 재수 없었다.

"누가 할 소릴. 네가 더 재수 없었어."

재깍 나오는 지유의 대답에 해윤이 다시 작게 웃었다.

—지나도 피엘도 아마 다 너에게 그렇게 느꼈을 거야. 정지유 첫인상은 뭔가 싸한 냉기가 있어서 가까이 다가갈 여지를 주지 않았거든. 게다가 말좀 걸라치면 퉁명스럽게 귀찮아하고.

"그건 너도 마찬가지잖아? 이런 평민들하고 내가 같은 공간에 있다니 믿을 수 없다는 표정이었잖아? 너 사람 내려다보는 그 태도 정말 기분 나빴어."

—당연한 거 아닌가? 내가 그런 평범한 사람들 사이에 섞여 있었다니 믿을 수가 없어.

해윤의 말에 지유가 흥 하고 코웃음을 쳤다. 그러나 다음 순간 도도하고 거만하던 해윤의 목소리가 낮게 가라앉았다.

─그런데 넌 뭔가 사람이 말라비틀어질 때를 알더라. 그렇게 싸늘하니 냉담하던 네가 막상 내가 말라 죽을 것 같을 때 먼저 손을 내밀었어. 그럴 때 네가 해 주는 음식이, 건네주는 손수건이, 퉁명스러운 말들이 마치 물이 없어 죽어 가는 식물에 물을 주는 것 같은 느낌이었어. 그런 네 덕분에 지나도 피엘도 나도 친해질 수 있었을 거야. 너 아니면 우린 절대 한 공간에 있을 사람들이 아니잖아?

"그래서 하고 싶은 말이 뭐야?"

─민서 잘 부탁한다!

"쳇! 결론이 왜 거기로 튀어?"

다시 해윤이 키득거렸다.

─나는 정지유가 부탁에 약한 것도 잘 알거든.

"너 그 대신 대가는 톡톡히 치를 준비해."

─언제든지.

전화를 끊은 지유는 카페 앞의 데크 난간에 기대어 하늘을 바라보았다. 오늘도 꽤나 더울 모양인지 하늘은 구름 한 점 없이 맑았다. 눈을 가늘게 뜨고 하늘을 바라보던 지유가 얼굴에 비치는 햇살을 느끼며 눈을 살포시 감았다.

파리는 사실 그녀의 엄마에게 휴가를 주고 싶은 마음에 떠난 유학 길이었다. 엄마에게 지유는 껍질이 아주 얇은 달걀과 같았다. 꽉 쥐고 걷자니 깨질 것이고 살짝 쥐자니 금세 바닥으로 떨어져 부서질 것만 같은 아이.

그래도 20살이 넘으면서 지유는 사람들의 감정을 읽으며 느끼는 고통을 적당히 참아 내고 능력도 억눌러 조절할 수 있게 되었었다. 그래서 그녀는 늘 불안해하며 딸을 보호하는 엄마에게서 벗어나고 싶었다.

그렇게 떠난 파리에서 지유는 완벽한 타인으로서의 행복을 느꼈다.

외로움조차도 행복했다. 익숙하지 않은 언어와 과제들로 바빠서 옆에 누가 있는지 무슨 생각을 하는지 신경 쓸 여유도 없었다.

그러니 해연과의 시작은 예상했던 것이 아니었다. 단순히 그저 저와 비슷한 외로움을 외면하지 못한 것뿐이었다. 하지만 그 뒤로 아무리 지유가 귀찮아해도 해윤은 꿋꿋하게 지유의 옆에 머물렀다. 그러다 어느 순간부터 미국에서 왔다는 지나와 프랑스 남부 시골 마을에서 온 피엘까지 지유의 옆에 자리 잡게 되었다.

새침한 해윤과 시끄럽고 야한 차림새의 지나와 수줍음 많은 피엘은 누가 봐도 전혀 어울리지 않는 조합이었다. 그러나 그들은 유학 시절 내내 지유의 옆에서 떠나지 않았다. 그리고 그것은 나름 싫지 않은 기억이었다. 해윤이 없었더라면 지금의 지유도 없었을지 모를 일이었다.

"해바라기가 길다. 사장님. 그러다가 주근깨 생겨."

정호의 말에 지유가 팔을 위로 쭉 뻗어 올리며 기지개를 켰다.

"오늘 저녁에는 소고기 스튜 어때?"

정호가 아이라인을 멋들어지게 그린 눈을 접으며 웃었다.

"와! 나야 좋지!"

정호의 말에 지유는 앞치마에서 펜을 꺼냈다. 그리고 카페 앞에 세워 둔 메뉴판에 저녁 메뉴인 소고기 스튜를 동글동글한 글씨로 적어 나갔다. 가만히 지유의 글씨를 바라보던 정호가 고개를 갸웃거렸다.

"그런데 오늘 무슨 날이야? 누가 아파? 아까 통화할 때 기연이도 괜찮았는데……."

정호의 말에 지유가 머뭇거리며 대답했다.

"뭐 꼭 그런 건 아니고. 오늘 송아지 고기 좋은 게 들어와서."

말을 돌리고 카페 안으로 들어가는 지유를 정호가 미심쩍게 바라봤다. 소고기 스튜는 정호나 기연이 몸살이나 감기가 걸려서 아플 때면 끓여 주는 지유만의 특별식이었다. 하지만 지금 아무도 아픈 사람은 없었다. 아픈 사람도 없는데 오후 내내 끓여야 하는 스튜를 메뉴로 정하다니 이상한 일이었다.

게다가 괴상한 새 알바인 민서는 저녁을 먹지 않으니 스튜의 주인 공이 민서일 리도 없었다. 천천히 카페 안으로 걸어 들어가던 정호가 히죽하고 웃음을 지었다. 정호도 기연도 아니고 정아 씨와 저 새로운 알바도 아니라면 남는 사람은 하나였다. 정호는 턱을 쓰다듬으며 분주히 주방 안에서 움직이는 지유를 바라봤다.

사실 저 스튜는 아무나 먹을 수는 있었다. 그러나 정지유가 저 스튜를 누군가를 위해 만들었느냐는 사실은 특별했다. 지금까지 그 주인공이 되는 혜택을 받은 사람은 몇 되지 않았다. 지유 본인은 의식하고 있지 못하지만 그것은 그 누군가가 정지유의 선 안으로 들어섰다는 증거가 되기 때문이었다.

그게 정말 김인우 선생이라면……. 꽤 흥미로운 생각에 미소를 짓던 정호가 금세 얼굴을 찌푸렸다. 잊고 있었다. 정지유 옆의 진드기를. 계산대 옆의 작은 탁상 달력의 날짜를 바라보던 정호는 점점 얼굴이 어두워졌다. 한동안 안 보여서 잊고 있던 존재의 귀국 날짜가 바로 코앞이었다.

토마토의 붉은빛이 가득한 스튜는 레드 페퍼 때문인지 매콤한 뒷맛이 입맛을 더 돋웠고 오래 끓여 연한 송아지 고기는 부드럽게 씹혔다. 송송 뿌려진 실란트로 잎과 청고추는 입안을 개운하게 만들었다. 붉은 색감의 비프스튜는 완두를 넣은 밥과 어울려 보는 것만으로도 식욕을 당겼다.

평소 같으면 하루 종일 한 입도 먹지 못하는 하루였을 것이다. 그러나 오늘은 이전과 달랐다. 아침부터 지유의 음식이 주는 위안에 인우는 허전한 마음이 가득 채워지는 기분이 들었다. 게다가 저녁 식사로 나온 따스하면서 매콤한 스튜의 국물은 가슴 저 밑바닥까지 포근하게 만들어 주었다. 야채 피클의 아삭아삭한 씹는 소리까지 가라앉은 기분을 들뜨게 하는 것 같았다. 죄책감의 틈새를 파고 들어와 그를 괴롭히던 악몽의 그림자가 느릿느릿 흐릿해져 갔다.

그러나 걸쭉한 국물과 함께 맛있게 밥을 먹던 인우는 곧 스푼을 내려놓을 수밖에 없었다. 더 이상은 체할 거 같아서 음식을 먹을 수가 없었다.

"내 얼굴에 뭐라도 묻었나?"

계속 인우를 힐끔거리는 정호와 기연을 날카로운 눈초리로 노려보자 정호가 어색한 웃음을 지으며 스푼에 가득 담긴 스튜를 들어 보였다.

"스튜가 참 맛있죠? 아하하."

"그러게. 오늘따라 차암 스튜 맛이 유별나게 좋네."

생글생글 웃음을 지으며 기연이 한 입 크게 밥을 먹었다. 원래도 별난 커플이었지만 오늘따라 이상하게 구는 두 사람이 불쾌해 인우는 굳은 얼굴로 스튜를 휘저었다.

그저 평소와 다름없는 것은 정지유, 그녀 하나뿐이었다. 여자는 무슨 소리인지 모르는 것처럼 어깨를 으쓱하고 스튜의 고기 조각을 오물오물 먹고 있었다. 여자의 오물거리는 붉은 입술을 바라보고 있노라니 또다시 손바닥이 간질거렸다.

가슴 밑바닥 깊은 곳에 꼭꼭 묻어 두고 잊어버렸던 감정의 한 조각이 일렁일렁 흔들리며 물결치듯 일어났다. 몽글몽글 올라오는 감정의 안개들에 더욱더 간질거리는 제 손을 인우가 움켜쥐는데 기연이 뜬금

없는 감사 인사를 했다.

"아저씨, 고마워요."

눈썹을 슬쩍 들어 올리며 인우가 기연을 바라보았다.

"뭐가?"

"이것저것? 어쨌든 이 스튜 자주 못 먹는 거니까 많이 먹고 힘내요."

눈을 데굴데굴 굴리며 말하던 기연이 배시시 웃더니 힘내라는 듯 인우의 등을 툭툭 두드렸다. 그걸 보던 지유가 실소를 날렸다.

"너나 잘해, 고딩. 누가 누굴 격려하는 거야? 너 금방 고3이다. 제발 많이 먹고 힘내서 공부 좀 열심히 해 줬으면 하는 바람이 있다."

"고3 얘기 좀 안 하면 안 돼? 꼭 그걸 매번 얘기해야 해?"

"이기연 씨가 자꾸 까먹으니 나라도 얘기해 줘야 하지 않겠어요? 아, 너 오늘 과외 있지? 늦지 않게 얼른 먹고 가라."

지유의 말에 기연이 입을 삐죽거렸다.

"잘났어, 정지유. 잔소리쟁이. 아! 짜증나. 짜증나."

기연이 신경질을 부리며 퍽퍽 밥을 떠먹었다. 그런 기연을 달래듯 정호가 물을 내밀며 머리를 쓰다듬었다.

"물 마시면서 천천히 먹어. 체하겠다."

정작 인우가 체할 정도로 쳐다보던 게 누구였는지 까먹은 듯 구는 두 사람 때문에 인우의 입술이 삐뚜름하게 기울어졌다. 고개를 절레절레 흔든 그는 다시 묵묵히 식사를 시작했다.

지유는, 접시에 시선을 내린 채 식사를 계속하는 인우를 바라보았다.

아침보다는 좋아 보이는 얼굴빛에 안심이 되는 건 왜일까? 그녀가 호감을 가졌던 남자가 없었던 것은 아니었다. 그러나 단지 그것뿐이었다. 설령 상대방도 지유를 좋아한다 하더라도 그 이상 관계의 진전도 없었고 그러니 깊은 사이도 될 수는 없었다.

상대의 마음을 속속들이 알 수 있다는 것은 재미없는 일이었다. 답이 훤히 보이는 연애는 김빠진 사이다 같았다. 게다가 가끔은 절대 알고 싶지 않은 것까지 알게 되었다. 결국 그런 만남은 오래가지도 않았고 좋은 추억을 남기지도 못했다.

그런데 왜 이 남자는 다른 느낌을 주는 걸까? 지유 자신도 알 수가 없는 문제였다. 언제부터인가 이 남자의 피곤한 눈가가 마음에 걸리기 시작했었다. 그것이 점점 진화하더니 이 말끔한 남자가 자아내는 짙은 고독의 냄새가 눈을 돌리지 못하게 만들고 있었다.

처음에는 그저 귀찮고 불편했을 뿐이었다. 묘한 거부감을 보이는 인우가 지유도 편치 않았다. 그런데 시간이 지나면서 꼭 밥을 챙겨 주지 않으면 안 될 의무감이나 책임감 같은 것이 생겨나고 있었다. 그것은 마치 그녀가 길고양이들에게 한 번 먹이를 주기 시작하면 멈출 수 없었던 기분과도 같았다.

그녀가 주는 먹이를 먹고 길고양이들이 살이 오르고 털에 윤기가 흐르던 것처럼 그도 날카로웠던 턱 선이 부드럽게 변하고 있었다. 물론 그는 길고양이들과는 달리 본인 스스로를 책임질 수 있는 사람이라는 것은 그녀도 알고 있었다.

그러나 이 냉랭한 남자가 보이는 외로움과 쓸쓸함이 자꾸 시선을 끌기 시작했다. 그러더니 그가 지유가 만든 음식을 먹은 뒤에 미약하게나마 내보이는 나른한 포만감과 부드러움이 지유에게도 어떤 만족감 같은 것을 주었다. 그래서 지유도 자꾸만 남자에게 신경이 쓰였다.

길고양이 대신 남자에게 먹이를 주게 된 건가 싶은 자조적인 웃음이 떠올랐지만 남자의 바싹 마른 얼굴은 그녀 안의 뭔가를 건드렸다. 인우를 위한 스튜를 끓이면서도 지유는 혼란스러웠다.

어차피 결국엔 그도 전에 만났던 사람들과 다르지 않을 거라는 걸 알고 있었다. 그런데도 감정이란 것은 그녀의 의지와는 달리 한 발씩 앞으로 나가고 있었다. 하지만 좌절과 실패가 뻔히 보이는 일을 시작하기란 쉬운 일이 아니었다. 게다가 그것이 애정에 관련된 문제라면 더더욱 그랬다.

지유는 자신의 헝클어진 마음을 스튜를 한 입 삼키는 것으로 외면하고 덮어 버렸다. 마음은 언제나 제 뜻대로 되는 게 아니라는 걸 알고 있었다. 그럼에도 지금은 제 진심을 마주하고 싶지 않았다. 기연의 말과는 달리 스튜를 먹고 정작 힘을 낼 사람은 인우가 아닌 자신인지도 몰랐다. 끝이 뻔히 보이는 길 앞에 막 발을 디디고 선 제 모습이 마음을 무겁게 만드는 저녁이었다.

평소와 마찬가지로 눈을 뜬 인우는 운동을 하고 샤워를 하고 간단하게 아침을 해결한 뒤에 주차장으로 향했다. 그러나 인우는 병원으로 향했어야 할 운전대를 반대 방향으로 틀었다. 내비게이션이 알려 주는 대로 30여 분을 달려 도착한 그곳에는 작은 아파트 단지가 있었다. 인우는 지갑에서 아버지의 명함을 꺼내 뒤를 돌려 보았다.

'청솔 아파트 104동 701호.'

본과에 막 들어섰을 때였다. 어느 날 갑자기 찾아온 아버지 성진이 인우에게 재혼 사실을 말했을 때 인우는 아무것도 느끼지 못했었다. 그에게 아버지는 그저 먼 타인이 되어 버린 지 오래였다. 무감각하게 인우는 고개를 끄덕이며 축하한다는 말을 중얼거렸다. 그것이 진심이었는지는 모르겠다. 하지만 딱히 상관없었다.

인우는 인우대로 아버지는 아버지대로 살아갈 뿐이었다. 그는 아버지의 인생에 걸림돌이 되거나 장애가 되고 싶은 생각은 없었다. 재혼을 한 아버지는 인우를 몇 번이고 찾아오고는 했었다. 인우의 생일이라든지 인영과 어머니의 기일 같은 날이었다. 그러다 인우가 개업을 하고 난 어느 날 병원 근처 카페로 찾아온 아버지를 만난 게 마지막이었다.

'새로 이사를 했단다. 언제든지, 인우 네가 오고 싶을 때 오렴. 기다리고 있을 테니.'

인우가 가 버릴까 봐 급하게 명함 위에 주소를 휘갈겨 쓰고 손에 꼭 쥐여 주던 아버지였다. 그때는 알지 못했던 아버지의 절박한 마음이 주소를 쓴 글씨에서 배어 나오는 것처럼 느껴졌다.

어쩌면 인우가 인영이와 어머니에게 죄책감을 가진 것처럼 아버지도 인우에게 죄책감을 가지고 있을지 모를 일이었다. 그러나 어머니마저 떠나 버리자 남은 두 남자는 서로의 상처를 어떻게 감싸 줘야 할지 알지 못한 채 반대 방향으로 멀어져만 갔다. 그것을 깨달았을 때는 이미 서로 너무 먼 곳에 서 있은 뒤여서 성준은 아들인 인우에게 다가가기에는 이미 늦은 뒤였고 인우는 아버지에게 다가갈 이유조차 사라진 뒤였다.

아파트 단지 안, 아버지가 나올 통로에서 멀찍이 차를 주차한 인우는 밖에서 한참을 서성였다. 사실 아버지를 만나면 무엇을 물어야 할지 그도 정확히 알 수는 없었다. 그저 아버지를 만나야겠다는 강렬한 충동이 그를 여기까지 끌고 왔을 뿐이었다.

지유가 만들어 주었던 그 스튜가 힘을 내라고, 더 이상 고인 물처럼 썩어 가는 자신을 그대로 방치해서는 안 된다고 속삭여 주는 듯했다. 이제까지 외면하고 덮어 두었던 것들을 드러내어 마주 볼 때였다. 그러니 지금 인우에게 필요한 것은 용기였다.

인우가 명함을 만지작거리며 생각에 잠겨 있는 사이에 아버지가 아파트 통로에 모습을 드러냈다. 아침부터 내리쬐는 햇살이 강렬한지 손을 이마 위에 올린 아버지가 하늘을 보며 눈살을 설핏 찌푸리고 있었다. 그런 아버지에게 인우가 서너 발자국 다가섰을 때였다.

까르르하는 웃음소리와 함께 뛰어온 교복을 입은 소녀가 다정하게 아버지의 팔짱을 끼었다. 그런 소녀를 내려다보며 아버지가 온화하게 웃음을 지었다. 인우는 그 모습에 저도 모르게 한 발 뒤로 물러나고 말았다.

오래전에 잊어버린 아버지의 미소였다. 그것은 아직 인영이 살아 있을 때, 그리고 어머니가 인우를 사랑하던 그때, 아버지가 아직은 가족을 외면하지 않았을 그때 보았던 미소였다. 보지 말았어야 할 것을 본 기분에 인우는 서둘러 몸을 돌렸다. 이런 것을 보고 싶었던 것은 아니었다. 성큼성큼 걸어가는 걸음 뒤에서 인우를 부르는 소리가 들려왔다.

"인우야! 인우, 거기 인우 맞지?"

다급한 목소리, 여유 없는 걸음 소리가 자꾸만 인우의 등 뒤로 다가왔다. 인우는 제 얼굴을 거칠게 문지르고는 자신의 뒤에 서 있는 아버지를 돌아보았다. 뭔지 모를 감격으로 가득한 얼굴의 아버지가 인우의 팔을 잡아 왔다.

"맞구나! 인우."

울컥한 목소리로 아버지는 인우의 팔을 쓰다듬고 얼굴을 다시 보기를 반복했다. 가만히 내려다보는 인우의 눈에 습기 가득한 아버지의 눈이 들어왔다.

"아빠?"

영문을 모르겠다는 얼굴로 다가온 소녀가 아버지를 불렀다.

"주혜야, 인사해라. 아빠 아들. 전에 본 적 있지?"

의아해하던 얼굴 가득 미소가 점점이 번졌다. 단정한 단발머리를 한 소녀는 제법 영민해 보이는 눈동자를 빛내며 인우에게 인사를 했다.

"인우 오빠 맞죠? 안녕하세요?"

인우는 미간을 찌푸린 채 고개를 끄덕였다.

"주혜 미안하지만 오늘은 혼자 갈래?"

선선히 고개를 끄덕인 소녀가 다시 인우에게 허리를 숙여 인사를 한 뒤에 타닥타닥 경쾌한 발소리를 내며 멀어져 갔다. 아마 인영도 별 탈 없이 자랐더라면 저런 교복을 입고 학교에 갔었으리라. 동생이 가질 수 없는 시간들을 상상하다 보니 자꾸만 마음이 아려 왔다. 인우는 멀어지는 소녀를 물끄러미 바라보았다. 후회와 죄책감이 그의 입안을 쓰디쓰게 가득 채웠다.

인영이가 죽고 난 첫 6개월은 인우에게 지옥 같은 시간이었다. 자신을 사랑해 주던 다정한 엄마, 어머니는 사라져 버리고 없었다. 처음에는 인영이만 사라졌을 뿐 일상은 그럭저럭 흘러갔다. 그러나 첫 한 달이 지나기 전에 어머니의 가느다란 신경 줄은 끊어지고 말았다.

아버지가 이른 출근을 한 뒤 인우는 이틀에 한 번씩 오는 도우미 아주머니가 만든 반찬으로 혼자 아침을 차려 먹고 있었다. 하루 종일 침대에 누워 꼼짝도 하지 않던 어머니가 안방 문을 열고 나타난 것은 그때였다. 어머니의 휘청휘청하는 걸음걸이에 놀란 인우가 자리에서 어정쩡하니 일어섰다.

"우리 아들, 아침 먹는구나. 맛있니?"

서늘한 손길이 뺨에 닿았다. 다정한 목소리와는 달리 저를 향한 미소가 언뜻 섬뜩하다고 느꼈을 때 인우는 자신의 뺨을 내려치는 아픔에 비틀거릴 수밖에 없었다.

"밥이 넘어가니? 너 때문에 인영이가 죽었는데?"

믿을 수 없다는 눈으로 자신을 바라보는 인우의 눈빛에도 그녀는 조소를 지었다. 그 싸늘한 미소가 심장을 후벼 파는 것처럼 느껴져 인우는 숨을 헐떡였다.

"왜? 아프니?"

연달아 인우의 뺨이 두어 번 더 내려쳐졌다.

"이깟 게 아파? 이까짓 게? 우리 인영이는! 인영이는 얼마나 아팠을지 네가 알기나 해?"

반찬과 밥이 담긴 그릇들이 와장창 소리를 내며 식탁 아래로 떨어졌다.

"그런데도 너는 밥이 넘어가? 밥이? 넌, 넌 사람도 아니야!"

비수 같은 말만 남기고 어머니는 방으로 들어갔다. 인우는 그녀가 내려친 뺨을 천천히 손을 들어 만져 보았다. 인영이 죽고 난 뒤에 바싹 말라 버린 어머니는 어디서 그런 힘이 솟아났는지 내려치는 손길이 꽤나 매서웠다.

입안이 터졌는지 비린 피 맛이 입안 가득 느껴졌다. 그러나 아픈 곳은 맞은 곳이 아니었다. 인우는 바닥에 앉아 느릿느릿 깨진 그릇과 쏟아진 음식을 주워 담았다. 자꾸만 흐려지는 눈에서 굵은 눈물이 떨어졌다.

시간을 돌릴 수만 있다면 인우는 제 모든 것을 내어 줄 수도 있었다. 하지만 시간은 계속해서 앞으로만 나아갔다. 그것도 점점 더 나쁘게만 흘러갔다.

인영은 인우에게도 소중한 동생이었다. 게다가 작은 실수지만 자신으로 인해 동생이 죽었다는 자책감이 계속 그를 괴롭히고 있었다. 그래서 아버지 모르게 계속되는 엄마의 학대를 인우는 묵묵히 참아 내었다.

아버지는 인영을 잃은 아픔을 그 당시 몸담고 있던 대학병원에서 새로 시작하던 연구에 매진하는 것으로 버텨 냈고 어머니는 인우에게 화살을 돌리는 것으로 참아 냈다. 그리고 인우는 그 모든 것을 무던하게 받아들이는 것으로 자신의 죄책감을 대신했다. 여기서 한 발만 잘못 디디면 가족은 부서지고 말 거라는 걸 알고 있기 때문이었다.

지금 와서 생각해 보면 셋 다 바보였던지 셋 다 이기적이었던지 셋 다 나약했던 건지 알 수가 없었다. 결국은 세 사람 다 상처 받고 망가져 버렸다. 인우는 길게 눈을 감았다. 잊고 싶은 기억, 그러나 그 시간들은 지워지지 않는 얼룩 같았다.

"무슨 일 있는 거냐?"

자리를 옮겨 앉은 커피숍에서 인우와 아버지는 커피를 앞에 둔 채 한참을 말없이 앉아 있었다. 그리고 결국 걱정스런 마음에 먼저 입을 연 것은 아버지였다. 찬찬히 아버지를 훑어보던 인우는 새삼 아버지가 늙었다는 사실을 깨닫고 말았다.

"묻고 싶은 게 있어요."

"그게 뭐냐?"

인우는 제 앞의 커피 잔을 만지작거렸다.

"행복……하세요?"

인우의 물음에 성진은 당황한 듯 얼굴이 굳어졌다.

"재혼하신 걸 새삼 탓하려는 게 아니에요. 그저 궁금해졌어요. 아버지는 다 잊으신 건지."

인우를 찬찬히 바라보던 성진은 창밖을 스쳐 가는 차들을 멀거니 바라보며 중얼거렸다.

"글쎄, 잊었다고 하면 거짓이겠지. 네 엄마도 인영이도 잊기엔 너무 아름다운 사람들이었으니까."

"……."

"지금 와서 이런 말을 하는 게 우습겠지만 나는 네 엄마 많이 사랑했다. 그땐 그저 내 마음 추스르기에 급급해서 네 엄마도 너도 돌아보지 못한 게 제일 후회스럽다. 그 사람 떠나보냈을 때라도 바로 깨달았으면 좋았을 텐데 그걸 알았을 땐 이미 많이 늦었더구나. 너에게 제일 미안하다."

"저는…… 괜찮아요."

"행복하냐고 물어봤지? 나는…… 잘 모르겠다. 가끔은 내가 만든 그림자 속에서 사는 게 아닐까 생각하고는 해. 내가 보는 게 네 엄마인지 지금 그 사람인지, 주혜인지 인영인지 가끔 헷갈리고는 하니까. 처음 주혜 엄마하고 재혼할 생각을 한 것도 주혜한테 인영이가 보였기 때문이었다. 이기적이지만 계속 주혜한테 보이는 인영의 흔적이라도 보고 싶었다. 이런 반쪽짜리 마음으로 사는 게 잘하는 짓이 아니라는 걸 알지만 맘대로 되지는 않는구나. 참, 나란 사람은 아직도 왜 이렇게 이기적이고 못났는지 모르겠다."

쓸쓸한 어조로 중얼거린 성진은 커피를 들어 한 모금 마시더니 인우를 물끄러미 바라보았다. 세월은 빠르기도 하였다. 여린 어깨를 들썩이며 울음을 삼키던 그의 아들은 어느새 혼자 훌쩍 자라 버렸고 이제는 그보다 단단한 어깨를 가지고 자신의 삶을 오롯이 살아가고 있었다.

그러나 그 아들에게서 배어 나오는 서늘한 쓸쓸함은 성진에게 늘 싸한 아픔을 주고는 했다. 어깨를 감싸고 안아 주기엔 너무도 커 버리고 너무도 멀어져 버린 아들이었다. 어떤 것으로도 메울 수 없는 부자의 간격은 성진에게 늘 절망을 주고는 했다.

"그런데 갑자기 그게 왜 궁금해진 거냐?"

인우는 대답 대신 무거운 한숨을 내쉬었다.

"아버지께서 잊으셨다면 저도 잊을 수 있을 거 같아서요."

무거운 얼굴로 인우를 찬찬히 바라보던 성진이 뭔가를 깨달은 듯 일순 굳어졌다.

"인우야, 너 설마 아직도 네 탓이라고 생각하는 거냐?"

인우는 피곤한 얼굴로 고개를 저었다.

"그런 거 아니에요."

성진의 얼굴에 안타까움이 스쳤다. 설마하니 아직까지 인우가 죄책 감에 시달리고 있을 줄은 몰랐다. 먹먹해진 마음에 그는 테이블에 올 려 있는 인우의 손을 자신의 손으로 덮어 주었다.

출근했다가 빠진 서류가 있어 되돌아오던 길이었다. 성진은 제 눈 앞에 펼쳐지는 장면을 믿을 수 없어 넋을 잃었다. 그의 아내가 아들에 게 발작적으로 폭행을 가하고 있었다.

"지은아!"

벼락같은 그의 외침에 제정신이 든 아내가 털썩 바닥에 주저앉아 주먹으로 자신의 가슴을 쳐 댔다.

"아아악!"

짐승처럼 울부짖는 아내의 통곡 사이로 구겨진 듯 웅크린 아들이 보였다.

"인우야! 너, 너 괜찮니?"

정신없이 더듬는 성진의 손길에도 아들은 무감각하게 고개를 끄덕 이더니 말없이 제 방으로 들어가 버렸다. 그제야 성진은 아내의 우울 증이 깊어졌다는 걸 깨달았다. 우선은 그녀의 병을 치료하는 것이 중 요했다. 그러기 위해서는 아내와 아들을 함께 둘 수가 없었다.

결국 성진은 원룸을 얻고 인우를 내보냈다. 우선은 제 엄마와 떨어 뜨려 놓는 게 좋다고 생각했다. 아내의 우울증을 치료하고 나서 데려오면 될 거라고 쉽게 생각했었다. 그때는 그것이 최선이라고 생각했다. 하지만 서로의 상처를 내보이고 치료하기보다는 덮어 두고 가리고 피하기에 급급했다는 걸 깨달았을 때는 이미 너무 늦은 뒤였다.

성진은 제 손 아래에 있는 인우의 손을 꽉 쥐었다.

"네 탓이 아니야. 인우야, 네 엄마는 그저 아팠을 뿐이야."

인우는 무심히 고개를 끄덕였다. 알고 있었다. 어머니는 마음의 병이 심해졌을 뿐이었다. 그러나 그렇다고 해서 인우 때문에 인영이 죽었다는 사실은 변하지 않았다. 그래서 인우는 사소한 실수에도 예민해지고는 했다. 그 실수들이 만들어 내는 결과가 사람의 인생을 송두리째 바꾸어 버리기도 한다는 걸 경험했으니 말이다.

"이제 출근해야겠어요."

성진에게 잡힌 손을 빼내며 인우는 시계를 바라보았다.

자신을 외면하는 아들의 모습에 성진은 가슴 한쪽이 또 무너져 내렸다. 그러나 그에게는 아들을 돌려세울 자격이 없었다. 언제나처럼 묵묵히 바라봐 주는 것 외에는 할 수 있는 일도 없었다. 인우는 늘 그가 내민 손을 외면하고는 했다. 하기야 자신은 손을 내밀 자격도 없는 아비였다.

"그래. 늦으면 안 되지."

씁쓸한 어조로 대답한 성진이 자리에서 일어섰다.

어깨를 두어 번 두드려 주던 아버지가 등을 돌려 걸어가는 모습을 인우는 오래오래 그 자리에 서서 바라보았다. 잊는다는 건 그에게도 아버지에게도 요원한 일 같았다. 오히려 아버지의 상처까지 헤집어 놓은 것 같아 인우는 마음이 불편해졌다.

커피숍 주차장에 주차한 차에 올라 인우는 시트에 등을 기대고 눈을 감았다. 출근 시간이 늦었다는 말과 달리 인우는 한참을 움직이지 않았다. 미동도 하지 않는 그를 채근하듯 전화가 울려 댔다. 몇 번의 전화를 무시하자 박 선배의 전화와 문자가 쇄도하기 시작했다.

—김인우! 너 인마 왜 출근 안 해?

버티다 못해 전화를 받자마자 박 선배가 고래고래 소리를 치기 시작했다.

"오늘 하루 휴가 좀 줘요."

—너 어디 아프냐?

건조한 인우의 목소리에 박 선배의 걱정스러운 대답이 들려왔다.

"가 볼 데가 있어요."

—자식, 미리미리 말하면 오죽 좋냐! 대신 내 꺼 당직 두 개 빚진 거 대신이다.

하나를 대신해 주면서 자신의 빚은 두 개를 감해 버리는 이상한 셈법에도 인우는 선선히 응해 주었다. 길게 늘어진 건물의 그림자가 점점 짧아져 차바퀴에 닿았을 때쯤 인우는 시동을 켰다. 내비게이션에 한 번도 잊은 적 없는 주소를 한 자 한 자 짚으며 찍고는 안전벨트를 매고 핸들을 돌렸다.

열린 창으로 더운 바람이 계속해 들어왔다. 출근 시간을 비켜 간 도로는 한가하기 이를 데 없었지만 액셀을 밟는 인우의 답답함은 수그러들지 않았다. 언제나 인영과 어머니에게 가는 길은 인우에게 안개 속을 헤매는 듯 희미하고도 아득하기만 했다.

계속 창밖을 바라보던 기연이 발을 동동거리더니 곧 시무룩해져 버렸다.

"아저씨 오늘은 안 올 건가 봐."

밥과 함께 오븐에 구운 순살 치킨을 올린 오목한 접시를 바라보는 기연의 얼굴이 침울해졌다.

"다른 일이 있으신 거겠지."

정호의 말에 기연이 고개를 번쩍 들었다.

"내가 올라가 볼까?"

"까분다. 밥이나 먹어."

지유가 카레가 든 작은 냄비를 식탁에 놓으며 기연을 타박했다. 언제나처럼 지유가 뭐라고 하던지 기가 죽지 않는 기연이 계속 종알거렸다.

"있다가 없으니까 이상해서 그렇잖아. 언니는 궁금하지도 않아?"

지유는 대답 없이 기연과 정호의 접시에 국자 가득 카레를 담아 부어 주었다. 재료가 큼직큼직하게 썰어진 야채가 들어 있는 카레의 향기가 식탁 가득 퍼지기 시작했다. 그새 인우를 궁금해하던 것을 잊어버린 기연이 카레에 밥을 쓱쓱 비비기 시작했다. 그리고 야채와 함께 숟가락에 크게 떠서 입에 넣었다.

　지유가 직접 향신료를 배합해 만든 카레는 야채를 듬뿍 넣어서 느끼한 뒷맛이 없이 담백했다. 한 입 크기로 잘라서 다진 마늘과 소금, 후추, 설탕, 포도씨유에 밑간해서 구운 닭구이는 은은한 마늘향과 단맛이 카레와 잘 어울렸다.

　너무 무르지 않게 익힌 야채들은 큼지막해서 입안에서 씹히는 맛이 더 좋았다. 시판 카레가루와는 다른 풍부한 향신료의 향이 알싸하게 코끝을 자극했다. 게다가 살짝 도는 붉은색처럼 매콤한 끝 맛 때문에 기연은 특히 지유가 만들어 주는 카레를 좋아했다.

　"맛있어!"

　감탄사를 터뜨린 기연이 온몸으로 맛을 표현하듯 숟가락을 올려 쥐고 몸을 부르르 떨었다. 그런 기연을 정호가 뿌듯하게 바라본 것과는 다르게 지유는 심드렁하게 기연에게 한마디를 툭 뱉었다.

　"그럼 돈 좀 내고 먹지?"

　그 말에 입술을 뾰로통하게 내민 기연이 버럭 소리를 질렀다.

　"알았어! 먹고 설거지하면 되잖아!"

　기연의 말이 떨어지자마자 기다렸다는 듯 지유가 씩 웃으며 대답했다.

　"콜!"

　투덜거리는 기연의 목소리를 들으며 지유는 제 접시에도 가득 카레를 담았다. 노란 기장을 섞어 만든 밥에 색색의 야채가 담긴 카레가 만들어 낸 알록달록한 모습이 지유도 만족스러웠다. 카레에 비빈 밥을 한 입 베어 문 지유의 눈에 비어 있는 앞자리가 박혀 들었다.

궁금하지 않은 것은 아니었다. 그러나 병원으로 전화를 거는 것도 우스운 일이었고 직접 휴대폰으로 연락하자니 인우의 번호를 몰랐다. 매일 같이 밥을 먹었어도 연락처 하나 알지 못한다는 사실에 지유는 실소를 지었다. 그러다가 연락 없이 오지 않는 남자에게 서운한 마음이 들었다. 그런 생각을 하는 자신이 우스워 지유의 삐딱한 웃음이 더 길어졌다.

그때 강렬한 카레 향이 관심을 끌었는지 홀의 손님 몇 명이 계산대 쪽으로 다가왔다.

"사장님, 그거 파는 거예요?"

"오늘 저녁 메뉴로 밖에 써 놨는데요?"

지유의 말에 몇몇 손님이 계산대로 다가왔다. 주문이 들어오기 시작하자 식사를 멈춘 지유는 주방으로 다시 들어갔다.

저녁 타임이 끝이 나자 거짓말처럼 손님이 뚝 끊기고 말았다.

"역시 토요일인가?"

무료하게 기연의 옆에 서서 밖을 바라보던 정호가 중얼거렸다.

"아무래도 주말이기도 하고 여긴 유흥가랑은 머니까. 토요일 밤은 아무래도 손님이 없는 게 당연하겠지."

지유의 말에 고개를 끄덕끄덕해 보인 정호가 기지개를 크게 켰다.

"아흐! 그래도 손님이 너무 없으니까 지루하네."

"어차피 내일 휴일이니까 그만 마감하자. 기연이도 데려다 줘야지."

"와! 정말 그럼 일찍 끝난 김에 장이랑 데이트……."

"이기연! 딴생각 말고 집에 일찍 들어가!"

신이 나서 박수를 치는 기연의 말을 끊고 지유가 을러대자 기연의 볼이 불퉁해졌다.

"치! 정지유, 솔로라고 심술부려? 왜 우리까지 데이트 못하게 해?"

비위를 긁어 대는 말에 지유가 사악한 표정을 지으며 입술을 끌어 올렸다.

"그럼 어디 한번 심술 제대로 부려 줄까? 정호야, 내일 휴일인데 대청소로 오늘 밤을 하얗게 지새워 볼까?"

"으아! 사장님 무슨 농담을 그렇게 진지하게 해. 얼른얼른 마감하고 기연이 일찍 데려다 줄게."

아직도 볼을 빵빵하게 부풀린 기연을 살살 달랜 정호가 청소 도구를 챙겨 마감 준비를 시작했다. 골이 잔뜩 난 얼굴로 지유와 한참 눈 싸움을 하던 기연이 쳇 하고 일어서더니 정호를 따라다니며 의자 정리를 시작했다.

제 아빠에게도 아직 어리광은커녕 하루에 한 마디도 안 할 때가 더 많은 기연이 정작 정호나 지유에게는 제 나이보다 철없이 굴 때가 많았다. 그러나 그것마저도 제 상처를 내어놓고 부리는 투정 같아서 지유는 늘 아무렇지도 않게 받아 주고는 했다.

어떤 오기나 투정을 부려도 늘 담담하게 제 옆을 지켜 주는 정호와 지유에게 기연은 또 오롯이 제 본모습을 보여 주는 것으로 자신의 애정을 드러내고는 했다. 이렇게 시간이 지나다 보면 기연의 남은 상처도 다 나을 거라고 지유는 믿고 있었다.

주방 바닥 청소까지 다 마무리한 정호와 기연을 먼저 보내고도 재료 정리를 핑계로 남은 지유는 한참을 카페를 지키고 있었다. 하지만 열 시가 가까워지자 결국 포기하듯 앉아 있던 자리에서 일어섰다.

주방으로 들어가 일인분의 카레가 담긴 작은 냄비를 만지작거리던 지유는 작게 한숨을 내쉬었다. 냄비 위에 랩을 씌워 냉장고에 넣고서 그제야 지유는 탈의실로 들어가 옷을 갈아입었다. 커다란 숄더백을 어깨에 메고 탈의실을 나온 지유가 입구 쪽 벽면의 버튼을 눌러 천천히 카페 안의 불을 하나씩 끄기 시작했다. 불을 하나씩 끌 때마다 카페는 어둠 속으로 천천히 잠겼다. 마지막 버튼을 누르면서 지유가 작게 속삭였다.

"수고 많았어. 내일은 너도 푹 쉬어."

카페 문 안쪽에 휴일 표지판을 붙이고 지유는 문을 닫았다. 위쪽에 있는 잠금 장치를 잠그기 위해 발끝을 세우고 팔을 뻗는 지유의 손에서 열쇠가 미끄러져 떨어졌다. 열쇠가 떨어지면서 내는 짤랑 소리가 어둠 속으로 길게 꼬리를 남겼다.

작게 투덜거린 지유가 미처 열쇠를 줍기도 전에 긴 팔을 뻗어 열쇠를 줍는 사람이 있었다. 흠칫 놀라서 뒤로 물러서는 지유의 눈에 긴 그림자를 담은 날카로운 턱 선이 보였다.

물끄러미 바라보는 지유의 시선에 인우가 긴 팔을 뻗어 문을 잠갔다.

"지금 끝났나?"

인우가 내민 열쇠고리의 검은 고양이 꼬리에 달린 방울에서 딸랑거리는 소리가 들렸다. 그 딸랑거리는 소리가 지유의 마음에 노크를 하듯 그와 그녀의 사이에 잔잔하게 울렸다.

지유가 천천히 손을 내밀자 그가 손에 열쇠를 툭 떨어뜨리더니 두 사람 사이에 간격을 두는 것처럼 한 걸음 뒤로 물러섰다. 열쇠 뭉치를 받아 든 지유가 고개를 들어 그를 바라보았다.

샤워를 했는지 인우에게서 연한 물 냄새와 비누 향이 밤공기와 섞여 은은하게 풍겨 왔다. 늘 말끔한 정장 차림이었던 남자는 편안한 하얀 폴로셔츠에 베이지색 면바지 차림이었다. 아무것도 바르지 않은 머리카락이 이마 위로 살짝 내려와 있어서 평소의 날카로운 분위기가 조금은 누그러져 보였다.

그는 고개를 살짝 옆으로 기울인 채 여전히 그녀를 바라보고 있었다. 인우의 등 뒤로 비치고 있는 가로등 불빛 때문에 인우가 무슨 표정을 하고 있는지 무슨 생각을 하고 있는지 지유는 알 수 없었다.

무슨 생각을 하는지 알 수 없다.

생전 처음 그 사실이 지유를 긴장시켰다. 누군가의 생각이 궁금했던 적은 그녀에게 한 번도 존재하지 않았었다. 그리고 누군가의 생각을 알 수 없어서 불안했던 적도 없었다.

"무슨 일이에요?"

지유가 긴장을 감추려 머리카락을 쓸어 올리며 무심한 어조로 질문을 했다.

무슨 일. 지유의 질문을 들으며 인우도 자기 자신에게 질문을 했다. 대체 왜 여길 온 걸까? 자신도 알 수 없는 일이었다.

인영과 어머니가 있는 납골당에 간 인우는 다른 때처럼 한참을 멀거니 서 있었다. 사진 속의 어머니도 인영이도 가장 아름다웠던 시절, 그 모습 그대로 여전히 인우를 바라보고 있었다. 그래서 인우는 저 작은 단지 안에 인영이와 어머니가 있다는 사실이 거짓말 같았다.

그것은 매번 오지만 익숙해지지 않는 납골당의 묘한 냄새처럼 절대 익숙해질 수 없는 사실이었다. 인우는 우울한 표정으로 인영의 납골함을 쓰다듬었다. 그러자 그런 인우를 위로하듯 위패 옆에 놓인 사진 안의 인영이 환하게 웃어 주었다.

그는 늘 후회로 괴로워했다. 그러나 후회한다고 과거가 바뀌는 것은 아니었다.

언제였던가? 오늘처럼 강렬한 햇빛에 하늘을 똑바로 바라보기 힘든 날이었다. 고등학생이 되고 첫 방학이라 학교 대신 학원으로 점철된 하루를 보내던, 어제가 오늘 같고 내일이 어제 같은 날 중에 하나였다.

문득 시선을 들어 바라본 하늘이 파랗게 빛나며 그의 눈을 아프게 찔러 왔다. 그 시리도록 푸른 빛이 그가 잊고 있던 기억 하나를 끄집어내었다. 그 순간 그의 마음을 가득 채운 것은 후회였다.

인영이 살아 있을 때 더 잘해 주지 못했던 자신에 대한 후회가 새롭게 그를 허덕이게 했다. 뜨거운 지열과 눈을 뜨기조차 힘든 태양 빛에 자극당한 그는, 세상이 빙글빙글 도는 듯한 기분을 느꼈다.

무언가 설명할 수 없는 강한 열망이 그를 사로잡았다. 무언가에 홀리기라도 한 것처럼 인우는 정신없이 달려 제 원룸으로 돌아왔다. 그리고 가지고 있던 돈을 죄다 긁어모아 인영이 늘 갖고 싶다고 노래를 하던 물건을 사 들고 이곳으로 왔다.

그러나 그렇게 가지고 간 선물을 받고 환하게 웃어 줄 동생은 이미 세상에 없었다. 그것도 그의 실수로 인해서. 인우는 가지고 간 선물을 움켜쥐고 내내 참아 왔던 눈물을 터뜨렸다. 운다고 해서 인영이 돌아올 수 없다는 게 인우를 더 괴롭혔다. 어머니의 말대로 우는 것조차 사치처럼 느껴졌다. 인우는 그 뒤로 눈물을 흘리지도 않았고 제게 씌워진 굴레를 벗으려는 시도도 하지 않았다.

그래도 언제나 인영을 보면 미안하다고 말을 하고 싶었다. 그러나 그 말은 목에 걸려서 매번 소리로 만들어지지 못했다. 미안하다고 말하는 것조차 미안해서 잊으려고 하는 마음조차 죄스러워서 인우는 또 그렇게 아무 말 못하고 뒤돌아 나올 수밖에 없었다.

돌아오는 길의 휴게소에서 무슨 맛인지 알 수 없는 우동을 겨우 몇 젓가락 삼키고 집에 돌아와 인우는 죽은 듯이 잠을 잤다. 한 번씩 납골당을 다녀올 때면 모든 기력을 다 써 버린 것처럼 기절하듯 쓰러지는 것이 수순이었다. 저녁 무렵에서야 겨우 일어나 찬물 한 잔을 들이켜고 미친 듯이 러닝머신을 뛰고서야 인우는 정신이 드는 듯했다.

그래서 그저 여느 때처럼 샤워를 하고 옷을 갈아입고 맥주를 마시려고 냉장고 문을 열었을 뿐이었다. 냉장고 안에 로고가 보이도록 정리된 맥주 캔과 생수 병들이 줄지어 있었다. 이제까지 당연하게 지켜왔던 자신만의 규칙들만큼이나 가지런히 놓인 그것들이 갑자기 답답하게 느껴졌다.

장난감 병정들처럼 줄지어 선 그 모습을 바라보고 있노라니 문득 인우는 외로워졌다. 뭔지 모를 울컥한 기분에 인우는 그것들을 툭 쳐서 쓰러뜨렸다. 냉장고 안에 캔들이 요란한 소리를 내며 쓰러지자 외로움이 싸하게 등을 타고 심장까지 파고들었다.

쓰러지는 그것들처럼 그의 마음 한쪽도 허물어졌다. 오늘마저 늘 그렇듯 혼자 맥주를 마시며 시간을 보내기가 싫어졌다. 인우는 뻣뻣해진 손끝으로 가슴을 움켜쥐었다.

그러다 갑자기 그녀가 떠올랐다. 그 동그란 이마가, 붉은 입술이, 별스럽게 까만 눈동자가 보고 싶어졌다. 그녀가 보고 싶다고 생각하자 마음은 걷잡을 수 없이 달려가기 시작했다. 이미 방향을 정한 마음은 아무리 눌러도 눌러지지 않았다. 카페가 매달 격주 주말에 휴일이라는 말이 기억이 나자 마음의 갈등은 더 심해졌다.

오늘 지유를 보지 못하면 내일도 볼 수 없었다. 그러니 고민은 길지 못했다.

지유마저도 후회로 남겨 두고 싶지 않았다. 그렇게 보고 싶다는 마음에 손을 들어준 인우가 정신을 차려 보니 지유의 앞이었다.

왜 지치고 힘들 때마다 이 여자가 생각나는 건지 자신도 알 수 없었다. 철없는 사춘기 시절에도 하지 않았던 충동적인 행동에 인우는 쓴웃음이 나왔다. 그래서 인우는 무슨 일이냐는 지유의 물음에 대답 대신 손에 들고 있던 캔 맥주와 마른안주가 들어 있는 비닐봉투를 들어 보였다.

"내일 쉬는 날 맞지?"

지유는 인우가 들어 보이는 봉투를 보며 미묘한 표정을 지었다. 기분이 나쁜 것은 아니었다. 오히려 인우가 늦게라도 오지 않을까 기다렸다는 게 사실이었다. 그러나 당황스러운 것도 사실이었다. 지유는 잠시 열쇠를 만지작거리며 고민을 했다.

"저녁은 먹었어요?"

지유가 묻자 인우는 그제야 종일 거의 먹은 게 없다는 사실을 생각해 냈다. 언제나 허한 것이 위장인지 마음인지 인우는 잘 구별이 되지 않았다. 그래서 인우는 먹는 것에도 사람과의 관계에도 그다지 흥미도 관심도 없었다. 그러나 지금 이 여자를 보는 것만으로도 그는 두 가지 모두가 채워지는 것 같았다.

"괜찮아. 신경 쓰지 않아도 돼."

괜찮다고 말하는 남자의 메마른 목소리가 오히려 마음에 걸렸다. 카페는 이미 마감을 끝낸 뒤였지만 지유는 손에 쥔 열쇠를 들어 문을 다시 열었다.

"들어와요."

흐린 가로등 불에 비친 카페는 창가의 블라인드까지 내려 버려서 한 발 내딛기도 어려울 만큼 어두웠다. 그러나 지유는 그 어둠 속의 테이블 사이를 능숙하게 지나쳐 불을 켰다. 주방 쪽에 불이 먼저 들어

오고 매일 식사를 하던 아일랜드 테이블 위에 백열등의 불빛이 켜졌다. 테이블 위에 열쇠와 가방을 올려놓고 풀어 내린 머리를 묶던 지유가 아직도 문 앞에 우뚝 서 있는 인우를 불렀다.

"뭐 해요? 와서 앉아요."

어둠 속의 그와 불빛 아래의 그녀.

온화한 불빛 아래에서 자신을 부르는 지유가 마치 이제 그 어두운 곳에서 벗어나라고 부르는 듯한 착각에 빠졌다.

이 한 발을 떼면 잊지는 못해도 아버지처럼 웃을 수 있지 않을까?

행복해지고 싶다는 욕망이 인우를 강렬하게 사로잡았다. 여자를 바라보고 있노라면 그것은 꿈이 아니라 실현 가능한 이야기처럼 느껴졌다. 인우는 느릿느릿 지유를 향해 걸어갔다.

익숙한 솜씨로 머리를 높게 올려 묶은 지유가 의자에 걸어 둔 앞치마를 메고 주방으로 들어갔다. 냉장고에서 카레를 꺼내어 데우고 남겨 놨던 밥을 접시에 담았다. 울외장아찌와 야채 장아찌, 그리고 고구마 줄기 김치를 반찬으로 내어 놓았다. 카레가 눌어붙지 않도록 몇 번 저어 주던 지유는 둥근 기포를 내며 끓어오르자 밥 위에 바로 부어 주었다.

공기 가득 퍼지는 포근한 향기에 지유는 미소를 머금었다. 지유에게 요리라는 건 단순히 음식을 만드는 것이 아니었다. 그것은 원치 않던 능력의 반대급부로 생긴 마음의 상처를 치유하는 과정이었다. 그래서 그녀는 자신이 만든 음식이 사람들에게도 치유이길 바랐다.

그리고 인우에게도 이 따스한 향기가 행복을 주길 바랐다. 자신이 인우에게 해 줄 것은 그것뿐이었다. 언제나처럼 그것보다 더한 바람은 그저 욕심일 뿐이었다.

부스럭거리는 봉투를 테이블 위에 올려놓고 인우는 늘 제가 앉던 의자에 앉았다. 불이 거의 꺼진 카페는 낮과는 다른 느낌을 주었다. 좀 더 아늑하고 좀 더 편안했다. 그래서인지 하루 종일 팽팽하게 당겨지던 신경이 느슨하게 풀어지는 기분이었다.

주방으로 들어간 지유가 만들어 내는 소리를 들으며 인우는 가로등 불빛과 식탁 위의 백열등에 비쳐 카페의 모빌들이 만들어 내는 그림자를 바라보았다. 혼자 있었다면 기괴해 보였을 그것들은 지유가 만들어 내는 소리들에 아름답게 일렁였다. 금방이라도 날개가 달린 작은 요정이 튀어나와도 이상하지 않을 것 같은 밤이었다.

"우선 먹고 있어요."

담담한 목소리로 지유가 인우의 앞에 음식이 담긴 쟁반을 내려놓았다. 지유는 금세 주방으로 들어가 버렸지만 제 앞에 놓인 쟁반을 바라보는 인우의 얼굴은 묘하게 일그러졌다. 인우가 알기로는 지유는 항상 일정량 이상의 음식은 만들어 내지 않았다. 미리 준비한 분량이 떨어지면 그걸로 마감을 하고는 했다.

그래서 음식이 떨어지고 나서 주문을 하려는 손님들의 투덜거리는 불평에 매일 정호가 허리를 굽혀 사과하고는 했다. 인우는 카페에서 저녁 식사를 시작한 지 얼마 되지 않아서 첫날 그녀에게 저녁 식사를 요구했던 자신이 얼마나 큰 억지를 부렸는지 깨달았었다.

그런데 간단한 식사도 아니고 일부러 그를 위해 남겨 둔 듯한 이 음식은 뭘까? 인우의 시선이 주방 안쪽에서 움직이는 지유의 모습을 좇았다. 여자는 정말 이상했다. 단단하고 싸늘하게 굳어 버린 인우의 심장에서 그도 모르는 여린 곳을 찾아내곤 했다.

한 번도 외로움을 벗어나 보려고 생각해 본 적은 없었다. 그것이 자신의 삶이라고 선선히 받아들이고 살아왔을 뿐이었다. 그러나 인우는 이제 각성해 버리고 말았다. 조금만 손을 내밀면 이 고독하고 외로운 삶을 벗어나 저 여자가 주는 달콤한 행복을 가질 수 있을 것만 같았다. 한 번 알아차리고 나자 뼛속 깊이 파고든 외로움은 온몸을 시리게 했다.

인우는 이제 저 여자를 포기할 수 없다는 걸 깨달았다. 다시 한 번 맛본 따스함은 그가 세워 둔 벽을 차근차근 허물어뜨렸다.

죄책감이 그를 괴롭히고 매일 밤 악몽이 그를 찾아오더라도 인우는 이제 지유를 마음에서 덜어 내 버릴 수 없었다. 인영에게 미안했지만 인우는 평생 잊지 않는 것으로 미안함을 대신하고 싶었다. 이제는 자신이 만든 감옥에서 나오고 싶었다. 이 형벌 같은 삶을 이제는 그만두고 싶었다. 그리고 행복을 꿈꾸고 싶어졌다.

아니, 꼭 행복하지 않아도 되었다. 그저 저 여자에게 손을 내밀어 함께할 수 있다면 더 힘들고 고통스러워도 그는 참을 수 있을 것만 같았다.

그제야 인우는 지유가 왜 그리 거슬렸던 건지 알 수 있었다. 자신의 견고한 성을 뒤흔들 유일한 한 사람. 그에 대한 본능적인 반발이었다. 유난히 까만 눈동자마저 그를 자극했다. 그리고 그녀의 무감한 눈동자가 불만스러웠다. 어쩌면 지유의 눈동자에 자신이 담겨 있지 않은 것에 무의식적으로 화가 났던 건지도 몰랐다.

이제 그는 그녀의 까맣고 말간 눈동자에 자신이 담기기를 원했다. 그래서 오롯이 자신만을 바라보는 눈동자를 마주 바라보고 싶었다. 그것이 과한 바람일지라도 인우는 이제 욕심을 내 보고 싶어졌다. 저를 위해 남겨 둔 이 음식이 그저 지유의 상냥함만은 아니라고 믿고 싶었다.

갑작스런 각성에 인우는 허기마저 사라져 버린 듯했다. 누군가를 마음에 담은 것만으로도 인우는 배가 부르고 메마른 마음에 물기가 차올랐다. 매콤한 향신료의 향이 후각을 자극했지만 인우는 제가 무엇을 씹는지도 알 수 없었다. 인우가 평소와는 달리 음식을 먹는 둥 마는 둥 하자 냉동고에서 얼음을 꺼내던 지유가 얼굴을 찌푸리며 다가갔다.

"맛없어요?"

지유의 걱정스런 물음에 인우는 고개를 저었다. 왜 저 찌푸린 눈썹마저도 아름답다고 느껴지는 건지 알 수 없었다. 새삼 오밀조밀 인형 같은 지유의 얼굴이 눈에 박혀 왔다. 그전에도 예쁘장한 얼굴이라고 생각을 했었지만 제 마음을 깨닫고 나니 지유의 눈도 코도 입도 이마도 흘러내린 머리카락마저도 다 사랑스럽게만 보였다.

이래서 다들 사랑에 빠지면 눈에 콩깍지가 씌인 것 같다고들 하는 건가? 팔불출 같은 제 모습이 낯설어 실소가 나올 지경이었다. 멋쩍어진 인우가 지유의 손에 들린 얼음으로 화제를 돌렸다.

"그 얼음은 뭐지?"

지유가 제 손에 들린 얼음 봉지를 내려다보더니 뒤편의 작업대에서 넙적한 믹싱볼을 가져왔다. 봉지를 터서 와르르 얼음을 볼 안에 쏟아낸 지유가 테이블 위에 올려놓은 봉투 안의 맥주 캔을 얼음 사이사이에 집어넣었다.

"이러면 냉장고에 넣는 것보다 금방 시원해져요. 그런데 카레 괜찮은 거 맞아요? 다시 데워서 맛이 떨어지긴 했을 텐데."

"아니야. 맛있어. 혹시 이거 일부러 내 몫으로 남겨 둔 건가?"

물끄러미 바라보는 시선을 피하며 지유가 얼음 속에 담긴 맥주 캔을 뒤적거렸다.

"그거야 김인우 씨가 연락도 없이 안 왔잖아요. 번호도 모르는데 전화해서 물어볼 수도 없고 혹시 늦게라도 올지 모르니까 남겨 놓은 거예요. 다음부터 안 올 거면 미리미리 말해요."

슬쩍 고개를 비틀고 있는 여자의 목덜미가 붉게 보이는 건 조명의 탓일까? 인우는 입가를 비집고 나오는 미소를 주먹으로 가리고 헛기침을 했다.

"흠. 줘 봐."

"뭘요?"

밑도 끝도 없이 뭘 주란 건가? 지유가 당황한 얼굴로 바라보는데도 인우는 무덤덤하게 손을 지유의 앞으로 내밀었다.

"전화 줘 보라고."

생각지 못한 인우의 말에 지유는 얼떨결에 자신의 휴대폰을 내놓고 말았다. 금세 열한 자리의 숫자가 지유의 전화기에 찍혔다. 그러나 인우의 손가락은 거기서 멈추지 않고 통화키를 눌러 지유의 번호를 그의 휴대폰에 남겼다.

"저장해."

인우가 돌려준 제 휴대폰을 들고 지유는 고민했다. 뭐라고 저장할 것인가? 입술을 잘근잘근 씹던 지유는 결국 평범하게 김인우라는 세 글자를 눌러 저장했다. 고개 숙여 밥을 먹는 남자의 입꼬리가 올라간 것처럼 느껴지자 지유는 고개를 갸웃거리며 안주를 만들러 주방으로 다시 들어갔다.

내일이 휴일이라 냉장고의 식재료는 기본적인 것만 남아 있었다. 냉장고를 뒤적거리던 지유는 브런치 메뉴에 써 볼까 싶어 시험 삼아 사 둔 수제 소시지와 야채를 철 팬에 볶아 냈다. 금세 달아오른 팬에서 치이익 소리를 내며 소시지와 야채가 익어 갔다.

칠리소스를 넣고 볶아 낸 소시지와 야채를 접시에 담아내고 브로일러에 인우가 가져온 육포를 구웠다. 땅콩 한 주먹을 미니 블리니 팬에 살짝 굴려 준 뒤에 지유는 준비한 것들을 쟁반에 담았다. 지유가 쟁반을 들고 나오자 그제야 인우가 접시를 마저 비웠다.

"뭐 하는 거예요?"

다 먹은 접시가 담긴 쟁반을 들고 인우가 주방으로 걸어 들어오자 지유가 당황하고 말았다.

"오늘은 손님이 아니니까. 치우는 건 내가 할게."

"안 그래도 돼요."

지유의 거절에도 인우는 태연자약하게 쟁반을 들고 주방 안으로 들어가 개수대에 접시를 집어넣었다. 익숙한 솜씨로 접시를 닦는 모습을 지유는 그저 뒤에서 바라볼 수밖에 없었다.

"설마 내가 접시를 깰까 봐 감시하는 건 아니지?"

인우답지 않은 농담에 지유는 작게 웃고 말았다.

"그거 진짜 비싼 건데."

장난스런 지유의 말에 의심스러운 눈초리로 접시를 바라본 인우가 조심스럽게 헹궈 낸 접시를 개수대에 내려놓았다.

"됐지? 이제 가서 앉아 있어. 다 끝나 가니까."

어깨를 으쓱한 지유가 고개를 끄덕였다. 늘 자신이 앉던 자리로 돌아가 유리잔에 차갑게 식은 맥주를 부어 하나는 인우의 자리에, 그리고 하나는 제 자리에 놓고 인우를 기다렸다. 곧 주방에 놓인 수건에 손을 닦으며 인우가 걸어 나왔다.

그러더니 갑자기 지유의 옆자리에 털썩 앉았다. 당연히 매번 앉던 자리에 앉을 거라 생각했던 지유는 깜짝 놀라 인우를 바라보았다. 당황한 지유와는 달리 인우는 아무렇지도 않게 반대편에 놓인 자신의 잔을 들었다.

"안 마실 건가?"

매끈한 얼굴에 미소가 진하게 배여 있었다. 우아한 나른함이 섞인 미소를 짓는 자신이 얼마나 눈길을 끄는지 남자는 모를 것이었다. 오늘 인우는 다른 사람 같았다. 성큼 거리를 좁혀 오는 듯한 태도에 지유는 설레면서도 혼란스럽기만 했다.

"마셔야죠. 우리 건배할까요?"

복잡한 제 마음을 감추듯 짐짓 쾌활한 어조로 대답한 지유가 잔을 들어 올렸다.

"뭘 위해?"

"오늘도 물을 먹었을지 모를 길냥이를 위해?"

도발하는 지유의 말에 인우가 픽 하고 웃어 버렸다.

"아무리 그래도 난 입원해 있는 아이들이 더 중요해."

"흥. 고집쟁이."

도톰한 입술을 불만스럽게 내밀며 맥주잔을 입술로 가져가는 지유에게 인우가 가볍게 잔을 부딪쳐 왔다.

"그쪽도 만만치 않아. 건배."

인우는 손을 시리게 할 정도로 차가운 맥주를 꿀꺽하고 마셨다. 목을 타고 차가운 맥주가 넘어가자 남아 있던 답답함의 찌꺼기까지 모두 사라졌다. 잔을 반쯤 비운 인우가 갑자기 생각났다는 듯 지유에게 물었다.

"그런데 매번 혼자 카페 문을 닫나? 위험한 거 같은데?"

"주변이 다 밤늦게까지 환한 병원들이라 괜찮아요. 원래는 정호가 같이 하는데 오늘은 기연이 때문에 먼저 보낸 거예요."

지유의 대답에 인우는 얼굴이 못마땅한 듯 구겨졌다. 저번에도 그랬지만 이 여자는 겁이 없어도 너무 없었다.

"그래도 조심하는 게 좋아."

지유가 턱을 괴고 그를 빤히 바라봤다.

"나 걱정해 주는 거예요?"

"경고해 주는 거야. 위험한 건 위험한 거니까."

"김인우 씨가 걱정도 해 주고 기분 나쁘지 않네요."

눈매를 길게 늘이며 웃은 지유가 잔을 들어 맥주를 마셨다. 도톰한 핑크 빛 입술 사이로 사라지는 맥주를 바라보니 인우도 목이 말라 왔다. 금세 한 잔을 비운 인우에게 지유가 다시 술을 따라 줬다. 두 사람은 한참을 말없이 블라인드 사이로 비치는 불빛을 바라보며 맥주를 마셨다.

카페 안에는 정적이 흐르고 간간이 차가 지나가며 내는 소음만이 들려왔다. 인우는 별로 말이 없었지만 지유는 그것이 불편하지는 않았다. 술이 비워지면 서로 술잔을 채워 주며 두 사람은 빈 맥주 캔을 늘려 갔다. 밤이 물결치듯 느리게 흘러갔다.

맥주를 몇 잔 마시자 지유의 뺨이 붉게 물들었다. 발그레해진 동그란 뺨이 그녀를 더 어려 보이게 했다. 작은 얼굴에 동그란 이마와 큰 눈, 그리고 도톰한 입술까지. 인우는 지유의 나이를 짐작할 수가 없었다. 그저 자신보다 많이 어리겠구나 하는 짐작만 해 볼 뿐이었다. 인우는 그제야 그녀의 나이가 궁금해졌다.

"몇 살이지?"

갑작스런 인우의 말에 까만 눈동자가 그를 돌아보았다. 인우는 새삼스레 지유의 까만 눈동자를 바라보았다. 여자의 유난스럽게 까만 눈동자가 나이를 더 짐작할 수 없게 했다.

"여자 나이 함부로 물어보는 거 아닌데요. 그러는 김인우 씨는 몇 살이에요?"

"35살."

"생각보다 많으시네."

나이가 많다는 그녀의 말에 인우는 조금 억울해졌다.

"공보의 갔다 오고 전문의 따고 개업 하고 그러면 대부분 그렇게 돼. 그래서 몇 살인데?"

꽤 집요한 물음에 지유가 선선히 대답해 주었다.

"서른이에요."

"설마?"

놀라는 인우의 얼굴에 지유의 목소리가 싸하게 가라앉았다.

"무슨 의미예요?"

"그것보다는 더 어린 줄 알았어."

"칭찬이에요?"

"그런 게 칭찬인가?"

꽤 진지하게 물어오는 인우의 말에 지유가 웃음을 터뜨렸다.

"당연하죠. 나이 들어 보이는 거 좋아하는 여자는 없으니까."

"그 기연이는 안 그런 거 같던데?"

인우는 기연이 하고 다니는 화장을 생각하며 고개를 갸웃거렸다. 정확히 얘기하자면 그 화장은 나이가 들어 보인다기보다는 기괴해 보였지만 말이다.

"그 녀석은 괴상해 보이길 바라는 거지 나이 들어 보이길 바라는 거 아니에요. 혹시나 앞에서 그런 소리 하면 꽤나 귀찮게 굴 거예요."

웃음기 어린 지유의 말에 인우는 고개를 끄덕였다.

"참고하지."

여자는 즐겁다는 듯 자주 웃었고 인우는 그것이 좋았다. 그녀의 웃음소리에 가슴이 자꾸만 간질거렸다. 가슴 밑바닥에서 즐거움이 몽글 몽글 거품처럼 부풀었다. 맥주를 한 모금 더 마신 지유가 가만히 잔을 바라보며 인우에게 진지하게 물었다.

"그런데 무슨 일이에요?"

인우가 눈썹을 들어 올리며 지유를 바라봤다.

"뭐가?"

"김인우 씨답지 않아서요. 무슨 일 있어요?"

밤은 묘한 마법을 부리기도 한다. 평소의 지유라면 묻지 않을 질문이었다. 그러나 몇 잔의 알코올과 밤에 취한 지유는 자신이 세운 벽을 넘어 버렸다. 핑계가 없지는 않았다. 남자는 평소와 달랐고 또 그것이 걱정이 되었으니까.

지유의 질문에 인우가 고개를 기울이며 그녀를 물끄러미 바라보았다. 제 마음을 그대로 담은 직구를 날릴 생각은 아니었다. 그러나 밤은 인우에게도 마법을 부렸다. 생전 처음으로 인우는 제 심장 깊은 곳에서 답을 끄집어냈다. 잔을 들고 있던 손이 다시 간질거렸다. 인우는 천천히 그녀의 발그레한 뺨을 향해 손을 뻗었다.

지유는 다가오는 인우의 손을 바라보며 숨을 들이켰다. 곧 그의 머릿속 속속들이 들어찬 감정들이, 생각들이 자신에게 몰려들 것이었다. 그녀는 피하지 못하고 그저 눈을 질끈 감았다. 또다시 어찌할 수 없는 제 처지를 절감해야 하는 순간이 두려워 그녀는 감은 눈을 뜨지 못했다.

그리고 인우의 손이 지유의 뺨에 닿았다. 매끈한 그녀의 뺨에 살짝 말아 쥔 손을 대고 인우는 엄지손가락으로 뺨에 물든 붉은색을 문질러 보았다. 여자의 뺨은 믿을 수 없을 만큼 따스하고 부드러웠다. 마음이 녹아내릴 듯한 그 달콤함에 인우는 입가에 삐뚜름한 미소를 지었다. 그리고 다시 한 번 인정하고 말았다.

이제는 정말 어쩔 수 없었다. 제가 가진 죄책감도 미안함도 이 여자를 향한 감정을 막아 내지 못했다. 눈을 감은 여자의 촘촘한 속눈썹이 파르르하니 떨고 있었다.

"글쎄, 나도 모르겠어. 그냥 그쪽이 보고 싶어졌어."

인우의 말에 지유는 감았던 눈을 뜨고 자신의 뺨을 만지는 그를 바라봤다. 자신이 보고 싶었다는 인우의 말보다 지금 아무것도 느껴지지 않는다는 사실이 그녀를 더 놀라게 했다.

그랬다. 아무것도 느껴지지 않았다.

분명 그의 손이 자신을 만지는데도 지유는 마주 닿은 피부를 통해 밀려들어 왔어야 할 그의 감정이 느껴지지 않았다. 그녀는 뺨을 만지는 그의 손을 잡았다. 믿을 수가 없었다. 그녀가 그의 손을 잡았는데도 약간 차가운 손의 감촉 외에는 아무것도 느껴지지 않았다.

지유가 충격을 받은 얼굴로 그의 손을 잡고 있자 그의 표정이 일그러졌다.

"그게 그렇게 충격적인 고백인가?"

멍한 표정으로 그의 손을 바라보다 인우에게 시선을 돌린 지유가 되물었다.

"뭐라고요?"

순식간에 혈색이 빠져나간 듯 하얗게 질린 지유의 얼굴에 인우가 놀라 일어섰다.

"당신 괜찮은 건가? 안색이 안 좋아."

인우가 지유의 팔을 잡고 그녀의 얼굴을 들여다보았다. 여전히 팔을 잡은 손에서도 그녀는 감정의 작은 실오라기조차도 느낄 수가 없었다. 지유는 당황스러웠다.

"괜찮아요."

충격을 받은 듯 지유가 그의 손길을 피해 뒤로 물러났다. 눈에 훤히 보이도록 당황한 모습으로 일어선 그녀가 테이블을 정리하기 시작했다.

"늦었어요. 그만 가는 게 좋겠어요. 대리 운전 부를게요. 기다리세요."

쟁반 가득 빈 맥주 캔을 담고 안주 그릇을 치운 지유가 주방 안으로 들어가 버렸다. 그 뒷모습을 인우가 굳은 어깨를 하고 바라보고 있었다.

마법 같은 순간은 금세 깨져 버렸다. 몽글몽글 부풀어 올랐던 즐거움의 순간도 공기 중으로 다 사라져 버렸다. 손에 잡힐 듯 눈앞에 다가왔던 그녀의 마음이 모래처럼 손가락 사이로 빠져나갔다. 인우의 어깨가 쓸쓸하게 내려앉았다. 그저 지유가 갑작스런 고백에 당황한 것뿐이라고 인우는 쓸쓸하게 스스로를 납득시켰다.

물론 실망하지 않은 것은 아니었다. 그러나 쉽게 담은 마음이 아니었던 만큼 포기할 생각도 없었다. 조금 더 신중했으면 좋았겠지만 어느 순간 저도 모르게 제 마음의 진심이 입술을 비집고 나왔다. 그만큼 그 순간에는 지유를 향한 마음은 감당할 수도 주워 담을 수도 없을 만큼 크고 가득했다.

놀라고 당황했을 지유를 배려해 주어야 했지만 그녀의 뒷모습에 진득하니 붙어서 떨어지지 않는 시선은 어쩔 수 없었다. 인우는 낮은 한숨을 쉬며 테이블에 올린 제 주먹을 단단히 말아 쥐었다.

불면의 밤이 지나갔다.

밤새 내내 두 팔로 끌어안은 무릎 위에 얼굴을 묻고 있던 지유가 고개를 들었다. 아직 여명이 밝아 오기도 전이었다. 가는 어깨 끈으로 된 잠옷만 입은 채로 지유는 베란다에 다가섰다. 새벽의 파르스름한 어둠을 바라보던 그녀가 베란다 바닥에 맨발을 디뎠다.

발에 와 닿는 차가운 감촉을 느끼며 베란다 창을 열자 차가운 공기가 어깨에 닿았다. 지유는 깊게 숨을 들이쉬며 밤사이에 서늘해진 공기를 마셨다. 그리고 창밖을 향해 두 팔을 길게 뻗었다. 변한 것도 달라진 것도 없었다. 손끝에 와 닿는 공기의 흐름을, 바람의 향기를 지유는 여전히 느낄 수 있었다.

그녀는 어젯밤을 이해할 수 없었다. 어떤 면에서 형벌 같고 다른 면에서는 축복일지도 모르는 이 능력이 사라진 것은 아니었다.

지유의 능력은 동전의 양면 같았다. 사람의 체온과 접촉으로 얻지 못하는 위안을 지유는 나무의 품에서 바람의 향기와 햇살이 주는 온기로 위안을 얻었다. 그녀가 아슬아슬하게 버틸 수 있었던 것은 그나마 그 덕분이었다.

한쪽 면이 상처를 만들고 대신 다른 한쪽 면이 위안을 주었다. 만약 사람의 생각을 읽는 능력만이 사라진 것이라면 그녀에게는 더 이상 바랄 것 없는 최고의 상황이었다. 지유는 확인을 해 봐야 했다. 그리고 아무리 생각해도 그 방법은 하나였다.

결국 그녀는 주말 오전 번화가 한가운데에 서 있었다. 사람과 닿는 것을 싫어하는 지유에게는 사람 많은 번화가란 언제나 피하고 싶은 곳이었다. 그러나 지금 지유가 선택할 수 있는 방법은 하나뿐이었다.

생각만 해도 괴로운 일이었지만 지유는 곧 이를 악물고 빠르게 걷기 시작했다. 그리고 스치는 모든 사람들에게 일부러 부딪혀 갔다. 아니, 모든 스치는 사람들의 생각을 읽어 냈다. 그녀에게 닿는 모든 사람들의 생각이 팔을 타고 어깨를 통해 지유의 뇌에 전해졌다.

더워.

약속에 늦었어.

저 여자 다리가 예쁜데.

다리 아픈데 그만 좀 걸었으면 좋겠네.

오늘 함께 있어서 너무 좋아.

모든 생각과 감정들이 쏟아졌다. 지루함. 나태함. 행복함. 질투와 시기. 피곤과 무기력까지……. 휘몰아치듯 쉴 새 없이 밀려드는 타인의 감정과 생각들에 어지러워 토할 지경이었지만 지유는 멈추지 않았다. 알아야만 했다.

정오가 다 되어 가도록 지유는 계속해서 걸었지만 그녀가 생각을 읽지 못하는 사람은 없었다. 그녀의 능력은 사라진 게 아니었다. 그것은 여전히 그대로였다. 지유는 절망했다.

그렇다면 왜 김인우만 다른 걸까? 지유는 이해할 수 없었다. 더, 더 많은 사람들을 확인해야만 했다. 의식적으로 사람들과의 접촉을 피했던 지유는 생전 처음 일부러 사람 많은 곳만을 골라 걷고 또 걸었다. 걷다가 지하철을 타고 또 사람들을 스쳐 지나갔다.

많은 사람들이 그녀에게 닿았고 또 그녀에게 읽혀졌다. 단 한 사람도 그녀가 읽지 못하는 사람은 없었다. 더 많은 사람들을 읽어 낼수록 지유는 혼란스러워졌다. 이건 흡사 자학과도 같았으나 그녀는 멈출 수 없었다.

밤새 잠을 제대로 이루지 못했는데도 인우는 일찍 일어날 수밖에 없었다. 아침을 먹고 뉴스를 보고 책을 펴고 앉아 있어도 집중은 되지 않았다. 정오까지 그 상태가 변하지 않자 인우는 책을 접고 말았다.

결국 멈추지 않는 생각에 인우는 러닝머신을 달리고 또 달렸다. 생각이 복잡해질 때는 이렇게 몸을 혹사시키고는 했다. 온몸이 땀으로 흠뻑 젖어서야 인우는 달리기를 멈췄다. 폐가 아파 올 정도로 달렸지만 생각은 또 지유에게 달려가고 말았다.

동그란 뺨을 붉게 물들인 까만 눈동자의 정지유가 인우의 머릿속에 눌어붙어서 떨어지지 않았다. 누군가를 마음에 담는 일도 누군가를 보고 싶어 하는 일도 아직은 인우에게 낯선 일이었다. 인우는 땀으로 축축해진 옷을 바구니에 담고 샤워기에서 쏟아지는 찬물 아래에 섰다.

그에게 다가온 여자들은 많이 있었다. 하지만 그는 서로에게 상처를 남길 만한 깊은 관계는 원치 않았다. 누군가 옆에 있다고 해서 더 행복하다거나 더 즐겁다거나 하지는 않았으니 누군가가 옆에 없다고 해서 더 외롭거나 더 슬프지도 않았다. 가볍고 쉽게 다가온 관계는 그렇게 상처는커녕 작은 흔적 하나 남지 않고 빠르게 지워졌다.

그러나 이제 그에게 지유는 잊히지 않을 존재가 되었다. 인우는 자신 또한 지유에게 쉽게 잊히는 사람이 되고 싶지는 않았다. 그녀가 그의 머릿속에서 떨어지지 않는 것처럼 그도 그녀에게 그런 존재가 되고 싶었다. 인우는 거친 숨을 토해 냈다.

창백하게 혈색이 사라지던 여자의 얼굴이 그의 가슴을 후벼 팠다. 그 얼굴이 꼭 그를 거부하는 표시 같아서 인우는 고통스러웠다. 인우는 쏟아지는 차가운 물에 거칠게 얼굴을 쓸어내렸다.

전처럼 마음에 벽을 치고 그 안에 혼자 앉아 세상과 사람들이 흘러가는 것 따위를 바라만 보고 싶지 않았다. 인영의 일도, 어머니가 인우 자신에게 지울 수 없는 상처를 내어도 가만히 버티고 있던 바보 같은 제 모습도, 아버지와 메울 수 없는 거리를 만들어 버린 것도 그에게는 전부 후회스러운 일뿐이었다.

지유마저 후회로 만들어 버릴 수는 없었다. 그의 인생 전체가 후회로 점철될지라도 지유만은 그렇게 놔둘 수 없었다. 이렇게 아무것도 하지 않은 채 그녀를 놓치고 싶지 않았다.

생각이 거기에 미치자 인우는 서둘러 샤워를 마쳤다. 지유를 만나서 뭘 어떻게 할지 모르겠지만 우선은 그녀를 봐야겠다는 생각이 인우를 사로잡았다. 마음이 급해지자 평소의 신중함은 사라졌다. 손에 잡히는 대로 옷을 입고 정성껏 손질하던 머리도 대충 젤을 발라 손으로 다듬는 것으로 끝냈다. 인우는 열쇠를 집어 들고 서둘러 밖으로 나갔다.

신중하게 자물쇠 세 개를 잠그고 엘리베이터에 올라탔지만 인우는 깨닫지 못하고 있었다. 평소처럼 새 수건을 걸어 놓지도 않았고 욕실화가 널브러진 욕실의 문을 닫힌 채로 두었다는 사실을. 심지어 늘 의류 매장처럼 잘 정리되어 있던 드레스 룸마저 흐트러진 채였다.

어젯밤 위험하다는 핑계로 인우는 대리 기사가 운전하는 지유의 차를 같이 타고 그녀의 집까지 함께 갔었다. 좀 더 얘기를 나누고 싶었던 그의 바람과는 달리 아파트 앞에 도착하자 그녀는 대리 기사와 인우에게 인사를 하고 집으로 들어가 버렸었다.

지유의 아파트 주차장에 들어서자 어제 세워 둔 그곳에 지유의 차가 그대로 있었다. 인우는 씁쓸한 표정으로 길게 늘어진 아파트 창문을 바라보았다. 계속해서 통화버튼을 눌러 보았지만 신호음만 울리다가 사서함으로 넘어갈 뿐이었다.

어디가 지유의 집인지 알 수 없는 인우에게는 그 자리에서 기다리는 것 외에는 다른 방법이 없었다. 인우는 차에 앉아 시트에 머리를 기대었다. 이런 상황에서도 심장은 미친 듯이 그녀가 보고 싶다고 졸라 대고 있었다.

어둠이 짙게 내려앉고서야 지유는 집에 도착했다. 종일 걸어 다닌 다리는 추를 매단 듯 무거워서 그녀는 당장이라도 주저앉고 싶었다. 바닥만 바라보며 터벅터벅 걷던 지유가 제 안에 한꺼번에 쏟아 부어진 감정들로 인해 어지러워 휘청하는 순간 팔을 잡는 손길이 있었다.

다른 사람들과는 달리 전해져 오는 감정의 전이 없이 그저 크고 단단한 손의 악력만이 생생하게 느껴졌다. 지유는 자신의 팔을 잡고 있는 손에서 시선을 떼어 인우를 바라보았다. 왜 이 남자만 다른 사람들과 같지 않은 걸까? 아무리 생각해도 지유는 알 수 없었다. 이것이 의미하는 것이 무엇인지 지유는 혼란스럽기만 했다.

"어딜 갔다 오는 거야?"

남자의 낮은 음성에 억눌린 화가 실려 있어 지유는 의아해졌다. 단단하게 자신을 잡고 있는 남자의 손을 밀어내며 지유는 지끈거리는 이마를 짚었다.

"무슨 일이에요?"

그녀의 대답에 남자의 눈썹이 치켜 올라갔다.

"전화는 왜 안 받아?"

"아⋯⋯."

그제야 지유는 먹먹하던 귀에 반복적으로 들리던 소리가 휴대폰 벨소리였던 걸 깨달았다. 가방을 뒤져 꺼낸 휴대폰엔 셀 수도 없이 많은 부재중 전화가 떠 있었다. 그리고 그중 대부분은 인우였다.

"여기까지 웬일이에요?"

남자의 얼굴이 조금 더 일그러졌다.

"어제 그렇게 가 버리고 내가 아무렇지도 않길 바라는 건가?"

어제 뭐가 있었지? 무거운 머리가 느릿하게 태엽을 뒤로 돌렸다. 안개가 낀 듯 뿌연 머릿속에서 남자의 나른한 목소리가 다시 재생되었다.

보고 싶다고 했던가? 그제야 남자의 간절한 눈빛과 초조한 몸짓이 눈에 들어왔다. 지유는 두통이 더 심해지는 것처럼 느껴졌다. 아무것도 모르겠다고 지유는 생각했다.

인우가 천천히 제 마음을 비집고 들어오고 있는 것을 지유도 알고는 있었다. 막으려고 했지만 마음은 억지로 누른다고 접어지는 것이 아니었다. 그저 흘러가는 대로 두면 이전처럼 금세 사그라질 거라고 쉽게 생각했다.

그러나 이 상황은 자신이 생각하던 것과는 달랐다. 지금까지 제가 보아 왔던 인우가 갑자기 낯설게 느껴져 지유는 혼란스러웠다. 이제 인우는 지유에게 완전히 새로운 미지의 존재였다. 인우를 어떻게 대해야 할지 어떻게 받아들여야 할지 어떻게 바라봐야 할지 모든 게 다 알 수 없을 뿐이었다.

"날 싫어하지 않았어요?"

간신히 뱉어 낸 말에 인우가 단호하게 고개를 저었다.

"싫어한다고 한 적 없어."

"그렇지만 분명……."

"분명 거슬렸지. 무채색인 세상에서 당신만 색을 갖고 있었으니까. 내 눈에는 모두 똑같아 보이는 사람들 중에서 당신만 유독 눈에 띄었으니까. 그런데 이젠 당신이 자꾸만 보고 싶고 당신만 생각하면 미친 놈처럼 웃음이 나올 거 같아."

인우가 답답한 듯 자신의 머리를 헝클어뜨렸다.

"거짓말 같겠지만 당신이 좋아."

한 자 한 자 힘을 주어 말하는 인우의 올곧은 시선에 지유는 눈을 돌릴 수도 없었다. 오롯이 자신을 다 내보인 채 온몸으로 부딪혀 오는 인우 때문에 지유는 어지러워졌다.

그가 이런 사람이었던가? 그저 자꾸만 등을 돌리고 도망가고 싶어졌다. 낯설고 혼란스러운 마음은 두려움이 되었다.

"날 잘 모르잖아요."

"이미 내가 아는 것만으로도 충분해. 나는 길고양이에게도 상냥한 당신이 좋아. 괴팍한 할머니에게 똑같이 괴팍한 당신도 좋아. 철없이 구는 기연이에게 잔소리하는 당신도 좋고, 언제나 내 가슴 밑바닥까지 따스하게 하는 음식을 만드는 당신도 좋아. 대체 내가 뭘 더 알아야 하지? 그것만으로도 충분히 당신을 사랑하는데?"

심장이 덜거덕거렸다. 귓가에 제 심장 소리가 터질 듯 들려왔다. 달콤한 그 말들에 자꾸만 눈물이 날 것만 같았다. 지유는 흐려지는 눈을 깜빡이며 느릿하게 속삭였다.

"난 모르겠어요."

정말 그녀는 인우의 존재 자체를 어떻게 받아들여야 할지 알 수 없었다. 이 사람이 의미하는 것은 무엇인지 지유는 보다 근본적인 의문에 빠져 허우적댔다. 지유의 대답에 인우는 무언가를 찾는 것처럼 그녀의 눈동자를 들여다보았다. 그러나 곧 그는 무거운 한숨을 내쉬고 말았다.

"내가 싫은 건가?"

지유는 천천히 고개를 저었다. 어쩐지 우울해 보이는 인우의 눈빛이 지유의 마음을 슬프게 했다.

"그런 거 아니에요. 그저 이 상황이 갑작스럽고 혼란스러워요."

지유의 대답에 내내 굳어 있던 그의 얼굴이 조금 풀어졌다.

"내가 싫은 게 아니라면 됐어."

싫지 않았다. 아니, 오히려 자신도 모르는 사이에 슬그머니 파고 들어온 그 때문에 그녀는 고민을 했었다. 그러나 지금은 그때와 상황이 달라졌다. 그가 좋아졌기 때문에 지유는 더 두려워졌다. 제 능력과 지금의 상황. 전혀 예측할 수 없었던 이 상황이 버거워 지유는 감당할 수 없었다. 세상이 빙글거리기 시작하자 지유가 다시 휘청거렸다.

바닥에 무릎을 꿇기 전에 인우가 그녀를 받아 냈다. 그저 단단하고 넓은 인우의 품이 지유를 포근하게 감싸 주었다. 그러나 그녀는 감정의 전이가 없는 누군가의 접촉이 그저 낯설고 생소하기만 했다. 지유는 손을 들어 인우의 가슴을 밀어냈다.

"쉬고 싶어요."

가슴에 닿는 여자의 손이 싸늘했다. 인우는 그 손을 잡아 데워 주고 싶은 마음을 참아 내며 여자의 어깨에서 손을 떼어 냈다. 하루 만에 해쓱해진 여자의 얼굴이 그를 괴롭혔다. 대체 무엇이 그렇게 괴로운 걸까?

"미안해. 괴롭히고 싶었던 건 아니야."

"알아요. 하지만 오늘은 이만 돌아가 줘요."

힘없는 지유의 말에 인우는 고개를 끄덕였다. 그리고 위태로운 걸음걸이로 걸어가는 그녀의 뒷모습을 보이지 않을 때까지 그저 바라볼 수밖에 없었다.

집으로 들어온 지유는 불도 켜지 않은 채 현관문에 기대어 쪼그려 앉았다. 창밖의 희미한 가로등 불빛이 집 안을 비추고 있었다. 한참을 멍하니 넋을 잃고 있던 그녀는 천천히 방으로 걸어가 침대에 쓰러지듯 누워 버렸다.

종일 시달려서 지친 뇌가 휴식을 요구했다. 안간힘을 쓰며 지유는 인우를 생각했다. 뺨에 닿았던 차가운 그의 손의 촉감이 다시 느껴지는 것 같았다. 단단하던 품이 안아 주던 순간도 다가왔다 사라졌다. 문득 상처 받은 듯 어둡게 가라앉은 그의 얼굴이 그녀의 망막에 떠올랐다. 느리게 깜박거리던 그녀의 눈꺼풀이 곧 무겁게 내려앉았다.

아침 일찍 해물들을 배송 받기로 한 지유는 지친 몸을 이끌고 새벽같이 카페로 출근했다. 한 번도 그렇게 많은 사람들의 감정을 읽어 낸 적 없는 지유는 다시 그녀를 덮쳐 온 감정들 때문에 밤새 악몽에 시달렸다. 그리고 악몽의 끝은 인우의 쓸쓸한 눈동자로 끝나고 말았다. 축 축 처지는 다리를 끌며 카페로 걸어가던 지유는 문득 걸음을 멈추고 말았다.

카페 문 앞에 기내용 캐리어로 등을 받치고 커다란 백팩을 껴안은 채 동그랗게 몸을 말고 있는 인영이 보였다. 카페의 유리문에 몸을 기댄 남자는 고개를 숙이고 잠들어 있었다.

뽀얀 얼굴에 부드러워 보이는 연한 갈색의 머리카락을 늘어뜨린 남자는 미동도 없이 잠이 들어 있었다. 날렵한 콧날에 길게 그림자를 드리운 속눈썹과 매끈한 입매가 그림같이 고운 남자였다. 이곳이 카페 문 앞이라는 걸 모르는지 남자는 새근새근 소리라도 낼 듯 숙면을 취하고 있었다.

고개를 기울여 구겨진 것처럼 잠든 남자를 바라보던 지유는 남자의 발을 꾸욱 하고 세게 밟았다. 남자가 이마를 슬쩍 찌푸리더니 걸치고 있는 재킷을 여미며 몸을 옆으로 돌리고는 더 깊은 잠을 청했다. 작게 한숨을 내쉰 지유가 남자의 다리를 퍽 하고 걷어찼다.

"으헉!"

남자가 신음 소리와 함께 눈을 번쩍 떴다. 오른손으로 얼굴을 두어 번 쓸어내리며 눈이 시린지 몇 번 깜빡이던 남자가 지유에게 시선을 고정시켰다. 부드럽게 휘는 눈매와 환하게 벌어지는 입술. 벌떡 일어선 남자가 지유를 품 안에 가두었다.

"지유야!"

지유가 얼굴을 찌푸린 채 한숨을 쉬었다. 안 그래도 복잡한 머릿속에 골칫덩이가 하나 더 생겼다. 평생 보탬 안 되는 지석현. 그러나 미워할 수 없는 그녀의 친구였다.

"떨어져. 지석현."

싸늘한 지유의 목소리에도 석현은 떨어지지 않았다. 오히려 제 품에 그녀를 꼭 끌어안고 신이 나서 좌우로 흔들어 댈 뿐이었다.

"와아, 꿈이 아니고 진짜 정지유네."

팔을 약간 풀고 석현은 지유의 얼굴을 반갑다는 듯 바라보았다. 지유의 냉담한 얼굴에도 해맑게 웃는 석현을 보며 지유는 고개를 절레절레 흔들었다. 분명 석현이 장기 출장을 떠나 새로 옮긴 카페가 어딘지 알지도 못 할 텐데 귀국하자마자 찾아온 게 이상했다.

"여긴 대체 어떻게 알고 온 거야?"

"기연이한테 전화했지."

"왔으면 집으로 가지 왜 여기서 자고 있어?"

"정지유가 있는 곳이 내 집인 걸 뭐. 너 곧 출근할 거 같아서 기다렸어."

어깨를 으쓱하며 대답한 석현이 나른하게 속삭였다.

"아아, 드디어 집에 온 기분이다. 정지유의 맛있는 냄새는 여전하구나. 배고파. 아침밥 줄 거지?"

"한참 기다려야 해."

"괜찮아! 종일 기다리라고 해도 기다릴게!"

고개를 끄덕이는 석현을 밀어내며 지유는 카페 문을 열었다. 지유가 밀어내는데도 석현은 지유의 등에 매달려 문을 여는 것을 어깨 너머로 바라보고 있었다. 극도로 단순한 석현의 생각이 지유에게 고스란히 전달되었다. 이 녀석은 지금 배고프고 잠이 오고 또⋯⋯.

"그만 쳐다봐. 한 번만 또 내 가슴 생각하면 밥이고 뭐고 쫓아내는 줄 알아!"

"아하하하. 미안, 미안. 그새 우리 지유가 더 섹시해졌네."

지유는 손바닥으로 석현의 이마를 찰싹 소리가 나게 때려 주고 카페 안으로 들어섰다. 지유가 전등을 켜고 머신들을 작동시키고 냉장고와 냉동고에서 재료들을 꺼내는 동안 석현이 캐리어를 카페 바닥에 펼치고 뭔가를 찾고 있었다. 바닥에 온갖 것들을 꺼내는 걸 본 지유가 참다못해 소리를 질렀다.

"지석현! 여기가 네 집 안방이야? 대체 뭐 하는 거야?"

"기다려 봐."

신중한 태도로 가방을 뒤져 옷가지 사이에 낀 하얀 종이 더미를 꺼낸 석현이 테이블 위에 자랑스럽게 올려놨다.

"이게 뭐야?"

"선물."

의기양양한 석현의 말에 의심스러운 눈초리로 종이를 풀어 내던 지유는 동그란 원형을 그리는 파란 선들로 가득한 접시를 꺼냈다. 파스타 접시 두 장, 그리고 샐러드 접시 두 장. 종이 뭉치에서 나온 연한 파란색의 접시를 지유는 감탄하며 바라보았다.

"스웨디쉬 그레이스네."

"네가 갖고 싶어 했잖아. 마침 아울렛에 있기에 생각나서 사 왔어. 그거 깨질까 봐 엄청 고생했다."

접시 표면의 선들을 손끝으로 따라가며 미소를 짓는 지유의 어깨를 석현이 감싸 안고 지유의 머리에 턱을 올려놓았다. 석현의 만족스럽고 행복한 기분이 어깨를 통해 지유에게 전해지고 있었다. 그리고…… 접시를 만지던 지유가 눈을 가늘게 뜨고 석현을 노려봤다.

"또 내 가슴 생각하면 밥 없다고 했지?"

"아! 알았어! 오랜만에 보니까 자제가 안 되네."

차갑게 날이 선 목소리에 석현이 항복한다는 표시로 양손을 올리며 지유에게서 떨어졌다.

"깨끗이 치우고 얌전히 기다려."

마치 학생을 가르치는 선생님처럼 엄한 지유의 말에 석현이 열렬히 고개를 끄덕이며 바닥에 늘어 둔 것들을 치우기 시작했다. 그러고는 얌전히 테이블에 앉아서 턱을 괴고 지유가 움직이는 것을 조용히 바라보았다.

"지유야."

"응."

"지유야."

"응."

"지유야!"

"왜!"

자꾸 부르는 석현에게 지유가 살짝 얼굴을 찌푸리자 석현이 턱을 받친 얼굴에 부드러운 미소를 띠우며 다정하게 말했다.

"집에 오니까 너무 좋다."

실없는 대답에 지유가 포기한 듯 웃어 버렸다. 지석현은 진짜 어쩔 수 없다. 미워할 수 없는 강아지 같은 녀석. 그녀는 포기하듯 고개를 저었다.

"그래."

지유의 대답을 들은 석현이 팔을 괴고 얼굴을 기대어 엎드렸다.

집. 석현은 언제나 지유가 있는 곳을 집이라고 불렀다. 해외를 돌아다니며 사진을 찍는 석현에게 가끔 들르는 집은 호텔과 다를 바 없었다. 온기도 없고 맞아 주는 사람도 없는 차갑고 쓸쓸한 공간. 어릴 때부터 부모님은 각자 너무 바빠 석현을 돌아볼 시간도 여유도 없었다. 그래서 언제나 변하지 않는 모습으로 자신을 맞아 주는 지유만이 집이라고 석현은 생각했다.

지유가 탈의실에서 옷을 갈아입고 나오자 석현은 팔에 얼굴을 묻고 다시 잠이 들어 있었다. 지유는 작게 한숨을 쉬고 탈의실에서 작은 담요를 가져다 석현의 어깨에 덮어 주었다. 그사이 석현은 살이 더 빠진 듯했다.

석현은 부모를 빼고는 유일하게 지유의 비밀을 아는 사람이었다. 그리고 지유가 부모 외에 그나마 거부감 덜하게 접촉을 할 수 있는 유일한 사람이었다. 지유가 자신의 능력을 조절하듯 석현도 지유가 힘들지 않게 자신의 감정을 잘 갈무리하고는 했다.

지유의 옆집에 살던 석현의 부모는 해외 공연이 잦은 피아노와 첼로 연주자였고 석현은 보모와 함께 집에 남겨질 때가 많았다. 능력을 자각하기도 전부터 지유는 사람을 귀찮아했지만 석현은 꽤 집요했다. 석현을 피해 지유는 늘 도망을 다녔지만 석현은 기어코 지유를 찾아내고는 했다. 귀찮은 남자애라고 생각했다. 그러면서도 자꾸만 쫓아다니며 같이 놀자고 졸라 대는 석현 때문에 어쩔 수 없이 놀아 주고는 했다.

언젠가는 석현이 질려서 찾아오지 않겠지 하는 안일한 생각을 했었던 것도 같다. 남자애들은 쉽게 싫증을 내고 새로운 재미를 찾아내곤 했으니까. 그러나 그 집요함이 지금까지 이어져 올 것이라고는 전혀 생각하지 못했었다. 심지어 석현은 12시간의 비행시간이 아무렇지도 않다는 듯 지유가 있던 파리에 찾아오고는 했었다. 지유는 숙소 앞에 주저앉아 저를 기다리던 석현의 모습을 기억하며 작게 미소를 지었다.

지유는 손을 뻗어 석현의 부드러운 머릿결을 쓰다듬었다. 석현은 꽤나 아름다운 얼굴을 갖고 있었다. 게다가 모성 본능을 자극하는 촉촉하고 여린 눈빛은 웬만한 강심장도 거부하기 힘들 정도였다. 그래서인지 겉모습에 반한 여자들이 불나방처럼 석현에게 날아들고는 했다. 석현도 거부하지 않고 그녀들을 받아들였다.

바람둥이 지석현. 중학교 때부터 석현의 별명이었다.

본인은 나름 원칙이라고 한 번에 한 여자만 만났지만 사귀는 기간은 상상을 초월할 만큼 짧았다. 대학 때에는 석현의 연애 기간에 대해 친구들이 매번 내기를 할 정도였다. 그런 석현에게 유일하고도 지속적인 애정의 대상은 친구인 지유뿐이었다. 덕분에 학창 시절부터 최근까지 석현을 좋아하는 여자들의 눈총을 자주 받고는 했다.

그러나 겉모습이 아닌 석현의 마음속까지 품어 주고 사랑한 여자는 하나도 없었다. 제 것은 내어 주지 않으며 무조건 받기만을 바라는 여자들에게 석현은 쉽게 질리고는 했다. 그래서인지 모두들 그를 치명적으로 아름답고 가벼우며 유쾌한 바람둥이로만 보았다.

그러나 지유는 알고 있었다. 이 녀석이 얼마나 무겁고 진중한 남자인지. 겉모습은 겉모습뿐이었다. 그저 이 녀석은 그것을 적절하게 이용하는 방법을 알았을 뿐이었다. 지유가 제 능력을 누르고 숨기는 것처럼 석현은 능숙하게 제 본심을 숨겼다. 지유에게 사람의 마음을 읽어 내는 능력이 저주였다면 석현에게는 아름다운 얼굴이 저주였을지도 몰랐다.

작게 한숨을 내쉬며 뒤돌아서는 지유의 눈에 막 문을 열고 들어서는 정호가 보였다.

"어? 사장님 왔어?"

"응. 너도 일찍 왔네?"

"엊그제 먼저 가서 오늘은 내가 문 열고 도와주려고 그랬지. 그런데 왜 이리 일찍 왔어?"

"오늘 해물 배달 오기로 했잖아."

"맞다. 깜박했어. 그런데 벌써 손님이…… 지석현이잖아!"

기분 좋게 미소 짓던 얼굴을 팍 구기는 정호를 보며 지유가 피식 웃었다. 정호는 석현을 무척이나 싫어했다. 유난스레 정호를 놀려 대는 석현 때문에 좋아할 수도 없겠지만 그런 것치고도 너무나 질색을 했다.

"새벽 비행기로 도착했나 봐."

"대체 어떻게 알고 여길 찾아온 거야?"

"기연이가 알려 줬나 보던데?"

"이기연. 이 녀석 쓸데없는 짓을."

투덜거리는 정호의 어깨를 지유가 주방으로 밀었다.

"가자! 어제 쉬어서 오늘 바쁘다."

지유의 재촉에 정호가 석현을 힐끔 노려보고 주방으로 걸음을 옮겼다.

맘에 안 드는 인간. 정호는 석현의 저 반지르한 속을 알 수 없는 얼굴이 정말 맘에 들지 않았다. 이 여자 저 여자 갈아치우는 것도 마찬가지로 구역질이 났다. 석현이 늘 웃고 있지만 본심은 그렇지 않다는 걸 정호는 알고 있었다. 기연은 저 녀석의 매끈한 얼굴과 다정한 태도에 혹해서 좋아했지만 정호는 저 웃고 있는 얼굴이 가면 같아서 싫었다.

정호는 지유도 누군가에게 기댈 수 있기를 바랐다. 정호에게는 지유가 늘 산꼭대기에서 비바람을 혼자 맞고 서 있는 나무 같았다. 그 그늘 아래서 정호도 기연도 쉴 수 있었기에 늘 미안했다. 그래서 그녀를 품어 주고 감싸 주고 기댈 수 있는 넉넉한 품을 가진 사람이 나타나길 바랐다.

그런데 지유 옆에는 늘 지석현이 딱 붙어서 떨어지지 않았다. 빙글빙글 웃으면서도 화를 낼 수 있는 남자. 언제나 저렇게 웃는 얼굴로 지유에게 다가서는 남자들을 밀어내고는 했다. 딱히 석현을 떨어뜨릴 생각을 하지 않는 지유도 이상했지만 정작 문제는 저 남자였다. 저 진드기 같은 남자 때문에 지유가 저리 혼자인 거라고 정호는 생각했다.

게다가 석현은 그런 정호의 속마음을 아는 것처럼 비위를 긁어 대고는 했다. 지유의 등에 매달려 네가 그래 봐야 소용없다는 눈빛으로 웃을 때면 매번 속이 뒤집히고는 했다. 짜증스러운 손길로 원두를 정리하는 정호의 사나운 눈길이 석현에게서 계속 떠나지 않았다.

다른 때보다 이르게 시작한 아침인지라 지유가 빵 반죽들을 발효기에 넣고 나서야 민서가 출근을 했다. 평소와 다름없이 지유와 정호에게 꾸벅 인사한 민서가 탈의실로 사라지자 석현이 마시던 커피를 내려놓고 지유를 불렀다.

"누구야?"

"알바."

바쁘게 움직이던 지유가 간단히 대답하자 석현이 의심스러운 눈초리로 바라보았다.

"장난해? 무슨 알바가 명품으로 온몸을 도배해?"

"너 그런 것도 알아?"

"상업 사진 찍는 작가가 그걸 모르는 게 더 이상하지."

금방 만들어져서 따끈따끈한 스콘에 버터를 발라 한 입 삼킨 석현이 말을 이었다.

"그래서 뭐야?"

집요한 물음에 지유가 어깨를 으쓱하고 말았다.

"해윤이한테 알바 하나 부탁했더니 보수는 상관없다고 해서 그냥 같이 일하기로 했어."

지유의 입에서 해윤의 이름이 나오자 석현의 얼굴이 더 구겨졌다.

"알 만하다. 해윤이가 어디서 부서진 인간 하나 던져 주고 넌 또 받아 준 거고?"

뾰족하게 가시가 있는 말에 지유가 고개를 저었다.

"왜 그런 식으로 말해? 그러지 마, 석현아."

달래듯이 자신을 부르는 지유의 목소리에 석현이 머리를 벅벅 문질렀다.

"네 어깨가 얼마나 넓다고 거기에 또 하나를 얹어? 너 바보야?"

"나 괜찮아."

"퍽도 괜찮지. 그래서 계속 마르는 거냐?"

걱정 섞인 핀잔에 지유가 흐리게 미소를 지었다.

"요즘은 날씬한 게 경쟁력이라며?"

"그건 모델들 말이지 인마."

"스콘 더 줄까?"

저를 바라보며 위로하듯 웃어 주는 그 모습에 석현은 한숨을 쉬었다. 늘 지유를 괴롭히던 능력은 이제 족쇄가 되었다. 언제부터인가 상처 받은 것들을 지유는 그냥 지나치지 못했다.

아마도 그 시작은 파리였을 거라고 석현은 짐작을 했다. 그 시초가 바로 해윤이었으리라. 이전의 지유는 타인에 대해 전혀 관심이 없었다. 그저 가족과 석현 외의 모든 사람들은 지유에게 감정을 배설해 내는 끔찍한 존재들일 뿐이었다.

지유가 자신의 능력을 조절하고 예전처럼 괴로워하지 않게 된 것은 기뻤으나 그렇지 않아도 버거운 지유의 인생에 고민의 무게를 얹는 상처투성이의 사람들은 마음에 들지 않았다. 아닌 척하지만 지유가 힘들어 하는 것이 석현의 눈에는 보였다. 자신의 어깨에 기대어 쉬게 하고 싶었지만 지유가 제 어깨에 기대어 쉴 수 없다는 것을 석현은 오래전부터 알고 있었다.

이루어질 수 없으나 포기하지 못하는 꿈. 석현의 입가에 쓰디쓴 자조가 배었다. 보지 않으면 잊어질까 싶어 떠나고 또 떠나면 그리워 돌아오기를 반복했다. 어쩌면 평생을 그리해야 할지도 모르겠다고 석현은 지유를 바라보며 생각했다.

그러나 아픈 제 마음은 자신의 몫이고 석현이 지유에게 해 줄 것은 그저 웃어 주는 것뿐이었다. 친구의 자리를 든든하게 지켜 주고 함께 웃고 서로를 걱정해 주고 지지해 주는 것. 지유의 사랑이 될 수 없음을 알기에 석현은 제 쓰린 마음을 감추고 오늘도 웃었다.

"그래. 스콘 많이 줘. 출장 때문에 못 먹은 거까지 다 먹을 테니. 장, 커피도 부탁해."

결국 석현은 지유가 만든 스콘을 4개나 더 해치우고 정호가 투덜거리며 내린 예가체프를 두 잔이나 마셨다. 만족스러운 듯 향을 음미하며 커피를 마신 석현에게 지유가 자신의 차 키를 내밀었다.

"차 빌려 줄게. 얼른 집에 가서 씻고 자."

석현은 지유의 말을 듣는 둥 마는 둥 정호에게 말을 걸었다.

"장! 오랜만에 네가 내려 주는 커피 마시니까 진짜 좋다."

정호가 유리잔을 닦으면서 퉁명스럽게 되받았다.

"당연히 그러시겠지요."

"기연이는 언제 와?"

"죄송하지만 제 여자 친구한테 신경 꺼 주면 고맙겠습니다."

불만스러운 얼굴과는 정반대인 정호의 정중한 어투에 석현이 키득거렸다.

"걱정 마. 내가 설마 기연이를 노리겠냐? 나 그래도 양심은 있다. 미성년자나 친구의 여자 친구한테 마수를 뻗치는 그런 나쁜 놈 아니다."

은근히 미성년자를 사귄다고 저를 비꼬는 석현의 말에 정호의 얼굴이 일그러졌다.

"예에, 미성년자 만나는 저는 참 양심도 없지요."

쳇 하고 고개를 돌려 버리는 정호를 보며 석현이 주먹으로 입을 틀어막으며 큭큭거렸다.

"네가 마수를 뻗치는 건 아니? 정호 좀 그만 놀리고 이제 집에 가."

"나 내일은 더치 베이비 해 줘. 메이플 시럽이랑 같이 먹을래."

"맡겨 놨지?"

"접시 사 왔잖아."

능청스런 석현의 대답에 지유가 눈을 가늘게 뜨고 노려보았다.

"알았으니까 여기서 쪼그리고 있지 말고 집에 가서 자."

석현이 지유의 손을 끌어당겼다.

"저녁에 일찍 오면 안 돼? 나 네가 해 주는 집 밥 먹고 싶은데."

빙그르르 웃음 띤 표정으로 올려다보는 얼굴과는 달리 석현은 꽤나 우울한 기운을 뿜어내고 있었다. 방랑자같이 돌아다니길 좋아하는 녀석이었지만 역시나 촬영 스케줄이 빡빡했었던지 피곤함이 물씬 묻어 나왔다. 석현은 늘 이런 방법으로 지유의 마음을 약해지게 했다.

다른 때 같았다면 저녁 타임을 끝내고 갔겠지만 정호한테만 가게를 맡기는 것도 불안했고 지금 당장은 석현이보다 마음에 걸리는 사람이 있었다. 자신의 거절로 상처 받은 듯한 눈동자가, 그럼에도 그 모든 것을 애써 참아 내던 굳은 어깨가 내내 지유의 마음을 무겁게 했다. 어제 인우가 남기고 간 모든 것이 지유를 자꾸만 주저하게 만들었다.

"그게…… 미안한데 저녁 타임에 식사 손님들 있어."

석현이 풀 죽은 듯 고개를 푹 떨어뜨렸다. 어깨를 추욱 늘어뜨리며 테이블 위로 힘없이 늘어지는 것이 꽤나 처량해 보였다.

"무정한 정지유."

"미안."

"나쁜 정지유."

"미안."

"잔인한 정지유."

계속 애처롭게 중얼거리며 졸라대자 결국 지유가 석현의 볼을 쭈욱 잡아당겼다.

"그만해. 불쌍한 척해 봐야 소용없어. 정 그러면 씻고 한숨 자고 이

따가 여기 와서 저녁 먹던지."

"진짜?"

고개를 번쩍 들고 눈을 반짝반짝 빛내는 석현을 보며 지유는 피식 웃어 버리고 말았다.

"오늘만이야. 일하는데 자꾸 와서 방해하지 말고."

뭐 더 오라고 해도 연애사업 하느라 바빠서 안 오겠지만. 괜한 긁어 부스럼을 만들까 봐 지유는 뒷말을 꿀꺽 삼켰다. 이상한 곳에서 집요함을 발휘하는 녀석이라 말 한마디 잘못 뱉었다가는 지유가 항복을 외칠 때까지 카페에 상주할지도 모를 일이었다.

그런데 웬일로 석현이 불만스럽게 중얼거렸다.

"기연이는 봐주면서."

"네 말대로 걘 미성년자잖아. 그리고 여기 아니면 그 녀석 어디 가서 사고 칠지도 모르고."

"저녁에 기연이도 오지?"

"응. 정호 보러 매일 오잖아."

"기연이 선물 사 왔거든. 그럼 나 한숨 자고 올게."

의자에서 일어선 석현이 긴 몸을 쭉 뻗으며 기지개를 켰다. 그러더니 지유의 머리를 쓱쓱 쓰다듬는다. 어릴 때는 지유가 좀 더 컸던 것도 같았는데 한 번 따라잡힌 이후로는 석현은 하늘 높은지 모르고 위로 자라기만 했다.

"카페 이사하느라 힘들었냐?"

안쓰럽다는 듯 물어오는 말에 지유가 어깨를 으쓱했다.

"그렇지 뭐."

"이제 그만 좀 말라라. 그러다 쓰러진다."

석현이 걱정을 담고 지유의 뺨을 슬쩍 쓰다듬었다. 볼을 살짝 스치고 지나가는 손길에 알 수 없는 흐릿한 감정이 느껴졌다. 이럴 때의 석현의 감정은 정확히 분리해 내기가 어려워진다. 오래된 친구를 안쓰럽게 바라보는 애틋함의 밑에 숨어 있는 게 분명히 있는데도 지유는 그걸 확실히 잡아내기가 힘들었다. 그러나 자신의 비밀을 아는 친구에 대한 예의로 언제나처럼 지유는 그 희미한 뭔가에 대한 의문을 덮어 버렸다.

석현은 지유가 타인의 감정으로 힘든 것을 알고 있기 때문에 겉으로 보이는 응석 외에는 지유에게 기대지 않았다. 그것이 석현의 우정이라고 지유는 생각했기에 자신도 그 선을 넘지 않았다. 석현은 제 감정을 지유에게 쏟아 붓지 않게 조심하고 지유는 석현의 밑바닥까지 들여다보지 않음으로써 서로를 배려했다.

다시 한 번 지유의 머리를 쓱쓱 쓰다듬은 석현이 카메라와 렌즈가 든 백팩을 메고 캐리어를 끌고 카페를 나섰다. 손을 흔들어 석현을 보내는 지유의 등 뒤로 투덜대는 정호의 목소리가 들려왔다.

"두 달 동안 안 봐서 속이 시원하더니."

"왜 그렇게 석현이를 싫어해?"

"지조 없는 인간은 싫어."

정호의 말에 지유가 웃음을 터뜨렸다.

"하긴 열부 장정호랑은 반대긴 하지. 그래도 너무 미워하지 마라. 보이는 게 다는 아니니까."

지유의 말에도 정호는 불쾌한 표정을 풀지 못했다. 대체 사장님이 왜 석현을 감싸고 받아 주는지 정호는 이해가 되질 않았다.

"어제 쉬는 날인데 기연이랑 데이트는 잘 했어?"

"아아, 그게 좀 그랬지?"

"무슨 말이야?"

"집에 데려다 주고 갔는데 기연이가 집에 가니 웬 여자가 문을 열고 나오더래. 그 뒤야 뻔하지 뭐."

씁쓸한 정호의 어조에 안타까움이 잔뜩 배어 있었다. 한 번씩 아버지가 만나는 여자들과 한바탕하는 것은 기연에겐 이제 드문 일도 아니었다.

어린 나이에 연상의 여자 친구에게 생긴 아이. 그 아이의 존재를 모른 채 주먹을 쓰며 살아온 기연의 아버지 정혁은 아직도 기연에게 아버지로서 무엇을 해 주어야 할지 갈피를 잡지 못하고 있었다. 게다가 정혁의 주변을 맴도는 여자들마저 기연을 경쟁자로 착각하고 상처를 입히는 경우가 허다했다.

"그래서 기연이는 괜찮아?"

"그냥 다른 때랑 똑같아."

"너한테도 말 안 해?"

"말 안 해. 알잖아. 그 녀석 뭉하고 혼자 앓는 거."

정호가 닦고 있던 머그잔을 내려놓더니 고개를 이리저리 돌려 가며 지유의 얼굴을 살펴보았다.

"그런데 기연이가 문제가 아니라 사장님 괜찮아?"

"뭐가?"

"어제 쉬는 날이었는데 얼굴 상태가 왜 이래? 잠 못 잤어?"

지유가 뺨을 쓱쓱 문지르며 가느다랗게 한숨을 쉬었다.

"그러게 좀 피곤하다."

지유가 무거운 어깨를 꾹꾹 주물러 가며 주방 안으로 들어섰다. 그리고 여느 때처럼 쿠키를 만들기 위해 밀가루부터 꺼내기 시작했다.

맛이 없다. 멀건 시래기 된장국을 휘저으며 인우는 그렇게 생각했다. 앞에서 후룩후룩 국물을 마시며 맛있게 밥을 먹는 박 선배에게 미안할 정도로 인우는 식판 위의 음식이 맛이 없었다. 언제부터 맛을 따졌냐는 생각에 쓴웃음이 나오지만 그래도 어쩔 수 없었다.

지유가 만들어 주는 음식이 먹고 싶었다. 그리고 그녀가 보고 싶었다. 그러나 자신을 외면하는 지유의 모습이 떠오르면서 인우의 가슴에 알싸한 통증이 퍼졌다. 단지 고백을 받아 주지 않았다는 사실만으로 지유에게 이런 기분이 든다는 게 말이 안 된다는 걸 인우 자신이 제일 잘 알고 있었다. 그럼에도 통증은 계속되었다.

누군가가 보고 싶다는 것, 그리고 그 대상이 사랑하는 존재라는 것 자체가 그에게는 너무나 생소한 일이었다. 심지어 어머니나 그의 어린 여동생도 내내 그에게 죄책감이나 안타까움과 애처로움일 뿐이었다. 그리워하거나 보고 싶어 하기엔 너무나 미안해서 꺼내 볼 수도 없는 그런 마음이었다.

그래서 누군가를 사랑하고 마주하고 바라볼 수는 없다고 생각했다. 자신에게 남은 건 외로움과 쓸쓸함만이 있는 그런 형벌 같은 삶뿐이라고 생각했었다. 영원히 자신은 행복할 수도 행복해지고 싶다고 생각하면 안 된다고 늘 자기 자신에게 세뇌를 하고는 했다.

그러다가 지유를 만났다. 유난히 거슬리던 눈동자가 어느새 그의 가슴을 파고들었다. 그럼에도 욕심이라 생각했다. 가질 수 없다고 생각했다.

그러나 처음이었다. 이렇게 갖고 싶은 사람도, 이렇게 제 마음을 뺏어 버린 사람도.

지유는 인우가 다시 세운 벽마저도 모조리 허물어 버렸다.

결국 인우는 살아오며 세웠던 자신의 생각들을 바꾸었다. 그저 죄책감도 안타까움도 미안함도 모두 아버지가 그리 했듯이 평생을 살아

가면서 다른 것들과 함께 껴안고 가야 하는 것이라는 걸 인정했다. 평생 지금보다 더한 괴로움에 시달리더라도 그는 지금의 달콤함을 포기하고 싶지 않았다. 그러나 그렇게 힘들게 뻗은 손이 닿지 않음에 인우는 또 가슴이 아파 왔다.

지유를 생각하면 모든 감정들이 모호해지기도 하고 확실해지기도 했다. 모든 상반되는 감정들. 차갑고 뜨겁고 거칠고 부드럽고 다정하며 냉정하고 갖고 싶어 두근거리고 가질 수 없어서 가슴이 아픈 이 모든 모순되는 감정들이 뒤범벅된다.

전혀 귀엽지 않은 성격에 다정함이 숨어 있고 투덜대면서도 상대방을 배려한다. 그런 그녀에게 자꾸 포근함을 기대하게 된다. 실제로 그녀의 옆에 있으면 편안한 온기가 느껴졌다.

그리고 이제 그것들을 알게 되자 인우는 자신을 둘러싼 이 건조하고도 차가운 공기가 못 견디게 힘들어졌다. 그녀를 향한 열망이 가슴한구석을 긁어 대며 그를 거칠게 괴롭혔다. 언제나 차가운 온도를 가진 김인우를 정지유가 미칠 것처럼 달구어 대고 있었다.

기대하면 안 되는데 기대하게 된다. 갖고 싶다. 가지고 싶다.

바보처럼 굴고 있다는 걸 인우 자신이 제일 잘 알고 있지만 멈출수 없었다. 발을 빼려고 발버둥을 칠수록 더 깊이 빠져드는 기분이 들었다. 선을 긋고 그 안에서 안전했던 김인우는 이제 없었다. 비참했다. 비참한데 달콤하다. 정말 미친놈이 되어 가는 게 분명했다.

마지막으로 보았던 지유의 흔들리던 까만 눈동자가 하얀 얼굴이 눈앞에 어른거려서 인우는 더 밥을 먹을 수가 없었다.

"밥 안 먹냐?"

박 선배의 말에 한없이 된장국을 저어 대던 숟가락을 빼낸 인우가 말없이 밥을 한 술 베어 물었다.

"너 요즘 왜 그래?"

"무슨 말입니까?"

"안 그래도 까칠한 놈이 왜 그렇게 까칠하게 굴어? 간호사들이 네 진료실 안 맡으려고 서로 미루는 거 몰라?"

"그랬습니까?"

무덤덤한 인우의 대꾸에 답답해졌는지 박 선배가 열심히 먹던 숟가락을 놓았다.

"사람이 요령도 있고 그래 봐라. 일을 매끄럽게 하려면 주변하고 잘 지내야지. 원무과장하고도 좀 잘 지내 보고. 유 원장 자꾸 배도 불러 가는데 괜찮냐는 소리도 한 번 안 했지?"

주절주절 박 선배가 내뱉는 잔소리에 점점 인우의 얼굴이 구겨졌다.

"오늘따라 잔소리가 길어지십니다. 박 선배야말로 오늘 뭐 안 좋으십니까?"

"이거 봐라. 이거 봐. 너 내가 어제 한 얘기 잊었냐?"

"뭘 말입니까?"

"유 원장 유산기가 있으니까 그만두고 싶어 한다고 말했잖아. 갑자기 또 어디서 페이 닥터를 구하냐고 한 얘기 그새 잊었냐?"

"아……."

그제야 생각난다는 듯 대답하는 인우를 보며 박 선배가 고개를 저었다.

"요즘 진짜 왜 그래? 엊그제도 갑자기 휴가 내고 안 나오더니. 나사는 하나 빠진 것처럼 굴고 진료실에서는 간호사들한테 더 까칠해지고. 한참 얼굴 좋아지더니 어째 오늘은 얼굴이 더 안 좋냐? 또 밤에 잘 못 자는 거냐?"

한참 열을 내며 그에게 일장 연설을 하던 박 선배의 얼굴이 걱정스럽게 변했다. 그러나 그와 반대로 인우는 박 선배가 그의 불면증을 언급하자 얼굴이 불쾌하게 굳어졌다.

"그런 거 아닙니다. 페이 닥터 문제는 몇 군데 연락해 두죠. 정 안 되면 제가 더 근무해도 됩니다."

"김인우, 네가 무슨 강철 체력이냐? 어떻게 그 진료를 네가 다 떠맡아?"

인우는 거의 손도 대지 않은 식판을 들고 일어섰다.

"그래서 제 대신 박 선배가 직원들하고 스태프들 관리 맡아 주는 거 아닙니까? 원무과장에게는 조만간 박 선배랑 같이 술 한잔 하자고 하고 간호사들에게도 그만 까칠하게 굴죠. 아, 또 유 원장한테도 몸 괜찮냐고 물어보겠습니다."

어깨를 으쓱한 인우가 말을 이었다.

"이제 됐습니까?"

박 선배가 인우의 식판을 가리키며 다시 열을 냈다.

"아직 안 끝났다. 인마, 굶어 죽을 것도 아니고 왜 그렇게 밥을 안 먹어?"

"박 선배 요즘 늙나 봅니다. 쓸데없는 걱정이 많습니다."

입맛이 없어서 조금씩 담았던 밥과 반찬을 그나마도 손도 거의 대지 않고 잔반통에 버리면서 인우는 또 지유의 생각에 빠졌다.

바로 자신의 발 아래의 공간에 그녀가 있다는 사실이 그를 더 괴롭혔다. 마치 자신이 바로 앞에 다다단 음료를 두고도 마시지 못하는 목마른 사람처럼 느껴졌다. 그것도 스스로의 팔다리를 묶고 자학하는 사람처럼 말이었다. 인우는 목구멍을 치고 올라오는 답답함을 찬물 한잔으로 넘기고 병원 식당을 빠져나왔다.

탁탁탁탁.

시계 초침을 따라가는 소리에 지유가 살짝 인상을 썼다. 오늘도 민서는 퇴근 시간 30분 전부터 시계와 눈싸움을 벌이기 시작했다. 그러더니 15분을 남겨 놓았을 때부터 초조한 듯 손가락으로 아일랜드 식탁 위를 두드리기 시작했다. 조금만 더 있다가는 손톱이라도 물어뜯을 기세가 보여 지유는 민서의 어깨를 두드렸다.

"민서 씨. 괜찮아요?"

지유의 말에 민서가 잠에서 깬 듯 흠칫 놀라며 돌아보았다.

"네? 뭐라고요?"

한숨을 내쉰 지유가 다시 말했다.

"저녁 먹고 가요. 기연이도 올 거예요."

민서가 마른침을 삼키더니 손을 비틀어 대기 시작했다.

"그냥 가면 안 될까요? 저녁 되기 전에 집에 가야 해요."

불안하게 두서없이 말하는 민서의 어깨에 지유가 가만히 손을 얹었다. 민서는 칠흑 같은 어둠 속에 빠져 있었다. 물질적인 것은 차고 넘치도록 그녀에게 가득했다. 그러나 절대 그것들이 민서가 가진 끝없는 허무와 공허를 없애 줄 수는 없었다. 세상 어느 것도 그녀를 붙잡아 주지 못했다. 마치 그녀는 망망대해를 떠도는 조각배 같았다.

"민서 씨, 그러지 말고 밥 먹고 가요. 속이 든든하면 어려워 보이던 일도 다 쉬워요."

시선을 바닥에 깔며 중얼거리던 민서가 고개를 들어 지유를 멍하니 응시했다.

"두려움은 말이죠. 그걸 마주하고 이겨 내기 전에는 절대 사라지지 않아요."

지유의 말이 민서의 뭔가를 건드렸는지 그녀의 표정이 날카로워졌다.

"그, 그런 거 없어요. 시간 됐으니까 이만 가 볼게요."

허겁지겁 가방을 챙겨 나가는 민서의 모습에 지유가 어깨를 늘어뜨렸다. 어쩐지 더 피곤해졌다. 지친 표정으로 어깨를 두드리는데 정호가 걱정스레 말을 걸어왔다.

"어쩌면 지석현 말이 맞을지도 몰라."

"무슨 소리야?"

"나도 기연이도 사장님 어깨에 얹힌 짐이라는 건 사실이잖아. 민서 씨도 평범하지 않지만 나도 사장님 어깨에 기댄 처지라 뭐라 말을 못하겠어."

풀 죽은 정호의 말에 지유가 고개를 저었다.

"너 없으면 이 카페 나 혼자 안 되는 거 알잖아, 정호야. 너 짐 아니야."

지유의 담담한 말에 정호가 쑥스러운 듯 손을 들어 뒷목을 문질렀다.

"그렇게 말해 줘서 고마워, 사장님."

"그렇지만 기연이한테는 비밀이다."

지유의 말에 정호가 작게 웃으며 고개를 끄덕였다.

"그런데 정말 괜찮아? 얼굴색이 영 안 좋은데?"

"괜찮아. 오늘 가서 쉬면 돼."

지유가 고개를 좌우로 기울이며 피곤을 털어 냈다. 그러나 아까부터 머리가 묵직해지는 것이 영 몸 상태가 심상치 않았다. 그녀는 가느다란 한숨을 내쉬었다.

"그러지 말고 좀 앉아 있어. 어차피 저녁 준비도 다 해 놨잖아."

정호의 재촉에 지유가 의자에 앉는데 문을 밀고 들어오는 석현이 보였다. 아침에 보았던 커다란 백팩 대신 한쪽 어깨에 메는 카메라 가방을 걸치고 있었다.

"일찍 왔네?"

"너무 자면 또 시차 적응하는 데 힘드니까 일부러 알람 맞추고 일어났어."

"기연이 오면 저녁 먹자."

"그래. 그런데 장! 나 커피 한 잔만 주면 안 될까? 자꾸 잠이 와서."

석현의 말에 정호가 눈을 가늘게 뜨고 바라보더니 천천히 원두를 꺼내기 시작했다. 정호가 커피를 내리는 사이 문이 요란스럽게 흔들리며 기연이 나타났다.

"석현 오빠!"

내달리는 기연이 석현에게 달려가 덥석 안겼다.

"꼬맹이. 잘 있었어?"

"왜 이렇게 오래 걸린 거야! 얼굴 잊어버리는 줄 알았잖아!"

기연의 삐죽거리는 입술을 보며 석현이 웃음을 터뜨렸다.

"나도 보고 싶었다. 많이 기다렸구나. 꼬맹이."

키득거린 기연이 손바닥을 내밀며 대답했다.

"응. 선물을 많이 기다렸지."

아직도 껴안고 있는 둘을 보며 정호가 무시무시한 얼굴을 하고 기연을 불렀다.

"이기연. 안 떨어져?"

정호의 화난 얼굴에도 기연은 석현을 재촉하며 선물을 졸라 댔다. 석현이 힐끔 정호를 바라보며 씨익 웃더니 팔을 풀고 바지 주머니에서 푸른색에 검은 줄무늬가 있는 터키석 목걸이를 꺼냈다. 바다가 연상되는 터키석의 아름다운 색에 기연이 눈을 빛냈다.

"파리 벼룩시장에서 산 거야. 맘에 들어?"

기연이 고개를 끄덕끄덕하면서 홀린 듯 목걸이를 바라보더니 냉큼 정호에게 내밀었다.

"장, 예쁘지?"

기연의 질문에 정호가 혀를 차며 고개를 돌리더니 다 내려진 원두 커피를 석현에게 내밀었다. 그에 굴하지 않고 기연이 의자에 무릎을 대고 일어서서 목을 내밀었다.

"걸어 줘!"

"사 준 사람한테 걸어 달라 그러지 왜?"

"싫어! 장이 걸어 줘."

투덕거리는 두 사람을 키득거리며 보던 석현이 지유를 불렀다.

"오늘 메뉴는 뭐야?"

"해물 빠에야."

"맛있겠다. 야채 피클이랑 줄 거지?"

"그래, 그럴게."

"그럼 이제 기연이도 왔으니 다 모인 거지?"

"아, 그게……."

지유가 곤란한 듯 말을 흐리자 기연이 냉큼 대답을 대신했다.

"한 명 더 올 거야."

기연을 바라보던 석현의 시선이 지유에게 돌아왔다.

"그게 누군데?"

"그냥 단골이야."

간단히 대답을 한 지유가 석현이 더 질문을 하기 전에 서둘러 주방으로 들어가 커다란 빠에야 팬을 꺼냈다. 그리고 소금과 함께 갈아 둔 샤프란을 치킨스톡에 넣고 위스키를 약간 넣어서 섞기 시작했다. 미리 끓여 놓은 육수를 점검하던 지유의 얼굴이 흐려졌다.

저녁 시간이 다가오자 인우에게 뭐라고 말을 해야 하고 어떤 표정으로 마주 봐야 할지 고민이 되기 시작했다. 게다가 석현이까지 함께 있다 보니 이것저것 신경이 쓰이기 시작했다. 안 그래도 하루 종일 더해진 피곤에 무거운 머리가 더 묵직해져 왔다.

인우가 가운을 벗고 진료실 한편에서 손을 씻는데 노크 소리가 들렸다. 머리를 쏙 내민 것은 김 간호사였다.

"원장님, 오늘은 밖으로 식사하러 안 가세요?"

"갈 겁니다. 왜 그러세요?"

"병원에서 드시나 해서요. 그럼 저희 먼저 올라가서 식사할게요."

"네. 신경 쓰지 말고 올라가세요."

문이 닫히자 인우는 의자에 털썩 주저앉았다. 머리에 열이 오르는 듯했다. 마음은 벌써 카페를 향해 달려갔지만 한편으로는 자신을 피하는 지유를 보게 될까 불안했다. 그러나 불안함보다 보고 싶다는 마음이 더 컸기에 인우는 다시 일어날 수밖에 없었다.

어둠이 내리기 시작한 카페의 앞에는 허브 화분에서 풍기는 은은한 향기가 가득했다. 거리를 지나는 차들의 매연에도 여린 잎을 가진 풀들은 자신의 향기를 잃지 않았다. 잠시 밤공기에 섞인 허브 향을 맡던 인우가 걸음을 옮기려는데 카페 앞에 놓인 입간판이 지나가는 차들의 전조등 불빛에 반짝거렸다.

간판의 이름처럼 자신이 정말 마녀의 덫에 걸린 것만 같아서 인우는 자조적인 웃음을 입가에서 지우지 못했다. 그럼에도 카페 문을 여는 인우의 마음은 작게 설레었다. 비록 몇 걸음 더 걸어 늘 자신이 앉아 있던 자리에 처음 보는 남자가 앉아 있는 것을 보기 전까지였지만 말이다.

자신이 늘 앉던 자리에 등을 보이고 앉아 있는 남자의 모습이 의아해 인우는 카페 중앙에 우뚝 멈춰 섰다. 인우의 자리에 앉아 있는 남자는 원래 그곳이 자신의 자리였던 듯 자연스럽게 기연과 웃으며 이야기를 하고 있었다. 반대편에 뚱한 표정으로 물 잔을 챙기는 정호마저도 늘 그래 왔듯 남자에게 익숙해 보였다.

어쩐지 묘한 불안감이 인우의 가슴을 스쳐 갔다. 제 자리를 당연하듯 차지하고 있는 남자에게 느껴지는 이 희미한 적의의 정체가 무엇인지 알 수 없었지만 인우는 남자의 얼굴을 보기도 전부터 그가 마음에 들지 않았다. 지유를 찾아 주방 쪽으로 시선을 돌리는 그때 기연이 인우를 먼저 발견하고 열렬히 팔을 흔들었다.

"아저씨! 왜 이렇게 늦게 와요?"

기연이 인우를 부르며 손짓을 하는데 주방에서 지유가 나타났다. 자신을 보고 눈빛이 흔들리는 지유의 모습에 인우는 오히려 안심이 되었다. 아무 동요도 없다면 희망조차 가질 수 없을 테니까. 그는 자신으로 인해 지유가 더 많이 흔들리고 동요하기를 바랐다.

"오셨어요?"

정호의 인사에 고개를 끄덕이고 지유를 바라보자 그녀가 인사를 해왔다.

"왔어요?"

흔들리는 눈빛과는 달리 들려오는 목소리는 담담했다. 어제보다는 그나마 나아 보이는 혈색에 안심이 된 인우가 고개를 끄덕이며 테이블에 다가섰다. 잠시간 인우와 눈을 마주치며 바라보던 지유가 미간을 찌푸리며 석현을 불렀다.

"지석현. 자리 좀 옮겨. 거기 앉을 사람 왔어."

"누구?"

지유의 말에 석현이 몸을 빙글 돌려서 인우를 바라봤다. 예민하지 못한 사람이라면 눈치채지 못할 정도로 찰나의 순간 석현의 눈길이 날카롭게 인우를 훑고 지나갔다.

"위층 의사 선생님."

지유의 대답에 인우가 눈매를 살짝 일그러뜨렸다. 맘에 들지 않는 대답이지만 아직은 제가 원하는 대답을 강요할 수 없음이 불만스러웠다.

"주인이 있는 자리인 줄 몰랐네요."

해사한 웃음을 지으며 자리에서 일어난 석현이 다시 인우를 슬쩍 살폈다. 정지유가 신경 쓰고 있는 남자라……. 지유가 아닌 척 무덤덤하게 굴었지만 석현은 금세 눈치채고 말았다. 25년의 세월이란 그런 것이니까. 지유는 모르겠지만 석현에게 자리를 양보시켜 가며 신경을 쓰는 것이 이미 그 증거였다.

그러나 지유가 그렇게 신경을 쓰고 있는 남자는 석현의 기대와 전혀 달랐다. 남자는 날카로운 인상에 매끈하고 잘생긴 얼굴이었으나 웃을지 모르는 사람처럼 냉기가 뚝뚝 떨어졌다. 유감스럽게도 흐트러짐 없는 단정한 차림이 그런 인상을 더욱 강하게 했다.

자신과 정반대의 분위기를 서늘하게 풍기는 이 남자가 마음에 들지 않았지만 지석현은 어떤 상황에서도 웃을 수 있는 것이 장점이었다. 석현은 특유의 부드럽고 따스한 미소를 지으며 인우에게 손을 내밀었다.

"반갑습니다. 지유 남자 친구 지석현입니다."

석현이 내민 손을 바라보며 인우가 남자 친구라는 단어를 곱씹었다.

그가 고개를 들어 해명을 바라듯 지유를 바라보자 그보다 먼저 기연이 기가 막힌다는 듯 혀를 차며 대답했다.

"쳇! 남자 친구는 무슨. 아저씨, 그냥 남자 사람 친구예요."

인우 또한 이미 예상했던 것이지만 기연의 말에 안심이 되는 것도 사실이었다. 자신을 놀리듯 말장난을 하며 인사하는 석현의 모습은 처음 예상과 다르지 않았다. 역시나 맘에 들지 않는 남자라 생각하며 인우가 석현의 손을 잡았다.

"김인우입니다."

건조한 음성으로 대답한 인우가 석현의 손을 놓고는 걸음을 옮겼다.

"어? 어디 가십니까?"

석현의 말에 기연이 대신 대답했다.

"손 씻으러."

키득거린 기연이 말을 이었다.

"아저씨가 좀 깔끔해."

"내 손도 깨끗해."

"글쎄?"

기연이 믿을 수 없다는 표정으로 석현의 손을 바라보자 기연 쪽으로 몸을 기울인 석현이 소곤소곤 핀잔을 주었다.

"너 내 편 아니었냐?"

배시시 웃던 기연이 갑자기 정색을 하더니 선서하듯 손을 올렸다.

"난 정지유 편! 그리고 우리 장 편!"

"거기서 지유가 왜 나와?"

석현이 불만스레 투덜거리자 기연이 뭐가 어떠냐는 듯 어깨를 으쓱했다.

"나도 몰라! 언니, 나 배고파. 밥 안 줘?"

"줄게. 기다려."

지유가 정호와 주방으로 들어가자 인우도 자리로 돌아왔다. 그러자 석현이 다시 인우에게 자리를 권했다.

"여기 앉으세요. 전 지유 옆으로 가면 됩니다."

그 말에 인우가 한쪽 눈썹을 치켜 올렸다. 지유, 지유 자꾸만 이름을 불러 대는 것이 그의 기분을 불쾌하게 만들었다. 게다가 자신의 자리에 석현이 앉는 것보다 지유의 옆자리에 앉는 것이 더 못마땅하게 느껴졌다.

"됐습니다. 그냥 앉죠."

무뚝뚝하게 대꾸한 인우가 석현의 자리를 비우고 그 옆에 앉아 버리자 석현의 표정이 묘하게 변했다. 이 남자 지유를 좋아하나? 인우의 싸늘한 태도에 그저 지유 혼자만의 감정이라 치부했던 석현은 곧 마음이 복잡해졌다.

자신이 아니라면 지유의 옆에 있어 줄 사람은 저보다 더 다정하고 포근하고 좋은 사람이어야만 했다. 이런 싸늘한 남자는 지유의 상처를 받아 줄 수 있는 사람이 아니었다. 저런 남자에게 지유를 보내려고 내내 친구의 자리를 지켰던 것은 아니었다.

잠깐 본 것만으로도 인우는 지유 옆에 가까이 두고 싶지 않은 남자였다. 아니, 인우만이 아니라 지금까지 모든 남자들이 그랬다. 지유에게 안식이 되고 위안이 되고 모든 것을 감싸 줄 수 있는 사람은 단 하나도 없었다.

평생 감정을 조절해 온 석현과는 달리 무방비한 남자들은 지유에게 제 밑바닥을 다 털어 보이게 되어 있었다. 호감이란 마음의 빗장을 풀어 버리고 무의식의 깊은 곳까지 훤히 노출을 시켜 버리곤 했으니까. 지유를 설레게 했던 몇 번의 만남들은 다 그렇게 지리멸렬하게 끝나 버리고 말았었다. 그 뒤로는 제 마음에 누가 들어오려고 해도 지유 스스로 아무도 모르게 조용히 그 마음을 접어 버리던 걸 석현은 알고 있었다.

그런데 석현마저 금세 눈치챈 남자의 감정을 지유가 몰랐을 리가 없었다. 그럼에도 아직 마음을 잘라 내지 않고 붙들고 있는 지유가 석현은 의아해졌다. 게다가 남자 친구라고 자신을 소개했을 때 당황하던 지유의 모습이라니. 석현은 제가 시험해 본 게 인우인지 지유인지 헷갈릴 지경이었다.

관자와 오징어, 그리고 홍합이 가득 올라간 빠에야를 앞에 두고 세 사람은 거의 말이 없었다. 지유는 인우를 어떻게 대해야 할지 갈피를 못 잡고 있었고 인우는 그런 지유에게 부담을 주고 싶지 않아 입을 닫았다. 석현은 석현대로 두 사람 사이를 가늠해 보고 제 마음을 도닥이느라고 묵묵히 밥만 먹고 있을 뿐이었다.

그저 기연만이 학교에서 국사 샘이 얼마나 지루하고 재미가 없는지, 그리고 과외 선생님은 그 반대로 얼마나 웃기는지 식사하는 내내 쉬지 않고 종알거렸다. 그 사이사이 빈틈을 정호가 간간이 기연의 말에 맞장구치는 것으로 메우고 있었다.

식사를 다 마친 후 정호가 내려 준 커피를 마신 인우가 주방 안에 분주히 움직이는 지유를 한참 바라보다 돌아갔다. 그 모습을 테이블에 기대어 유심히 바라보던 석현이 매끈한 제 턱을 쓰다듬으며 저도 모르게 중얼거렸다.

"정말 좋아하는 건가?"

후식으로 정호가 준 사과를 먹으며 전시회 도록을 넘기던 기연이 고개를 끄덕거리며 그 말을 받아쳤다.

"아마도?"

기연의 말에 석현의 눈빛이 날카로워졌다.

"뭐야? 너 알고 있었어?"

"뭘?"

기연은 금방 제가 대답해 놓고도 천연덕스럽게 난 모르겠다는 듯 도록에서 시선을 떼지 않으며 사과를 아삭 베어 물었다.

"저 남자가 지유 좋아하는 거 알았어?"

그제야 기연이 도록에서 시선을 떼어 석현을 바라보았다. 눈이 말똥하니 커진 그녀가 히죽 웃더니 석현의 앞으로 얼굴을 바짝 들이밀었다.

"아저씨가 언니 좋아해?"

눈을 반짝이며 속닥대는 것을 보니 아무것도 몰랐던 것 같아 석현은 헛웃음이 나왔다.

"뭐야 너? 몰랐어?"

주방을 힐끔 본 기연이 작게 소곤거렸다.

"아저씨도 좋아하는지는 몰랐어. 언니는 좀 그런 거 같기는 했지만. 근데 오빠는 금방 알았네?"

신기하다는 듯 고개를 갸웃거리는 기연을 바라보던 석현이 나지막이 웅얼거렸다.

"아무리 생각해도 저 남자는 아니야."

"그걸 왜 오빠가 정해?"

"뭐?"

금방까지 배실배실 짓던 웃음을 싹 지우고 정색한 표정으로 기연이 석현을 바라보았다.

"언니 일이잖아. 그런데 그걸 왜 오빠가 정하는데?"

못마땅하다는 듯 저를 바라보는 기연의 시선에 석현은 적잖이 당황하고 말았다.

"그거야 딱 봐도 무뚝뚝하고 차갑게 생겼잖아. 저런 냉정한 타입하고는 맞지도 않을 테고 그럼 결국 지유가 상처 받을 게 뻔한데……."

기연이 매정하게 석현의 말을 잘랐다.

"그러니까 그걸 왜 오빠가 정하냐고? 어린애도 아닌데 상처를 받든지 상처를 주든지 그건 정지유가 알아서 할 일이야. 오버하지 마. 나 오빠 좋아하지만 정지유 일은 정지유가 알아서 하게 놔둬."

석현은 허탈한 기분에 맥 빠진 웃음을 지었다. 그저 어린애라고 생각했는데 그것만은 아니었나? 손을 들어 올린 석현이 기연의 고운 머리를 쓰다듬었다.

"많이 컸네. 우리 기연이."

쓰담쓰담 제 머리를 만져 주는 석현의 손길에 새치름하던 기연의 눈초리가 내려앉았다.

"형 기연이 아니거든요."

어느새 주방을 나온 정호가 석현을 가늘게 노려보며 기연의 머리 위에 얹힌 손을 쳐 냈다. 석현이 정호가 쳐 낸 제 손을 바라보며 기가 막힌 듯 지유를 바라보았다.

"와! 지유야, 나 오늘 미움 받는 날인가 봐."

"그러니까 정호 좀 그만 긁어."

못 말리겠다는 듯 핀잔을 한 지유의 시선이 창밖을 향했다. 인사도 하지 않고 돌아간 인우가 가슴 끝에 계속 걸려서 지유는 한숨이 나왔다. 살면서 더 힘들고 어려운 적도 많았지만 그럼에도 지금 이 순간 또한 지유는 어렵고 힘들었다.

저녁을 먹고 진료를 보던 인우가 한 번씩 가슴을 주먹으로 두드리자 김 간호사가 걱정스럽게 바라봤다.

"선생님 체하셨어요? 약이라도 가져다 드릴까요?"

인우는 무의식적으로 제 가슴을 치던 주먹을 물끄러미 바라보았다. 꽉 쥔 주먹을 펴서 얼굴을 두어 번 쓸어내린 그가 담담하게 대답했다.

"아니, 괜찮아요."

"오늘 종일 안색도 별로 안 좋으신데 괜찮으시겠어요?"

인우답지 않게 살짝 처진 어깨에 김 간호사가 조심스럽게 다시 물어왔다.

"야간 진료 다 끝났으니까 좀 쉴게요."

"퇴근 안 하세요?"

그 말에 꾹꾹 눌러 놓은 정지유가 다시 인우의 머릿속을 온통 헤집어 놓았다.

"좀 쉬다가 갈 거니까 신경 쓰지 않아도 돼요."

"네. 그럼."

김 간호사가 나가고 인우는 의자에 기대어 눈을 감았다. 어제의 창백해진 지유의 얼굴이, 오늘의 머뭇대는 그녀의 눈동자가 인우의 감은 눈앞을 어지럽혔다. 하아. 무거운 한숨을 내뱉으며 인우는 눈 위에 팔을 올렸다.

누군가를 만나고 헤어질 때도 마음이 이렇게 설레거나 힘들지 않았다. 누군가를 마음에 담는다는 것이 이렇게 다른 것인지 인우는 전에는 알지 못했었다. 그저 자꾸 간절해지는 마음을 꾹꾹 안간힘을 쓰며 누를 뿐 뭘 어찌해야 할지 알 수가 없었다.

그러면서도 붉게 뺨을 물들인 지유의 얼굴과 잠시 품을 스친 지유의 향기가 자꾸만 되새겨져 안절부절못하게 되고 말았다. 어느 것 하나 그에게는 쉽지 않았다. 사랑조차도. 인우의 한숨이 깊어졌다.

지유가 퇴근할 때까지 기다려 마감을 도와준 석현이 차의 시동을 걸었다.

"내가 운전한다니까."

아직도 석현이 앉은 운전석 옆에 서서 지유가 고집을 피웠다.

"됐다. 내가 너 태워다 주고 택시 타고 갈 테니까 걱정 말고 타. 내가 운전해야 너 집에 갈 때까지 좀 쉴 거 아냐."

"내가 너 태워다 주고 가면 된다니까 굳이 번거롭게 데려다 준다고 그래."

턱 하니 운전석을 차지한 석현 때문에 결국 조수석에 탄 지유가 안전벨트를 매었다. 차가 주차장을 빠져나가 도로에 접어들 때까지 지유는 창밖에 시선을 고정한 채 말이 없었다. 석현은 그런 지유를 힐끔 보다가 조심스레 물었다.

"김인우 그 남자 말이야. 너 좋아하는 거 같던데?"

석현의 말에도 물끄러미 창밖만 바라보던 지유가 입을 떼었다.

"석현아, 만약 내가 마음을 읽지 못하는 사람이 있다면 어떨까?"

"뭐?"

생각지도 못한 질문에 석현의 고개가 지유 쪽으로 홱 돌아갔다. 있을 수 없는 일이었다. 말도 안 되는 일이었다. 자신이 지금까지 지켜본 바로는 불가능한 일이었다. 어린아이건 노인이건 동물이건 스치기만 해도 지유는 그 대상의 감정을 스펀지처럼 빨아들이고는 했다.

그걸 막아 내기 위해 지유의 부모는 안 해 본 것이 없었다. 심지어 한때는 지유에게 아주 강한 최면까지 걸어 봤지만 그래도 아무 소용이 없었다. 그런데 이제 와서 그 능력이 통하지 않는 존재라니 석현이 믿지 못하는 것도 무리는 아니었다. 석현조차도 지유를 만질 때면 늘 생각을 멈추고 감정을 감추고 단단히 마음을 다잡아야 했기 때문이었다.

"그냥 네가 착각한 거 아니야?"

"……."

지유의 침묵에 질끈 눈을 감았다 뜬 석현이 힘겹게 질문을 토해 냈다.

"설마 그게 그 남자야?"

내내 창밖에 시선을 고정하던 지유가 고개를 돌려 물끄러미 석현을 바라보았다. 굳이 말로 대답하지 않아도 석현은 저를 바라보는 지유의 눈빛에서 대답을 들을 수 있었다.

왜 내가 아니라 그 남자일까? 석현의 매끈하니 잘생긴 얼굴이 종잇장처럼 구겨졌다. 평생을 바라 왔었다. 제 품에서 지유가 자신의 능력으로 인한 고통 없이 위안을 받기를. 그러나 그것은 이루어질 수 없는 꿈이었다.

그저 제 감정을 감추고 철없이 주변을 맴도는 것만이 제게 허락된 것이라고 생각했다. 석현이 바란 것은 하나였다. 저처럼 외롭고 상처받지 않은, 사랑으로 가득한 온화한 남자가 지유를 품어 주기를. 그래서 그 품에서 그나마 행복할 수 있기를 바랐었다.

그런데 그 남자라니! 그냥 스쳐보기에도 씁쓸한 고독이 묻어나는 남자는 절대 지유의 옆자리를 차지할 사람은 아니었다. 하지만 이런 반전이 자신을 기다리고 있을지 상상도 못했었다. 그 남자는 자신이 무슨 행운을 잡았는지 알까 싶어서 석현은 쓰게 웃었다.

누구를 향한 것인지 모르는 분노가 석현을 괴롭혔다. 손이 저릿할 정도로 화가 났다. 어딘가에 신이 있다면 왜 내가 아니냐고 따져 묻기라도 하고 싶었다. 그러나 언제나 석현에게는 지유가 먼저였다. 울분을 제 안으로 능숙하게 감춘 석현이 신호가 바뀐 도로로 시선을 돌리고 담담히 물었다.

"너도 좋아하는 거 아니었어? 그럼 뭐가 문제인데?"

"……."

한참을 대답 없이 밖을 바라보던 지유가 한숨처럼 중얼거렸다.

"나도 잘 모르겠어. 뭐가 문제인지……."

지유의 아파트 주차장에 차를 세운 석현이 차 키를 지유에게 건넸다. 석현은 지유를 이해할 수 있었다. 자신의 세상과 지유가 보고 느끼는 세상은 달랐다. 바라보는 시각과 받아들이는 방법의 차이 때문에 태어날 때부터 지유에게는 세상이 다른 방법으로 받아들여졌다.

그 세상에서 갑자기 다른 존재라니 어찌 두렵지 않겠는가? 그래서 석현은 지유에게 당장 인우의 손을 잡으라고 말해 줄 수는 없었다. 아니, 그것은 핑계일지도 모른다. 이것이 제 마음을 감추고 부리는 이기적인 마음이라고 해도 어쩔 수 없었다.

"그래서 그렇게 마른 거냐?"

"그런 거 아냐."

고개를 젓는 지유를 보며 석현이 못 믿겠다는 듯 픽 웃었다.

"잘 먹고 잘 자고 그러다 보면 답이 나오겠지. 그러니까 오늘은 아무 생각 말고 푹 자."

"그래."

낮고 조용한 어조의 답을 들은 석현이 환하게 웃더니 간다 하며 등을 돌렸다. 다른 때 같으면 집에 가기 싫다고 지유에게 매달리던 석현이 산뜻하게 등을 돌리자 의아해진 지유가 석현을 불렀다.

"석현아?"

지유가 부르는데도 석현은 앞만 보며 걸어가며 손을 흔들어 인사했다. 지유에게 웃어 보인 것과는 달리 돌아서서 걷고 있는 석현의 얼굴은 무섭게 굳어 있었다.

　잔잔한 하루하루가 지나갔다. 물속 깊이 가라앉은 침전물이 작은 파동에 뿌옇게 일어나듯, 속에 감추어 둔 고민들이 떠오를까 봐 누구 하나 그것을 건드리지 않았다. 제 마음을 다 쏟아 낸 인우는 그저 묵묵히 지유만 바라보고 있을 뿐이었고 지유는 그런 인우를 바라보며 확신 없는 제 자신을 원망했다. 그리고 석현도 그날 이후로 바쁜지 연락이 없었다.

　지유는 복잡한 생각들을 뒤로하고 짤주머니에 색색깔의 아이싱을 채워 넣었다. 새벽부터 만든 쿠키들은 제법 양이 많아 장식까지 마치려면 민서가 와야 끝이 날 것 같았다.

　"사장님, 이게 다 뭐야?"

　정호가 출근한지도 모르고 작업대에 고개를 처박고 쿠키에 아이싱으로 장식을 하던 지유가 머리를 들었다. 식힘판마다 빵과 파운드케이크와 머핀, 그리고 쿠키가 가득했다. 이틀을 사용해도 좋을 만한 분량에 정호가 입을 다물 줄 몰랐다.

"대체 무슨 일이야?"

정호의 말에 그제야 무슨 짓을 하고 있었는지 깨달았다는 듯 주변을 둘러보던 지유가 충혈된 눈가를 문질렀다.

"잠이 안 오길래 그냥 일찍 출근했어."

정호가 미심쩍게 지유를 응시하자 지유가 다시 말을 바꾸었다.

"그래. 조금 많이 일찍 출근했다."

고개를 흔들며 정호가 아일랜드 식탁까지 점령한 쿠키들 중에서 하나를 집어 들었다. 바삭한 쿠키에서 부서지는 초코칩과 절인 대추야자의 달콤한 향이 정호의 입안을 가득 채웠다.

"그게 대체 몇 시인데?"

옷에 묻은 밀가루를 털면서 미적거리던 지유가 느릿하게 대답했다.

"……4시?"

정호가 혀를 끌끌 차며 지유를 바라봤다.

"한동안 잘 지내는 거 같더니 요 며칠 왜 그래? 무슨 고민 있는 거야?"

"그런 거 아니야."

피곤한지 고개를 이리저리 돌리던 지유가 아이싱을 짜 내던 짤주머니를 작업대에 던지고 어깨를 주물렀다.

"좀 쉬어야겠다. 정리 좀 해 줘, 정호야. 난 화분에 물이나 줄게."

앞치마를 벗고 머릿수건까지 벗어 던진 지유가 주방을 빠져나와서 카페 밖 데크에 놓은 화분들로 걸음을 옮겼다. 데크 옆쪽 바닥에 숨겨진 수도를 틀고 연결된 호스를 들고 허브 화분들에게 물을 뿌리기 시작했다.

스위트 바질, 애플 민트, 페퍼민트, 재스민, 레몬밤, 로즈마리, 세이지. 속으로 하나하나 이름을 되뇌며 정성스럽게 물을 주었다. 율마에 물을 듬뿍 뿌린 지유가 쪼그리고 앉아서 잎을 쓸어 올려 은은하게 퍼지는 레몬 향을 깊이 들이마셨다.

화분에 뿌리는 물이 튀어 바지를 적시자 호스를 내려놓은 지유가 검정 워커와 양말을 한쪽에 벗어 두고 바지를 접어 올렸다. 처음에는 조심스레 화분 안에 뿌리던 물을 지유는 이제 데크가 젖도록 마구 화분에 물을 뿌려 대었다. 그렇게 뿌린 차가운 물이 발밑에 웅덩이를 이루자 지유는 그제야 잠에서 깬 기분이 들었다.

인우를 받아들이지 못하는 것은 이전과는 다른 문제였다. 이전에는 지유가 그 관계를 끊어 낼 가위를 쥐고 있었다면 이제 그 결정권은 인우에게 있었다. 제 모든 걸 고백하고 이해를 구하기 전에 상대의 속을 들여다보고 실망하고 접어 버렸던 이전과는 달리 이제는 인우에게 밀쳐질까 봐 지유는 두려웠다. 그렇다고 이대로 가만있다가는 그를 놓칠 것 같았다.

처음이었다. 이런 마음은. 누군가를 잘라 내면서 아픈 적도 아쉽다고 생각해 본 적도 없었다. 마음의 깊이. 그 차이를 깨닫자 지유는 더 두려워지고 말았다. 길을 잃은 아이처럼 지유의 마음을 갈 곳을 모르고 헤매기만 했다. 어디로 가야 아프지 않고 다치지 않을지 그녀는 알지 못했다.

멍하니 생각에 빠진 채로 호스를 들고 있는 그녀의 어깨를 누군가 툭 하고 건드렸다. 반사적으로 몸을 돌린 그녀의 손에 들린 호스에서 뿜어져 나간 물이 상대방에게 그대로 뿌려졌다.

"아, 미안해요."

뒤로 물러서는 인우를 보며 지유가 누르고 있던 호스의 손잡이를 놓아 물을 멈추게 했다. 바지에 묻은 물을 털어 내며 인우가 입매를 비틀었다.

"반갑다는 인사를 바란 건 아니지만 물세례는 생각도 못했는데?"

"일부러 그런 거 아니잖아요."

지유는 미간을 찌푸리며 호스를 정리했다.

"그런데 아침 일찍 웬일이에요?"

"출근하다가 화분에 물 주고 있는 게 보이길래. 무슨 생각을 하기에 내가 지나가도 모르나 궁금해서."

인우가 데크 울타리에 기대어 지유를 바라보았다. 그 진한 눈빛에 지유는 더럭 겁이 났다. 저 눈빛이 변해서 자신을 상처 주고 밀어내 버릴 순간의 두려움에 지레 또 한 발 물러서고 말았다. 자신을 괴물처럼 바라보던 사람들의 시선들이 스쳐 지나가자 그 공포는 더 커지고 말았다.

인우의 시선을 피하며 부산스레 호스를 정리한 지유가 워커를 들고 도망이라도 치듯 맨발로 카페에 들어가려고 했다. 그러나 채 몇 발자국 걷기도 전에 인우가 그녀를 끌어당겨 옆에 있던 의자에 앉혔다.

"왜 맨발로 돌아다녀. 기다려, 수건 가져올게."

자신의 출근 가방을 지유에게 맡기고 카페 안으로 들어간 인우가 금세 수건을 가지고 돌아왔다. 당연하게 손을 내밀어 수건을 받으려던 지유의 손을 무시하고 인우가 지유의 앞에 무릎을 굽히고 앉았다. 그리고 당황할 새도 없이 그녀의 발을 꼼꼼하게 닦아 주었다.

"할 말이 있어."

평이한 어조로 한마디를 뱉은 인우가 물기를 다 닦아 낸 지유의 한쪽 발에 워커를 신겨 주었다. 담담한 인우의 말에 도리어 치밀어 오르는 두려움과 불안을 지유는 꿀꺽 삼키고 대답했다.

"뭔데요?"

"이제 가만히 앉아서 당신 기다리는 거 그만하려고."

바닥까지 내려앉은 지유의 심정은 모르는 척 물기를 닦아 낸 다른 쪽 발에 검은 워커가 신겨졌다. 인우가 신겨 준 워커를 신은 발을 모아서 발끝을 바라보던 지유가 고개를 들어 제 앞에 앉아 있는 그를 바라봤다. 그가 다음 순간 뭐라고 말할지 기다리는 그녀는 저도 모르게 숨조차 쉬지 않고 있었다.

천천히 앉아 있던 자리에서 일어난 인우의 두 손이 지유의 양쪽 어깨에 닿았다. 지유를 제 두 팔 안에 가두고 몸을 기울여 그녀와 단단히 눈을 마주한 그가 느리지만 단호한 어조로 말을 이었다.

"당신은 그냥 있어도 돼. 힘들면 내가 갈게. 내가 갈 테니까 도망가지 말고 제발 그냥 그 자리에만 있어 줘."

그의 눈동자에 비친 자신의 모습이 11살 병원에 갇혀 두려움에 질려 떨던 그때와 같아서 지유는 눈을 질끈 감아 버렸다. 그러나 눈을 감는다고 두려움이 사라지는 것은 아니었다. 제 어깨를 단단하게 쥐고 있는 인우의 손이 그만 도망치라고 지유를 자꾸만 채근했다.

"그리고 나도 용기를 냈으니 당신도 그래 줬으면 좋겠어. 당장은 아니더라도 언젠가는 그렇게 해 줄 수 있을까?"

심장이 저릴 정도로 달콤했다. 그것은 지유를 가득 채운 두려움과 공포의 한쪽을 녹여 버릴 정도로 강력했다. 지유는 제 눈 가득 차오르는 물기를 밀어내며 겨우 고개를 끄덕였다. 어쩌면, 어쩌면이라는 강력한 희망이 그녀의 가슴속에 작게 싹을 틔웠다. 그리고 자신을 바라보는 인우의 곧은 눈동자가 그 뿌리를 더욱 단단하게 만들어 주고 있었다.

새벽.

알림이 울리기도 전에 인우는 빗소리에 잠을 깨었다. 창문을 두들기는 빗소리가 잔잔하게 가슴을 적셔 왔다. 어슴푸레 날이 밝아 오는 밖을 바라보던 인우는 베란다 창을 열고 젖은 공기의 내음을 가슴 깊이 들이마셨다.

그에게 오늘은 어제와 다른 날이었다. 이전의 그에게 아침이란 어제와 다를 바 없는 똑같은 하루의 시작이었다면 이제는 새로운 하루에 대한 기대감으로 가득 차 그를 설레게 했다. 열린 창으로 서늘한 바람이 살랑대며 불어왔다. 그 바람을 들이마시자 가슴속 깊은 곳까지 간질대기 시작했다. 무채색이던 그의 세상이 천천히 갖가지 색으로 물들어 가기 시작했다.

얼굴에 와 닿는 바람을 맞으며 인우는 눈을 감았다. 마음 한쪽이 그득하게 미래에 대한 기대감으로 물들여지는 반면 다른 한쪽으로는 미래를 꿈꾸는 것에 대한 죄책감이 스멀스멀 피어올랐다. 그러나 인우는 아버지가 그랬던 것처럼 담담하니 제 가슴 깊숙이 그것을 끌어안았다. 아무리 아파도 지유 때문에 행복한 이 마음을 버리고 싶지 않았다.

설렘과 죄책감을 함께 담은 심장이 묵직하게 느껴져도 그는 제 왼쪽 가슴에 손을 얹고 제 안에 담긴 그것들을 지그시 눌러 줄 뿐이었다. 그렇게 조금씩 인우는 제 아픔을 껴안는 방법을 익히고 있었다. 악몽이 오늘 밤 또 내일 밤 스며들어 온다 해도 그는 지유의 마음 한 조각, 아주 작은 그것에 닿았다는 사실만으로도 지금 더할 수 없이 행복했다.

지유를 향한 제 마음을 감추지 않고 솔직히 보여도 되는 것이, 그녀의 미소를 바라보고 마주 보고 웃을 수 있는 것이, 그녀를 만날 수 있는 하루가 또 시작이 되는 것이 모두 기뻤다. 그녀의 마음 한쪽 끝에 닿아 서서히 다가갈 수 있게 된 것이 너무나 감사한 하루였다.

물론 어서 빨리 그 마음을 전부 차지하고 자신을 바라보는 그녀의 눈동자에 온전히 제가 담기기를 바라는 마음이 없는 것은 아니었다. 그러나 그는 지유가 무엇을 두려워하는지 알 수 없었다. 단지 자신처럼 그녀도 마음속에 담은 아픔 하나쯤은 지니고 있는 것이라고 혼자 짐작만 할 뿐이었다.

그래서 아무리 욕심이 그를 재촉해도 숨을 고르고 천천히 다가가기로 결심했다. 조금이라도 조심성 없게 속도를 내어 다가갔다가 지레 겁먹은 그녀가 제게서 멀리 날아가 버릴까 봐 인우는 조바심이 났다.

물기 가득한 눈동자로 자신을 바라보며 고개를 끄덕이던 지유의 모습이 생각나자 인우의 입가에 희미한 미소가 어렸다. 자신을 올려다보는 그 까만 눈동자에, 붉은 그 입술에 홀려 입을 맞출 뻔했다는 걸 그녀는 모를 것이었다. 차마 그를 마주 볼 수 없다는 듯 감아 버린 두 눈의 그림 같은 속눈썹마저 인우를 매혹시켰다.

창밖으로 내밀고 있던 손바닥을 간질이는 빗방울들이 지유의 부드럽고 따스했던 뺨의 감촉을 되새기게 했다. 인우의 시선 끝에 보이는 바닥에 어느새 커다란 웅덩이가 생겼다. 그 위에 빗방울이 만드는 동그란 원이 점점이 퍼졌다 사라졌다. 그러자 어제 데크에 고인 물 위를 찰박거리며 걸어 다니던 지유의 하얀 발이 생각났다. 생각보다 작던 그녀의 발과 그 발을 닦아 주던 제 모습이 생각나 인우의 미소가 더 진해졌다.

그러자 갑자기 지유가 못 견디게 보고 싶어졌다. 이전처럼 보고 싶은 마음을 참지 않아도 된다는 것이, 보고 싶어지면 달려가 그녀를 만날 수 있다는 것이 그를 충동질했다. 바로 지금 그녀에게 가라고 속삭거리는 그 소리에 인우는 쉽게 지고 말았다.

시계를 본 인우는 마음이 바빠졌다. 모든 일에 차분하고 꼼꼼하며 이성적으로 행동하던 김인우의 철저함은 언제부터인가 희미해져 갔다. 이제는 몇 배나 빠르게 움직이는 마음을 따라가지 못하는 제 몸이 그저 답답할 뿐이었다. 조급한 마음과는 달리 더디 움직이는 몸을 탓하듯 인우의 마음은 벌써 그녀에게로 달리기 시작했다.

하늘 가득 낀 먹구름 때문인지 평소보다 새벽은 더 어둠에 묻혀 있었다. 밤새 내리던 비가 새벽 즈음부터 미친 듯이 유리창을 두들겨 대며 퍼붓기 시작했다.

유리창을 때리는 저 빗소리라니. 며칠째 잠을 못 이루던 그녀는 예민해진 신경 줄을 더 잡아당기는 느낌에 뒤척거리는 것을 멈추고 침대에서 일어나고 말았다.

방을 빠져나와 거실로 나온 지유는 불도 켜지 않은 채 빗줄기가 그림을 그리는 창 앞으로 다가갔다. 천천히 베란다 창 앞에 앉은 지유가 제 무릎을 껴안고 멍하니 밖을 바라보았다. 혼자 생각에 빠질 때면 언제나 두려움이 몰래 다가와 그녀의 귓가에 작게 속삭여 댔다.

거짓말쟁이. 넌 그를 속이고 있어. 사실을 안다면 그는 널 버릴 거야.

네 비밀을 알게 되었던 사람들처럼 널 끔찍하게 바라보게 될 거야.

넌 괴물이니까.

등줄기에 소름이 오소소하게 일어났다. 지유는 몸을 스멀스멀 타고 올라오는 냉기를 스스로를 안아서 없애려 애를 썼다. 그러나 팔 위에 진득하니 붙은 두려움은 아무리 두 손으로 감싸고 문질러 봐도 떨어지지 않았다. 싸늘한 공기가 몸에 내려앉자 그녀는 작게 몸을 떨었다. 두 팔 사이에 얼굴을 파묻은 그녀가 고통스럽게 헐떡였다.

인우가 제 모든 것을 다 내보이며 단단하고 곧은 마음으로 지유에게 오롯이 부딪혀 오는 것이 설레지 않는 것은 아니었다. 오히려 그것은 눈물이 나도록 달콤했다. 그 무뚝뚝하고 싸늘한 남자가 뱉는 달콤한 고백이라니……. 지유는 상상조차 해 본 적이 없었다. 그래서 그가 그저 다가가도 되냐는 허락을 구했을 때 그녀는 더 이상 버틸 수가 없었다. 이미 제 마음을 가득 채운 그를 그녀는 더 이상 밀어낼 수가 없었다.

아마도 인우는 이미 지유의 마음속 깊이 자신이 들어가 있음을 까맣게 모르고 있을 것이었다. 그러나 그가 다가오도록 허락했다고 해서 그녀의 두려움이 모두 사라진 것은 아니었다. 도리어 그것은 지유의 설레는 마음을 양분 삼아 그를 속이고 있다는 죄책감마저 불러일으켰다.

설렘과 두려움, 그리고 죄책감이 뒤범벅이 되어 지유는 그저 혼란스러워졌다. 엉망으로 뒤섞인 감정은 가슴에 아릿한 통증까지 일으켰다. 계속 시달린 뇌는 휴식을 요구하듯 계속해서 두통을 불러냈다. 눈을 감아도 설핏 잠이 들어도 그것은 꿈속까지 쫓아오고는 했다. 잠을 제대로 이루지 못하는 하루하루가 계속되자 지유는 천천히 지쳐 갔다.

그런데도 속삭임은 사라지지 않고 끈질기게 그녀를 괴롭혀 댔다. 결국 참지 못한 지유가 모든 것을 떨쳐 내듯 차가운 바닥을 짚고 힘겹게 일어섰다. 천천히 베란다 바닥으로 내려선 지유가 유리창을 때리는 빗소리를 들으며 창문을 열었다.

습기를 가득 머금은 공기가 확 덮쳐 오자 그녀는 느리게 눈을 깜빡였다. 창틀에 부딪친 빗방울들이 작게 부서져 그녀의 얼굴에 맺혔다. 열린 창으로 손을 내밀자 축축하게 젖은 공기가 빗물과 함께 지유의 손에 닿아 부서져 내렸다.

비는 쉽게 수그러들 기세가 아니었다. 장마가 지난 지 한참인데도 오히려 비가 더 많이 내리고 있었다. 여름의 끝에 계속해 내리는 비는 손끝이 시릴 만큼 차가웠다.

그 서늘한 유리창에 이마를 기대며 빗물이 맺히는 모양을 바라보던 지유는 문득 제 고민 때문에 잊고 있었던 기연이 걱정되었다. 기연은 유난히 비 오는 날을 싫어했다. 제 엄마가 절 아빠에게 보낸 날이 이렇게 비가 오던 날이었기 때문이었다.

강한 척하지만 사실 그 안은 너덜너덜 상처가 낫지 않는 아이가 앉아 있는 것이 기연이었다. 보나마나 오늘 정호는 기연의 등굣길을 따라나설 것이 분명했다. 그것이 비만 오면 학교에 가기 싫다는 기연을 달래는 유일한 방법이었고 제 아빠의 밑에 있는 이른바 삼촌이라는 덩치들에게 끌려서 억지로 학교에 가지 않는 유일한 방법이었다.

그녀의 생각을 맞추기라도 한 듯 휴대폰의 문자 소리가 들려왔다. 어두침침한 방 한가운데 빛나는 액정에는 기연을 등교시키고 출근하겠다는 정호의 문자가 깜빡이고 있었다.

문자를 확인한 지유는 비가 들이치는 창을 닫고 욕실로 향했다. 차가운 몸을 데우려 따스한 물을 틀고 제 뺨을 씻어 보았지만 거울에 비친 창백한 얼굴은 여전했다. 거울 안에서 마주 보이는 혈색 없이 파리한 얼굴에 지유의 입에서 무거운 한숨이 새어 나왔다.

와이퍼가 쉴 새 없이 움직이며 차 앞 유리창을 닦아 냈지만 쏟아붓는 비의 양을 감당하지 못하고 있었다. 평소보다 카페로 향하는 차의 속도는 현저히 떨어졌고 지유는 잘 보이지 않는 앞을 가늠하며 카페 주차장으로 겨우 들어섰다. 늘 세우던 자리에 주차를 한 그녀가 조수석 바닥에 두었던 우산을 집어 들었다. 그러나 문을 연 지유가 제 우산을 펴기도 전에 그녀의 머리 위로 커다란 검은 우산이 씌워졌다.

놀라서 바라보는 그녀의 시야에 먼저 물방울이 방울방울 맺혀서 젖어 있는 어깨와 날카로운 턱 선이 들어왔다. 생각지도 못한 인우의 등장에 지유는 한쪽 다리를 차 밖으로 빼고 우산을 든 모습 그대로 굳어 버렸다.

자신을 멍하니 바라보고 있는 지유의 손을 인우가 채근하듯 부드럽게 잡아당겼다.

"계속 그러고 있다가는 우리 둘 다 젖어 버릴 거야."

습기 가득한 공기 사이를 지나 제 귀에 낮게 스미는 목소리에 놀란 지유가 다리에 힘을 주고 일어섰다. 어깨를 나란히 마주한 두 사람은 쏟아지는 폭우 사이를 달려 카페 앞에 다다랐다. 지유에게 열쇠를 건네받은 인우가 문을 열자마자 두 사람은 서둘러 안으로 들어섰다. 주차장에서 카페까지 잠깐 사이를 걸어왔다고 믿기에는 두 사람 다 너무 젖어 버린 모습에 어이없는 웃음이 나올 정도였다.

"출근하기엔 너무 이른 시간 아니에요?"

"맞아."

빗물이 뚝뚝 떨어지는 모습으로 무뚝뚝하게 고개를 끄덕이는 인우가 지유는 의아해졌다.

"그럼 무슨 다른 일 있는 거예요?"

"보고 싶어서 기다렸어."

얼굴색 하나 변하지 않는 무덤덤한 표정으로 인우가 더하지도 빼지도 않고 제 마음을 고스란히 보여 주자 지유는 더 당황하고 말았다. 아무리 애를 써도 사라지지 않던 냉기가 사라지고 그 대신 열이 확 오르는 기분이 들었다.

"너무 아무렇지도 않게 그런 말을 하는 거 아니에요?"

"그럼 보고 싶은 걸 보고 싶다 말하지 뭐라고 하란 거야?"

불만스럽게 투덜대는 인우의 말에 지유는 목덜미까지 붉어져 버리고 말았다. 다가와도 좋다고 했지만 이런 식으로 아무렇지도 않게 직구를 날려 대는 그의 모습은 익숙해질 것 같지 않았다.

"기, 기다려요. 수건 가져올게요."

답지 않게 말을 더듬고 지유는 도망치듯 탈의실에서 수건을 가져왔다. 그녀가 인우에게 수건을 건네자 그가 수건을 받아 들다 말고 지유의 손을 감싸 쥐었다. 섬뜩함이 느껴질 정도로 싸한 냉기가 느껴지는 손을 인우는 꼭 잡아 쥐었다.

"손이 왜 이리 찬 거야?"

"괜찮아요."

지유의 말에도 인우는 그녀의 손에 제 온기를 나누어 주었다. 크고 단단한 손이 나누어 주는 온기에 지유는 밤새 내내 시려 오던 마음까지 포근해지는 기분이 들었다. 단지 손이 맞닿은 것뿐인데도 지유는 자신에게 없던 새로운 감각이 돋아나는 기분이 들었다.

언제나 감정의 전이가 먼저였던 모든 접촉들과는 다른, 온전히 느껴지는 피부의 감촉과 단단한 손의 느낌과 체온은 신기하기만 했다. 한 번도 느껴 보지 못한 새로움. 날 때부터 결여되어 있던 그것이 느껴지자 지유는 서글퍼졌다. 그리고 또다시 남과는 다른 자신을 자각해 버렸다. 저도 모르게 울컥하는 기분에 지유는 인우에게 잡힌 손을 빼내었다.

"커피 줄게요. 기다려요."

뒤돌아서서 원두를 새로 갈고 커피를 내리는 지유의 손길이 바쁘기만 했다. 수건으로 젖은 어깨와 팔을 닦아 낸 인우가 그런 그녀의 모습을 물끄러미 바라보았다. 등을 돌리고 서서 커피를 내리고 있는 그녀는 평소처럼 머리를 높게 올려 묶고 있었다. 머리카락 한두 가닥이 흘러내려 있을 뿐 훤히 드러난 목덜미가 눈이 시리도록 하얘서 인우는 자꾸만 시선이 그리로 향했다.

할 수만 있다면 그녀를 품에 안고 차갑던 손끝과 저 하얀 목덜미의 시린 느낌을 없애고 싶었다. 차가운 그녀의 체온이 심장 끝을 찔러 왔다. 아직도 손에 생생하게 남겨져 있는 그 냉기가 마음에 걸려 제 가슴이 아플 지경이었다.

"드세요."

긴 머그잔에 뜨거운 김이 올라오는 커피를 담아 인우에게 건네고 사라지려는 손을 그가 다시 잡았다. 인우의 큰 손과 맞닿은 작고 하얀 손은 아직도 차갑기만 했다.

"옆에 앉으면 안 될까?"

그의 말에 지유는 카페 벽에 걸린 시계를 바라보았다. 일찍 출근한 탓에 오픈까지는 아직도 꽤 시간이 남아 있었다. 거기에 생각이 미치자 그녀는 문득 다른 사실을 깨달았다. 대체 이 남자는 언제부터 저를 기다리고 있었던 것일까? 아직도 축축하게 젖어 있는 그의 어깨에 지유는 굳이 묻지 않아도 알 수 있었다. 그것이 꽤 오랜 시간이라는 것을.

이 남자가 이리 다정한 사람이었던 걸까? 냉랭하고 싸늘한 모습을 걷어 낸 다정한 그의 모습은 그녀를 자꾸만 무기력하게 만들었다.

그래서 그의 말을 거절하지 못하고 그녀는 선선히 고개를 끄덕였다. 지유가 긴 아일랜드 테이블을 돌아 자신의 옆에 앉자 인우는 단정하게 무릎에 올린 지유의 손을 다시 잡아당겼다. 그리고 그 손은 인우의 커다랗고 단단한 손에 감싸인 채 커피 잔에 닿았다. 잔에 닿은 그녀의 손이 뜨거워지려는 찰나 인우가 손을 끌어당겨 비벼 주고 잔에 다시 닿게 하기를 반복했다.

"괜찮은데⋯⋯."

"내가 괜찮지 않아. 이러다가 감기 걸리면 내가 더 괴로울 거 같으니 싫어도 참아."

무뚝뚝하기 그지없으나 그래서 더 달콤하기만 한 그 말에 지유는 작게 미소를 지었다.

"말했잖아요. 싫지 않아요."

제 눈을 바라보는 남자의 눈빛이 진하다. 지금 이 남자는 무슨 생각을 하는 걸까? 맞닿은 체온은 그저 체온일 뿐 그녀에게 아무것도 말해주지 않았다. 피부가 닿았는데도 아무것도 알 수 없다는 것은 불안한 동시에 묘하게 안도가 드는 느낌이었다. 다정하고도 안심시켜 주는 단단한 손길에 지유는 어지러웠던 마음도 제자리를 찾아가는 기분이 들었다.

"난 그걸로 부족해."

퉁명스러운 말투가 영락없이 볼멘 아이와 같아서 지유의 웃음이 더 깊어졌다. 감정의 전이 없이, 인우의 미세한 얼굴의 변화와 목소리의 느낌으로 그의 감정을 세세히 느껴 보는 것도 새로웠다. 그것은 그를 더 깊이 바라보고 더 집중하게 만들었다.

"알고 있어요."

마주 잡은 두 사람의 손에 시선을 고정한 채 고개를 끄덕이는 지유의 모습에 인우는 느릿하게 그녀의 손끝을 쓰다듬었다. 부드럽고도 다정한 그 손길은 엄지부터 새끼손가락까지, 그리고 왼손에서 오른손으로 이어졌다. 지금까지 그 어느 순간보다 손끝의 촉감이 예민해지는 기분이었다. 그녀의 모든 감각이 김인우 그에게로 향했다.

"그래도 당신을 재촉하고 싶지는 않아."

내내 불만스러운 표정이었지만 끝에는 결국 지유를 배려해 주는 그 말이 다정해서 그녀는 또 두 눈에 물기가 차오르는 것만 같았다. 그래서 그저 눈을 내리깐 채로 겨우 고개만 끄덕였다. 이대로 그를 마주보았다가는 그를 좋아하는 제 마음이, 그리고 또 두려움에 떠는 제 모습이 들통 날 것만 같았다.

손부터 시작된 온기가 천천히 그녀의 온몸으로 퍼졌다. 차가운 손끝이 온기를 찾아 가면서 지유의 싸늘했던 몸도 점점 따스해졌다. 그리고 그 반대로 커피는 천천히 식어만 갔다. 결국 다 식어 버린 커피에 지유가 인우에게 잡힌 손을 당기며 자리에서 일어섰다.

"커피 다 식었어요. 새로 가져올게요."

"안 마셔도 되니까. 10분만 그냥 있어 줘."

제 손을 놓아주지 않는 그 때문에 손을 잡힌 채 일어서던 지유는 다시 의자에 앉을 수밖에 없었다. 체념 어린 한숨을 내쉰 그녀가 문득 생각난 듯 그에게 물었다.

"아침은 먹었어요?"

"대충."

먹지 않았다는 말보다 별반 나을 것 없는 대답에 결국 지유는 다시 일어서고 말았다.

"김인우 씨야말로 의사 선생님이 빗속에 비 맞고 감기 걸리면 어쩌려고 그래요?"

타박하는 그 말투에 인우는 혼자 아픈 몸을 가누어야 했던 때를 기억해 냈다. 제 손으로 이마에 찬 수건을 올려야 하던 밤들과 손 하나까딱할 수 없을 만큼 아파서 무기력하게 숨만 토해 내며 눈을 깜박거리던 그 순간들. 그리고 그것보다 더 견딜 수 없었던 것은 열에 들떠 눈을 뜨는 매 순간순간 혼자라는 사실이었다.

눈이 욱신거리도록 백열등이 환히 켜져 있어도, 눈을 감은 건지 뜬 건지 구별할 수 없을 정도로 빛 한 점 들지 않는 어둠 속이어도 그 사실은 별반 달라지지 않았다. 언제나 그것은 뼈가 시리도록 외롭고 아픈 일이었다. 이제까지 인우는 그것이 제가 견디고 감당해야 할 당연한 일이라고 생각했다. 그러나 지금은 자신이 잡고 있는 이 작은 손이 그에게 전혀 다른 걸 바라게 했다.

"만약 내가 아프면 와 줄 건가?"

씁쓸함이 묻어나는 질문에 지유가 제 손을 빼내려 잡아당기던 걸 멈추었다. 시선을 맞춰 오는 눈 끝에 짙은 외로움이 매달려 있음을 그녀는 보고 말았다. 할 수만 있다면 손을 내밀어 그 외로움을 지워 내고 대신에 웃음을 덧그리고 싶었다.

그러나 그녀는 그럴 수 없었다. 단단한 결심 없이 그에게 다가섰다가 제 자신이 부서져 버릴까 봐 아직도 지유는 한 걸음 떼기가 무서웠다. 그녀는 기연에게 하듯 그에게 가볍게 농담처럼 대꾸했다.

"안 갈 거니까 절대 아프지 마요."

어딘가 새침한 그 말이 걱정처럼 들려서 인우의 입 끝이 살짝 올라갔다.

"그래도 아프면?"

"안 간다니까요."

가볍게 살랑이는 대답 뒤로 그가 잡고 있던 작은 손이 스륵 빠져나갔다. 남겨진 손안의 빈 공간이 어쩐지 아쉬워져 인우는 제 손을 움켜쥐었다.

서둘러 테이블을 돌아간 지유가 앞치마를 매고 머릿수건을 하고 인우를 돌아봤다.

"출근 몇 시예요?"

"금방 가야 할 거 같은데?"

"그럼 15분만 줘요."

주방으로 들어간 지유가 브런치로 쓸 재료인 미리 만들어 둔 단호박 퓨레를 꺼내 들었다. 우유를 붓고 퓨레를 함께 끓이고 냉장고에서 팥 조림을 꺼내 들었다. 팽드미 두 장을 꺼내어 토스트를 만들고 가염버터를 전자레인지에 살짝 돌려 발라 먹기 좋을 정도로 녹였다.

단호박 수프가 완성되자 지유는 수프 냄비의 불을 끄고 소금을 살짝 넣었다. 귀여운 양 손잡이가 달린 수프볼을 꺼내어 단호박 수프를 담은 다음 팥 조림을 얹고 생크림을 그 주변으로 둥글게 뿌려 주었다. 쟁반에 수프볼을 담은 뒤에 토스트와 버터를 그 옆에 올린 지유가 새로 내린 커피와 함께 인우에게 아침 식사를 차려 주었다.

쟁반 위의 음식들에서 풍기는 식욕을 자극하는 향기에 인우는 먼저 버터나이프를 잡았다. 저에게 없다고 생각하던 식욕이란 것을 이 여자만이 매번 새롭게 자극하고는 했다. 아니, 식욕뿐만이 아니었다.

자신의 그저 당연하게 생각하던 모든 것들을 지유가 전부 새로 바라보게 했다. 그것은 흐릿한 시선으로 바라보던 세상을 제 눈에 맞는 안경을 쓰고 제대로 바라보는 기분이었다. 어쩌면 그녀가 그에게는 새로운 세상을 시작하는 시작점일지도 몰랐다.

따끈한 수프를 마시고 그녀와 눈을 마주하는 이 순간을 위해 지유를 기다렸던 새벽의 지루한 기다림은 정말 가벼운 대가였을 뿐이었다. 다른 때 같으면 짜증이 날 정도로 궂은 날씨인데도 인우의 기분은 화창하기만 했다. 그리고 그 모든 것은 맞은편에 앉은 지유 때문이었다.

인우가 접시를 다 비워 갈 때쯤 카페의 문이 열리고 투덜거리는 누군가가 들어왔다. 제 등 뒤에서 들리는 목소리에 인우가 고개를 돌리자 젖은 머리를 손으로 터는 석현이 보였다. 지유와 공유했던 다감한 시간이 순식간에 공기 중으로 흩어져 버렸다. 그것이 못내 불만스러워

지유와 함께 있으면서 사라졌던 싸늘한 냉기가 다시 인우의 얼굴에 내려앉았다.

"아침부터 웬일이야?"

원래도 연락 없이 나타나는 것이 지석현의 스타일이었지만 워낙 궂은 날씨에 지유는 묻지 않을 수가 없었다.

"아침 먹으러 왔어. 그런데 손님이 있었네?"

마주한 두 사람을 보고 움찔했던 것을 담담히 감춘 석현의 목소리는 평소와 다를 바 없이 활발하기만 했다. 긴 다리로 성큼 걸어온 그가 인우에게 아는 척을 했다.

"다시 만나네요?"

얼굴 가득 부드러운 미소를 머금은 석현을 바라보는 인우의 얼굴이 조금 더 싸늘해졌다. 언젠가 아주 오래전에는 인우도 저런 미소를 지을 줄 알았다. 그러나 이제는 어떻게 해야 저렇게 웃을 수 있을지 방법조차 알 수 없었다. 제가 잃어버린 웃음을 당연하듯 얼굴 가득 담고 있는 남자. 그래서 인우는 지유를 제쳐 놓고서라도 석현이 마음에 들지 않았다.

그는 자꾸만 잊고 싶은 과거의 제 모습을 생각나게 했다. 아무 걱정도 없이 그저 해맑게 웃고 행복하기만 했던, 조심성 없고 천진난만한 그 시절 김인우의 모습을 되새김질하게 했다. 지워 버리고 잘라 내어 버리고 싶은 시간의 제 모습을 말이다. 여러 가지로 인우의 심사를 긁어 대는 석현인지라 인우의 얼굴은 그저 냉랭하기만 했다.

"그러네요."

무뚝뚝하게 대답한 인우가 다 먹은 쟁반을 지유에게 다시 밀어 주었다. 일어나야 할 시간이었지만 친구라는 저 녀석과 지유 둘만 놔두고 가야 한다는 점이 영 마음에 들지 않았다. 결국 마지막까지 미적거리던 인우는 늦지 않았냐는 지유의 말에 일어설 수밖에 없었다.

"저녁에 올게."

"그래요."

지유의 대답을 들은 인우가 서늘한 눈빛으로 석현에게 고개를 까딱해 보이고 카페를 빠져나갔다. 아일랜드 식탁에 기대어 그 모습을 바라보던 석현이 지유에게로 시선을 돌렸다.

"눈빛으로 날 죽일 작정인 것 같은데? 그래서 결국 사귀는 거야?"

석현의 말에 지유의 얼굴이 어두워졌다.

"그런 거 아니야."

혹시나 맞다고 대답할까 숨죽였던 것도 잠시, 지유의 가라앉은 얼굴이 걱정이 되는 건 왜일까? 이율배반적인 제 감정에 석현은 쓴웃음을 지었다.

"뭐가 문제인데?"

석현의 말에 인우와 함께 있으며 가닥이 잡히던 마음이 도로 헝클어졌다. 무엇이 문제라니, 정말 몰라서 묻는 걸까? 지유 자신 그 자체가 문제였다. 평범하지 못한, 그래서 그 사실을 알게 된 사람들에게 여지없이 괴물이 되어 버리는 자신이 걸림돌이었다. 자신의 목에 혹처럼 걸린 그 사실을 삼킨 지유가 천천히 입을 열었다.

"석현아, 너도 도망가고 싶었어?"

"무슨 말이야?"

"나한테서…… 도망가고 싶었어?"

지유가 조심스런 어조로 묻는 말에 잔잔한 미소를 짓고 있던 석현의 얼굴이 굳어 갔다.

"무슨 소리야?"

"내 능력을 알고 나서는 모두 날 피했잖아."

"뭐야, 너? 내내 그걸 걱정했던 거야?"

"그 사람 마음은 알 수 없으니까. 사람들 마음을 읽을 수 있다는 게 그렇게 싫었는데 김인우 그 사람은 무슨 생각을 하는지 알 수 없어서 두려워. 그래서 무서워, 석현아."

마주 잡은 자신의 두 손에 시선을 고정시킨 지유의 마음은 갖가지 감정이 온통 범벅이 되어 있었다. 그녀가 두서없이 내뱉는 말끝에 고개를 들어 바라본 석현의 눈에 언뜻 무언가가 스쳐 갔다. 그것은 언제나 환히 웃는 태양과 같은 미소를 지닌 석현과는 어울리지 않는 날카롭고 어두운 것이었다. 그러나 지유가 그것을 유심히 살펴보려는 찰나 빠르게 사라져 버렸다.

"그 사람 사랑하는구나."

지유가 뱉은 그저 몇 마디로 그녀가 제 안에 꼭꼭 감춘 마음을 석현은 훤히 들춰냈다. 그것은 서로의 아픈 부분을 건드리지 않는 두 사람의 지금까지와는 다른 행동이었다. 갑작스러운 석현의 태도 변화는 당혹스럽고 불편하기만 했다. 게다가 상당히 유감스럽다는 듯한 그 씁쓸한 말투는 그녀의 가슴을 무겁게 했다.

"그래서? 그 남자가 다 알고 나면 도망갈까 두려워서 네가 먼저 도망가는 거야?"

정곡을 찌르는 그 말에 지유는 움찔하고 말았다. 상처 받기 전에 먼저 도망을 치고 문제에 부딪히기보다는 피하는 쪽을 선택하는 것이 지유였다. 이미 어릴 때 많은 상처를 받았던 그녀가 선택한 최선의 방어였다. 아무리 변명해 봐도 그것이 회피의 한 방법이라는 걸 석현도 지유도 너무나 잘 알고 있었다.

다른 때와는 달리 제 모습을 적나라하게 지적하는 석현의 모습에 지유는 고개를 돌려 버리고 말았다. 자신이 알고 있는 것과 남이 그것을 들춰내는 것은 다른 문제였다. 입술을 짓이기는 지유의 모습을 한참 동안 아프게 바라보던 석현이 부러 밝은 목소리를 내었다.

"바보! 쓸데없는 걱정 좀 하지 마. 어차피 그 사람한테는 네 능력이 통하지 않잖아. 그리고 네가 도망간다고 그냥 놓아 버릴 사람이라면 그 사람 마음은 겨우 그 정도뿐인 거야. 그런 사람이라면 이렇게 애쓸 필요도 없어. 아무리 그 사람이 네 마음을 차지하고 있어도 나는 네가 상처받는 걸 원하지 않아."

단호한 말에 지유는 석현을 물끄러미 바라보았다.

"그리고 도망가고 싶었냐고? 언제나 도망가는 건 너였잖아? 생각 안 나? 어릴 때 나랑 놀기 싫다고 도망가서 숨는 것도 너였고, 아무도 모르는 곳으로 가고 싶다고 파리로 도망가 버린 것도 너였고, 수시로 가게를 옮기면서도 연락 하나 남기지 않는 것도 너였어. 그런데도 그런 널 매번 찾아내는 건 나였어."

장난스럽게 대답한 석현이 맹세하듯 그녀에게 다시 말했다.

"걱정하지 마. 다 떠나도 나는 항상 네 옆에 있을 거야. 그러니까 안심해도 돼."

저를 바라보는 진지한 눈동자를 통해 지유는 그 말이 석현의 진심이라는 걸 알았다.

석현의 말대로 언제나 도망가는 건 지유였다. 어릴 때 석현이 귀찮다며 매번 도망가도 지치지 않고 찾아내는 것도 석현이었고, 지유의 능력 때문에 이상한 아이로 찍혀서 전학과 이사를 반복할 때도 며칠이 지나면 거짓말처럼 그곳에 석현이 나타나고는 했다.

파리로 그렇게 도망쳤을 때도 석현은 옆 동네 있는 친구 집에 놀러 오듯 지유에게 자주 들르고는 했다. 그리고 지금 두려움을 토해 내는 그녀를 석현이 다시 옛 추억으로 그렇게 다독여 주었다. 제 마음을 들여다본 것처럼 안심시켜 주는 그 말들에 지유가 흐리게 미소를 지었다. 고개를 끄덕끄덕하는 지유에게 언제 내가 진지하게 말했냐는 듯 석현이 장난스럽게 속삭였다.

"그리고 여자는 쉽게 넘어가면 안 되는 거야. 자고로 도도한 맛이 있어야 되는 거지. 밀당 알지? 들어 봤지?"

"여기서 네 연애학이라도 가르칠 작정이라면 그만둬."

지유가 표정을 바꾸고 저를 가늘게 노려보자 석현이 푸시시 웃어 보였다.

"이제야 정지유 같네. 너무 걱정하지 마. 만약 그 녀석이 널 상처 주면 내가 지구 반대편까지 걷어차 줄게."

으스대며 장담을 하는 모습에 이번에는 지유가 픽 하고 웃어 버렸다.

"고마워, 석현아."

"그래. 그 사람 때문에 너 스스로를 괴롭히지 마. 자기 자신보다 소중한 건 없으니까."

"응."

어쩐지 저를 바라보는 석현의 미소가 애달파 보인다고 생각하는 그때 석현이 크게 손뼉을 짝 하고 쳤다.

"그럼 그런 의미에서 정지유 아침 스페셜 하나!"

울고 있어도 웃을 줄 아는 남자 지석현은 오늘도 제 상처를 가리고 사랑하는 친구를 위해 환하게 웃어 보였다. 그것이 그가 그녀에게 줄 수 있는 유일한 사랑의 방법이었으니까. 지금도 앞으로도 그 점은 변하지 않을 것이었다.

밤까지 비가 멈추지 않자 정호는 또다시 기연이 때문에 일찍 퇴근을 했다. 개학을 해서 기연이 이전처럼 저녁을 먹으러 오는 때는 과외가 있는 날뿐이었다. 기연은 이전과 다르게 꼬박꼬박 야간 자율학습을 빼먹지 않고 참석했다. 전과 비교하면 장족의 발전이었다.

10시가 되자 지유는 손안에 쥐고 있던 머그에 남은 포숑의 로즈애플티를 마저 마셨다. 입안 가득 꽃향기와 복숭아 향을 닮은 사과 향이 은은하게 퍼졌다. 잔을 감싼 자신의 손을 바라보는 지유의 입가에 작은 미소가 맺혔다. 아직도 따스한 머그잔은 마치 제 손을 감싸 주던 인우의 체온과 닮아 있었다.

정호가 미리 마감 정리를 해 주었고 그 뒤로는 손님이 뚝 끊겨서 지유는 제가 먹은 잔을 씻은 뒤에 옷만 갈아입고 퇴근하면 되었다. 평소처럼 테이블들을 하나하나 짚어 가며 카페를 나서던 지유는 불을 하나하나 끄면서 인사를 했다.

"오늘도 수고했다. 푹 쉬어."

여전히 쏟아지듯 내리는 비 때문에 지유는 우산을 미리 펴고 밖으로 나섰다. 우산을 비스듬히 어깨에 끼우고 발끝을 세워 위쪽에 있는 잠금 장치에 열쇠를 꽂으려는 순간 누군가가 달려오는 발소리가 들렸다. 위로 뻗었던 손을 내리며 얼굴에 들이친 빗물에 가늘게 눈을 뜬 지유가 등을 돌리는 순간 어깨를 구부린 인우가 우산 안으로 뛰어들었다.

"왜 또 혼자야?"

못마땅한 듯 눈썹을 찡그리며 열쇠를 뺏어 든 남자의 흐트러진 머리에서 빗물이 뚝뚝 떨어졌다.

"퇴근 안 했어요?"

동그랗게 뜬 눈으로 물어오는 말에 인우는 묵묵히 그녀의 손에서 우산을 받아 들고 카페 문을 잠갔다. 저녁때 별말 없이 밥을 먹고 또

다시 병원으로 돌아갔던 인우였다.

"장이 먼저 퇴근하면 혼자 위험하잖아. 일찍 나오려고 했는데 병동에 아이 하나가 열이 심해서 봐주고 오느라 늦었어."

기연이 없어서인지 떠드는 것은 정호 하나여서 내내 무심히 귓등으로 흘려듣던 수다였다. 그런데 흘려듣던 말 사이로 기연을 데리러 가야겠다는 이야기가 귀에 박혀 왔다. 비 오는 늦은 밤에 지유 혼자 카페 문을 닫게 하는 정호가 불만스러워 인우의 눈매가 가늘어졌지만 그런 걸 아는지 모르는지 지유는 그저 흔쾌히 고개를 끄덕여 허락을 할 뿐이었다.

겁이 없는 건지 자신이 여자라는 자각이 없는 건지 자주 혼자 카페 문을 닫는 지유가 인우는 걱정스러웠다. 누군가를 걱정하고 염려하고 그래서 불안해지고 화가 났다. 애정에 기반을 둔 여러 가지 감정들이 새롭게 돋아나 인우를 자극시켰다.

잊고 있던 감정들.

걸음마를 배우는 아이처럼 인우는 지유로 인해 제가 잊고 있던 감정들을 다시 배우는 기분이 들었다. 지금까지 그가 느끼던 모든 부정적인 감정들과는 달랐다. 아프지만 달콤한 감정들. 하루 종일 심박수가 정상치보다 수치가 높게 올라가고 열에 들떠 있는 것만 같았다. 마치 정지유라는 약에 취해 버린 기분이었다.

그래서 인우는 화가 났다. 자신의 안전에 무감한 그녀의 태도가 인우를 불안하게 했다. 인우의 실수로 동생 인영이 목숨을 잃었다. 그래서 가족이 산산이 부서져 버렸다. 인우는 제가 사랑하는 여자를 같은 위험에 내놓고 싶지 않았다. 아주 작고 사소한 일이라도 말이다. 제 소중한 것이 망가지는 것을 다시는 보고 싶지는 않았다.

불만스레 굳은 얼굴로 인우가 제게 건네는 열쇠를 지유는 어깨에 메고 있던 가방에 넣었다. 그 잠깐 사이에 인우의 한쪽 어깨는 다 젖어 버렸다. 바닥에 튕겨 난 빗줄기는 인우의 바짓단 끝을 적시기 시작했다.

"일부러 이렇게 오지 않아도 돼요."

인우의 어깨 위에 뚝뚝 떨어지는 물방울을 보며 지유가 낮게 중얼거리자 인우가 지유에게 고개를 기울였다. 가까이 다가온 남자의 눈이 밤에 비쳐 까맣게 빛이 났다. 느리게 입을 연 그의 목소리는 무뚝뚝했지만 뱉어 내는 말은 다정하기만 했다.

"약속했잖아. 밀어내지 않기로. 싫지 않다면 그냥 내가 하는 대로 받아 줘. 이렇게 늦은 밤에 혼자 퇴근하는 거 신경 쓰이니까."

밤은 다시 이상한 마법을 부렸다. 굳은 마음의 결심은 흐릿해지고 냉담한 마음은 한 귀퉁이가 녹아내리고는 했다. 이 싸늘한 남자의 다정함은 자꾸만 지유를 흔들어 대었다. 동요하는 그녀의 귓가에 희망이 모든 것이 괜찮을 거라고 속살거렸다. 달콤한 그 속삭임이 진득하게 귓가를 파고들었다.

짙은 비의 향기와 남자의 체취가 섞여 천천히 고개를 끄덕이는 지유에게 스며들었다. 아마도 그가 고개를 더 기울여 입을 맞춰 왔어도 지유는 그저 눈을 감았을 것이었다. 그러나 인우는 조심스레 그녀의 어깨를 감싸고 비에 젖지 않도록 우산 안으로 끌어당길 뿐이었다.

언제나 지유는 제 두 발로 세상을 걸어왔다. 누군가에게 기대는 것이 도리어 그녀에게는 고통이었다. 몸을 기대는 것도 마음을 기대는 것도 지유에게는 쉽지 않은 일이었다. 아무리 걱정하고 염려해 주는 사람들이 많이 있어도 변하지 않는 사실은 그녀는 남들과는 다른 존재라는 사실이었다. 그래서 그녀는 늘 혼자였다.

그것은 근본적인 외로움이었다.

세상에 하나뿐인 존재로서의 외로움.

제 존재에 대해 능력에 대해 공감 받을 수 없는 외로움.

그러나 제 어깨를 인우가 감싸고 같이 걷고 있는 지금 그녀는 남과 다른 자신을 느끼며 그것을 다시 되새기지 않아도 되었다. 그저 비에 젖지 않도록 우산 안으로 제 어깨를 끌어당기는 크고 단단한 손의 따스함만이 가득 느껴질 뿐이었다.

지유의 차 앞에 와서야 인우는 우산을 돌려주었다.

"출근은 언제 하지?"

"6시나 7시 사이예요. 왜요?"

"그럼 내일 아침에 봐. 먼저 갈게. 들어가."

인우가 지유의 흘러내린 머리카락을 쓸어 올려 주고 등을 돌려 걸어갔다. 무의식적으로 지유가 우산을 잡고 있는 손을 뻗어 봤지만 이미 그는 몇 발자국을 걸어간 뒤였다. 쏟아지는 빗줄기 사이를 지나 인우는 곧 건너편에 주차한 자신의 차 안으로 들어갔다. 차 문을 열던 그의 흠뻑 젖어 버린 셔츠가 지유의 시야를 어지럽혔다.

생각해 보면 아주 사소한 것이었다.

저 싸늘한 남자가 사람들을 바라보는 눈빛이 어떤 건지 지유는 잘 알고 있었다. 철저한 무관심과 냉소. 그리고 이기주의의 갑옷까지.

그는 이런 남자가 아니었다. 언제나 차가운 눈빛에 자신만 아는 것처럼 구는 이기적인 남자였다. 깔끔함이 도가 지나쳐 제 옷에 먼지 하나 묻는 것마저도 싫어하던 남자였다. 그런 그가 단지 지유를 배웅하겠다고 작은 우산을 들고 그녀가 비에 젖지 않게 하는 대신 자신이 저 비를 다 맞아 버렸다.

그답지 않았다. 이기적이던 남자는 변해 버렸다. 그리고 그것은 자신 때문이었다. 물론 그는 그녀를 사랑한다고 했다. 그 마음이 가볍다고 생각한 것은 아니었다. 하지만 사소한 변화는 큰 울림으로 다가와 지유의 심장에 궤적을 남기고 지나갔다.

지유는 많은 사람에게 닿았었다. 그리고 그들을 모조리 읽어 냈었다. 사람은 그리 쉽게 변하는 존재가 아니었다. 특히나 상처가 많은 사람들은 벽을 세웠다. 원칙을 정하고 규칙을 정하고 그 안에서 움직였다. 그것이 다시 상처 받지 않는 방법이었다.

마음을 읽지 못해도 그도 다르지 않다는 것을 지유는 알고 있었다. 처음 그녀를 끌어당기던 진한 외로움의 향기를 지유는 잊지 않았다. 인우의 그것 또한 겹겹이 두른 자기 보호의 갑옷 같은 것이었다. 그것을 벗고 저에게 온전히 다가오는 남자가 그녀를 아프게 찔러 댔다.

마음의 약한 틈을 벌리고 절망이 다가왔다. 그가 자신을 담은 마음의 크기가 느껴지자 지유는 그를 향해 한 걸음 내밀었던 발을 다시 되돌렸다. 제 비밀을 고백했을 때 그가 견뎌 낼 수 있을지, 그것이 그에게 얼마나 큰 상처가 될지 지유는 가늠할 수가 없었다. 그리고 그것이 부메랑이 되어 그녀를 내리쳤을 때 견딜 자신이 없었다.

우산을 든 채 지유는 작게 숨을 헐떡였다. 고통스러웠다. 저주스러운 자신의 능력이 원망스러웠다. 아무 걱정 없이 그가 내민 손을 잡을 수만 있다면, 그럴 수만 있다면 속으로 외치는 그녀의 눈앞이 흐려졌다. 허술하게 들고 있던 우산 속으로 빗줄기가 들이쳤다.

심장을 찌르는 고통 속에서 달콤함이 스며들었다. 아이러니하게도 지금 그녀는 아프지만 행복했다. 인우의 사랑에 행복했고 앞뒤 재지 않고 그 사랑에 빠져들 수 없어서 아팠다. 희망과 절망이 번갈아 그녀 안을 채우고 빠져나가기를 반복했다.

온통 뒤죽박죽되는 감정과 결정의 혼란 속에서 지유는 길을 잃었다. 혼란스럽게 멍하니 서서 그를 바라보는 그녀를 재촉하듯 인우의 차 전조등을 깜박거렸다. 그것이 어서 마음을 정하라는 재촉인지 어서 차에 타라는 재촉인지도 지유는 분간할 수가 없었다. 그저 이정표도 없고 생소한 낯선 길에서 버려진 어린아이만 같았다.

어지러운 그녀의 마음과는 달리 자신을 향한 불빛은 그저 따스하기만 했다. 안심시켜 주듯 부드러운 불빛에 지유의 헐떡이던 숨이 잦아들었다. 유리창에 흘러내린 빗줄기를 와이퍼가 걷어 내자 희미한 실내등 불빛에 흐트러진 머리카락을 쓸어 올리는 인우가 보였다. 그의 시선은 한 치의 비켜 감도 없이 지유만을 향해 있었다.

빗물에 어지러이 흘러가는 나뭇잎 같은 그녀와는 달리 그는 단단하게 제 마음의 자리를 지키고 있었다. 다독다독 그녀를 어르듯 다시 전조등이 깜박거렸다. 그리고 그 불빛은 지유가 차에 타고 시동을 거는 동안 내내 그녀를 기다렸다. 주차장을 빠져나와 집으로 갈 때까지 불빛은 그렇게 그녀를 지켜 주었다.

평온해서 행복한 일상이 지나갔다. 벌써 이틀째 비는 멈추었다가 쏟아지기를 반복했다. 빗소리를 음악 삼아 인우는 향긋한 커피 향을 맡으며 물끄러미 지유를 바라보았다. 그녀는 오늘 주문 받은 빵이 있다며 아침부터 대파 한 아름을 손질하고 있었다.

인우는 아침마다 주차장에서 지유를 기다려 아침에 같이 차를 마시고 정호가 기연을 데리러 갔을 때 퇴근하는 그녀를 배웅하기를 계속했다. 그저 아침을 같이 하고 가끔 저녁에 퇴근하는 그녀를 기다려 차를 마시는 약간의 시간들이 그의 하루에 반짝반짝 윤기를 내 주었다. 그저 사랑하는 사람을 바라보는 것만으로도 가슴 벅찬 즐거움이 그를 가득 채웠다.

오늘처럼 지유를 관찰하는 것도 그에게는 유쾌하고 흥미로운 일이었다. 집중할 때는 도톰하니 붉은 아랫입술을 살짝 깨무는 모습과 커피는 싫어하고 홍차를 좋아하며 빵과 과자를 만들면서 정작 자신은 단 것을 싫어하는 그런 소소한 버릇과 취향 같은 것들도 이런 시간으로 얻은 소득이었다.

처음 지유를 배웅하던 그날 온통 엉망으로 젖어 버린 제 모습이 어찌나 한심했던지 인우는 그 생각만 하면 지금도 입술이 저절로 비틀어졌다. 어렸을 때부터 깔끔한 걸 좋아하던 그는 한 번도 그렇게 비를 맞은 적이 없었다. 사춘기 이후로 결벽증이 강화된 뒤로는 더더욱 그랬다. 그러니 머리끝부터 발끝까지 젖어서 물을 뚝뚝 흘리는 제 모습을 비추는 현관의 거울을 보고 헛웃음이 나올 수밖에.

그렇게 대책 없이 빗속을 뛰어가려던 것은 아니었다. 하지만 창밖으로 보이는 카페의 불빛이 점점 흐려지는 것을 본 순간 그는 이미 그녀를 향해 달리고 있었다. 왜 그렇게 마음이 급해졌는지 인우도 알 수 없었다. 그저 그녀가 폭우와 어둠 속에서 혼자 문을 닫고 걸어가는 게 지독히도 싫었을 뿐이었다.

젖은 제 몸 때문에 축축해진 차의 시트도 신경 쓰이지 않았었다. 눅눅하고 차갑게 젖어 버린 제 모습도 안중에 없었다. 왜 자신을 바라보며 빗속에 서 있던 그녀의 모습이 위태롭고 불안정해 보였을까? 그는 그저 빗속에 홀로 서 있는 그녀를 달려가서 안아 주고 싶은 마음을 참으며 운전대를 비틀고 있었을 뿐이었다.

그가 다가가면 다가갈수록 흔들면 흔들수록 지유는 혼란스러워했다. 인우가 두 걸음 다가서면 지유는 한 걸음 뒤로 물러섰다. 그래서 인우는 조심스럽게 다가서다 멈추고는 했다. 그러다 밤이 되어서 침대에 누우면 한숨이 날 정도로 조바심이 나고는 했다. 그래도 인우가 위안을 삼을 수 있는 것은 그래도 남는 한 걸음씩 차곡차곡 그녀가 그에게 가까워지고 있다는 점이었다.

바로 지금처럼.

"내가 주방에 못 들어오게 하려는 거야?"

대파 향에 인우가 미간을 일그러뜨리며 쟁반을 싱크대에 올려놓자 지유가 물기 가득한 눈을 들었다.

"성공 못한 거 같은데요?"

인우가 눈물이 그렁그렁한 지유의 눈을 못마땅하게 바라보았다. 그저 눈이 매워서 우는 것을 알고 있는데도 지유의 눈물은 그의 가슴을 철렁하게 하는 무엇이 있었다.

"꼭 그렇게 일일이 칼로 썰어야 하나?"

믹싱볼을 가득 채운 대파는 인우의 눈마저 따갑게 했다.

"믹서기로 갈면 물도 많이 나오고 뭉개져서 빵 만들 때 식감이 떨어져요."

"흐음."

불만스럽게 그녀의 눈에 고인 눈물을 바라보던 인우가 손을 뻗어 고여 있는 물기를 닦아 냈다. 젖은 속눈썹이 그의 손가락을 간질였다. 얌전히 제 손길을 받아들이는 모습이 가슴 뻐근한 뿌듯함을 느끼게 했다. 마치 그것은 길들여지지 않는 존재를 길들이는 기분이었다.

촉촉해진 눈망울에 젖은 속눈썹을 길게 드리운 눈이 자신을 올려다보는 기분은 나쁘지 않았다. 인우는 슬쩍 입꼬리를 잡아당겼다. 제 손길을 피하지 않는 지유의 모습도 그가 얻은 수확이었다.

"나쁘지 않군."

"뭐가요?"

"글쎄?"

알 듯 말 듯한 말을 뱉는 인우가 사람을 매료시키는 묘한 미소를 지었다. 그녀에게 다가오겠다고 선언한 뒤로 그는 가끔 그녀에게 저런 미소를 지어 보이고는 했다. 그가 저 미소를 제대로 썼다면 여러 여자를 울리고도 남았을 거라고 생각될 정도로 남자의 미소는 매혹적이었다.

다시 인우의 손이 제 눈에 다가오는 것을 보며 지유가 느리게 눈을 감았다. 그녀를 괴롭히는 감정의 전이가 없는 접촉은 매번 새로우면서도 신기했다. 불안해할 필요도 없고 긴장하지도 않고 닿을 수 있는 유일한 사람. 그래서 자꾸만 기대고 싶어졌다.

그 순간 탁 하는 소리와 함께 정호의 목소리가 들렸다.

"사장님, 나 왔어! 어라? 김인우 선생님이 왜 주방에 계세요?"

어느새 터덜터덜 정호가 주방에 걸어 들어오고 있었다. 정호가 오는지도 몰랐던 인우가 헛기침을 하자 그 대신에 지유가 말을 돌렸다.

"기연이는?"

"학교 데려다 주고 왔어. 어라? 사장님 울어?"

정호의 뜨악한 얼굴을 본 지유가 한 손의 대파와 다른 손의 칼을 들어 보여 주었다.

"아하? 오늘 대파 빵 만드는구나?"

히죽 웃은 정호가 코를 막고 두 사람에게 다가왔다.

"그런데 선생님은 웬일로 주방까지 오셨어요?"

대답 대신 자신이 옮겨 둔 쟁반을 가리킨 인우가 툭하니 지유에게 인사를 건넸다.

"갈게. 저녁에 봐."

대답 대신 고개를 끄덕이는 지유를 찬찬히 바라보던 그가 정호에게 고개를 까딱하더니 주방을 빠져나갔다. 의자에 걸쳐 둔 재킷과 가방을 들고 카페를 나서는 인우를 정호가 의아하게 바라보더니 고개를 갸웃거리며 탈의실로 걸음을 옮겼다. 작게 안도의 한숨을 내쉰 지유가 대파를 마저 다져 냈다. 그러고는 갈아 낸 체다 치즈와 함께 반죽기에 넣고 밀가루 반죽을 만들기 시작했다.

대파 향이 지워지지 않는 손을 청결제로 씻어 내고 정호와 먹을 아침을 준비했다. 관자를 잘게 잘라 넣고 끓인 미역국의 냄새가 비가 와서 은근히 쌀쌀해진 공기 중으로 진하게 퍼졌다. 무장아찌와 고추장에 넣고 삭힌 고춧잎과 김치를 각각의 쟁반에 챙겨서 식탁에 차린 뒤에야 옷을 갈아입은 정호가 나타났다.

"와! 오늘은 웬일로 한식이야?"

"비 오잖아. 이럴 때 빵 먹기는 싫어서."

"나야 감사하지."

신나게 국에 밥을 말아 한 입 떠 넣은 정호가 생각났다는 듯 말을 꺼냈다.

"그러고 보니까 김인우 선생님 이상하네."

국을 떠서 입으로 가져가던 지유는 잠시 멈칫했으나 아무렇지도 않은 척 국물을 꿀꺽 삼켰다.

"뭐가?"

"설마 김인우 선생님이 사장님 좋아해?"

"콜록!"

마시던 국물이 목에 걸린 지유가 기침을 했다.

"진짠가 보네?"

"어떻게 알았어?"

지유가 놀란 목을 진정시키고 물어보자 정호가 어깨를 으쓱하며 의미심장한 웃음을 지었다.

"기연이가 그러더라고. 뭐 나도 슬쩍 눈치는 챘지만. 그래서 둘이 사귀는 거야?"

"그런 거 아냐."

퉁명스럽게 뱉는 대답에 정호가 양 눈썹을 모으고 의문을 표했다.

"왜? 사장님도 싫은 거 아니잖아?"

자꾸 꼬치꼬치 캐묻는 정호를 지유가 서늘하게 노려보았다.

"밥 먹기 싫으면 줘."

"아, 아냐, 먹을게. 먹어."

정호가 국그릇에 머리를 박고 후룩거리기 시작하자 지유는 지끈거리는 이마를 짚었다. 하긴 모르는 게 이상할 정도로 인우는 요즘 계속 지유를 바라보고는 했다. 딱딱하게 굳어 있던 표정이 그 자신도 모르게 풀려 있는 걸 보는 누구라도 그가 그녀에게 관심이 있다는 걸 알 수 있을 정도였다.

다가오는 그에게 기울어져 가는 마음을 알면서도 끝까지 버티려는 자신이 지유도 힘들었다. 그러나 제 존재가 인우에게 상처가 되는 순간을 최대한 미루고 싶은 마음이 컸다.

어차피 결론은 두 가지 중에 하나였다. 두 사람 모두에게 상처만 남기거나 아니면 운이 좋아 해피엔딩이 되거나. 완전한 정반대의 결론은 자꾸만 그녀를 피하고만 싶게 만들었다. 해피엔딩에 대한 가능성이 희박하다는 생각도 그것을 부추기기는 마찬가지였다.

계속되는 폭우에 브런치에도 손님이 별로 없었기 때문에 지유는 오후에 판매할 빵과 머핀을 조금씩만 만들기로 했다. 남는 브런치 재료로 점심을 일찍 먹고 난 네 사람은 하릴없이 아일랜드 식탁에 옹기종기 앉아서 비가 오는 밖을 바라보았다.

어두침침하고 비가 오는 날씨가 사람을 나른하고 더 피곤하게 만들었다. 게다가 손님이 없다 보니 정호마저 입을 가리며 하품을 쏟아 내기 일쑤였다. 결국 정아가 테이블 위에 몸을 쭉 뻗으며 중얼거렸다.

"비 오면 왜 잠이 더 오는지 모르겠어요."

정호가 히죽 웃었다.

"누나는 빗소리가 자장가로 들리나 봐."

정아가 쑥스러운 듯 웃으며 대답했다.

"그런가?"

어깨를 두드리는 정아의 얼굴에 피곤이 가득했다. 남자도 힘들다는 투잡을 여자인 정아가 하고 있으니 힘들 만도 했다. 곰곰이 정아를 바라보던 지유가 조용히 그녀를 불렀다.

"정아 씨. 오늘 일찍 퇴근해요."

"네?"

"어차피 손님도 별로 없을 거고. 일찍 들어가서 좀 쉬다가 학원 가요."

"아니에요. 괜찮아요. 사장님."

지유의 말에 정아가 어쩔 줄 몰라 했다. 오히려 정호가 나는? 이라고 장난스럽게 물어왔다.

"너 없으면 커피는 어쩌라고?"

가볍게 정호를 흘겨본 지유가 정아를 재촉했다.

"어서 가서 좀 쉬어요. 기계도 너무 돌리면 고장 나는데 정아 씨도 좀 쉬어야지. 새벽까지 애들 가르치고 아침에 카페 나와서 일하고 잠이나 몇 시간 자나 몰라? 지금부터 가서 좀 자도 4시간은 넉넉하게 자겠네. 그러니까 얼른 집에 가서 쉬다가 학원 가요."

지유의 말에 결국은 거절하던 정아가 감사하다고 고개를 꾸벅 숙이고 퇴근을 했다. 그 모습을 몽롱하게 보던 민서가 그제야 고개를 기울이며 지유를 불렀다.

"사장님. 정아 씨 어디 가요?"

지유 대신 정호가 민서의 얼굴 앞에 손을 내밀어 손가락으로 딱 소리를 냈다.

"이제야 류민서 월드에서 빠져나오셨네? 누나는 그 멍해지는 버릇 어떻게 안 되나 봐?"

"아……."

민서가 민망한 듯 자신의 머리를 문질렀다. 안 그래도 부스스한 머리칼이 더 엉망으로 흐트러졌으나 민서는 전혀 신경 쓰지 않았다. 그 모습을 보며 지유는 어깨를 으쓱하더니 민서를 두둔했다.

"그래도 빵 나올 시간은 기가 막히게 맞추잖아."

주문 받은 머핀이 나올 시간에 맞춘 알람 시계가 삑삑거리는 소리가 들려왔다.

"민서 씨, 프로스팅 부탁해요."

지유의 말에 민서가 언제 몽롱하게 앉아 있었냐는 듯 눈을 반짝이며 풀어 놓았던 머릿수건을 다시 두르기 시작했다. 민서에게 머핀을 맡겨 놓고 지유는 냉장실에서 야채들을 꺼내기 시작했다.

"뭐 할 거야?"

어느새 옆에 온 정호가 지유를 따라 냉장실을 들여다보았다.

"비 오잖아. 오랜만에 전 좀 부쳐 보려고. 그리고 기연이 좋아하는 해물전도 좀 하지 뭐."

기연을 챙겨 주는 지유에게 흐뭇한 미소를 짓던 정호가 생각났다는 듯 물어왔다.

"사장님은 김치전에 오렌지 주스 마시고?"

"응. 오렌지 주스는 좀 부탁할게."

"사장님은 요리사면서 그런 조합을 어떻게 좋아하는 거야? 이상하게 다른 건 안 그러면서 그 엽기 입맛은 안 바뀌네?"

"맛있다니까. 너도 먹어 봐."

천연덕스러운 지유 말에 정호가 얼굴을 온통 구겨 댔다.

"윽! 사양합니다요. 그런데 나 오늘 일찍 퇴근해도 되나?"

"기연이 데려다 주게?"

지유의 물음에 정호가 아 그게 하면서 말을 늘였다.

"그것도 있고, 오랜만에 친구 만나서 술이나 한잔할까 하고."

냉동실에서 해물을 꺼내던 지유가 고개를 갸웃거리며 정호를 바라봤다.

"별일이네. 네가 친구 만나서 술을 다 마신다고 하고?"

정호가 미안하다는 듯 볼을 긁적거렸다. 며칠째 기연이를 등교시켜 주느라 아침에도 늦게 출근했던지라 염치없는 부탁인 줄은 알고 있었다. 그러나 오랜만에 연락 온 동창 녀석의 한잔하자는 전화가 벌써 여러 번이었다. 잠시 정호를 바라보던 지유가 고개를 끄덕였다.

"하긴 너도 그럴 때도 있어야지. 기연이한테 꽉 잡혀서 친구도 잘 못 만나는 거 나도 알아. 그럼 비도 오고 손님도 없고 하니까 오늘 저녁은 좀 일찍 마감하자."

"고마워. 사장님."

격하게 반색하는 정호를 보며 지유는 피식 웃고 재료를 들고 개수대로 향했다.

저녁 식사 전 병동 라운딩을 도는 인우의 발걸음이 가벼웠다. 다형 홍반으로 입원한 아이의 상태가 호전되어 내일쯤 퇴원해도 좋다는 얘기를 하고 나오는 인우에게 뒤따르던 수간호사가 궁금하다는 듯 말을 걸었다.

"김 원장님 요즘 좋은 일 있으세요?"

"왜 그러십니까?"

"제가 지금까지 뵈었지만 요 며칠이 제일 기분 좋아 보여서요."

고개를 갸웃거리는 수간호사가 유심히 그의 얼굴을 바라보았다. 인우는 긍정도 부정도 하지 않고 스테이션에 선 채 차트를 체크했다.

"글쎄요?"

남 일 말하듯 무덤덤한 대답이었지만 인우는 자신의 표정이 느슨하게 풀려 있는 것을 몰랐다.

"305호 정우는 수액 kg당 하트만 20cc씩 계속 투여해 주세요. 약은 비오플 그대로 주시고요. 내일까지 보고 다시 얘기하죠."

차트를 넘겨주고 계단을 통해 진료실이 있는 2층으로 내려가는 인우를 바라보는 수간호사가 이상하다는 듯 고개를 흔들었다.

며칠째 실기와 야간자율학습 때문에 카페에 들르지 못한 기연이 테이블에 널브러진 채 힘없이 고기고기를 중얼거리고 있었다.

"어! 이거 무슨 냄새야?"

갑자기 벌떡 일어난 기연이 코를 세우고 목을 길게 뽑은 채 주방쪽으로 고개를 돌려 냄새를 맡았다.

"돼지고기 프리카세랑 필라프."

앞치마에 손을 닦고 접시를 꺼내던 지유의 대답에 인우가 도리어 얼굴을 구겼다.

"대체 무슨 말이야?"

인우의 표정에 기연이 까르르 웃어 댔다.

"진짜 외계어 저리 가라죠? 음, 대충 돼지고기 넣은 스튜랑 빠에야 정도라고 보면 돼요. 서당 개 3년이라고 이제 나도 조금 알아들어요. 뭐 아저씨도 금방 눈치로 대충 알아들을 수 있을 거예요."

뭐가 그리 웃긴지 키득대던 기연이 순간 진지하게 인우의 얼굴을 뜯어보았다.

"그런데 아저씨 요즘 얼굴 좋아졌네요?"

"내가?"

무뚝뚝한 대답에 기연이 천장을 바라보며 한숨을 푹푹 쉬더니 신세한탄을 늘어지게 했다.

"아! 이 고딩의 청춘은 노랗게 시들어 가는데 아저씨는 얼굴에 꽃이 피네요."

희극적인 톤으로 한 팔을 위로 뻗으며 하는 말에 인우가 눈을 가늘게 뜨고 기연을 바라보았다. 그러자 슬쩍 고개를 돌린 기연이 끄덕끄덕하며 중얼거렸다.

"역시 사랑은 위대…… 흡!"

어느새 주방에서 가져온 쟁반을 내려놓은 정호가 기연의 입을 틀어막으며 인우에게 어색하게 웃음을 지어 보였다.

"요즘 고2병이 고3병보다 심하다네요. 우리 기연이가 자꾸 헛소리를……. 아하하."

"에. 퉤퉤! 장! 왜 이래?"

혀를 내밀고 오만상을 찌푸린 기연을 보고 정호가 눈을 끔벅거렸다.

"밥 먹자, 밥. 오늘 나 약속 있는 거 알지? 제발 얼른 먹고 가자. 예쁘다. 우리 기연이."

이를 악물고 웃으며 기연을 달랜 정호가 얼른 지유가 가지고 오는 쟁반을 받아 들었다. 기연이 없어 내내 정호만 떠들어 대던 식사 시간이 더 부산스러워졌다. 프리카세에서 큼지막하게 썰어진 돼지고기 등심 한 조각을 떠서 오물거린 기연이 학교에 있었던 일을 종알거렸다.

"그래서 그 곰팅이가 뒤로 가서도 서서 졸다가 바닥에 그대로 쓰러진 거야. 다들 놀라서 쳐다보는데 걔가 글쎄 코까지 골고 바닥에 대자로 누워서 자는 거 있지? 넘 웃기지?"

제가 한 말에 배꼽을 잡고 기연이 웃어 댔다. 그리고 바로 폭탄을 터뜨렸다.

"그래서 하는 말인데 왜 두 사람은 안 사귀는 거야?"

말똥말똥한 눈을 순진하게 뜨며 묻는 기연의 맥락 없는 질문에 말없이 밥을 먹던 지유와 인우의 눈매가 날카로워졌다. 그 눈빛을 뻔뻔하게 받아치는 기연과는 달리 정호는 얼굴이 벌겋게 달아오른 채 미친 듯이 기침을 해 댔다. 아침에 그녀를 놀라게 했던 정호가 도리어 놀래서 기침을 쏟아 내는 것을 지유가 무섭게 노려보았다.

"콜록콜록. 내가 말한 거 아니에요!"

겨우 물을 마시고서야 진정을 한 정호가 자신의 결백을 주장하는 말을 기연이 심드렁하게 받아쳤다.

"장은 잘못 없어. 모르면 바보 아닌가? 아저씨한테서 '난 정지유가 좋아' 오라가 뭉게뭉게 피어오르잖아."

기연의 말에 인우가 끙 하고 신음을 뱉었다.

"그게 보이나?"

"네. 아주 눈에서 레이저가 파팍……."

"밥 먹자."

저를 노려보는 지유의 눈빛에 신이 나서 떠들던 기연의 목소리가 사그라졌다. 그러나 곧 지유의 눈치를 살살 보며 인우 쪽으로 몸을 기울이더니 작게 속닥거렸다.

"아저씨가 까인 거예요?"

"이기연!"

"아! 알았어!"

도리어 큰소리를 친 기연이 입을 삐죽거리며 밥을 퍽퍽 퍼서 먹기 시작했다. 어쩐지 맞은편에 앉아 고개를 숙이고 있는 인우의 얼굴에 빙글거리는 웃음이 스쳐 간 것 같아 지유는 명치끝이 울렁거렸다.

저녁 식사를 끝낸 기연이 후식까지 먹은 뒤에 정호와 함께 카페를 나섰다. 물론 그전에 인우를 바라보며 아저씨 파이팅이라고 크게 떠들어 대는 것을 잊지 않았다. 두어 명 있던 손님들이 보든 말든 기연은 신이 나서 손을 흔들었다.

"왜요?"

물끄러미 저를 바라보는 인우의 눈빛에 결국 지유가 항복을 하고 물었다.

"나보고 까였냐는데?"

그 말을 한 인우가 큭큭거리며 웃기 시작했다. 그 모습을 지유는 홀린 듯 바라보았다. 한 번도 김인우가 저렇게 웃는 것을 그녀는 보지 못했었다. 한참을 조용히 웃던 그가 고개를 들어 지유를 바라보았다. 눈 끝에 웃음이 매달린 남자의 미소는 황홀했다.

"저 녀석은 정말 못 말리겠어."

"동감이에요."

시선이 얽히는 잠시 동안에 간격을 두고 지유가 말을 이었다.

"김인우 씨 웃으니까 보기 좋네요."

"그런가?"

"네."

"그럼 까이는 건 이제 그만하고 싶은데?"

여전히 작게 웃음을 머금고 인우가 꺼낸 말에 지유의 미소가 흐려졌다. 그녀의 표정을 살펴보던 그가 천천히 테이블 위에 얹혀 있는 그녀의 손을 잡아 왔다.

"강요하는 건 아니야. 그렇지만 도망가지 않기로 해 놓고 계속 뒷걸음치고 있는 거 알고 있어?"

지유가 고개를 느릿하게 끄덕였다.

"미안해요."

"뭐가 그렇게 걱정이 되는 건지 모르지만 기다릴게. 그게 뭔지 말해 줄 때까지."

또다시 고개를 끄덕이는 지유의 손을 인우의 손이 놓지 않겠다는 듯 꼭 움켜쥐었다. 그 단단한 따스함에 지유는 인우를 바라보며 애써 미소를 지었다.

내리는 비를 바라보며 지유는 자신이 좋아하는 로즈앤애플티를, 인우는 커피를 마셨다. 정호와 기연이 가고 나서 그나마 있던 손님마저 떠난 카페에는 손님이 뚝 끊기고 말았다. 하기야 누구라도 이런 빗속에, 이런 시간에 커피를 마시러 나오지 않을 터였다.

"이제 그만 퇴근해야겠네요."

야간 진료가 없다며 지유가 퇴근하기만을 기다리던 인우가 제 손목에 있던 시계를 내려다보았다.

"빠르지 않아?"

"어차피 내일 쉬는 날이기도 하고 오늘 더는 손님도 안 올 것 같아요. 비 좀 그만 왔으면 좋겠네."

턱을 괴고 중얼거리는 말에 인우의 눈썹이 삐뚜름하게 기울어졌다. 비가 오지 않는다면 그나마 지유와 함께 하는 이 시간마저 그에게는 허용되지 않았을 터였다. 그러나 그것이 맘에 들지 않는 것과는 달리 지유가 말한 맨 앞 문장이 그의 입가를 잡아당겼다.

"내일 휴일인가?"

동그란 머리가 끄덕하고 대답을 했다. 그저 어떻게 하면 오늘 하루를 지유와 함께 조금 더 같이 보내는가에만 집중해 있던 인우는 지유에게 휴일이 있다는 것마저 잊고 있었다.

선물처럼 제게 툭 던져진 기회인데도 처음 보는 장난감을 어찌 가지고 노는지 모르는 어린아이처럼 인우는 그저 고민스러울 뿐이었다. 여자를 만난 적은 있었지만 한 번도 제가 계획을 짜서 제대로 된 데이트라는 걸 해 본 적은 없었다. 그가 해 본 두 번의 연애란 그것을 연애라고 부를 수 있을지조차 모호한 것이었다.

마음과 마음이 닿지 않은 그저 몸과 몸이 만났던 관계. 그저 시간이 날 때 여자가 부르면 나가서 차를 마시고 밥을 먹고 사 달란 걸 사 주고 호텔에 가고는 했다. 기브 앤 테이크. 인우는 그저 제가 해 줄 수 있는 것을 주었고 여자들은 그 대가를 치르는 것처럼 그에게 몸을 던지고는 했다.

그러나 그것마저도 제 마음이 내킬 때가 아니면 만나 주는 것마저 하지 않았으니 그 관계가 오래갈 리가 없었다. 게다가 함께 하는 그 약간의 시간마저 시큰둥하고 관심 없고 그저 냉랭하기만 한 그를 오래 참아 줄 여자가 있을 리가 없었다. 그저 인우가 신경을 쓴 순간은 깊은 관계로 상처 받지 않을 가볍게 만날 여자인지 아닌지 가늠해 보던 처음뿐이었다.

아이러니한 것은 이해관계가 맞아떨어졌다고 생각했던 그와는 달리 시간이 지날수록 여자들은 그가 해 줄 수 없는 것을 바라고는 했다. 다정이 없는 그에게 다정함을 바라고 애정이 존재하지 않는 그에게 사랑을 바랐다. 그의 두 번의 연애는 한 치도 다르지 않았다.

뭔가 비틀려 있다는 걸 자신도 알았지만 한번 틀어진 방향키는 제자리를 찾아가지 못했다. 그 이유가 제 감정의 문제라는 걸 지유를 만나고서야 인우는 비로소 깨달았다. 애정에 기반을 두지 않는 만남은 비틀릴 수밖에 없음을 이전에는 깨닫지 못했었다.

그랬던 인우였으니 저를 까만 눈으로 올려다보는 이 여자와 무슨 데이트를 어떻게 할지 갑자기 떠오르지 않는 것도 무리는 아니었다. 그래도 지유에게 어두컴컴한 영화관이나 사람이 많은 도심의 데이트가 어울리지 않다는 것쯤은 인우도 알 수 있었다.

"내일 약속 있나?"

홍차를 마시던 지유의 고개가 의아하다는 듯 오른쪽으로 기울어졌다.

"없는데요?"

"그럼 드라이브나 갈까?"

여자의 유난히 까만 눈동자가 살짝 커지며 인우는 물끄러미 바라보았다.

"그거 데이트 신청이에요?"

데이트라고 대답한다면 이 여자가 또 도망가지 않을까 싶어서 쉽사리 대답하기가 어려워진다. 그렇지 않아도 부족한 경험 치에 자꾸만 뒤로 도망치는 여자는 인우에게 정답을 알 수 없는 시험지 같았다.

"그냥 드라이브야."

고심 끝에 내놓은 무뚝뚝한 대답에 의외로 지유가 선선히 고개를 끄덕였다.

"도망가지 않기로 했으니까 같이 갈게요."

제법 기특한 대답에 인우의 입가에 고인 미소가 눈으로 번졌다.

"가고 싶은 곳 있나?"

"바다 가고 싶어요. 올 여름엔 휴가도 전부 카페 오픈한다고 써 버렸거든요."

"내일도 비가 올지 모르는데?"

"비 오는 바다도 좋아요."

지유다운 대답이었다. 어쩐지 비가 내리는 모래사장을 우산을 들고 맨발로 걷는 지유의 모습이 자연스럽게 연상이 되어 버렸다. 그 모습을 뒤에서 바라보는 것만으로도 그는 만족스러운 기분이 될 것만 같았다.

"정지유답군."

향 좋은 홍차를 홀짝거리던 지유의 미끈하게 아름다운 눈썹이 살짝 찡그려졌다.

"그거 칭찬이에요?"

"아마도?"

웃음기가 배여 있는 인우의 대답에 지유가 흐음, 그렇단 말이죠? 하며 그를 살짝 노려보았다. 정말이지 인우는 자신이 미친 게 틀림없다고 생각했다. 자신을 노려보는 여자의 눈매마저 예쁘게 보여 웃음이 터질 것만 같았다. 입가를 밀고 나오는 웃음을 겨우 커피로 넘기는데 테이블 위에 올려 둔 지유의 휴대폰이 드륵거리기 시작했다.

휴대폰에 뜬 이름을 바라보는 지유의 표정이 싸늘하게 변하자 그녀를 바라보던 인우의 표정도 굳어졌다. 매섭게 전화를 노려보던 지유가 인우에게서 몸을 돌리고 전화를 받았다.

"여보세요."

—박정혁입니다.

전화기 건너편에서 들려오는 메마른 저음의 목소리에 지유는 얼핏 얼굴을 찡그렸다. 기연의 아버지였다. 이 시간에 이 남자가 전화를 할 때는 그다지 좋지 못한 일이라는 건 굳이 묻지 않아도 알 수 있었다. 그리고 그것은 기연이 연관된 일임이 분명했다.

"알고 있어요. 이 시간에 무슨 일이세요?"

—기연이 거기 없습니까?

"집에 갔잖아요?"

분명 정호가 집에 데려다 주었을 텐데 자신에게 도로 물어오는 정혁의 질문에 지유의 목소리가 날카로워졌다.

—혹시 다시 가지 않았습니까?

"지금 제가 기연이 데리고 있으면서 아닌 척 거짓말한다는 거예요?"

싸늘한 지유의 목소리에 반대편에서 잠시 침묵이 흘렀다.

─혹시 기연이 그 남자랑 같이 있는 겁니까?

"아니에요. 정호는 친구랑 술 마시러 간다고 했어요. 기연이 전화 안 받아요?"

─전화 놓고 나갔습니다.

"대체 이런 날씨에 왜 나간 거예요?"

지유의 질문에 정혁이 곤란한 듯 잠시 뜸을 들였다.

─싸우고 나갔다는 말만 들었습니다.

정혁의 말에 지유가 신경질적으로 머리를 쓸어 올렸다.

정혁은 젊었다. 기연 같은 딸이 있다고는 상상할 수도 없을 만큼. 18살 딸을 가진 36살 아버지.

기연과 정혁은 성도 달랐다. 제 엄마가 절 버리듯 정혁에게 넘기고 갔음에도 기연은 고집스럽게 정혁의 성을 따르지 않았다. 어릴 때는 제 성이 바뀌는 걸 이해하지 못했고 커서는 거부했다. 미운 엄마이지만 그것이 기연이 엄마에게 할 수 있는 마지막 애정 표현이었다. 그리고 정혁은 그런 기연의 의사를 존중했다.

이기연과 박정혁. 상황이 이러니 어느 누구도 두 사람을 부녀간이라고 생각하지 않았다.

게다가 기연의 아버지는 돈과 힘을 가진 어둠의 권력자였다. 정혁의 주변에는 여자들이 들끓었고 그녀들은 몸을 아끼지 않고 그에게 부딪쳤다. 그리고 정혁도 그다지 그것을 거부하지는 않았던 모양이었다.

그러나 기연이 있는 자신의 집만은 꽁꽁 감추고 내보이지 않는 정혁 때문에 오히려 궁금해하는 여자들이 문제였다. 매번 다른 여자들이 멋대로 집으로 쳐들어와 기연을 보고 기함을 했다. 게다가 기연의 학생답지 않은 성숙한 몸매와 미모는 원조 교제 내지는 정혁이 숨겨 둔 여자라는 오해를 불러일으키고는 했다.

위기의식을 느낀 여자들은 그녀를 밀어낼 욕심에 기연에게 막말을 하고 거칠게 대했다. 기연 또한 굳이 자신을 딸이라 밝히지 않았다. 도리어 비아냥거림과 조소로 여자들의 자존심을 긁어 대며 한바탕 싸움을 하곤 했다.

기 하나 죽지 않고 당당한 태도로 여자들과 싸우고 난 뒤에 기연은 항상 정호에게 달려와 언제 제가 그렇게 독기 있게 굴었냐는 듯 한참을 울고는 했다. 그러면서도 정혁에게는 한 번도 그런 불만을 얘기하지 않았다. 비 오는 날 엄마에게 버림받았던 기억을 가진 기연은 아빠에게마저 버림받을까 봐 사실은 두려워하고 있었다.

"찾아보고 전화하죠"

못마땅하게 툭 말을 뱉은 지유가 정혁의 대답을 기다리지도 않고 전화를 끊었다. 곧바로 정호에게 전화를 걸었지만 신호음만 울리던 전화는 계속해서 음성사서함으로 넘어갈 뿐이었다. 전화벨 소리마저 들리지 않는 시끄러운 클럽이라도 간 모양이었다. 지유는 휴대폰을 손에 쥔 채 고민에 잠겼다.

기연이 집 이외에 갈 곳은 뻔했다. 정호 아니면 지유. 카페에 안 왔다면 정호의 집에 가 있든지 아니면 정호와 가끔 다닌다는 PC방 정도가 다였다. 고스족 옷과 화장을 하고 늘 툴툴거리며 불량스럽게 행동했지만 기연은 사실 집과 학교, 그리고 카페와 정호밖에 모르는 아이였다. 그런 기연이었기에 연락이 되지 않는 지금이 지유를 불안하게 만들었다. 상처 받은 사춘기 소녀가 어디로 튈지는 아무도 모르는 일이었다.

정혁이 밑에 있는 사람들을 풀어서 기연을 찾겠지만 걱정을 안 할수가 없었다. 기연이 어디로 갔을지 가늠해 보는 지유의 얼굴에 고민이 가득했다. 앉아서 고민만 하고 있는다고 답이 나올 리가 없었다. 대충 짐작이 가는 곳이라도 돌아보자고 의자에서 일어서던 지유는 그제야 제 앞에 앉아 있는 인우를 깨달았다.

"잊었군."

담담하게 사실을 말하고 있었지만 인우의 말끝에 배인 씁쓸함은 어쩔 수 없었다.

"미안해요."

일어섰던 의자에 다시 앉으면서 지유는 저를 물끄러미 바라보고 있던 인우와 눈을 맞추었다.

"기연이한테 무슨 일 있나?"

작게 한숨을 내쉰 지유가 머리가 아픈 듯 제 이마를 짚었다.

"집에서 나갔다는데 어디로 갔는지 모르겠어요. 비가 이렇게 오는데 대체 어딜 갔는지…… 아무래도 카페 문 닫고 찾으러 가 봐야 할 거 같아요. 인우 씨는 먼저 가세요."

저를 보내려는 지유의 말에 인우의 입술이 불만스럽게 비틀렸다.

"혼자 가려는 건 아니겠지? 같이 가. 설마 이 밤에 이 빗속을 혼자 헤매고 다니는 걸 내가 놔둘 거라고 생각한 건 아니겠지?"

당치도 않은 말을 한다는 듯 얼굴을 구긴 그가 의자에서 일어섰다.

"안 갈 건가?"

이 남자를 어째야 하나? 잠시 머뭇거리던 지유는 저를 빤히 바라보며 고집을 세우는 인우에게 졌다는 듯 어깨를 으쓱했다.

"김인우 씨 고집쟁이인 거 알아요?"

보기 좋은 눈썹이 동의하지 않겠다는 듯 치켜 올라갔다.

"정지유도 만만치 않은 거 알고 있나?"

인우가 건네는 가벼운 농담에 기연에 대한 걱정이 조금 풀리는 기분이 들었다. 자그맣게 미소를 지어 보인 지유가 앞치마를 풀고 찻잔을 치우기 시작했다. 지유가 탈의실에서 옷을 갈아입고 나오자 이제는 익숙하게 인우가 우산으로 쏟아지는 빗줄기를 막아 주며 열쇠로 카페문을 잠갔다.

"내 차로 가지."

인우는 당연하다는 듯 지유를 이끌고 제 차로 향했다. 그러나 걸으면서도 계속해서 불만스럽게 저를 쳐다보는 지유의 시선에 결국은 한마디를 덧붙였다.

"내가 운전할 테니 혹시나 길에 기연이 있나 봐. 비도 오는데 혼자 운전하면서 길까지 살펴보기 어렵잖아."

수긍할 수밖에 없는 대꾸에 지유는 별말 없이 인우의 차에 오르고 말았다.

"어디부터 가야 하지?"

내비게이션이 켜지자 인우가 지유를 돌아보며 물었다. 제일 가능성 있는 곳이라면 정호의 오피스텔이었기 때문에 지유는 그곳의 주소를 불러 주었다. 가는 도중 정호에게 전화를 걸었지만 계속해서 음성사서함으로 넘어갈 뿐이었다. 별수 없이 지유는 음성 메시지와 문자 메시지를 남겨 놓았다.

빗속을 달려서 간 정호의 집 앞에도 기연은 보이지 않았다. 혹시나 집 안에 기연이 있지 않을까 해서 지유는 초인종을 누르고 원룸의 문을 두들겨 댔다.

"기연아! 정호야!"

쾅쾅대며 문을 두드리자 옆집 남자가 신경질적으로 문을 열고 짜증을 부렸다.

"저기 좀 조용히 해 주세요. 그 형 안 들어왔어요."

인우가 도로 들어가는 남자를 다급하게 불렀다.

"혹시 여기에 여자애 하나 못 봤습니까?"

"글쎄. 못 봤는데요."

냉큼 대답한 남자가 문을 쾅 닫고 사라졌다. 잠시 정호의 원룸 문에 기대어 서 있던 지유는 몸을 일으켜 다시 밖으로 향했다.

"이 근처를 좀 찾아봐야겠어요."

"그래."

인우는 묵묵히 지유의 뒤를 따랐다. 막상 나왔지만 사실 기연이 갈 곳은 딱히 없었다. 그랬기 때문에 더 찾기가 어려워졌다. 이 애가 어딜 갔을까? 막막해진 지유가 길 한가운데서 기연을 불러 댔다.

"기연아!"

비가 내리는 어둠 사이로 지유의 목소리가 울리다가 사라졌다. 분명 정혁도 기연을 찾아다니겠지만, 지유는 직접 정호의 원룸 근처의 노래방과 카페와 분식집, 그리고 PC방을 하나하나 이 잡듯이 뒤지기 시작했다. 그러나 어느 곳에서도 기연은 보이지 않았다.

"그만 돌아가는 게 좋겠어. 아무래도 이 근처에는 없는 것 같아."

인우보고 다 젖겠다며 제 우산을 편 지유는 그 보람도 없이 가을 초입의 찬비를 다 맞고 있었다. 기연도 기연이었지만 지금 인우에게 더 마음이 쓰이는 것은 체온이 떨어진 듯 하얗게 질린 얼굴을 한 지유였다. 그러나 지유는 도리질을 했다.

"우리 집에 가 있을지도 모르겠어요. 기연이는 카페 아니면 정호, 그리고 나 외에는 갈 데 없어요."

젖은 몸에 닿는 찬 공기가 서늘한지 뱉어 내는 말끝이 떨리는데도 지유는 고집을 부렸다. 맘에 들지 않는 대답이었지만 인우는 전처럼 지유의 고집을 이겨 낼 수 없었다. 어쩔 수 없이 다시 차에 오른 인우는 히터를 올리고 제 재킷을 지유의 어깨에 올려 주는 것으로 불만스러운 마음을 표현했다.

그녀의 집 앞에 도착해 아파트 통로에 다다르자 갑자기 전화가 울리기 시작했다. 생전 처음 보는 번호에 지유의 마음은 도리어 불안해졌다. 기연이에게 무슨 일이 생겼을지도 모른다는 생각에 지유는 서둘러 전화를 받았다.

—정지유. 어디 갔어?

지유는 울먹이는 기연의 목소리에 다리에 힘이 빠져 그 자리에 주저앉고 말았다.

"고삐리. 너야말로 휴대폰도 놔두고 비가 이렇게 내리는데 어딜 돌아다니는 거야?"

허탈한 목소리로 저를 타박하는 지유의 말에 훌쩍거리는 기연의 울음소리가 들려왔다.

—장도 집에 없고 정지유도 집에 없길래 카페에 갔더니 거기도 문을 닫았잖아아.

마지막 말을 길게 끌면서 울음을 터뜨린 목소리에 도리어 지유는 안심이 되고 말았다. 내내 지유와 길이 엇갈렸던 모양이었다.

"이 전화는 또 누구 거야?"

—카페 근처에 있는 편의점 알바 언니한테 빌렸어어.

"금방 갈 테니까 거기 가만히 기다려."

—엉엉. 으응.

계속 훌쩍대며 울먹이는 대답을 듣고 전화를 끊은 지유가 제 앞에 고인 물웅덩이를 바라보며 한숨을 쉬었다.

"이기연, 골칫덩어리."

"동감이야."

중얼거리는 지유의 말에 다가온 인우가 어느새 그녀의 앞에 앉아 시선을 맞추고 있었다.

"그러니 얼른 그 골칫덩어리 치우러 가는 게 좋겠어."

지유의 손을 끌어당겨 일으킨 인우가 다시 차에 그녀를 태웠다.

그렇게 서둘러 달려간 편의점 앞에는 바닥에 쪼그리고 앉아서 무릎 사이에 머리를 묻고 있는 기연이 있었다. 안에 들어가서 기다려도 좋으련만 엄마를 기다리는 아이처럼 문 앞에 쪼그리고 있는 모습에 화가 났던 마음이 안쓰러움으로 물들었다. 안도의 한숨이 저절로 나온 지유가 천천히 기연의 앞에 마주 앉았다.

"고삐리."

저를 부르는 목소리에 기연이 고개를 번쩍 들었다.

"정지유! 대체 집도 카페에도 안 있고 밤에 어딜 돌아다녀?"

저를 찾아 밤거리를 헤매게 해 놓고도 기연이 되레 큰소리를 쳐 댔다. 그러더니 슬쩍 고개를 들어 지유의 등 뒤에 서 있는 인우를 본 기연이 눈을 흘겼다.

"뭐야? 정지유, 아저씨 찬 거 아니었어? 왜 이 밤에 같이 있어?"

이제껏 저를 찾아다닌 줄도 모르고 따지는 모습에 기가 막힌 지유가 혀를 찼다.

"같이 너 찾으러 다녔지! 고삐리, 장이 집에 데려다 줬더니 대체 여긴 왜 있는 거냐?"

아무것도 모르는 척 묻는 지유의 말에 기연이 눈을 세모꼴로 뜨고 고개를 팩하니 돌렸다.

"이씨. 몰라! 장도 없고 정지유도 없고 내가 얼마나 속상했는지 알아!"

생각하니 새삼 서러워졌는지 기연의 세모꼴 눈에 눈물이 그렁그렁

했다. 그러고 보니 기연의 한쪽 뺨이 불그스레했고 정수리의 머리카락은 엉망으로 헝클어져 있었다. 지유는 저도 모르게 욕설이 튀어나올 것만 같았다. 보나마나 어느 앙칼진 여자와 한마디도 지지 않고 싸우다 당한 게 분명했다.

"이기연, 너 누가 때렸어?"

지유의 물음에 다시 울음이 터진 기연이 제 앞에 있는 지유의 목을 덥석 끌어안았다.

"엉엉. 아빠 싫어. 엄마도 싫어. 엄마는 나만 두고 죽어 버리면 다야! 나도 죽어 버리고 싶어. 어어엉."

이런 날이면 늘 그렇듯 기연에게서 불안과 초조, 그리고 두려움이 읽혀졌다. 저 자신까지 물들이려는 기연의 불안과 두려움에 지유는 눈을 질끈 감았다. 본능적으로 기연을 밀어내려던 제 손을 지유는 힘겹게 말아 쥐었다. 낯선 여자에게 험한 말과 손찌검을 당한 상처로 울고 있는 기연을 떼어 낼 만큼 지유는 모질지 못했다.

어쩔 수 없는 차가운 냉기가 해일처럼 지유를 덮쳐 왔다. 제 것과 타인의 감정이 엉켜들었다. 떼어 낼 수조차 없을 만큼 찐득찐득하게 눌어붙은 그것은 지유의 머릿속까지 파고 들어와 뇌수를 파먹을 듯 갉아 대기 시작했다. 제 밑바닥에 숨은, 아빠인 정혁에게 버림받을 수도 있다는 공포마저 지유에게 퍼붓는지도 모르고 기연은 지유의 목을 끌어안은 채 대성통곡을 계속해 댔다.

눈앞이 흐릿해질 정도의 고통에 지유의 숨결이 거칠어지기 시작했다. 결국 참지 못한 지유가 크게 숨을 들이켜는 순간 저 멀리 기연을 부르며 우산도 들지 않은 채 정신없이 뛰어오는 정호가 보였다.

"기연아! 기연아!"

저를 부르는 정호의 목소리에 기연이 이제껏 끌어안고 있던 지유를 내팽개치고 정호를 향해 달려갔다.

"장! 왜 전화도 안 받아아앙아아."

빗속에 껴안은 연인을 바라보며 인우가 고개를 저어 댔다. 지유가 빗속을 그렇게 헤매고 다닌 보람은 정호가 나타나자 순식간에 사라져 버리고 말았다.

"우린 이만 퇴장해도 되겠는데?"

"잠시만 기다려요."

인우를 뒤에 두고 아직도 떨어질 줄 모르는 둘에게 다가간 지유가 기연이 바닥에 떨어뜨린 우산을 둘에게 씌워 주었다.

"장정호! 휴대폰은 뒀다가 국을 끓여 먹지 그래?"

얼마나 비를 맞았는지 빗물이 범벅이 된 얼굴로 정호가 미안한 듯 배시시 웃어 보였다.

"클럽이 하도 시끄러워서 벨 소리가 하나도 안 들렸어. 미안해, 사장님."

"달래서 집에 데려다 줘."

"그럴게. 김 선생님도 있었네? 데이트 방해한 거 아니야?"

아직도 펑펑 울어 대는 기연을 목에 매단 채 정호가 호기심을 누르지 못한 듯 물었다.

"데이트 같은 소리 한다. 기연이 얼른 데려다 줘. 보스가 찾고 있어."

훌쩍거리던 기연이 고개를 들었다.

"아빠가 나 찾았어?"

"그래. 그러니까 내가 이 꼴이지?"

지유의 타박에 기연이 히죽이 웃어 보였다. 맨날 툴툴대며 싸우는 아빠가 자신을 찾았다는 것도, 그리고 지유가 비에 흠뻑 젖도록 자신을 찾아다닌 것도 어느 것 하나 기분 나쁠 일은 아니었다.

"입 찢어진다. 좋냐?"

지유의 말에 기연이 올라갔던 입술을 잡아 내렸다.

"흥. 내가 언제 좋다고 했냐?"

양심은 있는지 정호에게 매달려 멋쩍어 하는 모습에 지유가 혀를 찼다.

"얼른 가. 안 그러면 네 보스한테 정호가 암살당하고도 남을 거 같다."

"장을 건드리면 내가 가만있을 거 같아!"

주먹을 쥐고 나름 표독스럽게 외친 기연이 지유의 싸한 눈빛에 고개를 도로 정호에게 파묻었다. 누구 때문에 이렇게 비 오는 밤에 난리가 일어났는지 깨달았기 때문이었다.

"미, 미안해. 정지유, 다신 안 그럴게."

이 궂은 날씨에 여럿 고생시킨 것이 이제야 미안해진 기연의 사과를 지유는 평소처럼 받아 주는 걸로 용서를 했다.

"알면 됐어. 모레 보자."

"고마워, 사장님."

정호의 인사를 뒤로하고 지유는 편의점 앞에 선 채 자신을 기다리는 인우에게 걸어갔다.

"매번 이런 건가?"

얼굴을 찌푸린 인우가 부둥켜안고 있는 정호와 기연을 바라보고 있었다.

"처음이에요."

지유의 대답에 인우가 들고 있던 재킷을 다시 그녀에게 걸쳐 주었다.

"감기 걸리겠어."

밤공기에 차가워진 손에는 따끈한 캔 커피가 쥐어졌다.

"언제 샀어요?"

"금방."

짧게 대답한 인우가 지유의 우산을 뺏어 들고 어깨를 감싼 채 빠르게 걷기 시작했다. 자꾸만 괜찮다고 하는 지유의 몸이 차갑게 식어 있는 것은 파리해진 얼굴색만 보아도 알 수 있었다. 그러나 걱정스러운 인우의 맘과는 달리 지유는 제 차를 타고 가겠다고 고집을 피웠다.

"어차피 내일 바다 갈 거니까 내 차 타고 가."

"모레 출근은 어떻게 해요?"

"내일 바다 들러서 이리 오면 되잖아."

쉽사리 물러서지 않는 인우 때문에 지유는 항복을 할 수밖에 없었다.

"김인우 씨 고집 세네요."

"누구만 하려고."

또다시 지유가 다른 말을 할까 싶어 조수석에 얼른 태운 인우가 빠르게 주차장을 나왔다. 마음이 놓인 탓인지 이를 악물고 있었지만 지유의 몸이 미세하게 떨리고 있는 것을 인우는 알 수 있었다. 히터를 올리고 신호가 걸리는 중간중간 인우는 캔 커피를 잡고 있는 지유의 손을 문질러 주었다.

"따뜻한 물로 씻고 자면 괜찮아요."

아무렇지도 않은 듯 저를 향해 억지로 웃어 보이는 지유 때문에 인우의 가슴이 더욱더 버석거렸다. 차라리 아프다고 기연이 정호에게 하듯 기대어 오면 좋을 텐데 괜찮다며 웃어 보이는 모습마저 저를 밀어내는 것만 같았다. 집 앞에 도착하자 지유가 재킷을 벗어 주려고 어깨에서 내리는데 인우가 손을 뻗어 옷을 다시 단단하게 여며 주었다.

"벗으면 추울 테니 그냥 입고 가."

자꾸만 그의 말에 어깃장을 부리는 것만 같아 지유는 이번엔 그냥 고개를 끄덕였다.

"내일 8시에 올게. 괜찮지?"

사실 바다 따위는 어떻게 되던지 상관없었다. 인우는 그저 내일 그녀가 괜찮은지 확인할 핑계가 필요할 뿐이었다. 그래서 그녀가 괜찮다면 바다는 그냥 덤이었다.

"준비하고 있을게요."

대답하는 목소리의 끝이 살짝 떨리고 있었다. 결국 안심이 안 된 인우는 제 가방을 뒤져 가지고 있던 해열 진통제를 내밀었다.

"혹시 열나면 이거 두 알 먹고 자."

한 손에는 인우가 쥐어 준 캔 커피와 다른 손에는 약을 들고 지유는 창을 내리고 저를 바라보는 인우에게 손을 흔들어 보이고 엘리베이터에 올랐다. 내내 이를 악물고 참아 냈던 떨림이 이가 딱딱거릴 정도로 심해졌다.

감정의 동화.

그것은 지유에게 가까운 사람일수록 쉽게 일어났다. 경계심 없는 마음은 의도치 않게 독이 되고는 했다. 더군다나 오늘처럼 몸이 좋지 않은 날에는 그 독은 시너지 효과를 일으켜 더욱더 나쁘게 발현되고는 했다.

뜨거운 물을 아무리 끼얹어도 머릿속 깊은 곳까지 파고든 냉기는 사라지지 않았다. 춥고 무섭고 외로운 감정의 냉랭한 기운은 아무리 피부 위에 뜨거운 물을 부어 대도 온도를 높일 줄 몰랐다. 기연이 제게 부어 놓고 간 그것은 덩어리째로 지유에게 눅진하게 엉겨 붙은 채 아무리 애를 써도 떨어지지 않았다.

뜨거운 수증기가 가득 찬 욕실에서 나온 지유는 흔들리는 다리로 겨우 걸어 침대에 누웠다. 시트를 잡아 추운 몸에 끌어당기는 손끝이 가늘게 떨렸다. 어디 하나 아프지 않은 곳이 없었다. 그것은 심장과 머릿속, 그리고 마음까지도 마찬가지였다.

이런 날은 지유도 어쩔 수 없이 마음이 약해지고는 했다. 누군가의 손길이 필요한 아픈 순간에도 그 손길이 되레 더한 아픔이 되고 말아 버리는 제 능력이 저주스러울 뿐이었다. 지유는 오늘도 다른 날처럼 홀로 이를 악물고 아픔을 참아 내며 눈을 감았다.

자꾸만 목이 말랐다. 가쁜 숨을 내쉴 때마다 목 안까지 파고드는 갈 증은 줄어들기는커녕 더 심해지기만 했다. 그래도 지유는 일어날 수가 없었다. 점도가 높은 액체 위를 부유하는 것처럼 노곤해진 몸은 아래 로 처지기만 할 뿐 손가락 까딱할 힘조차 주어지지 않았다. 빙글빙글 돌아가는 놀이기구를 탓 것처럼 머리는 어지럽고 묵직하기만 했다.

겨우 혀로 메마른 입술을 쓸어 축이고 지유는 다시 잠에 빠져들었 다. 분명 인우가 준 약을 먹고 잠이 들었건만 열은 떨어질 기미가 보 이지 않았다. 제가 토해 내는 숨마저 뜨거운 것을 지유는 굳이 열을 재 보지 않아도 알 수 있었다.

열 때문에 둔탁해진 머리는 단순한 생각조차 제대로 되지 않았다. 잠을 자는 건지 아니면 열에 들떠 앓는 건지 그것도 아니면 기연이 버 려졌던 비가 오던 그 밤 그 자리에 제가 앉아 있는 건지 알 수 없는 밤이 지나갔다.

온몸의 근육들이 비명을 질러 대며 고통을 호소했다. 그러나 지유 는 그것마저도 외면해 버렸다. 그저 그녀가 원한 것은 이대로 눈을 감은 채 쉬는 것뿐이었다.

창문을 파고드는 새벽빛이 점점 밝아 올 무렵 지유의 휴대폰이 울리기 시작했다. 처음 몇 번은 혼미해진 정신에 듣지 못했으나 쉬지 않고 울려 대는 벨 소리는 끊어질 줄 모르고 그녀를 괴롭혔다. 결국 계속 울려 대는 휴대폰에 지유는 눈을 떴으나 그뿐이었다.

모든 게 귀찮았고 모든 것이 의미가 없이 느껴졌다. 단지 제 머릿속을 부유하는 기연의 기억과 고통이 희미해질 때까지 저를 그저 내버려 두길 바랐다. 지유는 벨 소리를 지우려는 듯 눈을 감고 베개에 얼굴을 파묻어 귀를 막았다. 그런 마음을 아는지 두어 번 더 울리던 휴대폰이 겨우 잠잠해졌다. 그러자 그녀도 몽롱한 무의식의 어딘가를 계속해서 헤매기 시작했다.

얼마나 시간이 지났을까? 조용하던 집 안에 다시 벨 소리가 울렸다.

제발 날 좀 내버려 둬. 아무리 중얼거려 보아도 말은 소리가 되지 못하고 고통스러운 신음이 되어 버리고 말았다. 벨 소리가 몇 번 울리다가 멈췄던 이전처럼 이불을 끌어 올려 머리를 덮던 그녀는 어쩐지 아까와 다른 느낌에 힘겹게 눈꺼풀을 밀어 올렸다.

계속해서 저를 괴롭히는 벨 소리는 휴대폰이 아니었다. 그리고 희미하게나마 자신을 부르는 목소리가 들렸다. 지유는 어지러운 이마에 손을 짚으며 천천히 몸을 일으켰다. 피부에 닿는 공기가 무겁게 느껴져 그녀는 상체를 일으킨 채 잠시 숨을 몰아쉬었다. 그사이에도 지유를 부르는 목소리는 그녀를 재촉하듯 멈추지 않고 계속되고 있었다.

고열 때문인지 귀를 통해 들어오는 소리마저 왜곡되어 들려왔다. 이명처럼 울리는 제 이름을 들으며 지유는 천천히 몸을 움직였다. 겨우 침대 가장자리로 몸을 끌어당긴 지유가 다리를 침대 아래로 늘어뜨렸다. 발바닥에 닿은 바닥의 온도가 별스럽게 차갑게 느껴져 지유는 어깨를 살짝 움츠렸다. 숨을 몰아쉰 그녀가 온몸의 힘을 모아 침대헤드를 짚으며 일어섰다.

갑작스레 일어서자 머리가 핑 돌면서 온몸에 한기가 들기 시작했다. 덜덜 떨리는 몸을 달래 보려 지유는 화장대 의자에 걸쳐 둔 카디건을 어깨에 걸치고 침실 문을 열었다. 문을 여는 제 손마저 생각대로 움직이지 않자 지유는 희미하게 신음을 뱉었다.

침실 문을 열자 그녀를 부르는 소리가 더 가깝게 들리기 시작했다. 이제는 벨 소리와 제 이름을 부르는 목소리와 문을 두들겨 대는 소리까지 범벅이 되어 그녀를 괴롭히기 시작했다. 둥둥거리며 머리를 울리는 소리들 때문에 두통이 심해지는 것처럼 느껴졌다. 그녀는 잠시 문틀에 기대어 눈을 감았다. 누가 제 머리를 양쪽에서 짓누르는 듯한 통증이 계속되었다.

꺼지지 못한 채 계속해서 켜 있는 인터폰을 향해 지유는 천천히 거실을 가로질러 다가섰다. 그리고 그녀는 인터폰에 비치는 얼굴에 지금 제가 꿈을 꾸는 것인지 아니면 열에 들떠 환각을 보는 것인지 잠시 고민에 빠졌다. 둘 중 어느 것도 정상은 아니라는 생각에 지유는 쓴웃음을 지었다.

그저 지금 생생한 것은 귀를 찌를 듯한 저 소음들이었다. 그것을 확인하려 느리게 발을 끌고 현관문에 다가간 그녀가 문을 열자 거짓말처럼 인우가 서 있었다. 제 눈앞에 서 있는 인우가 믿기지 않아 지유는 눈을 길게 감았다 다시 떠 그를 바라보았다.

"인우 씨?"

메마른 입술을 열자 목을 긁는 듯한 거친 목소리가 새어 나왔다. 지유가 살짝 연 문을 확 하고 잡아당기며 인우가 안으로 들어섰다. 그리고 그대로 그가 그녀를 제 품 안에 끌어당겨 안았다. 격하게 토해 내는 숨소리와 거칠게 뛰고 있는 심장의 고동까지 그대로 그녀에게 전해졌다.

어쩌면 이건 자신이 너무 아프고 외로워서 눈을 뜨고 꾸는 꿈이 아닐까라는 생각이 그녀의 몽롱한 머릿속을 스쳐 갔다. 그러나 꿈이라고 하기엔 저를 끌어안은 남자의 억센 팔과 서늘한 새벽 공기가 섞인 체취는 너무나 생생했다.

"젠장, 걱정되어서 미치는 줄 알았어. 당신 괜찮은 거야?"

거칠게 숨을 몰아쉬며 묻는 그의 물음에 그녀는 그저 카디건을 움켜쥔 채 멍하니 서 있었다.

"대체 전화는 왜 안 받는 거야?"

낮게 으르렁거리는 목소리에 실린 화에도 지유는 웃음이 나올 것만 같았다. 꿈이 아니었다. 절대 그녀를 놓지 않겠다는 듯 꽉 끌어안고 있는 팔도 화를 내고 있는 목소리도 전부 진짜였다. 지유가 가만히 그의 품에 얼굴을 묻고 열에 들뜬 뜨거운 숨을 겨우 몰아쉬었다.

그러자 그가 뭔가 이상함을 느낀 듯 갑자기 팔을 풀더니 지유의 이마에 손을 얹었다. 그 서늘한 감촉에 지유가 미소를 짓자 오히려 인우의 얼굴이 일그러졌다.

"맙소사! 당신 미쳤어! 불덩이잖아!"

경악하는 표정으로 인우는 화를 내며 자신의 얼굴을 더듬었다. 그가 화를 내는데도 지유는 작게 미소를 지었다.

"나 괜찮아요."

정말 괜찮다는 생각이 들었다. 차가운 손이 제 얼굴에 닿자 몽롱하던 머리가 선명해지고 내내 갇혀 있던 공기에 답답하던 가슴이 조금이나마 시원하게 뚫리는 기분이 들었다.

이마를 덮은 인우의 손 위에 지유가 제 손을 얹었다. 차가운 손이 이마에 닿는 느낌이 좋았다. 뜨거운 제 체온을 희석시키는 서늘한 온도와 크고 단단한 손이 주는 안도감. 단순한 이 접촉이 자신을 얼마나 위로해 주는지 인우는 알지 못할 것이었다.

저를 공격하는 감정을 토해 내지 않는 유일한 사람. 그러나 사랑하기 때문에 자신의 심장을 아프게 하고 상처를 낼 수 있는 유일한 사람. 그가 자신을 찾아왔다는 사실이 그녀를 행복하게 했다. 그래서 걱정스레 저를 바라보는 인우를 안심시키려 작게 미소를 지어 보였다. 간신히 지어 보인 미소에도 인우의 딱딱하게 굳은 얼굴은 풀릴 줄을 몰랐다.

지유는 낮게 한숨을 쉬며 서늘한 그의 옷에 얼굴을 기대었다. 웃어 주면 좋을 텐데. 어쩐지 시야가 흐릿해 보여 지유는 두어 번 눈을 깜빡였다. 그리고 다음 순간 세상은 암전이 되어 버린 것처럼 깜깜해져 버렸다.

꿈을 꾸었다. 두 팔로 다 안아지지 않는 커다란 아름드리나무를 껴안은 어린 시절의 그녀가 보였다. 바싹 마른 팔다리를 가진 또래보다 작아 보이는 여자아이의 원피스형 환자복이 바람에 흔들렸다. 까만 머리카락에 커다란 눈을 가진 아이의 눈동자가 상처 받은 짐승의 그것처럼 두려움에 가득 차 있었다.

가장 돌아가고 싶지 않은 시절로 돌아온 지유는 아픈 신음을 흘렸다. 그러나 곧 제 팔과 손에 닿아 있는 나무의 위로를 느꼈다. 잊고 있었다. 가장 힘들 때 제 손에 닿던 식물이, 그리고 나무가 제게 건네던 위로가 겨우 그녀를 숨 쉬게 해 주었던 것을.

지유는 제 뺨을 거친 나무껍질에 기대었다. 나무에 접촉한 피부의 모든 곳으로 수액의 움직임이 느껴졌다. 바람에 흔들리는 나뭇가지의 움직임마저도 천천히 영양분을 빨아들이는 뿌리의 움직임까지 지유는 고스란히 짚어 낼 수 있었다.

그것은 어린 그녀를 안심시켜 주는 심장의 고동 소리와도 같았다. 무섭고 두려울 때는 언제나 도망치듯 뛰어나와 병원에서 가장 커다란 나무를 껴안았다. 이렇게 가만히 나무를 안고 있을 때면 두려움도 무서움도 천천히 가라앉고는 했다. 그러나 안타깝게도 나무는 그녀를 껴안아 주지는 못했다. 그것이 언제나 어린 그녀를 슬프게 했다.

누구도 그녀를 안아 줄 수 없었다. 안긴다는 것은 위로가 아니라 고통이 되었으니까. 자꾸만 저를 상처 입히는 사람이란 존재 자체는 그녀에게 두려움과 공포의 대상이 되고 말았다. 남들과 다른 존재인 자신이 깨끗한 물에 섞여 든 이물질처럼 느껴졌다. 그리고 그 이물질이 제거 대상이라는 듯 사람들은 자신을 헤집어 댔다.

사랑받지 못하는 존재가 된 느낌에 어린 그녀는 울먹이고는 했다. 평생 사랑받을 수 없을지도 몰랐다. 그런 제 스스로가 안쓰러워 눈가에 고인 물기가 툭 하고 떨어질 무렵 누군가의 목소리가 들려왔다.

〈토끼다.〉

높낮이의 고저 없이 평이한 어조로 중얼거리는 목소리에 그녀가 고개를 돌렸다. 팔다리가 늘씬하게 긴, 청년이라고 하기에는 아직은 솜털이 보송보송했고 아이라고 하기엔 키가 너무 큰 소년이 보였다.

쌍꺼풀이 없는 눈은 아직 어린 나이임에도 불구하고 영민하고 진중한 빛을 띠고 있었다. 매끈하게 깎아 놓은 듯한 얼굴은 잘생기긴 했지만 미소년이라고 부르기엔 소년의 얼굴은 날카롭고도 서늘한 냉기가 가득했다. 그리고 소년이 긴 팔을 들어 하늘을 가리키고 있는 것이 보였다. 그 손끝을 따라가니 눈이 시리도록 파란 하늘에 하얀 뭉게구름이 보였다.

〈아냐! 저건 고양이야!〉

고집스럽고도 앙칼진 목소리의 주인공은 석현이었다. 곱슬곱슬한 머리카락에 발그레한 뺨을 가진 석현이 볼을 빵빵하게 부풀리며 소리를 질러 댔다. 아이가 제 귀에 뭐라고 소리를 지르던지 소년은 무감하게 손가락을 옮겨 가며 다시 중얼거렸다.

〈저건 햄버거. 저건 프라이드치킨.〉

벤치에 앉은 소년의 앞에서 소리를 질러 대던 석현이 연이은 단어에 고개를 돌려 하늘을 올려다보았다. 그러더니 앙칼지게 소리치던 것을 잊은 듯 소년의 옆에 딱 붙어 앉아서 가리키는 구름들을 바라보았다.

〈저건 양이다!〉

몽글몽글한 구름을 향해 손을 들어 올린 석현이 의기양양한 목소리로 크게 외쳤다. 그러더니 동의를 구하는 듯 지유를 바라보았다.

〈그치? 지유야?〉

나무를 끌어안은 채 볼을 기댄 지유는 멍하니 석현의 손끝을 따라 시선을 옮겼다. 사실 어린 지유에게 석현은 귀찮고 시끄러운 존재일 뿐이었다. 매번 병실을 도망쳐 나무를 끌어안고 있는 그녀의 옆을 석현은 지치지도 지루하지도 않은지 떠나지 않고 지켰다.

그러던 어느 날부터 석현의 아지트인 벤치를 팔다리가 늘씬하게 긴 어느 소년이 위협하기 시작했다. 매번 소년과 석현의 싸움은 석현이 빨갛게 달아오른 얼굴을 하고 씩씩거리는 것으로 끝이 나고는 했다. 키와 힘으로도 석현이 소년을 이길 수 없었지만 정작 중요한 문제점은 소년은 석현을 아예 상대해 주지도 않는다는 것이었다.

그러니 싸움 자체가 되질 않았고 석현은 그것이 매번 분해서 어쩔 줄 몰라 하고는 했다. 그 소음을 지유는 눈을 감고 귀를 막는 것으로 차단했다.

〈기차를 타고 바다에 갈 거야.〉

그러나 왠지 오늘은 소년의 목소리가 자꾸 그녀의 주의를 끌어당겼다. 바다라는 소리에 지유가 기대고 있던 나무에서 머리를 들었다.

〈칙칙폭폭.〉

구름으로 그림을 그리듯 손가락이 움직였고 차분한 목소리가 동화를 읽어 주는 듯 중얼거렸다. 흥미가 끌린 지유는 천천히 몸을 돌려 나무에 기댄 채 바닥에 엉덩이를 대고 앉았다. 바닥을 짚은 손 가득 땅의 기운이 밀려들었다. 이제까지 식물을 읽어 내던 것과는 다른 느낌에 지유는 순간 어깨를 부르르 떨었다.

나무의 고동이 부드럽고 잔잔한 것이었다면 땅의 고동 소리는 크고 힘찬 북소리 같았다. 지금까지 한 번도 느껴 보지 못했던 땅의 소리가 느껴지자 지유는 천천히 흙이 묻은 제 손을 들어 올려 바라보았다. 새로 발현된 능력에 놀란 그녀가 커다란 눈을 깜빡였다.

〈창문 밖으로 풀을 뜯는 양 떼가 가득한 목장이 지나가는 거야.〉

소년의 목소리는 끊어지지 않고 계속되었다. 당황한 그녀를 안심시키듯 목소리는 차분하기 그지없었다.

〈칙칙폭폭. 기차역에서 내려 고개를 돌리면 파란 바다가 가득해. 마치 저 하늘처럼 파란 파도가 하얀 거품을 일으키며 손을 흔드는 거야.〉

소년의 목소리에 집중하는 지유의 머리카락을 지나가는 바람이 스쳤다. 살랑하고 턱 끝을 만지는 바람에 지유는 흙이 묻은 손을 앞으로 뻗어 보았다. 그러자 거짓말처럼 제 앞을 지나가는 공기의 흐름이 느껴졌다.

희미한 풀 내음과 약간의 수분을 머금은 공기를 지유는 천천히 들이마셨다. 폐를 가득 채운 풀 향기에 늘 바늘처럼 뾰족하던 신경이 조금씩 누그러지기 시작했다.

〈그럼 난 바다를 향해 맨발로 뛰어갈 거야.〉

〈풍덩 할 거지?〉

소년의 얘기를 가로막으며 석현이 으쓱한 표정으로 끼어들었다. 서늘한 소년의 눈동자가 잠시 석현의 말간 얼굴에 닿았다 떨어졌다.

〈아니. 소리를 지를 거야. 바다 끝까지 닿을 만큼 크게.〉

〈에이. 바다에 가면 수영을 해야지. 이렇게 슉슉.〉

석현이 팔을 크게 휘두르며 수영하는 흉내를 냈다.

〈크게 소리를 지르면 여기서 밖으로 빠져나갈 수 있을 것만 같으니까.〉

이해할 수 없는 얘기에 석현이 고개를 갸웃거렸다. 소년은 이제 석현의 말은 들리지 않는 것처럼 무시를 했다. 그리고 느릿하게 벤치에 늘어진 것처럼 기대어 하늘을 올려다보았다.

〈가고 싶다. 바다.〉

소년이 가고 싶다는 바다를 어린 지유도 올려다보았다. 쭉 뻗고 앉아 있는 다리를 통해 묵직한 땅의 고동이, 등에서는 흐르는 부드러운 수액의 움직임이 그리고 얼굴에는 서늘하게 저를 만져 주는 바람의 손길이 느껴졌다. 그러자 어쩐지 팽팽하게 조여졌던 신경이 느슨해지면서 편안한 기분이 되어 버렸다. 시리게 빛나는 푸른 빛을 올려다보려니 자꾸만 눈이 감겨 왔다. 눈을 깜빡이는 횟수가 늘어나고 점점 감고 있는 시간이 길어지다 어느 순간 어린 지유는 잠에 빠져들었다.

한 번도 느껴 보지 못했던 안락하고 포근한 기분에 이질감을 느낀 지유가 천천히 눈을 떴다. 그리고 제 눈앞에 펼쳐진 낯선 광경에 고개를 돌렸다. 분명 지금 그녀가 있는 곳은 제 방이 맞았다. 그러나 다시 고개를 옆으로 돌리자 매끄러운 턱 선이 눈앞을 가득 채웠다. 규칙적으로 뱉어 내는 남자의 숨결이 그녀의 정수리를 간질였다.

제 목 아래에 단단한 팔이 주는 체온의 따스함이 이게 꿈이 아니라고 말해 주고 있었다. 하지만 아직 이 순간이 믿어지지 않는다는 듯 지유는 손을 들어 날카로운 턱 선을 향해 손을 뻗었다. 남자의 얼굴에 손이 닿는 순간 지유는 제 손에 긴 링거 줄이 매달려 있는 것을 발견했다.

아마도 인우가 해 준 것이리라. 지유는 고개를 살짝 들어 편안하게 잠들어 있는 인우의 얼굴을 바라보았다. 남자의 턱 선을 매만지고 있는데도 지유의 허리에 살짝 걸쳐진 손도, 그리고 눈앞에 보이는 냉랭하니 싸한 얼굴도 미동이 없었다.

지유는 몸을 움직여 처음 눈을 떴던 자세 그대로 인우의 팔에 기대었다. 시선을 조금 내리자 하얀 폴로 티를 입은 그의 가슴이 규칙적으로 오르내리는 것이 보였다. 잠시 고민하던 지유는 손을 펴서 그의 심장에 가져다 대었다. 살아 있는 누군가의 심장 소리를 듣는다는 것은 그녀가 느꼈던 어떤 자연의 울림보다도 아름다웠다.

이해할 수 없는 꿈의 의미가 이런 것이었나? 아직은 선명하게 남은 꿈의 한 자락을 지유는 되짚어 보았다. 저한테 이런 순간이 기다리고 있을 것이라고는 한 번도 기대한 적이 없었다. 그만큼 인우의 품에서 느끼는 안온한 평화는 완벽했다.

그것은 오래전에 포기한 이룰 수 없는 꿈 같은 것이었다. 언제나 모든 순간을 안간힘을 써 가며 살아왔다. 그녀에게 삶이란 모든 감각을 동원해서 버티고 살아 내야 하는 고난과도 같았다. 그 고통스러운 삶에 마주한 달콤함은 더욱더 그녀에게 강렬하게 다가왔다.

제 저주받은 능력에도 지유는 자꾸만 인우를 잡고 싶어졌다. 한번 맛본 달콤함을 빼앗기게 된다면 그것이 그녀에게 무슨 영향을 끼치게 될지 상상할 수가 없었다. 그 두려움에도 불구하고 지유는 자꾸만 욕심이 나는 자신을 막기가 힘들어졌다. 간절한 열망이 머릿속을 지배하자 지유는 저도 모르게 손끝에 만져지는 인우의 셔츠를 꽉 움켜쥐었다.

지유의 움직임을 느꼈는지 허리에 얹어져 있던 인우의 손이 느릿하게 움직여 그녀의 어깨를 토닥이기 시작했다. 흠칫 놀라 올려다본 남자는 잠결인 듯 눈을 뜨지 않은 채였다. 괜찮다고 안심해도 좋다고 달래는 듯한 토닥임에 지유는 다시 눈을 감았다. 지금은 아무 생각 말고 쉬라는 듯 토닥임은 계속되었다. 결국 밤새 내내 고열에 시달린 몸은 금세 수마에 빠져들었다. 그러나 가물가물 흐려지는 의식 속에서도 그녀는 달콤함을 느꼈다.

지유가 고르게 숨을 내쉬며 잠에 빠져든 걸 확인하자 인우는 감고 있던 눈을 그제야 천천히 떴다. 제 얼굴을 만지는 손길을 느꼈을 때부터 인우는 깨어 있었다. 가만가만 저를 만지는 손길에 슬며시 나오는 웃음을 꾹 눌러 대며 그는 감미로운 고문을 참아 냈다.

팔에 닿는 체온으로 열이 떨어진 게 느껴졌지만 손을 들어 조심스럽게 이마를 짚어 보고서야 그는 안심할 수 있었다. 머리를 살짝 들어 바라본 수액은 아직 여유가 좀 있었기 때문에 그는 다시 베개에 머리를 누이고 지유를 바라보았다.

품에 안긴 그녀가 새삼스럽게 작고도 여리게 느껴졌다. 처음부터 이렇게 안고 있을 작정은 아니었다. 그저 눈도 뜨지 못하고 신음을 뱉으며 눈물을 흘리는 그녀의 모습이 가슴이 아파 끌어안고 달래 주었을 뿐이었다. 그리고 진정이 된 그녀가 새근거리며 잠이 들자 도리어 그녀가 주는 포근함에 그도 잠에 빠져 버리고 말았다.

위로하려던 자신이 오히려 위안을 받는 묘한 상황에 그는 한숨을 쉬었다. 이렇게 짧지만 단잠을 잔 적이 언제였던가? 그것은 그가 아주 어린아이였던 그때 엄마의 품에서 깨어나던 어느 한가로운 가을의 낮잠이었던가? 언제나 이 여자는 고통스런 과거 너머의 희미해진 기억들을 끄집어내고는 했다.

짧은 시간이었지만 깊은 수면은 그에게 충분한 휴식이 되어 주었다. 인턴과 레지던트를 하면서 쪽잠을 자던 때도 이렇게 달게 자 본 적은 없었다. 수면이란 그에게 언제나 악몽을 끌어들일 수 있는 폭탄과도 같은 것이었다. 자지 않을 수만 있다면 평생 잠 따위는 자고 싶지 않을 정도였다. 그러나 지유와 함께 있는 이 순간은 악몽마저도 흐릿하게 멀어졌다.

물끄러미 하얀 얼굴을 바라보고 있노라니 땀에 젖어 그녀의 얼굴에 달라붙어 있는 머리카락들마저 인우의 마음을 애달프게 만드는 장식품처럼 느껴졌다. 그 까만 머리카락을 뒤로 넘겨 주며 인우는 지유의 이목구비 하나하나를 가슴속 깊이 새겨 두었다.

하얀 얼굴에 그린 것처럼 촘촘하게 자리 잡은 속눈썹이 그림자를 길게 드리우고 있었다. 하루 사이에 해쓱해진 얼굴을 바라보고 있노라니 인우는 그녀가 그 빗속을 헤매고 다니게 내버려 둔 제 자신에게 화가 날 지경이었다.

지유가 전화를 받지 않는 내내 그는 제 안에 무언가가 투둑투둑 끊어지는 느낌을 받았다. 늘 이성적이고 합리적으로 행동하고 생각하던 그에게 그 모든 것들이 모두 부서지는 듯했다. 머릿속이 하얗게 또는 까맣게 변해 가는 느낌. 가장 나쁘고 좋지 않은 상상들이 그의 머릿속을 가득 채웠다.

지유의 정확한 주소를 모르는 그는 집 안을 서성이며 그녀의 번호를 계속해서 반복해 누르고 있었다. 그녀를 연결시켜 주지 않는 제 전화기를 움켜쥔 채 서성이던 그 순간 정호의 오피스텔이 생각났다. 어떻게 거기까지 달려갔는지 정확히 기억나지 않았다. 그저 덥수룩한 머리에 잠이 덜 깬 정호의 멱살을 쥐다시피 해서 주소를 알아냈다는 것뿐.

바스라질 것처럼 서 있던 그녀를 보고 그는 아무 생각도 들지 않았다. 단지 당장이라도 그녀가 사라질까 두려운 사람처럼 제 품 안에 여린 몸을 가둬 두는 것뿐. 그러다 그는 갑자기 깨달았다. 처음에는 새벽 공기를 지나쳐 온 자신이 너무 차가워서 그런 것이라고 착각했었다. 그러나 그렇다고 하기에는 그녀의 몸도 토해 내는 숨결도 비이상적으로 뜨거웠다.

그래서 화가 났다가 그녀가 제 품에서 쓰러지자 가슴 한쪽이 덜컹 내려앉았다. 단순히 열이 심해서 잠시 정신을 잃은 것뿐인데도 자신이 의사인 것도 잊을 만큼 그는 당황하고 말았다. 그녀가 힘겹게 내뱉는 숨소리를 확인하고 나서야 겨우 제정신이 드는 듯했다.

제가 늘 꾸는 악몽과는 다른, 그러나 그것처럼 아픈 악몽 같았다. 심장을 쥐어뜯는 듯 숨이 가빠 오고 손이 떨려 왔다. 그녀가 전화를 받지 않던 그 순간에 제가 상상하던 그 모든 것들이 마치 진짜인 것처럼 느껴져서 괴로울 정도였다. 어느새 이 작은 여자가 제 심장을 틀어쥐어 버렸다. 고통스럽지만 황홀한 그 감각에 인우는 가슴 가득 뻐근한 통증을 느꼈다.

깊게 한숨을 토해 낸 인우가 팔베개를 하고 있던 제 팔을 조심스레 빼내었다. 수액이 거의 남지 않았기 때문에 바늘을 이제 그만 빼야만 했다. 매트리스가 울리지 않게 천천히 일어선 그는 침대를 돌아서 트레이 안에 담긴 소독 솜을 꺼내 들었다.

여자의 뼈대가 가는 손은 혈관을 찾기도 힘들었다. 그 손에서 바늘을 빼내자 붉은 핏방울이 방울방울 떨어지기 시작했다. 인우는 서둘러 솜으로 바늘이 빠져나온 자리를 눌러 주었다. 연약해 보이는 손에서 떨어지는 핏방울에서도 그는 안쓰러움과 측은함을 느꼈다. 마치 정지유가 김인우의 새로운 통각점이라도 되는 것처럼 그녀의 고통에 그의 가슴이 욱신거렸다.

소독 솜으로 바늘이 빠져나온 자리를 한참을 누르고 있자 피는 더 이상 나오지 않았다. 그제야 수액 팩과 바늘을 정리해 침실 밖으로 나온 인우는 그것을 봉투에 넣어 제 가방에 갈무리해 두었다. 손목에 매달린 시계의 바늘은 정오를 지나가고 있었다. 지유가 일어나면 무엇이라도 먹어야 했기 때문에 인우는 주방으로 향했다.

작은 주방은 인우의 것과는 달리 처음 보는 조리 도구들과 갖가지 유리병들, 그리고 아기자기한 그릇들과 소품들로 가득했다. 휑할 정도로 아무것도 없는 제 주방과는 달리 꽉 차 있다 못해 넘쳐 날 듯한 주방에 인우는 멀미라도 일으킬 정도로 어지러웠다. 그것들을 잠시 혼란스러운 눈으로 둘러보던 인우는 곧 쌀이 담긴 커다란 유리병을 발견했다.

반짝반짝 거울처럼 윤이 나는 스테인리스 믹싱볼에 쌀을 한 주먹 담고 인우는 물을 틀어 씻기 시작했다. 지유가 자신에게 만들어 주었던 것처럼 무언가 맛있는 것을 해 주고 싶었지만 그에게 음식이란 그저 허기를 면하게 하는 것 이상이 아니었다. 그러니 그가 만들 수 있는 음식이란 것은 고작 이런 하얀 죽뿐이었다. 냄비 안에 보글보글 끓는 죽을 바라보는 인우의 마음은 착잡했다.

생각해 보면 그는 내내 그녀에게 무엇인가를 받기만 했다. 그것이 따스한 음식이든 싸늘하지만 묘하게 상냥했던 위로든 그저 주는 것을 받기만 했다는 생각이 스쳐 갔다. 어쩐지 그것이 이기적이기만 했던 제 모습의 반증 같아서 그는 쓰게 웃었다.

죽이 얼추 완성되자 인우는 불을 끄고 아직 지유가 자고 있는 침실로 조용히 들어섰다. 옆으로 돌아누운 채 두 손을 모으고 자고 있는 그녀의 모습은 평온하기 그지없었다. 인우는 지유의 얼굴이 보이는 쪽 침대 바닥에 몸을 구부리고 앉았다. 침대에 팔을 얹고 그 팔에 턱을 기댄 인우는 지유의 모습을 좀 더 세심하게 바라보았다.

제 눈앞에 펼쳐진 모습은 지금까지 보아 온 어떤 풍경과 그림보다도 아름다웠다. 황홀할 정도로 포근하고 평화로운 광경은 절로 흐뭇함마저 들 정도였다. 가만히 그것을 바라보고 있노라니 인우는 점점 욕심이 나고 말았다.

바라보는 것은 그만두고 이제 자신도 저 풍경 안으로 들어가고 싶어졌다. 서서히 몸을 일으킨 인우가 살그머니 지유의 옆에 제 몸을 누이고 그녀의 목 아래에 제 팔을 집어넣었다. 달달하고도 따스한 지유만의 체취가 그의 품 안 가득 들어차기 시작했다.

여린 어깨를 감싸고 살며시 끌어안은 인우의 입에서 만족스러운 한숨이 새어 나왔다. 어느 순간도 그에게 이만큼의 충족감을 주지 못했다. 조금 더 욕심을 부려 둘 사이에 남은 공간마저 없애 버리고 싶었지만 이 이상은 정말 욕심이 될 것만 같았다.

고독하고 외로운 삶을 살아 내던 그에게 지유는 예상하지 못했던 선물과도 같았다. 그 선물이 놀라서 도망치는 것을 그는 바라지 않았다. 절대로 그 선물을 놓치고 싶지 않았기에 그의 손길은 조심스럽기만 했다.

손끝이 저릴 정도로 강렬한 간절함이 그를 가득 채웠다. 핏기 없는 얼굴을 내려다보는 그의 심장이 지끈지끈 아려 오기 시작했다. 어서 그녀가 눈을 뜨고 절 바라보며 웃어 주었으면 했다. 이렇게 혼자 앓고 혼자 버티지 말고 오롯이 제게 기대어 오길 바랐다.

그녀가 제게 주었던 모든 것들처럼 그도 그녀에게 무언가를 줄 수 있기를 바랐다. 그것이 물질이든지 마음이든지 그는 다 내어줄 준비가 되어 있었다. 그저 남은 것은 그녀가 온전히 그것을 받아 줄 결심을 하는 것뿐이었다.

그의 소망이 닿은 것처럼 매끈한 이마가 살풋 찌푸려지더니 긴 속 눈썹이 팔랑거리기 시작했다. 가냘픈 손이 가늘게 감고 있던 눈을 아이처럼 문지르더니 곧 까만 눈망울이 드러났다. 잠시 멍하니 초점이 흐렸던 그것은 금세 인우에게 시선을 고정시켰다. 어떤 반응을 보일지 궁금해하며 바라보는 그에게 그녀는 사르르 녹아 버릴 듯한 미소를 보여 주었다.

"안녕."

평소보다 더 낮고 더 허스키한 목소리로 나른하게 속삭이며 제게 건네는 인사가 인우에게는 마치 유혹처럼 느껴졌다.

"키스하면 화낼 건가?"

여자의 얼굴에 번져 있던 다디단 미소가 사라지고 대신 찡그린 얼굴이 그를 바라보았다.

"아마도?"

확신이 없는 대답에 인우는 지그시 웃음을 지었다. 이 여자는 자신이 한 대답이 도리어 그에게 용기를 주었다는 걸 알지 못하고 있었다.

"그럼 그것보다 가벼운 걸로 하지."

말이 끝나자마자 지유의 턱을 살짝 치켜 올린 인우가 재빠르게 입술을 겹쳐 왔다. 윗입술과 아랫입술을 번갈아 부드럽게 빨아들인 그의 입술은 물러나는 것도 순식간일 만큼 빨랐다. 열로 인해 건조해 버린 입술을 살짝 건드리고 물러나는 동안 지유는 동그랗게 눈을 뜬 채로 그를 바라보고 있었다.

그녀에게 입맞춤이란 상대가 자신의 모든 감정을 그러모아 쏟아 붓는 행위 그것 이상은 아니었다. 아주 오래전의 불쾌한 경험으로 인해 깨달은 사실이었다. 그녀와 그녀가 사랑하는 상대 둘 다에게 아름다워야 할 키스가 오히려 그녀를 난도질하고 상처를 주는 흉기가 되는 것은 서글픈 일이었다.

그러니 지금 인우의 입맞춤은 지유를 당황시키고도 남을 일이었다. 입술부터 번져 간 열기는 금세 해쓱하던 얼굴을 물들이고 말았다. 상기된 얼굴로 지유가 빤히 바라보자 제가 닿았던 입술을 인우가 긴 손가락을 뻗어 슬쩍 건드렸다.

"그렇게 빤히 보고 있으면 민망한데?"

말과는 달리 태연자약하고도 뻔뻔스러운 인우의 태도에 지유가 동그랗게 뜨고 있던 눈을 날카롭게 바꾸어 그를 노려보았다.

"반칙이에요."

흐음. 못마땅한 신음이 인우의 입술을 비집고 나왔다. 이 여자는 정말 누가 반칙을 하는지 모르고 있었다. 긴 머리카락을 늘어뜨리고 하얀 목덜미를 드러낸 채 누워 있는 처연하고도 가녀린 모습을 본다면 어느 남자가 그처럼 잘 참아 낼 수 있을까?

"반칙은 당신이 하고 있어."

"무슨 말이에요?"

"유혹은 내내 당신이 하고 있었어. 그러니 잘 참은 나에게 주는 상이라고 생각해."

"말도 안 돼."

그러면서도 드러난 제 어깨가 신경 쓰이는지 지유는 시트를 끌어올렸다. 그것이 늦어도 한참은 늦은 행동이라는 걸 모르는 듯했다. 새벽부터 내내 고열에 신음하는 그녀의 몸을 수건으로 닦아 내던 것이 바로 인우였으니 말이다.

"걱정하지 마. 여기서 더 진도를 나가 아픈 여자 덮칠 만큼 나쁜 놈은 아니니까."

인우가 너무나 담담하게 하는 말을 듣고 있자니 난처해하는 제 모습이 유난스럽게 느껴질 정도였다. 지유는 얼굴의 반을 시트를 덮은 채로 퉁명스럽게 따져 물었다.

"우리 집은 어떻게 알았어요?"

매번 집 앞에서 헤어졌지만 정확한 호수는 모르고 있을 터였다.

"정호가 알려 줬어."

예상치 못한 대답에 지유가 눈매를 모았다.

"정호 연락처도 알아요?"

"연락처는 모르지만 집은 알고 있으니까."

대수롭지 않게 하는 대답이었지만 새벽부터 저 때문에 이리저리 뛰어다녔을 인우를 생각하니 지유는 미안해졌다.

"고마워요."

눈을 내리깐 채 건네는 인사에 인우가 제 입술에 손가락을 가져다 대었다.

"인사는 벌써 받았으니까 신경 쓰지 않아도 돼."

비죽 웃는 웃음이 어쩐지 얄미워졌다. 이런 건 지유에게 익숙지 않은 일이었다. 어쩐지 자꾸만 놀림을 당하는 기분이 드니 당혹스럽기만 했다.

"김인우 씨 오늘 이상하네요."

"그걸 이제 알았나? 벌써 오래전부터 정지유 때문에 제정신이 아니었어."

또다. 이렇게 인우가 직구를 날려 댈 때는 애써 만들어 낸 차분함마저 흩어지고 말았다. 어쩌면 달라진 것은 그만이 아닐 것이었다. 이렇게 당황스럽고 난처한 기분이 드는 제 모습이 지유 자신에게도 낯설기만 했으니 말이다.

"처음이랑 너무 달라진 거 알아요? 대체 그런 말은 어디서 배우는 거예요?"

"말했잖아. 제정신 아니라고."

픽 웃음을 지은 인우가 몸을 일으켰다.

"옷 입고 나와. 뭐라도 먹어야 약을 먹을 테니까."

침대에서 일어선 인우의 아이보리색 바지와 하얀색 폴로셔츠가 구깃구깃했다. 저를 바라보며 누워 있었던 탓인지 살짝 눌린 그의 왼쪽 머리에 지유는 슬쩍 웃음을 지었다. 언제나 구김 하나 없는 옷에 단정하게 손질한 머리를 하던 인우의 풀어진 모습은 자꾸만 웃음이 새어 나오게 만들었다.

문이 닫히자 지유는 인우가 베고 있던 베개에 얼굴을 묻었다. 싸하고 시원한 남자의 향기가 흐릿하게 남아 있었다. 그 싸늘한 향기가 오히려 따스하게 느껴져 그녀는 눈물이 날 것만 같았다. 늘 혼자 앓고 일어나면 냉랭한 공기가 저를 맞아 주던 것과는 전혀 다른 아침이었다.

땀을 흘린 탓인지 눅눅해진 잠옷을 벗고 면 티와 폭이 넉넉한 바지로 갈아입은 지유가 머리를 묶어 올리고 침실을 나왔다. 작은 주방에 인우가 등을 돌리고 있는 것이 보이자 지유는 의아해졌다. 나가서 먹자는 게 아니었나? 무엇인지 포근한 열기가 그에게 다가갈수록 진하게 느껴졌다.

"뭐예요?"

고개를 슬쩍 돌린 그가 뭐가 못마땅한지 무뚝뚝하게 대답했다.

"그냥 죽이야. 씻고 와."

어쩐지 무언가 잔뜩 언짢은 듯한 표정에 지유는 어깨를 으쓱하고 욕실로 들어섰다. 워낙 깔끔한 남자니 땀에 젖은 제 모습이 맘에 들지 않았으려나? 세수를 하고 양치를 한 지유가 거울에 비친 창백한 제 얼굴을 바라보았다.

그렇게 맘에 안 들었으면서 입은 왜 맞춘 거야? 저도 모르게 입술을 만지작거리던 지유가 다시 얼굴을 붉히고 말았다. 아직도 남자가 남긴 감촉이 입술에 달라붙은 듯 생생하기만 했다. 끈적끈적해진 머리를 다시 정리해 묶은 지유는 무거운 한숨을 쉬었다. 샤워를 하고 싶었지만 아무래도 그건 인우가 돌아가고 난 뒤에 해야 할 듯했다.

욕실을 나온 지유가 주방을 바라보자 냉장고 문을 연 채 굳어 있는 인우가 보였다. 지유가 천천히 다가서자 심각한 표정을 한 인우가 그녀를 바라보았다.

"왜 그래요?"

"대체 여기서 뭘 어떻게 찾아 먹는 거야?"

그를 어지럽게 했던 주방과 하나도 다르지 않은 냉장고 속을 바라보며 인우는 투덜대었다. 무언가 맛있는 것을 해 주고 싶은 마음과는 달리 겨우 죽 하나 끓인 것인 것뿐이라 마음이 상했던 그였다. 그러니 반찬 하나 제대로 꺼내지 못해 지유에게 도움을 청해야 하는 제 모습이 못마땅하기만 했다.

퉁명스러운 인우의 말에 지유가 자신의 냉장고 안을 들여다보았다. 여러 가지 장아찌가 담긴 유리병부터 젓갈들, 그리고 피클들과 밑반찬을 만들어 놓은 통이 안을 가득 채우고 있었다. 퇴근하면 틈틈이 만들어 카페에 가지고 가는 것들이었다. 그래서 굳이 이름표를 붙이지 않아도 지유는 그것들이 무엇인지 전부 알고 있었다.

"내 냉장고니까 당연히 잘 찾아요."

당연한 걸 물어본다는 듯 예사롭게 대답한 지유가 피클 하나와 젓갈, 그리고 밑반찬 하나를 척척 꺼내기 시작했다. 한치 젓갈을 약간 꺼내어 깨와 다진 마늘, 그리고 들기름으로 다시 양념한 뒤에 접시에 담은 그녀는 간장을 넣어 만든 야채 피클을 꺼내고 빨갛게 양념한 아몬드를 넣은 멸치볶음을 꺼냈다.

"그런데 인우 씨는 밥 먹어야 하지 않아요?"

문득 깨달은 듯한 지유의 말에 인우의 얼굴이 구겨졌다. 이 여자가 정말! 인우의 이마에 핏대가 세워졌다.

"아픈 사람에게 밥 달라고 할 생각 없으니까 이제 그만 앉기나 해."

지유의 손을 잡아당겨 식탁에 앉힌 인우가 반찬을 나르고 그릇에 죽을 담아 그녀의 앞에 놓아 주었다. 어떻게 찾아낸 건지 식탁 매트와 수저받침까지 놓인 차림새에 지유가 감탄을 했다. 물끄러미 저를 바라보는 지유의 눈빛에 인우는 맞은편에 앉으며 잠시 머뭇댔다.

"다른 죽 같은 걸 끓이면 좋았겠지만 내가 할 줄 아는 게 이것뿐이야. 맛은 없겠지만 약을 먹으려면 빈속보다는 나을 거야."

무뚝뚝하니 불만스러운 말투에 지유는 그제야 그가 못마땅해하는 게 무엇인지 깨달았다. 그녀를 위해 죽보다는 좀 더 나은 걸 할 줄 모르는 자신에게 투덜댄 것뿐이었다. 그런 그의 모습에 다시 가슴이 먹먹해졌다.

하얀 김이 올라오는 죽을 두어 번 저은 지유가 호호 불어서 식힌 다음 입에 넣었다. 깔깔한 입안에 따스한 죽이 부드럽게 목을 타고 넘어갔다. 분명히 죽은 삼켜 냈는데도 목에 걸린 덩어리에 숨이 막혀 왔다. 지유는 꺼내 놓은 반찬은 손도 대지 않고 앞에 놓인 죽만 한 입 또 한 입을 삼키고 또 삼켰다.

더는 버틸 수 없었다. 제 마음을 감추고 사랑한다고 부딪혀 오는 그를 밀어내는 것은 쉬운 일이 아니었다. 제게 허락되지 않을 거라 상상했던 모든 것들이 지금 여기에 전부 존재하고 있었다. 왜 가지면 안 되는 거냐고 어딘가에 물어보고 싶어졌다. 손만 조금 내밀어도 그것들이 모두 그녀의 것이 될 것이었다.

외면을 하고 밀어내고 도망치는 것은 이제 그만두고 싶어졌다. 이제는 왜 제가 참아야 하는지 그 이유조차도 불분명하게 느껴졌다. 다시 한 번 죽을 불어서 한 입 삼킨 그녀는 인우를 바라보며 겨우 미소를 지어 보일 수 있었다.

"맛있어요."

의심스럽다는 듯 인우의 눈썹이 치켜 올라갔다.

"거짓말."

"진짠데."

잠시 말이 없던 인우가 지유의 뺨에 손을 뻗었다.

"그럼 왜 울 것 같은 얼굴을 하고 있는 거지?"

달래 주듯 뺨을 만지작거리는 인우의 손을 잡아 내린 지유가 숨을 크게 들이켰다. 이제는 말해야 했다. 사랑한다고 당신이 좋다고 당신에게 졌다고 하기 전에 그에게 고백해야만 했다. 이기적이라고 해도 어쩔 수 없었다.

"난 괜찮아요."

짐짓 더 크게 미소를 지어 보인 지유를 인우가 묵묵히 바라보았다. 잠자코 저를 기다려 주는 인우의 눈빛에 지유는 가까스로 입을 열었다.

"할 말이 있어요."

더는 그를 밀어낼 수는 없었다. 그러니 지유에게는 이 방법밖에 없었다. 그래서 인우를 바라보는 지유의 미소가 조금 더 슬퍼졌다. 이런 선택밖에 할 수 없는 자신이 겁쟁이 같았다.

할 말이 있다는 여자의 말에 인우는 잔뜩 긴장을 했다. 그러나 울 것 같은 표정으로 제게 할 말이 있다던 지유가 그다음에 한 말은 그의 예상과는 달랐다.

"그러니까 이따가 다시 와 줄래요? 지금은 좀 씻어야겠어요."

지유의 입에서 나올 말에 긴장하고 있던 인우는 허탈해지고 말았다. 혹시 저를 받아 준다는 얘기를 하지 않을까 기대를 하지 않았다면 거짓말일 것이었다.

"할 말이 있다더니 내쫓는 거야?"

그가 찌푸린 얼굴로 따져 묻자 지유가 변명하듯 어깨를 으쓱하며 중얼거렸다.

"나 지금 아프고 난 뒤라 기운도 없고 씻지도 못해서 엉망이에요."

"그래서? 그거랑 무슨 상관이야?"

이해를 못하겠다는 듯 퉁명스런 인우의 대답에 지유가 한숨을 쉬었다. 적어도 이런 모습으로 고백을 하고 싶지 않은 것이 여자의 자존심이란 걸 그는 모르는 듯했다. 누군가에게 예뻐 보이거나 아름답게 보이고 싶은 적이 없지는 않았다. 그러나 지금처럼 절실한 적은 없었다.

"나 이런 모습으로 김인우 씨에게 상처 받으면 즉사할지도 몰라요. 그러니까 적어도 찔려도 덜 아프게 전투복 정도는 갖춰 입을 시간은 줘야 하지 않겠어요?"

입가를 당겨 웃으며 농담을 하고 있지만 억지로 애를 쓰고 있는 모습이 역력했다. 뭐가 저리 힘든 걸까? 그딴 것 없어도 내가 너를 상처 입힐 일 따위는 없다고 인우는 말하고 싶었다. 게다가 아직은 지유를 혼자 두기에 안심이 안 되었다. 이제 막 열이 떨어지고 죽 한 그릇을 겨우 비운 여자는 금방 쓰러져도 이상하지 않을 정도로 혈색도 기운도 없어 보였다.

그러나 애써 웃고 있어도 가려지지 않는 그녀의 가라앉은 분위기에 인우는 고개를 끄덕일 수밖에 없었다. 대신 인우는 기어이 고집을 부려 설거지를 하는 동안 지유가 약을 먹고 쉬게 했다.

"야외로 나갈 거예요. 밤이면 쌀쌀하니까 가벼운 겉옷 정도 입고 오는 게 좋겠어요."

현관에서 막 구두를 신는 인우를 바라보며 지유가 한 말에 그가 삐딱하게 입술을 비틀었다.

"아픈 사람은 내가 아니었던 거 같은데?"

"따뜻하게 입을게요."

선선히 대답하는 모양새가 어쩐지 마음에 걸려 인우의 고개가 기울어졌다.

"열 내린 지 얼마 안 됐어. 그냥 여기서 하면 안 되는 얘기야?"

"거기 가면 말하기가 편할 것 같아요."

아직은 해쓱한 하얀 얼굴의 동그란 눈 끝이 처연하다. 걱정과 근심이 매달린 까만 눈에 인우는 마음이 쓰였다. 이 여자가 무엇을 걱정하는 것인지 알지는 못했지만 저에게 말할 내용이 간단한 것이 아니라는 것쯤은 알 수 있었다.

"그럼 그렇게 해. 5시 반쯤 데리러 올게. 그때까지 씻고 좀 쉬고 있어."

어린아이처럼 위아래로 고개를 끄덕이며 올려다보는 모양새가 답지 않게 귀여워 보여서 인우는 지그시 미소를 지었다. 그래서 조금이라도 이 여자의 걱정을 덜어 주고 싶은 욕심이 불쑥 입 밖으로 튀어나오고 말았다.

"뭘 말하던지 난 괜찮다고 말하고 싶지만 그건 듣고 난 뒤에 말하는 게 더 좋을 것 같으니 그때 얘기해 줄게."

작은 머리가 다시 끄덕끄덕 움직였다. 그 모습에 결국 인우가 그녀를 향해 손을 뻗었다. 손안에 보드라운 뺨이 닿았다. 따스한 체온의 그것을 만지작거리고 있자니 인우는 문을 열고 나가기가 더 싫어졌다.

"가기 싫다고 하면 화낼 건가?"

"아주 많이요."

그제야 지유의 눈 끝에 번져 있던 걱정이 희미해졌다. 마음에 들지 않는다는 듯 슬쩍 비어져 나오는 도톰한 아랫입술을 바라보고 있자니 그것을 물고 있었을 때의 감촉이 고스란히 살아났다. 열에 들떠 바싹 마른 입술은 그럼에도 그에게는 달콤하기만 했다. 눈앞에 그것을 두고 참고 있자니 인우는 저도 모르게 괴로운 신음이 나올 것만 같았다.

"매정하군."

불만스럽게 중얼거린 인우가 떼어지지 않는 손을 거두었다. 팔짱을 낀 채 저를 바라보는 지유의 시선에서 조금의 양보의 기운이 보이지 않았기 때문에 그는 더 버틸 수가 없었다.

"전화할게."

"그래요."

고개를 까딱하고 인사를 한 그가 열린 문 밖으로 나왔다. 문이 닫히고 지유의 모습이 문 안으로 사라졌다. 도어록이 자동으로 삐릭 하고 잠기자 인우는 아직도 자신의 손안에 남은 그녀의 감촉을 주먹 안에 말아 쥐었다.

눈앞에 보이는 닫힌 철문은 차갑고 단단하기만 했다. 그것이 단절과 거부의 상징처럼 느껴져 인우는 얼굴을 일그러뜨렸다. 인우는 지유의 느낌이 배여 있는 손을 가만히 문에 가져다 대었다. 싸늘한 철문의 냉기가 심장까지 찌르르하게 번져 왔다. 어쩐지 어린아이를 혼자 두고 나온 것만 같은 기분이 들어 인우는 쉽게 자리를 떠날 수 없었다.

왜 이리 불안한 기분이 드는 걸까? 자신이 다가선 거리만큼 그녀가 저를 거절하지 않을 것이라는 기대가 있었음에도 인우는 불안했다. 아직 썩 좋아 보이지 않는 그녀의 몸 상태도 걱정이 되었고 그녀가 고백하려는 내용이 가볍지 않을 것이라는 예감도 그의 마음을 무겁게 만들었다.

저를 막고 있는 문을 억지로 열고라도 내내 근심스러운 표정을 한 지유를 안아 주고 달래 주고 위로해 주고 싶었다. 그러나 인우는 사랑 앞에서 약자였다. 진지한 모습으로 제가 원하는 것을 말하는 지유를 거스를 수는 없었다. 한 번도 누군가에게 이렇게 휘둘려 본 적이 없었다. 그것이 제 감정이든 행동이든 이렇게 저를 좌지우지한 이는 없었다. 그러나 그녀를 마음에 담은 뒤부터 추는 현저히 기울어지고 말았다.

지유에게 큰소리를 치며 냉소를 흘리던 제 모습이 언제였던지 기억이 나지 않을 정도였다. 그녀의 작은 한숨에도 가슴이 시리고 덜컥 심장이 내려앉는 기분이 들고는 했다.

그러니 지금은 지유가 원하는 대로 해 줄 수밖에 없었다. 그녀가 그것이 더 마음 편하다는데 마냥 제 고집을 부릴 수는 없는 일이었다. 인우는 떨어지지 않는 발걸음을 억지로 떼어 냈다.

　약속한 시간이 다 되어 가자 고개를 들어 지유의 아파트를 올려다보는 인우의 표정이 살짝 구겨졌다. 지유의 집 안이 아니라 밖에 서 있는 자신이 무척이나 못마땅했다. 마치 그것이 지유의 마음 안에 들어가지 못하는 제 처지를 말해 주는 것 같아서 인우의 얼굴은 쉽게 펴지지 못했다.

　좀처럼 가지 않는 시간을 제집에서 겨우겨우 버티다가 지친 인우가 지유의 집 앞으로 온 것이 벌써 한 시간째였다. 보이지 않는 곳에서 기다리는 것보다 보이는 곳에서 기다리는 것이 나으리라는 생각에서였다. 그러나 자신이 이렇게 참을성이 없는 줄은 인우도 전혀 알지 못했다.

　1분이 한 시간 같고 한 시간이 하루 같은 시간이 느리게만 기어갔다. 그저 시계와 지유의 집을 올려다보며 지루함을 참아 낸 인우의 기다림도 이제 거의 끝이 나고 있었다. 시계를 들여다본 인우는 초침이 움직이는 것을 가만히 세어 보고 있었다.

3초. 2초. 1초.

가만히 입으로 되뇌던 그가 지유와 약속한 시간이 되자 붙박이처럼 서 있던 자리에서 발을 떼었다. 막 1층 입구 계단에 발을 올려놓는 순간 그의 등 뒤에서 빵빵하는 자동차 경적 소리가 울렸다. 저를 부르는 듯한 소리에 등을 돌린 인우의 눈앞에 자신의 SUV차에 탄 채 손을 흔드는 지유가 보였다.

천천히 그녀의 차에 다가서고 있는 인우의 표정이 싸늘하게 굳었다. 자신이 집 앞에서 기다린 게 벌써 한 시간째였다. 그렇다면 그전부터 여자는 집에 없었다는 말이었다. 열 때문에 눈도 뜨지 못하던 것이 불과 12시간도 지나지 않았다. 화가 나는 만큼 인우의 음성이 낮게 가라앉았다.

"내가 분명 쉬라고 하지 않았나?"

"쉬었어요."

고개를 갸웃하는 움직임에 풀어 내린 머리카락이 윤기 있게 찰랑거렸다. 화장이라도 했는지 가까이 다가서 바라본 그녀의 깊어진 눈매와 촉촉하니 발그레하게 빛나는 입술이 인우의 시선을 잡아끌었다. 늘 화장기 없는 맨얼굴에 긴 머리를 올려 묶고 있던 모습만 보았던지라 이렇게 꾸미고 있는 지유를 보는 것은 처음이었다.

인우는 그녀를 홀린 듯 바라보았다. 이 여자가 대체 얼굴에 무슨 짓을 한 걸까? 마치 다이어트를 하는 사람이 다디단 케이크를 앞에 두고 억지로 참고 있는데 그 케이크 위에 달콤한 생크림을 듬뿍 뿌리며 약을 올리는 것과 다르지 않았다.

전투복을 입는다니 어쩌니 할 때 그냥 우스갯소리라고 생각했더니 그럴 일이 아니었다. 분명 같은 얼굴인데도 다르게 보였다. 작정이라도 한 듯 꾸미고 나온 지유의 모습에 그는 잠시 제가 왜 화가 났었는지마저 잊었다.

"오래 기다렸어요?"

인우의 냉랭한 목소리에 심상찮은 기운을 느낀 지유가 눈을 동그랗게 뜨고 물어왔다. 지유의 물음에 인우는 풀려 있던 눈가를 다시 굳혔다. 당장이라도 저를 유혹하는 입술이 보는 것만큼 촉촉한지 확인하고 싶은 충동이 그를 괴롭혔다. 한번 맛본 달콤함에 중독이라도 된 것처럼 구는 자신이 우습기만 했다. 그러나 인우는 가까스로 제가 화가 났던 이유를 기억해 냈다.

"어딜 다녀오는 거야?"

싸늘한 음성으로 물어보는 인우의 속이 처음처럼 부글거렸다.

"차 가지러 다녀왔어요. 내 차 카페 주차장에 있었잖아요. 지금 갈 곳이 인우 씨 차로는 불편할 거 같아서요."

이 여자는 대체 제 말을 그냥 들어주는 법이 없었다.

"그래서 지금 차만 가지러 다녀오는 길이다?"

태평스런 표정으로 지유가 고개를 끄덕했다.

"내가 여기 언제부터 와 있었을까?"

언제부터라는 단어에 뭔가 이상함을 느낀 지유의 이마에 고민이 작게 자리 잡았다.

"조금 전?"

자신 없는 지유의 목소리에 인우의 으르렁대는 목소리가 정답을 토해 냈다.

"한 시간 전!"

작게 한숨을 내쉰 지유가 어깨를 으쓱했다.

"도착하면 저녁 시간이라 도시락 좀 만들었어요."

"쉬라고 한 내 말 잊은 건가?"

"안 잊었어요. 한숨 더 자고 씻고, 그리고 차 가지러 갔다가 그냥 간단하게 주먹밥 정도 만든 거예요. 나 이제 괜찮아요."

괜찮다고 말하는 지유의 안색이 백 프로 완벽해 보이지는 않았지만 화장 덕분인지 몰라도 처음보다는 나아 보였기에 인우는 굳은 얼굴을 조금 풀어 내었다. 어느새 그에게는 지유에게 화를 내는 일이 세상에서 제일 힘든 일이 되어 버린 듯했다. 저를 달래듯이 살살 웃음을 짓는 얼굴에 화를 내는 것은 쉽지 않은 일이었다.

창문 밖으로 내민 얼굴에 흘러내린 머리카락을 쓸어 올리는 지유의 손으로 그의 시선이 옮겨 갔다. 하얗고 동그란 이마에 매끄러운 까만 머리카락을 바라보고 있자니 다시 손이 간질거리기 시작했다. 당장이라도 그녀 대신 저 까만 머리카락을 쓸어 올려 주고 싶어 하는 손이 움찔거렸다. 미친놈. 제 상태가 딱 그러했다.

정지유 때문에 시도 때도 없이 제가 그려 놓은 선을 삐죽 빠져나오는 감정들에 인우는 차가워졌다가 뜨거워지기를 반복했다. 감정의 고저를 쉴 새 없이 넘나드는 제 상태가 확실히 정상은 아니었다. 그런 제가 한심스러워 인우는 고개를 저었다. 언제부터인지 몰라도 이 여자가 제 마음을 틀어쥔 것은 분명한 사실이었다. 우습게도 인우는 그것이 기꺼웠다.

"내려."

"네?"

"가는 동안이라도 좀 더 쉬어. 운전은 내가 할 거야. 그러니까 내비게이션에 위치만 찍어 줘."

이 여자가 또 고집을 피우면 어떻게 설득해야 하나 고민하는 인우가 무색하게도 지유는 선선히 안전벨트를 풀고 차에서 내렸다. 차에서 내린 지유를 보는 인우는 다시 한 번 숨을 들이켜야 했다. 얇으면서도 포근해 보이는 재질의 카디건에 연한 청록색 바다 빛이 도는 시폰 원피스를 입은 그녀의 치맛자락이 바람에 나풀거렸다.

"그럼 부탁해요."

매끄러운 머리카락을 찰랑이며 고개를 까딱한 지유가 재빠르게 반대편으로 가더니 조수석으로 냉큼 올라앉아서 인우를 불렀다.

"안 가요?"

늘 그렇듯 그의 마음 한구석을 잡아당기는 까만 눈동자가 저를 말갛게 바라보자 인우는 헛웃음을 지었다. 정말 저 여자에게는 제대로 화를 낼 수가 없었다.

운전석에 앉은 인우가 시트를 뒤로 밀고 안전벨트를 매고 룸미러를 조정하는 사이 지유가 내비게이션에 주소를 입력했다. 명칭이 없이 주소로만 된 그곳은 도심에서 좀 떨어진 외곽이었다.

"어디야, 여기?"

"가 보면 알아요."

무슨 비밀이라도 되는 듯 지유는 말해 주기를 싫어했다. 자신이 놀라기라도 바라는 것일까? 원한다면 그 정도 장단은 기꺼이 맞춰 줄 수 있었기에 인우도 더 이상 따져 묻지 않았다. 기어를 바꾸며 출발하려던 인우는 차 안에서 풍기는 은은한 풀 내음 같은 걸 깊이 들이마셨다.

"무슨 냄새야?"

인우의 말에 지유가 트렁크 쪽을 힐끗 보았다.

"아, 내일이 카페에 허브 화분 교체하는 날인데 집에 두려고 좀 가져왔어요."

"도시락만 싸 왔다며?"

눈썹을 들썩이는 인우의 찌푸린 얼굴에 지유가 모르는 척 딴소리를 했다.

"배 안 고파요? 아까 죽만 먹어서 배 많이 고플 텐데 어서 가서 도시락 먹어요."

"계속 이런 식이면 후회하게 될 거야."

제 입술을 슬쩍 비틀며 경고를 한 인우가 천천히 차를 출발시켰다.

30분 정도 외곽으로 달려간 인우는 커다란 철문 앞에서 멈춰 서야만 했다. 나무 덤불로 둘러싸인 문 옆에는 개인 사유지라는 커다란 푯말이 통행을 금지한다는 경고문을 달고 서 있었다. 막힌 길과 경고문에 난감해진 인우는 지유를 돌아보았다.

"잠시만요."

가방을 뒤진 지유가 카드 하나를 꺼내더니 인우에게 건넸다.

"그 옆에 있는 센서에 대 봐요."

철문과 연결된 길옆의 낮은 돌담장이 단순히 담장이 아닌 모양이었다. 인우는 몸을 창밖으로 조금 내밀어 카드를 센서에 갖다 대었다. 그러자 덜컹하면서 커다란 문이 천천히 열리기 시작했다.

열린 문 사이로 나타난 길은 비포장도로로 잘 정리가 되어 있었지만 차가 지나가자 어쩔 수 없이 흙먼지가 뽀얗게 일어났다. 조금 더 길을 따라 올라가자 작은 주차장이 나왔다. 그곳에 인우가 차를 세우자 지유가 트렁크에서 도시락이 담긴 가방을 꺼냈다.

당연하게 그 가방을 뺏어 든 인우는 지유를 따라 주차장 옆의 오솔길을 걸어갔다. 짧은 오솔길의 끝에는 마치 다른 세상으로 통하는 관문인 양 커다랗고 단단해 보이는 목재 문이 있었다.

지유가 익숙하게 열쇠로 쪽문을 열자 갖가지 나무와 야생화가 가득한 수목원처럼 보이는 공간이 나타났다. 어스름하게 어둠이 깔리기 시작하는 길은 울타리처럼 양쪽으로 늘어서 있는 조명이 밝혀 주고 있었다. 커다란 수목이 양옆으로 가지를 드리우고 있는 길은 공기마저 바깥과 다르게 느껴졌다. 가슴을 파고드는 청량한 공기의 내음을 인우는 깊이 들이마셨다.

이제 막 입구에 발을 들였을 뿐인데도 인우는 알 수 있었다. 왜 지유가 여길 오고 싶어 했는지. 작은 풀잎 하나도 그녀와 닮아 있음을 그는 느낄 수 있었다. 싸한 박하 향이 느껴지는 공기를 가득 마시며 인우는 지유와 어깨를 마주한 채 천천히 길을 따라 걸었다.

좀 더 안쪽으로 들어가자 오솔길이 끝이 나고 너른 평지가 보였다. 그곳에는 군데군데 떨어진 방갈로들이 몇 채 보였다. 나무들로 구획을 나눈 듯한 공간에 있는 각각의 방갈로들은 작은 밭과 마루나 테이블이 놓인 조그만 마당이 딸려 있었다. 어스름한 가운데서도 지유는 익숙한 듯 길을 걸어갔다.

굳이 말하지 않아도 인우는 이해할 수 있었다. 이곳이 지유에게 얼마나 소중한 곳인지를. 어쩌면 지금 그는 그녀에게 집보다도 더 특별한 공간에 초대받은 것일지도 몰랐다. 그것이 무엇을 의미하는지를 깨닫자 인우는 제 가슴을 부드럽게 파고드는 희망을 느꼈다.

"어, 지유 씨?"

방갈로 한 곳에서 문이 열리더니 나온 젊은 남자 한 명이 지유를 불렀다.

"안녕하세요?"

덤덤한 지유와는 달리 남자는 목소리 가득 반가움을 담고 있었다.

"어쩐 일로 저녁에 왔어요?"

"피크닉 왔어요."

의아하게 바라보는 시선이 지유의 뒤에 선 인우에게로 향했다.

"손님 오셨구나. 그럼 다음에 같이 한잔해요."

"네. 그럴게요."

"그럼 다음에 봐요. 난 보다시피 쓰레기 정리하느라."

사람 좋은 웃음을 지으며 남자가 손에 들린 작은 봉투를 들어 보였다. 고개를 살짝 끄덕인 지유가 작별 인사를 하고 다시 걸음을 옮겼다. 덤덤한 지유와는 달리 친근하게 말을 거는 남자가 인우는 어쩐지 신경 쓰였다. 아직 그럴 자격도 그럴 이유도 없는데 인우는 금방까지 부풀어 오르던 기분이 금세 가라앉는 것을 느꼈다.

"경호 씨라고 애들 데리고 오시는 분이에요. 부인인 지선 언니가 술 먹는 걸 싫어하는데도 핑계만 생기면 술자리를 만들고 싶어 해요."

인우의 마음을 아는 듯 건네 오는 말에 피식 웃음이 나고 말았다. 마치 제 심장을 쥐었다 놨다 하는 듯한 느낌에 인우의 웃음의 끝은 씁쓸해지고 말았다.

방갈로 하나를 더 지나가자 지유가 나무로 된 테이블과 벤치가 놓인 마당으로 들어섰다. 농작물이 심어진 다른 방갈로의 텃밭들과는 달리 지유의 텃밭에는 허브가 가득했다. 부드러운 바람결에 뭔지 모를 꽃향기가 풍겨 오는 것도 같았다.

"어디선가 꽃향기가 나는 것 같아."

내내 입을 다물고 있던 인우의 말에 지유가 미소를 지었다.

"라벤더예요. 저기 보이는 보라색 꽃이에요."

지유가 가리키는 곳에 둥글게 모인 한 더미의 식물이 보였다. 가는 줄기에 작은 잎이 달린 식물은 그 위쪽 끝에 작은 보라 꽃들이 촘촘히 모여 있었다. 언뜻 멀리에서는 초록색 풀들 위에 점점이 보라색 가루를 뿌려 놓은 것처럼 보였다. 화려하지는 않지만 수수하면서도 그윽한 향기가 아름답기만 했다.

"라벤더가 모기나 벌레를 쫓아 준다고 해요. 아무래도 야외에는 벌레가 많으니까 심어 봤는데 사실 모깃불이 제일 효과가 좋은 거 같아요."

인우의 손에서 도시락을 받아 든 지유가 테이블 위에 그것을 올려놓더니 방갈로로 다가서서 도어록을 열었다.

"기다려요."

인우를 돌아보며 말을 한 그녀는 그가 대답을 하기도 전에 방갈로 안으로 사라졌다. 그녀의 말대로 얌전히 기다리기로 한 인우는 제 앞에 있는 벤치에 앉았다. 도심의 소음이 사라진 주변은 조용하기만 했다. 그러나 그 고요함 속에서도 인우는 바람이 나무를 스치는 소리와 이름 모를 풀벌레 소리들을 들을 수 있었다.

낮은 조도의 드문드문 있는 가로등 불 외에 다른 불빛이 없다는 것이 오히려 아늑한 기분을 들게 했다. 점점 어둠이 낮게 내려앉는 그곳에 앉아서 인우는 눈을 감았다. 어디선가 선선하게 불어오는 바람이 그를 스쳐 지나갔다. 바람결에 스민 지유의 허브 향이 연하게 풍겨와 마음을 평온하게 만들어 주었다.

"맘에 들어요?"

어느새 쟁반에 물이 담긴 컵과 행주 등을 가져온 지유가 그의 앞에 서 있었다. 행주로 테이블을 닦은 지유가 도시락 가방을 풀어 음식이 담긴 찬합을 늘어놓았다. 동글동글하게 만든 주먹밥과 달달한 간장 향기가 풍기는 불고기와 밑반찬이 담긴 통이 앞에 놓이고 제일 마지막으로 과일이 테이블 위에 놓였다.

그것이 끝이 아니었던지 지유는 보온병을 꺼내어 따스한 김이 올라오는 미소장국을 보온병의 뚜껑에 담아 인우에게 내밀었다. 하나 더 남은 뚜껑 위에 제 몫의 장국을 담은 지유를 바라보는 인우의 표정이 굳어만 갔다. 대체 왜 이 여자는 아픈데도 잠자코 쉬질 못하는 걸까? 인우는 이해를 할 수 없었다.

"주먹밥만 만들었다더니 이게 다 뭐야?"

인우의 타박하는 목소리에도 지유의 표정은 꿋꿋하기만 했다.

"나 배고파요. 안 먹을 거예요?"

고개를 슬쩍 기울이는 인우의 눈이 가늘어졌다. 이상했다. 저를 집에서 내보낼 때와는 다르게 과하게 밝게 구는 모습이 걱정스럽기만 했다. 저에게 할 말이 걱정되어서 저리 불안하게 구는 것이라면 얼른 털어놓게 하는 게 좋을지도 몰랐다.

"할 말은?"

젓가락을 가방에서 꺼내 냅킨을 깔고 그 위에 올려 준 지유가 제 몫의 젓가락을 들더니 씩씩하게 대답했다.

"밥을 든든히 먹어야 잘 싸울 수 있으니까 우리 밥 먼저 먹어요."

대체 누가 누구랑 싸운단 말인가? 제 목줄을 틀어쥐고 있는 것은 그녀이면서도 저렇게 모르는 척을 하는 지유에게 인우는 한숨이 나왔다.

"약은?"

"여기요!"

가방에서 약봉지를 꺼내어 흔든 지유가 작게 만든 주먹밥 하나를 제 입에 쏙 집어넣더니 예쁘게 웃었다. 오물거리는 그 입술을 보자니 인우도 갑자기 허기가 졌다.

제가 고픈 게 정지유인지 밥인지 알 수 없었지만 지금 당장 인우에게 허락된 것은 앞에 놓인 주먹밥뿐이었다. 작고 동그란 주먹밥은 잔멸치와 자반으로 양념이 되어 있어서 짭조름하고도 고소했다. 서늘해진 밤공기를 미소장국 한 모금으로 떨쳐 낸 인우는 불고기를 한 입 먹었다. 부드러운 단맛이 입안을 가득 채웠다.

"맛있어."

인우다운 무뚝뚝한 칭찬에 지유가 미소를 크게 베어 물었다.

"그 말 참 인색하게 안 해 주는 거 알아요?"

"내가?"

"네. 김인우 씨가요."

고개를 갸웃하는 인우는 정말 모르겠다는 표정을 지었다.

"주의하도록 하지."

진지하게 고개를 끄덕인 인우가 다시 식사를 시작했다. 언제나 이 남자에게 밥을 먹인다는 건 지유에게 알 수 없는 뿌듯함을 주었다. 싸늘하고도 건조하게 바싹 말라 있던 그는 이제 나른하고도 매끄러운 윤기가 흘렀다. 그렇다고 기본적으로 지닌 냉랭함이 사라진 것은 아니었다. 그래도 제게 퉁명스러우면서도 다정한 그는 이전과 달라져 있었다. 그것의 바탕이 사랑이라는 것을 지유도 물론 알고 있었다.

고개를 돌린 지유의 앞에 제 작은 정원이 보였다. 언제나 이곳에 오면 마음이 편안해졌다. 이모와 이모부가 은퇴 후에 만든 이 농원은 몇몇의 분양 받은 사람들에게만 허락된 특별한 공간이었다. 주말 농장과 별장을 겸한 이곳은 처음 시작 단계부터 지유의 손길이 많이 닿아 있었다. 카페와는 다른 제 애정이 깊이 스민 이곳을 인우에게 보여 주고 싶었다.

사랑하는 남자에게 제가 사랑하는 공간을 보여 준다는 단순한 것조차도 지유는 상상해 본 적이 없었다. 그저 언제나 이곳은 지유 저 혼자만의 공간이었다. 그런데 지금 이곳에 인우가 있었다. 제가 사랑하는 남자인 그가.

그러니 이제 지유는 말해야만 했다. 설사 그것이 반쪽짜리 진실일 뿐이라도 지유에게는 이 방법밖에 없었다. 상처 받지 않고 그를 가질 수 있는 방법은 이것뿐이었다. 후에 그것이 그녀에게 부메랑이 되어 날아온다 하더라도 지금 그녀에게는 이것이 최선이었다.

한 번도 제 자신만을 향한 이기를 부려 본 적은 없었다. 그러고 싶지 않아도 늘 누군가의 감정에 휘둘렸다. 자신보다 남을 위한 선택에서 지유는 한 번도 자유롭지 못했다. 후에 누군가 그녀를 비난한다 해도 상관없었다. 그것이 설사 인우가 될지라도 지유는 어쩔 수 없다고 생각했다.

모든 것을 다 털어놓고 그에게 거부당할 자신이 지유는 없었다. 그렇다고 해서 이대로 그를 밀어내 버리기도 싫었다. 그래서 지유는 절반만 그에게 밝히기로 했다. 사람 속을 전부 읽어 내는 괴물보다는 자연에 특별하게 교감하는 여자가 조금이라도 더 나을 테니까. 그럼에도 지유는 두려웠다. 이 최선마저도 거부당할지 모를 일이었다.

인우가 과일을 먹던 포크를 내려놓자 지유는 신고 있던 제 신발을 벗고 양말마저 벗은 채 맨발로 일어섰다. 지유가 정원 안으로 몇 걸음 들어가자 기다렸다는 듯 바람이 그녀의 치맛자락을 흔들어 댔다. 천천히 낮은 키의 허브를 손으로 쓸어 가며 지유는 앞으로 걸어 나갔다. 자신의 허브 정원의 한가운데에 다다른 지유가 인우를 향해 돌아섰다. 긴 머리를 늘어뜨리고 바람 가운데 서 있는 지유의 모습은 마치 숲의 정령이라도 된 듯 보였다.

파르스름한 어둠에 둘러싸인 그녀의 모습에 인우는 앉아 있던 자리에서 일어섰다. 금방이라도 공기 중으로 바스러질 것만 같은 모습에 인우는 두려워졌다. 당장 그녀를 잡아 그것이 괜한 공포라는 것을 확인해야만 했다.

성큼성큼 걸어간 인우가 바로 제 앞으로 다가오자 지유가 한 발 뒤로 물러섰다. 저를 피하는 듯한 지유의 몸짓에 인우가 걸음을 멈추고 그녀를 물끄러미 바라보았다. 인우의 진한 눈빛에 지유가 마른침을 삼키며 입을 열었다.

"나는 김인우 씨가 좋아요."

갑작스러운 고백에 인우의 눈썹이 치켜 올라갔다.

"어쩌면 그게 사랑인지도 모르겠어요."

기대했지만 기대하지 못했던 고백에 인우는 잠시 멍하게 서 있었다. 그러나 차츰 그 고백의 따스한 기운이 그를 가득 채우기 시작했다. 천천히 느릿느릿 번진 미소가 그의 눈가에 입술에 깊이 자리 잡기 시작했다.

그녀를 어깨를 끌어안으려 다시 다가간 그의 손길에 지유가 고개를 저었다. 분명 저를 사랑한다고 해 놓고도 제 손길을 거부하는 그녀의 몸짓에 인우는 의아해져 버렸다. 이해할 수 없다는 눈길로 저를 바라보는 그의 표정에 지유가 천천히 입을 열었다.

"사람은 누구나 재능이라는 게 있어요. 노래를 잘하거나 그림을 잘 그리거나 인우 씨처럼 공부를 잘하거나. 맞죠? 그러니까 의사가 되었을 거예요."

"갑자기 무슨 소리야?"

제게 고백을 하다가 갑자기 연관 없는 얘기를 꺼내는 지유에게 인우가 눈살을 찌푸렸다.

"나도 그런 게 있어요."

"나도 알아. 당신은 요리를 잘하지."

당연한 소리를 한다는 듯한 인우의 말에 지유가 흐리게 미소를 지었다.

"어쩌면 나 같은 사람을 중세 시대에는 마녀라고 불렀을지도 몰라요."

천천히 고개를 돌린 지유가 하늘 어딘가를 바라보았다.

"믿지 않을지도 모르겠지만 난 이 작은 풀들, 그리고 나무와 바람이 하는 말을 알아들을 수 있어요."

지유가 하는 말을 이해하지 못한 인우의 얼굴이 일그러졌다. 알 수 없는 얘기였다.

대체 이 여자가 뭐라고 하는 걸까? 자신이 정말 마녀라는 건가?

인우를 바라보던 지유가 키득 웃음을 터뜨렸다. 황당한 듯 일그러진 그의 표정에 웃음이 나오다니 그 어떤 블랙코미디도 이 정도는 아닐 것이었다.

"김인우 씨 그런 얼굴 처음 봐요. 안 믿을 거라고 생각했어요. 자연을 읽어 낸다는 말 따위는 믿지 않는 게 정상이니까."

고개를 기울이며 웃던 지유가 몸을 돌려 팔을 앞으로 길게 뻗었다. 그것을 신호로 한 듯 바람이 그녀의 주위에서 춤을 추었다. 잠시 눈을 감고 가늘고 긴 손가락으로 그 바람을 어루만지던 그녀가 다시 눈을 뜨고 인우에게 나른한 미소를 지었다.

"비가 올 거예요."

나지막한 목소리에 인우가 하늘을 바라보았다. 검푸른 하늘에 뜬 달 주위를 둘러싸고 있는 흐린 구름이 보였다.

"바로 지금!"

지유의 말이 떨어지자마자 번개가 번쩍이고 천둥소리가 그 뒤를 따라 울렸다. 쾌쾅 소리와 함께 굵은 빗방울이 떨어지기 시작했다. 그리고 그 빗줄기 사이에 서서 지유가 슬프게 미소를 지었다. 마치 그 미소가 이런데도 날 사랑할 수 있겠냐는 물음처럼 보여서 인우는 가슴이 저릿하게 아파 왔다.

언제부터 이 여자가 좋아졌는지, 또 사랑하게 되었는지 인우는 알 수 없었다. 마음은 강물처럼 흘러 어느 사이 저 여자 앞에 닿아 있었다. 마녀라니, 자연을 읽어 낸다니 그딴 것들을 상상해 본 적은 없었다. 그러나 그런 게 다 무슨 상관이란 말인가?

그녀를 받아들이느냐 아니냐의 결정권 따위는 애초에 제게 있지 않았다. 어쩌면 제발 이런 저라도 받아 달라고 말해야 하는 건 그였을지도 모른다. 어린 여동생을 그렇게 잃고 어머니마저 그렇게 보내고 남은 가족 하나인 아버지와도 남처럼 어색해져 버린, 제 비틀린 가족에 대해 이해를 구해야 할 사람은 오히려 저였다.

인우를 바라보는 지유의 까만 눈동자에 물기가 가득했다. 불안한 표정으로 제 대답을 기다리는 그녀는 금방이라도 울음을 터뜨릴 것만 같았다. 아니, 어쩌면 지금 그녀의 얼굴에 흐르고 있는 것은 빗물이 아니라 눈물인지도 몰랐다.

인우는 천천히 손을 뻗어 가녀린 그녀의 어깨를 움켜쥐었다. 다시는 놓치지 않겠다는 듯.

"상관없어. 당신이 진짜 마녀라 해도."

제 어깨를 단단히 감싸 안은 인우의 입술이 그녀에게 내려앉은 것은 그 다음 순간이었다. 빗물과 섞인 지유의 눈물이 인우가 파고드는 입술을 적셔 주고 있었다. 부드럽고 짭짤한 맛이 나는 여자의 입술을 빨아들이면서 그는 깨달았다.

내내 외로웠던 그의 빈 공간을 채워 줄 사람은 오로지 이 여자 하나뿐이라는 것을. 그가 외로움의 시간을 견뎌 낸 것은 이 여자를 기다리기 위해서였을지도 몰랐다. 지금 이 자리가 바로 자신이 뿌리내릴 자리였다. 늘 자신의 자리를 찾지 못하던 그는 그녀의 옆자리에 단단히 제 뿌리를 내렸다. 그리고 제 품 안을 찾아온 작은 여자를 단단히 끌어안았다.

그렇게 여자의 달콤한 입술 사이를 파고들며 인우는 순식간에 지금 제가 있는 시간과 공간을 잊어버렸다. 단지 그가 느낄 수 있는 것은 가늘게 떨고 있는 여자의 몸과 혀끝에 느껴지는 여자의 따스하고 촉촉한 입술이었다. 보드라운 입안의 살결과 작은 혀가 정신을 차릴 수 없게 했다.

잠시 잠깐 맛보았던 그녀의 입술이 달콤함이었다면 지금 이 순간은 아득할 정도의 강렬함이었다. 서로의 숨결이 섞이고 타액이 섞이고 마음이 뒤섞이는 이 순간이 주는 안도감과 충만함, 그리고 숨이 막힐 듯한 쾌감. 그렇게 그녀의 모든 것이 그를 사로잡아 버렸다. 마치 처음 입맞춤을 해 보는 소년처럼 인우는 이 부드러운 입술에서 제 입술을 떼어 낼 수가 없었다.

그러나 그런 그를 잠에서 깨워 주듯 비가 뒷목을 파고들었다. 서늘한 밤공기를 지나쳐 온 그것은 차갑기 그지없었고 인우는 그제야 지유도 이 차가운 비를 그대로 맞고 있다는 사실을 깨달았다. 여자가 고열에 시달렸던 것은 고작 오늘 아침이었다. 그것을 기억해 낸 인우가 입술을 떼어 내며 한숨을 내쉬었다.

"안에 들어가야겠어."

낮고 탁한 그의 목소리에 그녀가 천천히 눈을 떴다. 저를 비추고 있는 까만 눈동자가 몽롱한 열기를 담은 눈빛으로 그를 올려다보았다. 그 눈빛에 인우는 또다시 유혹을 느꼈지만 질책하듯 쏟아지는 빗방울이 그것을 쉽게 떨치게 만들었다. 인우는 지유의 손을 잡아끌고 방갈로 아래로 뛰어 들어갔다. 짧은 방갈로의 처마 아래에서 문을 열려고 하던 지유가 갑자기 생각난 듯 몸을 돌렸다.

"신발이랑 그릇들 가져와야겠어요."

다시 빗속으로 뛰어 들어가려는 그녀를 인우가 제지했다.

"내가 가져올게. 먼저 들어가."

차양이 드리워져 있었기 때문에 테이블 위쪽에는 비가 들이치지 않았지만 벤치 아래에 있는 지유의 신발은 튀어 오른 빗물에 이미 신발 끝이 젖어 있었다. 인우는 테이블 위에 놓인 도시락 통과 컵들을 가방에 밀어 넣고 쟁반과 신발을 손에 든 채 방갈로 안으로 들어섰다.

원룸 형식으로 된 내부는 커다란 창이 전면에 있었고 그 옆에는 문이 하나 있었다. 부엌에는 작은 싱크대와 2인용 테이블과 의자, 그리고 냉장고가 있었다. 거실 겸 방 쪽에는 커다란 소파와 붙박이장이 전부일 뿐 안은 썰렁하기 그지없었다.

고개를 내려 바닥을 본 인우는 픽 하고 웃음을 터뜨렸다. 지유의 갈색 발자국이 현관부터 방 안에 있는 문까지 죽 이어져 있었다. 이 여자의 의외의 허술한 모습은 그에게 도리어 매력이 되고는 했다. 그녀의 얼굴에 묻어 있던 하얀 밀가루처럼 그의 허파를 간질이며 웃음을 참을 수 없게 만들었다.

욕실인 듯한 그곳에서는 물소리가 희미하게 들려왔다. 아마도 그 작고 하얀 발에 묻은 흙탕물을 씻어 내고 있는 모양이었다. 조금 더 빨리 들어왔으면 제가 씻겨 줄 수 있었을 텐데라는 아쉬움이 잠깐 인우를 스쳐 갔다.

지유의 플랫 슈즈를 바닥에 내려놓은 인우가 신을 벗고 안으로 들어섰다. 테이블 위에 들고 온 것들을 내려놓은 그는 천천히 갈색 빛이 도는 얼룩을 따라 걸어갔다. 그보다 한참은 보폭이 작은 그것은 뒤꿈치를 들고 걸은 듯 작고 동그랗게 보였다.

종종걸음을 친 듯한 그 자국들과는 달리 인우는 몇 발자국 걷지 않고도 그 끝에 다다를 수 있었다. 발자국이 끝난 곳에 멈춰 서자 딸깍 소리가 나며 문이 열렸다.

"아, 들어왔어요?"

머리 위에 하얀 수건을 덮어쓴 채로 지유가 동그랗게 눈을 뜨고 그를 올려다보았다.

"감기…… 또 걸리겠어."

지유의 머리에 얹힌 수건의 끝을 들어 인우가 그녀의 얼굴에 남아 있는 빗물을 닦아 주었다.

"나보다 인우 씨가 많이 젖었잖아요. 자요."

지유가 건네주는 수건으로 인우는 제 머리를 대충 털고 지유 앞에 앉았다. 아직 닦지 못한 그녀의 발에는 동글동글한 물방울이 발목을 타고 흘러내리고 있었다. 그것들을 꼼꼼히 닦아 낸 뒤에야 일어선 그가 지유에게 제 얼굴을 가까이 기울였다.

"상은?"

"네?"

무슨 말인지 알아듣지 못한 그녀가 고개를 갸웃거리자 인우가 그녀의 얼굴을 양손으로 잡아 입술에 짧게 쪽 하고 입을 맞추었다. 당황한 지유가 얼굴을 확 붉히며 눈을 흘겼다.

"유치하게 뭐예요?"

더 진한 키스도 해 놓고도 이제 와 얼굴을 붉히는 지유가 우스워 인우는 비죽비죽 웃음이 새어 나올 것만 같았다.

"나도 동감이야."

"뭐요?"

"유치하다고."

지유는 이해할 수 없는 표정으로 그를 바라보았다. 제가 한 짓이 유치하다고 말하는 그는 표정은 진지하기 그지없었다.

"그런데 이 유치한 짓이 맘에 들어."

입술을 길게 늘이며 웃는 그의 모습은 진심으로 유쾌해 보였다. 이제까지와는 다르게 편안하게 웃는 그의 모습에 지유는 귓가에 울리는 제 심장 소리를 들을 수 있었다. 나른하고도 편안한 저 미소라니. 저를 유혹하는 듯한 남자의 미소는 눈앞이 아찔할 정도였다.

"날 놀리는 거예요?"

"글쎄, 나도 잘 모르겠어. 그렇지만 자꾸 그렇게 빨개지면 버릇이 될 거 같기는 해."

"어디가 빨갛다고 그래요?"

새침한 대꾸에 인우는 집게손가락이 지유의 목덜미를 쓸어내렸다. 손끝에 닿는 피부가 부드럽게 스쳐 갔다. 그 움직임을 따라 매끄럽고도 가느다란 머리카락이 손등을 간질였다.

"여기."

쇄골까지 내려간 손가락이 다시 목을 타고 올라갔다.

"그리고 여기."

귓불을 매만지던 손이 볼에 닿았다.

"여기도."

급작스레 갈증이 일었다. 메마른 입안은 인우의 목소리마저 탁하고 낮게 만들었다. 속삭이듯 중얼거린 그의 입술이 다시 그녀의 입술을 삼켜 버렸다.

달콤하다. 부드럽다. 촉촉하다. 아니, 아니. 무언가 다른 단어가 필요했다. 아니, 그 어느 단어도 필요하지 않았다. 무엇으로도 표현할 수 없는 순간이었다.

숨을 쉬는 것조차 아까운 순간.

이 여자와 함께하는 모든 순간이 그러하리라는 걸 인우는 알 수 있었다.

입술이 닿고 마음이 닿고 서로를 향한 갈증이 부딪혔다. 거칠어지는 숨결 사이로 모든 고통스러운 순간이 흐릿하게 허공으로 흩어졌다. 악몽도 고통스러운 기억도 뿌옇기만 했다. 그저 지금 그에게는 저를 잡고 있는 이 작은 손과 저를 안아 주는 이 여린 품이 주는 위안과 다정함과 애정만이 생생할 뿐이었다.

몰아붙이는 그가 버거웠는지 지유가 잠시 그를 밀어냈다. 여자의 손이 그의 축축하게 젖은 셔츠를 만지작거렸다.

"감기 걸리기 전에 셔츠 벗는 게 좋겠어요."

인우의 젖은 어깨를 쓸어내리던 그녀가 인우와 이마를 맞댄 채 속삭였다.

"벌써 옷을 벗기에는 진도가 너무 빠른 거 아닌가?"

"에?"

아직 열기가 남은 크게 뜬 눈과 망연히 벌린 입술이 그녀가 얼마나 황당해하는지 고스란히 보여 주고 있었다. 보통의 그녀는 늘 담담하고 퉁명스럽고도 시큰둥했다. 언제나 그녀는 매사를 저 위에서 내려다보는 듯 무심하게 관조하는 태도를 취하고는 했다.

그러나 아이러니하게도 유독 그와의 접촉에는 부끄러워하는 기색이 역력했다. 본인은 아닌 척 애를 쓰고는 했지만 그에게는 그것마저 고스란히 다 들여다보였다. 그리고 그것이 저에게만 보여 주는 모습만 같아서 그는 그녀가 몹시도 귀엽고도 사랑스러웠다. 그래서 인우는 답지 않게 자꾸만 그녀를 놀려 주고 싶어졌다.

"그런 거 아니에요."

눈을 흘기며 그의 팔을 찰싹 때리는 손이 제법 매서웠다. 가볍게 품을 빠져나간 그녀가 붙박이장을 뒤지기 시작했다. 그리고 곧 지유가 때린 자리를 문지르며 웃는 인우에게 티셔츠가 날아왔다. 손에 받아

든 하얀 티셔츠에서 연한 세제 향이 풍겼다.

"갈아입어요."

인우에게 티셔츠를 던져 준 지유가 자신이 갈아입을 옷을 찾는 듯 붙박이 서랍장을 뒤적거렸다. 인우는 지유가 준 티셔츠를 바라보며 눈썹을 치켜 올렸다. 대학 단체 티인지 대한대학이라는 커다란 글씨가 있는 티셔츠는 인우의 사이즈에 딱 맞는 크기였다.

"이거 누구 거야?"

불쑥 친구라던 석현이 스쳐 지나가는 건 반사적인 본능이었을까?

"왜요? 맘에 안 들어요?"

서랍에서 고개를 든 지유가 인우가 펼쳐 든 티셔츠를 보고 어깨를 으쓱했다.

"하긴 대학 티가 좀 그렇죠? 아버지가 가끔 일할 때 와서 입으시려고 놔두신 대학 단체 티예요. 제자들이 주면 좋으신지 매해마다 꼬박꼬박 받아 오세요."

잠시 서랍을 뒤진 지유가 몇 장의 티셔츠를 손에 들었다.

"그거 싫으면 다른 거 입을래요?"

그녀가 펼쳐 보이는 티셔츠들에 인우는 고개를 저을 수밖에 없었다.

나 교수! 너희들은 전부 F!

학점 좀 잘 주삼! 그럼 졸지 마! 결석은 재수강의 지름길!

앞뒷면으로 가지가지 아이디어가 번뜩이는 문구들에 현란한 색상이 그의 눈을 어지럽혔다. 인우는 눈살을 찌푸리며 결국 제가 손에 든 티셔츠가 제일 멀쩡하다는 걸 인정할 수밖에 없었다.

지유가 욕실에서 옷을 갈아입고 나오자 인우가 그녀에게 머그잔을 내밀었다.

"찾아보니 녹차가 있어서."

아까 급하게 발만 씻고 나오느라 보지 못한 제 얼굴의 눈물 자국을 지우느라 시간을 보내는 사이에 그가 끓인 모양이었다. 지유는 두 손으로 머그를 받아 들었다. 차가운 손에 닿은 열기가 찌르르하는 통증을 동반하더니 곧장 한기가 되어 버렸다. 저도 모르게 어깨를 흠칫하며 떨자 인우가 소파에 얹혀 있던 담요로 그녀를 감싸 주었다.

"이리 앉아."

소파 팔걸이에 기대앉은 그가 제 옆자리를 툭툭 두드리며 그녀를 불렀다. 천천히 소파에 앉는 그녀를 그가 뒤에서 감싸 안았다. 저를 따스하게 감싸 안아 주는 넓은 품에서 지유는 휴식을 느꼈다. 한 번도 느껴 보지 못한 나른한 평화에 그녀는 제 머리를 그에게 기대었다.

으슬으슬한 한기를 차 한 모금에 밀어내며 지유는 창밖을 바라보았다. 그저 비가 천장을 때리고 땅을 적시는 소리만이 가득한 밤이었다. 세상 어딘가 아주 외딴 곳에 그와 그녀만이 서로 기대어 쉬고 있는 착각이 들었다.

그와는 말을 하지 않아도 대화를 하는 듯한 기분이 들고는 했다. 어색하지 않은 침묵이 지유는 만족스러웠고 그런 그녀의 마음을 아는 듯 그가 조금 더 그녀를 꼭 끌어안아 주었다. 가슴 가득 들어찬 행복이 버거워 지유는 작게 한숨을 쉬었다. 누군가에게 기대어 쉴 수 있다는 단순한 사실이 얼마나 큰 의미인지 그는 모를 것이었다.

호록. 뜨거운 차를 반쯤 마시던 그녀가 생각났다는 듯 인우에게 고개를 돌렸다. 이 적막한 평온에 젖어든 것은 그녀만이 아닌 듯 그는 그녀의 머릿결에 기대어 살풋 눈을 감고 있었다. 햇볕을 쬐고 있던 고양이처럼 게으르게 눈을 뜬 그가 그녀를 바라보았다.

"인우 씨도 차 마셔야죠?"

금방이라도 일어설 듯한 그녀를 말리듯 인우가 지유의 어깨를 턱으로 지그시 내리누르며 귓가에 나직이 속삭였다.

"그거 더 마실 건가?"

지유는 제 손에 들고 있는 머그잔을 내려다보았다.

"이거 마실 거예요?"

갸웃하는 그녀의 시야에 머그잔을 뺏어 드는 인우의 손이 보였다. 그 손이 천천히 잔을 바닥에 내려놓았다.

"아니, 다른 걸 마실 거야."

턱을 움켜쥔 그의 손을 느끼자마자 벌린 입안으로 그의 혀가 침입했다. 낯선 그러나 조금은 익숙해진 접촉에 지유는 낮은 신음을 그의 입안에 토해 냈다. 남자의 키스는 그녀의 끔찍했던 첫 키스와는 아주 많이 달랐다.

질척거리는 타액의 느낌도 불쾌한 체취 따위도 느껴지지 않았다. 감정의 쓰레기통이 되어 버리는 듯한 끔찍한 기분의 작은 조각조차도 그녀에게 닿지 못했다. 그저 약간의 뜨거움을 담은 부드러움으로 그는 그녀의 입안을 유유히 헤엄칠 뿐이었다. 마치 제 것이라도 되는 듯 당연하고도 뻔뻔스럽게 제 입안을 차지한 그에게 지유는 항의할 생각마저 하지 못했다.

순간순간 아찔함에 넋을 잃을 것만 같은 그녀와는 달리 너무나 여유로운 그의 태도에 심술이 날 지경이었다. 그는 타액마저 매끄럽고도 단정했다. 싸늘하고도 차가운 체취는 꼭 그와 닮아서 지유는 숨을 크게 들이쉬어 그것을 자신의 폐 안에 가득 담고 싶었다.

하지만 그런 마음과는 달리 그녀는 제 숨을 쉬기도 버거워 그가 입술을 잠시 놓아주는 사이사이 가쁜 숨을 들이쉬는 게 전부였다.

"숨 쉬어도 돼."

퍽 관대한 어조로 귓가에 속삭인 그가 그녀의 귓불을 잘근거렸다.

분명 그가 제 입술을 놓아줬는데도 지유는 숨이 가빠 왔다. 흐릿한 시야에 창밖의 가로등 불빛이 주홍빛으로 뿌옇게 번져 보였다. 귓가를 타고 내려간 입술이 그의 집게손가락이 지나갔던 자리를 따라 느긋하게 훑어 내려갔다. 자꾸만 아득해지는 기분에 그녀는 그의 어깨를 부여잡았다.

하아. 저도 모르게 토해 내는 숨결이 공기 중으로 점점이 흩어졌다. 제법 깊게 파인 티셔츠의 목선을 따라 내려간 입술이 그녀의 쇄골을 따라 움직였다. 덜 마른 그의 촉촉한 머리카락이 그녀의 목덜미를 간질였다.

조용히 대지를 적시던 비가 그사이 천천히 그치기 시작했다. 미련이라도 남은 듯 한두 방울씩 내리는 빗방울이 지유의 정원 가득한 허브 잎들에 툭툭 떨어지고 있었다. 열린 창을 통해 서늘한 바람과 함께 진한 흙 내음과 싸한 허브 향들이 가득 풍겨 왔다.

그러나 인우는 지금 다른 것에 취해 있었다. 손안에 감겨드는 매끄러운 머리결과 품에 안긴 여린 몸, 그리고 제 입술에 맞닿은 부드러운 입술에서 잠시도 벗어나고 싶지 않았다.

"정지유."

"……."

"정지유."

입술을 맞댄 채 저를 부르는 목소리에도 여자는 대답이 없었다. 그저 감은 눈의 가늘게 떨고 있는 속눈썹이 그녀가 제 말을 듣고 있다는 것을 알려 주고 있었다. 인우는 진한 미소를 지으며 그 눈에 가볍게 입을 맞추었다. 그제야 지유가 천천히 눈을 떠 그를 마주 바라보았다. 그녀의 까만 눈동자 안에 가득 담긴 자신의 모습을 만족스레 마주 보며 인우는 속삭였다.

"사랑해."

그의 고백에 그녀가 손을 들어 인우의 뺨에 가져다 대었다. 저를 바라보며 울 것처럼 웃어 주고 있는 여자의 미소에 가슴 가득 행복이 빠듯하게 차올랐다.

"나도…… 사랑해요."

지유의 입술을 통해 나온 그 말이 한 단어 한 단어가 그의 비어 있던 심장을 메워 주었다. 조각나서 깨진 마음과 베어서 벌어져 있던 상처를 이어 붙여 꿰매어 주고 연고를 바르고 호호 불어 주었다. 상처에 새살이 돋는 듯 고통은 점차 희미해져 갔다.

그라고 외로움을 모르는 것은 아니었다. 언제나 악몽 뒤에 눈을 뜨는 현실은 악몽보다 별반 나을 것도 없었다. 그렇게 그는 늘 그 고통과 외로움을 꾸역꾸역 참아 냈었다. 그저 그것이 자신이 감당해야 할 실수의 대가라고 생각했다.

그러나 이 여자로 인해 인우는 다른 세상이 탐이 나고 말았다. 더 이상 그는 혼자이기를 원치 않았다. 그녀의 눈을 바라보고 사랑을 속삭이고 그에 답을 듣는 이 순간을 내내 상상해 왔다. 그리고 그것이 이루어진 지금, 상상보다 현실이 더 달콤하고 따스하고 행복했다.

허브 정원이 보이는 소파에서 지유를 품에 안고 있고 사랑을 속삭이는 지금이 인우는 제가 꾸는 다른 꿈처럼 느껴졌다. 이것이 꿈이라면 그는 영원히 이 꿈에서 깨고 싶지 않을 정도였다. 어디선가 찌르르 하는 벌레 소리가 아련하게 들려왔다. 그리고 다시 삼킨 여자의 입술이 조금 더 달콤해졌다.

욕심껏 지유의 입술을 삼키고, 그럼에도 채울 수 없는 제 욕심을 억누르며 인우가 입술을 떼어 냈을 때는 어둠이 제법 깊게 내려앉은 뒤였다. 아쉬움에 자꾸만 짧은 키스를 날리는 인우에게 지유가 작게 웃음을 터뜨렸다.

"내일 출근해야죠."

현실을 깨우는 그녀의 말에 인우가 무거운 신음을 뱉었다.

"잔인한 여자군."

투덜거리는 그의 말에도 지유는 단호하게 자리에서 일어섰다. 이대로 그와 함께 계속 있고 싶었지만 그럴 수는 없는 일이었다. 짐을 정리한 두 사람은 젖은 옷가지를 챙겨 방갈로를 나왔다.

서로의 옷차림에 웃음이 나와 마주 보고 키득거리던 두 사람은 자연스럽게 손을 맞잡고 왔던 길을 되돌아갔다. 비에 젖은 밤공기는 온갖 향기를 가득 머금고 진하게 풍겨 왔다. 차가운 공기에 섞인 눅진한 흙 내음과 물기를 가득 머금어 더욱 싱그러운 풀 내음이 가슴속 깊은 곳까지 씻겨 주는 것만 같았다.

언제 비가 내렸냐는 듯 하늘에 걸린 달마저도 아름답게 빛나고 있었다. 눈이 마주칠 때마다 그를 올려다보며 연하게 미소를 짓는 여자가 꿈만 같았다. 함께 걷는 길이 짧아 아쉬운 그런 밤이었다.

오늘도 정호는 기연의 모닝콜로 아침을 시작했다.

―장! 사랑해! 좋은 아침!

"그래그래. 나도 사랑해. 좋은 아침."

사람 간을 들었다 놓았다 했으면서도 기연은 생기발랄하기만 했다.

―일어난 거지?

기연의 질문에 베개에 얼굴을 파묻고 있던 정호가 제 머리를 벅벅 문질렀다.

"응."

―나 오늘은 학교 혼자 갈게. 장은 일찍 가서 정지유 기분 좀 풀어 줘.

"아아, 그래. 기특하다. 우리 기연이."

까르르하는 기연의 웃음소리가 전화로 들려왔다.

―그럼 이따 밤에 만나.

"학교 조심이 가고. 차 조심해."

―응응. 잘도!

쪽쪽 하는 뽀뽀를 날리며 기연이 전화를 끊었다. 정호는 엎드려 있던 몸을 돌려 천장을 바라보았다. 기연은 하루도 빼놓지 않고 정호에게 모닝콜을 해 주었다. 땡땡이는 쳐도 모닝콜은 잊어먹지 않다니 기연이다웠다. 어쨌거나 매일 아침마다 기연의 목소리에 눈을 뜨는 것은 기분 좋은 일이었다.

그저 이렇게 시작하는 하루하루가 모여서 기연의 상처도 아물고 아이처럼 응석을 부리는 모습도 점점 자라기를 정호는 바랄 뿐이었다. 빗속을 뛰어다니며 기연을 찾아다니던 그때를 생각하면 지금도 눈앞이 아득할 정도로 정호는 아찔했다.

성범죄네 실종 사건이네 최근의 신문을 장식하던 기사의 제목만 생각해도 등골이 섬뜩해졌다. 지유와 같이 있던 기연을 보고 다리가 풀려 주저앉을 뻔한 제 모습을 생각하니 헛웃음이 지어졌다. 생각이 거기에 미치자 전날 새벽에 제집 문을 미친 듯이 두들겨 대던 인우가 자연스럽게 떠올려졌다.

으흠. 천장을 바라보던 정호의 고개가 슬쩍 기울어졌다. 우산을 든 인우가 지유의 어깨를 감싸고 걸어가는 장면은 퍽 괜찮았다. 아니, 사실을 말하자면 더할 수 없이 잘 어울렸다.

마치 아귀가 잘 맞지 않던 물건의 딱 맞아떨어지는 조각을 찾아낸 기분이었다. 서로의 뾰족한 부분들을 빈 곳 없이 맞춘 보기 좋은 모습에 정호는 저도 모르게 자꾸 시선이 갔다. 석현이보다 인우가 훨씬 나은데도 망설이는 듯한 지유의 모습을 정호는 이해할 수가 없었다.

팔랑거리는 지석현보다 무뚝뚝해도 남자다운 김 선생님 같은 남자가 낫지. 고개를 끄덕끄덕하며 정호가 제 생각에 동의를 했다. 가만보니 지유가 뒤로 한 발 빼고 인우가 자꾸만 그런 그녀에게 부딪히는 모양이었다. 문을 부셔져라 두들겨 대고 지유의 집을 알아 가던 인우의 모습을 보니 지유가 버티는 것도 얼마 못 갈 듯싶었다. 그 생각을 하며 정호는 히죽 웃었다.

쌤통이다. 지석현. 자고로 지조란 여자만 있어야 하는 게 아니었다. 마음은 지유에게 있는 게 보이는데도 매번 여자를 바꿔 가며 만나는 석현을 정호는 이해할 수 없었다. 납득이 가지 않는 석현의 행동은 정호에게 경멸과 혐오를 불러일으켰다. 정말 가지고 싶은 게 있다면 그런 식으로 행동하면 안 되는 일이었다. 제 것을 다 내어놓고 순수하게 부딪히는 것. 그것이 정호가 생각하는 사랑이었다.

그러니 김인우 선생님 건투를 빌어요! 파이팅을 하듯 정호가 두 주먹을 허공에 번쩍 올렸다. 그러고는 침대에서 다리를 내리고 웃차 하고 기지개를 크게 켰다. 찌뿌둥한 몸을 이리저리 움직이던 정호가 아직 잘 떠지지 않는 눈을 비비며 방 안을 둘러보았다.

작은 원룸에는 싱글 침대 하나와 붙박이 옷장 하나, 그리고 앉은뱅이책상과 컴퓨터, 샤워기가 달린 화장실과 작은 싱크대가 전부였다. 딱히 집에서 밥을 해 먹을 일도 없었기 때문에 부엌 살림살이도 컵 몇 개와 냄비 하나, 주전자, 숟가락, 젓가락이 다였다.

화장실에 들어가서 볼일을 보고 세수를 하던 정호가 거울을 바라보았다. 화장을 지운 말간 자신의 얼굴을 바라보던 정호가 얼굴을 찡그렸다. 거울에 비친 얼굴은 군대를 다녀온 26살의 남자라고 하기엔 너무나 어리고 순진해 보였다.

여성스러운 윤곽의 하얀 얼굴에 붉은 입술이라니.

정호는 못마땅하게 제 얼굴 하나하나를 뜯어보았다. 특히나 순하게 처진 눈매가 안 그래도 어리게 보이는 얼굴을 더 유약하게 만들어 주었다. 정호는 자신의 저 순하고 연약해 보이는 얼굴이 너무나도 싫었다. 남자들 사이에서는 이런 유약해 보이는 얼굴은 그다지 유리한 조건이 되지 못했다.

그건 정호의 형제간에도 마찬가지로 적용되었다. 그의 두 형들은 연약한 얼굴에 얌전하고 부드러운 성격의 정호를 못마땅해했다. 군인인 아버지를 성격마저 빼닮은 두 형과는 달리 그는 여린 성격의 어머니를 닮아서 어릴 때부터 차분하고 얌전했다.

활발하다 못해 개구쟁이인 형들은 동네의 말썽이란 말썽은 다 부리고 다녔으나 정호는 그런 형들과는 달리 막내라서 애교도 많고 얌전해서 어머니가 귀여워했었다. 말썽을 부려 혼나는 자신들과는 달리 귀여움을 받는 정호가 형들에게 미움을 받는 건 당연한 일이었다.

지금 생각해 보면 친구들하고 축구나 야구를 하고 노는 형들이 집에서 엄마와 부엌놀이를 하며 노는 정호를 이해할 수 없는 것은 당연한 일이었다. 그저 그것만이었다면 서로 성향이 다른 형제로 그럭저럭 자랐을지도 모를 일이었다.

하지만 그들의 아버지는 나약함을 싫어하는 군인이었다. 그 사실이 형들에게 자꾸 정호를 괴롭히도록 부추기고는 했다. 형들은 정호를 그들과 같은 쪽에 편입시켜야 한다는 사명감이라도 있는 듯이 굴었고 끝까지 그들과 같아지지 않는 정호를 나중에는 도태라도 시키려는 듯 괴롭혔다.

아마도 형들은 자신들과 같아지지 않는 정호를 수치스러워했는지도 모를 일이었다. 그리고 그것은 아버지도 마찬가지인 모양이었다.

정호는 유독 유약해 보이는 제 얼굴이 형들이나 자신을 괴롭히던 친구들의 가학성을 더욱더 불러일으킨다고 생각했다. 주먹을 휘두르고 힘을 과시하는 것이 강함을 뜻하는 게 아니라는 건 알았지만 그렇다고 해서 그들을 자극시키는 것 같은 제 얼굴이 좋은 것도 아니었다.

물 묻은 손으로 거울에 보이는 제 얼굴을 지우듯 문질러 버린 정호는 못마땅한 듯 고개를 돌렸다. 오늘따라 가라앉는 기분에 정호는 수건으로 물기 흐르는 제 얼굴을 벅벅 문지르고 모자를 깊이 눌러쓰고 조깅을 나섰다.

근처 공원을 세 바퀴나 돌고 샤워를 한 정호가 정성스럽게 얼굴에 화장을 했다. 눈꼬리를 올려 아이라인을 그리고 입술에 어두운 색을 덧입혀 자신의 원래 얼굴을 감춘 뒤에야 정호는 만족스럽게 작은 원룸을 나설 수 있었다.

새로 얻은 원룸은 카페와 걸어서 얼마 되지 않는 거리에 있었다. 전에 살던 원룸 촌보다 이쪽이 고급 주택가와 가까워서 그런지 주변 환경도 훨씬 깔끔하고 편리해서 정호는 만족하고 있었다.

아침이나 저녁이나 쓰레기가 몇 날 며칠을 그냥 있던 다세대 주택가와는 달랐다. 이른 아침이면 취객들이 토해 놓은 토사물과 쓰레기에서 뿜어내는 비릿한 냄새가 없는 공기는 상쾌하기 그지없었다.

돈이 있다는 건 좋은 일이었다. 그건 아버지 밑에서 있을 때는 느끼지 못했던 사실이었다. 그저 억눌러 대는 분위기에 숨이 막혀 버릴 것 같았으니까. 그래서 집을 나와 겨우 모은 돈으로 허름한 곳에서 지낼 때는 정말 천국이라도 만난 듯했다. 불편함은 태어난 후 처음 느끼는 자유 덕분에 아주 작게 느껴졌다.

그러다 다시 이런 동네로 오자 새삼스러운 기분이 들었다. 물론 집을 구할 때 전보다 더 많은 돈이 들었지만 지유는 넉넉하게 월급을 주었고 식사도 대부분 카페에서 해결하는지라 저축을 많이 해 둬서 그리 힘들지는 않았다.

자신의 힘으로 자신의 삶을 윤택하게 만드는 것은 상상한 것보다는 훨씬 기분 좋은 일이었다. 생각해 보면 자신이 바리스타를 하기로 결정한 것이 인생의 터닝 포인트였다면 지유는 그의 인생을 지켜 주는 등불과도 같았다.

다른 때보다 일찍 나선 덕분에 지유보다 먼저 도착할 거란 생각으로 정호는 열쇠고리에 손가락을 끼고 빙빙 돌리며 걸었다. 하지만 곧 카페에서 새어 나오는 빛에 놀라서 걸음을 빨리했다. 하여간 사장님은 너무 부지런해서 탈이야. 중얼거린 정호가 급하게 카페 문을 열고 들어섰다.

벌써 빵을 굽고 있는지 바삭하고 따스한 빵의 향기가 카페를 가득 채우고 있었다. 지유를 놀래 줄 생각에 살금거리며 주방으로 향한 정호는 눈앞에 펼쳐진 모습에 잠시 할 말을 잊고 멍청히 서 있었다.

등을 돌리고 서 있는 여자와 그런 그녀를 안고 있는 남자.

주방 싱크대에 기댄 남자의 품에 안긴 여자의 고개는 기울어진 채였다. 그리고 여자의 얼굴에 맞닿아 있는 남자의 얼굴이 무엇을 하고 있는지는 뒷모습이라고 할지라도 충분히 알 수 있었다. 여자의 하얀 뒷목을 쓸어내리는 남자의 손에서 관능이 배어 나왔다.

제가 보고 있는 남자와 여자가 인우와 지유가 맞는지 정호는 손을 들어 제 눈을 비벼 댔다. 정성스럽게 한 눈 화장이 지워지는 것도 모르고 눈을 비빈 정호는 그래도 눈앞에 보이는 남자와 여자가 사라지지 않자 입을 벌린 채 넋을 잃었다. 영화의 한 장면을 연출하는 듯한 남자와 여자는 도무지 멈출 기세가 보이지 않았다. 충격이 조금 가시자 입술과 입술이 만들어 내는 적나라한 소리가 귀에 들려왔다. 정호는 저도 모르게 꿀꺽 마른침을 삼켰다.

그 소리에 인기척을 느낀 것인지 감겨 있던 인우의 눈꺼풀이 들리고 시선이 정호에게 향했다. 불만스럽게 눈썹을 찡그린 그가 정호의 시선을 막듯 천천히 지유의 머리를 손으로 감싸 버렸다. 인우의 손에 가려 정호에게는 더 이상 지유의 얼굴이 보이지 않게 되었다. 그러더니 지유의 허리를 감고 있던 손을 천천히 들어 올려 집게손가락으로 바깥을 가리켰다.

'나가!'

인우가 굳이 목소리를 내어 말하지 않았어도 정호는 그의 목소리가 귀에 들리는 기분이 들었다. 저도 모르게 고개를 끄덕끄덕한 정호가 주춤주춤 뒷걸음질을 했다. 저를 노려보는 인우의 눈빛은 지금 이 순간을 방해하면 가만두지 않겠다는 듯 강렬했다.

물론 그러다가 넘어진 건 절대 정호의 고의는 아니었다.

"헉! 정호야!"

그리고 사장님이 저렇게 소스라치게 놀라는 모습도 처음이었다.

"아하하! 좋은 아침!"

어색하게 웃는 정호는 제 썰렁한 웃음소리 뒤로 차가운 정적이 저벅저벅 지나가는 것을 느꼈다. 그저 얼굴을 빨갛게 물들이고 당황해하는 지유와 저를 죽일 듯 노려보는 인우의 모습에 당장이라도 바닥이 꺼져서 사라지면 좋겠다는 생각만이 정호의 머릿속에 가득했다.

젠장! 왜 하필 오늘 같은 날 일찍 출근을 해 가지고! 소리 없는 정호의 후회의 외침이 이른 아침을 가로질렀다.

아무래도 지금 정호가 씹고 있는 건 모래인 듯했다. 아직도 놀라서 벌렁대는 가슴은 진정이 되지 않았다. 분명 기분 좋게 시작한 산뜻한 아침이건만 그것이 끔찍하게 변해 버리는 건 순식간이었다. 접시에 얼굴을 처박은 채 토스트를 씹던 정호는 울컥하고 억울한 마음이 솟아올랐다.

일찍 출근한 것도 죄야? 분한 마음에 고개를 번쩍 들어 보았지만 싸늘하게 저를 바라보는 인우의 얼굴에 역시 안 하던 짓은 하면 안 된다는 교훈만 되새겨질 뿐이었다.

토스트 한 조각에도 목이 메어 가슴을 치는 정호와는 달리 인우는 느긋하게 허니 버터를 발라 토스트를 먹고 여러 가지 야채를 넣은 오믈렛을 천천히 음미했다. 여유 있게 남은 커피까지 마신 인우가 시계를 확인하더니 익숙하게 쟁반을 들고 일어섰다.

"이리 줘요."

지유의 손짓에 인우가 고개를 저었다.

"괜찮아."

두 사람의 단순한 대화만 들었는데도 어쩐지 정호는 손이 닿지 않는 등의 어딘가가 간지러운 기분이 들었다. 정호가 간질거리는 등을 움찔거리는 사이 인우는 쟁반을 들고 주방으로 들어갔다. 그 뒤를 따라 들어가는 지유를 보면서 정호는 작게 안도의 한숨을 쉬었다.

이제 절대 일찍 출근 안 해야지. 주먹을 불끈 쥔 정호가 진지하게 반성의 시간을 가졌다.

싱크대에 쟁반을 내려놓은 인우가 제 시선을 피하며 그릇을 정리하는 지유를 바라보았다.

"화났나?"

대답 없이 물을 틀어 그릇을 담그는 지유의 모습에 인우는 초조해졌다.

"미안해."

제게 사과를 하며 눈을 맞추려 애를 쓰는 인우의 모습에 지유가 고개를 들었다. 하긴 인우만 탓할 일이 아니었다. 싫지 않았으니까. 아니, 사실은 좋았다. 누군가와 나누는 체온과 접촉이 이렇게 다정하고 포근할 수 있다는 것을 지유는 생전 처음 만끽하는 중이었다. 그러니 그것이 어찌 싫을 수가 있을까?

"그런 거 아니에요. 그냥 좀…… 당황스러웠어요."

안심이 된 듯 입술을 당겨 웃는 인우에게 지유가 말을 이었다.

"그러니까 앞으로는 안 그러는 게 좋겠어요."

퍽 재미난 얘기라도 들은 듯 고개를 기울이며 삐딱하게 웃던 인우가 제 손을 들어 지유의 턱을 만지작거렸다.

"왜요?"

흠칫 놀라 고개를 뒤로 빼며 지유가 묻자 인우가 대답 없이 손을 들어 보였다. 그녀의 눈앞에 내밀어진 그의 긴 손가락 끝에는 하얀 밀가루가 남아 있었다.

"입술에 있던 건 내가 먹은 거 같은데?"

제법 여유 넘치는 인우의 태도와는 달리 지유는 얼굴을 확 붉히고 말았다.

"내 잘못이란 거예요?"

얄미운 말을 뱉어 내는 입술이 예쁘기만 했다. 불만스레 비죽이 나오는 입술이 그의 시선을 자꾸만 잡아당기고 만다는 걸 이 여자는 모르는 것만 같았다. 그러니 입술에 묻은 하얀 밀가루를 털어 주려 내밀었던 손이 도리어 그녀의 얼굴을 잡아당겨 키스를 하게 만들었다는 것도 알지 못할 것이었다.

처음부터 키스를 하려고 했던 건 아니었다. 어쨌든 여기는 지유의 직장이었으니 말이다. 그러나 이 여자는 자꾸만 그를 그답지 않게 만들고는 했다. 그저 밀가루를 털어 주기 위해 뻗었던 손이 입술에 닿자 머릿속에 든 생각은 하나뿐이었다. 당장 저 입술을 삼키고 싶다. 그리고 그는 그 충동에 쉽게 굴복해 버렸다.

자꾸만 손을 내밀어 닿고 싶고 입을 맞추고 싶고 그리고 더 가까이 다가가고 싶은 마음은 그를 조급하게 만들고 말았다. 이전에는 제가 어땠던가를 생각하고 싶지도 않았다. 그저 유일한 온기처럼 제 싸늘한 마음에 그녀가 주는 따스함을 품고 싶은 생각뿐이었다.

"딱히 그렇다기보다는……."

뒷말을 흐린 인우는 지유가 방심한 사이 쪽 하고 입을 맞추고 떨어졌다.

"당신이 자꾸 키스하고 싶게 만들고 있잖아. 그리고 나도 굳이 왜 참아야 하는지 모르겠어."

어깨를 으쓱하며 대답하는 모양새가 자못 뻔뻔하기까지 했다.

"인우 씨!"

행여나 정호에게 들킬까 봐 제법 사납게 눈을 치켜뜨는 지유의 기세에도 그는 태연자약하게 웃고 있을 뿐이었다.

"조심은 하지. 방해 받는 건 나도 싫으니까."

항복을 하듯 두 손을 살짝 올리는 인우의 태도에 지유가 고개를 흔들었다.

"못 말려."

마주 바라보며 눈을 마주치는 순간 두 사람 다 피식 웃고 말았다. 그런 그가 밉지 않은 그녀였고, 그녀가 그렇다는 것을 그도 알고 있었다. 그러니 마주 보고 웃을 수밖에.

"그만 가야겠어. 저녁에 올게."

손목시계를 바라보며 말하는 인우의 말에 서운함이 잔뜩 배어 나왔다.

"그래요."

고개를 끄덕끄덕하는 그녀의 뺨을 인우가 제 손으로 감싸 주었다.

"약 잊지 말고 먹도록 해. 또 아플지도 모르니까 무리하지 말고."

"걱정 말고 어서 출근해요."

인우가 카페를 빠져나가자 머쓱하게 지유를 바라본 정호가 헛기침을 했다.

"흠. 흠."

"왜?"

무뚝뚝하게 묻는 지유에게 머리를 벅벅 긁던 정호가 겨우 한마디를 뱉었다.

"미안해. 사장님."

아일랜드 식탁에 팔을 기대고 있던 지유가 작게 한숨을 쉬었다.

"나도 미안하다."

투덜투덜하는 지유가 중얼거리며 말끝에 붙인 아침부터 별걸 다 보여 주네라는 소리에 정호가 큭 하고 웃음을 터뜨렸다.

"이게 웃겨?"

자못 심각하게 눈매를 치켜세우는 지유의 모습에 정호가 배를 잡고 웃기 시작했다.

"큭큭크. 아, 미안. 미안."

눈가에 고인 눈물을 닦아 내며 정호가 빨개진 얼굴로 사과를 했다.

"사장님이 못 봐서 그래. 김 선생님이 날 어떻게 노려본 줄 알아?"

"어떻게 했는데?"

지유가 흥미를 보이자 정호가 제 손으로 눈썹을 치켜 올리며 음산한 목소리로 읊조리기 시작했다.

"당장 꺼지지 않으면 널 지옥까지 날려 주마!"

"장난하냐?"

심드렁한 어조로 지유가 코웃음을 치자 정호가 정색을 했다.

"장난? 사장님이 못 봐서 그렇지 정말 살벌했다고."

정호가 인우의 눈빛을 되새기며 어깨를 부르르 떨었다.

"흐응, 그랬단 말이지? 난 왜 몰랐지?"

고개를 갸웃하며 중얼거리는 지유를 바라보는 정호가 웃음기를 지우고 물었다.

"그래서? 사귀기로 한 거야?"

정호의 물음에 지유가 얼굴을 조금 붉히며 고개를 끄덕였다. 지금까지 한 번도 사장님이 사랑에 설렐 수 있다고 생각해 보지 못했다. 언제나 이 작은 여자는 정호에게 태산같이 든든하고 커다랗기만 했으니까. 정호 저도 기연도 다 어깨에 짊어지고 씩씩하게 나아가는 그녀가 사실은 가녀린 여자라는 사실을 한 번도 인식해 본 적이 없었다.

그러나 인우에 품에 있던 지유도, 이렇게 얼굴을 붉히는 지유도, 그저 작고 가냘프고 예쁘기만 해서 정호는 자꾸만 미안해졌다. 그리고 그 미안함만큼 인우와 함께하는 모습이 보기 좋았다.

"잘해 줘?"

"그냥 그렇지 뭐."

지유의 시큰둥한 대답에도 정호는 비죽이 웃음을 지었다.

"잘 어울려."

힐끔 정호를 바라본 지유가 다시 고개를 돌려 밖을 바라보며 툭 대답했다.

"고마워."

지유는 홍차를 마시고 정호는 아침을 먹으며 정적이 흘렀다. 그러나 약속이라도 한 듯 두 사람은 동시에 입을 열었다.

"다른 사람들에게는……."

"다른 사람들한테는……."

동시에 같은 말을 꺼내 놓은 두 사람이 얼굴을 마주 바라보았다. 두 사람 다 뒤에 무슨 말을 하고 싶었는지 굳이 말하지 않아도 뻔했다.

"당분간 비밀로 하자."

"글쎄, 안 들키는 게 먼저겠는데?"

낄낄대던 정호가 지유의 노려보는 눈길에 항복을 했다.

"알았어. 알았다고."

고개를 끄덕인 정호가 남은 한 조각의 토스트를 입에 쏙 집어넣었다.

"지석현한테도?"

"내가 알아서 할게."

"호랑인가 봐?"

"무슨 말이야?"

안쪽을 바라보고 있던 지유에게 어깨를 으쓱한 정호가 카페 문을 가리켰다.

"제 말하니 나타나잖아?"

정호가 가리키는 손끝에는 카페 문을 열고 들어서는 석현과 민서가 있었다. 하늘하늘한 소재의 블라우스에 캐시미어 소재의 카디건을 걸친 민서의 차림은 여전히 카페에 일하러 오는 알바의 차림은 아니었다. 그리고 민서의 뒤를 따라 들어오는 석현은 어젯밤에 술독에 빠졌다 나온 듯 몰골이 초췌하기 이를 데 없었다.

"어떻게 같이 와?"

의자에 털썩 주저앉는 석현을 바라보며 지유가 묻자 그 대신 민서가 멀뚱히 대답했다.

"같이 잤어요."

폭탄이라도 떨어진 듯 정적이 흘렀다. 그러나 제가 한 말에 얼어 버린 사람들을 버려두고 민서는 무감하게 탈의실로 사라졌다.

"으액?"

한 템포 늦게 정신을 차린 정호가 괴상한 신음을 질렀다.

"대체 이게 무슨 소리야?"

죄인을 취조하듯 지유의 질문이 날카롭기만 했다. 억울하기만 한 석현이 서러움이 가득한 눈망울로 그녀를 올려다보았지만 변명도 듣기 전에 유죄를 선고할 모양이었다.

"저 여자가 진짜!"

술 냄새를 풀풀 풍기는 석현이 답답한 듯 제 머리를 양손으로 헤집으며 괴롭혔다.

"그게 아니라! 촬영 뒤풀이를 어제 낮부터 했는데 주는 대로 먹다 보니까 필름이 끊겼잖아."

하소연하는 모양새가 꽤나 속이 타 보여 뒤에서 바라보는 정호가 히죽히죽 웃을 정도였다. 그러나 팔짱을 끼고 석현의 대답을 듣고 있는 지유는 싸늘하기만 했다.

"그런데?"

"마침 어머니가 전화해서 정이동으로 데려다 달라니까 스태프 애들이 택시 기사한테 택시비 주고 주소를 불러 준 거야. 그런데 기사가 내가 정신을 못 차리고 핸드폰도 꺼져 버려서 어딘지 모르겠으니까 그냥 정이동 집 근처 길에다 던져 놓고 가 버린 거야."

"그거랑 민서 씨랑 무슨 상관인데?"

"저 여자 집도 정이동이야!"

알 만했다. 정이동에 쓰러진 지석현을 정이동에 사는 류민서가 주워 재워 주었다는 스토리가 눈에 훤하게 그려졌다.

"그래서 민서 씨가 데려다가 재워 줬구나?"

대강을 짐작한 지유가 결론을 유추해 냈다. 그러나 이제야 제 결백이 밝혀졌다는 듯 환해지는 석현의 얼굴에 지유가 고개를 숙여 귓가에 나직이 속삭였다.

"노파심에서 하는 말이지만 나 또 알바 구할 생각 없다. 혹시라도 민서 씨는 건들지 마라."

지유의 말에 석현이 얼굴을 일그러뜨렸다.

"정지유, 나 그런 남자 아니거든."

양 주먹을 꽉 쥔 석현이 바르르 떨며 하는 항의에도 지유는 심드렁하기만 했다.

"그래, 그래. 제발 이번엔 그런 남자가 아니길 부탁한다."

그러더니 탈의실에서 나온 민서를 향해 당부를 했다.

"민서 씨, 앞으로 동네에서 쟤 만나면 그냥 112에 신고해요."

여전히 멍한 표정인 민서가 순진하게 고개를 끄덕였다.

"네, 그럴게요."

기가 막힌다는 듯 바라보는 석현을 보며 정호가 폭소를 터뜨렸다. 늘 여자들을 손아귀에 쥐고 노는 석현을 민서가 맹한 표정으로 들었다 놓는 걸 보니 웃지 않을 수가 없었다. 물론 민서 본인은 알고 그런 게 아니라는 것이 분명했지만 말이다. 웃어 대느라 눈가에 맺힌 눈물을 닦아 내던 정호는 오늘 아침이 참 다이내믹하다고 생각했다.

진료실로 뚜벅 걸어가는 인우의 발걸음을 박 선배가 불러 세웠다.

"야야! 김 원장!"

벌써부터 가운을 입고 진료실에서 나오는 박 선배를 인우가 의아하게 바라보았다.

"웬일입니까? 이렇게 일찍?"

"너 인마! 왜 내 전화 어제 안 받았어?"

제법 험하게 말하는 박 선배의 말투에 인우가 눈썹을 찡그렸다.

"병원에 무슨 문제라도 있어요?"

"너 내가 유 원장 대신 임시로 오는 페이 닥터하고 회식 겸 어제 미리 좀 보자고 했던 거 잊었냐?"

그제야 인우는 퇴근하는 그에게 박 선배가 말했던 것이 기억났다. 물론 그 뒤에 기연이 없어졌다고 하고 지유가 아프고 그녀에게 흠뻑 빠진 하루를 보내느라 까맣게 잊고 말았지만 말이다.

"일이 좀 있었어요."

"그러니까 무슨 일!"

별스럽게 저를 닦달하는 박 선배의 모습에 인우의 얼굴이 슬쩍 구겨졌다.

"사생활까지 캐시는 겁니까?"

날 선 인우의 대답에 박 선배가 헛웃음을 지었다.

"어라? 너 나한테 말 못할 사생활이라도 생겼냐?"

갑자기 흥미진진한 표정으로 바뀐 박 선배가 얼굴을 들이밀며 궁금해했다.

"그런 거 없습니다."

냉랭한 그의 목소리를 받아치는 경쾌한 목소리가 뒤에서 들려왔다.

"어머? 인우 선배가 사생활도 있어?"

익숙한 목소리에 인우가 서서히 뒤를 돌아보았다. 세련된 단발머리의 이지적인 여자가 방글방글 웃음을 지으며 한쪽 손을 흔들었다. 고개를 돌려 박 선배를 바라본 인우가 잔뜩 일그러진 얼굴로 물었다.

"저게 왜 여기 있습니까?"

"페이 닥터 알아서 뽑으라며?"

능청스러운 박 선배의 대답에 인우가 이마에 핏대를 세웠다.

"지금 그래서 저걸 뽑았단 말이에요?"

낮게 으르렁대는 인우의 목소리에 박 선배가 투덜거리기 시작했다.

"그럼 어떡하냐? 저거라도 갖다 써야지! 유 원장 관두고 페이 닥터 오려면 두 달이 비어 버리는데 그 잠깐 자리 채워 줄 사람 구하기가 쉬운 줄 아냐?"

티격태격하는 두 사람 사이로 여자가 끼어들었다.

"헤이, 헤이! 지금 두 사람 날 물건 취급하는 거예요?"

불만스레 여자가 툴툴거렸지만 인우는 귀찮은 표정으로 뒤돌아섰다.

"두 달이니 선배가 알아서 하세요."

"오냐!"

호기롭게 받아친 박 선배가 막상 진료실로 들어가 버린 인우와 방글방글한 여자의 얼굴을 번갈아 바라보더니 손을 들어 제 이마를 짚었다.

"아이고. 골치야."

앓는 소리를 하며 박 선배가 자신의 진료실로 들어가자 여자가 날름 인우의 진료실로 들어갔다.

"와! 방이 꼭 오빠답네."

소아과 진료실답지 않게 액자 하나, 인형 하나 없는 휑한 방을 여자가 뱅글 돌아보았다. 꼼꼼하게 손을 씻으며 병실 라운딩 준비를 하던 인우가 눈살을 찌푸렸다.

"선배라고 불러."

"오빠 꼭 병원에서는 그렇게 위아래 따지더라. 여기 우리 둘뿐인데 뭘 그렇게 깐깐하게 굴고 그래?"

여전히 웃음 띤 얼굴로 한마디도 지지 않고 대꾸를 하는 여자를 보며 인우는 올라오는 짜증을 참아 냈다.

윤혜리.

아버지가 있던 대학병원의 동료이자 지금은 원장이 된 윤 박사의 딸이었다. 그리고 인우의 육촌 누이이자 아버지의 사촌 여동생 딸이었다. 인우와 같은 과를 지원하고 누가 시키지도 않았는데 시시콜콜 인우의 일거수일투족을 제 엄마인 고모와 인우의 아버지에게 전해 주던 귀찮은 동생이었다.

언제나 종종거리며 그의 뒤를 따라다니던 혜리는 친척 모임이나 명절 모임 등으로 늘 그를 끌고 가려 애를 쓰곤 했었다. 그러나 인우는 그런 모임이 딱히 달갑지 않았었다. 친척들이 늘 뒤에서 제 가족의 불행을 수군거리는 것을 인우는 알고 있었다.

그러니 그런 모임들은 그에게는 고통이었고 고역일 뿐이었다. 집을 나와 혼자 살게 되면서 가지 않던 친척 모임을 갈 이유도 가고 싶은 생각도 인우에게는 없었다.

물론 혜리의 의도가 좋았다는 건 인우도 알고 있었다. 제 가족에게 그런 일이 없었다면 혜리의 무한한 오지랖도 그 끝없는 밝은 성격도 귀여운 사촌 동생으로 받아 줄 수 있었을지도 몰랐다. 그러나 가족의 불행으로 인해 인우는 혜리의 그 과한 밝음이 부담스럽고 귀찮기만 했다.

결국 이런저런 간섭에서 벗어나기 위해서 인우는 대학병원을 나와 개업을 했다. 물론 그가 대학병원을 나오자 혜리의 아버지인 윤 원장은 아쉬워하며 입맛을 다셨지만 그뿐이었다. 그렇게 인우는 개업을 하면서 그나마 혜리로 인해 위태롭게 연결되어 있던 아버지와 친척들 간의 고리마저 완전히 끊어 버렸었다.

"왜 온 거야?"

주위를 둘러본 혜리가 제집처럼 소파에 털썩 주저앉았다.

"뭘 그렇게 가시를 세우고 그래?"

"네가 여길 올 이유가 없으니까."

냉랭한 인우의 목소리에 혜리가 어깨를 으쓱했다.

"정말 아무 의도 없어. 나도 결혼 날도 잡았고 아무래도 개업하는 게 낫겠다 싶어서 사전 경험차 와 본 거니까 그렇게 날 세우지 마."

"그럼 조용히 딱 두 달만 있다가 가. 나 귀찮게 하지 말고 모르는 건 박 선배한테 물어보고."

청진기를 목에 두르고 가운 주머니에 볼펜을 끼운 인우가 병실로 올라가려고 문을 여는데 혜리가 뒤에서 그를 불러 세웠다.

"그래도 동생인데 내일 환영 회식은 참석할 거지?"

힐끗 혜리를 바라본 인우는 대답 없이 문을 닫고 나와 버렸다. 이제 출근하기 시작하는 간호사들의 인사를 받고 계단을 터벅거리며 올라가던 인우가 창가에 발을 멈춰 세웠다. 시끄러운 그의 속을 아는 것처럼 창밖에 지유가 보였다.

어제 잠깐 내린 소나기 덕분인지 깨끗해진 공기 사이를 지나가는 햇살은 더 눈부시기만 했다. 그리고 그 빛의 한가운데에서 지유가 반짝이는 물방울을 튕기며 화분에 물을 주고 있었다. 또 신발은 어디에 벗어 둔 건지 맨발로 걸어 다니는 그녀의 모습에 인우는 고개를 흔들었다. 저러다 또 감기 걸릴 텐데.

창에 비치는 그녀를 가만히 손으로 더듬었다. 저 여자에게 손을 내민 것이 제 가족의 불행을 수군거리는 사람들의 시선을 같이 감당해야 한다는 뜻이라는 것을 그는 잊고 있었다. 오랫동안 혼자 동떨어져 지내 왔던 그였기에 거기까지 생각이 미치지 못했다.

그러나 인우는 할 수만 있다면 그 아픔은 저 혼자만의 것으로 삼고 싶었다. 악몽에 고통 받는 것은 저 혼자로도 충분했다. 그녀마저 이 고통의 긴 항해에 동반시킬 수는 없는 일이었다.

굳이 말하지 않았어도 그녀가 자신의 능력으로 인해 내내 괴로워했다는 것을 인우는 느낄 수 있었다. 남과 다르다는 것이 때로는 고통일 수 있다는 것을 그는 잘 알고 있었다. 그런 그녀를 제 가족의 일로 떠드는 사람들의 입방아에 오르내리게 하고 싶지 않았다.

그러니 갑자기 나타난 혜리가 그에게는 언짢은 존재일 수밖에 없었다. 인우는 창밖으로 보이는 지유의 모습을 조심스레 제 손에 담았다. 그저 이 작은 여자가 상처 받지 않고 저와 평범하고도 행복한 일상을 보낼 수만 있다면 인우는 더 바랄 것이 없었다.

제 불행을 털어놓는다고 해서 저를 외면하고 뒤돌아설 그녀가 아니라는 것을 그는 알고 있었다. 오히려 모든 사실을 알게 된다면 더욱더 그에게 마음을 쏟고도 남을 그녀였다. 아프고 외로운 사람들을 제 주변에 두고 보듬어 주는 그녀였기 때문에 제게 어떻게 할지 겪지 않아도 알 수 있었다. 그래서 그는 제 불행을 더욱더 말할 수 없었다.

지유가 그저 저를 바라보고 웃어 주고 온기를 나누어 주는 것만으로도 인우는 충분히 행복과 위안을 얻었다. 그 따스함을 거름 삼아서 인우도 그녀가 아무 걱정 없이 제 품에서 편히 쉴 수 있게 해 주고 싶었다. 그렇기 때문에 그는 그녀가 아무것도 모르기를 바랐다.

그러니 혜리의 시선에 지유가 드러나면 안 될 일이었다. 어차피 세상에 가족 하나 없는 것처럼 살아가던 그였으니 두 달만 지나가면 될 것이라고 인우는 쉽게 생각을 했다. 제 생각에 동의라도 하듯 창밖에서는 지유가 허브를 잘라 내며 미소를 띠고 있었다. 그 미소가 사그라질까 봐 창에 비친 그녀의 모습을 매만지는 인우의 손길이 조심스럽기만 했다.

휴일 동안 카페 안에 들여놓았던 화분들을 정호가 데크에 내어놓자 지유는 맨발로 화분에 물을 주기 시작했다. 햇살은 투명하게 비췄고 공기는 청결하게 반짝였다. 비로 인해 매연과 먼지가 씻겨 사라진 공기는 보송보송하고도 상쾌했다. 발에 닿는 물의 차가운 온도마저도 시원하게 느껴질 정도였다.

사랑을 하고 사랑을 받고 눈을 마주치고 포옹을 하고 키스를 할 때마다 애정을 확인 받는 기분은 어떤 것보다도 황홀하고 감미로웠다. 그가 정말 소중하고 예쁜 것을 보는 것처럼 자신을 볼 때마다 지유는 얼굴이 달아오르고는 했다. 누군가에게 이렇게 진한 애정을 받아 보는 것도 처음이고 그 애정의 대상과 나누는 키스도 처음이었다. 마치 혼이 나가 버릴 듯 부드럽고도 때론 격렬한 입맞춤은 생각만 해도 그녀의 얼굴을 붉어지게 만들었다.

"왜 그렇게 멍하니 서 있어?"

어느새 다가온 석현이 불만스럽게 물었다. 몽롱하니 서 있던 그녀는 서둘러 물을 끄고 호스를 정리하기 시작했다. 그녀가 젖은 자신의 발을 닦고 플랫 슈즈를 신는 동안 석현은 반대편 의자에 축 늘어진 채로 하늘을 보고 있었다.

페페론치노를 넣은 해산물 스튜로 해장을 한 석현은 처음보다 상태가 나아 보였다. 살포시 눈을 감고 나른한 표정으로 해바라기를 하는 녀석의 얼굴은 지치고 피곤해 보였다. 하긴 이틀이나 밤샘을 하고 어제 낮부터 꼭지가 돌게 술을 마셨으니 멀쩡하면 더 이상할 일이긴 했다.

"피곤하면 집에 가서 쉬지 왜 여길 왔어?"

지유의 핀잔에 석현이 코웃음을 쳤다.

"집에 가면 뭐해? 먹을 거라고는 물밖에 없는데 정지유한테라도 와야 해장이라도 하지."

"정이동까지 갔으면 어머니께 가지 그랬어?"

"우리 모친이 내 술국 끓여 줄 분은 아니잖아."

쓸쓸한 어조로 석현이 한 말에 지유가 고개를 끄덕였다. 하긴 그 말도 맞긴 했다. 석현이 그리워할 엄마의 손맛이라는 건 애초에 없었으니까. 늘 그를 돌보던 것은 일하던 도우미 아주머니들이었다. 석현에게 부모란 이웃에 사는 그녀와 그녀의 부모님보다 자주 보기 힘든 먼 사람들일 뿐이었다.

"피곤해 보인다. 어서 가서 쉬어."

그녀의 말에 석현이 감고 있는 눈을 뜨지 않은 채 물었다.

"뭐야 너?"

"뭘?"

눈도 뜨지 않고 물어보는 석현이 뜬금없는 질문에 지유가 되물었다. 석현이 마른세수를 하며 끙 하고 몸을 일으키더니 그녀를 빤히 바라보았다.

"할 말 있잖아."

진지한 표정으로 저를 바라보며 묻는 석현의 말에 지유는 플랫 슈즈를 신고 있는 제 발끝을 모았다. 깨끗하게 닦는다고 했지만 어제 빗물에 튄 얼룩이 신발 끝에 남아 있었다. 어쩐지 아무리 닦아도 이 구두를 버리지 못할 것 같은 기분이 들었다.

얼룩을 바라볼 때마다 그 빗속에서 저를 끌어안던 인우의 어깨가 제 시야를 가득 채울 것만 같았다. 금방이라도 그녀의 어깨를 억세게 껴안은 그의 악력이 느껴지는 듯했다.

한참을 물끄러미 그 얼룩을 바라보던 지유가 천천히 얼굴을 들어 석현을 바라보았다. 숙취와 피로에 지친 석현의 얼굴은 그럼에도 시선을 잡아끄는 매력이 있었다. 하얀 얼굴에 어울리지 않게 파르스름하게 돋아난 수염마저 퇴폐적인 관능미를 뿜어낼 뿐이었다.

갑자기 인우의 얼굴에 난 수염은 무슨 느낌을 줄까 하는 생각이 지유의 머릿속에 스쳐 갔다. 언제나 베일 것같이 날카로운 남자의 턱은 보는 것처럼 차갑고 매끈하기만 했었다. 그 매끈한 턱을 매만지고 그의 부드러운 입술에 입을 맞추고 행복에 겨워서 그녀는 잠시 잊고 있었다.

제가 그에게 뭐라고 했던가? 반밖에 토하지 못한 진실이 떠오르자 지유가 눈을 질끈 감았다. 마저 뱉지 못한 절반의 진실이 그녀의 심장을 찔러 대며 죄책감을 불러일으켰다. 인우에게 제가 했던 말을 되짚는 지유의 표정이 금방이라도 바스러질 것처럼 변해 버렸다.

"나 그 사람에게 말했어."

한참을 망설이다 그녀가 속삭이듯 중얼거렸다. 짐작했던 대답임에도 석현은 지유의 대답에 충격을 받았다.

"대체 뭘 말했다는 거야?"

석현이 재차 확인하듯 묻자 지유는 입안이 바싹 말라 왔다. 마치 제가 저지른 잘못을 다시 되새기는 것만 같았다.

"내 능력에 대해서."

짧게 대답을 하는 것만으로도 심장이 따끔거렸다.

"전부?"

충격으로 물든 얼굴로 묻는 석현의 말에 지유가 아프게 웃으며 고개를 저었다.

"아니. 절반만 말했다고 해야 하나?"

"그게 무슨 말이야?"

의아하게 묻는 석현의 얼굴이 잔뜩 일그러져 있었다.

"정작 중요한 건 말 못했어. 그 사람 내가 그냥 날씨, 바람, 공기, 이런 것들을 읽어 내는 줄만 알아. 다 말하면, 전부 다 말하면 그 사람이 돌아서서 가 버릴까 봐 무서워서 말 못했어."

금방이라도 눈물이 뚝 떨어질 것 같은 눈으로 말하는 지유를 바라보며 석현은 이를 악물었다. 말도 안 된다. 내내 지켜보았다. 그녀가 살아가는 모든 순간들을. 그러나 아무리 좋아했던 남자에게도 이런 적은 없었다.

언제나 석현과 가족 외에는 제 진짜 모습의 작은 조각도 보여 주지 않던 그녀였다. 언제나 스스로 포기하고 돌아서던 그녀의 모습만 보아 왔던 석현에게 이건 배신이었다. 이런 모습을 상상해 본 적은 한 번도 없었다. 남자 때문에 우는 정지유라니! 이건 제 눈이 만들어 낸 환상이어야만 했다.

"그래서 그 자식이 뭐라고 대답했는데?"

이를 악문 석현의 말에 지유가 눈물이 그렁그렁한 얼굴로 웃었다.

"상관없대. 우습지? 그 사람이 내가 진짜 마녀였대도 상관없다는데 난 그래서 더 무서워."

커다란 눈에 고인 눈물 한 방울이 기어이 그녀의 볼을 타고 흘러내렸다. 흘러내리는 눈물을 따라 절절한 아픔이 뚝뚝 떨어지는데도 이상하게 석현의 눈에는 그녀가 행복해 보였다.

"그 사람 품 안이 너무나 꿈같이 달콤해서 내가 전부 말하면 날 괴물처럼 바라볼 그 사람이 무서워. 다시는 날 바라보지 않을까 봐 무서워."

또르르 굴러 내리는 눈물을 닦아 낸 그녀가 우는지 웃는지 알 수 없는 미소를 지어 보였다. 그 미소조차도 어여뻐서 석현은 마음이 더 아파 왔다. 사랑에 두려워 우는 정지유의 애달픈 모습은 아름다웠다. 이렇게 아름답게 울게 만든 사람이 제가 아니라서 석현은 더 슬퍼졌다.

"나 바보 같지?"

"그래. 정지유 바보 멍청이다."

씹어 삼키지 못한 것처럼 뱉어 내는 석현의 말에 화가 실려 있었다. 이런 그녀의 모습은 보고 싶지 않았다. 그가 사랑했던 정지유는 늘 당당하고 세상이 어떻게 돌아가도 상관없다는 듯 무심한 게 어울리는 여자였다. 이런 모습은 아니었다. 누군가를 사랑하는 그녀보다 그 사랑 때문에 약해진 모습이 더 보기 싫었다.

"뭘 그렇게 아파하는 거야! 그러니까 내가 말하지 말랬잖아. 어차피 알고 있는 건 네 가족들과 나뿐이야. 우리 부모님도 모르시잖아."

물끄러미 저를 바라보는 지유의 시선을 마주 보며 석현이 말을 이었다.

"너 그 자식 마음은 못 본다며? 그럼 뭘 그렇게 고민하고 걱정하는 거야? 좀 이기적으로 굴어. 그래도 널 탓할 사람 아무도 없어. 내가 말했잖아. 너 자신을 괴롭히지 말라고."

"정말 그래도 될까?"

믿지 못하겠다는 듯 묻는 말조차 힘이 없었다. 그녀는 사랑하는 사람과 거짓을 남겨 두고 시작하고 싶지는 않았다. 하지만 그를 향한 마음을 더는 참을 수가 없었다. 석현의 주는 면죄부에 지유가 느리게 눈을 감았다 떴다.

"너답지 않게 왜 그래? 그렇게 아파할 거라면, 그런 게 사랑이라면 차라리 관둬."

지유가 그 말에 자조적인 웃음을 베어 물었다.

"그러게. 나답지 않다. 하지만 이렇게 아파도 그만두지는 못할 거 같아."

"그러니까 더 바보 같아. 그만두지 못할 거면 이젠 쓸데없는 생각 하지 마."

그저 고개를 끄덕인 그녀가 바람이 불어오는 방향으로 눈을 돌렸다. 물기에 젖은 눈이 차갑게 식기 시작했다. 어차피 이미 벌어진 일이었다. 누가 자신을 비난하더라도 감수하기로 작정했던 건데도 가슴이 서늘해졌다. 운다고 해서 그녀가 인우에게 했던 거짓말이 희미해지는 것이 아니건만 마음은 늘 그렇게 약해졌다.

다른 것은 다 눈감고 자신만 생각하기로 했지만 그게 쉬운 일은 아니었다. 이건 자신이 사랑하는 남자와 연관된 일이었다. 처음부터 쉬울 수 없는 문제였다. 알고는 있었지만 순간순간 버거워지는 무게에 힘들었다. 무거운 마음에 한숨이 나오는 것을 입술을 깨물며 참는 사이 석현이 물었다.

"그래서 잘해 줘?"

갑자기 화제를 돌린 석현의 말에 지유가 얼굴을 붉혔다. 인우를 생각하며 그녀가 얼굴을 물들이는 동안 석현의 얼굴이 딱딱하게 굳어 버린 것을 그녀는 보지 못했다.

"그런 것 같아."

애매한 그녀의 대답에 석현이 얼굴을 구겼다.

"무슨 대답이 그래?"

"처음이잖아. 그냥 다 좋아."

아직도 흘린 눈물 때문에 촉촉한 눈을 하고서 봄바람처럼 웃는 지유도 석현에게는 낯설기만 했다.

"정말 정지유 재미없네. 가서 잠이나 잘란다."

심드렁하게 중얼거린 석현이 벌떡 일어서니 등을 돌린 채로 성큼성큼 걸어가기 시작했다. 가서 쉬라고 말은 했지만 이렇게 석현이 가 버릴지 몰랐던 지유가 그를 불렀다.

"지석현! 진짜 가려고?"

지유의 말에도 뒤돌아보지 않는 석현이 손을 들어 휘휘 저어 보이는 것으로 인사를 대신했다. 점점 멀어지는 석현의 뒷모습을 바라보며 앉아 있던 지유는 그가 모퉁이를 돌아 아예 보이지 않게 되자 자리에서 일어섰다.

카페 문을 열고 안으로 들어가려던 지유는 문득 오늘 석현이 제게 한 번도 손을 대거나 껴안지 않았다는 사실을 깨달았다. 애인이 생겼다고 조심하는 걸까? 어쩐지 평소와 다른 모습이 걱정스러워 석현이 사라진 방향으로 고개를 돌리는 사이 정호가 그녀를 불렀다.

"사장님, 민서 씨가 반죽 다 되었대요."

"간다!"

시나몬 롤 반죽이 완성되었다는 말에 석현의 생각은 뒤로 미루고 지유는 서둘러 주방으로 향했다.

인우는 지끈거리는 제 머리의 관자놀이를 꾹꾹 눌러 주며 두통을 달래 주었다. 야한 핑크빛으로 장식이 된 고급 주점의 룸 안은 한쪽 벽에서 천장까지 연결된 조명이 번쩍거리고 있었다. 그 번쩍이는 불빛에 자극당한 눈이 피로를 호소하기 시작하자 약한 두통이 뒤를 이어 그를 괴롭히기 시작했다. 눈앞에 보이는 테이블에는 양주부터 맥주까지, 그리고 이온 음료와 우유, 얼음물 등과 안주로 빈틈없이 꽉 채워져 있었다.

원무과 실장이 추천해서 들어온 룸이 있는 고급 주점은 현란한 인테리어가 자랑인 듯 화려하기 그지없었다. 입구부터 주물로 만들어진 나비 장식들이 조명을 반사했다. 나무 모양으로 생긴 철재 장식물은 가지마다 작은 조명이 반짝이며 홀 안을 비추고 있었다.

그중에 제일 큰 룸에서 저녁 식사에 이은 2차가 벌어지고 있었다. 늘 그랬듯이 원무과 실장이 만든 폭탄주가 한 바퀴 돌려지고 다 같이 파이팅을 외치며 술잔을 비우는 것이 끝나자 노래 부르기 좋아하는 간호사 몇이 앞에 나가 노래를 부르기 시작했다. 그사이 김 실장이 혜리에게 술을 따라 주며 너스레를 떨기 시작했다.

"윤 원장님께서 오셔서 우리 병원이 다 환해지지 않았겠습니까? 환자들도 보호자들도 미인 선생님 오셨다고 아주 난리가 났습니다."

그 너스레가 싫지 않은 듯 혜리가 방긋 웃으며 잔을 받았다.

"어머! 김 실장님, 그럼 저 이 병원에 아예 자리 잡을까요?"

칭찬 한번 했다가 덜미가 잡힌 김 실장이 박 선배와 인우의 눈치를 슬그머니 보았다. 겨우 이틀뿐이지만 인우가 혜리를 달가워하지 않는다는 것을 파악한 탓이었다.

"으하하! 저야 그럼 좋지만 또 새로 오실 원장님께서 섭섭하실 테니 어쩝니까?"

슬쩍 김 실장이 발을 빼자 혜리가 턱을 괴고 인우를 빤히 바라보았다.

"정말 아쉽네요. 우리 인우 선배랑 오래오래 같이 일하는 것도 참 좋을 텐데 말이죠."

다분히 그를 도발하려는 듯 혜리가 '오래오래' 라는 단어에 힘을 주며 긁어 댔지만 인우는 들리지 않는 것처럼 무시를 했다. 오랜만에 회식이라 중식당에서 박 선배가 주는 고량주까지 마신 인우는 더는 술이 마시고 싶지 않아 찬물만 들이켜고 있던 중이었다.

"어라? 우리 인우 선배는 약속이라도 있으신가? 자꾸 시계만 보시네?"

빙글빙글 웃는 모습이 오히려 얄미워 보일 정도였다. 무슨 특명이라도 받고 온 듯 인우의 뒤를 졸졸 따라다니는 혜리 덕분에 인우는 카페에 마음대로 가지 못하고 있었다. 어제저녁도 밥 사 달라고 달라붙는 혜리를 피하기 위해 바로 퇴근을 해야만 했다.

오늘도 새벽 시간에야 겨우 카페에 들렀던 인우는 또다시 회식 때문에 지유에게 가지 못했다. 인우는 단정하게 매인 넥타이를 신경질적으로 잡아당겼다.

"시비 걸지 마."

싸늘하게 대답한 인우가 다시 얼음이 가득 든 차가운 물을 벌컥 들이마셨다. 답답했다. 알코올과 술에 취한 사람들의 체취가 섞인 갇힌 공간의 눅눅한 공기가 숨이 막힐 듯 가슴을 짓눌렀다. 눈을 감으면 지유의 함께 있던 비에 젖은 허브 정원의 싸한 공기가 손에 닿을 것만 같았다. 그러나 귀가 먹먹하게 울리는 전자음의 반주와 노랫소리가 그가 있는 곳이 어딘지를 확인시켜 줄 뿐이었다.

자꾸만 허기가 졌다. 지유와 하루 종일 붙어 있어도 모자랄 지경인데 혜리의 눈을 피하려니 인우는 금단 현상에 걸린 사람처럼 그녀가 자꾸만 고파졌다. 어제 아침만 해도 행복의 정점을 찍었건만 곧바로 땅바닥에 처박힌 기분이었다.

억지로 만나지 못하는 상황이 되다 보니 초조함이 극에 달할 정도였다. 인우는 그녀의 따스한 체온과 달콤한 향기가 지독히도 그리웠다.

혜리가 자꾸만 인우에게 말을 걸고 장난을 치자 간호사들의 궁금증이 폭발할 지경이었던 모양이었다. 어느새 슬금슬금 다가온 김 간호사가 혜리의 옆자리를 차지하고 이제나저제나 질문을 할 기회를 노리고 있었다.

"윤 원장님은 김 원장님하고 친하신가 봐요?"

꽤나 궁금했던 듯 김 간호사가 호기심에 눈을 빛내며 물었다.

"어머, 모르셨구나! 제가 얼마나 우리 인우 선배를 존경하는데요.

제 인턴 생활 때부터 멘토였답니다. 그때부터 제가 좋아해서 졸졸 따라다녔어요."

어마어마한 비밀이라도 알려 주는 듯 속닥거린 그녀가 김 간호사에게 퍽 큰 선심이라도 쓰는 듯 덧붙였다.

"제가 김 간호사가 맘에 들어서 특별히 알려 주는 거예요."

무슨 큰 비밀이라도 알려 주는 것처럼 말하면서 건너편에 있는 인우까지 다 듣도록 떠드는 그녀에게 김 간호사가 떨떠름한 표정으로 웃어 보였다. 혜리가 뭐라고 떠들던지 무관심으로 일관하던 인우는 지유가 퇴근할 시간이 가까워 오자 자리에서 일어났다.

"어? 너 왜 일어서냐?"

박 선배가 벌써 술에 취한 건지 어눌한 발음으로 인우에게 물었다.

"먼저 가겠습니다. 김 실장님, 계산은 제가 하겠습니다."

"야! 야! 이 자식이! 어딜 너 먼저 간다고 그래!"

박 선배가 손을 휘휘 저으며 인우를 불러 댔다.

"피곤해서 그만 가야겠습니다. 내일 아침 회진도 제 순서잖습니까? 그럼 갑니다."

김 실장에게 제 카드를 건네주고 자리를 빠져나온 인우는 계단을 천천히 걸어 올라 밖으로 나왔다. 기껏 번쩍거리는 불빛들을 피해 나왔건만 바깥도 그다지 다를 바 없는 상황이었다. 도심 유흥가의 한가운데란 내부나 외부나 다르지 않은 모양이었다. 온갖 간판들과 불빛들로 낮과 다름없이 불야성을 이루는 이곳이 인우의 숨통을 막아 버리는 듯했다.

손을 뻗어 지나가는 택시를 잡은 그는 지유에게 향했다. 흔들리는 차창으로 화려한 불빛들이 스쳐 갔다. 눈을 자극하는 불빛들을 피해 인우가 잠시 눈을 감았다.

되도록이면 인우는 제 악몽을 자극하는 모든 것을 피하고 싶었다. 그것이 친척이든지 가족 모임이든지 심지어 아버지일지라도 말이었다. 마주치는 그 모든 사람들이 제게 죄를 묻는 것만 같았다. 그래서 인우는 아무리 외롭고 힘들어도 어느 누구에게 기대지 않고 저 혼자 고통을 감내했다.

그런데도 언제나 악몽은 손에 닿을 것처럼 가까이 존재하고 있었다. 눈을 조금이라도 돌려 시선을 마주치면 그것은 언제나 인우를 삼킬 것처럼 크게 입을 벌리고 다가왔다. 잠시라도 방심하면 악몽이 저를 삼킬 것만 같아서 그는 늘 날이 서 있었다. 예민해진 성격에 잠은 늘 깊이 잘 수 없었고 까칠하고 차갑고 무뚝뚝해지기만 했었다.

인우는 손을 들어 제 눈 밑을 파고드는 불빛을 가렸다. 위안이 필요했다. 제게 필요한 단 하나의 위로. 지유가 보고 싶었다. 그녀를 품에 안고 그 보드라운 목덜미에 얼굴을 묻고 그녀의 향기를 들이마신다면 혜리가 몰고 온 다른 고통스러운 기억들까지도 희미해질 것만 같았다. 차는 계속 달리고 있었지만 인우에게는 너무나 느리게 느껴졌다.

정호와 함께 화분을 카페에 들여놓는 것으로 마감 정리를 끝낸 지유가 탈의실에서 옷을 갈아입고 나왔다. 그녀보다 먼저 나온 정호가 아일랜드에 기대어 선 채 지유를 기다리고 있었다.

"김 선생님은 많이 바쁘시데? 이틀이나 저녁 드시러 안 오니까 이상하다."

"어제는 바쁘다고 했고 오늘은 회식이잖아."

담담한 지유의 말에 정호가 쯧쯧 혀를 찼다.

"뭐가 그렇게 쿨해?"

"일 때문인데 그럼 어떻게 해? 오늘 아침에도 봤고."

무감하기만 한 지유의 모습에 정호가 고개를 저었다.

"이거 봐, 이거 봐. 사장님, 자고로 여자는 애교도 있고 앙탈도 부려야 하는 거야."

정호의 말에 지유가 미간을 모았다.

"앙탈?"

"그래. 앙탈 몰라? 아잉, 인우 씨 시로, 시로 오늘 만나고 싶단 말이야."

정호가 혀 짧은 소리를 내며 '앙탈'을 부리자 지유가 풉 하고 웃음을 터뜨렸다.

"너 기연이하고 그러고 노냐?"

애교스런 표정으로 눈을 깜빡이던 정호가 지유의 말에 언제 그랬냐는 듯 정색을 했다.

"내가 하는 게 아니라 기연이가 하는 거지!"

"기연이가 했든 네가 했든 난 못하겠다. 실없는 소리 그만하고 퇴근해."

지유의 타박에 정호가 투덜거리며 걸어 나갔다.

"큰일이다. 우리 사장님은 연애를 몰라."

"더 할래?"

지유가 짐짓 눈을 가늘게 뜨고 노려보자 눈을 찔끔한 정호가 후다닥 걸어서 문을 열고 그녀가 나오길 기다렸다.

"그래도 말이야……."

"문이나 잠가라."

"네네. 그래야죠."

구시렁대며 문을 잠근 정호가 어깨를 움츠리더니 점퍼의 지퍼를 올렸다.

"으. 이제 밤에는 꽤 쌀쌀하다."

"그러네. 돈 아낀다고 보일러 안 틀고 그러지 마. 너 감기 걸리면 그게 더 손해야."

정호가 히죽 웃으며 경례를 하듯 이마에 손을 가져다 댔다.

"넵! 알겠습니다!"

"가라. 내일 보자."

"응. 사장님도 운전 조심하고 내일 봐."

정호와 헤어지고 몇 발자국 걷던 지유는 하늘을 올려다보았다. 공해로 뿌옇게 흐린 도시의 하늘에는 인공위성의 불빛만이 반짝였다. 분명 별은 그 자리에 있건만 보이지 않으니 사라진 것처럼 느껴졌다. 사람의 마음도 그런 것이 아닐까? 말하지 않고 표현하지 않는다면 상대의 마음을 무슨 수로 알 수 있을까? 애교를 부릴 자신은 없었지만 제 마음을 표현하는 데 인색하게 굴고 싶지는 않았다.

지유는 가방 안에 넣어 둔 휴대폰을 꺼냈다. 저장해 둔 인우의 번호를 찾아 고민하던 그녀는 조심스레 글자 하나하나를 찍어 나갔다. 정호의 말처럼 그런 닭살스런 애교를 떨 생각도 재주도 그녀에겐 없었다. 그저 제 마음을 솔직히 보여 주는 것이 최선이었다. 그리고 그녀가 최선을 다하고 있다는 것을 인우에게 보여 주고 싶었다.

보고 싶어요.

문자를 보낼지 말지 주저하던 손이 결국 확인을 눌렀다. 그 자리에서 잠시 기다리던 그녀는 휴대폰을 다시 가방에 집어넣고 걸음을 옮겼다. 회식이라고 했으니 문자를 쉽게 보지 못할 가능성이 컸다. 그래도 어쩐지 섭섭한 기분이 드는 건 왜인지 그녀도 알 수 없었다. 제 마음인데도 속 좁게 구는 제 마음이 이해가 되지 않았다.

디링.

그런 그녀의 마음을 아는 듯 문자가 왔다. 분명 금방 집어넣었던 휴대폰인데 쉽게 잡히지 않자 지유는 가방을 뒤적여 댔다. 수첩과 다이어리와 머리끈과 핀, 그리고 갖가지 잡동사니 사이에서 겨우 휴대폰을 끄집어낼 수가 있었다.

나 여기 있어.

문자를 확인한 지유가 고개를 들고 주변을 둘러보았다. 간간이 지나가는 사람들과 길을 오가는 차들 사이에 인우는 보이지 않았다. 지유는 고개를 갸웃거리며 주차장으로 향했다. 짧은 문장 안에 다른 숨은 뜻이 있는지 생각했지만 알 수 없는 노릇이었다. 휴대폰을 손에 쥔 채 고민을 하며 걷던 지유는 제 차 앞에 선 검은 인영을 발견했다.

"인우 씨?"

고개를 숙이고 있던 그가 천천히 다가오더니 그녀의 손을 잡았다. 그리고 묵직한 한숨과 함께 그녀를 끌어당겨 품에 안았다. 남자에게서 밤공기와 희미한 알코올 냄새가 함께 풍겨 왔다. 그리고 얼굴에 닿는 슈트의 감촉이 차갑기만 했다.

"이제 겨우 살 것 같아."

알 수 없는 말을 뱉는 인우는 취한 듯 보였다.

"술 많이 마셨어요?"

제 목덜미에 얼굴을 파묻고 있는 그의 머리카락을 지유가 손을 들어 살며시 매만졌다. 단정하게 헤어 제품으로 손질한 머리카락을 만지고 있자니 어쩐지 아쉬운 기분이 들었다. 그녀가 아팠을 때 침대에 누워 만졌던 부드러운 남자의 머리카락이 그리워졌다.

"조금."

귓가에 낮게 속삭이는 남자의 목소리가 감미롭기만 했다. 그래도 여기는 좀 위험했다. 늦은 밤이었지만 누군가 지나다니면서 그들을 볼 확률이 높았다.

"인우 씨, 우리 여기서 이러고 있으면 안 되는데……. 가요. 집에 데려다 줄게요."

인우의 등을 토닥이며 하는 말에 그가 끙 하고 신음을 뱉으며 고개를 들었다. 피곤에 지쳐 버석버석하니 건조하게 말라 버린 남자 때문에 속이 상했다. 내심 바쁘다며 잠깐만 얼굴을 비추고 말았던 그에게 원망이 들었는데 피곤한 얼굴을 보니 그런 생각을 했던 것이 미안해졌다. 그런데도 남자는 그녀에게 사과를 했다.

"미안해."

"가요."

고개를 저으며 대답한 지유가 그의 손을 끌어 차에 태웠다. 시동을 거는 사이에 그를 돌아보자 기다리고 있었다는 듯 인우가 그녀를 잡아당겨 입술을 삼켜 버렸다. 성급하게 부딪히는 그의 입술은 차갑고도 씁쓸했다. 그 차갑고 싸늘한 입술이 뜨겁게 움직였다. 곧이어 양주의 희미한 맛이 느껴지는 혀가 그녀의 입안을 가득 채웠다.

들이켜는 숨결마다 그가 있었다. 차가운 밤이 마치 그라도 된 듯 싸한 향기가 그녀의 가슴속까지 가득 채웠다. 입안 가득 채운 그의 혀가 움직이며 제 향기를 뺏어 가고 그 자리를 그의 향기로 채웠다.

차갑고 냉정하고 또 뜨거운 그의 느낌들. 그것이 그녀를 태워 버릴 것처럼 불을 질러 대기 시작했다. 뜨거워서 너무나 뜨거워서 눈을 뜰 수조차 없었다. 그랬다가는 금방이라도 눈이 멀어 버릴 것처럼 남자가 그녀를 달궈 댔다.

마치 허기라도 진 듯 그녀의 타액을 삼키는 인우의 입술에서는 여유가 없었다. 숨 쉴 새도 없이 몰아치는 그 때문에 그녀의 고개가 자꾸만 뒤로 꺾였다. 그의 속도를 따라갈 수 없는 지유는 그저 인우의 슈트 깃을 움켜쥔 채 제 입술을 그에게 내어 주고 있었다.

"흐읏!"

아랫입술을 잘근 깨무는 인우 때문에 그녀가 신음을 뱉자 그가 멈칫하며 그녀의 입안에 한숨을 낮게 토했다. 그리고 다음 순간 그녀를 거칠게 몰아세우던 키스가 부드럽게 변했다. 깨문 입술을 할짝거리며 살살 쓸어 주는 혀의 감촉이 달달하기만 했다. 눈물이 날 것처럼 부드럽고 감미로운 움직임에 그녀는 가슴이 다 아플 지경이었다. 천천히 입술 사이를 비집고 그의 혀가 다시 밀고 들어와 그녀의 입안을 가득 차지했다.

조심스럽게 그녀의 혀를 감아 오는 인우의 동작에 지유는 제 팔을 들어 그의 목을 감싸 안았다. 그게 신호라도 된 듯 인우의 손이 그녀의 셔츠 안쪽으로 파고들었다. 차가운 손이 허리에 닿자 그녀가 어깨를 움찔하며 작게 떨었다.

그녀에게 닿는 남자의 입술도, 손도 차가웠지만 그것은 순식간에 불꽃이 되고 말았다. 허리를 만지작거리는 손길과는 달리 그의 입술은 전혀 멈출 기세가 아니었다. 키스란 게 이런 것이었나? 몽롱한 머릿속에 하얗고 붉은 불이 켜졌다 꺼지기를 반복했다. 머릿속에 타닥타닥 불꽃이 튀었다.

이런 느낌과 감각은 처음이었다. 제게 이런 불길을 일으켜 줄 수 있는 유일한 사람.

부드러우면서도 열정적인 키스와 느릿하게 움직이는 손길에 갈증이 났다. 모자랐다. 부족했다. 뭐가 뭔지도 모르면서 그녀는 인우의 입술에 대고 칭얼대는 흐느낌을 토해 냈다.

그녀의 흐느낌을 삼킨 그의 입술이 그녀의 입술을 비켜 지나가기 시작했다. 미칠 듯이 부드럽고 천천히. 애를 태우듯 느린 움직임에 안달이 날 지경이었다.

느릿하게 움직인 그의 입술이 지유의 귓가에 제 숨을 불어넣었다. 그리고 발갛게 물든 귓불을 잡아채 잘근거리기 시작했다. 지유가 그의 어깨를 잡은 손에 힘을 주며 가늘게 떨자 순식간에 인우의 손이 속옷을 제치고 그녀의 가슴을 차지했다.

막힌 숨을 틔워 주는 지유의 향기를 인우는 마음껏 들이마셨다. 그러나 마셔도, 마셔도 부족했다. 허기가 진 듯 그녀의 타액을 마시고 입안을 헤집어도 부족했다. 그저 그의 차가운 입술에 닿는 그녀의 촉촉한 입술과 그의 손끝에 닿는 그녀의 부드러운 피부가 따스해서 머리가 어지러울 정도였다.

적당히 오른 술기운에 핀이 나가 버린 건지도 몰랐다. 자제력 따윈 집어치우고 지유를 몰아대며 입술을 물어뜯던 인우는 그녀의 신음 소리에 그제야 정신을 차렸다.

무슨 짓이냐, 김인우. 제 자신에 실망스러워 한숨이 났다.

그녀의 온몸에 제 자국을 남기고 제 향기를 묻혀 엉망으로 헤집어 놓고 싶다가도 너무나 소중해서 손길이 닿는 순간순간이 모두 안타까웠다. 극과 극을 오가는 제 상태가 마치 미친 것만 같았다. 정지유에 미친 김인우. 알지만 멈출 수가 없었다.

이 여자를 제 인생에 끌어당긴 것을 후회하지 않는다. 이기적이라고 해도 상관없다. 누가 뭐래도 이 여자는 제 것이었다. 누구에게도 양보하지 않을 것이었다. 자신이 아껴 주면 될 일이었다. 제 불행 따위는 이 여자에게 닿지 않게 할 자신이 있었다.

인영이 떠난 이후로 욕심이란 걸 부리고 살아 본 적이 없었다. 그저 꾸역꾸역 하루하루를 보내 왔다. 그런 그가 할 수 있는 것은 공부뿐이었다. 하루 종일 혼자 멍하니 있을 때면 인영이 저를 부르는 것만 같았다. 그럴 때면 귀를 찢을 듯 커다랗게 음악을 틀고 책을 파고들었다. 지쳐서 쓰러져 잠들 때까지. 그렇게 잠이 들었어도 악몽이 그를 쉬지 못하게 했다.

어머니가 죽고 나서는 그 정도가 더 심해졌다. 그에게 공부는 도피처였다. 잠을 잘 시간이 없는 게 차라리 나았다. 그래서 의대를 갔다. 피곤이 극에 달하면 꿈도 꾸지 못했다. 그렇게 살아왔다. 하루하루를 마치 전쟁을 치르듯이.

그런 그에게 그녀는 달콤함이고 따스함이고 휴식이고 위안이고 즐거움이었다. 잃었다고 생각했던 행복을 그녀 때문에 다시 느꼈다. 그러니 포기할 수 없었다. 가슴이 저릿저릿할 만큼 그녀가 소중해졌다. 이제는 그녀가 없는 삶은 생각할 수도 없었다. 그녀의 입술을 더듬는 그의 입술이 더할 수 없이 조심스럽고도 부드럽게 움직였다.

손끝에 닿는 피부가 매끄럽게 스쳐 갔다. 그 따스한 온기가 팔을 타고 곧장 머릿속까지 노곤하게 만들었다. 속옷 밑을 파고든 제 손이 드디어 그녀의 가슴을 움켜쥘 수 있게 되자 인우는 그녀의 귓불을 깨물었다. 부드럽고 말랑한 감촉이 손안 가득 느껴졌다. 당장 그녀를 이 자리에 눕히고 싶은 충동이 그를 가득 채웠다.

가냘픈 목덜미에 이를 세우며 가슴 끝을 손바닥으로 쓸어 주자 그녀가 부르르 진저리를 쳤다. 손바닥에 닿는 정점이 뾰족하게 곤두서며 오히려 그를 자극했다. 인우의 어깨를 쥐고 있는 그녀의 손이 그를 더욱더 세게 움켜쥐었다.

거부하지 않는 지유의 반응에 인우는 머릿속이 하얗게 변할 지경이었다. 다시 차지한 입술을 거칠게 빨아들였다. 이 여자를 통째로 삼켜도 모자랄 지경이었다. 곤두선 정점을 세게 문지르자 그녀가 제 입안에 신음을 토해 냈다. 그 신음마저 삼키면서도 인우는 부족했다. 목덜미를 핥아 내려가는 입안이 바싹 말라 오며 갈증을 호소했다.

그의 머리카락을 쓰다듬는 여자의 손길이 두서없이 움직였다. 그가 원한다면 당장 이 자리에서 그녀를 가질 수 있다는 걸 그는 알고 있었다. 하지만 여기에서 그녀를 안을 수는 없는 노릇이었다. 달달한 지유의 향기가 가득한 목덜미에 입술을 비벼 대며 인우는 놓아 버린 자제력을 하나하나 끌어당겼다.

억지로 욕망을 억누르는 그의 입에서 고통스러운 신음이 새어 나왔다. 떨어지지 않는 손을 힘들게 떼어 내자니 손끝에 경련이 일 지경이었다. 머릿속과 온몸을 돌아다니던 아드레날린이 심장의 고동 소리를 귓가에 먹먹하게 울리게 했다.

그녀의 입술에 대고 가쁜 숨을 내쉬며 인우는 천천히 지유의 옷을 정리해 주었다. 발그레한 뺨을 두 손으로 감싸고 부드럽고도 가벼운 버드 키스를 날려 주며 사과를 했다.

"미안해."

긴 속눈썹을 가늘게 떨며 눈을 뜬 그녀가 고개를 저으며 그의 목에 팔을 두르고 꼭 끌어안았다.

"사과하지 마요."

그의 어깨에 한숨을 포옥 내쉰 그녀가 뒤이어 말했다.

"좋았는걸."

저를 말리기는커녕 도리어 충동질하는 그녀의 말에 인우는 눈앞이 아찔할 지경이었다.

"지금 꽤 위험한 발언을 한 건 알고 있나?"

날씬한 등을 쓸어내리는 남자의 손길이 다정하기만 했다. 그래서 그녀는 그의 어깨에 잘게 웃음을 토해 냈다.

"상관없어요. 인우 씨라면."

알고 있었지만 도무지 겁이 없는 여자였다. 그런데도 미워할 수 없었다. 아무렇지도 않다는 듯 배짱을 부리면서도, 숨길 수 없는 여자의 붉은 귓불이 그녀가 얼마나 부끄러워하는지 대신 말해 주고 있었으니 말이다.

"당신은 그게 문제야."

열기 가득한 공기를 가라앉히듯 저를 타박하는 인우의 말에 지유가 기대고 있던 얼굴을 들어 고개를 갸웃했다.

"뭐가 문제라는 거예요?"

불만이라는 듯 따져 물으며 살짝 찌푸린 미간마저도 아름다웠다. 서시가 심장이 아파 눈을 찡그리는 것마저도 아름다웠다더니 그의 눈에는 그녀가 그렇게 예쁘기만 했다. 손을 올려 찌푸린 미간 사이를 살살 만지며 인우가 대답했다.

"그러다 내가 여기서 끝까지 가면 어쩌려고 그러지?"

생각할·필요도 없다는 듯 대답이 그녀에게서 바로 나왔다.

"알았으니까요."

이번에는 인우의 눈썹이 의아하게 치켜 올라갔다.

"무슨 말이야?"

홍조를 띄운 그녀의 얼굴에 천천히 미소가 물들었다.

"인우 씨라면 좀 더 소중히 해 줄 거라는 걸 알고 있으니까."

당당한 대답에 인우는 헛웃음이 나올 지경이었다. 자신을 너무 잘 안다고 해야 할지 그 기대를 망치지 않아서 다행이라고 해야 할지 분간이 되지 않았다. 그는 제 이마로 그녀의 이마를 콩 하고 부딪쳤다.

"믿지 마."

"아!"

이마를 만지는 그녀의 손과 입술에 짧게 입을 맞춘 그가 말을 이었다.

"다음번에도 끝까지 참아 줄 수는 없으니까."

나직이 경고하는 목소리에 조금 전의 흥분이 그녀의 등을 타고 지나갔다. 겁이 나지 않았다는 것은 반쯤은 거짓말이었다. 그러나 그를 믿는다는 말도 사실이었다. 그라면 제 처음을 소중히 해 주리라는 것을 그녀는 본능적으로 알았다. 경험해 보지 못한 미지의 것에 대한 두려움뿐, 그가 두려운 것은 아니었다.

이 남자는 알고 있으려나? 그가 아니면 누구에게도 제 전부를 줄 수 없다는 것을. 후에 그와 어긋나 버린다 하더라도 그가 남긴 추억만으로도 그녀는 행복할 수 있을 것만 같았다. 그래서 그녀는 기쁘게 웃으며 그를 바라보았다.

"하나도 안 무서운데 어쩌나?"

얼굴을 붉게 물들인 채 도발하는 지유의 말에 인우는 질 수밖에 없었다. 그가 끄응 하며 한숨을 쉬더니 그녀의 입술을 물었다. 끈끈하게 잡아당긴 그녀의 혀를 길게 빨아들인 그가 겨우 입술을 떼더니 지유를 운전석 쪽으로 밀었다.

"더는 못 참아 주니까 어서 운전이나 해."

불만 가득한 그의 목소리에 지유가 작게 웃으며 핸들을 돌렸다. 쌀쌀해진 밤도 그가 있어 싸늘하지 않았다. 차가운 남자가 주는 따스한 온기에 그녀의 미소가 더 진해졌다. 그저 그와 함께하는 이 행복한 순간들이 그저 계속 이어지기만을 바랄 뿐이었다. 더 큰 욕심도 바람도 지유는 원하지 않았다. 그래서 그녀에게는 이 순간이 더욱더 소중하기만 했다.

야간 진료를 마치고 퇴근 준비를 하는 인우에게 예상치 못한 손님이 방문했다. 가운을 벗고 손을 씻던 인우는 노크 소리에 고개를 들었다.

"퇴근 맞죠?"

자신을 보며 씩 웃는 석현에게 인우는 마주 웃어 줄 수가 없었다.

"여긴 웬일입니까?"

무뚝뚝한 말에도 석현은 아무렇지도 않게 몸을 빙글 돌리며 진료실을 둘러보았다.

"와! 소아과 진료실인데 인형 하나 없네요?"

석현의 지적에 인우가 눈썹을 치켜 올렸다. 쉽게 먼지가 앉고 때가 타는 봉제인형보다 인우는 캐릭터가 새겨진 비타민을 더 선호했다.

"인형보다는 이게 더 효과가 좋으니까요."

인우가 들어 보인 비타민을 바라보며 석현이 품 하고 웃음을 터트렸다.

"아, 미안해요. 소아과 의사 선생님이 맞긴 하네요."

어쩐지 웃고 있는 석현이 불쾌해 인우는 눈매를 좁혔다.

"그래서 뭡니까?"

인우의 질문에 웃음기를 거둔 석현이 담백하게 대답했다.

"우리 술 한잔하죠."

석현이 알려 준 대로 내비게이션을 찍고 도착한 곳은 가정집을 개조한, 정원이 아름다운 술집이었다. 아담하고 조용한 분위기의 술집은 한쪽 벽면이 전부 폴딩 도어로 되어 있어서 열린 창으로 정원을 감상할 수 있는 점이 특징이었다. 박석을 박아 넣은 길을 따라 걸어서 두 사람은 따스한 불빛이 가득한 실내로 들어섰다.

입구에 서 있던 여자가 안으로 들어서는 석현을 보고 반갑게 인사를 해 왔다.

"어머, 석현 씨 오랜만이야."

그녀가 석현의 어깨를 가볍게 안았다 놓아주었다. 우아하게 한쪽으로 웨이브 진 머리를 늘어뜨린 여자는 나이를 전혀 가늠할 수 없을 정도로 원숙한 미모를 뽐내고 있었다.

"지유 씨는 안 왔어?"

인우의 뒤쪽을 넘겨다보며 여자가 하는 말에 석현이 인우를 슬쩍 바라보았다.

"오늘은 다른 손님을 모시고 왔거든요."

석현의 말에 여자가 인우를 찬찬히 바라보더니 악수를 청해 왔다.

"반가워요. 여기 사장 이은설이라고 해요."

은설이 안내해 주는 대로 두 사람은 폴딩 도어 옆의 테이블에 앉았다. 테이블에 놓인 술잔을 마주하고 두 사람은 잠시 말이 없었다. 그 침묵을 깨듯 석현이 얼음이 담긴 인우의 온더록스 잔에 술을 따랐다.

"건배할까요?"

"우리 둘이 건배할 일이 있습니까?"

인우의 묘하게 날 선 대답에 석현이 비죽이 웃어 보였다.

"적어도 우리 둘을 여기 마주 앉게 한 이유는 있죠."

인우는 제 잔에 담긴 술을 빙글 돌려 얼음을 녹였다. 정지유. 그녀 때문에 이 남자가 자신을 만나자고 한 것을 알고 있었다. 그렇지만 석현의 입에서 그녀의 존재가 거론되는 것이 어쩐지 껄끄러웠다. 두 사람이 오랜 친구 사이란 것을 알면서도 치졸한 질투가 인우의 입안을 쓰게 만들었다.

"정지유를 위해!"

잔을 들어 올리는 석현을 바라보던 인우가 건배 없이 제 잔의 술을 들이켰다.

"할 말이 뭡니까?"

"돌아갈 줄 모르는 분이군요."

빙글빙글 웃는 석현이 인우는 더 불쾌하게 느껴졌다.

"그게 문제가 됩니까?"

빙그르르 입가를 끌어 올린 석현이 들고 있던 잔을 내려놓았다.

"아뇨. 거추장스럽지 않아 좋군요."

테이블을 툭툭 두 번 두들기며 말을 고르던 석현이 인우의 진심을 가늠하듯 시선을 마주했다.

"무슨 생각인 겁니까?"

"뭘 말입니까?"

"지유 말입니다."

석현이 대뜸 지유의 이름을 꺼내자 인우의 얼굴이 싸하게 굳었다.

"왜 그걸 내가 그쪽에게 설명해야 합니까?"

"김인우 씨가 쥐고 있는 게 정지유니까요."

인우는 울컥 솟아오르는 화를 눈을 감았다 뜨는 것으로 내리눌렀다.

"하고 싶은 말이 정확히 뭡니까?"

인우가 낮게 물어오는 말에 석현은 제 술잔의 술을 한 번에 삼켜 버렸다.

"지유는 아픔이 많은 녀석이에요. 그런데도 쉽게 누군가에게 기대지 않는 녀석이죠. 아니, 아니다. 사실은 그건 맞는 말은 아니에요. 누군가에게 기대기는커녕 자꾸만 사람들을 주워요. 꼭 제 자신처럼 너덜

너덜 상처투성이에 금방이라도 절망에 삼켜질 사람들을 주워 대는 거죠. 밥을 먹이고 무심하게 툭툭 던지는 말로 위로를 하고 주저앉은 사람을 일어나게 해요."

인우도 어렴풋이 느끼고 있었다. 정호도, 그리고 기연도. 지유를 둘러싼 모두가 커다란 구멍 하나씩은 가슴에 매달고 있다는 것을. 자기 자신마저도 그랬으니 말이다. 그들은 모두가 동류였다.

"그래서요?"

묵묵히 술잔을 기울이며 듣고 있던 인우가 석현을 응시했다.

"김인우 씨도 그런 거 아닌가요? 지유가 해 주는 것들에 자신의 마음을 착각한 것 아닌가요? 그런 거라면 지유를 놓아줘요."

남은 술을 다 마신 인우가 잔을 테이블 위에 탁 소리를 내며 내려놓았다.

"내가 지금 정지유에게 기대고 싶어서 내 마음에 있지도 않은 사랑을 덧입혔다는 겁니까?"

"아닌가요?"

도발하듯 눈을 빛내는 석현을 향해 인우가 몸을 숙여 으르렁거렸다.

"동정심으로 사랑을 구걸할 정도로 내가 모자라 보이나?"

석현은 자신에게 적대감을 감추지 않고 노려보고 있는 남자를 보며 상반된 감정을 느꼈다. 안도와 질투.

이제는 정말 그의 평생을 지배하던 짝사랑을 포기해야 할 때가 된 것 같았다. 어찌할 수 없는 질투를 꾹꾹 접어 가슴 한쪽에 넣어 두고 석현은 인우에게 제 얼굴을 바짝 가져갔다.

"그쪽이 확신하는 것 이상으로 확실해야 할 거예요."

갑자기 태도가 변한 석현의 말에 인우가 미간을 그러모았다. 그런 인우를 바라보며 석현이 자리에서 일어섰다.

"그리고 앞으로 결심한 것 이상으로 지유에게 제대로 해야 할걸요? 그렇지 않고 그저 지유를 흔들고 마는 거라면 내가 김인우 씨를 가만 두지 않을 테니까요."

경고라도 하듯 인우의 어깨를 툭 치고 석현이 자리를 떠나자 기가 막힌다는 듯 헛웃음을 터뜨린 인우가 피곤이 내려앉은 얼굴을 쓸어내렸다. 제 빈 잔에 다시 술을 따른 인우가 생각에 잠긴 채 잔을 쥐고 빙글빙글 돌렸다. 석현이 뱉은 말을 곱씹는 인우의 표정이 복잡해졌다.

"바다로 여행 갈까?"

인우의 말에 지유가 안 그래도 커다란 눈을 동그랗게 떴다. 저 작은 머릿속에서 별별 생각이 다 물결치고 있을 걸 생각하자니 인우는 웃음이 피식 새어 나왔다. 물론 그 생각의 대부분이 맞겠지만 그걸 굳이 자신의 입으로 말할 생각은 없었다.

일주일 정도 지나자 인우는 혜리에 대해서 경계심을 조금 늦추었다. 결혼이 얼마 남지 않게 되자 혜리는 드레스를 고르고 사진 촬영을 하며 살림살이와 가구 등을 보러 다녀야 한다며 바쁘게 움직이기 시작했다. 물론 그 덕분에 인우는 원치 않는 고모와의 대면을 해야 했었다.

오랜만에 만난 고모는 눈가에 주름이 조금 더 늘어난 것 외에는 여전히 포근한 이웃집 아줌마 같은 인상으로 그에게 웃어 보였다. 커피를 마시며 인사말처럼 너도 결혼해야지 하는 말을 듣고 정해진 답처럼 아직 생각 없다는 말로 대꾸를 했다.

근처 도시의 중형 병원에서 정신과 의사로 일하는 고모는 물끄러미 그를 바라보다가 고개를 끄덕이고 돌아갔다. 저를 바라보던 눈빛에서 보이던 안타까움이나 동정이 그다지 달갑지 않았지만 그 덕분에 혜리가 제 눈치를 좀 보게 된 것은 다행이었다.

인우에게 잡히면 들을 잔소리가 두려워서인지 혜리는 그를 피해 다니기 바빴다. 물론 결혼 준비로 바쁘기도 했겠지만 말이다. 덕분에 모처럼 여유 있게 저녁 식사를 하고 지유의 퇴근을 기다리며 차를 마실 수 있었다. 오랜만에 한가롭고 여유 있는 저녁을 인우는 느긋하게 즐겼다.

묽은 버터 커리에 각종 야채와 해산물을 넣어 끓인 스튜는 쌀쌀한 날씨에 어울리는 저녁 메뉴였다. 혜리가 나타난 이후에 종종 저녁을 함께 하지 못했기 때문인지 지유가 만들어 주는 저녁 식사의 소중함이 더 크게 느껴지는 요즘이었다.

그래서인지 매콤하면서도 뜨거운 스튜의 진한 버터와 커리 향이 아직도 코끝을 맴도는 기분이었다. 매콤한 국물이 주는 따스한 훈기가 온몸 구석구석을 데워 주어 나른하니 졸리기까지 했다.

따스한 식사로 배를 채우고 사랑하는 사람의 미소로는 마음을 채우고 그녀를 마주 보고 있자니 이보다 만족스러운 하루의 끝은 없을 것만 같았다. 몸과 마음을 그득하게 채워 주는 포만감에 인우는 내내 뾰족하니 서 있던 긴장감이 느슨하게 풀리는 기분이 들었다.

일찌감치 마감을 하고 눈치껏 자리를 비켜 준 정호 덕분에 두 사람은 오랜만에 둘만의 시간을 보낼 수 있었다. 지유와 함께 있는 것만으로도 주변의 공기가 따스한 기운을 머금었다. 그리고 그 따스한 온기가 천천히 머리끝에서 발끝까지 온몸 구석구석 스며들었다. 그저 같이 있는 것만으로도 주변을 밝히고 공기를 데워 주는 존재가 제 사람이라니. 인우는 그저 모든 것이 꿈만 같았다.

카페에 블라인드를 내리고 불을 끈 다음 희미한 주방의 불빛 아래 어깨를 마주한 두 사람은 차를 마셨다. 물론 사이사이 그가 그녀의 입술을 물고 놓아주지 않기는 했지만 말이다. 달콤한 밀크티의 맛이 나는 입술은 달짝지근하니 맛있었다.

지유가 밀크티를 한 모금 마실 때마다 인우는 그녀의 입술을 야금야금 삼켰다. 도톰한 입술을 잘근잘근 씹고 혀를 빨아들일 때마다 단물이 배어 나오는 것만 같았다. 분명 단걸 싫어하던 그였는데도 이 입술의 단맛은 그를 붙들고 놔주지를 않았다.

그러나 입술을 물고 입안을 헤집던 중간에 뱉은 그의 말에 그녀는 눈을 동그랗게 뜨더니 얼굴을 돌린 채 밀크티를 홀짝였다. 슬슬 붉어지는 귓불과 목덜미가 그녀가 무슨 생각을 하는지 알려 주고 있었다.

"대답은?"

턱을 잡고 얼굴을 돌려세운 그가 재촉을 하자 그녀가 한숨을 내쉬며 고개를 끄덕였다. 예쁘다. 정지유. 인우는 속으로 작게 웃었다. 그리고 지유의 예쁜 입술에 다시 입을 맞췄다.

예쁜 입술. 가지런한 이. 작고 귀여운 혀. 촉촉하고도 여린 입안의 살결. 달콤한 타액.

그녀에게 완벽하지 않은 것은 없었다. 그녀가 토해 내는 숨결까지도 달달해서 그는 어느 것 하나도 놓치기 싫었다.

길게 입을 맞추며 그녀의 숨소리까지 삼켜 대던 인우가 입을 떼자 지유가 그의 가슴에 머리를 기댔다. 지쳤다는 듯 포옥 내쉬는 한숨에 그가 낮게 웃으며 그녀의 어깨를 부드럽게 껴안았다. 그러고는 턱으로 지유의 정수리를 살살 문지르며 그녀에게서 나는 달콤한 빵 냄새를 들이마셨다.

"인우 씨 때문에 자꾸 입술이 붓다 못해 커지는 것 같아요."

작게 투덜거리는 지유의 말에 인우는 다시 웃음을 터뜨렸다. 기대어 있는 가슴이 잔잔히 울리며 그녀의 귓가에 그의 웃음을 소리만이 아니라 기분 좋은 진동으로 전해 주었다. 둘이 함께 있을 때면 인우는 자주 웃었고 그가 웃는 것이 지유는 좋았다. 그래서 그녀는 되도록이면 그가 자주, 그리고 크게 웃게 해 주고 싶었다.

"어쩔 수 없잖아."

웃음 끝에 인우가 한 말에 지유가 고개를 들었다. 부드럽게 휘어진 눈은 웃고 있었지만 눈빛은 진지하기만 했다.

"뭘요?"

그의 대답에 그녀의 가늘어지는 눈매가 갸웃하는 고개를 따라 기울어진다. 기울어지는 고개에 따라가는 머리카락이 한두 가닥씩 늘어진 목덜미가 하얗게 빛이 났다.

"지금은 할 수 있는 게 이것뿐이니까."

퍽 뻔뻔스런 대답도 그는 이제 아무렇지도 않게 했다. 그럴 때마다 부끄러워하는 그녀를 보는 것이 좋았다. 다른 모든 일에는 눈 하나 깜짝하지 않는 그녀가 이런 진한 스킨십에 면역력 없이 구는 것이 신기할 뿐이었다.

"그러니까 당신이 참아 줘."

그러고는 내내 그를 유혹하듯 부르는 그녀의 목덜미에 입술을 묻었다. 입술에 닿는 매끄럽고도 하얀 피부에 제 자국을 남기고 싶은 것을 인우는 꾹 참아 냈다. 그런 그의 심정을 모르는 것처럼 지유가 그의 머리카락 속으로 손가락을 집어넣었다. 그를 부추기는 그녀의 태도에 인우는 가냘픈 목에 이를 세우는 대신 입술을 옮겨 붉어진 귓불을 물었다.

만족이라는 말은 이럴 때 써야 했다. 새 페이 닥터가 오고 혜리가 병원을 그만 나오게 되면 그는 더 이상 바랄 것이 없어야만 했다. 이 여자가 제 것이었으니 그는 그것으로 만족해야만 했다. 더 큰 욕심도 바람도 그는 없어야만 했다.

모든 게 완벽한 이 순간을 그저 배부르게 흡족해하면 될 것인데 자꾸만 안타까워지는 마음이 들었다. 분명 그녀는 제 품에 있는데도 그는 무언가 모자랐다. 따스하고 온화한 이 공간 안에 있으면 노곤히 마음이 풀어지는데도 불안했다. 그것이 무엇일까? 안개처럼 뿌연 그것이 잘 잡히지 않았다. 닿을 듯 닿지 않는 그것 때문에 인우는 답답하기만 했다.

그에게 선명한 것은 오로지 그녀뿐이라는 사실이었다. 그녀가 그를 버려도 그에게는 그녀뿐이었다. 그녀가 원하지 않아도 그에게는 이제 그녀가 전부였다. 가슴이 아플 만큼 그녀가 소중했고 심장이 미어질 만큼 사랑했다. 애써 인우는 제 불안함의 근원을 외면하면서 그녀의 향기에 얼굴을 묻었다.

다정하게 또는 격렬하게 제 입술을 탐하는 그를 따라가기에 지유는 늘 조금은 버거웠다. 당연히 그가 주는 모든 것들이 그녀에게는 처음이었으니 어쩔 수 없는 일이었지만 그래도 지유는 매번 입술을 비집고 나오는 뜨거운 숨을 참지 못했다. 온몸에 은근하게 번지는 쾌락의 조각들이 그녀는 아직 익숙하지 않았다.

그렇다고 언제나 그녀에게 조급하게 구는 그가 싫은 건 아니었다. 그녀는 그와 나누는 은밀하고 사적인 이 접촉이 좋았다. 사랑하는 남자와 여자가 나눌 수 있는 또 하나의 대화. 마음의 깊이가 깊어질수록 스킨십도 점점 깊어 갔다. 매일매일 늘어나는 행복의 퍼즐들이 차곡차곡 그녀의 마음속에 쌓여 갔다.

그러면서도 그녀는 미묘하게 어긋나는 무언가에 불안해했다. 두 사람은 시간이 날 때마다 서로에 대해 알아 갔다. 무엇을 좋아하는지 싫어하는지. 사소한 버릇과 습관들. 책과 음악, 그리고 하루의 일들과 주변 사람들의 일까지 나눌 수 있는 이야기는 많았고 끝이 나지 않을 것만 같았다.

그러나 그에게는 과거가 없었다. 뚝 끊어진 것처럼 그는 의대 이전의 얘기는 전혀 하지 않았다. 그것은 가족에 관해서도 마찬가지였다. 알고는 있었다. 그가 외롭고 고독하다는 것을. 그녀와 만나면서 자주 웃고 있었지만 아직도 그의 어깨에 남은 쓸쓸함을 느낄 수 있었다. 그럼에도 지유는 그 쓸쓸함을 외면해야만 했다.

그녀의 가족에 대해 얘기를 할 때도 그저 듣고만 있는 그에게 그녀는 인우 씨는요? 하고 되묻지 못했다. 굳이 자신의 가족에 대해 말하고 싶지 않아 하는 그의 마음을 알고 있었지만 그 이유 때문만은 아니었다.

그녀가 그에게 그런 것들을 물어볼 자격이 있는지 자신이 없었다. 제 비밀 하나도 온전히 털어놓지 못한 그녀가 그에게 전부를 다 털어놓으라고 말할 자격 따위는 당연히 없었다. 그래서 꾹꾹 눌러 놓은 질문들이 조금씩 쌓여만 갔고 그것이 자꾸만 그녀를 불안하게 만들었다.

"아!"

어느새 끌어 내린 셔츠 때문에 드러난 어깨에 인우가 이를 박았다.

"딴생각하지 마."

깨문 어깨를 할짝대며 하는 그의 말에 지유는 고개를 끄덕였다.

무슨 상관일까? 어차피 과거 따윈 상관없었다. 그가 말하기 싫은 가족 얘기도 필요 없었다. 그가 제게 있으니 그것으로 족했다. 더는 욕심이었다. 바라지 않아야만 했다.

저 스스로를 납득시키며 지유는 인우의 너른 어깨를 끌어안고 눈을 감았다. 그러자 어깨를 더듬던 그의 입술이 다시 그녀의 입술을 깊게 파고들었다.

그의 존재가 그녀의 내부로 점점 밀고 들어올수록 불안감은 점차 희미해졌다. 어디에 자리 잡고 있는지 알 수 없을 정도로……. 눈을 감고 그의 키스를 힘겹게 따라가며 지유는 그 불안감이 아예 흔적도 없이 사라지기를 바랐다.

"이런 게 어디 있어!"

주먹을 야무지게 쥐고 테이블을 쾅 하고 때린 기연이 눈에 레이저라도 쏘아 댈 것처럼 지유를 노려봤다.

"너 왜 학교 안 가고 여기 있어?"

분명 등교 시간이었는데도 카페로 쳐들어온 기연이 전후좌우도 없이 따지는 말에 지유가 팔짱을 낀 채 얼굴을 찌푸렸다. 싸늘한 그녀의 대꾸에도 기연의 기세는 가라앉을 기미가 보이지 않았다.

"지금 학교가 문제야?"

눈매를 가늘게 한 지유가 아일랜드 식탁 위로 몸을 내밀고 기연을 싸늘하게 바라보았다.

"학생이 학교가 중요하지 그럼 뭐가 중요해?"

지유의 냉랭한 대꾸에 기연이 척 하니 집게손가락을 세우더니 인우를 가리켰다.

"정지유! 아저씨랑 사귀지?"

기연의 새된 목소리에 이른 아침 손님 하나 없는 카페 안에 정적이 흘렀다. 정호를 도와 커피 머신들과 시럽 등의 랩핑을 뜯어 오픈 준비를 하던 정아도, 빵 반죽을 분할해 성형하던 민서도, 원두를 갈던 정호도 모두 멈춤 버튼을 누른 것처럼 그대로 굳어 버렸다.

기연의 손가락 끝에 걸린 인우의 눈썹이 천천히 치켜 올라갔다. 그리고 다음 순간 지유와 인우가 약속이라도 한 듯 동시에 고개를 돌려 정호를 노려보았다.

"나 아니야!"

당황한 정호가 양손을 필사적으로 흔들었다.

"뭐야? 장도 알고 있었어?"

홱 고개를 돌린 기연이 눈을 치켜 올리고 정호를 무섭게 쏘아보았다.

"그게 아니라, 기연아……."

세 사람 사이에 끼여 곤란해진 정호가 더듬더듬 변명을 중얼거리기 시작했다. 그러다 앞이 아득해지는 느낌에 눈을 질끈 감았다. 하늘이 노래진다거나 고래 싸움에 새우 등 터진다는 말이 절실히 느껴지는 순간이었다. 기연이 한번 토라지면 그걸 풀어 주기가 쉽지 않았다. 정호의 감은 눈앞에 기연이 깔아 놓을 가시밭길이 훤히 보이는 듯했다.

"아이씨! 내가 무슨 죄야!"

정호의 억울한 외침을 들은 지유가 무겁게 한숨을 쉬었다. 일단 정호는 범인이 아니니 고개를 돌려 아직도 도끼눈을 뜨고 저를 노려보고 있는 기연을 바라보았다.

"넌 어떻게 알았어?"

"흥!"

코웃음을 치며 기연이 내민 휴대폰의 액정에는 손을 잡고 걷는 지유와 인우의 사진이 있었다. 밤에 찍힌 흐릿한 사진이었지만 그와 그녀를 알고 있는 사람들이라면 충분히 알아볼 수 있는 사진이었다.

"이거 어디서 났어?"

"곰탱이가! 내가 얼마나 무안했는지 알아? 언니 애인 생겼냐고 물어보는데 내가 웃기지 말라 그랬더니 그 자식이 이걸 보여 주잖아!"

동현이라고 했던가? 집안 형편이 어려워 밤마다 아르바이트를 한다던 기연의 친구였다. 가끔 기연이 주말에 데리고 와서 밥도 사 주고 빵도 사 주던 덩치가 커다란 남학생이 떠오르자 지유가 가늘게 앓는 소리를 내었다.

낭패로 얼굴을 물들이는 지유와는 달리 기연의 얼굴은 서운함이 가 득했다. 장도 알고 있으면서 말을 안 해 줬다고 생각하니 기연의 섭섭 함은 배가 되었다.

"미안해. 말하려고 했어."

낮은 한숨 뒤에 나온 말에 기연이 주먹을 꽉 쥐고 따져 물었다.

"언제!"

"조만간."

딱 잘라 말하는 지유의 단호함에 도리어 따질 말을 잃은 기연이 씩 씩거리다가 뭔가 이상한 느낌에 주변을 둘러보았다.

"잠깐, 그런데 왜들 그렇게 아무렇지도 않아?"

충격에 어쩔 줄 모르는 자신과는 달리 놀라지도 않고 담담하게 바 라만 보고 있는 정아와 민서에게 기연이 의아해했다.

"알고 있었어."

무덤덤하게 대답한 민서가 다시 중간 발효를 위해 반죽을 분할하기 시작했다.

"정아 언니도 알았어?"

정아가 곤란하다는 듯 배시시 웃어 보였다.

"그게, 출근하다가 두 분이 손을 잡고 차를 마시는 걸 봤어요. 못 본 줄 아셨겠지만 그래서 요즘 일부러 요란하게 소리 내며 출근했는 데……."

이마에 손을 얹은 지유의 앓는 소리가 조금 더 커졌다.

"그럼 민서 씨는 어떻게 알았어요?"

열심히 반죽을 나누던 민서가 천장을 잠시 바라보더니 한 템포 늦게 답을 했다.

"요즘 112에 신고할 일이 많이 생겨서요."

민서의 4차원 같은 대답에 모두의 사이로 잠시 정적이 지나갔다. 암호 같은 말에 머리를 굴리던 기연이 버럭 짜증을 냈다.

"언니! 그게 무슨 말이야!"

내내 말없이 앉아 있던 인우가 기연의 고함 소리가 사그라질 무렵 한마디를 툭 뱉었다.

"그래서 내가 불합격인 건가?"

내내 지유를 닦달하던 기연이 입을 삐죽거렸다.

"그런 건 아니야. 뭐 백 점은 아니지만 정지유가 좋아하는 사람이니까."

나름 뚜렷한 주관에 인우가 진지하게 고개를 끄덕였다.

"그럼 축하해 줘. 그만 화내고. 네가 자꾸 화내면 싫어서 그런 것 같으니까."

"섭섭해서 그런 거잖아."

볼을 빵빵하게 부풀리며 기연이 투덜거리고 있었지만 한결 누그러진 대구에 인우가 찬찬히 대답을 했다.

"네 맘도 알겠지만 우리도 이제 시작이니 조심스러워하는 것도 이해해 줘야지. 다른 사람들이 알면서도 말 안 한 것도 우리 두 사람에게 준비할 시간을 준 거라고 생각하는데?"

기연이 고개를 돌려 다른 사람들을 둘러보았다. 정아가 고개를 열심히 끄덕이고, 중간 발효를 위해 반죽들 위에 젖은 천을 올려 둔 민서가 평소처럼 뭐라고 말했어? 하는 표정으로 그녀를 바라보았다.

"섭섭한 네 마음도 이해해. 그러니까 나도 미안해."

인우의 진지한 사과에 기연이 얼굴을 붉게 물들였다.

"체! 아저씨까지 그렇게 말하니까 내가 더 화를 못 내잖아."

늘 딱딱하고 무뚝뚝하던 인우가 제게 숙이고 들어오자 기연도 항복을 했다.

"뭐 진짜 섭섭했지만 이해할게."

퍽 관대한 어조로 기연이 하는 말에 정호가 슬금슬금 다가와 머리를 쓱쓱 쓰다듬었다.

"와! 우리 기연이 맘도 넓지."

쓱쓱 머리를 쓰다듬던 손을 기연이 탁 소리가 나게 쳐 냈다.

"장은 아직 아니거든!"

표독스럽기까지 한 기연의 눈빛에 정호가 지유에게 구조의 눈길을 보냈다.

"좀 봐줘. 소문내면 내가 자르겠다고 했어."

하지도 않은 말을 자신을 위해 해 주는 지유에게 정호가 감동의 눈빛을 보냈다.

"맞아. 그래서 그랬어."

구원의 지푸라기를 잡은 정호가 믿어 달라는 듯 기연에게 눈을 마주치며 열심히 대답했다. 의심스럽게 두 사람을 번갈아 보던 기연이 눈을 가늘게 뜨고 정호에게 물었다.

"진짜야?"

"응, 응."

열렬히 고개를 끄덕이는 정호의 모양새에 기연이 의심을 조금 풀었다.

"언니 치사하다. 밥줄을 가지고 협박을 하고 그래?"

"불만이면 네가 사장 하던지."

"헐. 대박 치사해."

기연이 기가 막힌다는 듯 중얼거리는 사이 정아가 슬며시 식탁으로 다가와 지유에게 말을 걸었다.

"사장님, 축하해요."

정아의 말을 들은 기연이 손을 번쩍 들었다.

"나도, 나도 축하해!"

그런 기연의 어깨를 감싸 안은 정호도 눈을 길게 휘며 축하를 했다.

"사장님, 나도 다시 한 번 축하해."

무뚝뚝하게 인우가 고개를 끄덕이고 작게 한숨을 쉰 지유도 고개를 끄덕이며 인사를 받아 주었다.

"고마워요."

훈훈한 축하 인사와 답에 모두에게 부드러운 공기가 내려앉았다. 뭔가 미진한 느낌에 고개를 갸웃거리던 기연이 민서를 불렀다.

"언니는 축하 안 해?"

"뭘?"

혼자 어디를 다녀온 것처럼 구는 민서에게 기연이 차근차근 다시 물었다.

"정지유랑 아저씨 사귀는 거 축하 안 해 줘?"

그제야 알아들었다는 듯 민서의 얼굴이 심각해졌다.

"하아. 역시 그래도 축하는 해 줘야겠지? 축하드려요. 덕분에 제가 많이 귀찮지만 사장님이니까 참아 볼게요."

깊은 한숨을 내쉬며 고개를 갸웃거린 민서가 내놓은 대답에 모두 멍해졌다. 전과 다름없이 남의 다리를 긁는 듯한 대답에 늘 그렇듯 모두들 잠시 틈을 두고 다른 화제로 넘어갔다.

"너 학교는 안 가?"

문득 시계를 바라본 지유의 말에 기연이 비명을 질렀다.

"꺄! 어떻게 해! 늦었다!"

발을 동동 구르는 기연을 보며 혀를 찬 지유가 제 차 키를 정호에게 던져 주었다.

"데려다 주고 와."

날렵하게 열쇠를 잡아챈 정호가 기연의 손을 잡고 뛰기 시작했다.

"빨리 갔다 올게."

두 사람이 다다다 소리를 내며 카페를 빠져나가자 민서를 뺀 나머지 세 사람이 한숨을 내쉬었다. 동시에 내려앉는 한숨 소리에 정아가 생긋 웃으며 말했다.

"기연이는 사람 혼을 쏙 빼놓는 재주가 있는 것 같아요."

정아의 정확한 지적에 지유가 키득 웃음을 터뜨렸다.

"좀 그렇지?"

고개를 끄덕이며 작게 웃던 정아가 민서를 불렀다.

"민서 씨, 그래도 기연이 참 귀엽죠?"

중간 발효 중인 반죽들 앞에서 몽롱하게 서 있던 민서가 제 이름을 부르자 움찔하며 돌아봤다.

"네?"

변하지 않는 민서의 태도에 두 사람은 어깨를 으쓱하고 다시 작게 웃음을 지었다. 그걸 바라보고 있던 인우가 지유의 웃음소리와 커피를 함께 마시며 제 주변에 뿌려지는 행복의 기운을 음미했다. 날씨는 쌀쌀해지고 있었지만 그에게 앞으로 다가올 겨울은 이제 춥기만 한 계절은 아니었다.

언제나 카페 마녀는 따뜻했고 그 따스함을 만드는 지유가 제 여자였기에 인우는 춥지 않았다. 영원히 이어질 듯한 그 포근한 공기가 손끝에 몽글몽글 느껴졌다. 그는 조심스럽게 그것들이 깨어지지 않도록 살며시 손에 쥐었다.

그러나 언제나 인생이 예상대로 흘러가는 것은 아니었다. 인생이란 길에는 온갖 예측하지 못하는 일들이 부비트랩처럼 존재하고 있었다. 그토록 인우가 조심했건만 정작 비밀은 예상치 못한 곳에서 새어 나가고 있었다. 어쩌면 그것은 예정된 수순이었는지도 몰랐다.

그런데도 사랑에 취한 인우는 삶이 언제나 그가 뜻하고 바라는 대로 흘러가지 않는다는 것을 잊고 있었다.

가을 햇살이 가득 쏟아져 들어와 카페 안이 눈부시도록 환하게 빛
나는 오후였다. 지유는 버터크림으로 만든 코스모스가 가득 피어난 컵
케이크를 차곡차곡 진열하고 있었다.

"아가씨가 여기 사장인가?"

유리 쇼케이스에 컵케이크를 채워 넣던 지유는 중년의 신사가 묻는
말에 고개를 들었다. 말끔한 정장을 차려입은 중년의 남자는 입가에
잔잔한 미소를 띤 채 그녀를 바라보고 있었다. 지유는 순간 기시감 같
은 것을 느꼈다.

조금 매정해 보이는 눈매에 날카로운 턱 선과 단호해 보이는 입매
까지 누군가를 떠오르게 했다. 분명 처음 보는 사람인데도 불구하고
익숙하게 느껴지는 인상에 지유는 잠시 숨을 쉬는 것을 잊었다. 차이
점이라면 냉랭하고 싸늘한 인상을 누그러뜨리고 있는 미소뿐이었다.

굳이 이 신사가 그녀에게 제 소개를 하지 않더라도 지유는 그가 인우의 아버지인 것을 깨달았다.

"네. 제가 여기 사장이에요. 뭐 필요한 게 있으세요?"

그녀를 관찰하듯 물끄러미 그리고 찬찬히 바라보던 신사가 쇼케이스에 있는 케이크들로 시선을 옮겼다.

"우리 딸이 좋아할 만한 케이크를 좀 추천해 주면 안 될까?"

딸.

낯선 곳에 갑자기 던져진 듯한 기분에 지유는 잠시 말을 잃었다. 그에게 여동생도 아버지도 있다는 새삼스러운 사실이 그녀를 혼란스럽게만 했다. 내내 공란으로 비어 있던 인우의 가족의 자리에 아버지가, 그리고 여동생이 등장했다.

순간 자신이 잘 알고 있다고 생각했던 인우가 지유는 낯설게만 느껴졌다. 괜찮다고 뒤로 미뤄 두고 꽁꽁 묻어 두었던 질문들이 그녀의 가슴 가득 차오르기 시작했다.

그녀가 알지 못하는 그. 그녀가 알 수 없는 그.

그가 감추고 싶었던 것들이 무엇인지, 왜 그녀에게 감추고 싶었던 것인지 모든 의문들이 그녀의 안에서 소용돌이치기 시작했다. 쇼케이스의 유리문을 움켜잡은 그녀의 손가락 마디가 하얗게 변했다. 머릿속과 마음속에 바람이 불고 있었지만 그녀는 간신히 미소를 지으며 케이크들에 대한 설명을 할 수 있었다.

"따님이 단걸 좋아하나요? 아니면 담백한 걸 좋아하나요?"

딸에 대한 생각을 하는지 신사의 미소가 깊어졌다.

"단걸 아주 좋아해요. 오죽하면 제 엄마 몰래 숨겨 두고 초콜릿을 먹을 정도니까."

애정이 담뿍 담긴 목소리가 들려주는 이야기에 지유는 더 혼란스러워졌다. 인우의 아버지가 풍기는 인상과 목소리에 담긴 감정만으로도 저 가족이 어떤 모습일지 눈에 생생하게 그려지는 듯했다. 그렇다면 아무것도 없어 보이던 인우의 그 쓸쓸한 등은 무엇이었을까?

부모님과 여동생이라니. 대체 그에게 무슨 상처가 있는 걸까? 기연과 정호의 아버지와는 다른 제 앞에 선 신사의 다감하고도 부드러운 태도에 지유는 모든 것이 더 엉망으로 얽히는 기분이었다.

입술을 깨물며 제 혼란을 잠재운 지유가 포장 상자에 벨벳 컵케이크와 버터크림으로 만든 동물 모양과 꽃 모양 컵케이크를 차곡차곡 담았다. 상자의 뚜껑을 닫고 손잡이를 접어서 만든 지유가 카드를 받고 계산을 했다.

말없이 움직이는 내내 그녀를 향한 신사의 시선을 줄곧 느꼈지만 지유는 모른 척 외면을 했다. 행복해 보이는 신사의 모습과 늘 외로운 인우의 모습이 교차하면서 희미한 원망 같은 것이 솟아올랐다.

그녀가 본 인우의 외로움은 뭐였을까? 왜 그의 아버지는 인우와 다르게 행복해 보이는 걸까?

비명 같은 질문이 그녀의 입술을 금방이라도 비집고 쏟아질 것만 같았다. 그러나 그녀는 완벽한 영업용 미소를 얼굴에 가면처럼 쓰고 손님에게 습관처럼 말하는 인사를 되풀이했다.

"감사합니다. 손님. 맛있게 드시고 또 오세요."

카드를 받은 신사가 그것을 카멜 색상의 명품 지갑에 도로 집어넣고 컵케이크 상자를 드는 시간은 채 얼마가 걸리지 않았다. 그러나 지유에게는 그 동작 하나하나가 끔찍하게 길게 느껴졌다.

그녀를 바라보는 신사의 눈빛에서 지유는 순간 알 수 있었다. 그녀가 이 중년 신사의 정체를 알고 있다는 사실을 그도 깨달았다는 것을 말이다. 두 사람 다 알면서도 모른 척 연극을 하고 있는 중이었다. 그리고 그 연극은 남자가 손을 내밀어 그녀의 손을 토닥이는 순간 깨어졌다.

"우리 인우 잘 부탁해요."

그 말을 하는 신사의 얼굴에 얼핏 서글픈 미소가 잠시 담기었다 사라졌다. 할 말을 잃은 채 멍하니 서 있는 지유를 뒤로하고 그는 천천히 카페를 빠져나갔다. 그 뒷모습을 지유는 한참을 바라보았다. 인우의 아버지가 사라지고도 한참을.

"사장님 괜찮아?"

넋을 잃고 서 있는 지유에게 다가온 정호가 하는 말에도 그녀는 미동도 없이 서 있었다. 몇 번 더 그녀를 부른 정호가 안 되겠는지 지유의 어깨에 손을 얹고 살짝 흔들기 시작했다.

"사장님!"

잠에서라도 깬 듯 몽롱하던 지유의 눈빛이 제 색을 찾기 시작했다.

"사장님까지 왜 이래? 민서 누나 병이 옮는 거야?"

농담처럼 투덜거리던 정호의 말이 그녀를 부르는 고함으로 바뀐 것은 순간이었다.

"사장님!"

무너지듯 바닥에 주저앉은 그녀의 눈에서 눈물이 뚝뚝 떨어지기 시작했다. 제 의지도 아닌데 봇물 터지듯 쏟아지는 눈물에 지유는 이해할 수 없다는 듯 손에 묻어 나오는 그것들을 의아하게 바라보았다. 마치 그녀의 의지를 벗어난 것처럼 몸이 말을 듣지 않고 제멋대로 눈물을 쏟아 내기 시작했다. 그녀를 걱정하며 정아와 민서가 다가왔지만 지유는 한참을 그렇게 넋을 놓은 채 앉아 있었다.

저녁 타임을 끝내고 주방을 정리하는 지유에게 정호가 다가왔다.

"사장님, 괜찮아?"

걱정스레 묻는 정호의 질문에 지유는 고개를 끄덕였다.

"괜찮아. 아까 좀 쉬었더니 아무렇지도 않아."

괜찮다고 말하는 지유의 얼굴이 전혀 괜찮지가 않으니 그게 문제였다. 파리하니 혈색 없는 얼굴은 탈의실에서 한참을 쉬었는데도 나아질 기미가 보이지 않았다. 그저 갑자기 몸이 안 좋았다는 말을 믿기에는 이런 공황 상태의 지유는 처음이었다.

가끔씩 기연의 신체 접촉에 유난스레 신경질적으로 반응하기는 했지만 넋을 잃고 주저앉아서 울던 그녀의 모습은 당황스럽기 짝이 없었다. 금방이라도 깨어져 버릴 듯 위태로운 모습에 손도 쉽게 대지 못한 채 정호는 어쩔 줄 몰라 했었다.

오늘따라 인우도 병원이 바쁘다며 저녁 식사에 빠졌기 때문에 지유의 상태에 대해 자연스레 말할 기회조차도 없었다. 명색이 애인이 의사인데 좀 써먹으면 안 되나? 불만스런 생각이 정호의 머릿속을 떠나지 않았다.

"그래도 병원에 가 보는 게 낫지 않겠어? 지금이라도 김 선생님한테 연락할까?"

지유는 창백한 얼굴을 딱딱하게 굳힌 채 고개를 저었다.

"진짜 괜찮다니까. 괜히 걱정하게 만들기 싫어."

"나중에 알면 더 기분 나쁠걸?"

"내가 알아서 할게."

고집을 굽히지 않는 지유를 내려다보던 정호가 어깨를 으쓱했다.

"그럼 병원이라도 꼭 가."

불퉁거리는 말투에 그릇을 정리하던 지유가 고개를 돌려 정호를 바라보았다.

"알았어. 그리고 나 오늘 집에 일찍 좀 갈게."

지유의 말에 정호의 표정이 조금 더 심각해졌다. 마감도 한참이 남았는데 퇴근해야겠다고 하는 걸 보니 정말 몸이 안 좋긴 한 모양이었다.

"별소릴 다 하네. 여기 사장님이 사장이잖아! 당장 문 닫아도 되거든! 걱정 말고 얼른 집에 가서 쉬어."

가만히 듣고 있던 지유가 얼굴을 찡그렸다.

"문을 왜 닫아? 정확히 마감 시간 지켰다가 문 닫고 퇴근해."

평소처럼 싸늘한 지유의 대꾸에 정호는 도리어 안심이 되고 말았다. 역시 이쪽이 사장님다웠다.

"걱정 마! 1분 1초도 일찍 마감 안 할 테니 얼른 퇴근해."

장담을 하는 정호에게 카페를 맡기고 지유는 퇴근을 했다. 도저히 운전할 자신이 없어 탄 택시의 창문에서 불어오는 차가운 바람이 뜨끈해진 머리를 식혀 주었다. 지끈거리는 제 머릿속을 어쩌지 못한 지유가 눈을 감고 시트에 머리를 기댔다. 그러나 눈을 감아도 머릿속에 남겨진 장면은 쉽게 사라지지 않았다.

집으로 돌아와 그녀는 거실 바닥에 웅크리고 누웠다. 옆으로 기울어진 탁자의 모서리를 바라보며 몸을 동그랗게 말고 지유는 생각하고 또 생각했다. 그녀가 주체할 수 없이 쏟아 낸 눈물은 인우의 아버지가 흘리고 싶었던 눈물이었다. 잠깐 사이에 그가 그녀에게 남기고 간 것은 슬픔이었다. 지독하게도 깊고 무기력한 슬픔.

그의 아버지는 그토록 울고 싶었던 것일까?

꾹꾹 눌러 참아 놓았던 슬픔과 눈물이 그녀를 통해 배출해 나오는 듯 한없이 쏟아져 나왔다. 이런 적이 한 번도 없었지만 지유는 금세 이해할 수 있었다. 그것이 차마 아들에게 손조차 내밀지 못하는 아버지의 슬픔이라는 것을.

그러나 또한 이해할 수 없었다. 자신이 본 것이 무엇일까?

낡은 비디오의 끊어진 화면처럼 인우의 아버지가 남긴 잔상들을 되풀이하던 그녀가 짧아지는 호흡에 숨을 헐떡였다. 고통스러웠다.

이 끔찍한 기억의 조각들은 뭘까?

가끔씩 고통스런 기억을 가진 사람들이 제게 남긴 잔상들을 볼 수 있었다. 기연이 가끔 던져 놓는 기억의 조각들처럼 인우의 아버지도 잠깐의 접촉만으로도 그녀에게 아픈 기억의 조각을 심어 놓고 가 버렸다. 아마도 그 순간에 떠올린 기억이었으리라.

여러 번 다른 사람의 기억을 이런 식으로 들여다본 적이 있었다. 그것은 매번 괴로운 일이었으나 이것은 그런 것들과는 차원이 달랐다. 그 어떤 것보다 인우의 아버지가 남기고 간 기억의 잔상은 참혹하고도 지독했다.

피범벅이 되어 한 뭉치로 쓰러져 있는 여자와 아이.

등을 돌리고 서 있는 아직 어른이 되지 못한 소년의 검은 어깨.

그리고 소년의 어깨 너머로 보이는 하얀 꽃과 검은 띠를 두른 소녀의 사진.

구겨진 듯 움츠린 몸의 소년과 그 소년을 미친 듯이 때리고 있는 여자.

모든 장면들이 서걱대는 소리를 내며 그녀의 마음을 후벼 파냈다. 손끝부터 시작된 냉기가 천천히 그녀의 몸을 침입해 가며 자신의 영역을 넓혀 나갔다. 심장까지 파고든 추위에 지유는 무릎을 껴안고 떨기 시작했다.

자신의 의지로 제어되지 못한 몸은 통제를 잃고 정도를 넘어서 덜덜 떨리기 시작했다. 이가 딱딱 부딪히며 몸이 뻣뻣해지기 시작하자 지유는 입술을 피가 나도록 깨물었다. 금방이라도 목구멍을 비집고 비명이 나올 것만 같았다.

다른 사람의 기억이었다면 억지로라도 지워 버리면 되는 일이었으나 이것은 인우에 관한 일이었다. 그녀는 사라지는 장면들을 다시 붙잡아 제 안에 주워 담았다. 그리고 안간힘을 쓰며 제게 남겨진 장면들을 반복해서 되풀이했다.

무언가 작은 하나라도 그를 향한 단서가 되지 않을까 싶어서 그녀는 필사적이 되고 말았다. 반복. 반복. 반복. 어지러울 정도로 반복되던 장면들 사이에 다시 붉은 핏자국이 가득한 공간을 떠올리자 구토가 올라왔다.

덜덜 떨리는 다리는 일어설 수도 없을 만큼 힘이 들어가지 않았다. 지유는 허겁지겁 바닥을 기어 화장실로 들어갔다. 변기를 붙들고 그나마 겨우 몇 숟가락 집어넣은 음식물을 토해 낸 뒤에야 그녀는 욕실 바닥에 주저앉을 수 있었다.

차가워진 몸에 빠져나간 수분까지 더해서 그녀는 금방이라도 정신을 잃을 것만 같았다. 곱아드는 손으로 겨우 외투를 벗어 낸 지유는 비틀거리며 샤워기 밑으로 갔다. 보일러가 돌아가고 뜨거운 물이 나오기까지의 시간이 너무나 길게 느껴져서 눈이 감기려는 그때 더운 김이 나오는 물이 쏟아져 내렸다.

욕조의 가장자리에 앉아 손으로 물의 온도를 가늠하던 지유는 옷을 입은 채로 쏟아지는 물 아래로 들어가 몸을 웅크렸다. 끔찍하고 지독했다. 눈물이 자꾸만 흘러나와서 뺨을 적셨다. 뜨거운 물보다도 더 뜨거운 눈물이 끝을 모르고 흘러나왔다.

김인우! 대체 이 지독한 기억들은 뭐야?

비명 같은 질문이 덩어리로 뭉쳐서 그녀의 목 안에 자리 잡았다. 그것을 차마 토해 내지 못해서 그녀는 쏟아지는 물줄기 아래서 한참을 울었다.

청진기로 아이의 숨소리를 들어보던 인우가 모니터로 저번에 내린 처방을 살펴보았다.

"이 정도 약을 먹었으면 기침이 줄어야 하는데⋯⋯. 아무래도 호흡기 약을 좀 쓰도록 하죠."

아이의 엄마가 걱정스러운 표정으로 아이의 작은 머리를 쓰다듬었다. 발을 동동 구르며 엄마를 올려다본 아이가 배시시 웃자 엄마도 걱정을 털어 내고 작게 웃어 보였다.

"천식인 걸까요?"

"심하지는 않아요. 환절기라 알레르기 천식으로 그런 거니까 좀 크면 나아집니다. 약은 한 번 더 먹고 처방해 드리는 호흡기 약은 자기 전에 한 번씩 해 주세요. 김 간호사 Spacer(흡입 보조기구) 하나 빌려 드리고 어떻게 쓰는 건지 알려 드리세요."

김 간호사가 환자와 보호자를 데리고 나가자 인우는 뻑뻑해진 눈을 쓸어내렸다. 이른 아침부터 회의에 병동 라운딩까지 해야 하느라 카페에 들러 지유를 보지 못했었다. 어쩐 일인지 밤새 내내 잠을 이루지 못하다가 새벽에서야 잠시 눈을 붙인다는 게 그답지 않게 평소보다 30분 정도를 늦게 일어나 버렸다.

게다가 다른 날과는 달리 자신도 야간 진료를 하겠다며 병원에 남은 혜리가 그의 저녁 식사까지 훼방을 놓았다. 지유를 못 본 지 겨우 만 하루가 지나지도 않았건만 인우는 그녀가 보고 싶었다.

"똑똑."

입으로 노크 소리를 내며 혜리가 약간 열린 문 틈으로 고개를 내밀었다.

"뭐야?"

차갑기 그지없는 대답에 혜리가 볼을 부풀리며 투덜거렸다.

"너무하다. 뭘 그렇게 정색을 해?"

"피곤해. 쓸데없는 소리 할 거면 나가."

"그런 거 아냐. 환자 좀 봐줘. 아무래도 Transfer 해야 할 것 같아."

"그럼 하면 되잖아."

"그래도 한번 봐 줘."

평소와 달리 혜리의 말투에 섞인 씁쓸함에 심상치 않음을 느낀 인우가 결국 자리에서 일어났다. 혜리가 임시로 쓰고 있는 유 원장의 진료실 침상에 2, 3살로 보이는 아이가 누워 있었다. 소화 불량과 복통, 그리고 배에 이물감이 있다는 아이를 촉진해 보는 인우의 표정이 그다지 좋지 못했다.

"아무래도 Wilms tumor(윌름스 종양)나 Neuroblastoma(전신성 신경아세포종)를 의심해 봐야겠어."

"그렇지?"

제 생각과 전혀 다르지 않은 인우의 대답에 혜리가 고개를 끄덕였다. 그런 두 사람을 바라보는 아이 부모의 표정이 잔뜩 긴장되어 있었다. 그러나 여기에서 인우가 해 줄 수 있는 일은 없었다. 그저 겁을 먹은 아이의 옷을 제대로 입혀 주고 주머니에 있는 비타민을 하나 꺼내 줄 뿐이었다. 그사이 혜리가 부모에게 설명을 하고 있었다.

"진찰해 보니 복부 종괴가 있는 듯해요. 아무래도 큰 병원으로 가서 검사를 받아 보시는 게 좋을 것 같아요."

"그거 종양이란 소리죠? 암 같은 거예요?"

아이의 엄마가 울먹이며 겁먹은 목소리로 물어보자 혜리가 그녀의 어깨를 다독였다. 불안해하는 엄마의 마음은 알겠지만 정확한 병명은 검사를 해 봐야 했다.

"자세한 건 검사를 해 봐야 알 것 같아요."

인우가 아이를 안아 엄마의 품에 안겨 주었다.

"엄마가 울면 아이가 불안해해요."

인우의 말처럼 아이는 금방이라도 울음을 터뜨릴 것처럼 입을 실룩였다. 그런 아이를 엄마가 다독이는 사이 아이의 아빠가 심각한 표정으로 물었다.

"그 윌름스 뭐라는 거랑 다른 얘기 하신 건 뭡니까?"

굳이 설명을 바라는 아이 아빠의 질문에 혜리가 작게 한숨을 쉬더니 설명을 시작했다.

"Wilms tumor는 소아 암 중에 하나인 종양이에요. 보통 2, 3살 정도에 잘 생기는데 수술하고 방사선 치료하고 항암치료 병행하시면 예후가 좋은 편인 병이에요. Neuroblastoma도 종양 이름인데 전이만 되지 않으면 수술하고 항암 치료하시면 돼요. 이건 지금 추측이니까 정확한 병명이나 치료법 같은 건 검사해 보셔야 해요."

암이라는 단어가 나오자 결국 아이의 엄마가 눈물을 흘리기 시작했다. 무거워진 분위기에 불안함을 느끼던 아이도 엄마의 눈물에 울음을 터뜨리고 앙앙 소리 내어 울기 시작했다. 그런 두 사람을 끌어안은 아빠의 목소리가 희미하게 떨려 왔다.

"어디 병원으로 가는 게 좋을까요?"

"소견서 써 드릴게요. 멀지만 대성 대학병원으로 가 보세요. 거기에 제가 아는 선배가 있으니 연락해 둘게요."

혜리가 보호자들에게 설명을 하는 동안 인우는 조용히 진료실을 빠져나왔다. 개인 병원을 하면서 환자가 죽음과 연관되는 일은 그다지 많지 않다. 병원에 오는 아이들의 대다수가 감기였고 거기서 좀 심해도 폐렴이나 장염쯤이었다. 항생제를 쓰면 낫는 병들이었고 굳이 큰 병원까지 Transfer 할 병은 그다지 없었다.

가끔씩 이런 일이 있을 때면 인우도 씁쓸한 뒷맛을 감추기가 쉽지 않았다. 무감각해졌다고 생각했지만 완전히 무감해지기는 쉬운 일이 아니었다. 게다가 인우에게는 무너지는 가족의 모습을 보는 것은 더더욱 힘든 일이었다.

그래도 눈앞에 닥친 불행에 절망하고 있는 저 세 사람은 그래도 가족이었다. 아이러니했지만 울고 있는 세 사람의 모습에서 끈적끈적한 가족애가 보였다. 아내와 아이를 안고 있는 아이의 아빠의 다부진 팔에서 고통을 이겨 낼 수 있는 힘이 나오길 바랐다. 실컷 울고 나면 오히려 앞으로 힘든 치료를 위한 힘이 날지도 모를 일이었다.

그러나 인영이 그렇게 되었을 때 인우에게는 우는 것조차 허락되지 않았다. 가족을 위해 울고 슬퍼하는 것은 인우에게 과한 소원이었을까? 어쩌면 그때 이미 가족이라는 것 자체가 존재하지 않았는지도 모를 일이었다. 눈을 감으면 생생하게 제 뺨을 후려치는 손길이 느껴지는 것만 같았다.

'울지 마. 너는 울 자격도 없어.'

부들부들 떨며 한마디 한마디를 힘주어 말하고 제 옆을 스쳐 가는 어머니의 냉기가 선득하니 팔에 느껴졌다. 장례식장에 딸린 작은 방에서 상복으로 갈아입으며 굵은 눈물을 떨어뜨리던 그에게 더 이상 참지 못하겠다는 듯 어머니가 뱉은 한마디가 그의 가슴에 굵게 생채기를 만들었다.

그래서 그는 인영의 장례식 내내 울지 못했었다. 그는 울 자격조차도 없었으니까.

어머니가 남긴 상처는 굵고 깊어서 쉽게 낫지 않았다. 그리고 그것이 미처 낫기도 전에 그 위에 새로운 상처가 생기고 또 생겼다. 그렇게 굵고 깊게 남은 상흔은 아무리 애를 써도 평생 지워지지 않았다. 마치 그것은 그의 인생 내내 따라다니는 죄의 흔적처럼 보였다. 네 탓이라고 말하는 어머니의 말에 한 번도 반박해 본 적이 없었다.

그도 그렇게 생각했었으니까. 나 때문이라고.

그래서 주변에 벽을 치고 자신을 가둬 두고 살았다. 울 자격이 없으니 행복할 자격도 없다고 생각했었다. 그러나 이젠 그렇게 살고 싶지 않았다. 그에게도 그녀에게도 서로에게 다가서는 것이 쉬운 일은 아니었다. 그러니 그렇게 힘들게 뗀 발자국을 앞으로 한 발 한 발 떼는 일만이 그에게 남아 있었다.

"술 한잔 안 할래?"

가운을 벗고 가방을 정리하는 인우에게 어느새 나타난 혜리가 말을 걸었다.

"술은 왜?"

"오빠 나한테 화났잖아?"

인우가 미간을 슬쩍 찡그렸다.

"화 안 났어."

싸늘한 대꾸에 혜리가 투덜거렸다.

"거짓말하지 마. 처음에 내가 병원에 온 것부터 싫어했잖아."

"그건 지금도 싫어."

단호한 대꾸에 혜리가 혀를 찼다.

"쳇. 매정하기는. 그런 거 아니라고는 절대로 안 하네."

"용건 있으면 어서 얘기하고 가."

슈트 상의를 걸쳐 입는 인우에게 다가간 혜리가 팔을 붙잡고 흔들어 댔다.

"뭐긴 뭐야. 그만 기분 풀고 잘 지내 보자는 거지. 동생이 이렇게까지 하는데 좀 받아 주면 안 돼? 응? 응?"

제법 귀엽게 눈을 올려 뜨며 피우는 애교에 인우가 얼굴을 찌푸리더니 팔을 잡아 뺐다.

"그 어리광은 네 예비 신랑한테 가서 해. 나한테 그러지 말고."

혜리가 항복이라는 듯 양손을 슬쩍 들어 올렸다. 그래도 어릴 때는 제법 잘 지내던 사촌 오빠였는데 늘 제게 불만이라는 듯 싸늘하게 대하는 인우가 그녀는 이해되지 않았다. 사실 인우의 사생활이 들통 난 것도 제 잘못은 아니었으니까 이 상황이 부당하게만 느껴졌다.

"알았어. 알았다고. 미안해. 그러니까 그만 좀 하면 안 돼? 오빠 진짜 나한테 너무한 거 아냐? 솔직히 오빠 연애하는 것도 내가 말한 거 아닌데 너무하잖아!"

알 수 없는 혜리의 대답에 인우의 눈썹이 치켜 올라갔다.

"무슨 말이야?"

아무래도 제가 말을 잘못 한 것 같아 혜리는 어깨를 움찔하고 뒷걸음질을 쳤다.

"아, 아니야."

등을 돌려 나가려는 혜리의 어깨를 인우가 억세게 움켜잡았다.

"윤혜리!"

음산하게 저를 부르는 목소리에 혜리가 눈을 질끈 감았다.

"절대로 내가 말한 거 아니야."

"뭘?"

되묻는 인우의 목소리가 꼭 저승사자의 그것 같아서 혜리는 등줄기

404

가 오싹하게 떨려 왔다. 곤란한 듯 손가락을 잡아 뜯던 혜리가 주저하며 얘기를 털어놓았다.

"그게 말이야. 엄마가 삼촌한테 그랬나 봐. 오빠 나이도 있으니까 이제 결혼시켜야 하지 않겠냐고? 정 사람 없으면 선 자리라도 알아본다고."

"그래서?"

"그랬더니 삼촌이 인우 만나는 사람도 있다고 걱정하지 말라고 그랬나 봐. 엄마가 나보고 삼촌한테 말한 거냐고 하던데 어쨌거나 내가 말한 거 아니야. 삼촌이 이미 알고 있었고 엄마가 어떻게 알았냐니까 그냥 알았다고 했대. 그러니까 이제 이거 좀 놔."

두서없이 속사포처럼 말을 뱉어 낸 혜리가 제 어깨를 움켜쥔 인우의 손을 쳐 냈다.

"아버지가 내가 만나는 사람이 있대?"

혜리가 고개를 끄덕였다. 사실은 삼촌이 엄마에게도 아는 척하지 말라고 했던 말은 빼놓았다. 어차피 이 시점에서 그걸 말해 봐야 소용도 없는 일이었다. 그러나 삼촌이 인우의 상대가 누군지 절대 입을 떼지 않자 엄마가 제게 그게 누군지 알아보라는 특명을 내렸다는 것은 절대 비밀로 해야 할 일이었다.

그래서 인우에게 술 한잔 하자고 말을 붙인 건데 본전도 못 찾았다. 엄마한테 들을 잔소리가 벌써 귓가에 재생이 되는 듯했다. 더 있다가는 남은 얘기마저 인우의 싸늘한 눈초리에 다 토해 내 버릴 것 같아 혜리는 후다닥 밖으로 도망을 쳤다.

혜리가 빠져나가는지도 모른 채 인우는 우두커니 진료실 한가운데에 서 있었다. 주변의 공기가 전부 사라지고 진공 상태가 된 듯 귀가 먹먹해지고 눈앞이 어지러웠다.

어떻게? 라는 생각이 머릿속을 가득 지배했다.

혜리만 조심하면 된다고 생각했다. 실제로도 혜리는 눈치를 채지 못했다. 인우가 극도로 혜리를 꺼려했기 때문에 괜한 말은 하지 말아 주셨으면 좋겠다고 에둘러 부탁하자 간호사들도 고개를 끄덕였다. 박 선배도 거의 대부분 점심 식사만 같이 했을 뿐 야간 진료는 서로 돌아가면서 했기 때문에 그가 카페에서 저녁 식사를 하는 것을 눈치채지 못했었다.

그럼 뭐가 문제였을까? 제가 조심하지 못해서 새어 나간 비밀에 인우는 집요하게 원인을 파고들었다. 그럼에도 그는 그것을 먼저 알아차린 것이 혜리도 고모도 아닌 아버지라는 것을 이해할 수가 없었다. 거칠게 제 얼굴을 쓸어내리던 인우는 순간 아버지가 그것을 어떻게 알아냈냐는 것이 중요하지 않다는 걸 깨달았다.

지유. 그녀를 봐야 했다.

가방을 잡아채고 진료실을 나서는 그의 발걸음이 초조하게 울려 퍼졌다. 퇴근 준비를 하는 간호사들의 인사도 뒤로한 채 성큼성큼 계단을 향하는 그의 걸음이 점점 빨라지기 시작했다.

그러나 그렇게 달려간 카페에는 정호뿐이었다. 애타는 마음으로 지유를 찾았지만 정호는 고개를 저었다.

"없어요."

"뭐?"

어쩌면 문을 여는 그 순간에 그는 알고 있었는지도 몰랐다. 그녀가 없는 카페의 공기는 그저 차갑고 건조하게 식어 있을 뿐이었다.

"사장님 오늘 컨디션 안 좋다고 일찍 퇴근했어요. 못 들으셨어요?"

뭔지 모를 싸한 불안감이 인우의 가슴을 서걱대며 지나갔다.

"무슨 일 있었나?"

정호가 난감한 표정을 지었다. 무척이나 이상하긴 했다. 평소의 지유는 찔러도 피 한 방울도 안 나올 것처럼 굴던 사람이었으니까. 힘이 들어도 아파도 얼굴이 하얗게 질려서 금방 쓰러질 것 같아도 입술이 피가 나오게 깨물며 참고 또 참는 사람이었으니까.

그런데 그렇게 눈물을 흘리는 모습은 처음이었다. 보는 사람마저 가슴이 미어질 정도로 지유의 모습은 슬퍼 보였다. 한참을 옆에서 어쩔 줄 모르던 정아 씨마저 눈물을 글썽거릴 지경이었다.

정호는 문득 궁금해졌다. 이 남자가 그걸 봤다면 어떻게 했을까?

이 냉랭하기 짝이 없는 남자가 제 원룸을 찾아왔던 밤을 정호는 아직도 생생하게 기억하고 있었다. 이 남자의 어디에 그런 열기가 숨어 있었을까? 그것을 찾아낸 것이 지유인지 아니면 지유 때문에 숨어 있던 그것이 튀어나온 건지 정호는 알 수 없었다.

그러나 그것 하나만은 알 수 있었다. 누구도 지유에게 줄 수 없는 것을 이 남자는 줄 수 있다는 것을. 그것이 사랑이든 위로이든 정호의 앞에 서 있는 인우만이 지유에게 줄 수 있었다.

"사장님한테 가 봐요. 가서 옆에 있어 줘요. 오늘 많이 힘들어 보였어요."

묻는 말과 다른 대답인데도 인우는 그 말이 바로 이해가 되었다. 더는 시간을 지체할 이유도 여유도 없었다.

지유를 향해 달려가는 인우의 뒷모습을 바라보는 정호는 저도 모르게 뜨끈해지는 눈가를 쓰윽 문질렀다. 다행이었다. 이럴 때 지유의 옆에 있어 줄 사람이 있다는 게 눈시울이 뜨거워질 만큼 고마웠다.

벌써 몇 번째인지 모를 휴대폰의 벨 소리가 그녀의 생각을 방해했다. 그러나 그녀는 맨발로 베란다 창가에 서서 불어오는 바람을 맨몸으로 맞고 있었다. 뜨거운 물을 쏟아 부어도 사라지지 않는 냉기가 가득하던 몸은 어느새 펄펄 끓는 열기가 차지해 버렸다.

지유는 묵직한 머리를 창가에 기대었다. 할 수만 있다면 가늘게 떨리던 잔상 속 인우의 어깨를 안아 주고 싶었다. 어쩌면 내내 비어 있었던 조각들을 찾을 실마리를 잡았는지도 몰랐다. 늘 무언지도 모를 불안함을 없애 버릴 기회인지도 몰랐다. 그리고 제 비밀을 전부 털어 놓을 마지막 기회인지도 몰랐다.

이제 지유는 선택을 해야 했다. 그 자리에 있는 것을 알면서도 묻어 두고 모른 척을 할 건지 아니면 상처를 끄집어내고 서로의 적나라한 모습을 마주 볼 건지 결정을 해야 했다. 무섭고 두려웠다. 열에 들뜬 어깨가 흠칫 떨려 왔다. 어떤 것을 선택해야 후회하지 않을지 지유는 짐작조차 할 수 없었다.

그러나 자신을 바라보던 인우의 눈빛을 믿고 싶었다. 어쩌면 후회할지도 몰랐다. 그럼에도 지유는 인우의 상처를 껴안아 주고 싶다는 생각을 버릴 수 없었다. 이런 제 마음을 전하지 못하면 이대로 숨을 쉬지 못할 것만 같았다.

그녀의 비밀이 받아들여지지 않아도 괜찮았다. 제 마음이 너덜너덜 찢어진다 하더라도 인우에게 그의 상처를 어루만지고 싶다는 그녀의 마음을 털어놓고 싶었다. 그가 왜 모든 것을 비밀로 감추고 있었는지 그녀는 알 수 없는 일이었지만 자신의 일에 비추어 짐작을 해 볼 뿐이었다.

그가 감추고 싶은 비밀을 털어놓는다 하더라도 그녀는 그를 사랑한다 말하고 바라봐 주는 사람이 되어 줄 거라고 말하고 싶었다. 그러고도 가능하다면 그녀처럼 그도 그리 말해 주길 바랐다. 그것이 과한 욕심일 뿐이라는 것을 그녀도 알고 있었다. 그러니 이토록 두렵고 무서운 것이었다. 그러나 모든 것을 알면서도 그녀는 진실을 향해 걸어갈 수밖에 없었다.

쓰디쓴 자조의 웃음이 자꾸만 새어 나와 그녀는 입술을 깨물었다. 그리고 그녀가 결심을 하길 기다렸다는 듯 인우의 자동차가 시야에 나타났다. 후끈하게 열이 올라오는 눈을 꾹 감았다 뜨며 지유는 단호하게 등을 돌렸다. 그렇지 않으면 금방이라도 주저앉을 것만 같았다.

운전을 하고 가면서도 인우는 무엇을 어떻게 해야 할지 정확히 알 수 없었다. 아버지에게 전화를 걸어 무슨 일이냐고 물어봐야 하는 건지, 아니면 그녀를 만나 본 건지 따져야 할지, 그것도 아니면 모든 것을 비밀로 묻어 달라고 사정을 해야 할지 분간을 할 수 없었다.

그러나 제 전화를 받지 않는 지유가 그를 초조하고 불안하게 만들고 있다는 것만은 확실했다. 당장 그녀의 얼굴을 보지 않으면 시커먼 불안이 그를 집어삼킬 것만 같았다. 금방이라도 악몽이 제 옆에서 이빨을 드러내고 끽끽거리며 저를 비웃고 있을 것만 같았다. 아니면 이 모든 일이 악몽일지도 몰랐다. 버석해진 제 얼굴을 쓸어내리는 인우의 손길이 거칠었다.

어서 그녀를 품에 안고 그 따스하고 달콤한 향기를 가득 들이마시고 이 두려움이, 불안함이 희미하게 사라지길 바랐다. 괜찮은 거냐고 무슨 일이냐고 그 깊고 까만 눈으로 저를 올려다보며 지유가 그에게 웃어 주길 바랐다. 악몽이 몰고 온 냉기를 쫓아 보내 줄 그녀의 온기가 절실해졌다.

그러나 그런 그의 기대와는 달리 기다린 것처럼 문을 열어 주는 지유의 얼굴에는 표정이 없었다. 창백한 그녀의 얼굴은 그의 가슴을 덜컥 내려앉게 만드는 무언가가 있었다. 그녀를 품에 안고 싶었던 그는 손을 내밀어 그녀를 끌어당기는 대신 주먹을 쥐고 물끄러미 그 얼굴을 바라볼 수밖에 없었다.

"무슨 일 있었나?"

담담한 척 묻는 자신의 꽉 쥔 주먹이 가늘게 떨리고 있는 것을 인우는 깨닫지 못했다.

"차 한잔 할래요?"

무덤덤하게 돌아서는 지유의 뒷모습에 인우는 제 어깨를 타고 오르는 불안을 느꼈다. 식탁에 앉아 인우는 그녀의 뒷모습에 뚫어지게 눈을 박았다. 그러나 정수기에서 물을 담아 주전자에 물을 끓이고 찻잎을 꺼내 티 망에 담고 찻잔과 찻주전자를 데우는 모든 과정에서도 그녀는 인우에게 눈길조차 주지 않았다.

그것이 얼마나 인우를 초조하게 만드는지 모르는 것처럼 무심한 동작만 계속될 뿐이었다. 끝나지 않을 것만 같던 지루한 준비가 끝난 뒤에야 달깍 소리를 내며 그의 앞에 꽃잎이 가득 그려진 찻잔이 놓여졌다. 복숭아 향과 사과 향이 섞인 달콤하고 포근한 향기가 수분을 가득 머금고 풍겨 왔지만 인우의 시선은 지유에게 박혀서 벗어날 줄을 몰랐다.

쟁반에서 자신의 몫의 찻잔을 내려놓은 그녀가 인우의 맞은편에 앉아 천천히 잔을 들어 차를 마셨다. 그가 바라보는 것을 알면서도 일부러 시선을 피하는 모습에 인우는 갑갑함을 느꼈다. 숨이 막힐 듯한 기다림과 침묵 끝에야 지유가 고개를 들어 인우를 바라보았다. 내내 기다렸건만 그녀의 까만 눈망울에 그는 팽팽해진 긴장감을 느껴야만 했다.

"나 인우 씨 아버지 만났어요."

그 말을 하며 지유가 웃었다. 불안하고 슬퍼 보이는 그 웃음과 눈빛에 인우는 무거운 신음을 토할 수밖에 없었다.

"아버지가 뭐라고 하시던가?"

고개를 저으며 잠시 시선을 내렸던 지유가 무슨 결심이라도 한 듯 그를 다시 올려다보았다.

"아무 말씀도 하지 않으셨어요."

안도감 같은 것이 그의 가슴을 스쳐 갔으나 불안감이 그의 어깨에 다시 자리 잡았다. 아무 말도 하지 않았다는데도 왜 저런 얼굴인 걸까? 금방이라도 깨질 것 같은 지유의 얼굴이 그를 쉽게 안심하지 못하게 했다.

"나 인우 씨한테 말하지 않은 게 있어요."

갑작스럽게 꺼낸 지유의 다른 이야기에 인우가 눈매를 좁혔다.

"내가 바람도 공기도 읽어 낸다고 했잖아요."

그게 문제던가? 인우는 손을 내밀어 찻잔을 쥐고 있는 하얗게 질린 지유의 손을 덮었다. 그래서 이 여자가 그렇게 불안해 보였던가? 자신의 두려움과 불안 따위는 뒤로 감추고 그녀의 얼굴을 들여다보며 인우는 미소를 지었다.

"그래서?"

다정하게 달래 주듯 하얀 마디 사이사이를 만져 주는 인우의 손길이 조심스럽기까지 했다.

"나 사람의 마음도 그렇게 읽을 수 있어요."

이해할 수 없다는 듯 의아하게 그녀를 바라보던 그의 얼굴이 다음 순간 참혹하게 일그러졌다. 다정하게 어루만져 주던 손길이 굳은 듯 멈춰 버리고 다음 순간 끔찍하다는 듯 탁 하고 그녀의 손을 밀어냈다. 온기가 떠난 자리에는 싸늘한 냉기만이 내려앉았다.

드르륵 소리를 내며 의자를 밀어내고 일어선 인우의 표정이 충격과 공포로 물든 것은 순식간이었다. 열 번이고 백 번이고 머릿속에서 만들어 냈던 장면을 그녀는 지금 보고 있었다.

괜찮다고 생각했다. 그러나 그것은 상상보다 훨씬 끔찍하고 괴로웠다. 기대나 희망이 없었다고 하면 그것은 거짓말일 것이었다. 희망이 무너지는 현실을 똑바로 바라보는 것은 너무나 참혹한 일이었다.

그러지 말아야 하는데도 지유는 그를 붙들려고 손을 내밀었다. 그러나 마지막 남은 희망을 그러모아 내민 손을 인우는 두려움에 잔뜩 질린 표정으로 내려다보며 뒤로 물러섰다. 허공에 망연하게 멈춘 지유의 손이 툭 하고 아래로 떨어졌다.

심장 한쪽이 서걱서걱 소리를 내며 베어지고 있었다. 그의 눈빛과 몸짓에.

마치 세상에서 가장 끔찍하고 두려운 것을 보는 듯한 눈빛과 저를 피하는 그의 몸짓에 지유는 절망했다. 마음이 조각조각 부서져 내리고 고장 난 장난감이라도 된 듯 온몸이 덜덜 떨려 왔다.

숨이 막혀 왔다. 이런 장면을 상상하지 않은 것은 아니었다. 그러나 저를 거부하는 듯 뒤로 물러서는 인우의 모습은 상상보다 훨씬 가혹했다. 계속해서 쏟아 낸 눈물에도 아직 몸에 남은 물기가 있었던지 그녀는 자꾸만 눈앞이 흐릿해졌다. 나오지 않는 목소리를 쥐어 짜 내며 그녀가 그를 불렀다.

"인우 씨."

"오지 마!"

벼락처럼 소리 지른 그가 손을 들어 제 얼굴을 가렸다. 그녀를 바라보는 것마저도 거부하는 그의 모습에 지유는 바닥에 무너지듯 주저앉았다. 이대로 아무것도 느낄 수 없게 사라져 버렸으면 좋을 만큼 고통스러웠다. 그럼에도 그가 원망스럽지 않아서 지유는 더 서글펐다.

"오지 마."

억눌린 남자의 목소리에 괴로움이 스며 나왔다. 비틀거리며 뒤로 물러서던 그가 차가운 벽에 기대었다. 양손으로 제 얼굴을 감싼 그에게서 고통스런 신음이 흘러나왔다. 거부당한 지유의 눈에 눈물이 고였다. 차라리 처음부터 욕심을 내지 말 것을. 후회가 그녀의 마음을 가득 채웠다. 흐르는 눈물 때문에 인우의 모습이 흐릿해졌다.

지유는 애써 눈물을 닦고 미소를 지었다. 천천히 일어서서 인우 앞에 다가간 지유가 다시 그를 부르며 얼굴을 가리고 있던 손을 잡아당겼다. 가린 손 아래의 일그러진 그의 얼굴이 그녀의 마음을 길게 그어 내렸다.

"인우 씨, 미리 말 못해서 미안해요."

눈물에 젖은 사과에도 잔뜩 일그러진 표정의 인우가 그녀에게 잡힌 제 손을 모질게 잡아 뺐다. 겨우 짓고 있던 미소가 그녀의 얼굴에서 흔적도 없이 사라졌다. 차마 그를 바라보지 못하고 시선을 내린 그녀가 다시 차오르는 습기를 눈을 깜빡여 참아 냈다. 그러나 기어코 눈을 비집고 나온 눈물이 바닥에 툭 하고 떨어져 내렸다. 제 발밑을 내려다보며 지유는 목을 비집고 나오려는 울음을 억지로 눌렀다.

"안 돼. 저리 가."

크게 숨을 들이쉬며 억눌린 목소리로 다시 저를 밀어내는 인우의 말에 흠칫 놀란 지유는 한 걸음, 한 걸음 뒤로 물러날 수밖에 없었다. 이제는 모든 게 끝이었다.

그러나 그 뒤에 이어지는 그의 말은 그녀를 혼란스럽게 만들었다.

"날 만지면 안 돼. 이 끔찍한 걸 당신이 보게 할 수 없어. 당신은 이걸 견딜 수 없을 거야."

상처 받은 짐승처럼 그가 고통스럽게 토해 내는 말들에 지유는 천천히 고개를 들었다.

이 남자가 지금 뭐라고 말했나?

지유는 인우가 한 말들의 의미를 되새겨 보느라 잠시 넋이 나가 버렸다. 그리고 이전과는 다른 의미의 눈물이 그녀의 눈에 고이기 시작했다. 그녀의 능력이 끔찍해서 거부한 것이 아니었다. 그녀가 싫어서 피하는 것이 아니었다. 그것을 깨닫자마자 지유는 그대로 달려가 그의 목을 끌어안았다.

밀어내려는 남자와 놓치지 않고 끌어안는 여자와의 다툼이 계속되었다. 그가 그녀의 한 손을 떼어 내면 그녀가 다시 다른 손으로 그의 어깨를 부둥켜안았다. 몸을 밀어내면 양손으로 그의 목을 끌어안고 팔을 떼어 내면 금방이라도 쓰러질 듯한 몸으로 그에게 떨어지지 않으려 애를 썼다.

"이러지 마!"

당장이라도 그녀를 떼어 내지 않으면 죽을 것처럼 구는 남자에게 여자는 더욱더 필사적으로 매달렸다.

"인우 씨! 인우 씨!"

울먹이는 목소리로 애절하게 그를 부르는 여자의 말과 저를 애타게 붙잡는 손길에 인우는 버럭 화를 냈다. 그저 여자가 제 몸에 닿게 하면 안 된다는 생각만이 머릿속을 가득 채웠다. 어쩌자고 이 여자가 이러는 건지 인우는 정신이 하나도 없었다.

"안 돼! 나 때문에 아프게 만들기 싫어. 이거 놔!"

떨어지지 않으려고 그의 목을 끌어안은 그녀의 몸을 밀어내는 손길은 단호했지만 거칠지 않았다. 그래서 그녀는 더 기쁘고 더 아프고 더 슬펐다. 이런 순간조차 다정한 그 때문에 그녀는 미안하고 또 부끄러웠다. 저 자신이 상처 받을까 봐 내내 두려워하던 그녀와는 달리 그에

414

게는 그녀가 먼저였다. 지유는 눈물로 젖은 뺨을 그의 목덜미에 문지르며 울먹였다.

"내가 끔찍해요? 내가 싫어졌어요?"

제 가슴을 찢어 내는 물음에 인우는 두 손으로 얼굴을 가리고 괴로운 신음과 한숨을 토해 냈다. 대체 이 여자가 무슨 말을 하는 건가? 당장이라도 이 가냘프고도 따스한 몸을 끌어안아 주고 싶었다. 그러나 그럴 수는 없는 일이었다. 제대로 움직여지지 않는 머리는 제 아픈 기억과 그걸 보고 아파할 여자의 고통에만 쏠려 있었다.

"대체 그게 무슨 소리야?"

무슨 말도 안 되는 소리를 하냐는 듯 인우가 허탈하고도 쓴웃음을 지었다.

"내가 끔찍하고 싫은 게 아니라면 밀어내지 말아요."

그의 어깨와 목을 끌어안는 여자의 손에 조금 더 힘이 주어졌다. 저를 단단하게 끌어안은 여자를 이해할 수 없다는 표정으로 인우가 내려다보았다. 제 심장을 내주어도 모자랄 만큼 사랑하는 여자였다. 그런데 왜 그녀가 끔찍하다는 건가? 되짚어 보는 제 마음이 더 처참해 인우는 눈을 질끈 감았다.

"당신이 아니라 내가 끔찍한 거잖아. 내 기억 때문에 당신을 괴롭게 만들 내 자신이 끔찍하고 미치고 싶을 만큼 싫어."

차마 지유에게 손을 뻗지도 못한 채 제 심장을 쥐어뜯듯 인우가 괴롭게 속삭였다. 지유가 천천히 그런 그의 얼굴을 제 손으로 감싸 쥐었다. 눈물로 범벅이 된 그녀의 작고 하얀 얼굴을 내려다보는 인우는 그저 괴로울 뿐이었다. 이 작은 여자를 아프게 하고 싶지 않았다.

"이러지 마. 당신까지 이런 내 인생에 끌어들일 수 없어. 내 옆에서 그 고통을 들여다보며 당신이 더 아파할 건데 그걸 평생 견디라고 하는 건 욕심이잖아. 미안해. 그러니까 이제 그만하자."

인우의 체념 어린 얘기에 지유가 천천히 고개를 흔들었다.

"그럴 수 없어요. 어떻게 나보고 당신을 놔 달라고 말해요? 이렇게 사랑하고 있는데? 인우 씨 고통을 다 보고 그것 때문에 내가 고통스럽다고 해도 상관없어요. 당신을 사랑하니까."

"아무리 날 사랑한다고 해도 난 당신한테 그럴 수 없어."

단호한 인우의 대답에 지유가 미소를 지어 보였다.

"아직 말하지 않은 게 하나 더 있어요. 이상하게 들리겠지만 다른 사람들 마음은 다 읽어도 인우 씨 마음만은 읽을 수가 없어요."

믿어지지 않는다는 듯 굳은 얼굴로 인우가 그녀를 바라보았다.

"봐요. 나 괜찮아요. 그러니까 아무리 당신이 날 밀어내도 절대 가지 않을 거예요."

인우는 차마 그녀를 만지지 못하고 피가 통하지 않을 정도로 단단히 쥐고 있던 주먹을 폈다. 그리고 눈물로 젖은 지유의 뺨을 조심스레 만져 보았다. 그의 손에 제 뺨을 기대고 그녀가 안심하라는 듯 환히 웃어 보였다.

"정말 괜찮은 거야?"

믿을 수 없다는 듯 되묻는 그의 눈썹이 의심스럽게 치켜 올라갔다. 사람의 마음을 읽을 수 있다는 말은 쉽게 믿으면서 그가 그녀를 상처 입히지 않는다는 말은 쉬사리 믿지 못하는 그 때문에 웃음이 터질 것만 같았다.

그가 바보인지 그녀가 바보인지 모를 일이었다.

아니, 그녀는 몰라도 그는 확실히 바보였다. 정지유만 아는 바보.

그리고 그녀는 그가 그런 바보라서 행복했다. 그리고 그 바보를 사랑했다.

지유는 그의 어깨를 끌어당겨 처음으로 그녀가 먼저 그에게 입을 맞추었다. 굳어 있는 그의 입술에 제 입술을 비비고 슬며시 그 사이를 비집고 들어갔다. 숨조차 멈춘 듯한 그의 입술에 제 숨결을 대신 불어 넣고 서투르지만 부드럽게 그의 입안을 건드렸다.

늘 제 입안을 내어 주는 것이 다였던 그녀에게 그의 입안을 더듬는 일은 쉽지 않았다. 조심스레 치아 사이를 비집고 들어가 그의 혀를 감아 올렸다. 남자의 싸하고 매끄러운 향기가 타액을 타고 그녀에게 천천히 넘어왔다. 반응 없는 남자의 입술을 그녀가 느릿느릿 더듬으며 부드럽게 빨아들였다.

미동도 없던 남자에게 주도권을 빼앗기는 건 순식간이었다. 억세게 그녀의 턱을 움켜진 그의 손이 그녀의 입을 벌리게 하더니 당장에 그의 혀가 그녀의 입안으로 밀고 들어왔다. 격렬하고 거칠게 입안을 헤집는 남자의 몸짓이 다급하기 짝이 없었다. 허기진 것처럼 그녀의 입안을 빨아들이는 인우의 행동을 그녀는 그저 어깨를 껴안은 채 받아 주고 있었다.

제 전부라고 생각한 그녀를 놓아야 한다는 사실을 깨달았을 때 그는 악몽 속에 떨어진 기분이었다. 어쩌면 자신 스스로가 저에게 이런 행복은 있을 수가 없다고 납득을 하고 있었는지도 몰랐다.

너는 행복해질 수 없다고. 이 꿈 같은 행복은 네 것이 아니라고.

너 따위는 이 여자를 안고 달콤함과 따스함을 느낄 자격 따위는 없다고.

세상이 그를 바라보며 비웃고 있는 듯한 느낌이었다. 그녀를 상처 입히면서 옆자리를 차지하고 있을 권리 따위는 그에게 없었다. 온통 난도질당한 그의 마음을 훤히 들여다보고 그보다 더 상처 받을 그녀를 제 옆에 둘 수는 없다고 생각했다.

그녀를 밀어내며 인우는 제 가슴이 더 무너져 내리는 느낌이었다. 이 여자 없이 살아갈 날들을 상상하자니 그는 벌써 자신의 일부분이 죽어 버리는 기분이 들었다. 이미 한번 맛본 행복을 놓아 버리는 것이 쉬운 일이 아니었다. 제게 매달리는 지유를 떼어 내는 것이 제 살을 떼어 내는 것만큼이나 고통스럽고 힘들어서 숨을 쉴 수 없었다. 차라리 이대로 숨을 멈추고 싶을 만큼 그는 참혹했다.

그러나 이런 기분을 뭐라고 말해야 할까? 절망의 나락에 떨어졌다가 순식간에 구원을 받은 느낌이었다. 어째서 그만 그녀의 능력을 피해 간단 말인가? 그것이 거짓말이 아니라는 것을 여자의 눈을 들여다보면서 확인을 했음에도 인우는 쉽사리 믿기 힘들었다. 정말 이 여자를 안아 주어도 되는 걸까?

주저하던 그의 머릿속에 문득 기연이 그녀를 껴안았을 때의 모습이 스쳐 갔다. 힘에 겨워하던 그때와는 달리 그녀는 늘 그의 품 안에서 안온하게 미소를 짓고 있었다. 왜 조금 전에는 그것을 깨닫지 못했던 걸까?

좁아진 시야에 오로지 그녀만 보이듯, 마음도 그녀에게만 고여서 다른 것들을 보이지 않게 만들었다. 그저 그 순간에는 그의 기억 때문에 상처 받을 그녀와 그것을 두고 볼 수 없는 그의 마음만이 머릿속을 가득 채우고 있었다.

그러나 자신이 그녀를 상처 입히지 않는다는 사실을 깨닫자마자 조심스럽게 여자의 뺨을 만지던 그의 손길은 순식간에 격해지고 말았다. 그녀를 잃지 않았다는 것을 확인해야만 했다. 그녀의 존재를 다시 가슴에 새겨 넣듯 인우는 여자를 품에 꼭 끌어안았다.

가난하고 외로운 그의 가슴을 가득 채워 줄 수 있는 것은 정지유, 그녀 단 하나뿐이었다. 그 사실을 뼈저리게 느낀 이 순간 그는 그녀의 존재가 더 절실해졌다. 그녀의 어깨를 끌어안고 입안을 헤집는 그의 몸짓이 간절해졌다. 이 여자를 놓을 수 있다고 생각했던 것이 정말일까 싶었다. 다시는 놓고 싶지 않았다. 이 여자가 없다면 그는 살아도 살아 있는 것이 아닐 것이었다.

몰아붙이고 있다는 걸 알면서도 인우는 멈출 수가 없었다. 이 여자를 잃을 뻔한 순간의 두려움이 그의 이성을 절반쯤 날려 버렸다. 마음을 따라가지 못하는 손길은 급하기 짝이 없었다. 지유의 목덜미에 얼굴을 묻고 달콤한 체향을 들이마시며 목줄기를 핥아 내리는 입술이 뜨겁기만 했다.

지유의 입안을 다시 자신의 혀로 가득 채우고 그녀의 달콤한 타액을 가득 삼키며 옷을 들춰 가슴을 움켜쥐던 인우는 그제야 이상한 것을 깨달았다. 뜨거운 제 손의 온도보다 더 뜨겁게 느껴지는 여자의 체온이 차가운 주방 바닥의 온도와 맞물려 그의 정신을 번쩍 들게 했다.

"당신, 또 열나는 건가?"

그녀의 등과 배를 쓸어내리며 걱정스레 묻는 말에 지유는 작게 웃어 보였다. 오히려 인우가 그녀의 몸에서 비켜나자 바닥의 차가운 온도가 새삼스럽게 한기를 들게 했다.

"괜찮아요. 그냥 좀 쉬면 돼요."

고개를 젓는 지유를 바라보며 인우는 작게 한숨을 토했다. 이 여자는 늘 괜찮다고만 했다. 늘 혼자 꾹꾹 참아 왔던 그처럼 그녀도 그랬던 건 아닐까 싶어서 이 작은 여자가 더 안쓰러웠다.

"당신의 그 괜찮다는 말은 한 번도 괜찮게 들린 적이 없어."

투덜거리며 인우가 먼저 몸을 일으켰다. 긴 머리를 흐트러뜨린 채제 몸 아래에 누운 그녀가 아쉽지 않은 것은 아니었지만 차가운 바닥에 그녀를 더 둘 수는 없는 일이었다. 가볍게 지유의 몸을 일으킨 인우가 그대로 그녀를 안아 올려 방으로 향했다.

어린아이처럼 인우에게 안겨서 옮겨지는 것이 어쩐지 즐거워져 지유는 그의 어깨에 머리를 기대고 다리를 슬쩍 흔들었다. 그녀가 기억하는 한 누군가에게 이렇게 안겨 본 적은 한 번도 없었다. 되도록이면 손을 대지 않는 게 좋은 아이가 그녀였으니 말이다. 그의 가슴에 댄 손에서 심장의 고동이 느껴지는 듯했다. 이대로 계속 안겨 있고 싶다는 기분이 들었지만 방으로 가는 길은 짧기만 했다.

"약은?"

침대 위에 지유를 내려놓은 인우가 묻자 지유가 협탁 서랍을 열어 그가 주었던 해열제를 꺼내 들었다.

"기다려."

가볍게 입을 맞춘 그가 방을 나가자 지유는 침대헤드에 머리를 기대었다. 바닥까지 떨어졌던 심장이 겨우 제자리를 찾자 온몸의 기운을 다 써 버린 듯 지쳐 버린 느낌이었다. 눈을 감고 쉬고 싶었지만 인우와 떨어지고 싶지도 않았다.

금세 주방에서 물을 가져온 인우가 그녀에게 약을 먹게 했다. 그녀가 물과 함께 약을 넘기자 컵을 협탁에 내려놓은 인우가 옆으로 다가와 앉았다.

"누워서 한숨 자도록 해."

머리카락을 넘겨 주며 다정히 하는 말에 지유는 인우의 품으로 파고들었다.

"가지 마요."

품에 안겨서 매달리는 지유의 정수리에 인우는 턱을 올려놓고 삐뚜름하게 웃었다. 그 혼자서만 그녀를 원하는 것이 아니라는 것이 그를 기쁘게 했다. 희미한 풀꽃 향기가 올라오는 듯한 머리카락에 손가락을 깊게 묻으며 그가 물었다.

"그거 유혹하는 건가?"

멈칫하던 여자가 턱을 인우의 가슴에 괸 채 그를 올려다보았다. 늘 보아도 익숙해지지 않을 듯 묘하게 까맣고 큰 눈망울이 말없이 그를 응시했다. 언제나 이 눈동자는 그의 마음을 서늘하게도 뜨겁게도 만드는 마법을 부리고는 했다. 그녀 안에 비치는 자신을 내려다보며 인우는 도리어 그녀를 유혹하듯 매혹적으로 웃어 보였다.

"그럼 넘어올래요?"

천연덕스러운 대답에 인우는 끙 하는 한숨을 내쉬며 여자의 입술을 삼켰다. 가끔은 이 작은 여자가 정말 마녀라도 되는 것처럼 그녀의 손바닥 위에 그의 심장을 올려놓고 있는 듯한 느낌이 들었다. 마치 세이렌에 홀린 어부들처럼 그는 그녀에게 빠져 허우적거렸다. 그러나 인우는 그것마저 황홀했다.

그런 그녀의 입술을 깨물고 치열을 더듬고 작은 혀를 빨아들이며 등줄기에 나른하게 퍼지는 열기를 잠시 즐기던 인우가 겨우 제 입술을 떼어 냈다. 더 욕심을 부리면 안 되는 일이었다. 많이 울고 감정적으로 지친 그녀를 쉬게 해야만 했다.

"그랬다가는 당신 내일은 일어나지도 못할 거야."

허스키하게 가라앉은 그의 목소리에 씁쓸함이 잔뜩 배였다.

"그러니까 얌전히 주무시면 감사할게."

작게 쿡쿡거리며 웃던 지유가 그의 가슴에 머리를 기대 왔다. 서로의 심장 소리와 잔잔한 숨소리가 침묵마저 달콤하게 만들어 주었다. 정말로 그녀를 재우기라도 할 것처럼 인우가 천천히 그녀의 등을 토닥이기 시작했다. 그러나 아직은 잠들 생각이 없는 듯 그녀는 제 손을 다정하게 잡아 주는 그의 손가락을 만지작거렸다. 한참을 고민하듯 머뭉그린 지유가 천천히 말을 꺼냈다.

"인우 씨, 아버지랑 많이 닮은 것 알아요?"

"그랬나? 난 잘 모르겠는데."

무심한 대꾸에 지유가 그의 마음을 가늠하듯 표정을 살펴보았다.

"나한테 인우 씨 잘 부탁한다고 하셨어요."

그 말에 인우가 길게 한숨을 토했다. 어쨌든 그녀를 제 과거로부터 완벽히 차단하는 일은 이미 틀린 일이었다. 그래도 인우는 할 수 있다면 계속 그 일을 외면하고 싶었다. 가족의 얘기를 피하고 싶은 마음에 인우는 그저 무뚝뚝하게 고개만 끄덕일 뿐이었다.

"그 말씀만 하시고는 제 손을 꼭 잡아 주고 가셨어요."

그러나 그의 여자는 그럴 마음이 없는 듯했다. 인우는 입이 바싹 말라 왔다. 아직 그는 그녀의 능력에 대해서 자세히 알지 못했다. 대체 그녀는 어디까지 본 것일까?

그의 기억과는 다른, 아버지의 기억은 또 어떠할지 인우는 짐작조차 할 수 없었다. 그저 그녀가 되도록 많은 것을 보지 않았기만을 바랄 뿐이었다.

"아버지한테서 뭘 본 건가?"

그의 가슴에 얼굴을 파묻은 그녀가 작게 고개를 끄덕였다.

"아주 조금요. 감정이 전이되는 것과는 달리 기억은 그렇게 쉽게 보지 못해요."

잠시 말을 멈춘 그녀가 그의 턱으로 손을 뻗어 조심스레 그의 얼굴을 매만지기 시작했다. 그러더니 가볍게 입을 맞추고 비밀 얘기라도 하듯 조용조용 말을 시작했다.

"나는요, 인우 씨. 한 번도 누군가에게 이렇게 안겨 있어 본 적이 없어요. 남들에게는 체온을 나누고 위로가 되는 포옹이 나에게는 늘

독이었으니까. 가족조차도 내게는 위로가 되지 못했어요. 부모님에게도 나는 불편한 존재였거든요. 자신들의 아이지만 손을 댈 수도 안아 줄 수도 없는 아이였으니까요. 그저 나에게 닿지 않는 것만이 최선이었어요. 그래서 나는 늘 가족과 있어도 사람들에게 둘러싸여 있어도 외로웠어요. 어쩔 수 없는 일이지만 세상에 나 혼자만 다른 존재처럼 느껴졌으니까요."

담담하게 또 평이하게 말하는 그녀의 아픔에 인우는 제가 더 아픈 느낌이었다. 그래서 그는 제 품으로 그녀를 더 깊이 끌어안았다. 그런 그의 마음을 아는 듯 그녀가 그를 마주 안아 왔다.

"그런데 왜 인우 씨 마음만은 읽지 못하는 걸까요? 왜 인우 씨에게 닿아도 나는 아무렇지도 않은지 모르겠어요. 내가 당신을 사랑하기 때문일까요? 그렇다면 왜 내가 사랑하는 부모님조차도 내게 고통이 되는 걸까요? 대체 왜 당신만 특별한 걸까요?"

그도 알 수 없는 노릇이었다. 그저 혼란스러워하는 여자의 뺨을 감싸고 부드럽게 입을 맞춰 주는 것뿐 답을 내어 주지는 못했다. 그러나 그녀에게 단 하나의 특별한 존재가 자신이라는 것이 다행스럽고도 감사한 일이라는 것은 분명했다. 그녀가 그에게 위로가 되듯 그가 그녀에게 위로가 된다는 사실이 그는 기뻤다.

"글쎄, 나도 모르겠어. 단지 내가 아는 건 내가 당신을 괴롭게 하지 않아서 다행이라는 거야."

그녀가 까만 눈동자로 그를 올려다보았다.

"왜 당신만 내 능력이 안 통하는 건지는 몰라요. 하지만 그 이유를 알 것 같기도 해요. 이건 우리가 서로의 잃어버린 조각이라는 증거니까. 왜 인우 씨만 다른 건지 혼란스러웠지만 이젠 누군가가 날 안아 주는 것이 얼마나 따스한 것인지 알아요. 인우 씨가 얼마나 내게 위로

가 되는지 모를 거예요. 처음부터 당신은 내게 특별한 사람이었어요. 당신이 내게 닿기 전부터 이미 당신을 사랑하고 있었으니까. 사랑해요. 그러니까 인우 씨, 당신이 그런 것처럼 이젠 내가 당신의 상처를 안아 줄 수 있게 해 줘요."

오롯이 그를 향한 자신의 마음을 드러내고 그의 허리를 단단히 감싸 안은 그녀의 말에 인우는 길게 눈을 감았다. 감은 눈 아래로 괴롭고 아픈 시간들이 스쳐 갔다. 그것들을 전부 이 작은 여자에게 내보이고 싶지는 않았다.

그렇다고 전부 감추기에도 이미 늦은 일이었다. 일어난 일을 감추는 것은 틀렸지만 제 고통을 다 드러낼 필요도 없다고 인우는 결론을 내렸다. 감았던 눈을 뜬 인우가 침대 발치 너머 보이지 않는 곳을 응시했다.

"중학교 2학년 겨울방학이었어. 아버지는 출근하시고 집에는 여동생이랑 어머니, 그리고 내가 있었지."

그를 지탱해 주듯 단단하게 허리를 안고 있는 여자의 등을 부드럽게 쓸어내리며 최대한 담담하게, 그리고 객관적으로 말하려고 인우는 느릿하게 말을 이었다.

눈이 많이 오던 날이었다. 밖과는 다르게 훈훈한 공기가 가득한 집 안에는 점심 식사를 하고 난 뒤의 나른함이 가득했다. 책을 뒤적거리던 그는 친구의 전화를 받았다. 평소 눈여겨보던 여자아이가 미팅에 나온다는 말에 서둘러 옷을 갈아입고 집을 빠져나왔었다. 유난히 조용한 집 안이 이상하다 느꼈지만 큰 소리로 나간다는 한마디만 외치고 나왔었다.

"흐응. 예뻤어요?"

턱으로 그의 가슴을 꾹꾹 누르며 올려다보는 여자의 미간에 작게 주름이 잡혀 있었다. 담담한 목소리였지만 숨기지 못한 질투에 그는 오히려 낮게 웃고 말았다. 그녀가 그에게만 내보이는 이런 소소한 감정들이 언제나 인우를 즐겁게 했다. 심지어 악몽의 그림자를 밟고 있는 이런 순간조차도 그녀 덕분에 그 어두침침한 그림자를 잊어버리고 말았다.

"기억 안 나."

"거짓말."

하얀 얼굴의 발그레한 뺨이 불만스레 부풀었다. 그 귀여운 색에 입을 맞추며 그는 제 자신에게 조소를 날렸다. 자신이 여자에게 빠져도 단단히 빠진 게 틀림없었다.

"당신이 더 예뻐."

"기억 안 난다면서요?"

앞뒤를 재지 못하고 그저 제 여자를 달래려다 그는 그만 함정에 빠졌다. 눈썹을 슬쩍 들어 올린 그가 조심스레 다음 함정을 비켜 갔다.

"진짜 기억 안 나. 그렇지만 어떻게 생겼던지 정지유가 분명 더 예뻐."

의심스러운 눈초리로 바라보는 작은 얼굴을 바라보니 비죽이 웃음이 새어 나왔다. 진심이었다. 그에게는 누구보다 이 여자가 예쁘고 아름다웠다.

"그래서요?"

재촉하는 말에 인우는 다시 기억을 떠올렸다. 미팅했던 여자가 예뻤냐고 물어오는 그녀의 말이 분위기를 가볍게 해 보려는 노력인 것을 그도 알고 있었다. 그러나 그다음 얘기는 결코 가벼울 수 없는 이야기들이었다. 묵직해지는 마음을 짚어 가며 그는 얘기를 이어 나갔다.

그렇게 놀다가 돌아온 집은 이상하게도 문이 열려 있었다. 그리고 그 열린 문 안쪽의 집 안은 괴괴할 정도로 조용했다. 그것은 그가 나가기 전의 조용함과는 기묘하게 다른 적막함이었다. 이상함을 느끼고 서둘러 집 안으로 들어가던 그는 무언가에 발이 미끄러져 넘어지고 말았다.

바닥을 짚고 일어서려던 그는 그제야 거실에 점점이 떨어진 핏자국을 보았다. 그리고 그것이 이어진 곳은 안방이었다. 홀린 것처럼 달려가 문을 열고 한 발 내디딘 그는 그대로 주욱 미끄러지고 말았다.

흥건하게 고인 피의 웅덩이 가운데 동생 인영과 어머니가 뒤엉켜 누워 있었다. 넋을 놓은 그의 뒤로 마침 퇴근해 들어오던 아버지가 나타났고 곧바로 어머니와 인영이는 병원으로 실려 갔다. 그 뒤로의 기억은 희미했다.

피를 너무 흘린 인영은 병원에 도착하기도 전에 사망했다. 그러나 다행스럽게도 어머니는 쇼크로 기절한 것으로 약간의 자상만 있을 뿐 곧 깨어났다. 안정을 해야 한다는 의사와 아버지의 만류에도 인영의 마지막 가는 길을 봐 줘야 한다며 어머니는 기어코 자리에서 일어섰다.

그러나 그렇게 장례식장에 온 어머니가 그에게 모질게 굴었던 이야기는 굳이 이 여자에게 하고 싶지 않았다. 이 여자가 자신 때문에 괴로워하는 걸 보고 싶은 게 아니었으니까. 인우는 동생이 죽었다는 말을 하고 잠시 말문을 닫았다.

"대체 그때 집에서 무슨 일이 있었던 거예요?"

위로라도 하듯 그의 얼굴을 매만져 주는 손길이 다정하기만 했다. 인우는 그 작은 손에 제 입술을 묻었다. 늘 불과 칼과 물을 만져야 하는 손은 자잘한 상처와 굳은살, 그리고 온기를 가지고 있었다. 그 온기에 위안을 받으며 인우는 멍하니 생각을 이어 갔다.

무슨 일이라. 사실 뉴스에 나오는 흔한 일일 뿐이었다. 열린 문 안쪽으로 들어간 도둑이 집 안의 금품을 도둑질하다가 집 안에 있던 사람들을 다치게 하거나 죽게 하는, 일주일이면 몇 번이고 뉴스를 장식하는 그런 사고였다.

물론 흔히 스쳐 가는 뉴스의 당사자가 그의 가족이 된 것이 문제였지만 말이다. 그 일로 그의 가족은 산산조각이 나 버렸다. 모든 불행을 겪는 가족들이 그러한 것은 아니겠지만 그의 가족은 불행을 딛고 일어서는 대신 그 불행에 침몰해 버렸다.

그는 몰랐지만 그가 집을 나왔을 때 서재의 구석진 곳에서 책을 읽던 인영과 어머니는 낮잠을 자고 있었다. 열린 문으로 들어왔던 도둑은 서재 구석에 잠든 어머니와 인영을 보지 못했고 그저 빈집이라 여기고 안방을 먼저 뒤지기 시작했다.

그리고 불행히도 먼저 잠을 깬 것이 인영이었다. 무엇 때문인지 서재를 나온 인영이 이상한 소리 때문에 안방으로 향했고 거기서 어머니의 보석함을 뒤지고 있는 도둑을 발견했다.

도둑의 말로는 도망갈 것처럼 뒤로 물러서던 여자아이가 갑자기 자신에게 달려들었고 그래서 엉겁결에 손에 든 칼로 아이를 찔렀다고 했다. 이상하게도 아이는 찔리면서도 도둑의 손에 든 무언가를 기어코 뺏어 들었고 놀란 도둑이 아이를 겨우 떼어 냈을 때는 이미 인영은 온통 피범벅이 된 후였다.

순식간에 벌어진 일에 도둑마저 당황하고 있는 사이 어느새 안방으로 온 어머니가 짐승처럼 울부짖으며 달려들었다. 그러나 이미 필사적이 돼 버린 도둑은 어머니와 몸싸움을 하다 상처를 입히고 도망을 갔고 어머니는 동생을 끌어안은 채 정신을 놓아 버렸다. 그리고 그런 두 사람을 인우가 발견한 것이었다.

"그냥 그렇게 된 거야."

담담하게 제 가족에게 일어났던 일을 대답하는 그를 올려다보던 지유가 그에게 기대고 있던 몸을 일으켰다.

"그게 뭐였어요?"

"뭐가?"

지유의 질문에 인우가 얼굴을 슬쩍 찡그렸다.

"동생이 도둑에게서 뺏으려고 했던 거요."

그녀에게 닿았던 그의 시선이 다시 멀어졌다.

"나랑 동생이 용돈을 모아서 어머니 생일에 선물한 목걸이."

보잘것없는 아주 작은 보석이 달린 목걸이였다. 매번 제 작은 용돈으로는 뭔가 근사한 것을 살 수 없다고 투덜거리는 동생에게 인우는 약간 모자란 돈만 보태 주면 선물을 같이 산 걸로 해 주겠다고 약속했다. 그렇게 산 얇은 금줄에 작고 빨간 보석이 달린 목걸이를 어머니에게 선물하며 인영은 참 좋아했었다.

그러나 그게 뭐라고 제 목숨하고 바꾸었나? 의사가 사망 선고를 내리던 순간에도 인영은 그것을 제 손에 꼭 쥐고 있었다. 인우의 입가에 씁쓸함이 배였다.

어머니는 그것조차도 인우의 탓으로 돌렸다. 아이를 꼬드겨 그런 것만 사게 하지 않았더라면, 그날 인우가 나가지만 않았더라면, 적어도 나가면서 문단속만 제대로 해 두었더라면! 모든 후회의 가설들이 인우에게로 향했고 그래서 어머니는 인우를 원망했다. 그저 이 모든 불행이 인우의 실수에 있다고 어머니는 생각했다.

그리고 인우조차도 그런 생각을 벗어날 수는 없었다. 인영이 죽고 난 뒤에 오랫동안 우울증을 앓으며 식사조차 제대로 하지 않던 어머니가 어느 날 약해진 몸에 가벼운 감기가 걸렸다. 감기가 폐렴으로 번지고 패혈증으로까지 번지는 것은 순식간이었다. 아마도 인영의 죽음으로 삶의 의지를 잃어버렸기 때문에 병이 더 악화 일로를 걸었을 것이었다. 그렇게 어머니는 쉽게 삶을 놓아 버렸다.

어머니까지 그렇게 되자 인우는 영영 어머니가 씌워 놓은 굴레를 벗어나지 못했다. 아니, 그것을 벗어날 작은 노력조차도 하지 않았다. 밤마다 찾아오는 악몽도 혼자인 외로움도 다 그저 제 것으로 감내하며 살아왔었다.

그러나 인우는 그것조차도 어머니가 우울증을 앓다가 돌아가셨다는 한마디로 일축해 버렸다. 지유는 인우의 얘기에 의아한 점이 있는 듯 조심스레 물어왔다.

"인우 씨 아버지께서 딸하고 부인에게 준다고 케이크 사 가셨는데 그럼 그건……."

말끝을 흐리는 지유의 얘기에 인우가 고개를 끄덕였다.

"내가 본과 졸업할 때쯤 재혼하셨어. 그 딸은 재혼하신 분 딸이고."

"그때부터 혼자 지냈어요?"

인우는 잠시 지유의 얼굴을 물끄러미 바라보았다. 거짓말을 하는 대신 그는 교묘하게 핵심을 피해 대답을 하는 것을 선택했다.

"아니, 그전부터 따로 지냈으니까 특별히 아버지가 재혼했다 해서 달라질 것은 없었어."

맞는 말이었지만 틀린 말이기도 했다. 가족의 테두리에서 밀려나 그를 제외한 다른 가족이 만들어지는 것을 바라보는 마음은 다른 현실을 보는 것처럼 이질감을 느껴지게 했다. 그러나 혼자 지내기 시작하면서 느낀 외로움은 이미 익숙해질 대로 익숙해진 뒤였다. 딱히 아버지의 재혼이 그에게 무슨 영향을 미치기에는 이미 너무나 멀어진 뒤였다. 그렇게 인우는 쭉 혼자였다.

그래도 그렇게 살아온 날들이 마냥 슬프지만은 않았다. 이제 그에게는 이 여자가 있으니 말이다. 그러나 그를 바라보는 여자의 눈빛은 그보다 더 아파 보였다. 인우는 달래 주듯 가볍게 말했다.

"난 괜찮아."

그녀의 뺨을 쓰다듬는 그의 말에 그녀는 더 가슴이 아팠다. 그가 말하지 않은 이야기의 조각들 중 몇 가지가 그녀에게 남은 것을 그는 모르고 있었다. 어떤 말도 소리도 들리지 않았지만 지유는 그녀가 가진 예민한 감각으로 그것이 숨기고 있는 이야기들을 알 수 있었다.

가늘게 떨리던, 검은 양복을 입고 있던 인우의 어깨.

울고 싶었으나 울 수 없었던 소년의 어깨.

아버지도 어머니도 안아 주지 않았던 그의 어깨를 지유가 팔을 뻗어 안아 주었다. 할 수만 있다면 20년의 세월을 뛰어넘어 그 소년에게 가고 싶었다.

"당신 탓이 아니에요."

자신의 어깨에 팔을 두르고 제 머리를 끌어안은 지유의 말에 인우는 허를 찔린 기분이었다. 더듬더듬 손을 뻗은 그가 그녀의 허리를 감아 자신에게 더 가까이 끌어당겼다. 그런 그에게 다짐이라도 받듯 그녀가 눈을 맞추고 다시 또박또박 반복해 말했다.

"절대로 인우 씨 당신 탓이 아냐."

마치 그녀 자신에게도 되새기듯 단호하기 짝이 없는 목소리였다.

"그래."

무뚝뚝하게 고개를 끄덕하는 그의 대답에도 만족하지 못한 듯 지유가 그의 얼굴을 양손으로 감싸 왔다.

"그러니까 이제 당신이 만든 감옥에서 그만 나와요."

"그래."

지유의 품에 얼굴을 묻고 낮게 대답하는 그의 목소리가 꿈을 꾸는 것처럼 몽롱하기만 했다. 아무도 제게 주지 않았던 면죄부를 이 작은 여자가 그에게 건네주려 애를 쓰고 있었다. 그것이 그에게 닿기를 간절히 원하는 그녀의 마음을 알고 있었지만 인우는 제 발 밑에 아직 남아 있는 악몽의 그림자를 느끼고 있었다. 그럼에도 그는 고개를 끄덕였다. 모든 것이 다 괜찮아졌다고 그녀가 믿기를 바랐다.

그를 위로하고 다독이던 지유는 한참이나 그와 눈을 맞추더니 결국은 눈을 깜빡이다 잠이 들었다. 그러면서도 그가 가 버릴까 봐 걱정이 되었던지 그의 셔츠 소맷자락을 꼭 움켜쥐고 놓지 않았다. 그런 그녀의 등을 어루만지면서 인우는 한동안 어둠을 노려보고 있었다.

그녀가 자신을 얼마나 사랑하는지, 얼마나 그의 아픔을 보듬어 주고 싶어 하는지 다 알고 있었다. 그의 탓이 아니라는 그녀의 말이 그의 상처를 어루만져 주고 아물게 해 주는 것도 사실이었다.

그러나 그에게 저주의 족쇄를 채운 것은 어머니였다. 쉽게 사라지지 않는 그 말들이 부디 지유에게 그림자를 드리우지 않기 바랐다. 그녀를 가졌으니 다른 것은 괜찮았다. 이것만으로도 인우는 제게 과한 행복이라고 생각했다.

따스한 여자의 몸을 끌어당겨 안으며 인우는 눈을 감았다. 과거가 그에게 악몽이라면 이 여자의 체온은 현실이었다. 인우는 지유에게서 풍기는 향기를 깊이 들이마셨다. 그녀의 향기는 그에게 진정제 같았다. 어지러운 마음이 가라앉고 복잡했던 생각들은 멀어졌다. 그러자 곧 수마가 그에게도 찾아왔다.

마주한 두 사람 사이에 묘한 긴장감이 지나갔다.

"안 돼."

단호한 인우의 목소리에 지유가 어깨를 으쓱했다.

"알았어요."

산뜻한 대답과는 달리 홱 하고 뒤돌아서는 그녀의 모습은 차갑기만 했다. 가을 햇살이 가득한 이른 아침의 카페는 아메리카노의 진하고 따스한 향이 가득했으나 그와 반대로 인우와 지유 사이는 겨울이라도 온 것처럼 냉랭할 뿐이었다. 인우는 피곤한 듯 얼굴을 쓰다듬으며 무거운 한숨을 쉬었다.

어머니와 인영이 있는 곳을 물어본 지유가 그곳에 함께 가면 안 되냐고 물었을 때만 해도 이렇게 분위기가 싸늘해질 줄은 몰랐다. 어머니와 인영에게 꼭 할 말이 있다는 그녀와 제 악몽을 현실로 그녀에게 내보이기 싫은 인우의 고집은 며칠째 분위기를 팽팽하게 만들고 있었다.

뒤늦게 출근한 정호마저 그 냉랭한 공기에 두 사람의 눈치를 보며 아침 식사를 시작했다. 물론 평소에도 떠드는 것은 정호 혼자뿐이고 두 사람은 그다지 말이 많은 편이 아니었지만 오늘처럼 싸하게 가라앉은 분위기는 처음이었다. 정호는 밥을 먹는 것인지 고문을 당하는 것인지 알 수 없을 지경이었다.

계속 뚫어져라 지유를 바라보는 인우와 그런 인우의 시선을 모르는 척 밥을 먹는 지유의 사이에서 정호는 목이 졸리는 기분이 들었다. 아니, 이 사람들 사랑싸움에 내가 왜 이래야 하지? 억울한 불만이 정호에게 슬그머니 솟아올랐다.

저나 기연처럼 대놓고 하는 애정 표현이 없어도 이 싸늘하고 냉정한 사람들이 서로를 바라보는 진한 시선만으로도 등이 간질거리는 일이 한두 번이 아니었다. 그래서 겉으로 보기에는 그다지 달라질 것 없는 것처럼 보였지만, 바닥에 깔리는 급속 냉동된 것 같은 공기는 어쩐지 정호의 어깨를 부르르 떨게 만들었다. 결국 지유가 먼저 쟁반을 들고 일어서자 슬며시 그녀의 눈치를 보던 정호가 인우에게 몸을 기울여 속삭였다.

"분위기가 대체 왜 이래요? 사장님이랑 싸웠어요?"

"그런 거 아니야."

그러나 무뚝뚝한 인우의 대답과는 달리 주방으로 사라진 지유의 모습을 뒤쫓는 그의 눈매는 살짝 일그러져 있었다. 설득력 없는 대답에 정호는 고개를 저으며 혀를 찼다.

"으으. 두 사람 완전 썰렁해서 제가 중간에서 눈치 보느라 얼어 죽겠어요. 뭐 때문인지는 모르겠지만요. 어지간하면 빨리 푸시는 게 어때요? 여자한테는 져 주는 게 이기는 거예요."

큰 비밀이라도 알려 주듯 속삭이는 정호의 얼굴을 인우가 의심스러운 눈초리로 내려다보았다.

"글쎄?"

"글쎄는 무슨 글쎄예요? 제가 나가서 화분 정리하고 물도 주고 할 테니까 그동안 좀 풀어 봐요."

제법 인우의 생각을 해 주는 듯 눈을 찡긋거린 정호가 주방을 향해 화분 옮겨 둘게라고 소리치며 카페 밖으로 나섰다. 정호가 재촉하듯 손짓을 하며 밖으로 나가자마자 인우는 지유에게 시선을 돌렸다. 계속 그가 바라보고 있는 것을 알면서도 지유는 인우에게 고개조차 돌리지 않고 있었다.

그는 여자를 달래 본 기억이 없었다. 여자의 비위를 맞춰 본 적도, 여자를 위해 제 고집을 꺾어 본 적도 없었다. 그가 맘에 안 들고 그에게 화가 났다면 여자가 떠나면 그만일 뿐이라고 생각을 했었다. 그러나 저 여자가 그렇게 떠나도록 놔둘 마음은 조금도 없었다.

하지만 그는 지금까지 누군가에게 머리를 숙여 부탁해 본 적도 애원해 본 적도 없었다. 교수님들과 선배들에게 뻣뻣하고 재미없는 녀석이라고 의대 시절 내내, 그 이후에도 핀잔을 많이 받았다.

그러나 인우는 머리를 숙이는 대신 차라리 숙일 일을 만들지 않으면 된다고 생각했었다. 오만하고 재수 없는 놈이라고 욕하는 말도 들었다. 어차피 그런 말들조차 그에게 상처가 되지 않았으니 상관이 없었다.

그렇지만 저 작은 여자는 달랐다. 어쩐지 저를 외면하는 그녀의 모습에 버림받은 아이 같은 심정이 되어 버리고 말았다. 그저 저 여자의 시선을 받지 못하는 것만으로도 그는 다시 쓸쓸해졌다. 대체 어떻게 저 여자를 달래 줘야 하나? 고민에 고민을 거듭했지만 답이 쉽게 나오지 않았다.

집요하게 시선을 그녀에게 고정한 채 수프를 넘기던 인우는 문득 제 접시를 내려다보았다. 줄곧 고집을 부리는 그녀에게만 신경을 쓰느라 앞에 놓인 음식이 무엇인지 볼 생각도 없이 그저 무의식중에 입안으로 밀어 넣고만 있던 그였다.

그러다 바라본 쟁반 위에는 생생한 초록빛의 브로콜리 수프가 있었다. 바삭하게 구워 잘게 자른 베이컨이 꼭 시리얼처럼 수프 위에 뿌려져 있었다. 중국식 파로 장식한, 감자와 샬롯으로 만든 오믈렛은 부드러웠고 바삭한 바게트는 달콤한 마늘향을 머금고 있었다. 뜨끈하게 속을 데워 주는 수프를 삼키는 인우의 한쪽 입술이 슬쩍 올라갔다.

처음 아침을 먹으러 왔을 때 그녀가 끓여 주었던 브로콜리 수프가 좋았다는 이야기를 지나가는 말처럼 했었는데 잊지 않았던 모양이었다. 그녀가 늘 이런 소소한 행동으로 그에게 사랑을 말해 왔다는 것을 인우는 이제 알고 있었다. 직접 사랑한다고 말하던 순간을 제외하고는 그녀의 애정 표현은 늘 이렇게 한 꺼풀 아래에 숨겨져 있었다. 그것은 마치 보물을 찾는 것처럼 그를 즐겁게 만들고는 했다.

인우는 먹던 음식을 내버려 둔 채 일어서서 주방으로 향했다. 설거지를 하는 지유에게 다가가 슬며시 어깨를 감싸 안았으나 그녀는 잠시 멈칫했을 뿐 곧 그를 모른 척하며 아무렇지도 않은 듯 접시를 헹구기 시작했다.

"계속 그럴 거야?"

작은 어깨에 턱을 올린 그가 그녀의 귀에 낮게 속삭였다.

"뭘요?"

퉁명스러운 말을 쏟아 내는 입술이 그의 시선 바로 가까이 있었다. 분홍빛 도톰한 입술이 그를 유혹했으나 인우는 고개를 돌려 지유의 입술 대신 그녀의 목덜미를 지분거리기 시작했다.

"그러지 마."

분명히 명령조로 말하고 있는데도 그녀의 귓가에는 애원하는 듯 남자의 목소리가 간절하게 들렸다. 포기라도 하듯 어깨가 들썩이도록 한숨을 내쉰 그녀가 젖은 손을 앞치마에 닦고 제 어깨에 기댄 남자의 머리카락을 쓰다듬었다.

그녀라고 그와 이렇게 냉랭한 분위기를 만드는 것이 좋을 리가 없었다. 그래도 자꾸만 고집을 피우게 되고 마는 것은 역시 그 때문이었다. 그가 진심으로 죄책감을 다 벗어 버리기를 그녀는 바랐다.

애초에 그녀의 말 한마디로 그가 이제까지 가진 아픔을 다 벗어 버릴 것이라고 생각하지 않았다. 그래도 꼭 말해 주고 싶었다. 절대로 그의 잘못이 아니라는 것을 그에게 말해 주고 싶었다. 누군가가 이미 그 말을 해 주었다고 해도 자신의 말이 인우의 잘못이 아니라는 진실에 무게를 보탤 수 있기를 바랐다. 그래서 오늘 당장이 아니라도 언젠가는 그가 모든 것을 벗어던질 수 있을 것이라고 믿었다.

물론 그 과정이 쉬울 것이라고는 생각하지 않았다. 그녀가 그랬던 것처럼 그에게도 하루하루가 치열한 전쟁 같았을 테니까. 누구라도 그 고통의 깊이를 가늠하기가 쉽지는 않은 일이었다. 그저 숨을 쉬는 것만으로도 고통스러웠던 그녀처럼 그도 그랬을 것이라고 지유도 짐작만 할 뿐이었다.

그래서 지유는 계기를 만들어 주고 싶었다. 그의 어깨에서 떨어지지 않는 죄책감을 떨쳐 내 줄 계기. 그러나 이렇게 싫다는 사람에게 계속 제 고집만 피울 수는 없는 일이었다. 단념해야지 하면서도 아쉬움에 그녀는 다시 작게 한숨을 내쉬고 말았다. 하지만 이렇게 그를 위로할 수 있는 것조차 그와 그녀, 두 사람 모두에게 기적 같은 일이었다.

제 머리카락을 쓰다듬는 여자의 손길에 인우는 나른하게 눈을 감았다. 그 단순한 동작만으로도 인우는 위로를 받는 기분이 들었다. 짧은 다툼으로 멀게 느껴졌던 두 사람의 간격과 벽이 일순간에 사라지는 느낌이었다. 인우는 깊이 숨을 들이켜 가슴 가득 그녀의 향기를 채웠다.

그러자 다른 것들은 중요하지 않게 느껴졌다. 망가져 있던 그 안의 중심이 다시 단단해졌다. 그리고 그 중심에 자리를 단단히 잡고 있는 것은 그녀였다. 그에게는 이제 오직 그녀만, 그녀의 마음만이 중요했다. 이 여자가 원하는 것이라면 그냥 다 들어줘도 될 듯한 기분이 들었다. 그리고 그는 실제로 그렇게 했다.

"다음 카페 휴일에 같이 가자."

그 말에 지유가 몸을 돌려 인우를 바라보았다. 자신을 올려다보는 여자의 눈빛을 그는 읽을 수 있었다. 괜찮냐고 물어오는 까만 눈동자에 그는 고개를 끄덕여 대답을 했다.

"난 괜찮아. 대신 조금이라도 몸이 이상하거나 힘들어지면 꼭 얘기해 줘야 해. 그것만 약속해 줘."

인우의 말에 고개를 끄덕이며 지유는 그를 껴안았다. 그는 그녀가 걱정스러웠다. 평범한 그도 납골당의 그 묘하게 묵직한 분위기가 느껴질 정도인데 한 번도 그런 곳에 가 보지 않은 그녀가 혹시나 그곳에서 괴롭거나 아파할지도 모른다는 염려가 쉽게 사라지지 않았다.

"응. 그럴게요."

서로 마주 안고 서 있는 연인을 주방 밖에서 몰래 훔쳐보던 정호가 살금살금 걸음을 옮기며 마침 출근하던 민서를 밖으로 손짓해 내보냈다.

"왜?"

영문도 모르고 밖으로 쫓겨난 민서가 고개를 갸웃거리자 정호가 히죽 웃음을 지었다.

"커플 타임이니까 우린 좀 피해 주자고."

"아아, 그래?"

답지 않게 오늘따라 금방 정호의 말을 알아들은 민서가 카페 앞 벤치에 털썩 주저앉아 크게 하품을 했다.

"어제 잠 못 잤어?"

"요즘 밤마다 자꾸 전화로 귀찮게 하는 남자가 있어서."

정호의 질문에 평소처럼 한 템포 늦게 대답한 민서가 부스스한 머리를 손으로 헤집어 더 엉망으로 만들더니 다시 늘어지게 하품을 했다. 그 하품 때문에 눈꼬리에 생긴 눈물방울을 손으로 문질러 지우는 것을 빤히 바라보던 정호가 골똘히 생각에 잠겼다. 그러다가 저도 모르게 그 생각이 말이 되어 튀어나왔다.

"누나 연애해?"

깜빡깜빡 느리게 눈을 감았다 떴다 하던 민서가 고개를 기울였다. 답답할 정도의 시간을 기다린 뒤에야 민서가 입을 열었다. 그렇지만 정호가 기다리던 대답은 아니었다.

"밤에 전화하면 연애하는 거야?"

멍한 눈빛으로 저를 올려다보는 민서를 내려다보며 정호는 한숨을 쉬었다. 연애는 무슨. 다른 사람도 아니고 민서 누나한테 누가? 고개를 절레절레 흔든 정호가 민서의 옆에 털썩 주저앉았다.

"누나도 모르는 걸 내가 어떻게 알아?"

퉁명스런 대답에 민서는 볼을 긁적거리더니 다시 혼자만의 세상으로 빠져들었다. 그런 민서를 내버려 두고 정호는 하늘을 올려다보았다. 파란 하늘의 가장자리에 걸린 가로수의 푸른 잎들이 바람에 따라 손짓을 하고 있었다. 서늘한 아침 공기와는 달리 아기 살결처럼 보드라운 햇살이 얼굴을 매만져 주는 기분이 참 좋았다. 오늘도 어제와 다르지 않은, 그래서 더 행복한 하루의 시작이라고 정호는 생각했다.

그다음 휴일이 되자 지유는 이른 아침부터 서둘러 도시락을 싸 두었다. 우엉을 졸이고 시금치를 무치고 계란 지단을 만들어 두고 양념한 소고기를 보슬보슬하게 볶고 당근도 볶아 두었다가 새콤한 초절임을 한 무와 함께 김밥을 말았다.

들기름과 깨를 송송 뿌린 밥으로 만든 김밥 덕분에 집 안에는 온통 고소한 냄새가 가득했다. 옻칠한 나무로 된 찬합에 김밥을 차곡차곡 담은 지유가 남은 김밥 꼬투리를 입에 쏙 집어넣었다. 아삭아삭한 초절임무가 입안을 상큼하게 만들어 주었다. 보온병을 꺼내 미소장국을 싸고 차를 마실 보온병까지 챙겨 피크닉 바구니에 집어넣은 지유가 그제야 외출 준비를 시작했다.

예쁘게 보이고 싶었다. 인우의 어머니와 동생에게. 그래야 좀 더 당당하고 자신감 있게 하고 싶은 말을 할 수 있을 것만 같았다. 이제는 이 사람을 좀 놔 달라고. 그의 잘못이 아닌데도 지금까지 아파했으니 이제 그만 놓아 달라고 하고 싶었다.

그녀가 사랑하는 사람이니 지유는 자신이 할 수 있는 한 최선을 다하고 싶었다. 그의 고통을 막아 주는 방패가 되고, 그가 가진 죄책감을 떨치게 하고, 아픔을 낫게 하는 치유제가 되고 싶었다. 그렇게 그녀를 믿고 그녀에게 기대어 그가 모든 것을 새롭게 시작하길 원했다. 그것이 아직 이른 일이더라도 그에게 그런 제 마음을 온전히 보여 주는 것만으로도 도움이 되리라고 그녀는 믿었다.

김인우는 사실 강한 사람이니까. 그 모든 아픔을 지니고도 온전히 제 두 발로 세상을 뚜벅뚜벅 바르게 걸어온 사람이니까.

그가 그녀를 믿듯 지유는 그를 믿고 무리한 요구라는 것을 알면서도 고집을 부렸다. 겨우 마음을 터놓은 지금이 아니라면 어쩌면 영영 힘든 일이 될지도 몰랐다. 지유도 인우도 고슴도치 같은 사람들이었으니 충분히 그러고도 남을 일이었다.

그러나 서로를 끌어안기 위해서는 그 가시를 다 걷어 내야만 했다. 상처를 서로 보듬어 주고 기울어진 몸을 서로 기대고 냉기를 서로의 체온으로 녹여 가며 앞을 향해, 미래를 향해 걸어가야만 했다.

단단히 결심을 다진 지유가 화장대 앞에 앉았다. 평소와는 달리 공들여 그러나 단정한 화장을 한 지유는 원피스 정장을 꺼내 들었다. 진한 베이지 색상에 단순한 원피스는 무릎 바로 위까지 오는 길이로 허리 아래의 독특한 절개 때문에 치마 밑단이 플레어스커트처럼 부드럽게 물결을 쳤다. 진한 청록색이 도는 회색과 연베이지 색상의 벨트까지 착용한 지유가 마지막으로 머리를 손질했다.

어깨 아래로 굽이치는 머리를 헤어 에센스를 발라 정리한 지유가 거울을 바라보며 크게 심호흡을 했다. 어쩐지 조금은 긴장이 되는 기분에 지유는 거울을 바라보며 입술을 끌어당겨 웃음을 지어 보았다. 인우가 저를 마중 나왔을 때 환하게 웃어 주고 싶었다. 웃음은 전염되는 것이니까 그도 그녀처럼 오늘을 웃으며 시작하길 바랐다.

아직 인우가 도착하기에는 이른 시간이라 지유는 준비한 피크닉 바구니와 제 핸드백을 현관 앞에 놔두고 베란다로 향했다. 창을 열자 이른 아침의 차가운 공기가 한꺼번에 집 안으로 밀려 들어왔다. 오늘따라 차가운 공기마저 가볍게 일렁여 지유는 들뜨는 마음을 진정시키기 쉽지 않았다.

하늘마저 그녀를 응원하듯 파랗게 빛이 났다. 얼굴을 가볍게 스치고 지나가는 바람마저 그녀에게 파이팅이라고 말해 주는 듯싶어서 지유는 저도 모르게 입가에 미소를 머금었다. 천천히 지평선 너머를 바라보다 시선을 내리는 그녀에게 저를 바라보는 인우가 보였다. 한참을 그곳에 서 있었던 듯 그의 시선은 그녀에게 고정되어 있었다.

반가운 마음에 그를 보며 손을 흔들어 주던 지유는 서둘러 바구니와 핸드백을 챙겨 들고 인우에게 달려갔다. 그녀가 내려올 줄 알고 기다린 듯 엘리베이터가 띵동 소리를 내며 문이 열리자 인우가 눈앞에 서 있었다.

"언제부터 와 있었어요?"

"좀 전에."

"그럼 들어오지 그랬어요?"

"준비할 시간을 뺏으면 안 될 것 같아서."

무뚝뚝하게 대답한 인우가 찬찬히 지유의 모습을 응시했다. 갸름한 얼굴을 감싸며 흘러내린 머리가 매끄럽게 어깨에 찰랑거리고 있었다. 연한 화장에 과하지 않게 단정히 차려입은 모습에 인우는 굳은 입매를 풀고 미소를 지었다.

제게 고백을 하려고 허브 농장에 갈 때 입었던 옷과는 다르지만 아름다운 것은 마찬가지였다. 부드럽게 흘러내린 치마의 곡선이 지유의 무릎 위에서 물결쳤다. 그 아래로 쭉 뻗은 날씬한 다리까지 시선을 내리다 보니 어쩐지 매고 있던 넥타이가 답답하게 느껴지는 것만 같았다.

"안 들어가길 잘한 것 같은데?"

"그게 무슨 소리예요?"

고개를 갸웃거리는 지유의 얼굴을 바라보며 인우는 피식 웃고 말았다. 그가 점점 참기 힘들어지고 있다는 것을 아직 이 여자는 모르는 모양이었다.

"나 괜찮아요?"

검사라도 미리 받는 듯 팔을 살짝 양쪽으로 벌린 지유가 그에게 물었다.

"예뻐."

일말의 고민도 망설임도 없이 나오는 대답에 지유는 눈매를 가늘게 떴다.

"대답이 굉장히 성의 없는 거 알아요?"

툴툴거리는 지유의 말에 인우는 눈썹을 치켜 올렸다. 그가 누군가에게 예쁘다는 말을 해 본 것은 인영의 이후로 아무도 없었다. 그 단어 하나를 뱉기가 그에게 얼마나 열없고 쉽지 않은 일인지 이 여자는 모르는 듯했다. 하지만 상관없었다. 모르면 알려 주면 되는 일이었으니까.

"성의 있는 대답은 뭐지?"

지유에게 성큼 다가선 인우가 고개를 숙여 얼굴을 가까이 들이밀었다. 금방이라도 입술이 닿을 듯 다가온 그에게서 숨결의 차가운 향기가 느껴졌다. 대답을 고민하는 그녀의 얼굴을 잠시 내려다보던 그가 고개를 틀어 그녀의 귓가에 낮게 속삭였다.

"당장 벗기고 싶을 만큼 예뻐."

그가 속삭인 쪽의 귓불이 순식간에 붉게 물드는 것을 인우는 나른한 미소를 지으며 바라보았다. 서로에게 애정을 표현하는 것은 그에게만 어색하고 어려운 것이 아니라 그녀에게도 어렵고 아직은 쑥스러운 일일 것이었다. 그러나 그럼에도 그 모든 것들을 인우는 기껍게 할 자신이 있었다. 이제까지 제가 하지 못했던 모든 것을 이 여자에게는 전부 해 주고 싶었다.

아무리 퍼내도 마르지 않는 샘물처럼 지유에 대한 애정이 그의 마음에서 솟아나왔다.

얼굴을 붉힌 채 그를 흘겨보는 여자의 시선을 피하던 그의 눈에 커다란 바구니가 보였다. 손을 내밀어 지유의 손에 들린 피크닉 바구니를 받아 든 인우가 고개를 갸웃했다.

"이건 뭐야?"

"도시락이요."

바구니를 슬쩍 들어 올리며 무게를 가늠하던 인우가 얼굴을 살짝 찌푸렸다.

"사 먹으면 되는걸."

아침부터 동동거렸을 그녀의 모습이 눈에 훤히 보이는 것만 같았다. 한 손에는 도시락을, 그리고 한 손에는 지유의 손을 쥐고 인우는 차를 향해 걷기 시작했다. 누군가의 손을 잡고 걷는 게 아직은 무척이나 어색한 일이었다. 그러나 이 어색함이 다 사라지고 익숙해지고 편안해질 때까지, 그리고 그 이후로도 그는 이 손을 계속 잡고 있을 것이었다.

차를 타고 근처의 화원에 들러 꽃바구니를 마련한 뒤에 두 사람은 인우의 어머니와 동생이 있는 추모 공원으로 향했다. 단풍 구경 때문인지 외곽 도로는 이른 아침부터 차들로 가득 차 있어서 생각보다 시간이 좀 더 걸리고 말았다. 한 시간이 넘게 차에서 앉아 있어야 했던 지유는 인우가 주차장에 차를 세우자마자 서둘러 내려 치마의 구김을 정리했다.

조금은 수선스럽게 차림새를 다듬는 그 모습을 바라보던 인우가 입을 열었다.

"예쁘다니까."

슬쩍 그를 흘겨본 지유가 꽃바구니를 챙기고 그의 손에 제 손을 밀어 넣었다. 그리고 주차장 밖으로 걸음을 옮기기 시작했다. 이름 아침의 싸한 공기가 내려앉았지만 두 사람에게는 상쾌하게만 느껴졌다.

인우는 매번 어머니와 인영을 찾을 때마다 발에 추라도 달아 놓은 듯 발걸음이 무거웠다. 하지만 오늘은 제 손을 꼭 잡고 걷는 그녀가 있어서 조금은 수월하게 느껴졌다.

그를 따라 천천히 걷던 그녀가 추모 공원의 초입 길가에 문득 걸음을 멈추었다. 멈춰 선 지유를 따라서 그도 걸음을 멈추고 그녀를 돌아다보았다. 햇살을 가리듯 이마에 손을 올린 그녀가 하늘을 올려다보고 있었다. 그도 그녀를 따라 하늘을 올려다보았다. 솜털을 붙여 놓은 듯한 구름이 흘러가는 모습이 한가롭기 그지없었다.

하늘을 바라보던 인우는 천천히 시선을 내려 지유를 바라보았다. 살포시 눈을 내리감은 그녀는 무엇인가를 가늠하듯 미간에 작은 주름을 잡고 생각에 잠겨 있었다. 촘촘하고 긴 속눈썹이 만든 그림자를 바라보며 인우는 인내심을 가지고 차분히 그녀를 기다렸다. 그리고 마침내 그녀가 눈을 떴을 때야 조심스럽게 물어보았다.

"괜찮아?"

저를 근심스러운 표정으로 바라보는 인우에게 미안해져 지유는 작게 웃어 보였다.

"아, 미안해요. 여기 공기가 깨끗하니 좋네요. 꼭 수목원 같아요."

고개를 돌린 지유의 시야에 바람에 흔들리는 갈대숲이 춤을 추고 있는 것이 보였다. 지대가 높아서인지 노랗고 붉게 물든 낙엽수들이 언덕 아래로 무리를 지어 펼쳐져 있었다. 푸르게 빛나는 하늘빛과 대비되는 그 현란한 색감들이 마치 유화 작품처럼 아름다웠다. 지유는 천천히 인우의 손을 잡고 길을 따라 걷기 시작했다.

추모 공원의 안쪽으로 들어서자 양쪽으로 길게 늘어선 나무의 잎들이 불타오르는 것처럼 진한 주홍빛으로 또는 붉은빛으로 물들어 있었다. 그 나뭇잎들을 통과한 햇살이 그녀의 눈앞에서 붉게 쏟아져 내리며 반짝였다.

점점 납골당에 가까워질수록 지유는 긴장되는 마음을 진정하려 애를 썼다. 이상한 일이었다. 보통 이런 곳에 오면 자연이 주는 안정감에 그녀의 감각은 자연스럽게 느슨히 풀어지고는 했었다. 그런데 오히려 지금은 그 반대로 감각이 더욱 예민해지고 있었다. 자꾸만 뾰족하게 날이 서는 감각을 누그러뜨리려 지유는 애를 썼지만 그럴수록 더 매섭게 곤두서는 느낌만 강해질 뿐이었다.

그렇다고 해서 그 감각들 뒤로 느껴지는 것들이 불쾌하거나 음침하지는 않았다. 뭐라고 해야 할까? 도리어 모든 것이 투명하고 맑아서 더 확연하게 느껴지는 기분이었다. 일부러 손을 내밀지 않아도 감각을 곤두세우려 애를 쓰지 않아도 그녀가 들이쉬고 내쉬는 숨결 사이로, 피부에 닿는 공기의 결을 통해 모든 것이 닿아 있었다.

이곳에 존재하는 것들과 그녀 사이의 간격이 존재하지 않는 것처럼 가깝게, 아니 마치 그녀 자신처럼 느껴졌다. 낯선, 그리고 기묘한 느낌에 지유는 제 손을 잡고 있는 인우의 손을 더 단단히 움켜쥐었다.

그런 그녀의 마음을 알아챈 듯 인우가 그녀의 손가락 사이사이에 제 손가락을 깊숙이 넣어 깍지를 꼈다. 차가워지는 손끝에 그의 온기가 닿자 그녀는 겨우 미소를 지을 수 있었다.

"혹시 힘든 건 아니지?"

머리카락을 넘겨 주는 그의 손길은 여전히 다정했다. 지유는 그를 안심시키듯 환하게 웃어 보였다.

"그냥 좀 긴장되는 것뿐이에요. 어서 가요."

나뭇잎에 붉게 물든 빛이 내리쬐는 길의 끝에는 석조로 된 건물이

서 있었다. 각이 딱 떨어지게 반듯한 직선으로 된 사각의 건물은 폭이 좁고 긴 창문들이 군데군데 기하학적인 모양으로 나 있었다.

인우의 손을 잡고 커다란 유리문을 통해 안으로 들어서자 대리석으로 장식된 홀이 나왔다. 주말이지만 이른 아침이라 아직 텅 비어 있는 홀에는 두 사람뿐이었다. 대리석 바닥에 닿는 발소리가 조용한 실내에 크게 울리자 지유는 조심스럽게 걸음을 옮겼다.

엘리베이터를 타고 3층에 올라서자 복도를 따라 작은 방 같은 공간들이 늘어서 있었다. 천장에 매립된 조명이 환하게 불을 밝히고 있는 그 방들은 유리가 달린 작은 사각형의 공간이 양쪽 벽을 가득 채우고 있었다.

바닥에는 갖가지 화분과 꽃바구니가 가득했고 곳곳에는 방문객들을 위한 의자와 벤치가 자리 잡고 있었다. 인우가 그것들을 지나서 지유를 한 곳으로 이끌었다. 나란히 자리 잡은 인우의 어머니와 동생의 납골함 자리에는 두 사람이 함께 웃고 있는 사진도 같이 놓여 있었다. 환하게 웃고 있는 엄마와 딸은 그 웃음마저 똑같이 닮아 있었다.

그 앞에 선 인우는 두 사람의 사진에 시선을 고정하고 한참을 말없이 서 있었다. 한참을 그렇게 서 있던 인우가 문득 고개를 돌렸다. 그제야 지유가 제 손을 잡고 있는 것을 깨달았다는 듯 다시 사진으로 시선을 돌린 그가 무뚝뚝하게 입을 열었다.

"소개해 줄 사람이 있어요."

이번에는 지유가 제 체온을 나눠 주듯 인우와 마주 잡은 손에 힘을 주며 미소를 지었다. 그리고 마치 제 앞에 그의 어머니가 서 있는 것처럼 고개를 숙여 인사를 했다.

"안녕하세요? 정지유라고 합니다."

그런 지유를 물끄러미 바라보던 인우가 유리문을 열고 사진을 꺼내 들었다.

"어머니와 여동생이야."

하얀 곰 인형을 안은 여자아이의 미소가 햇살보다 더 밝게 빛이 났다. 그리고 그 아이의 어깨를 끌어안은 여자의 미소도 아름다웠다.

"인우 씨하고 아버지가 닮은 것처럼 어머님과 동생도 서로 닮았네요."

"그래서 어머니가 인영이를 더 예뻐하셨지."

쓸쓸한 어조로 사진을 제자리에 놓아둔 인우가 가져온 꽃바구니에서 리시안셔스 한 송이를 꺼내 그 옆에 내려놓았다. 까만색 바탕에 하얀색으로 꽃이 그려진 납골함의 겉에는 '아픔 없는 곳에서 행복하길.'이라는 글자가 새겨져 있었다.

잠시 그 글자들을 천천히 더듬던 인우가 입을 열었다. 혼자 하는 말인지 어머니에게 하는 말인지 알 수 없는 말을 중얼거리는 그의 시선은 먼 곳을 향해 있었다.

"저는 아직도 잘 모르겠어요. 정말 이제는 아프지 않으신 건가요?"

인우는 눈을 질끈 감았다. 마지막으로 그에게 남겨진 어머니의 모습은 내내 그에게 상처일 뿐이었다. 그 상처가 남긴 고통이 너무나 강렬해서 이전의 모든 좋았던 기억들마저 희미하게 흐려져 버렸다.

그러나 이 여자가, 그리고 그녀가 만들어 주었던 음식들이 그가 잊고 있었던 다정한 추억을 되살려 주었다. 인우는 천천히 눈을 떠 납골함에 새겨진 글자를 바라보았다.

"이 말을 믿고 싶어요."

믿고 싶었다. 믿어야만 했다. 그래야 제 옆에 선 여자와 내일을, 그리고 그다음 날을 살아갈 수 있을 것이었다. 그저 제가 참는 것만으로는 이제 이 여자를 아프지 않게 할 수 없었다. 그러니 제게 씌워진 죄책감의 굴레도 잊어야만 했다. 그녀가 되살려 준 추억의 힘으로 그녀를 행복하게 해 주고 싶었다.

고통스러운 목소리로 중얼거리는 인우의 목소리가 그녀에게 아프게 박혀 왔다. 마치 그녀가 왜 이곳에 오자고 했는지 그는 전부 알고 있는 것만 같았다. 지유는 잠시 놓았던 그의 손을 다시 잡고 인우처럼 납골함을 향해 손을 뻗었다.

"어머니, 인우 씨 그만 놓아주세요. 지금까지 충분히, 그리고 많이 아파했으니 이제 행복하게 해 주고 싶어요. 그래도 될까요?"

지유의 목소리에 새겨진 간절함에 인우는 고개를 돌려 그녀를 마주 보았다. 마주 잡은 손과 마주 바라보는 눈빛에 서로의 아픔이 닿고 서로를 향한 마음이 닿았다. 남자의 눈동자에 세월만큼이나 깊은 상처와 고통이 떠올랐다가 가라앉았다. 그런 그의 어깨를 안아 주려 지유가 손을 뻗으려는 순간 어디선가 열린 창을 통해 바람이 불었다.

보송보송한 햇살의 따스함과 수목의 진한 향기를 가득 머금은 바람이 부드럽게 일렁였다. 느릿하게 움직이던 바람은 인우의 어깨를 쓰다듬고 얼굴을 매만진 뒤에 지유에게 닿았다. 그리고 그녀에게 속삭였다. 바람의 속삭임을 듣는 지유의 눈에서 툭 하니 눈물이 떨어졌다.

"왜?"

의아하게 그녀를 바라보는 인우의 얼굴에는 여전히 바람이 닿아 있었다. 바람이 매만지고 있는 그의 뺨에 지유가 손을 뻗었다. 단단하면서 매끄러운 그의 얼굴의 체온을 느끼면서 지유는 눈을 감았다.

"어머니께서……."

잠시 숨을 크게 들이켠 그녀가 다시 눈을 떠 그를 바라보았다.

"미안하다고 하셨어요."

"뭐?"

믿어지지 않는다는 듯 저를 바라보는 인우를 바라보며 지유는 눈물로 젖은 얼굴을 하고 기쁘게 웃었다.

"이젠 다 잊고 행복하라고 하셨어요."

인우는 지유의 젖은 뺨을 쓸어 주었다. 사실일까? 인우는 알 수 없는 일이었다. 그러나 거짓말이면 어떠하랴? 이 여자가 그만큼 저를 생각한다는 사실만으로도 인우는 그 말을 믿어야만 했다.

"그래, 알았어."

울고 있는 여자를 달래려 그의 손길이 바쁘게 움직였다. 눈물을 닦아 주고 뺨을 쓰다듬고 그래도 여자가 눈물을 그치지 않자 인우는 그녀를 안아 주려 팔을 뻗었다.

"그리고 인우 씨 동생이 고맙대요. 아나스타샤를 보내 줘서."

지유의 말을 들은 인우의 얼굴이 서서히 충격으로 물들었다. 지유를 향해 뻗었던 손을 거둬들인 그가 제 눈을 가렸다. 억눌린 신음을 뱉은 인우가 비틀거리며 벽에 기대었다.

아나스타샤.

그것은 인영이 갖고 싶어 하던 구체관절인형이었다. 어머니의 단골 소품 가게에서 발견한 파란 눈동자의 인형에 동생은 첫눈에 반해 버렸다. 제법 고가인 그 인형의 파란 눈에 매혹된 인영이 부모님을 졸라 봤지만 어린아이가 갖기에는 너무 비싼 물건이었다.

그걸 갖겠다고 매일 저금통에 돈을 모으고 그 인형이 팔릴까 봐 종종 소품 가게에 들러 자신이 꼭 저 인형을 살 테니 절대 팔지 말라고 주인에게 부탁하고는 했다. 그게 귀여워서 인우는 남는 용돈을 동생에게 몰래 건네주고는 했다. 그럴 때마다 신이 나서 오빠가 최고라며 끌어안던 인영의 까르르 웃던 소리가 그 무엇보다 듣기 좋았었다.

인우가 그 인형의 기억을 떠올린 것은 아주 뜨거웠던 고등학교의 여름이었다. 문득 고개를 들어 바라본 하늘의 색이 그 인형의 눈동자처럼 파랬었다. 여름이 가져온 비정상적인 열기 때문이었을까? 인우는 충동적으로 있는 돈을 다 긁어모아 그 인형을 샀다.

무슨 정신으로 인형을 사고 납골당까지 왔는지 인우는 알 수 없었다. 정신을 차렸을 때는 인형을 손에 쥐고 동생의 납골함 앞에 서 있을 뿐이었다.

그러나 아무리 동생이 원하던 인형을 가져왔어도 동생의 웃음소리조차 들을 수 없다는 사실에 인우는 참아 왔던 눈물을 터뜨렸다. 후회와 죄책감, 그리고 그리움에 한참을 울던 인우는 아나스타샤를 동생의 납골함에 같이 넣어 두었다.

그 여름 아무도 모르게 제가 가져다 놓은 선물의 이름을 지유가 말하자 인우는 저도 모르게 눈시울이 뜨거워졌다. 정말 이제는 다 잊어도 좋을 것만 같았다. 그의 어깨에 늘 앉아 있던 묵직한 죄책감의 무게가 공기 중으로 서서히 부서지며 사라져 갔다. 환청처럼 그에게도 이제 다 괜찮아질 거라고 말하는 어머니와 인영의 목소리가 들리는 것만 같았다.

인우의 얼굴을 가린 손 아래로 굵고 뜨거운 눈물이 흘러내린 것을 본 지유가 그를 끌어안았다. 가늘게 떨리는 어깨를 도닥이며 지유는 행복하게 울었다. 이제까지 그를 괴롭히던 모든 것을 벗어던질 수 있음에, 그리고 행복해하는 것을 죄스럽게 생각하지 않을 수 있음에 기뻐했다.

두 연인을 부드럽게 안아 준 바람은 왔던 것처럼 어디론가 사라져 버렸다. 지유가 한참을 기다렸지만 그녀에게 속삭였던 바람은 되돌아오지 않았다. 그리고 그 이후로도 내내 그녀는 그 속삭임을 두 번 다시 들을 수는 없었다. 그러나 그 단 한 번만으로도 충분했다.

그에게 그녀가, 그녀에게는 그가 꼭 필요한 조각이었음을 확인하는 순간이었다.

방문객들이 웅성거리며 납골당을 가득 채우기 시작할 때까지도 두 사람은 한참을 서로를 보듬은 채 그렇게 서 있었다.

이른 아침인데도 카페 마녀의 아침은 다른 때와는 달리 부산스럽기만 했다. 정호가 내려 준 커피를 마시는 인우의 눈썹이 불만스럽게 일그러져 있었다. 그의 신경을 거슬리는 것은 비단 소음뿐만은 아니었다.

전혀 우습지도 않는 농담을 시시덕거리며 지유의 어깨에 매달려 있는 석현의 존재가 그의 비위를 긁어 대고 있었다. 마치 그에게 보란 듯이 지유의 관심을 독점하고 있는 석현 때문에 상쾌해야만 할 아침이 영 못마땅해지고 말았다.

"이러고 있을 시간 있어? 얼른얼른 촬영하고 꺼져!"

지유의 날카로운 일갈에 석현이 눈꼬리를 내리며 불쌍한 표정을 지었다.

"오랜만에 왔는데 그렇게 빨리 쫓아내고 싶어? 연애하더니 우정은 하찮다 이거지?"

징징대는 석현을 상대하는 지유의 머리에 연기가 모락모락 올라가는 것만 같았다. 촬영 한 번만 하자는 부탁을 들어준 것이 후회스러울 정도였다.

"나 오늘 정말 바빠. 그러니까 주방은 출입 금지! 그리고 되도록 빨리 촬영하고 가 줘. 제발!"

이를 악물고 으르렁거린 지유가 주방으로 들어가 버리자 정호가 주먹으로 입을 막고 큭큭거렸다. 커피를 마시던 인우도 입술이 비죽이 올라가는 것을 막지 않았다. 투덜거리던 석현이 스태프들을 도와 촬영 준비를 시작하자 인우는 지유에게 출근 인사를 하러 주방으로 들어갔다.

"이제 출근할게."

익숙하게 그와 버드 키스를 나눈 지유가 달콤하게 웃었다.

"저녁에 봐요."

"그래."

아쉽다는 듯 다시 그녀의 입술을 머금은 그가 떼어지지 않는 발걸음을 옮겼다. 소란스러운 홀을 지나면서 석현과 정호에게 고갯짓으로 인사를 하고 카페를 빠져나온 인우는 뛰어오는 민서와 부딪혔다.

"아, 죄송해요."

부스스한 머리를 문지르며 꾸벅 사과한 민서가 서둘러 카페 문을 열고 들어서는 것을 인우가 신기하게 바라보았다. 한 번도 민서가 저렇게 빨리 움직이는 것을 본 적이 없었다. 희한하다고 생각하며 고개를 돌리는 인우의 눈에 평소와 다른 것이 띄었다.

잠시 눈매를 좁히며 고민하던 인우는 도로를 건너 주차된 차에 다가갔다. 운전석 쪽 문에 인우가 다가서는데도 모른 척하고 있는 운전자를 향해 그가 유리창을 두들겼다. 그러자 결국은 항복이라도 하듯 창문이 서서히 내려갔다.

"여긴 웬일이세요?"

고개를 숙여 운전자를 바라보던 인우가 재촉하듯 말을 이었다.

"아버지?"

민망하다는 듯 턱을 쓰다듬은 성진이 인사를 했다.

"잘 지냈지?"

"여긴 무슨 일이세요?"

인우의 물음에 성진이 곤란한 표정을 지었다.

"아, 그게 출근하다가 볼일이 있어서 이쪽으로 지나는 길이었다. 이제 출근하나 보구나."

당황한 기색이 역력한 그 대답에 인우는 미간을 좁혔다. 이 이른 아침에 아버지의 병원과는 반대쪽인 이곳에 무슨 볼일이 있다는 말인가? 게다가 차는 시동조차 꺼져 있는 상태였다. 열린 창으로 느껴지는 실내의 공기조차 차갑게 식어 있었다. 그렇다면 성진이 이곳에 온 이유는 하나뿐이었다. 인우는 비로소 어떻게 아버지가 저와 지유의 사이를 알게 되었는지 깨닫게 되었다.

"여기 자주 오셨죠?"

확신을 가지고 묻는 인우의 질문에 성진은 헛기침을 하며 그의 시선을 외면했다.

"그냥 가끔 지나가다가."

겸연쩍어 하는 성진의 대답에 인우는 아버지에게 맺혀 있던 마음이 느슨하게 풀어지는 기분이 들었다. 어쩌면 내내 그저 혼자인 것만은 아닌 모양이었다. 아버지가 잘못된 선택으로 그를 혼자 남겨 두었지만 그 당시 아버지에게는 그것이 최선이었을지도 몰랐다. 과정도 결과도 좋지 못했지만 다시 회복할 기회를 주지 않은 것은 인우였다.

그래서 인우는 아버지가 다시 내민 손을 잡아 주기로 했다.

"출근하셔야죠. 지각하시면 유 간호사님 잔소리가 장난 아닐 텐데요?"

아버지의 병원에서 오랫동안 일하고 있는 간호사의 이름이 인우의 입에서 나오자 화들짝 놀란 성진이 시계를 보았다.

"그래. 가 봐야겠구나."

차의 시동이 걸리는 것을 바라본 인우가 무뚝뚝하게 성진을 불렀다.

"조만간 데리고 인사 갈게요. 그러니까 추운데 이러고 계시는 거 그만하세요."

인우의 말을 이해하지 못한 듯 성진이 잠시 멍하게 그를 바라보았다.

"그래그래. 기다리고 있으마."

고개를 끄덕이는 성진의 목소리가 희미하게 떨리고 있었으나 인우는 모르는 척 차에서 한 발 물러섰다. 그리고 아버지의 차가 모퉁이를 돌아서 사라질 때까지 그 자리에 서 있었다.

"아저씨!"

그런 그를 깨우듯 카페의 앞에서 기연이 팔을 신나게 흔들며 인우를 불렀다.

"거기서 뭐 해요? 아저씨?"

폴짝거리며 소리를 치는 기연의 목소리에 인우는 서둘러 길을 건넜다. 아직 등교 시간은 안 되었지만 카페 앞에 서 있는 기연에게 한마디 안 할 수는 없는 일이었다.

"학교는?"

"헐! 사귀면 닮는다더니 그런 것까지 배우고 그래요?"

투덜대는 아이의 볼이 불룩해졌다.

"개교기념일이에요. 개교기념일!"

목청을 돋워 자신의 무죄를 주장한 기연이 날름 인우의 팔짱을 꼈다.

"뭐야, 이건?"

찡그리는 인우의 얼굴을 바라보며 배시시 웃은 기연이 그의 팔을 잡아당겼다.

"내가 새벽같이 여길 왜 왔는데요. 지석현이 사진 찍어 준다 했단 말이에요. 그 인간이 자기가 유명한 포토그래퍼라고 얼마나 콧대 높게 구는지 알아요? 사진 한 장을 쉽게 안 찍어 준다고요. 그러니까 이런 날이 쉽게 오는 게 아니란 말이에요."

"그게 나랑 무슨 상관이지?"

눈썹을 치켜 올리는 인우의 얼굴 앞에 기연이 손가락을 흔들었다.

"아직 지유 언니랑 찍은 사진 없죠?"

말없이 눈썹만 구기는 인우의 얼굴을 바라보며 기연이 혀를 찼다.

"그럼 그렇지. 둘 다 셀카라도 찍을 사람들이 아니니……."

고개를 절레절레 흔드는 기연의 뒤로 사람들이 우르르 쏟아져 나왔다.

"인우 씨 출근 안 했어요?"

눈을 동그랗게 뜨고 물어오는 지유의 말에 인우는 어깨를 으쓱할 수밖에 없었다.

"내가 잡아 왔지!"

자랑스럽게 브이를 해 보이는 기연에게 정호가 잘했다며 머리를 쓰다듬었다.

"얼른 찍어야 나도 촬영하지. 이쪽이 역광이니까 벤치 옆으로 자리 잡는 게 좋겠다. 자자, 빨리빨리 서 봐."

석현의 말에 정아와 민서가 나란히 서고 그 옆으로 정호와 기연이 섰다. 가만히 서서 그 모습을 바라보고 있는 지유와 인우에게 사람들이 손짓을 했다.

"아저씨, 빨리 와요."

"사장님."

서로를 바라보며 어쩔 수 없다는 듯 웃어 보인 두 사람은 손을 잡고 한쪽에 자리를 잡았다. ISO와 셔터스피드와 조리개 등을 조절한 석현이 시험 삼아 사진을 몇 장 찍더니 한숨을 쉬었다.

"다들 왜 이래? 똥이라도 씹었어?"

"우엑!"

석현의 말에 금방이라도 토할 듯 기연이 혀를 내밀었다.

"그런 소리 듣기 싫으면 좀 웃어 봐. 안 되면 김치라도 하던지."

잔소리를 하며 사진을 찍던 석현이 갑자기 카메라를 뒤에 선 스태프에게 넘겼다.

"야, 정현아, 나도 한 방 찍어 줘라. 그냥 셔터만 눌러."

성큼성큼 걸어온 석현이 민서의 어깨에 팔을 척 하니 걸치고 서자 다들 카메라가 아닌 석현과 민서에게 시선을 고정했다.

찰칵!

"카메라 봐. 카메라."

천연덕스러운 석현의 말에 기연이 도끼눈을 떴다.

"지금 이거 뭐야?"

찰칵!

"둘이 혹시 사귀어?"

찰칵!

"지석현!"

지유가 날카롭게 석현을 부르자 능청스러운 목소리가 대답했다.

"화내면 못난이로 나온다. 김치!"

찰칵!

고개를 갸웃거리던 민서가 그제야 느릿하게 제 목소리를 내었다.

"그 둘 중에 하나가 혹시 저예요?"

민서의 말에 잠시 정적이 흐르고 약속이라도 한 듯 모두들 웃음을 터뜨렸다.

찰칵!

이른 아침의 제법 쌀쌀해진 거리 위로 그들의 웃음소리가 유쾌함을 가득 품고 울려 퍼졌다. 그들 모두에게 오늘은 어제보다 행복한 아침이었다.

카페 마녀의 하루가 그렇게 또 시작되었다.

술은 달고도 썼다. 어두운 칵테일 바 안에서 석현은 혼자 술잔을 기울였다. 그 모습을 보고 말을 걸어오는 여자가 벌써 여러 명이었다.

"혼자 오셨어요?"

은근히 말을 걸어오는 여자에게 눈도 돌리지 않고 석현이 술을 한 모금 마셨다.

"관심 없습니다."

매정한 대꾸에 자존심이 상한 여자의 하이힐 소리가 날카롭다.

"그러게 왜 나 외로워요, 라는 표정으로 앉아 있는 거냐?"

바텐더이자 사장인 일우의 물음에 석현이 피식 웃었다.

"언제는 내가 외롭지 않아서 여자들이 많았나?"

뻔뻔한 대답에 일우가 석현의 턱을 잡고 좌우로 움직여 보더니 혀를 찼다.

"이 얼굴만 반반한 자식이 뭐가 좋다고 다들 난리야?"

일우의 트집에 석현이 웃음을 터뜨렸다. 그러게 다들 왜 그렇게 난리인 걸까? 이런 반반한 얼굴 따위 정작 내가 원하는 사람에게는 아무 소용도 없는데. 차라리 그 녀석을 내 품에서 쉴 수 있게 할 수 있다면 더 좋았을 것을.

소용없는 바람에 목을 타고 넘어가는 술이 쓰고 아팠다. 사랑에 빠진 지유는 반짝이고 아름다웠으나 그 모습은 제 것이 아니었다. 석현은 지금 현실을 받아들이려고 기를 쓰는 중이었다. 하지만 25년은 쉽게 지워지는 것이 아니었다.

괜찮은 척했지만 모두 거짓이었다. 사실은 지유를 제 옆에 잡아 두고 싶었다. 제가 안아 주지 못해도 제 옆에 잡아 두고 싶은 이기심이 커다랗게 아가리를 벌리고 석현에게 속삭였다. 넌 위선자야. 그렇게 갖고 싶으면 뺏어 버려.

상처받은 지유가 제 품에 안겨 울고, 그런 그녀를 안아 주는 상상을 해 보지 않은 것도 아니었다. 그러나 석현은 그 유혹에 넘어가지 않으려 기를 썼다. 제 추한 이기심을 마주하는 날에는 지유를 똑바로 보지 못할 것만 같았다. 그래서 그가 할 수 있는 것은 매일매일 술을 마시는 것뿐이었다.

"……씨? 민서 씨?"

멍한 귓가에 저를 부르는 목소리가 희미하게 들려오기 시작했다. 혼자만의 세상에 빠져 있다가 느리게 눈을 깜빡이던 민서는 그제야 다들 저를 바라보고 있는 것을 발견했다. 그녀를 다시 세상으로 불러오는 주문처럼 정호가 눈앞에서 손가락으로 '딱' 하고 소리를 냈다.

"뭐라고 하셨어요?"

부스스한 머리를 쓸어 올리며 묻자 정호가 고개를 저었다.

"누나, 사장님이 다음 주에 유치원 파티용 컵케이크 주문 왔다고 했잖아."

"아, 죄송해요. 못 들었어요."

그녀의 사과에 사장인 지유가 어깨를 달싹였다.

"괜찮아요. 저번처럼 민서 씨가 또 새로 디자인 만들어 볼래요?"

제게 능력을 발휘할 기회를 주는 지유에게 민서는 고마움을 느꼈다. 늘 멍하니 딴생각을 하는 버릇 때문에 어디를 가나 모자란 사람 취급을 받기 일쑤였지만 적어도 이곳에서는 그것 때문에 무시당하고 욕을 먹는 일은 없었다. 물론 그녀 자신도 제 할 일만은 잊지 않으려 애를 쓰고 있었지만 말이다.

저녁 식사 시간에 쓸 포카치아가 다 구워질 시간이 되자 민서는 서둘러 일어서 오븐용 장갑을 꼈다. 블랙 올리브가 송송 박힌 짭짤한 포카치아를 식힘판에 얹어 두며 민서는 그 따스한 향기에 희미하게 미소를 지었다.

그녀는 제가 겨우 찾은 이 재능이 너무나 감사했다. 다른 일에는 늘 서투르고 실수투성이에 전혀 발전도 없었지만 그저 취미로 배우기 시작한 이 일은 달랐다. 가족 누구도 그녀의 직업을 대단하게 생각하지 않았지만 그녀는 처음 자격증을 받았을 때의 기쁨을 생생하게 기억했다. 부모와 형제의 비웃음과 무시 따위는 상관없었다.

식힌 포카치아를 저녁 식사에 쓸 크기로 전부 잘라 놓는 일까지 마치자 민서는 시계를 보며 초조해하기 시작했다. 아직은 해가 긴 여름이라 괜찮았지만 날이 지날수록 해가 더 빨리 기울어 가는 것을 느낄 수 있었다. 저도 모르게 테이블을 두드리며 조바심을 내던 그녀는 시계가 5시 반을 가리키자 서둘러 일어섰다.

"퇴근해도 되죠?"

지유가 고개를 끄덕여 주자 민서는 탈의실에서 정신없이 옷을 갈아입고 나왔다.

"안녕히 계세요!"

90도로 인사하는 그녀에게 다들 웃음으로 대답을 했다. 마음은 자꾸 바빠졌지만 그래도 제게 웃어 주는 사람들 때문에 그녀는 가끔 행복이란 게 이런 걸까? 라는 생각을 했다. 그러나 택시를 타고 집으로 가면서 또 멍하니 그것도 이제 끝이겠구나 하는 쓸쓸함에 빠지고 말았다. 어차피 밤이 길어지고 낮이 짧아지면 이 행복한 아르바이트도 그만두어야 했다.

집으로 들어오자 마침 김 여사님이 퇴근 준비를 하고 있었다. 본가에서 일하는 김 여사님은 일주일에 두 번씩 와서 그녀의 살림을 돌봐 주고 있었다. 괜찮다고 하고 싶었지만 그런 말을 한다고 해서 어머니가 그녀의 말을 들어줄 리는 만무했다.

어머니에게는 그녀가 늘 모자라고 부족했으니까.

"아가씨, 식사 준비해 놨어요."

"네. 수고하셨어요."

"목요일에 뵐게요."

"안녕히 가세요."

늘 똑같은 대화를 나누고 인사를 한다. 김 여사님이 고개를 깊이 숙여 답하고 문을 빠져나가자 민서는 적막해진 집 안을 둘러보았다. 불이 환하게 켜진 커다란 집은 고급스러운 가구로 가득 차 있었지만 반대로 아무도 없이 텅 비어 있었다. 그녀가 독립하고 싶다고 말했을 때 이런 커다란 집을 원한 게 아니었다. 그러나 어머니의 뜻을 거스를 수는 없었다.

민서는 식탁 가득 차려진 음식을 외면하고 소파에 길게 기대어 앉

았다. 밖은 이제 막 노을로 서서히 물들기 시작했지만 집 안은 비정상
적으로 환하게 불이 켜 있었다. 그 불빛에 눈이 부신 그녀가 느리게
눈을 깜빡였다.

〈피곤해?〉

특유의 낮고 부드러운 목소리가 그녀에게 물었다.

〈조금.〉

커다랗고 까무잡잡한 손이 그녀의 부스스한 머리를 어루만졌다.

〈그래도 저녁은 먹어야지.〉

민서는 흐린 눈을 들어 제 앞에 몸을 숙이고 있는 남자를 바라보았
다. 까만 머리를 올려 묶고 있는 그는 구릿빛의 상체에 깃털과 갖가지
구슬이 꿰어진 목걸이를 하고 있었다.

〈웅카스.〉

그녀가 부르자 그가 얇은 눈을 휘며 미소를 지었다. 그러고는 다부
진 제 손을 내밀었다.

〈가자. 순이가 기다려.〉

웅카스의 손을 잡고 식탁으로 걸어가자 갖가지 캐릭터가 그려진 그
릇들로 차려진 저녁 식사가 그녀를 기다리고 있었다. 빨간 장미로 테
두리가 장식된 접시를 만지작거리자 빨간 토끼 순이가 그녀의 손에 제
얼굴을 문질렀다.

물이 가득 담긴 잔에서 꿀벌 마야가 날아올라 웅카스의 머리에 앉
자 민서는 작게 미소를 지었다. 팔다리가 긴 곰 월이 제 맞은편 의자
에 나른하게 늘어지자 그녀는 숟가락을 들었다. 어제와 같은, 언제나
상상의 친구들이 함께하는 그녀 혼자만의 저녁 식사였다.

쳇바퀴 돌 듯 아무 일 없이 흐르는 일상이었다. 아침에 출근해 빵과
컵케이크를 만들고 쿠키를 만들며 멍하니 제 상상의 세계에 빠졌다가

퇴근 시간이 되면 집으로 돌아왔다. 아무런 자극도 충격도 없는 무미 건조하고 평화롭고 지루한 일상. 느리게 걷는 그녀의 발걸음에는 돌부리 하나도 걸리는 일이 없었다. 바로 어제까지는.

퇴근한 민서는 멍하니 제 빌라 입구에 들어서다가 무언가에 걸려 넘어지고 말았다. 무방비 상태에서 바닥에 패대기가 쳐지듯 넘어진 그녀는 거칠게 쓸린 손바닥을 문지르며 돌아앉았다. 그리고 빌라 입구 길가에 발을 길게 늘이고 구겨진 듯 주저앉은 남자의 형상에 얼굴을 찡그렸다.

저한테 채인 다리가 아팠던지 남자가 신음을 뱉으며 고개를 돌리는 순간 민서는 저도 모르게 그에게 다가앉고 말았다. 부드럽게 흘러내린 머리카락이 이마를 덮은 남자는 눈을 감은 채 얼굴을 잔뜩 찌푸리고 있었지만 준수한 얼굴은 여전히 아름다웠다.

지석현. 늘 멍하니 앉아 있다고 해서 민서가 눈치가 없는 것은 아니었다. 그가 카페 사장인 지유를 좋아한다는 것은 웅카스가 그녀의 귀에 속삭여 주지 않아도 눈에 훤히 보일 정도였다. 사람을 좋아하는 마음이 가린다고 다 가려지는 것은 아니었으니까.

우습게도 사람들은 민서가 멍하다는 이유로 그녀 앞에서 쉽게 긴장이 풀어지고는 했다. 덕분에 민서는 그가 흘린 감정의 조각들을 자주 발견하고는 했다.

"저기요?"

술 냄새를 풀풀 풍기며 고개를 숙이고 있는 그를 흔들어 봤지만 대답은 돌아오지 않았다. 내키는 일은 아니었지만 민서는 남자의 주머니를 뒤져 휴대폰을 꺼내 봤다. 그러나 이미 배터리가 다 되어 있는지 전원조차 켜지지가 않았다. 고급 빌라들이 늘어선 한적한 골목엔 지나는 사람조차 드물었다. 해가 그림자를 길게 늘이기 시작하자 민서는 마음이 급해지기 시작했다.

"으."

욱신대는 머리를 문지르며 석현이 눈을 껌뻑였다. 참을 수 없을 정도로 밝은 빛이 깜빡이는 눈 밑을 찌를 듯이 번쩍였다. 끙 하고 신음을 뱉은 석현이 빛을 가리려 손을 눈앞에 펼쳤다. 제가 누워 있던 소파에서 일어나 얼굴을 벅벅 문지르던 석현은 그제야 이곳이 낯선 곳임을 깨달았다.

이틀을 밤을 새운 촬영이었다. 펑크 난 기사를 급하게 때워야 하는 잡지사의 일정을 맞추느라 보정 작업까지 후배들을 닦달해 가며 끝낸 뒤에 또 몰아붙인 것이 미안해서 낮부터 술판을 벌였다. 옆에 누가 있다고 마음 놓고 마신 탓일까? 드문드문 이어지는 기억에 석현은 눈매를 좁혔다. 탁자 위에 얌전히 놓인 그의 휴대폰마저 배터리가 다 되어 전원이 꺼진 상태였다.

저를 들여다보던 하얀 얼굴이 떠오르자 석현은 자리에서 일어나 주위를 둘러보았다. 일단은 참을 수 없을 것만 같은 갈증을 먼저 해결해야 할 것 같았다. 주방으로 들어가 정수기에서 물 한 잔을 따라 마신 석현은 문득 이상한 점을 발견했다. 집 안 곳곳에 불이 환하게 켜져 있었다. 낯선 방문객 때문에 걱정스러웠던 걸까?

조용히 걸음을 옮기던 그는 문을 빠끔히 열어 둔 채 침대에 잠들어 있는 민서를 발견했다. 키가 껑충하니 큰 여자가 아이처럼 몸을 둥글게 말고 부스스한 머리를 헝클어뜨린 채 잠에 빠져 있었다. 침실까지 훤히 켜져 있는 형광등 불빛이 그에게도 피곤함을 불러왔다.

환한 불빛이 불편한지 잠든 여자의 눈꺼풀이 파르르 떨리는 게 느껴졌다. 석현은 어렵지 않게 전등 스위치를 찾아 불을 껐다. 주방의 불을 끄고 화장실에서 간단히 세수를 한 그가 어쩐지 그냥 가기 미안해서 메모지를 찾아 인사를 적기 시작할 때였다.

"아악! 웅카스!"

갑작스러운 비명에 석현은 민서가 있는 방으로 달려갔다. 여자는 어둠 속의 그를 보고 더 발작적으로 비명을 지르기 시작했다.

"악!"

귀를 막고 비명을 지르는 여자를 달래려 석현은 다급하게 제가 껐던 불을 다시 켰다.

"민서 씨. 나예요! 진정해요."

초점 없이 흔들리던 여자의 눈동자가 그를 알아보는 듯 움직임을 멈추었다. 그리고 비명 대신 작은 흐느낌이 방을 채웠다. 눈물범벅이 된 여자의 얼굴은 마치 악몽을 꾼 어린아이 같았다. 석현은 저도 모르게 그녀에게 다가갔다.

"괜찮아요?"

말없이 고개를 끄덕이는 모습이 애처로웠다. 남에게 보이기 위해 억지로 만들어 낸 가식적인 애처로움과는 다른, 어린아이 같은 모습이 마음에 걸렸다. 그래서 석현은 불을 환하게 밝힌 그 집 거실을 아침이 될 때까지 떠날 수가 없었다.

"어? 류민서 씨!"

알 수 없는 일이었다. 왜 저 남자는 술만 마시면 그녀의 집 앞에 오는 것일까? 벌써 3번째던가? 처음처럼 만취해 오는 일은 없어서 경비원과 함께 끙끙거리며 집까지 끌고 오지 않아도 되는 것은 다행이었다. 고개를 기울이며 남자를 빤히 보던 민서가 주섬주섬 휴대폰을 꺼내 들었다.

"거기 112죠? 여기 술 취한 사람이 있는데요."

느릿느릿 그녀가 신고를 시작하자 남자가 항복하듯 두 손을 들어 보였다.

"알았어요. 알았어. 갈게요. 저기 뒤에 있는 빌라가 우리 집이에요."

"죄송해요. 다시 보니 자기 발로 집에 갈 수 있는 것 같네요."

민서가 전화를 끊자 석현이 점퍼 주머니에서 무언가를 꺼냈다.

"자! 이거 자기 전에 데워서 마시면 잠이 잘 올 거예요."

민서는 석현이 제 손에 쥐여 주는 물건을 물끄러미 바라보았다. 유리병으로 된 두유였다. 그리고 단정한 글씨로 적힌 번호 11개가 유리병 위에 적혀 있었다.

"혹시 밤에 무서우면 전화해요!"

손을 흔들며 웃어 보이는 남자의 얼굴이 저물어 가는 햇살에 반짝반짝 빛이 났다. 기분이 이상했다. 집에 들어와 탁자에 두유를 내려놓고 민서는 턱을 괴고 앉아 물끄러미 그것을 바라보았다.

〈웅카스, 참 이상한 남자지?〉

그녀 옆에 앉은 웅카스가 대답 없이 인디언 특유의 무뚝뚝한 미소를 지으며 머리를 쓰다듬어 주었다. 민서는 몸을 웅크리고 웅카스에게 기대었다. 빨간 토끼 순이가 깡충깡충 다가오더니 제 머리를 민서의 손 아래로 들이밀었다. 갈색 곰 월이 느릿느릿 팔을 흔들며 다가오더니 웅카스와 그녀의 발밑에 길게 팔을 늘이고 누워 하품을 했다. 그 모습이 우스워 민서가 작게 웃음을 터뜨렸다.

집 안은 여전히 아침에 그녀가 나가던 그대로 불이 환하게 켜져 있었다. 그 불빛 아래에서 민서는 천천히 눈을 감았다.

그녀가 어둠을 무서워하기 시작한 것은 6살 때부터였다. 태어나 보니 그녀는 아주 부잣집의 늦둥이 막내딸이었다. 부모님의 사이가 썩 좋은 것은 아니었지만 그렇다고 딱히 나쁘지도 않았다. 그리고 이미 다 자란 형제들은 그녀를 귀찮아했다. 그녀의 가족 누구도 딱히 그녀에게 관심을 두지 않았다.

게다가 이미 명문 중학교와 명문 고등학교에서 전교 1등을 맡아 둔 오빠와 언니들과는 달리 그녀는 영재는커녕 발달장애가 아닐까 싶을 정도로 모든 것이 늦었다. 애초에 부모는 그런 그녀에게 기대를 버렸다.

어느 날 오빠마저 유학을 떠나 버리자 집은 더 썰렁해졌다. 부모님은 늘 잦은 외출로 집을 비웠고 언니들은 공부 때문에 집에 늦게 들어왔다. 집안일을 봐주는 정원사 아저씨와 도우미들이 있었지만 그들 또한 본인들의 일로 늘 바빴다. 그래서 유치원을 다녀오면 그녀는 늘 갈색 곰 인형 윌하고 놀았다.

그리고 문제의 그날, 민서는 윌과 함께 서재 구석에서 숨바꼭질을 하다가 잠이 들었다. 싸늘한 냉기에 잠이 깬 그녀는 제 눈앞에 내린 캄캄한 어둠에 숨을 죽였다. 어둠 속에서 윌조차도 보이지 않았다. 손으로 바닥을 더듬어 윌의 다리를 붙잡은 그녀는 천천히 걸어 벽에 있는 스위치를 찾았다.

딸깍딸깍! 아무리 눌러봐도 불은 켜지지 않았다. 공포가 그녀의 목을 조여 왔다. 겁에 질린 그녀의 입에서 저도 모르게 엄마가 튀어나왔다.

"엄마! 엄마!"

서재 문을 열고 나오자 어둠에 덮인 2층 복도가 기괴하게 흐늘거렸다. 그녀의 목소리가 집 안 전체에 부딪혀 다시 되돌아왔지만 아무도 나타나지 않았다. 창밖에서 빛이 번쩍했다. 번쩍이는 빛에 모든 그림자가 괴물의 팔처럼 길게 늘어났다. 그 팔이 그녀를 향해 손을 뻗자 갑자기 귀가 먹먹하도록 천둥이 쳤다.

"아악! 엄마! 아줌마!"

비명을 지르며 계단으로 달려갔다. 어느새 흘러나온 눈물로 얼굴이 범벅이 되었으나 그것조차 느낄 수 없었다. 캄캄한 계단이 다시 번쩍이는 불빛에 좌우로 흔들거렸다. 다시 한 번 천둥이 울리자 그녀는 계단 아래로 굴러 떨어지고 말았다. 그리고 암흑이었다.

결국 팔이 부러졌다. 병원에 입원했다 집에 돌아온 뒤부터 그녀는 절대 불을 끄지 못하게 했다. 제 방 밖 거실의 불을 끄는 것조차 두려워했다. 정신과 치료를 받았다. 그러나 아무 소용도 없었다.

부모는 그녀를 부끄러워했고 그녀는 제 상상의 세계로 도망을 쳤다. 이곳은 그녀의 도피처였다. 인디언 웅카스와 꿀벌 마야와 빨간 토끼 순이, 그리고 제 갈색 곰인 월이 있는 곳. 아직도 그녀는 두려웠지만 제 상상의 친구들 외에는 누구도 그녀의 손을 잡아 주지 않았다.

석현은 텅 빈 집의 제 방 침대에 길게 몸을 누였다. 커다란 집은 가끔 청소를 하는 도우미 외에는 부모님께서 외국 공연이 많아 비어 있을 때가 많았다. 그의 방도 실은 형식적으로 만들어 놓은 공간일 뿐이었다. 오피스텔조차도 자주 비우는 그였으니 말이다.

인우는 생각보다 괜찮은 남자였다. 무뚝뚝하고 말 없는 남자였지만 지유의 이야기를 할 때는 그 속에 담긴 애정이 숨김없이 드러났다. 저와는 다른 진중함에 석현은 부러운 기분마저 들었다.

믿을 수 있는 남자라고 제 속에 있는 모든 감각이 말해 주고 있었지만 아직 좁은 속이 그와 함께 술잔을 기울이고 싶게 하지 않았다. 답지 않은 경고를 날리고 왔건만 그의 마음은 여전히 쓰렸다. 25년이 쉽게 접어지리라고 생각하지 않았다. 그러나 이젠 아무리 힘겨워도 접어야만 했다. 이런 제 마음은 지유의 행복에 방해만 될 뿐이었다.

오늘도 일찍 일을 마치고 후배들을 꼬드겨 반주로 술을 한잔했다. 술을 마시면 지유 생각이 났다. 머릿속에 떠오르는 녀석을 쓱쓱 지우고 났더니 이상하게도 눈물이 범벅된 민서의 얼굴이 나타났다. 정신을 차리려 고개를 흔들어 봤지만 민서의 하얀 얼굴은 더 선명해질 뿐이었다. 어쩐지 민서의 아픔을 몰래 훔쳐본 기분에 석현은 그녀가 쉽사리 지워지지 않았다.

그러나 항상 어딘가에 넋을 놓고 있는 부스스한 머리 스타일의 키만 껑충한 그 여자는 그날 밤을 잊은 것처럼 굴었다. 맹한 얼굴로 저를 한 방씩 먹이는 걸 보면 정말 꿈인가 싶기도 했다.

그런데도 술을 마시면 버릇처럼 그녀의 집 앞에 오게 되었다. 오늘도 그녀가 불을 환하게 켜 두었는지 또 어둠이 내리기 전에 집으로 돌아갔는지 쓸데없는 궁금증이 생겨났다. 아무리 애를 써도 궁금증은 눈물에 젖은 하얀 얼굴과 뒤섞여 사라지지 않았다.

"저녁 좀 주면 안 됩니까?"

술도 먹지 않은 멀쩡한 남자가 하는 말에 민서는 고개를 갸웃거렸다.

"시켜 드세요."

거절의 말에도 석현은 꿋꿋하게 민서의 뒤를 따랐다.

"거 매정하네. 실연당한 사람에게 좀 인정을 베풉시다."

빙글거리는 석현의 얼굴을 바라보며 민서는 눈가를 찡그렸다. 남자의 주정을 들은 건 그녀의 잘못은 아니었다. 남자는 많이 취해 있었고 그녀에게 했던 말들을 기억 못할 거라고 당연히 생각했다. 그러나 저를 보는 남자의 눈빛은 전부 기억하고 있다고 말하고 있었다.

취해서 헛소리한 거라고 모른 척할 줄 알았는데 도리어 그걸 역으로 무기로 사용하다니. 역시 선수라고 생각했지만 민서는 문을 열고 그를 들여보냈다. 그가 준 두유가 문득 떠올랐기 때문이었다. 손안을 가득 채우던 그 따스한 온기가 그를 외면하지 못하게 했다.

김 여사님이 넉넉히 해 둔 그녀의 아침밥까지 석현은 싹싹 비웠다. 웅카스는 무뚝뚝하게 고개를 끄덕이더니 어디론가 사라져 나타나지 않았고 순이는 접시에서 꼬리를 살랑거리더니 나오지 않았다. 붕붕 소리를 내는 마야 또한 얌전히 물 잔에 그려진 꽃 위에 앉아 있었다. 윌조차도 나타나지 않자 민서는 걱정이 되었다.

"⋯⋯씨? 민서 씨?"

"네?"

멍하니 돌아보자 석현이 피식 웃음을 지었다.

"내 앞에서 딴생각하는 여자 드문데."

"뭐라고 하셨어요?"

"맛있게 잘 먹었다고요. 어머님께서 솜씨가 좋으신가 봐요."

"일하는 분 솜씨예요."

민서의 말에 석현이 갑자기 크게 웃음을 터뜨렸다.

"아, 미안해요. 어쩐지 고향의 맛이 느껴지더라니. 나도 어릴 때부터 도우미 손에 컸거든요. 나 어릴 때 우리 집에 있던 분인가?"

김 여사님이 그녀가 고등학교 때부터 오시던 분이니 가능성이 있는 이야기였다.

"물어봐 드릴까요?"

진지한 민서의 물음에 석현이 다시 웃음을 터뜨렸다. 어쩐지 그 웃음에 기분이 상해 민서가 표정이 싸늘하게 변하자 그가 사과를 했다.

"미안해요. 농담인데 민서 씨가 너무 진지하게 대답을 해서."

먹은 그릇들을 같이 치우고 커피를 마시며 석현이 집을 둘러보았다. 같은 빌라인 부모님 집보다는 작았지만 혼자 살기에 큰 집이었다. 이 커다란 집에 다른 사람의 흔적은 없었다. 그의 집과 똑같이 사람의 온기 대신 황량하고 쓸쓸한 바람만이 집 안에 가득했다.

"혼자 살아요?"

미간을 모으고 그의 질문의 의도를 생각해 보던 여자가 고개를 끄덕였다.

"내 번호 저장 안 했죠?"

"저장을 왜 해요?"

멀뚱히 되묻는 민서의 물음에 석현이 끙 하고 신음을 삼켰다. 다른 여자들은 알아내려 안달을 하는 그의 번호가 당하는 수모에 자존심이 상할 정도였다.

"그럴 줄 알았다. 전화 이리 줘 봐요."

민서의 앞에 놓인 휴대폰에 제 번호를 꾹꾹 눌러 석현이 전화를 했다. 주머니에 넣어 둔 제 휴대폰이 울리자 이번에는 민서의 전화에 제 이름 대신 '잘생긴 오빠'라는 별명으로 저장을 했다.

"잘생긴 오빠?"

민서의 떨떠름한 목소리에 석현은 무슨 문제 있느냐는 듯한 표정을 지었다. 당당한 태도가 어이없었지만 남자가 잘생겼다는 것은 부인하지 못할 사실이었다. 하지만 자신 스스로 남의 전화에 이런 별명을 저장하다니 아무리 생각해도 뻔뻔함이 도를 넘는 사람이었다.

그리고 그 뻔뻔한 남자는 매일 저녁마다 그녀에게 전화를 걸기 시작했다. 그다지 별다를 것은 없는 통화였다. 그저 밥은 먹었는지 뭘 먹었는지 오늘은 무슨 빵을 만들었는지. 그녀가 단답형으로 대답해서 이야기가 이어지지 않으면 그는 그녀가 묻지도 않은 이야기들을 했다.

오늘 무슨 모델이 포즈를 너무 못 잡아서 화를 냈다던가 보정을 잘못한 후배 때문에 작업을 다시 했다던가 어느 후배가 카메라 렌즈를 망가뜨려서 얼마가 손해났다던가 하는 시시콜콜한 이야기였다.

〈정말 이상한 사람이야. 그렇지, 웅카스?〉

그녀의 물음에 웅카스가 고개를 저었다. 민서가 그런 웅카스의 빰에 손을 얹었다.

〈슬퍼 보여, 웅카스.〉

웅카스가 가는 눈을 휘며 그녀에게 웃어 보였다.

〈왜 요즘엔 말을 안 해, 웅카스? 나랑 말하기 싫어?〉

고개를 젓는 그에게 민서가 몸을 기대며 가물가물 잠에 빠져들었다.

〈너랑 얘기한 지 오래된 것 같아.〉

웅카스가 말없이 그녀의 부스스한 머리카락을 쓰다듬어 주었다.

번쩍이는 빛이 감은 눈 밑을 파고들었다. 뭔지 모를 불안감에 민서는 눈을 번쩍 떴다. 집 안이 온통 깜깜했다. 두려움에 비명을 지르다 정신없이 불을 켰지만 불이 켜지지 않았다. 잠이 빠르게 달아났다. 이게 꿈인지 현실인지조차 구별이 되지 않았다.

그날 밤처럼 천둥이 쳤다. 번개가 쳤다. 집 안이 기괴하게 흔들렸다. 제 목을 비집고 비명이 나왔다. 웅카스를 불렀지만 웅카스도 순이도 마야도 월도 그 누구도 나타나지 않았다. 공포가 눈을 가리고 목을 틀어쥐었다. 숨이 쉬어지지 않았다.

그날처럼 민서는 방을 빠져나왔다. 집 안 가득한 암흑이 그녀를 빨아들일 것같이 소용돌이쳤다. 자꾸만 바닥에 넘어지면서 민서는 현관으로 달렸다. 답답해진 가슴에 산소가 필요했다. 덜컹 문을 여는 순간

번개가 쳤다. 천둥이 울렸다.

악몽처럼 나타난 계단이 이빨을 드러냈다. 세상이 빙글빙글 돌았다. 계단 끝에 쓰러진 어린 자기 자신이 보였다. 기묘하게 틀어진 아이의 팔에 구토가 일었다.

"민서 씨! 민서 씨!"

현기증을 일으키며 쓰러진 그녀의 눈앞에 어느새 석현이 서 있었다.

"괜찮아요?"

바닥에 주저앉아 덜덜 떨고 있는 그녀를 석현이 덥석 안아 주었다. 제 손을 잡아 주는 체온에 어쩐지 안심이 되었다. 어둠 속에서 민서는 석현이 유일한 등불이라도 되는 것처럼 그의 손을 꽉 움켜쥐었다.

이유를 알 수 없는 정전에 비가 내리는 밤이라니. 흔한 일은 아니었다.

석현은 집 안에 있는 접시를 모아 그 위에 촛불을 켰다. 형광등 불빛처럼 밝은 것은 아니었지만 은은한 불빛들은 따스하게 빛났다.

"이제 좀 자요."

밖으로 나가려는 석현의 옷자락을 민서가 움켜잡았다. 차마 가지 말란 말도 못하고 제 옷자락만 쥐고 있는 그녀 때문에 석현은 이러지도 저러지도 못하고 어정쩡하게 서 있었다.

"그럼 이렇게 합시다. 나 여자 덮치고 그런 나쁜 놈 아니니까 믿어 줘요."

침대 아래에 이불을 깔고 석현은 그 아래에 누웠다.

"손잡아 줄까요?"

불안한 그녀의 마음을 아는 것처럼 침대 아래에서 들려오는 목소리에 민서는 말없이 제 손을 아래로 늘어뜨렸다. 그녀의 손을 잡아 오는 체온이 별스럽게 따스했다.

"잘 자요."

달콤한 인사에 어쩐지 부끄러워 민서는 이불 아래로 얼굴을 숨겼다. 빠끔히 내민 눈앞에 일렁이는 촛불의 그림자가 이상하게도 무섭지 않았다. 포근한 수마에 빠져들 때쯤 웅카스가 나타났다.

〈웅카스, 어디 있었어?〉

〈이제 우린 가야 해.〉

짐을 가득 멘 웅카스의 어깨에서 순이가 귀를 쫑긋거렸다. 마야가 그의 머리 위에서 붕붕거리고 윌이 그 옆을 서성였다.

〈어딜 가?〉

의아한 그녀의 물음에 웅카스가 그녀의 어깨를 다독였다.

〈이제 괜찮을 거야. 다행이야, 네 손을 잡아 줄 사람이 있으니까.〉

〈가지 마!〉

멀어지는 웅카스와 친구들을 따라가려는 그녀의 팔을 석현이 꽉 쥐고 놓아주지 않았다. 친구들을 따라가고 싶었지만 민서는 석현의 손을 놓을 수가 없었다. 웅카스가 손을 흔들며 안녕을 고했다.

"가지 마……."

중얼거리는 여자의 목소리가 퍽 슬펐다. 어째서 자신이 오늘따라 부모님도 없는 집에 또 왔는지, 어째서 정전이 되고 천둥이 치는 이 밤에 그녀가 걱정되었는지, 그리고 어째서 그녀의 집 앞으로 달려왔는지 자신도 알 수 없었다.

하지만 문이 열리고 나타난 여자의 우는 얼굴에 석현은 문득 모든 것을 깨달아 버린 느낌이었다. 여자의 어린 시절이 어땠을지 보지 않아도 눈앞에 훤하게 그려졌다. 그는 그녀가 안쓰러웠다.

왜 지유가 인우 그 남자를 알아보았는지, 그리고 자신은 왜 이 여자

가 자꾸 눈에 아른거렸는지, 모든 의문과 그 의문의 답들이 그의 눈앞
에 번쩍이며 지나갔다. 그것이 제 다른 조각을 알아본 본능이었다는
것을 석현은 문득 깨달았다.

"안 갈게요. 그러니까 울지 마요."

금방이라도 눈물을 흘릴 것처럼 울먹이던 여자가 그의 말을 들은
것처럼 잠잠해졌다. 제 손을 꽉 움켜쥔 그녀의 손을 어쩐지 이제는 제
가 놓아주지 못할 것만 같은 기분이 들었다. 잠든 민서의 얼굴을 바라
보는 석현의 어깨 위로 밤이 깊어갔다.

　사내놈들의 장난질은 원래 짓궂기 짝이 없는 것이었다. 그냥 평소
처럼 무시해 버리면 될 일이었다. 그러나 인우는 참아 왔던 모든 걸
터뜨려 버리듯 폭주를 하고 말았다.

　그날도 점심을 먹고 난 남은 시간에 인우는 평소처럼 교과서와 문
제집을 폈다. 시답잖은 수다도 짓궂은 장난도 인우에게는 이미 의미가
없어진 지 오래였다. 그저 자신을 괴롭히는 여러 가지 생각들을 머릿
속에서 몰아내기 위해 그가 할 수 있는 것은 공부뿐이었다.

　툭! 어디선가 인우의 머리를 향해 지우개 조각이 날아왔다. 낄낄거
리는 몇몇의 웃음소리가 들려와도 인우는 무시했다. 언제부턴가 제게
적대적으로 구는 동하의 행동이 불쾌했지만 인우는 문제를 일으키고
싶지 않았다.

　툭! 인우의 태도가 동하를 더 발끈하게 만들었는지 아까보다 더 큰
지우개 조각이 날아왔다. 그래도 인우는 이를 악물고 책에서 시선을

떼지 않았다.

"병신. 저 새끼 원래는 안 저랬다며? 동생 죽고 나서부터 저런 거야?"

그러나 애써 참고 있던 그의 인내심이 동하의 빈정거리는 말에 한번에 끊어지고 말았다. 낄낄거리고 있던 동하에게 달려간 인우가 주저 없이 주먹을 날렸다.

내 동생. 나는 이름조차 부를 수 없는 내 동생.

이제는 보고 싶어도 볼 수 없는, 보고 싶다고도 말할 수 없는 내 동생.

그런 동생을 동하 같은 녀석이 빈정거리면서 입에 담는 것을 두고 볼 수가 없었다. 눈에서 불이 난다는 게, 이성을 잃고 폭주한다는 게 무엇인지 인우는 그날 깨달았다.

제 안의 어딘가에 이런 잔인함과 불길이 숨어 있었는지 인우도 모르고 있었다. 녀석을 때릴 때보다 녀석의 주먹에 맞을 때가 더 시원한 기분이 들었다. 되돌리는 주먹에 맞은 것보다 더한 힘을 실으며 인우는 웃고 있었다. 울고 싶었지만 울 수 없으니 웃을 수밖에 없었다.

결국 인우는 멍든 눈과 터진 입술을 하고 오랜만에 아버지를 마주할 수밖에 없었다. 그러나 오랜만에 마주한 아버지의 눈빛에는 저를 향한 걱정이나 놀라움 대신 피곤함만이 가득했다. 대체 무엇을 걱정하고 무엇을 기대했던가? 마주한 아버지는 낯선 타인처럼 느껴질 뿐이었다.

그를 데리고 어딘가로 달려가고 있는 지금에도 아버지의 굳게 다문 입은 열릴 줄을 몰랐다. 한적한 외곽 도로를 달리고 있는 차 안에는 낮게 울리는 엔진의 소리와 자동차가 움직일 때 내는 소음 외에는 조용하기만 했다. 뒤를 한번 돌아보지 않은 채 운전만 하고 있는 아버지의 등이 인우에게는 단단한 벽처럼 느껴졌다.

지금 대체 어디를 가는 것일까? 궁금함을 참으며 창밖으로 고개를 돌리던 인우는 멍이 든 얼굴과 찢어진 입가의 상처 때문에 얼굴을 찡그렸다. 좁은 이차선 도로를 지나 나무로 가득 한 길로 접어들자 인우는 제가 어디로 향하고 있는지 묻지 않아도 알 수 있었다. 커다란 이정표에는 Central hospital 아름다운 글씨체의 영문 글씨가 적혀 있었다.

커다랗고 고풍스러운 철재 문을 지나자 초록빛의 너른 잔디밭과 갖가지 꽃으로 장식된 정원이 보였다. 커다란 아름드리나무가 군데군데 그늘을 드리운 그곳을 둥글게 돌아서 지나가는 순간 구석에 있는 나무를 껴안고 있는 소녀 하나가 보였다.

맨발로 서 있는 소녀의 무릎에서 원피스형 환자복이 펄럭였다. 얼굴이 보이지는 않았지만 굵고 짙은 색의 나무와 상반되게 가늘고 하얀 소녀의 팔이 인우의 눈길을 끌었다. 나무를 끌어안은 가는 팔에서 금방이라도 공기 중에 흩어져 버릴 듯한 연약함이 느껴졌다.

어디선가 불어오는 바람에 소녀의 긴 머리타래가 꿈처럼 공기 중에 흔들렸다. 긴 머리를 바람에 날리는 가냘픈 소녀의 모습은 정령이나 환상처럼 아련하게 느껴졌다. 인우가 소녀에게 시선을 빼앗긴 사이 차는 빠르게 달려 주변의 초록빛과 잘 어울리는 붉은 벽돌의 건물 앞에 다다랐다.

건물의 입구에 차를 세운 아버지가 비로소 인우를 향해 몸을 돌리고 얼굴을 마주 바라보았다. 상처 입은 짐승의 눈빛을 하고 저를 바라보는 아들에게 뭐라고 설명해야 할지 난감하기만 했다.

하지만 그에게는 이게 최선이었다. 아내의 상태는 계속 나빠지기만 했다. 간병인을 두고 병원 일정도 최소한으로 줄이며 돌보고 있었지만 지은은 갈수록 예민해지고 우울해하기만 했다. 약물로도 어떤 상담 치료도 효과를 보지 못했다.

한 달이면, 아무리 길어도 두 달이면 인우를 집으로 데리고 올 줄 알았다. 그러나 예상했던 그날은 점점 뒤로 멀어지고 있었다. 성진은 점점 지쳐 갔다. 게다가 혼자 방치된 아들이 친구와 주먹질까지 벌이자 성진은 고민에 빠졌다.

그도 아들이 상처 받고 또 아파하고 있다는 것을 알고 있었다. 하지만 우울증이 악화된 아내를 인우와 함께 둘 수는 없었다. 그렇다고 아내를 입원시킬 수도 없는 일이었다. 그에게는 우선 아내가 급했다.

인우를 혼자 놔둘 수도 그렇다고 누군가에게 맡길 곳도 마땅치 않은 그에게 전문적인 심리 치료와 상담을 해 주는 이곳만큼 안성맞춤인 곳도 없었다. 시설도 의료진도 최고인 이곳은 돈 좀 있다 하는 재벌들이 애용하는 요양 병원이었다. 실명을 요구하지 않기 때문에 기록이 남을 염려도 없었다. 비용이 비쌌지만 그 정도는 감당할 수 있었다.

게다가 이곳에는 그의 사촌 누이가 있었다. 수진이라면 안심하고 맡길 수 있을 거란 생각에 입원 상담 치료를 하기로 결정하고 학교에는 다친 얼굴의 치료를 핑계로 방학 전 며칠을 결석하기로 했다. 성진은 잠시 제가 할 말의 단어를 조심스레 골랐다.

"너 다친 얼굴도 치료하고 또 심리 상담 같은 것도 할 수 있는 곳이야."

"무슨 심리 상담이요?"

순간 날카로워지는 아들의 얼굴에 성진은 무거운 한숨을 쉬었다.

"너 친구 때린 거 말이다. 전에는 이런 적 한 번도 없었잖아. 인우야, 뭔가 화가 나고 속상한 게 있으면 속에 담아 두지 말고 털어놓고 상담도 하고 그러면 낫지 않겠니?"

아들의 입가가 삐죽이 치켜 올라갔다.

"그걸 처음 보는 사람한테 하란 거예요?"

의외의 정곡을 찌르는 말에 성진이 잠시 하려던 말을 잊고 멀거니 인우를 바라보았다. 결국 성진은 인우를 설득하는 대신 아내의 상태를 털어놓았다.

"엄마가 아주 안 좋아, 인우야. 지금은 네가 여기 있는 게 좋겠구나."

그의 말에 날카롭게 날을 세우고 있던 아들의 기세가 가라앉고 말았다. 알았다는 듯 고개를 끄덕인 인우는 제 짐이 담긴 가방을 가지고 차에서 내렸다. 마중 나와 있던 사촌 수진에게 인우를 맡기고 성진은 왔던 길을 되돌아갔다.

다음 날부터 상담이라는 것을 받게 되었다. 사람 좋게 생긴 젊은 의사는 마치 옆집 형이라도 되는 것처럼 인우에게 친근하게 굴었다. 그러나 그게 인우에게 더 거부감을 일으켰다. 아버지에게 말한 것처럼 가족에게도 털어놓지 못하는 제 속을 남에게 털어놓을 생각은 없었다.

인우는 묵묵히 시키는 대로 그림을 그리고 질문에 대답을 하고 테스트를 받았다. 그것들이 어떤 효과가 있는지 알 수는 없었지만 담당 의사가 그에게 숙제로 내준 매일 오전의 산책은 나쁘지 않았다. 한낮이 되기 전에 한가롭게 풀밭을 걸을 때면 굳이 공부로 머릿속을 바쁘게 하지 않아도 어떤 생각도 어떤 불안함도 없는 여유를 느낄 수 있었다.

아직 풀잎에 이슬이 촉촉한 이른 오전에 천천히 초록빛으로 가득한 잔디를 걸어 다니던 인우는 굵은 아름드리나무가 그늘을 드리운 벤치에 기대어 앉았다. 시선을 조금 들어 올리자 눈앞에 푸른 하늘이 가득 들어찼다. 인우는 고개를 뒤로 젖히고 나뭇잎 사이로 쏟아지는 햇살을 바라보았다. 가늘게 뜬 눈 사이로 반짝이는 빛들이 얼굴을 간질였다.

벌써 이곳에 온 지도 3일이 지났다. 부었던 눈은 붉고 파란 멍이 앉기 시작했고 터졌던 입가는 피딱지가 생겼다. 눈을 감고 나른함을 즐기는 그에게 씩씩거리는 숨소리가 들려왔다. 고개를 내려 바라본 그곳에 붉고 통통한 뺨을 가진 남자아이가 잔뜩 골이 난 표정으로 그를 노려보고 있었다.

10살쯤 되었으려나? 초등학교 저학년쯤으로 보이는 아이가 화가 난 듯 인우를 바라보며 크게 소리쳤다.

"여기 내 자리야!"

무슨 말이냐는 듯 인우가 눈썹을 치켜 올리고 무시를 하자 녀석이 더 가까이 다가와서 고래고래 소리를 지르기 시작했다.

"여기 내 자리라니까!"

"돈 냈어?"

싸늘한 인우의 물음에 아이가 순간 멍하니 그를 바라보았다.

"아…… 아니."

"그럼 네 자리 아니야."

매정한 대답에 아이가 얼굴을 빨갛게 물들이며 악을 썼다.

"아냐, 아냐. 여기 내 자리야. 저 나무 옆이 내 자리란 말이야."

귀가 따가울 정도로 소리를 지르는 녀석이 가리킨 곳에는 나무를 껴안은 소녀가 보였다. 굵은 나무 기둥을 껴안은 소녀의 하얀 팔에는 파르스름한 멍이 가득했다. 반대편으로 돌린 얼굴 때문에 인우에게 보이는 것은 가느다란 비단실처럼 흔들리는 검은 머리타래뿐이었다.

"꼬맹이, 쟤가 네 친구야?"

"나 꼬맹이 아냐! 열 살이란 말야! 그리고 그냥 친구 아니고 여자 친구야!"

얼굴이 빨개지며 소리치는 녀석의 목소리에 소녀가 고개를 돌렸다. 갸름한 하얀 얼굴에 까만 눈동자가 의미 없이 그와 녀석의 주변을 헤매다가 긴 속눈썹을 가진 눈꺼풀에 가려졌다. 눈을 감은 소녀가 미동도 없이 가만히 있자 주변의 공기마저 차분히 가라앉는 느낌이 들었다. 그 기묘한 고요함에 인우는 어쩐지 아이와 다투며 떠드는 것이 미안해지고 말았다.

"좋아. 여긴 내가 선점했지만 남은 곳은 네가 써도 좋아."

아이가 고개를 갸웃했다.

"선점이 뭐야?"

"내가 먼저 차지했다는 거야."

"그런 게 어디 있어?"

"여기. 싫으면 말고."

억울한 듯 씩씩거리던 녀석은 우겨 봤자 소용이 없다는 걸 깨닫자 조용히 인우의 옆에 자리를 잡았다. 게임기를 가지고 노는 남자아이와 나무 기둥을 껴안은 소녀, 그리고 거기에 해바라기를 하는 인우의 모습이 더해져 한가한 오전이 지나갔다.

매일매일 지루하고 똑같은 하루하루가 지나갔다. 나무로 가득 둘러싸인 병원은 밤에는 벌레들 때문에 곤혹을 치르고는 했지만 오히려 인우에게는 이름 모를 벌레들의 노래가 적막함을 쫓아 주는 음악과도 같았다. 여전히 밤에는 잠을 설쳤지만 눈을 떴을 때 들리는 풀벌레 소리가 차가운 시곗바늘의 초침 소리보다는 듣기 좋았다.

그날 밤도 그런 날이었다. 악몽에 시달리다 눈을 뜬 인우는 제 귀를 괴롭히던 소음이 꿈이 아니었음을 깨달았다. 끈적하게 묻어 나오는 땀을 닦아 낸 그는 모기를 쫓아내기 위해 간호사가 창가에 놓아둔 모기 향의 매캐한 냄새 뒤로 어린아이의 비명 소리를 들었다.

그게 꼭 인영의 목소리만 같아서 인우는 저도 모르게 문밖으로 달려 나가고 말았다. 조명이 낮춰진 긴 복도의 끝, 열린 문 사이로 흘러 나오는 빛에서 아이의 비명 소리도 함께 새어 나오고 있었다. 마치 그 소리가 제 동생 인영의 살려 달라는 목소리 같아서 인우는 넋이 나간 사람처럼 그곳으로 달려가고 말았다.

그러나 그렇게 달려간 곳에는 그의 악몽과는 다른 장면이 펼쳐져 있었다. 침대 위에 바그작거리는 소녀를 간호사와 의사가 달려들어 붙잡고 있었다. 흐트러진 긴 머리카락 사이로 땀과 눈물로 범벅이 된 작은 얼굴이 보였다.

늘 평화롭게 나무를 안고 있던 얼굴과는 달리 소녀의 얼굴은 고통으로 가득했다. 살려 달라는 듯 눈물을 흘리고 있는 소녀의 눈동자가 두서없이 허공을 헤매고 있었다. 그 작은 소녀가 고통스럽게 뱉는 신음 소리가 아무 상관도 없는 인우의 가슴마저 아프게 했다.

한참의 씨름 끝에 소녀의 몸에 주사바늘을 꽂는 것을 성공한 간호사와 의사가 그 가냘픈 몸에서 내려오자 인우가 보지 못한 소녀의 엄마가 구석에서 걸어 나왔다.

눈물로 젖은 얼굴로 의사에게 허리 숙여 인사를 한 그녀가 차마 소녀에게 손도 대지 못하고 미안하다는 말을 계속해 중얼거렸다. 하지만 이미 탈진해 버린 소녀는 초점 잃은 얼굴로 천장만 바라보고 있을 뿐이었다.

며칠에 한 번씩 이게 무슨 짓이냐며 동료 간호사와 투덜거리며 병실을 나오던 간호사가 인우를 보고 정색을 했다.

"여기 이렇게 있으면 안 돼요. 방에 돌아가요."

간호사의 질책에 인우는 늘어지는 다리를 끌며 병실로 돌아왔다. 사방은 풀벌레가 우는 소리 외에는 조용하기만 했다. 가만히 베개에 머리를 누이고 까만 허공을 바라보며 인우는 소녀의 텅 빈 눈동자를 떠올렸다. 악몽에 시달리는 것은 그뿐만이 아닌 듯했다.

제가 본 소녀는 악몽보다 더한 현실에 시달리는 것만 같아서 가엽기만 했다. 그리고 그 밤 내내 인우는 꿈속에서 훌쩍이며 우는 인영의 울음소리에 제대로 잠을 이루지 못했다.

그 뒤로 종종 인우는 그곳에서 두 아이를 만났다. 매일 알 수 없는 테스트와 질문과 그림 치료들 중에서 인우가 제일 좋아하는 것은 아름드리나무 그늘 아래에서 뭉게구름이 가득한 푸른 하늘을 멍하니 바라보는 순간이었다. 그렇게 하늘을 바라보다 자신도 모르게 생각이 말로 튀어나오고 말았다.

"토끼다."

그림을 덧그리듯 구름을 따라 인우의 손끝이 움직이는 것을 바라보던 녀석이 앙칼지게 반박을 했다.

"아냐! 저건 고양이야!"

아이가 뭐라고 소리를 지르던지 인우는 무감하게 손가락을 옮겨 갔다.

"저건 햄버거. 저건 프라이드치킨."

음식들의 이름이 나오자 흥미를 느낀 것인지 아이가 조용해졌다.

"저건 핫도그다."

어느새 인우의 옆에 딱 붙어 앉은 녀석이 인우가 가리키고 있는 옆의 몽글몽글한 구름을 향해 손을 들어 올리며 크게 소리쳤다.

"저건 양이다!"

의기양양한 표정을 지은 아이가 소녀를 돌아보았다.

"그치? ……유야?"

크게 소리치는 녀석의 목소리에 소녀의 이름이 귓가를 흐릿하게 지나쳤다. 그러나 인우는 멍하니 구름에만 시선을 고정하고 있을 뿐이었다. 마치 몸만 놔두고 제 영혼이 구름처럼 둥실 떠올라 바람을 따라 흔들리고 있는 것만 같았다.

"기차를 타고 바다에 갈 거야. 칙칙폭폭."

구름을 그리는 것처럼 손가락을 움직이며 차분한 목소리로 중얼거리는 인우의 눈빛이 꿈을 꾸는 것처럼 아련해졌다.

"창문 밖으로 양 떼가 가득한 목장이 지나가는 거야. 칙칙폭폭. 기차역에서 내려 고개를 돌리면 파란 바다가 가득해. 마치 저 하늘처럼 파란 파도가 하얀 거품을 일으키며 손을 흔드는 거야."

담담하니 그러나 꿈을 꾸는 것처럼 중얼거리는 인우와 그 목소리에 귀를 기울이는 녀석과 소녀 사이를 바람이 스쳐 갔다. 물기 가득한 풀 내음이 섞인 바람이 그들의 얼굴을 부드럽게 매만지며 지나갔다.

"그럼 난 바다를 향해 맨발로 뛰어갈 거야."

"풍덩 할 거지?"

인우의 말을 가로막으며 녀석이 으쓱한 표정으로 끼어들었다. 인우의 시선이 볼을 부풀리는 아이에게 잠시 닿았다 떨어졌다. 녀석의 뒤로 나무에 등을 기대고 바닥에 앉은 소녀의 모습이 보였다. 평소와는 다르게 아주 약간의 혈색이 도는 뺨이 생기 있게 느껴졌다. 인우는 소녀를 바라보며 느릿하게 대답을 했다.

"아니. 소리를 지를 거야. 바다 끝까지 닿을 만큼 크게."

"에이. 바다에 가면 수영을 해야지. 이렇게 슉슉."

제 말이 왜 틀리냐는 듯 녀석이 툴툴거렸다. 그리고 팔을 크게 휘두르며 수영하는 흉내를 냈다. 인우는 가만히 눈을 감고 있는 소녀에게서 시선을 떼며 씁쓸하게 입가를 끌어 올렸다.

"크게 소리를 지르면 여기서 밖으로 빠져나갈 수 있을 것만 같으니까."

이해할 수 없는 얘기에 아이가 고개를 갸웃거렸다. 인우는 느릿하게 벤치에 늘어진 것처럼 기대어 하늘을 올려다보았다.

"가고 싶다. 바다."

바다만 가면 이 가슴속을 가득 메운 답답함도 고통도 전부 사라질 수 있을 것만 같았다. 깊게 눈을 감은 인우의 얼굴을 반짝이는 햇살이 위로하듯 쓰다듬어 주었다.

지유는 휠체어에 앉은 채 진료실로 들어섰다. 벌써 거의 한 달째 지유는 최면 치료를 하고 있었다. 그러나 실망스럽게도 엄마가 마지막 희망으로 선택한 최면 치료는 전혀 효과가 나타나지 않고 있었다. 늘 그런 것처럼 조도 낮은 불빛이 잔잔하게 비추는 방 안에 들어선 지유는 푹신한 암체어에 얌전히 앉았다.

조용조용한 목소리의 소유자인 담당 의사는 지유가 자리에 앉자 오늘 할 최면 치료에 대해 설명해 주었다.

"음. 지유야, 오늘은 좀 다르게 치료를 진행해 볼 거야. 잘 따라와 줄 수 있겠니?"

지유는 얌전히 고개를 끄덕였다.

"자, 그럼 눈을 감고 심호흡부터 해 보자."

천천히 숨을 들이켜고 내쉬면서 지유는 마음이 차분해지는 것을 느꼈다. 그녀에게 도움을 주기 위해서인지 가까이 놓은 허브 화분의 잎이 암체어 옆으로 늘어뜨린 그녀의 손끝에 만져졌다.

"오늘은 다른 곳으로 가 보자. 지금 눈앞에 커다란 문이 있어. 그 문을 열면 지유가 제일 좋아하는 곳으로 가는 거야."

그 말에 지유의 머릿속에 커다란 나무가 나타났다. 그녀가 가장 좋아하는 공간. 당장이라도 굵은 나무줄기를 껴안아 평온함을 느끼고 싶었다.

"어디가 좋을까? 아! 지유가 좋아하는 정원에 있는 큰 나무로 갈까? 그래, 그럼 나무에게로 가자. 손으로 만져 보면 나무껍질이 만져지고 고개를 들면 햇볕이 내리쬐는 나무 아래로 가자."

의사의 말처럼 금방이라도 거칠거칠한 나무가 만져지는 것만 같았다. 나무에 등을 기대고 서자 그녀의 눈앞에 매일 벤치에 앉아 하늘을 바라보던, 키가 크고 냉담한 눈빛의 소년이 보였다. 늘 석현과 투닥거리던 그가 동화를 읽어 주듯 차분한 목소리로 구름을 덧그리며 이야기를 하던 그날처럼 긴 팔을 뻗어 하늘을 가리키고 있었다.

"그럼 거기에서 지유가 없애고 싶은 능력을 불러 보자. 지유의 몸에서 나온 그 능력이 점점 손안에 고이는 거야. 자 두 손을 모아서 그 능력을 손안에 담아 보자."

의사의 목소리에 지유는 제 손안으로 푸른 빛이 모이는 것을 상상했다. 그러면서도 그녀의 감은 눈 아래로 생생하게 보이는 것은 슬픈 눈빛으로 하늘을 응시하는 소년의 얼굴이었다.

"손안에 가득 차면 그것을 조심조심 나무 아래로 가져가는 거야. 그리고 지유에게 필요 없는 그것을 나무에게 땅에게 돌려주자. 아주 조금씩. 물을 주는 것처럼 조금씩 흘려보내는 거야."

아래로 늘어뜨린 지유의 손가락을 타고 푸른 빛이 조금씩 바닥을 향해 흘러갔다. 마지막 방울이 손끝에서 떨어지는 것이 느껴지는 것만 같았다.

"다 떨어졌으면 그 위를 흙으로 덮어 주자. 다시는 돌아오지 않도록 꼭꼭 덮어 주는 거야."

의사의 말대로 지유는 그 위를 덮었다. 할 수만 있다면 맨손으로 땅을 파서라도 그것을 묻고 싶었다. 흙을 덮는 자신을 상상하며 지유는 초조하게 벤치에 앉은 소년을 돌아보았다.

조금만 기다려. 조금만…… 금방이라도 소년이 가 버릴까 봐 흙을 덮는 지유의 손길이 분주하기만 했다.

"그럼 그 위를 다 덮고 크게 숨을 들이켜자. 이제 지유에게는 괴롭히는 능력은 사라진 거야. 사람들이 널 만져도 괴롭지도 않고 아프지도 않을 거야."

매번 같은 말을 해 주었지만 소용이 없었던 그 말이 오늘따라 지유에게 간절하게 들렸다. 그 말이 사실이기를 바라면서 지유는 소년의 앞으로 걸어갔다. 처음으로 정면으로 바라보게 된 소년의 얼굴이 지유의 얼굴을 응시했다. 차가운 소년의 눈빛에서 지유가 상처를 읽어 냈을 때 의사의 목소리가 들렸다.

"이제 다시 네 앞에 커다란 문이 나타나는 거야. 그 문을 열고 다시 돌아오자. 천천히 심호흡을 크게 하고, 하나둘 하나둘."

의사의 말대로 최면 상태에서 깨어난 지유가 잠시 힘이 모두 빠진 것처럼 의자에 늘어져 있더니 지친 듯 눈을 감았다. 옆에서 조용히 지켜보던 엄마와 의사가 조곤조곤 치료 효과에 대해 이야기를 나누는 순간 갑자기 지유가 앉아 있던 암체어에서 벌떡 일어섰다. 그리고 의사와 엄마가 그녀를 제지하기도 전에 밖으로 뛰어나가기 시작했다.

사람들을 피해 가며 맨발로 뛰던 그녀가 아름드리나무에 도착했을 때에 그곳에는 아무도 있지 않았다. 지유는 어쩌지 못할 실망감에 나무를 끌어안았다. 지금 당장 엄마도 아빠도 아닌 그 소년이 너무나 보고 싶었다.

눈물이 툭 떨어질 때쯤 거센 바람이 불었다. 그리고 그 바람결에 비가 몰려왔다. 갑작스런 날씨 변화에 지유는 나무를 더 꽉 끌어안았다. 나무를 끌어안은 손끝이 뜨거워졌다. 맨발에 닿은 땅이 울렁거렸다. 뜨거운 손끝만큼 몸의 체온도 급격하게 달아올랐다. 모든 것은 순식간이었다.

갑작스런 비바람이 왔던 것처럼 빠르게 멈추었을 때 언제 그렇게 몸이 뜨거웠냐는 듯 지유의 체온도 정상으로 돌아와 있었다. 지유에게는 늘 있어 왔던 이상한 일들 중 하나였다. 그렇게 그날 일을 잊어버렸다.

그다음 날에도 지유는 소년을 만날 수 없었다. 최면 치료가 효과가 없자 지유는 집으로 돌아갔다. 그리고 그 후로 오랫동안 소년을 잊고 살아갔다. 살아간다는 것이 하루하루 아슬아슬했던 그녀에게 한때의 따스했던 기억의 순간은 쉽게 희미해졌다.

그래서 시간이 흘러 마주한 두 사람은 서로를 알아보지 못했다.

그러나 그럼에도 두 사람은 알 수 있었다. 서로가 서로에게 필요한 조각이었다는 것을.

지유는 출렁이는 파도가 보이기 전부터 공기 속에 녹아든 짠맛과 비린 향기를 느낄 수 있었다. 주말이라 바닷가의 초입부터 북적이는 차들로 길은 느릿하게 움직였다.

"여기 어디서 뭘 좀 먹을까?"

양쪽으로 늘어선 음식점 간판에 가득 적힌 메뉴들을 바라보며 인우가 입을 열었다. 지유가 고개를 끄덕이더니 좌측 구석에 작은 식당을 가리켰다. 절대 아무것도 준비하지 말라며 무섭게 을러대는 인우의 기세에 간단한 옷가지와 세면도구만 챙겨서 온 여행이었다. 당연히 도시락은 가져올 수 없었고 이미 점심시간을 넘어서고 있었기 때문에 어디든 식당을 들어가야 했다.

"저 가게 백합죽이 맛있어요."

길가에 늘어선 차들 사이에 주차를 해 두고 두 사람은 식당으로 들어섰다. 곁에서 보기엔 작아 보였던 식당은 폭이 좁고 긴 구조를 가지고 있어서 생각 외로 내부가 넓었다. 백합죽 2인분을 시키고 마주 앉은 두 사람은 잠시 식당 안을 둘러보았다.

"여긴 어떻게 알았어?"

인우의 말에 지유가 어깨를 으쓱했다.

"전에 다 같이 놀러 왔었어요."

다 같이, 라는 말에 인우가 눈썹을 들어 올렸다.

"다 같이, 라니 누굴 말하는 거야?"

"정호랑 기연이랑 석현이요."

석현의 이름에 인우의 얼굴에 미미하게 금이 갔다. 그것을 바라보던 지유가 피식 웃음을 터뜨렸다.

"인우 씨 석현이 맘에 안 들죠?"

정곡을 찌르는 말에 인우가 헛기침을 했다. 테이블에 놓인 인우의 손을 슬그머니 잡으며 지유가 말을 이었다.

"석현이가 인우 씨에게 기분 나쁘게 구는 거 잘 알고 있어요. 그래도 이해해 줘요. 석현이도 부모님이 바빠서 거의 혼자 자란 거나 마찬가지라서 제멋대로에, 어릴 때부터 같이 지내다 보니 내 오빠처럼 굴려는 면이 좀 있어요."

"그런 거 때문에 싫은 거 아냐."

무뚝뚝한 인우의 대답에 지유가 고개를 갸웃했다.

"그럼요?"

"그냥 당신 옆에 있는 것 자체가 싫어."

소유욕 강한 대답에 지유가 작게 미소를 지었다.

"욕심쟁이."

"어쩔 수 없어. 나눠 갖고 싶지는 않으니까."

무뚝뚝하게 대꾸한 인우가 제 손을 덮은 작은 손을 움켜쥐었다.

"나눠 가지라고 한 적 없어요."

못마땅한 듯 얼굴을 굳힌 인우와는 달리 경쾌하게 대답하는 지유의 얼굴은 웃음기가 가득했다. 저를 보고 웃는 여자의 얼굴에 그도 결국은 마주 웃음을 지을 수밖에 없었다. 누군가에게, 아니 무엇에게도 이런 감정이 들어 본 적이 없었다. 그저 그녀가 자신만 보고 자신만 생각해 주길 바라는 욕심이 자꾸만 그를 속 좁은 남자로 만들고 만다.

"난 인우 씨 아니면 안 되는 거 알잖아요."

알고 있다. 하지만 알면서도 치졸해지는 마음을 인우도 이해할 수가 없었다. 해바라기처럼 그녀를 바라보아야 하는 그와는 달리 석현이 말고도 지유가 챙겨 줘야 하는 사람들은 많았다. 그래서 그녀가 좋았지만 그래서 자꾸만 심술이 났다.

"알고 있지만 그래도 우리 둘만 있는 시간이 너무 적어."

낮게 한숨을 쉬며 그가 툴툴거렸다.

"그래서 여행 왔잖아요."

가볍게 대답하는 지유의 말에 인우가 진하게 미소를 지었다.

"그래. 그러니까 이제 다른 사람 이야기는 그만둬."

투덜대는 인우의 말에 지유는 가볍게 웃음을 터뜨렸다. 욕심쟁이라며 다시 핀잔을 주는 그녀의 손을 잡아당긴 인우가 벌을 주는 것처럼 집게손가락을 살짝 깨물었다. 작게 비명을 지르며 지유가 키득거리자 인우도 웃음을 터뜨렸다.

이렇게 사랑하는 여자와 마주 보며 티끌만 한 마음의 가책 없이 웃을 수 있다는 사실이 인우에게는 기적이었다. 무엇을 하든 어디에 있든 그는 그녀와 함께하는 모든 순간들이 소중하고 행복했다.

"아이고, 색시가 그렇게 좋은가?"

음식을 가져온 주인아주머니가 인우에게 핀잔을 주며 죽과 반찬을 내려놓기 시작했다.

"네, 좋습니다."

고민 없이 재깍 나오는 인우의 대답에 아주머니가 헛웃음을 터뜨렸다.

"신혼인갑네. 좋을 때다."

맛있게 먹으라며 아주머니가 자리를 비켜 주자 지유가 인우를 흘겨봤다.

"인우 씨 점점 뻔뻔해져요."

"그럼 좋은 걸 싫다고 하나?"

난 모르겠다는 것처럼 고개를 기울이는 모습이 더 뻔뻔하다. 지유는 숟가락을 건네며 톡 쏘아붙였다.

"얼른 먹기나 해요."

뾰루퉁하게 쏘아붙이고 죽을 떠먹는 지유의 귓가가 붉었다. 알면서도 지유를 놀리며 인우는 작게 웃음을 지었다. 그가 제 마음을 거리낌 없이 내보일 때마다 지유가 보이는 수줍은 반응이 그를 즐겁게 만들었다.

갖은 야채와 부추, 그리고 백합의 고소한 향기가 가득한 죽의 따스한 김이 그의 앞에 가득 올라왔지만 인우는 그것보다 제 앞에 앉아 죽을 오물거리는 여자의 입술이 더 고파졌다. 불만스러운 한숨을 무겁게 내쉬면서 인우는 김 가루와 깨 가루가 가득 뿌려진 죽을 휘적거렸다.

"왜요? 죽 별로예요?"

걱정스럽게 저를 바라보는 여자에게 인우가 고개를 저었다.

"아니야. 먹어."

한 입 삼킨 죽이 부드럽게 목을 넘어갔다. 백합으로 만든 죽인데도 야채의 향이 진한 바다 향을 더 매력적으로 만들어 주었다. 금방 만들

어 낸 겉절이와 함께 양이 꽤 많은 죽을 먹고 두 사람은 천천히 바다
로 향했다. 길 양쪽으로 늘어선 식당들을 지나서 안쪽으로 계속 걸어
가자 바다가 나타났다.

바다는 변함없이 그 자리에 있었다. 주변의 풍경은 달라졌어도 바
다만은 변함이 없었다. 바닷물이 빠져나간 백사장은 일부러 바닥을 다
져 놓은 것처럼 단단해서 두 사람은 산책을 하듯 걸어서 해식단애를
보러 갔다. 마치 책을 쌓아 놓은 듯 층층이 쌓인 신비한 검은빛의 돌
을 찍는 사람들이 군데군데 있었다.

"진짜 종이를 쌓아 놓은 것 같죠?"

"그러게."

심드렁한 대답에 지유가 인우의 팔을 잡아당겼다.

"재미없어요?"

저를 빤히 올려다보는 여자의 눈에 인우가 작게 미소를 지었다.

"아니. 사람이 너무 많아서. 아무래도 저쪽으로 가는 게 좋겠어."

지유의 능력을 다 알게 된 뒤부터 인우는 늘 그것이 걱정스러웠다.

"그렇게 걱정하지 않아도 돼요. 나 괜찮아요. 이제 인우 씨가 있으
니까."

제게 편히 기대어 오는 여자의 어깨를 감싸며 인우는 감사했다. 그
녀가 제 품에서 쉴 수 있다는 사실이 그와 그녀를 동시에 구원해 주었
으니 말이다. 두 사람은 사람들이 몰리는 해식단애를 벗어나 백사장을
걸었다.

인우는 언젠가 너무나 오고 싶었던 바다를 이제야 오게 된 것이 우
습기만 했다. 그저 하루하루를 바쁘게 살아 내고 악몽에 허덕이며 보
내는 것이 겨우일 정도로 그에게 바다를 마주할 여유란 조금도 없었
다.

이제야 마주한 바다 앞에서 그는 남아 있던 모든 것을 토해 냈다. 그의 가슴속에 남아 있던 고통과 후회의 찌꺼기들이 조용히 바닷물에 녹아들어 거품이 되어 버렸다. 그리고 그것들이 사라진 그의 가슴을 여자의 미소가 가득 채워 주었다.

"고마워."

갑작스러운 인우의 인사에 지유가 고개를 갸웃거렸다.

"뭐가요?"

"잊고 있었어. 바다에 오고 싶었던 때가 있었다는 걸."

"흐응. 그랬어요?"

그의 한쪽 팔 밑을 파고든 여자가 까만 눈동자를 빛내며 그를 올려다보았다.

"함께 와 줘서 고마워."

그랬다. 이 넓은 바다에 제 찌꺼기를 쏟아 붓고 허탈하게 혼자 서 있지 않아도 된다는 것에 인우는 감사했다. 이 순간 제 손을 단단하게 잡고 있는 그녀의 손이 너른 바다 앞에 서 있는 그를 외롭지 않게 만들어 주었다. 매 순간순간 그녀가 없는 제 모습은 이제 상상도 하기 싫어졌다. 그러니 이제 그녀를 온전히 다 가지고 싶어졌다.

"나도 휴가 때도 못 와서 꼭 오고 싶었는걸요."

바닷바람이 그녀의 긴 머리카락을 헝클어뜨렸다. 바람이 괴롭힌 머리카락을 인우가 넘겨 주는 대로 가만히 서 있던 그녀가 장난스럽게 눈을 찡긋거렸다.

"여기까지 와서 그냥 갈 거예요?"

무슨 소리냐는 듯 눈썹을 치켜 올리는 그를 보며 지유가 자신의 면바지를 걷어 올렸다.

"바다에 빠지지는 못해도 발은 담가 봐야죠."

벗어 둔 양말을 단화 안에 넣어 둔 그녀가 인우의 손을 놓고 낮게 밀려왔다 되돌아가는 파도를 향해 걸어갔다. 발에 닿는 바닷물이 차가운지 작게 비명을 지르는 여자의 어깨가 살짝 움츠러들었다. 바닷물에 반사된 빛이 그런 지유의 모습을 아름답게 비추었다.

인우는 그 아름다운 화면 속에 그녀와 함께 서 있고 싶어졌다. 자신답지 않은 줄 알면서도 인우는 신고 있던 로퍼를 벗고 지유에게 성큼 다가갔다. 그에게 그냥 갈 거냐고 물었던 것과는 달리 기대하지 못한 일인 듯 그녀는 깜짝 놀란 얼굴로 그의 품에 안겼다.

"고마워요."

"뭐가?"

이번에는 인우가 그녀에게 되물었다.

"날 혼자 두지 않아서요."

어쩐지 웃고 있는 그녀의 얼굴이 그를 울컥하게 만들었다. 인우는 바닷바람에 차가워진 여자의 뺨을 양손으로 감싸 쥐었다.

"앞으로도 계속 당신 옆에 있을 거야."

인우의 맹세에 지유가 화답했다.

"나도 인우 씨 옆에 늘 같이 있을게요."

찰랑이는 파도 위에 서서 서로에게 마음을 맹세하는 이 순간의 감동이 외로움의 시간을 전부 날려 버렸다. 물기 고인 눈동자에 가득 담긴 제 모습을 바라보며 인우는 그녀의 입술을 삼켜 버렸다. 자꾸만 밀려오는 바닷물이 발을 간질이고 도망가길 몇 차례 흘리고야 그는 고개를 들 수 있었다. 백사장을 산책하는 사람들의 은근한 눈총에 얼굴을 붉히는 지유의 어깨를 감싸 쥐고 인우는 그곳을 빠져나왔다.

"정말 나 때문이 아니라 인우 씨 때문에 사람 많은 곳은 못 가겠어요."

호텔로 향하는 차에 앉아서 지유가 투덜거렸다.

"좋은 생각이야."

진지하게 인우가 고개를 끄덕이자 지유가 눈을 가늘게 뜨고 되물었다.

"인우 씨 자꾸 뻔뻔해지는 거 알아요?"

"알아. 하지만 그건 정지유 한정이니까. 안심해도 좋아."

장난스럽게 입가를 끌어당기는 그의 말에 지유가 포기했다는 듯 고개를 저었다. 그의 말처럼 저 짓궂은 미소마저도 그녀에게만 보여 주는 것이었으니까. 그를 계속 괴롭히던 죄책감을 털어 내고 난 뒤에도 그의 다정은 오로지 그녀에게만 적용되었다. 그런 그의 애정에 지유는 뿌듯함을 느끼고는 했다. 이제 그녀에게도 평범한 일상의 행복이 꿈만은 아니었다.

리조트 겸 호텔이 같이 있는 숙소에 도착해서 짐만 객실에 넣어 두고 두 사람은 산책을 나섰다. 바다가 보이는 소나무 산책길을 따라 인우와 지유는 손을 잡고 천천히 걸어갔다. 걸을 때마다 묵직한 흙냄새와 진한 파도의 향기가 뒤섞여 차가운 바람이 되어 불어왔다.

굳이 말을 하지 않아도 마주 잡은 손의 체온으로, 그리고 바라보는 시선으로 두 사람은 서로의 마음을 느낄 수 있었다. 가슴속에 하나둘 차분하게 내려앉는 행복을 느끼며 두 사람은 서로를 향해 미소를 지었다.

"이상하지?"

"네?"

"당신하고 계속 이렇게 걸어온 것 같은 기분이 들어. 분명히 익숙하지 않은 일인데도 익숙하게 느껴져."

지유는 인우의 말이 무슨 뜻인지 이해했다. 그녀도 그랬으니까. 그와 함께하는 순간들이 매순간 새로우면서도 편안했다. 어느 순간 정신을 차려 보니 인우가 늘 자신과 항상 함께 있어 온 것처럼 익숙해졌다. 그녀가 그런 것처럼 그도 그녀의 존재가 물처럼 공기처럼 조금씩 천천히 스며들었던 모양이었다.

싸늘했던 이 남자의 눈이 자신을 바라보며 온기를 품고 무뚝뚝한 어깨가 자신의 따스하게 안아 줄 것이라고는 상상조차 하지 못했었다. 하지만 그것은 어느새 현실이 되어 그녀 앞에 존재했다.

"이상하지 않아요. 나도 그런걸요. 그리고 앞으로도 계속 그랬으면 좋겠어요."

"그래. 앞으로도 그럴 거야."

인우는 지유의 뺨을 만지작거리며 진중한 어조로 답했다. 저를 바라보는 여자의 얼굴에 엷은 미소가 퍼졌고 그것에 만족스러운 웃음을 지은 인우는 작은 어깨를 팔로 감싸고 다시 걸음을 옮겼다. 약속의 말들이 차곡차곡 두 사람 사이에 쌓이면서 그것은 미래를 향한 기대가 되어 갔다.

행복하기 위해서 대단한 행운이나 큰 재물이 필요한 것은 아니었다. 평범한 것이 제일 큰 행복이라는 말이 있듯이 인우는 이제야 제 평범한 하루를 기쁘게 즐길 수 있었다.

산책이 끝나 갈 무렵 바다가 붉게 물들기 시작했다. 느긋하게 번져가는 그 붉고 아름다운 빛에 두 사람은 서로에게 기댄 채 감탄을 했다. 하늘과 바다가 만나 붉게 타오르는 광경은 경이롭고도 아름다웠다.

그러나 인우는 그것보다 뺨을 물들이며 낙조를 바라보고 있는 여자의 존재가 더 경이로웠다. 어쩌면 이 여자를 만난 것이 제 일생의 최대의 행운일지도 모른다고 인우는 생각했다. 그런 그녀를 위해 제 가방에 숨겨 온 선물을 생각하며 인우는 슬며시 웃음을 지었다.

해가 지고 어둑해진 산책길을 빠져나온 두 사람은 뷔페 겸 레스토랑에서 저녁 식사를 함께 하고 객실로 돌아왔다. 아까는 짐만 서둘러 넣고 나오느라 자세히 보지 못한 객실 안을 지유는 천천히 돌아보았다. 작은 거실을 사이에 두고 욕실이 딸린 침실이 두 개 있는 객실이었다.

하얀 커튼을 내려뜨린 캐노피 침대가 있는 방은 스위트라는 이름답게 화병에 꽂힌 꽃마저도 달콤하게 보였다. 포인트 색상으로 쓰인 천장의 하얀색과 벽지의 민트색이 전체적으로 상큼하게 잘 어울렸다. 제 몫의 침실에 짐을 놓고 나오자 아담한 소파가 자리한 거실에 딸린 테라스 앞으로 바다가 넓게 펼쳐져 있었다.

지유가 갤러리 덧문이 달린 테라스로 다가가 창을 열자 하얀 시폰 커튼이 바람을 따라 살랑거렸다. 그녀는 그 창에 기대어 어둠에 잠긴 바다를 바라보았다. 싸늘한 바닷바람에 어깨를 움츠리자 그것을 알아차린 듯 다가온 인우가 등 뒤에서 그녀를 꼭 껴안아 주었다.

"무리한 거 아니에요?"

"방이 마음에 든다는 말인가?"

그의 말에 지유가 웃음을 터뜨렸다.

"그게 그렇게 되나요?"

웃음을 머금은 입술로 지유가 가볍게 그에게 입을 맞추었다.

"맘에 들어요. 방도 그리고 바다도 너무 마음에 들어요."

"나도 맘에 들어. 방도 바다도…… 그리고 당신도."

그녀가 한 입맞춤의 답례처럼 그가 입을 맞춰 왔다. 아이러니하게도 다른 것은 다 익숙해져 갔지만 이것만은 익숙해지지 않았다. 늘 그의 입술도 그의 손길도 새롭기만 했다. 그녀의 입술 사이를 비집고 들어와 부드럽게 입안을 채우는 그의 숨결에서 반주로 마신 와인의 씁쓸함이 느껴졌다. 가볍게, 그러나 한숨이 나올 만큼 달콤하게 입술을 머금은 그가 미련 없이 떨어지자 오히려 지유가 아쉬운 기분이 들었다.

"와인 한잔 더 할까?"

인우의 제안에 지유가 고개를 끄덕였다.

"좋아요. 그런데 아까 맨발로 걸어 다녀서 좀 씻고 옷도 편하게 갈아입고 싶어요."

아닌 게 아니라 인우도 맨발로 바닷가를 걸었던 탓에 대충 닦아 낸 발이 껄끄럽기 짝이 없었다.

"아, 그걸 생각 못했군. 그럼 씻고 나서 한잔하지."

그의 대답에 지유는 자신의 방으로 돌아와 갈아입을 옷을 챙겨 들고 욕실로 향했다. 진한 아이보리색 대리석으로 장식된 욕실은 하얀 욕조 옆으로 바다가 보이는 창이 있었다. 그 창 안의 까만 밤바다 위로 솟아오른 달이 하얗게 빛나고 있었다. 지유는 욕조에 걸터앉아서 바다 위로 부서지는 빛들을 바라보았다. 조각조각 흩어지며 파도에 출렁이는 빛의 편린들이 눈을 어지럽혔다.

공들여 한 화장이 아까웠지만 평소에도 인우에게는 화장기 없는 얼굴을 보여 줬던지라 지유는 길게 고민하지 않고 화장을 지우고 바닷바람에 끈끈해진 머리를 감았다. 샤워 후에 부드러운 거즈 원단의 원피스를 입고 머리를 말린 지유가 방을 나왔다. 그러자 인우가 기다린 지 한참인 듯 무료한 표정으로 소파에 기대어 앉아 티브이 화면을 바라보고 있었다.

"오래 기다렸어요?"

지유의 목소리에 고개를 돌린 인우가 일어서더니 성큼 그녀에게 다가왔다.

"5분만 더 기다렸다가 욕조에 빠진 건 아닌지 확인하려고 했어."

허리를 당겨 안으며 불만스러운 어조로 투덜대는 그에게 지유가 가볍게 입을 맞추었다.

"의외로 참을성이 없나 봐요."

이마를 마주 댄 인우가 낮게 으르렁거렸다.

"여기서 더 참을성이 있다가는 남자가 아니라 돌부처일 거야."

작게 키득거린 지유가 테이블 위로 시선을 돌렸다. 목이 긴 와인 잔과 와인, 그리고 갖가지 과일이 담긴 접시가 보였다. 그 옆에는 불이 켜지기를 바라는 듯 초가 하나 꽂혀 있는 케이크가 있었다.

"와! 언제 준비했어요?"

"한참 전에."

지유의 손을 끌고 소파에 앉힌 인우가 잔에 와인을 따라 주었다. 인우의 품에 안긴 지유는 타오르는 케이크의 촛불 앞에서 건배를 했다. 목을 타고 넘어가는 화이트 와인이 달콤한 건지, 아니면 저를 품에 안고 있는 남자가 달콤한 건지, 그것도 아니면 공기 속에 반짝이는 이 따스한 기운들이 달콤한 건지 지유는 알 수 없었다.

그저 전신을 타고 흐르는 행복감에 그녀는 인우의 어깨에 머리를 기대고 작게 한숨을 쉬었다.

"왜? 뭐 맘에 안 드나?"

"아뇨. 너무 좋아서 꿈이면 깨고 싶지 않을 정도예요."

지유의 말에 인우가 입가를 끌어당겨 진하게 미소를 지었다.

"꿈이 아닌 거 확인시켜 줄게."

턱을 끌어당긴 그가 지유의 입술을 머금었다. 맞닿은 입술에서 달콤한 와인의 향기가 배어 나왔다. 인우는 그것보다 더 달콤한 그녀의 작은 혀를 빨아 당겼다. 도톰한 입술 사이로 잡아당긴 혀를 물고 자신의 혀로 문지르자 서로의 숨결이 뒤섞이며 뜨겁게 달아올랐다. 가녀린 어깨를 감싸 안고 그는 그녀의 입안으로 깊게 파고들었다.

아득하게 내려앉는 기분에 지유는 눈을 내리감았다. 등을 쓸어내리는 커다란 남자의 손길이 조심스럽기만 했다. 몽글몽글하게 달아오른 공기가 피부를 발갛게 물들였다. 잠시 숨을 고르게 해 주려는 듯 키스를 멈춘 인우가 입술을 맞댄 채 작게 속삭였다.

"아직 하나 더 남았어."

천천히 눈을 뜬 지유의 손에 인우가 주머니에서 꺼낸 작은 상자를 올려 주었다. 설마 하며 열어 본 상자에 들어 있는 두 개의 반지에 지유가 당황스러운 표정으로 인우를 올려다보았다.

"사랑해."

"인우 씨, 이건 아직……."

지유가 말을 다 끝내기도 전에 인우가 그녀의 말을 가로막았다.

"아니야. 지금 당장 결혼하자는 말이."

"그럼요?"

의아하게 저를 바라보는 지유의 뺨을 인우가 부드럽게 감싸 쥐었다. 저와 함께 하는 모든 것이 지유에게는 처음이라는 것을 그는 알고 있었다. 미지의 세계를 그의 손을 믿고 한 걸음씩 겨우 걷고 있는 그녀에게 벌써부터 달리라고 하고 싶지는 않았다.

"물론 난 당장이라도 결혼을 해서 정식으로 당신 옆자리를 차지하고 싶어. 하지만 우선은 그런 형식이 없더라도 내가 당신 것이라고 얘기해 주고 싶었어. 그게 언제까지이던지 당신이 밀어내지만 않는다면 늘 곁에 있을게."

그제야 지유가 얼굴에 희미하게 미소를 떠올렸다.

"그리고 나도 당신 곁을 떠나지 말란 얘기죠?"

숨어 있는 다른 의도를 간파당한 그가 장난스럽게 입가를 당겼다.

"난 의외로 질투가 많은 남자라서 그저 내 걸 표시해 두고 싶은 것뿐이야."

그의 말에 작게 흘겨보던 지유가 굳어 있던 어깨를 풀고 인우의 품에 안겨서 반지를 매만졌다. 여자용은 유광의 백금, 남자용은 무광의 백금인 반지는 물결이 출렁이듯 유려한 곡선을 그리고 있었다. 그리고 그 곡선을 따라 박힌 작은 다이아몬드들이 불빛에 갖가지 색을 반사하며 반짝이고 있었다. 흐르듯 부드러운 곡선을 더듬던 지유가 인우에게 손을 내밀었다.

인우가 반지를 끼워 주자 자신의 손에 딱 맞는 반지를 들여다보며 신기하게 바라보던 지유가 남은 반지를 인우의 손에 끼워 주었다. 서로가 다른 듯 하나인 반지처럼 마주 잡은 손은 처음부터 서로의 짝처럼 보였다. 지유는 고개를 들어 인우를 바라보며 입을 맞추었다.

"고마워요."

그녀의 인사에 인우가 눈썹을 치켜 올렸다.

"내가 바란 건 그런 말이 아닌데?"

작게 웃음을 터뜨린 그녀가 그가 원하는 답을 내어놓았다.

"사랑해요, 인우 씨."

"언제든 준비가 되면 말해 줘. 그때 결혼하자."

고개를 끄덕인 지유가 입술을 맞대고 속삭였다.

"그래요. 그럴게요."

말이 떨어지자마자 다시 두 사람의 숨결이 뒤섞였다. 처음과는 달리 격렬하게 부딪히는 입술 사이로 금세 달아오른 숨이 새어 나왔다.

부글부글 끓어오른 공기가 뜨거워지자 지유는 그 열기에 눈조차 뜨지 못했다.

그녀의 입술을 차지하고 있던 인우의 입술이 목덜미를 타고 내려와 어깨에 내려앉았다. 그녀를 끌어안고 괴로운 듯 신음하는 남자의 목소리에 지유는 어쩐지 자신도 모르게 즐거운 기분이 들었다. 이렇게 애타는 마음으로 자신을 원하는 남자가 그녀가 사랑해 마지않는 사람이라니 뿌듯하기까지 했다. 그러니 그 마음을 받아들이지 않을 이유가 없었다.

"말했잖아요. 나 인우 씨 사랑해요. 그러니까 이제 참지 않아도 돼요."

지유의 허락의 말에 놀란 듯 얼굴을 들어 올린 인우의 눈동자에 까맣게 가라앉은 불꽃이 일렁였다. 이제까지 참아 왔던 걸 모두 쏟아 내듯 남자의 열기는 그녀에게 숨 쉴 여유조차 남겨 주지 않았다. 얼굴을 움켜쥐고 모든 것을 삼켜 버릴 듯 키스를 하며 그가 그녀를 안아 올렸다. 진한 키스로 인해 빙글빙글 도는 머릿속을 정리하기도 전에 지유의 등 뒤에 차가운 시트가 닿았다.

"인우 씨?"

멀어지는 그의 체온에 가늘게 눈을 뜨는 그녀의 시야에 셔츠를 벗는 인우의 모습이 흐릿하게 비쳤다.

"여기 있어."

낮게 가라앉은 목소리로 대답한 그가 다시 그녀의 입술을 차지했다. 성급하고 여유 없는 몸짓으로 그녀를 밀어붙이는 인우에게서 조바심마저 느껴졌다. 뜨겁게 몸을 겹쳐 오는 그의 몸과는 반대로 차가운 시트의 감촉에 지유는 어깨를 움츠렸다.

잔뜩 긴장한 그녀를 깨달은 그가 잠시 멈칫하고 서두르던 손길을 멈추었다. 격렬하게 쏟아지던 그의 키스가 달래 주는 것처럼 달콤하게 바뀌고 거칠게 부딪혀 오던 손길은 나른해졌다. 느릿느릿 타고 오른 손길이 매끈한 허벅지를 타고 오르고 속옷을 풀어낸 뒤에 그녀의 가슴을 차지했다.

애가 탈 정도로 부드럽게 가슴을 문지르던 손길이 자리를 비키자 그 자리를 촉촉하고 뜨거운 입술이 차지했다. 그 입술의 열기 가득한 움직임에 그녀는 자신도 알 수 없는 뜻 모를 신음을 토해 냈다.

몸을 가린 옷가지가 전부 사라진 채 타인과 온몸을 맞닿은 그 다정하고 부드럽고 따스한 촉감이라는 것을 지유는 생전 처음 경험했다. 서로 맞닿은 피부 곳곳에서 불꽃이 일었다. 그녀는 단단한 그의 몸에 감탄했고 그는 보드라운 그녀의 피부에 신음했다. 한 번도 경험해 보지 못한 쾌감에 그녀의 세상이 아득하게 내려앉았다.

지유는 처음 제게 그것을 알려 주고 함께 하는 것이 인우라서 기뻤다. 그녀는 등을 타고 흐르는 진득한 달콤함에 인우의 머리를 끌어안고 허리를 비틀었다. 뱃속은 버터를 끓일 때처럼 부글거리고 머릿속은 한여름에 오른 앞에 서 있을 때보다 더 뜨거워졌다.

몸을 더듬는 남자의 손에서 안타깝고 애타는 마음이 뚝뚝 떨어졌다. 그 마음을 지유는 온전히 받아들이고 인우를 향해 몸을 열었다. 그렇게 달달하게 달아오른 공기가 절정에 달하자 인우가 그녀의 다리 사이를 파고들었다.

그 순간 지유는 저도 모르게 고통스런 비명을 뱉고 말았다. 혀를 녹일 듯 달콤하게 공기 중을 떠돌던 열기는 차갑게 식어 파삭하는 파열음을 내며 깨지고 말았다. 온몸을 나른하게 또 몽롱하게 만들어 주던 쾌감이 사라지고 그 자리에 몸을 관통하는 아픔만이 자리 잡았다.

아팠다. 그리고 말할 수 없이 불편하고 어색했다. 억지로 벌려진 다리와 그 사이를 가득 채운 남자의 몸 때문에 그녀는 눈을 뜰 수조차 없을 만큼 고통스럽고 괴로웠다. 그리고 그 모든 것들이 뒤범벅이 되어 눈물이 되어 버렸다. 제 입술을 깨물며 아픔을 참아 내는 지유의 속눈썹이 바르르 떨리고 있었다.

지유의 눈물을 바라보며 인우는 낮게 한숨을 쉬었다. 경험이 없는 것은 아니었지만 많은 것도 아니었다. 처음인 여자를 어떻게 배려해 줘야 조금이라도 편안할지 그는 알 수가 없었다. 그저 당장이라도 여자를 붙들고 더 깊이 파고들고 싶은 제 들끓는 욕심을 참는 것이 다일 뿐이었다.

"많이 아파?"

"당연하잖아요."

원망을 담은 뾰족한 그 말에 인우는 끙 하고 신음을 뱉었다. 그도 죽을 맛이었다. 그래도 그에게는 자신보다 이 여자가 먼저였다. 천천히 두 팔로 지탱하던 몸의 무게를 한쪽 팔꿈치로 옮긴 그가 지유의 눈물을 닦아 주었다.

"미안해."

그 말에 그녀가 꼭 감고 있던 눈을 뜨고 그를 바라보았다. 달래 주듯 부드럽게 입을 맞춰 오는 남자를 그녀는 빤히 바라보았다. 진땀을 흘리며 저를 내려다보는 남자의 표정도 그다지 좋아 보이지는 않았다. 아프게 저를 파고드는 그의 몸이 무섭지 않았다고 하면 거짓말일 것이었다. 그러나 이렇게 자신을 걱정스럽게 내려다보는 모습에 지유는 조금은 원망스러웠던 마음이 사르르 녹아내렸다.

"그만둘까?"

고개를 끄덕이고 싶었다. 그렇지만 처음이라는 것이 그녀를 더 불편하게 만들고 있는 건지도 몰랐다. 힘겹게 말하는 인우의 찡그린 이마를 지유가 손을 들어 올려 매만졌다. 끈적하게 진땀이 묻어 나와 손이 축축하게 젖었다.

제 욕심을 가득 채워도 상관이 없을 이런 순간조차 이 남자는 그녀가 먼저였다. 그 다정함이 가슴을 파고들어 그녀를 먹먹하게 만들고 말았다. 뜨거워지는 눈을 내리감으며 지유는 팔을 들어 그의 어깨를 감싸 안았다.

"아니, 그만두지 말아요."

허락의 말이 떨어지자 낮은 신음을 뱉어 낸 그가 지유의 입술을 파고들었다. 그녀만을 바라보고 그녀만을 사랑하는 이 남자 때문에 그가 주는 이 아픔 따위는 달콤하게 느껴질 지경이었다. 조금이라도 그녀에게 가까이 다가오고 싶어 애를 쓰는 듯한 그의 몸짓이 어쩐지 안타까워져서 그녀는 부드럽게 그의 어깨를 쓰다듬었다.

밀려났다가 다가오는 남자의 몸짓은 점점 거세어졌다. 그녀의 흐릿한 시야에 비치는 세상이 마구 흔들렸다. 제 세상이 흔들리고 있는 것은 남자 때문인데도 그녀는 그가 유일한 버팀목이라도 되는 듯 그의 어깨를 움켜쥐고 끌어안았다.

서로의 상처를 보듬고 사랑으로 닿은 두 영혼이 그 언어들을 몸으로 표현했다. 닿아도, 닿아도 모자라고 아무리 서로를 매만져도 부족했다. 서로에게 좀 더 가까이 다가가는 연인의 몸짓은 점점 더 격렬해졌다.

상대에게 받는 애정보다 자신이 더 많이 줄 수 있기를 바라는 마음은 다시 준 것보다 더 큰 애정으로 돌아와 다시금 행복을 느끼게 했다. 그리고 마침내 그가 그녀 위에서 무너져 내렸을 때 그의 입에 진한 입맞춤을 하며 그에게 오직 그녀가, 그녀에게 오직 그가 있음에 감사했다.

인우의 배려로 따뜻한 물에 몸을 잠시 담그고 나오자 그가 그녀를 다정하게 안아 주었다. 언젠가 그의 팔을 베고 잠이 깨었을 때처럼 다정하게 팔을 내어 주는 남자의 품에 기대어 지유는 눈을 감았다. 뒤에서 그녀를 껴안은 남자의 숨소리가 등을 통해 전해졌다. 반지를 나누어 낀 손을 마주 잡고 박자를 맞추어 숨을 내쉬는 동안 밀물을 타고 오는 파도 소리가 자장가처럼 들려왔다. 가물가물 잠에 빠져들려는 찰라 지유가 생각났다는 듯 속삭였다.

"솔직히 말해 봐요. 이렇게 될 줄 알았죠?"

목덜미를 지분거리던 인우가 쿡쿡거리며 웃었다.

"기대하지 않은 건 아니야. 그러니까 콘돔도 준비한 거고."

작게 혀를 찬 지유가 고개를 갸웃했다.

"그런데 왜 방은 두 개예요?"

"거절당할 준비도 해야 했으니까."

인우의 말에 이번엔 지유가 작게 웃음을 터뜨렸다.

"아, 아무리 생각해도 저 방 하나는 아까워요."

그녀의 말에 나른한 목소리로 인우가 귓가에 속삭였다.

"그럼 아깝지 않게 내일 아침에 써 줄까?"

"그런 거 예약하지 마요."

새침하고도 냉랭한 그녀의 목소리에 오히려 인우는 더 크게 웃었다. 등을 울리는 남자의 웃음에 지유는 기분 좋게 나른한 잠에 빠져들었다. 고르게 내쉬는 여자의 숨소리에 인우가 어깨를 도닥였다.

"사랑해. 잘 자."

"으응."

흐려지는 의식 사이로 뺨에 닿는 입술이 느껴졌다. 그리고 지유는 포근하고 아늑한 인우의 품 안에서 단잠에 빠져들었다.

사랑하는 제 여자가 잠이 들자 인우는 자기 손으로 반지를 끼워 준 그녀의 손을 만지작거리다가 그 손에 입을 맞추었다. 바싹 말라서 물기 하나 없던 황량한 그의 인생이 그녀의 존재로 인해 가득 채워졌다. 인우의 몸도 마음도 그녀로 인해 어디 하나 빈 곳 없이 빠듯하게 차올랐다. 오랫동안 잊고 있던 행복이란 단어가 공기 속에 잔뜩 퍼져서 숨을 쉬는 것만으로도 실없는 웃음이 나올 것 같았다.

이것이 꿈이 아니라는 걸 확인하는 것처럼 조심스럽게 그녀의 얼굴을 더듬던 그가 잠에서라도 현실을 잊고 싶지 않다는 듯 그녀를 꼭 껴안았다. 품 안 가득 따스한 체온과 달콤한 향기가 가득했다. 인우는 그 만족스러운 행복을 껴안고 천천히 잠이 들었다.

무엇 하나 부족한 것 없는 그런 밤이었다. 이제 두 사람 모두에게 눈을 뜨면 혼자인 외로운 밤은 존재하지 않았다. 고요하게, 그리고 까맣게 연인의 밤은 파도 소리에 깊어졌다. 달콤하게, 그리고 또 달콤하게.

카페 마녀는 2011년부터 구상하고 쓰기 시작한 글입니다. 혼자 끄적거리던 것이 이런저런 우여곡절 끝에 2013년에야 책으로 나오게 되었네요.

저마다 아픔이 있는 사람들과 그 사람들을 품어 주고 자신이 만드는 요리로 위로해 주는 여주인공으로부터 이 이야기가 탄생했습니다.

유기견(遺棄犬). 유기묘(遺棄猫). 유기인(遺棄人)들. 버려진 동물들처럼 상처 받거나 버려진 6명의 주·조연들이 서로 기대어 상처를 어루만지고 그래서 그 상처가 치유가 되는 이야기를 그리고 싶었습니다.

그것 때문에 조연들의 이야기도 꽤 비중 있게 다루어졌다고 느끼실지도 모르겠습니다. 그들의 이야기를 한 권에 모두 담으려고 노력했지만 아직도 못다 한 이야기가 많이 남아 아쉬울 뿐입니다.

지금도 저는 길을 걷다 보면 그 길 어딘가에 지유가 빵을 만들고 정호가 커피를 내리며 무뚝뚝한 인우와 철없는 기연이 함께 있는 카페 마녀를 만날 것 같은 기분입니다. 멍하니 앉아서 공상의 세계를 헤매는 민서와 그런 그녀를 툭툭 건드리며 장난스런 미소를 짓는 석현도 함께 있겠지요?

이 글은 제 첫 글은 아니지만 오랫동안 사랑하고 품어 왔기에 영원히 제 첫사랑으로 남을 것 같습니다.

여러분 모두에게도 『카페 마녀』가 치유가 되고 위로가 되는 글이길 바라며 또 책장 한편을 채울 수 있는 감동이 되길 바랍니다.

글을 쓰고 또 그 글이 책이 되어 나오고 또 그 글을 읽어 주는 분들을 만날 수 있어서 저는 참 운이 좋은 사람입니다.

그런 글을 쓸 수 있도록 도움과 방해를 번갈아 가며 아끼지 않았던 세 남자에게 제 사랑을 가득 보냅니다.

그리고 의사 남편과 의사 오빠가 있다는 이유로 저에게 괴롭힘을 당한 차 여사 두 분에게도 감사의 마음을 전합니다.

마지막으로 언제나 저의 든든한 힘이 되어 주는 블랙홀 가족들과 '첫눈 속을 걷다' 카페 여러분 감사합니다.

—느리지만 계속 발전하는 작가가 되길 소망하며
2013년 5월
윤난.